Kontaktadresse nach EU-Produktsicherheitsverordnung:
produktsicherheit@fischerverlage.de

Dresden im Jahr 1889: Die zwanzigjährige Käthe Volpert heiratet den zehn Jahre älteren Alexander Wolkenrath. Er ist ein eleganter Mann, jeder Zoll ein Kavalier … dass er aus einer verarmten Familie stammt und nichts gelernt hat, stört Käthe wenig. Sie bekommen fünf Kinder, drei Söhne und zwei Töchter. Die Mädchen – beide an einem 13. geboren – entwickeln ganz unterschiedliche, außergewöhnliche Fähigkeiten. Die Verantwortung für die große Familie liegt allein bei Käthe. Als sie Dresden schließlich verlassen müssen, ist sie froh, dass sie in einer Urne – getarnt als die Asche ihrer Großmutter – einen Notgroschen dabei hat. Wird ihr der Beutel voller Goldtaler, den sie einst im Hochzeitskleid ihrer toten Mutter gefunden hat, helfen, die Zukunft zu meistern?

*Elke Vesper* wurde 1949 in Hamburg geboren, studierte Germanistik, Romanistik, Geschichte, Philosophie und Psychologie und promovierte über französische Literatur. Sie war als Fremdsprachenkorrespondentin, Lehrerin und Tanztherapeutin tätig. Sie hat zahlreiche Romane veröffentlicht, in denen starke Frauenfiguren eine zentrale Rolle spielen. Elke Vesper arbeitet neben dem Schreiben als Psychotherapeutin, hat drei erwachsene Kinder und lebt in Hamburg.

*Weitere Informationen finden Sie auf www.fischerverlage.de*

Elke Vesper

# Die Frauen der Wolkenraths

Roman

FISCHER Taschenbuch

4. Auflage


Hedderichstr. 114, 60596 Frankfurt am Main

Printed in Germany
ISBN 978-3-596-70320-3

Für Thomas
mit Dank für sein Interesse an meinem Schreiben,
seine klare Kritik, seine wertvollen Impulse,
vor allem aber für seine Liebe – und für das Licht in seinen Augen.

# 1

Sie konnte sich noch so sehr dagegen wehren: Der Geruch von Lavendel ließ sie stets an die Mutter denken. Ein scharfer bitterer Gedanke an Tod.

Dabei war sie heute zum ersten Mal seit der Beerdigung mit diesem Gefühl aufgewacht, das sie für immer verloren geglaubt hatte: eine erwartungsfrohe Neugier auf den Tag. Heute wird etwas Besonderes geschehen, hatte sie gedacht und war voller Vorfreude aus dem Bett gesprungen.

Doch dann schüttete sie Wasser aus der hohen Porzellankanne in die dazugehörige Schüssel und griff nach der Seife, die in einem zierlichen, im Mohnblumenmuster zu Kanne und Schüssel passenden Schälchen lag. Kaum hatte Käthe begonnen, ihre Hände damit einzureiben, brach ihre frohe Stimmung jäh in sich zusammen. Lavendelduft stieg zart in ihre Nase. In ihrer Magengegend ballte sich ein trauriger Kloß zusammen. Es ist unvermeidbar, dachte sie, ich werde nie wieder fröhlich sein.

Sie beendete ihre Morgentoilette, nun selbst nach Lavendel duftend, bürstete ihre dicken Haare und sah einen Moment lang verblüfft in den Spiegel, da ein Strahl der Morgensonne ihr Haar wie einen Heiligenschein von glühendem Kupfer um ihren Kopf erstrahlen ließ. Da war der Sonnenstrahl vorüber, und ihre Haare sahen aus wie immer: ein ärgerliches Rotblond, an Schläfen und Nacken so aufdringlich geringelt, dass es sich trotz Zopf und Haube nicht anständig verbergen ließ.

Sie flocht zwei Zöpfe, verschlang sie im Nacken in gegenläufiger Richtung und steckte sie oben auf dem Kopf fest, sodass es aussah, als trüge sie einen Kranz. Sie prüfte im Spiegel, ob sie nun endlich ein sittsames Bild abgab. Doch erst, als die weiße gestärkte Haube unter ihrem Kinn mit einer Schleife festgezurrt war, fühlte sie sich gerüstet, der Welt entgegenzutreten. Nun noch die zur Haube passende Schürze über das dunkelblaue Kleid, und sie war bereit für ihre tägliche Arbeit.

Später an jenem Tag im Mai 1889 wird Käthe sich zweimal an ihr morgendliches Gefühl von erwartungsfroher Neugier erinnern. Bis dahin allerdings wird sie es vollkommen vergessen.

Käthe war still, bescheiden und fleißig und so gesehen die perfekte Tochter eines Witwers, der als angesehener Dresdner Tischlermeister eine Frau brauchte, die die Aufgaben der Meisterin erfüllte.

Als Mädchen war Käthe entzückend gewesen, rund und rosig, mit Wangengrübchen, blonden Löckchen und großen blauen Augen. Als ihre Mutter durch einige geschickte Versuche feststellte, dass sie auch noch intelligent war, begann sie das Kind im Verborgenen mit einer anderen Welt als der für Mädchen ihres Standes üblichen vertraut zu machen. Käthe lernte nicht nur lesen und schreiben, dem Vater die Bücher zu führen, der Mutter im Haushalt zur Hand zu gehen, sondern sie verschlang bald alle Romane, die die Mutter heimlich kaufte, denn der Vater hielt solche Lektüre für unnützes Zeug.

Als Käthe einmal zufällig der Lesestoff ausgegangen war, machte sie sich aus Langeweile über die Zeitung des Vaters her, und bald gehörte die Lektüre der *Dresdner Nachrichten* zu ihrer täglichen Beschäftigung.

Das bereitete den Boden für eine politische Komplizenschaft mit dem Vater. Er hatte immer schon mit seinen beiden Gesellen und den zur Bescheidenheit angehaltenen Lehrlingen am Mittagstisch über Politik gesprochen. Als Käthe zehn Jahre alt war, wagte sie einen scheuen Einwurf und wurde vom Vater mit einer strengen Rüge zum Schweigen gebracht. Später dann aber, unter vier Augen, forderte er sie auf, ihm ihre Kenntnis und Meinung mitzuteilen. Dies war der Beginn eines regen Gedankenaustauschs zwischen Vater und Tochter, der allerdings ebenso geheim gehalten wurde wie die Gespräche zwischen Mutter und Tochter über Romane, Theaterstücke, Musik und Schauspieler.

So wuchs Käthe mit Übung im Geheimhalten auf. Es war ihr nicht einmal bewusst, dass es sich um Geheimnisse handelte, für sie gehörten sie zum Regelwerk, das ihr Leben ordnete. Ebenso wie das Verbergen ihres kupferblonden Schopfes vor der Welt, einschließlich dem Vater.

Hexenstroh, hatte der Vater scherzhaft kommentiert, als die blonden Haare der ungefähr fünfjährigen Käthe eine kupferrote Farbe annahmen. Das Wort war nie wieder gefallen, aber es hatte sich in Käthe eingebrannt, obgleich ihre Mutter ihr täglich Komplimente wegen ihrer kräftigen Haarpracht gemacht hatte. Der Mutter hatte es Freude bereitet, Käthes Haare zu waschen und zu bürsten, bis sie ihr glänzend über Brüste und Rücken fielen. Seit ihrem Tod vor einem halben Jahr quälte Käthe sich alleine damit ab.

Eckhard Volpert, Käthes Vater und angesehener Handwerksmeister in Dresden, hatte seine Fehler, aber er war ein ehrlicher Mensch. Wenn er früher seine Frau Charlotte und neuerdings seine Tochter Käthe in aller Strenge dazu anhielt, mit einem Betrag hauszuhalten, der sie dazu zwang, stundenlang Knochen auszukochen, um wenigstens die Andeutung eines Fleischgeschmacks in den Eintopf zu zwingen, so führten sie es auf seine Zuverlässigkeit zurück, mit der er seine Familie sowie den ganzen Handwerksbetrieb am Leben hielt. Auch dass er Käthe seit dem Tod der Mutter selbstverständlich zumutete, von morgens halb sechs Uhr bis abends spät tätig zu sein, um den gesamten Haushalt einschließlich des Kochens zu besorgen, nur unterstützt durch ein dreizehnjähriges Mädchen, das kaum etwas kostete, so erklärte Käthe dies nicht mit seinem Geiz, sondern damit, dass Fleiß und Mäßigung menschliche Tugenden waren, die der Vater nicht nur anderen abverlangte, sondern auch sich selbst.

Außerdem arbeitete sie gern. Während sie das Haus putzte und das Essen vorbereitete, summte sie in Gedanken und Träumen verloren vor sich hin. Wenn sie am Waschplatz die Wäsche wusch, genoss sie das Geplapper der anderen Frauen, die es wiederum genossen, in Käthe eine stille, aufmerksame Zuhörerin zu finden.

Es gab im Wohnhaus des Tischlermeisters Volpert drei Zimmer auf jeder Etage. Kein Palast und keine Hütte. Jener Tag war wie jeder Dienstag der gründlichen Reinigung der Zimmer in der ersten Etage gewidmet. Hier lag das elterliche Schlafzimmer, das nach dem Tod der Mutter in nichts verändert worden war. Selbst das dicke Federplumeau auf der rechten Seite des großen Ehebettes, wo die Mutter geschlafen hatte, wurde von Zeit zu Zeit mit frischem Leinen bezogen, obwohl Meister Volpert sich strikt auf die linke Seite beschränkte.

Zudem befand sich dort ihr eigenes Zimmer und das des ersten

Gesellen. Dort hatte, solange Käthe sich erinnern konnte, der alte Ludwig gewohnt, bis er vor etwa einem Jahr am Morgen kalt und steif in seinem Bett liegen geblieben war, obwohl er sonst immer als Erster aufstand. Nach diesem plötzlichen, erschreckenden Tod nahm bald Fritz seinen Platz ein, in der Tischlerei und im Haus. Käthe kannte ihn schon aus seiner Lehrlingszeit, dennoch empfand sie stets eine leichte unerklärliche Beunruhigung, wenn sie ihm vor seinem Zimmer begegnete. Also versuchte sie, ein solches Aufeinandertreffen zu vermeiden. Und das Reinigen seines Zimmers, wie es bei Ludwig zuvor stets geschehen war, hatte Fritz sich verbeten.

Allwöchentlich schleppte Lieschen, Käthes kleine Hilfe, Wasser vom Brunnen die Treppe hinauf, wo Käthe sich zuerst dem Staubwischen widmete, denn ihre Mutter hatte sie gelehrt, immer von oben nach unten zu putzen. War sie heute besonders empfindlich, oder stank der Lavendel noch ekliger als sonst? Als sie den Schrank im elterlichen Schlafzimmer feucht auswischte, stieg der Duft ihr abermals süßlich in die Nase. Die Mutter hatte auf Lavendel geschworen, unter anderem zum Vertreiben von Motten aus Schränken. Käthe biss die Zähne zusammen, der Kloß in der Magengegend machte sie jetzt wütend. Wenn er sich in ihr einnistete, würde sie schlapp und müde werden, Gefahr laufen, aus dem Zimmer zu flüchten, am liebsten in ihr Bett, und die Decke über den Kopf ziehen. Und weinen. Endlich weinen. Wie lange hatte sie nicht geweint? Seit die Mutter zu husten begonnen hatte? Vielleicht. An die schlimme Zeit vor dem Tod erinnerte sie sich nur verschwommen, und auch kaum an die Zeit danach. Durch alle Erinnerungen waberte widerlich Lavendelduft.

Sie zwang sich, ihre kleine Melodie weiterzusummen, und packte die Kleidung der Mutter mit einem festen Griff. Die Mutter hatte einen fast schon krankhaften Ekel gegen Motten gehabt, es ging nicht an, dass Käthe sich von dem Kloß im Bauch davon abhalten ließ, ihre Kleider auszuklopfen, um etwaigen Motten den Garaus zu machen.

Die Mutter hatte schöne Kleider besessen, warme, satte Farben auf seidigen, samtigen oder duftigen Stoffen, immer üppig, immer schimmernd. Als fielen Käthe Schuppen von den Augen, erkannte sie plötzlich, dass es wertvolle Kleider waren. Unverständlich wertvolle

Kleider in Anbetracht der Sparsamkeit des Meisters. Käthe hatte sich nie Gedanken darüber gemacht, hatte den Glanz der Mutter allein auf deren Schönheit zurückgeführt. Eine zierliche Frau mit schwarzen welligen Haaren und schokoladenbraunen Augen, in jeder Hinsicht anders als die kräftige rundliche Käthe.

Nachdem sie den Schrank feucht ausgewischt hatte, schüttelte sie ein Kleid nach dem andern aus, strich mit einer feinen Bürste darüber und hängte es wieder zurück. Ganz am Schluss hatte sie das Hochzeitskleid der Mutter in der Hand, eine ehemals weiße dicke Wolke aus Tüll und Seide und Spitze, die nun an manchen Stellen eine leicht gelbliche Färbung aufwies. Käthe hatte ihre Mutter manchmal in dem Kleid bewundert, wenn sie es wie zum Maskenball anprobiert hatte. Als Käthe noch schmal und zart gewesen war, hatte ihre Mutter es sogar einmal ihr angezogen, und schon damals war Käthe unter dem Gewicht fast zusammengebrochen. Jetzt allerdings, als sie es in der Hand hielt und kritisch die Stockflecken betrachtete, erschien ihr das Gewicht weitaus höher, als sie es in Erinnerung hatte. Sie hob das Kleid einige Male prüfend in die Höhe. Zwischen ihren Augenbrauen bildete sich eine nachdenkliche Falte. War da nicht ein Geräusch? Ein seltsam klimpernder Ton wie von einem Glöckchen.

Die blonden Härchen auf ihren Armen richteten sich auf. Über ihren Rücken lief ein Schauer. Steckte der Geist der Mutter in dem Kleid? Sprach sie zu ihr?

Käthe schüttelte den Kopf, als wollte sie die dummen Gedanken an Geister rauswerfen. Die Haube rutschte vor ihr rechtes Auge. Sie rückte sie gerade. Nun schüttelte sie das Kleid. Eindeutiges Klingeln. Oder Klimpern? Sie breitete die voluminöse Stoffwolke auf dem Bett aus und untersuchte sie gründlich.

Schließlich ertasteten ihre Hände im Gewirr der Röcke einen Fremdkörper. Vorsichtig legte sie eine Stofflage nach der anderen frei. Sie unterdrückte einen Schrei, als sie endlich erkannte, was da war: An der Innennaht der Taille war mit drei von Edelsteinen glitzernden Broschen ein Beutel befestigt! Und er gehörte eindeutig nicht zu dem Kleid, denn er war aus grobem, grauen Leinenstoff.

Atemlos öffnete Käthe die Broschen eine nach der anderen, legte die Schmuckstücke neben das Kleid aufs Bett und hatte endlich den Beutel in der Hand. Schon bevor sie hineinschaute, ahnte sie, was drinnen war. Als sie das Band löste und die Öffnung freilegte, entrang sich ihrer Kehle ein seufzender kleiner Schrei.

Gold!

Ihr funkelten eine Menge runder großer Goldtaler entgegen. Sie keuchte. Ein großer dicker Beutel voller Gold!

Benommen saß sie eine Weile auf dem Bett, griff von Zeit zu Zeit in den Beutel und ließ die Taler durch ihre Finger rinnen, als müsste sie sich vergewissern, dass sie auch wirklich da waren.

Plötzlich vernahm sie Lieschens schwere Schritte auf der Treppe. Ihr Herz klopfte ein kurzes Stakkato, mit fliegenden Händen stopfte sie den Beutel unter die Bettdecke, griff nach dem Kleid, legte es sich über den Schoß und setzte ein trauriges Gesicht auf, was nicht schwerfiel.

Lieschen prallte zurück, als sie Käthe so jämmerlich mit dem Hochzeitskleid der Mutter auf dem Bett sitzen sah.

»Lass mich bitte allein«, hauchte Käthe.

Das Mädchen bedachte sie mit einem hilflosen Blick. Was soll ich tun?, stand in ihren Augen. Bitte nicht weinen!

Käthe legte etwas mehr Kraft in ihre Stimme. »Bitte nimm den Eimer mit und wisch die Treppe! Ich will allein sein.«

Lieschen wirkte immer noch nicht überzeugt, ob sie nicht irgendetwas anderes tun sollte, zum Beispiel Trost spenden. Gleichzeitig sah man ihr an, dass sie mit allem, was mit Gefühlen zu tun hatte, wenig Erfahrung besaß.

»Bitte geh jetzt!« Käthe wies energisch zur Tür. Erst als Lieschen erschrocken aufschrie, bemerkte sie, dass ihre Geste das Kleid in die Luft gewirbelt hatte. Ein weißes flüchtiges Gebilde, von einem Nebel aus silbernem Staub umhüllt. Man konnte in Lieschens angstgeweiteten Augen unschwer ihre Gedanken lesen: Da tanzt der Geist der toten Meisterin.

Das Mädchen verdrückte sich rückwärts aus dem Schlafzimmer. Nachdem Lieschen die Tür leise geschlossen hatte, horchte Käthe noch eine Weile hinter ihr her. Als sie unter die Bettdecke griff und den Beutel hervorzog, hatte sie sich schon wieder gefangen. Hier lag ein Geheimnis im Hochzeitskleid der Mutter verborgen. Entweder hatte die Mutter selber oder der Vater es dort versteckt.

Geheimnisse galt es zu respektieren, so lautete die Regel. Sorgfältig befestigte sie den Beutel mittels der Broschen wieder an der

Innennaht der Taille. Sie strich noch einmal mit weichen zärtlichen Händen über das Kleid, dann hängte sie es zurück. Sie rang sich selbst das kühne Versprechen ab, alles ganz schnell zu vergessen.

Käthes Schwäche trug mehrere Namen: Conradi oder Pfefferküchler oder Konditor. Käthes Schwäche wurde geprägt durch Düfte: Dieses Wabern heißer Schokolade, das über die Nase direkt die Speichelproduktion anregt. Dieses verführerische Aroma aus Zimt und Pfeffer und Honig. Und sogar die Geräusche waren unvergleichlich köstlich: Das zarte Geklingel der Löffel auf dem Porzellan. Die plaudernden Stimmen, die sich zu einem Klangteppich verwebten. Das Klackern der Absätze der Kellnerin. Von der Ekstase der Geschmacksknospen ganz zu schweigen.

Gewöhnlich versuchte Käthe sich mit allen möglichen Argumenten zu überzeugen, dass der Mensch weder heiße Schokolade noch Pfefferkuchen oder sonstige Leckereien zum Leben brauche. An sechs Tagen in der Woche siegte ihr Verstand. Am Donnerstag allerdings, wenn sie Besorgungen in der Waisenhausstraße machte, geschah es immer wieder, dass sie sich selbst mit allen möglichen Schmeicheleien weich stimmte und sich unerwartet auf einem Stuhl in der Konditorei Conradi in der Seestraße wiederfand, vor sich einen Pfefferkuchen neben dampfender Schokolade, auf der eine verlockende Haube cremiger Sahne saß, alles selbstverständlich serviert in entzückendem zartem Porzellan.

An jenem Dienstag, nach erfolgtem Hausputz, Vor- und Nachbereiten des Mittagessens und Eintragungen ins Haushaltsbuch, war sie durch den bestürzenden Fund im Hochzeitskleid der Mutter so durcheinandergebracht, dass sie es am Nachmittag nicht mehr zu Hause aushielt.

Meister Volpert war es, der ihr einen Vorwand schenkte: Beim Mittagstisch erinnerte er sie daran, dass die Enkelin seiner Schwester Ingeborg, die in Bayern vor dreißig Jahren einen Bauern geheiratet hatte, in einer Woche sechs Jahre alt würde und sie ihr wohl etwas schicken müssten.

Am Nachmittag machte Käthe sich also ohne Haube und Schürze, stattdessen mit einem zum Kleid und zur Trauer passenden dunkelblauen Hut auf in die Seestraße Nr. 2, wo sie sich zwischen den

Spielsachen und den von Arras in eigener Fabrik hergestellten Puppen fühlte wie im Kinderparadies. Sie kaufte eine Puppe mit blauen Augen, blondem Haarkranz, einem schüchternen Lächeln und Grübchen.

Anschließend wäre es geradezu eine Sünde gewesen, dem Pfefferküchler Conradi keinen Besuch abzustatten.

Dass sie an jenem Dienstagnachmittag untätig und genießerisch im Café Conradi bei einer heißen Schokolade und einem Pfefferkuchen saß, wird sie später der Vorsehung zuschreiben, dem bereits am Morgen vor dem Aufstehen geahnten Schicksal, zu dem auch der eigenartige Fund im Hochzeitskleid ihrer Mutter gehörte.

Seit sie denken konnte, lebte Käthe mit Männern zusammen. Männer fast jeder Generation, die Lehrlinge waren Knaben, die Gesellen junge und ältere Männer. Der alte Ludwig war für Käthe wie ein Großvater gewesen. Der Anblick männlicher Körper war ihr vertraut, seit sie als Mädchen unbeachtet hinter der Gardine gelugt hatte, wenn der damalige Geselle, Siegfried, ein Mann, dessen Körperbau seinem Namen alle Ehre machte, sich nackt am Brunnen wusch. Sie teilte das Essen mit Männern, sie wusch ihre Kleidung, sie wusste, wie sie rochen, ja, sie hatte sogar gelernt, ihre Gedanken und Gefühle zu lesen, die sich manchmal sehr davon unterschieden, was sie aussprachen. Männer waren ihr nicht fremd. Nicht einmal die in ihren Blicken aufflackernde Begierde, die sich in Gegenwart des Meisters oder der Meisterin schnell in scheue Aufmerksamkeit wandelte, konnte sie aus der Fassung bringen, denn sie war ihr vertraut, seit sich mit dreizehn Jahren Fettpolster über ihren bis dahin knochigen Körper gelegt hatten.

Als jetzt aber kurz nach dem vertrauten Klingelgeräusch beim Öffnen der Tür ein junger Mann nach einem Adlerblick ins Rund mit energischen Schritten den Raum durchmaß und ohne Umschweife den Tisch ansteuerte, an dem Käthe saß, wo er mit einer zackigen Verbeugung fragte: »Darf ich mich freundlicherweise zu Ihnen setzen, gnädiges Fräulein?«, brachte sie keinen Ton heraus. Stumm nickte sie. Hitze stieg wie Mehlschwitze von ihrer Brust hoch in ihr Gesicht.

Ich werde knallrot, dachte sie entsetzt. Wie töricht von mir!

Sie bemerkte, wie der Mann ihr einen amüsierten Blick zuwarf.

Sie schlug die Augen nieder und starrte ihren Pfefferkuchen an. Er setzte sich. Schlug die Beine übereinander. Aus den Augenwinkeln bemerkte sie die perfekte Bügelfalte in seinen gestreiften Hosen, die glänzenden Schuhe mit den weißen Gamaschen.

Sie konnte kaum atmen, so peinlich war ihr das Ganze. Zu allem Übel spürte sie jetzt auch noch, wie eine Locke ihre Stirn kitzelte. Er konnte ihre Haare sehen!

Warum tat sich nicht einfach ein Abgrund auf?

Sie vernahm die klackenden Schritte der Kellnerin.

»Einen Pfefferkuchen und ein Kännchen Schokolade, bitte, Fräulein Luise.« Eine Stimme, die Käthe Gänsehaut verursachte. Schmeichelnd, vertraulich, zugleich mit dem befehlsgewohnten knarzenden Unterton, der Käthe von Offizieren und adligen Herrschaften vertraut war, die beim Vater besondere Einlegarbeiten oder Schnitzwerk bestellten.

»Comme toujours, Herr Wolkenrath, ich eile …« Die Kellnerin, die Käthe bislang nur mit einem blasiert höflichen Lächeln bedient hatte, kicherte kokett.

In Käthes Kopf summte ein ganzer Bienenstock. Hatte die affige Göre eben Wolkenrath gesagt? War das *der* Wolkenrath? Nein, das konnte nicht sein. Der war doch alt. Hatte sie nicht gerade etwas über einen neuerlichen Verkauf des frühere Fuhrunternehmens Wolkenrath gelesen?

»Fräulein, ich glaube, Ihre Schokolade wird kalt …« Wieder diese schmeichelnde Stimme, nun ohne jedes Knarzen.

Wenn ich nicht gleich atme, falle ich tot um, dachte Käthe, und erstaunlicherweise weckte das Bild einer auf der Stelle umkippenden toten Taube wieder ihren Sinn für die Wirklichkeit. Mit einem scheuen Lächeln blickte sie hoch. Für den Bruchteil einer Sekunde sah sie sein Gesicht scharf in allen Einzelheiten, und es brannte sich in ihr Gedächtnis ein, von nun an jederzeit abrufbar: Ein schmaler ovaler Kopf, scharf umrissene Gesichtszüge, eine markante lange Nase, ein blonder Schnauzbart über schmalen entschiedenen Lippen. Ein kräftiges längliches Kinn, elegant geformte Ohren. Allein die Augenpartie ließ die Klarheit der übrigen Züge vermissen. Die blassen Brauen sackten müde zu den Schläfen über wässrig blauen, fast verschwommen blickenden Augen.

Käthes Urteil stand sofort fest: Dieser Mann war eine atemberaubende Mischung aus männlicher Kraft und verletzlicher Empfindsamkeit.

Bebenden Herzens griff sie zu ihrer Tasse und zwang sich, ihre Kehle so weit zu öffnen, dass das Getränk hindurchfließen konnte.

»Pour Monsieur Wolkenrath, das Pfefferküchlein und die Chocolat!« Die Kellnerin, von der Käthe nun wusste, dass sie den Namen Luise trug, flötete auf eine geradezu anstößige Weise.

Da war der Name wieder! In Käthe fochten ihre Neugier und ihre Erziehung einen Kampf miteinander aus.

»Na dann …« Monsieur Wolkenrath stach die Gabel in den Kuchen und führte ein anständiges Stück zum Mund. Käthe erblickte große kräftige Zähne, die sich über den Pfefferkuchen hermachten.

»Sind Sie ein Sohn des Herrn Wolkenrath?« Die Frage war ihr herausgerutscht, sie biss sich auf die Unterlippe. »Entschuldigen Sie«, fügte sie schnell hinzu, »wie unerzogen von mir …«

Der Mann tupfte mit der Serviette über seine Lippen. Schluckte. Lächelte. »Aber wieso denn?«, sagte er beruhigend und hob seine Hand, als wolle er sie auf die ihre legen. Schnell zog Käthe ihre Hand fort. Was dachte er von ihr? Da blickte er ihr tief in die Augen, kam ihr über den Tisch etwas entgegen und raunte: »Ich bin nicht ein Sohn des alten Wolkenrath, ich bin *der* Sohn. Es gibt keinen anderen. Leider Gottes!« Er seufzte spöttisch. Käthe sah fasziniert zu, wie sein Gesicht endgültig auseinanderfiel in einen unteren Teil, der spöttisch und distanziert lächelte, und Augen, die geradezu verzweifelt sehnsüchtig um Verständnis flehten.

Vor ihr saß eine verletzte Seele! Käthes Herz floss über. Der Mann musste nichts weiter sagen, nichts tun, sie verstand ihn. Denn auch ihre Seele war verletzt. Als hätte der Schmied ein Brandzeichen auf die zarte Haut ihres pochenden Herzens gesetzt, so war sie gezeichnet, seit ihre Mutter das erste Mal Blut gespuckt hatte. Wie Sklaven sich am Brandzeichen erkannten und trotz aller Unterschiede verbunden fühlten, so empfand jetzt Käthe. Vor ihr saß ein Gezeichneter.

»Ich bin auch das einzige Kind«, sagte sie in einem gänzlich unverstellten Ton, der mehr als die Worte ausdrückte, wie tief sie ihn verstand. »Einerseits bekommt man alle Liebe, andererseits trägt man alle Verantwortung. Ist es nicht so?«

»Alle Liebe?« Sein Lächeln war fast schon eine Grimasse. »Nun, ich empfinde mehr die Last der Verantwortung.« Er setzte sich gerade auf, nickte höflich. »Wenn ich mich vorstellen darf, Alexander Wolkenrath. Würden Sie mir vielleicht die Ehre erweisen, mir auch Ihren Namen zu nennen?«

Wie töricht du bist, schalt Käthe sich zum zweiten Mal. Es gibt doch keinen Grund zu erröten! Dennoch kroch wieder diese dickflüssige Hitze in ihr hoch, bis sie in den Wangen stecken blieb.

»Käthe Volpert«, sagte sie leise und reichte ihm die Hand. Er erhob sich kurz, verbeugte sich zackig und hauchte einen Kuss auf ihre Hand. Als er wieder saß, legte sich Schweigen über die beiden wie eine Decke, die sie von allem um sie herum trennte. Schweigend verspeisten sie ihre Kuchen, tranken ihre Getränke, nur einmal kurz unterbrochen durch Alexanders Bemerkung: »Der Conradi wird nicht ohne Grund Pfefferküchler genannt, sein Kuchen ist einfach exquisit!« Was Käthe mit lebhaftem, fast schon übermütigem Nicken bestätigte.

»Würden Sie mir die Ehre erweisen, Sie einzuladen, Fräulein Käthe?«, fragte Alexander, als Luise erschien, um das Geschirr abzuräumen. Käthe antwortete laut und klar: »Ja, danke«, was Luise mit einem schnippischen Mund kommentierte. Sie nannte Alexander wieder Monsieur und bedankte sich mit einem tiefen koketten Knicks für das Trinkgeld.

Käthe zermarterte sich das Gehirn, wie sie den Mann dazu bringen könnte, nicht gleichzeitig mit ihr das Lokal zu verlassen. Dresden war eine Stadt, in der Gerüchte herumflogen wie Fliegen über Unrat. Sie wollte keinesfalls, dass ihr Vater gerüchteweise erfuhr, sie hätte sich mit einem jungen Mann in der Konditorei getroffen. Als ihr nichts Besseres einfiel, erhob sie sich, reichte Alexander die Hand und sagte geradeheraus: »Adieu, Herr Wolkenrath, es war mir ein Vergnügen, aber bitte bleiben Sie jetzt sitzen. Um uns herum gibt es mehr Plaudertaschen als Pfefferkuchen. Und ich lege meine Hand dafür ins Feuer, dass Fräulein Luise dazugehört.«

Alexander grinste. »Jedenfalls gehört sie nicht zu den Pfefferkuchen.« Er erhob sich und knallte die Hacken andeutungsweise zusammen. Wieder hauchte er einen Kuss über ihre Hand. Bevor sie sich umdrehen konnte, sagte er leise: »Ich würde Sie gern wiedersehen.

Darf ich Sie einladen?« Forschend und ängstlich sah er sie an. Als sie nicht widersprach, lächelte er erleichtert und schlug nach kurzem Nachdenken vor: »Was halten Sie von einem Ausflug am Sonntag zum Schillerschlösschen? Oder wir könnten mit dem Dampfschiff fahren?«

Käthe nickte überwältigt. Ja, jubelte es in ihr. Ja, ich will ihn wiedersehen, was der Vater auch immer sagen mag! Sie verabredeten sich am Platz vor dem Königlichen Schloss. Dort standen Kutschen und Fiaker, sodass sie bei jedem Wetter überall hinfahren konnten.

»Bis Sonntag. Um elf vor dem Schloss«, sagte Käthe.

Glücklich verließ sie die Konditorei.

## 2

Am Dienstagabend lag die Zeit bis Sonntag vor ihr wie eine endlose unüberwindbare Wüste.

Am Mittwochmorgen beschloss sie, sämtliche Vorräte an Lavendelseife hinter dem Rücken des Vaters fortzuwerfen und durch Maiglöckchenseife oder geruchsneutrale grüne Seife zu ersetzen.

Am Donnerstag setzte sie diese Absicht während ihres üblichen Einkaufsganges in die Tat um und kehrte danach wie gewöhnlich bei Conradi zu einer heißen Schokolade ein. Diesmal bediente nicht Luise, und es erschien auch kein schneidiger junger Mann an ihrem Tisch. Letzteres bewirkte, dass die Schokolade ihr weniger süß erschien als sonst, auch wenn sie vor sich selbst nicht eingestand, dass sie auf ein Wiedersehen gehofft hatte.

Donnerstagabend war das Haus lavendelfrei. Käthe empfand ein rebellisches Glück. Nie wieder, so schwor sie sich, würde sie diesem Duft die Möglichkeit geben, ihr die Laune zu versauern. Die Kleider der Mutter rochen natürlich noch danach, aber die mied Käthe ohnehin seit dem Fund des Goldes.

Die ganze Zeit über musste sie den Drang in sich niederkämpfen, in alten Zeitungen zu graben, um die tragische Geschichte des Fuhrunternehmens Wolkenrath & Söhne noch einmal nachzulesen. Nein, der junge Wolkenrath, den sie bei sich nur zärtlich Alexander nannte, sollte ihr die ganze Geschichte aus eigener Anschauung erzählen.

Erst am Freitagmorgen stellte sie sich die Frage, wie sie ihre Abwesenheit am Sonntag dem Vater beibringen könne.

Abgesehen von ihren kleinen verschwiegenen Stelldicheins mit heißer Schokolade und sonstigen Leckereien war Käthes Leben ansonsten vollkommen durchsichtig für den Vater, wenn man einmal davon absah, dass sie einen Roman pro Woche las. Seit dem Tod der Mutter ging sie nicht einmal mehr ins Theater. Der einzige Ort, den sie außer Geschäften oder dem Markt aufsuchte, war das Konservatorium für Musik in der Landhausstraße 6 im zweiten Stock, wo sie mit väterlicher Zustimmung vom Kaiserlichen Kammermusikus Schmole Pianounterricht erhielt. Sonntags spielte sie dem Vater normalerweise nach dem Nachmittagskaffee auf dem Piano vor. Dann trank er einen französischen Weinbrand, schmauchte eine kubanische Zigarre und wippte im Takt der Musik mit dem Fuß, der in sonntäglichen Hauspantoffeln steckte.

Käthe fiel nur eine einzige Ausrede ein: Es gehe ihr sehr schlecht und sie müsse deshalb den Sonntag mit abgedunkeltem Fenster in ihrem Zimmer verbringen. Sie wusste, dass der Vater eine ungeheuer große Abneigung gegen Krankheit hatte, was durch die Schwälle von Blut, die die Mutter kurz vor ihrem Tod auf Fußboden und Bett erbrochen hatte, noch verstärkt worden war. Ohne Zwang würde er keinen Fuß in ein Krankenzimmer setzen. Doch wie sollte sie aus dem Haus kommen? Und was, wenn sie Fritz begegnete? Sie würde ihn zu ihrem Vertrauten machen müssen!

Nein, allein der Gedanke war ihr schon zuwider. Es widerstrebte Käthe nicht besonders, vor dem Vater ein Geheimnis zu haben. Es wäre ihr aber sehr unangenehm gewesen, es mit einer anderen Person zu teilen. Doch da war noch etwas. Fritz hatte diese grauen klaren Augen, die einen direkt anschauten, und dann kam es Käthe immer so vor, als leuchte hinter dem Grau ein Licht. Und dann hatte er diese aufrechte Haltung, diese breiten Schultern, diesen selbstverständlichen Gang. Käthe konnte sich nicht vorstellen, dass er jemals einen anderen Menschen anlog. Und sie wollte nicht, dass er sie für eine Lügnerin hielt. Das kam also gar nicht infrage.

Freitag beim Mittagessen geschah dann etwas, das Käthe nachdenklich stimmte. Bisher hatte sie sich Gott als eine Instanz erklärt, die Menschen sich ausgedacht hatten, um Gut und Böse leichter auseinanderhalten zu können. Aus Angst vor göttlicher Strafe entschieden sie sich leichter für das Gute. Nach dem Mittag dachte Käthe ernsthaft darüber nach, dass es Gott vielleicht wirklich gab. Und zwar einen Gott mit einem ganz persönlichen Interesse an Käthes Glück. Es passierte Folgendes: »Meister«, sagte der Lehrling Friedrich, »meine Mutter lässt ausrichten, dass sie am Sonntag silberne Hochzeit feiert und Ihr eingeladen seid.« Das war eine lange Rede gewesen, und Friedrichs Gesicht sah aus wie ein roter Streuselkuchen. Trotzdem holte er noch einmal tief Luft und fügte hinzu: »Herzlich eingeladen, hat sie gesagt.« Sein schmaler Brustkorb fiel erleichtert zusammen, und er starrte Meister Volpert erwartungsvoll an.

Der trank bedächtig einen großen Schluck aus seinem Wasserkrug – bestes Dresdner Heilwasser. Meister Volpert schwor auf die Ratschläge von Friedrich Robert Nitzsche und machte deshalb nicht nur allmorgendlich die von Obigem empfohlene »Zimmergymnastik«, sondern er trank auch täglich Dresdner Heilwasser. Außerdem schwor er auf E. H. F. Hartmann, der das Bier als deutsches Nationalgetränk pries und seine Wirkungen als Heilmittel auf den menschlichen Organismus. Hartmann hatte einen »diätetischen Rathgeber« verfasst für alle diejenigen, »welche durch mäßigen Biergenuss ihre Gesundheit verbessern und bis ins Alter bewahren wollen«. Nebst genauer Angabe, die Fehler, Verfälschungen und Krankheiten des Bieres zu erkennen und unschädlich zu machen. Für jeweils einen halben Taler hatte Meister Volperts Mutter die Ratgeber beider obiger Herren erstanden und sie ihrem Sohn geschenkt, als er seine Tischlerei eröffnete. Seitdem hielt er sich an die Vorschriften. Er machte in der Frühe seine Zimmergymnastik, trank am Mittag Heilwasser und am Abend Bier.

Nachdem er einen großen Schluck zu sich genommen hatte, räusperte sich Meister Volpert. Dann räusperte er sich noch einmal, etwas länger. Danach warf er einen Hilfe suchenden Blick zu Käthe. Die aber versagte ihm ihr Mitgefühl, denn sie erkannte Gottes Geschenk und nahm es dankbar an.

»Wie wunderschön!«, verkündete sie, vollmundiger und überzeugender, als sie üblicherweise zu sprechen pflegte. »Wie reizend von deiner Frau Mutter, meinen Vater einzuladen. Er war auch gar zu lange nicht mehr aus.«

Meister Volpert senkte den Kopf, und man konnte ihm ansehen, dass er sich zu erinnern versuchte, ob er Friedrichs Mutter überhaupt jemals zu Gesicht bekommen hatte.

Selbstverständlich hast du, ermunterte Käthe ihn in Gedanken. Kein Lehrling beginnt ohne vorheriges Gespräch des Meisters mit den Eltern. Und soweit ich mich erinnere, war Friedrichs Mutter eine eindrucksvolle Walküre, die ihren stillen Mann mehr als verblassen ließ.

»Ich kann dich doch nicht den ganzen Sonntag allein lassen, mein liebes Kind.« Meister Volpert warf einen fast schon verzweifelten Blick zu Käthe.

Aber diese blieb ungerührt. »Ich bin fast zwanzig, Vater«, beruhigte sie ihn mit einem entzückenden Lächeln, das ihre Grübchen zum Vorschein brachte. »Und es wird nicht lange dauern, dann verbringen wir viele Tage getrennt. Denn ich werde einen Mann und Kinder haben wie alle Frauen meines Alters.«

Alle Köpfe am Tisch schnellten in die Höhe. Die Gesellen und der zweite Lehrling hatten das Gespräch bisher eher gelangweilt verfolgt. Jetzt aber war etwas vollkommen Neues geschehen. Etwas Alarmierendes. Fast so etwas wie eine Kampfansage. In Fritz' grauen Augen, die Käthes einzufangen suchten, lag eine drängende Frage. Käthe schaute über alle hinweg.

Eckhard Volpert griff nach seinem Wasserkrug. Dann stellte er ihn wieder auf den Tisch. Etwas zu hart vielleicht. Bedächtig hob er seinen Blick zu Käthe und betrachtete sie, als hätte er sie noch nie gesehen. Ebenso langsam wendete er seinen Kopf Friedrich zu und nickte mit dem Kopf. »Sag deiner Mutter vielen Dank. Ich werde kommen. Wie viel Uhr?«

Käthes Herz beschleunigte den Takt. »Gegen elf, Meister, die Feier geht den ganzen Tag.« Als sie diese Antwort vernahm, musste sie an sich halten, nicht erleichtert auszuatmen.

Friedrich grinste gequält. »Ich habe ein paar schlimme Onkel, die prügeln sich wahrscheinlich schon vor dem Abendbrot. Dann komm ich einfach in Eure Nähe, Meister.«

Wieder nickte Meister Volpert. Er vermied es, Käthe anzuschauen, das merkte sie. Sie fühlte sich nicht ganz wohl in ihrer Haut, aber sie dachte auch an die letzten unter Qualen geächzten Worte ihrer Mutter: »Pass auf ihn auf, Käthe, aber lass dich nicht einsperren! Dein Körper ist fürs Kinderkriegen geboren. Niemand darf dich davon abhalten!« Ihre immer noch wunderschönen schmalen Hände hatten nach Käthes gegriffen, die ihr in jenem Augenblick unerträglich fleischig und lebendig ins Auge stachen. Zwei eiskalte elegante Hände über zwei dicklichen Händen voll warmen Lebens. Da röchelte die Mutter ein letztes Mal, bäumte sich auf – und war von der Mühsal des Atmens erlöst.

»Käthe könnte doch mitkommen«, unternahm Meister Volpert einen letzten Versuch.

Friedrichs pickeliges Gesicht rötete sich abermals. Er schluckte und warf einen beschwörenden Blick gen Himmel. Käthe lächelte unwillkürlich. Der arme Junge!, dachte sie. Seine Mutter hat ihm unter Garantie eingeschärft: Der Alte allein. Ohne Tochter. Heiratsfähige junge Mädchen gab es in Dresden genug, aber betuchte Witwer im besten Alter von Mitte vierzig waren Mangelware.

Mit einem Mal verspürte Käthe einen Anflug von Panik. Sie beruhigte sich sofort. Sie werden es nicht schaffen, sagte sie sich. Er hat Mama geliebt. Unendlich geliebt. Er wird keine andere wollen. Sie verstand nicht, warum ihr das sogar in diesem Augenblick so wichtig war, aber es war so.

Käthe warf ein Grübchenlächeln in die Runde der Männer. Sie erhob sich. Im selben Augenblick erschien Lieschen im Raum. »Ich kann am Sonntag nicht«, erklärte Käthe laut und vernehmlich. Dann räumte sie still die Teller zusammen und begab sich mit Lieschen gemeinsam an den Abwasch.

## 3

Der Tag war viel zu schwül für Mai. Kaum dass sie das Haus verlassen hatte, schwitzte Käthe schon. Und ihre Füße wurden von Sekunde zu Sekunde dicker. Spätestens am Schlossplatz, so fürchtete sie, würden die Nähte ihrer Stiefelchen reißen. Mit einem peinlichen knarzenden Geräusch, das an einen Pups erinnern und den eleganten Herrn Wolkenrath in die Flucht treiben würde. Wenn sie überhaupt jemals auf diesen Folterinstrumenten bis zum Schlossplatz gelangen würde. Sofern Alexander überhaupt noch dort wäre, da sie mindestens fünfzehn Minuten Verspätung hatte. Aber vielleicht kehrte sie ja auch auf halbem Wege um, weil ihr Mut mit jedem Schweißtropfen sank.

Auf zu engen Lederstiefeletten, in ein zu enges Korsett geschnürt, in ein zu langes und dunkles Kleid gestopft, auf dem Kopf über dem Kranz aus dicken roten Zöpfen einen unvorteilhaften schwarzen Hut mit einem Schleier vor den Augen, hastete sie die Straßen so schnell entlang, dass ihr Gang gerade noch einen letzten Rest von Sonntagsschicklichkeit bewahrte. Schweißtropfen rannen zwischen ihren eingezwängten Brüsten hinunter, fingen sich in der Korsage, wo diese aus Käthes leichtem Bauch eine Wespentaille machte. Ihre bauschige knielange Unterhose aus gestärktem Leinen klatschte feucht um ihre Beine. Ächzend blieb sie stehen. Es war eindeutig zu heiß für einen Ausflug! Außerdem kam sie zu spät. Sie sollte umkehren und vielleicht am kommenden Dienstag um die gleiche Zeit wieder in die Konditorei Conradi gehen.

Nein! Sie bellte dieses Wort in sich hinein. Nein! Sie hatte noch nie gekniffen, und sie hatte nicht vor zu kneifen.

Käthe war zwar still und sanft, ihr runder weicher Mund zeugte nicht nur von ihrer Naschlust, sondern auch davon, dass sie weder verkniffen noch streng oder auch nur im Ansatz zänkisch war, und auch ihre Augen sprachen von dieser ihr eigenen treuherzigen Arglosigkeit. Gleichzeitig aber besaß sie eine aufrechte Haltung, kräftige Hände und einen unerschrockenen Blick, der zuweilen sogar unschicklich lang auf einem anderen Menschen verweilte und so den anderen zu peinlich berührtem Fortblicken animierte.

Ja, Käthe hatte Angst vor dem, was ihr mit Alexander Wolkenrath vielleicht geschehen könnte, aber sie war fest entschlossen, es zu erleben. Schlimmer als die Angst war die überaus lästige Kleidung, vor allem die engen Stiefel. Aber sie war doch kein verwöhntes Prinzesschen! Du bist harte Arbeit gewohnt!, herrschte sie sich an, du wirst ja wohl etwas Schwitzen aushalten!

So erreichte sie den Schlossplatz, auf schmerzenden Füßen, mit klebrigem Schweiß zwischen den zusammengepressten Brüsten, unter dem Hut juckender Kopfhaut und verringerter Atemkapazität bei erhöhtem Sauerstoffbedarf.

Er stand in der Mitte des Platzes. Groß, aufrecht, breite Schultern, schmale Hüften, perfekt gebaut. Er war haargenau gleich gekleidet wie am Dienstag: graue Hosen mit feinen weißen Streifen, ein eleganter schwarzer Überzieher, weiße Gamaschen. In der linken Hand trug er eine kleine Reitgerte. Allein das von dem gelassenen Mann wie losgelöst wirkende Auf- und Abwippen der Gerte sprach von Nervosität.

Käthe dehnte ihren Brustkorb bis an die äußerste Grenze des Korsetts aus. Sie spürte nicht, wie die Fischbeinstäbe sich schmerzhaft in ihre Haut drückten. Sie spürte nur die Wohltat des Atems – und ihre herzrasende Freude auf den Mann.

Er blickte in eine andere Richtung, wandte sich ihr erst zu, als sie schon bis auf ein paar Schritte an ihn herangekommen war. Bevor sein Gesicht sich zu dem charmanten Lächeln verzog, das sie von ihm schon kannte, sah sie es nackt, ohne Maske. Er war sehr bleich. Die Züge seines Gesichts schienen vor Anspannung wie erstarrt. Er wirkte mürrisch – und als hätte er Angst.

Ihn so verletzlich zu sehen verlieh ihr augenblicklich ein Gefühl von Kraft und Stärke. Freudig eilte Käthe auf ihn zu. »Es tut mir so leid, Herr Wolkenrath! Ich habe Sie warten lassen. Ich bin einfach nicht früher aus dem Haus gekommen. Mein Vater ist zu einer silbernen Hochzeit eingeladen, und ich musste noch seinen Anzug bürsten und seine Schuhe wienern, und unser Mädchen, die Liese, geht sonntags immer zur Kirche, sodass ich da keine Hilfe habe …«

Zu ihrer eigenen Überraschung plapperte sie zwitschernd vor sich hin, wie sie es bislang nur von anderen Mädchen kannte. Er hauchte einen Kuss über ihre Hand, die von einem leichten Schweißfilm bedeckt war, und sagte lächelnd: »Es ist sehr heiß heute, finden Sie nicht auch?«, was sie wiederum dazu brachte, längere unwichtige Sätze übers Wetter von sich zu geben.

Er legte ihre Hand in seine Armbeuge und führte sie zum Rand des Platzes, wo mehrere Fiaker und Kutschen standen. Entschieden steuerte er auf ein überdachtes Gefährt zu, größer als ein Fiaker, aber kleiner als alle Kutschen, die Käthe jemals gesehen hatte.

Der Kutscher, ein alter Mann mit wettergegerbter Haut, sah ihnen aufmerksam entgegen. Als sie vor ihm stand, stellte Käthe fest, dass er noch gar nicht so alt war. Die in einem Stern von Falten liegenden Augen blitzten jung und hellwach.

»Heinrich, da wären wir«, sagte Alexander Wolkenrath knapp. »Bitte fahr das Fräulein Käthe und mich zum Schillerschlösschen. Schönste Wege, selbstredend!«

»Selbstredend!«, bestätigte der Kutscher, und Käthe meinte, einen leicht spöttischen Unterton wahrzunehmen. Als er sie jedoch mit einer höflichen Verneigung begrüßte, »Einen schönen guten Tag, das Fräulein!«, da lag nicht die Andeutung von Spott, weder in der Stimme noch in den Augen, noch in den Mundwinkeln.

Alexander unterstützte Käthe leicht am Ellbogen, als sie die Stufen zur Kutsche hinaufstieg, eine warme zarte Berührung wie weiche Vogelschwingen.

Nachdem sie endlich auf den Lederpolstern Platz genommen hatten, gab Käthe einen völlig undamenhaften Schnaufer der Erleichterung von sich. »Wie angenehm kühl es hier ist!«, seufzte sie. »Ich hatte schon befürchtet, in der Hitze zu schmelzen.«

»Wie heiße Schokolade«, schmeichelte Alexander, »und obendrauf eine Sahnehaube.« Er griff sacht zu dem Schleier vor ihrem Gesicht. »Darf ich?« Käthe hielt beklommen den Atem an.

Ruckelnd setzte sich die Kutsche in Bewegung. Schnell warf Käthe ihren Schleier mit einem Schwung hoch. Sie sah, dass Alexander ihr am liebsten den Hut ganz abgenommen hätte, hielt ihn aber mit ihrem geraden durchdringenden Blick davon ab.

Unter leichtem Geplauder über das Wetter, die Gegend und den allgemeinen Verlauf von Sonntagen passierten sie bald die Schillerstraße und erreichten eine reizende Umgebung. Sie fuhren am Lincke'schen Bade vorbei und schauten von oben herab in dessen schönen Garten, wo Rittersporn und Rosen darum wetteiferten, die Blicke auf sich zu ziehen. Sie fuhren durch eine rechts und links von blühenden Kastanienbäumen gesäumte Allee und warfen neugierige Blicke auf die prächtigen Häuser, die von parkähnlichen Gärten umgeben waren. Käthe spürte mehr, als sie es sah, wie sich eine dunkle

Wolke auf die Stimmung des Mannes neben ihr legte. Am liebsten hätte sie ihm die Hand gedrückt.

Da sagte er auch schon: »Sie haben bestimmt von der Geschichte meiner Familie gehört, Fräulein Käthe?« Es klang weniger wie eine Frage, sondern eher wie eine allgemeine bittere Anklage des Gerüchtesumpfs in Dresdner Kreisen. Käthe nickte denn auch entschuldigend.

Alexander wies zu einem gewaltigen Haus mit verschnörkelten Giebeln. »Kein Mensch weiß, wie schnell man so etwas verlieren kann, wenn ihm das nicht schon zugestoßen ist.«

Käthes Herz zog sich zusammen, und sie schämte sich jetzt sehr wegen ihrer Neugier, die sie fast dazu getrieben hätte, sich sein trauriges Schicksal vor ihrem Treffen noch einmal zu Gemüte zu führen.

Schon bogen sie auf den weiträumigen Platz vor dem Schillerschlösschen ein, wo es noch ziemlich leer aussah.

»Waren Sie schon einmal hier, Fräulein Käthe?«, fragte Alexander Wolkenrath und öffnete die Tür der Kutsche für sie. Verneinend schüttelte Käthe den Kopf. Sie wackelte leicht mit den Zehen in ihren Stiefeln. Es fühlte sich jetzt besser an, aber immer noch nicht wirklich bequem. Hoffentlich gelüstete es Alexander Wolkenrath nicht nach einem gemeinsamen Spaziergang.

»In den Mittags- und Abendstunden trifft man hier eine zahlreiche Versammlung von Gästen aus allen Ständen an«, erläuterte er und versetzte ihr damit einen schmerzlichen Stich.

Er hält es für nötig, dich zu beruhigen, dass du dich hier nicht fehl am Platze fühlen musst, dachte sie traurig. Wahrscheinlich besucht er sonst das Café Français, wo sich die Adligen und Höhergestellten treffen, um eine heiße Schokolade zu trinken und zu plaudern. Mit einem Mal fühlte sie sich sehr unelegant und schäbig in ihrem schwarzen Trauerkleid mit dem schwarzen Hut.

Alexander wies den Kutscher an, auf sie zu warten. Doch dann wandte er sich fragend Käthe zu. »Oder wollen wir einen kleinen Spaziergang an der Elbe machen? Wir könnten nach Loschwitz gehen und den Schillerpavillon besuchen, wo der große Dichter einst sein *Lied von der Glocke, Wallensteins Lager* und, ich glaube, auch einen Teil von *Don Carlos* schrieb.«

Käthe nickte, überwältigt von der literarischen Bildung des Mannes. Heinrich schnalzte sofort mit der Zunge und hatte es offenbar eilig fortzukommen. »Wann?«, fragte er mit rauer Stimme, der man anhörte, dass sie durch Sprechen wenig geschmiert wurde.

Alexander blickte Käthe fragend an. »Wann müssen Sie zurück sein?«

Sie schrak zusammen. Darüber hatte sie sich noch gar keine Gedanken gemacht. »Ich weiß nicht«, bekannte sie wahrheitsgemäß. »Am Abend.«

Alexander lachte leise. Das ärgerte sie. Sie fühlte sich verspottet.

»Um vier! Hier!«, wies er Heinrich an.

Wieder versuchte er, Käthes Hand in seine Armbeuge zu legen, aber sie hielt Abstand. Auf schmerzenden Füßen stiefelte sie über den Kies neben ihm her.

Der Garten des Restaurants lag auf der anderen Seite. Sie umrundeten das Schloss, und da standen sie dann. Käthe stieß einen kleinen Laut der Begeisterung aus. »Was für eine reizende Aussicht!« Vor ihnen lag die in der Sonne glitzernde Elbe, dahinter wellten sich die Hügel der Sächsischen Schweiz.

Alexander führte sie zu einem der Gartentische und bestellte für beide Limonade und zwei Brezeln. »Das Mittagessen nehmen wir später ein, nachdem wir unseren Spaziergang gemacht haben. Einverstanden, Fräulein Käthe?«

Sie stimmte all seinen Vorschlägen zu.

An einem Nebentisch saßen noch andere junge Leute, zwei junge Frauen mit hellen leichten Sommerkleidern, die den Hals unbedeckt und deren durchsichtige Ärmel die Unterarme erkennen ließen. Käthe errötete schon vom Hinsehen. Hier fanden sich offenbar wirklich Menschen aller Stände ein. Die Limonade schmeckte nach Johannisbeeren. Käthe trank sie mit einem Strohhalm in sparsamen Schlucken.

»Mein Großvater hat mich oft mit hierher genommen, auch mein Vater. Auf dem Pferd. Zuerst haben sie mich vor sich gesetzt, dann hatte ich mein eigenes Pony. Können Sie reiten, Fräulein Käthe?«

Kopfschüttelnd verneinte Käthe, während sie weiter an ihrem Strohhalm nuckelte. Er sah das wohl als Aufforderung an weiterzusprechen und kam dem offenbar gerne nach. »Mein Großvater hat das Fuhrunternehmen Wolkenrath so groß gemacht, mein Vater hat es übernommen.« Alexander schnaubte kurz durch die Nase, ein trockener empörter Laut. »Er hat auch alles andere übernommen. Ein großes, gastfreundliches Haus, Dienstmädchen, Pferde und Kutschen. Mein Vater war ein Herrenreiter. Er wurde zu allen Jagden eingeladen, und er war oft der Meisterschütze.«

Käthes Kopfhaut kribbelte scheußlich. Und obwohl es ihr zur zweiten Natur geworden war, ihr Haar zu verbergen, hoben sich ihre Hände plötzlich fast von allein, und sie nestelte die Nadeln aus dem Haar, mit denen der Hut gehalten wurde. Sie wusste, dass sich nun überall um ihren Kopf herum zarte rote Locken aus dem Kranz lösen würden. Aus irgendeinem Grund war es ihr egal. Die Frauen da hinten trugen gar keine Hüte. Und sie lachten laut. Und sahen hübsch aus. Und wurden von den Männern, die bei ihnen saßen, geradezu ehrfürchtig behandelt.

Käthe hielt den Hut in der Hand, einen Moment schwebte er über ihrem Kopf, bevor sie ihn auf ihren Schoß sinken ließ. Sie warf einen scheuen Blick auf Alexander Wolkenrath. Starrte er sie jetzt an? War er entsetzt von ihrem Benehmen? Oder von ihrer Haarfarbe?

Er blickte in die Ferne, wo er offenbar etwas ganz anderes sah als die Sächsische Schweiz. Das beruhigte Käthe. Und es wurmte sie. Schließlich hatte sie eben eine umstürzlerische Tat begangen. Und er schaute nicht einmal hin.

»Man sagt«, gab sie erhobenen Kopfes und mit kühler Miene von sich, »dass Ihr Vater in moralischen Belangen … nun, nicht gerade ein Leitstern war …«

Alexander brach in meckerndes Lachen aus. »Leitstern? Leitstern! Das ist gut!« Er lehnte sich über den Gartentisch zu ihr und sah sie staunend an, als hätte er sie eben erst entdeckt: »Sie haben ja feuerrote Haare«, sagte er. Es klang weder bewundernd noch abwertend, noch von irgendeinem anderen Gefühl getrübt als dem Staunen. »Das habe ich gar nicht bemerkt«, sagte er langsam und fügte dann mit einem nachdenklichen Lächeln hinzu: »In der Schule war ein Junge mit roten Haaren, der wurde immer gehänselt. Irgendwann hat man ihn aus der Elbe gezogen. Ertrunken.«

Käthe wurde übel. Sie setzte den Hut wieder auf den Haarkranz und steckte ihn fest. »Mir war ein bisschen warm«, erklärte sie. »Jetzt geht es wieder.«

Er hinderte sie nicht, blickte nun wieder in die Ferne, als hätte er die Farbe ihrer Haare schon vergessen. »Sie haben recht«, sagte er nachdenklich, »mein Vater war kein moralischer Leithammel. Er hat ein paar Bastarde gezeugt, hundertprozentig, er hat gesoffen, na ja, und dann war da die verhängnisvolle Sache mit dem Spiel. Besonders wenn er betrunken war, konnte er nicht wieder aufhören.«

Käthe wusste, warum Alexander im Zusammenhang mit der Spielleidenschaft seines Vaters das Wort »verhängnisvoll« benutzte. Denn sein Vater besaß heute nichts mehr. Er war bettelarm.

In der Zeitung hatte gestanden, dass Bankier Eisentraut von Alexander Wolkenrath, Inhaber des Kutschenunternehmens Wolkenrath & Söhne, dessen gesamtes Vermögen, einschließlich der Firma und des Anwesens, übertragen bekommen habe. Beide hätten bestritten, dass es sich um Spielschulden handelte, beide hätten einvernehmlich einen »Handel« abgeschlossen.

Einen Tag zuvor hatte das Dienstmädchen der Familie Eisentraut einem Redakteur der Zeitung erzählt, dass die beiden Männer jede Woche um Geld Karten spielten. Laut ihrer Beschreibung endete das Spiel in jener fatalen Nacht damit, dass Alexander, sehr angetrunken, in hemmungsloser Gier, das Rad des Verlierens umzudrehen, einen Schuldschein einsetzte, mit dem er seine Firma, sein Haus und sein gesamtes Vermögen übertrug.

Am nächsten Tag bereits bestritt das Dienstmädchen vor allen möglichen Leuten, jemals so etwas zum Herrn Redakteur gesagt zu haben, er sei wahrscheinlich ärgerlich auf sie, weil sie nie bereit gewesen sei, mit ihm zum Tanzen zu gehen, obwohl er sie dieserhalb ständig belagere.

Käthe warf einen verstohlenen Blick auf den in seinem Schmerz versunkenen jungen Mann. Da richtete er seine wässrigen Augen auf sie und sagte: »Es tut so gut, mit einer verständnisvollen Seele über diese Katastrophe meines Lebens zu sprechen. Wissen Sie, Fräulein Käthe, ich schweige sonst darüber, denn all das ist mit sehr viel Scham behaftet, aber Ihnen vertraue ich.« Mit einem anrührenden Lächeln fügte er hinzu: »Und wenn das Herz überfließt … bitte verzeihen Sie meine Vertraulichkeit, wir kennen uns erst so kurze Zeit …«

Da griff Käthe kurz entschlossen über den Tisch nach seiner zu einer Faust geballten Hand und legte die ihre darüber, wie um ihn zu schützen. Er schluckte und öffnete seine Hand im Nu. Er packte nicht zu, und das war gut so. Er ließ seine offene Hand unter der ihren liegen und sagte leise: »Ich eiferte dem Vater schon als Kind nach. Im sicheren Bewusstsein, einmal alles zu erben. Pferde fühlen sich wohl bei mir. Ich kann die Kutschen nicht nur lenken und verleihen, ich kann sie sogar reparieren und die Kutscher einweisen, und ich kann dem Schmied auf die Finger sehen. Ich bin groß geworden als zukünftiger Chef.«

Jetzt die Hand wegzuziehen, wäre Käthe herzlos erschienen. Und dass Alexander ihren Handteller von unten mit seinem Daumen zu streicheln begann, kam ihr auch eher absichtslos vor, wenn es ihren Magen auch in Aufruhr versetzte.

Alexander schwieg und streichelte gedankenverloren weiter. Käthe empfand die starke Notwendigkeit, etwas zu sagen. Aber was? Nahegelegen hätte jetzt eine scharfe Bemerkung über die Gier der Juden. Bankier Eisentraut und seine Familie waren aber in Dresden als ehrenwerte Menschen bekannt, wenn es natürlich nach dem Vorfall viele gegeben hatte, die das Ganze auf die jüdische Geldgier zurückführten. Käthes Vater hingegen, Meister Volpert, donnerte, wenn er solche Worte vernahm: »Der deutsche Antisemitismus wird uns noch teuer zu stehen kommen. Was wäre das deutsche Volk ohne die Juden? Halbiert um Kultur und Wissenschaft und diese Lebensart, die wir von ihnen lernen können. Jawohl, mein Kind, du kannst mir glauben, ich habe Möbel für deutsche Adlige gebaut und für jüdische Wohlhabende. Und ich kann dir sagen: Die deutschen Adligen wollen es immer genauso, wie es irgendeiner aus ihrer Bekanntschaft schon hat. Die Juden finden ihre Modelle in der ganzen Welt.« Und ein anderes Mal, als am Tisch einer der Lehrlinge über den Bankier Eisentraut aufs Abfälligste herzog, schnitt ihm Meister Volpert das Wort ab: »Du Grünschnabel, was weißt du schon von Ehre und Stolz? Eisentraut hatte gar keine Wahl. Wenn er dem Wolkenrath das Vermögen gelassen hätte, hätte er ihm seine männliche Ehre geraubt. Das zu tun ist der Eisentraut viel zu sehr Ehrenmann.«

Der Ober kam. Käthe entzog Alexander sacht ihre Hand. Er zückte seine Geldbörse und zahlte.

Als sie zur Elbe hinuntergingen, legte Käthe wie selbstverständlich ihre Hand in seine Armbeuge. Ihre Füße schmerzten nicht mehr im

Geringsten. Sie sog die Luft tief ein. Atmete den Geruch des Flusses. Und die Ahnung vom Duft des Mannes, der dicht neben ihr war. Plötzlich fühlte sie sich leicht und kühl trotz der Schwüle, die jetzt, gegen Mittag hin, immer noch zunahm.

Schweigend gingen sie eine Weile am Elbufer entlang. Da legte Alexander seine rechte Hand auf Käthes und sagte mit belegter Stimme: »Mein Vater hat damals nichts gesagt, nur: ›Packt das Silber ein, wir ziehen um.‹«

Das Silber. Ja, das Silber konnten sie getrost mitnehmen, dachte Käthe. Die Eisentrauts hatten selbst genug. Aber hatten sie nicht an allem genug? Sie wusste, wohin die Wolkenraths gezogen waren. Bankier Eisentraut hatte ihnen Wohnrecht bewilligt, nun allerdings nicht wie zuvor in zwölf Zimmern und Wirtschaftsräumen, und auch das Gesinde stand ihnen nicht mehr zur Verfügung, aber sie bekamen die Erlaubnis, kostenlos in einer der Kuscherwohnungen mit zwei kleinen Zimmern und einer Wohnküche zu hausen.

»Sie wissen, dass Eisentraut …?«

Käthe nickte. Vielleicht weiß ich gar nicht, was er meint, dachte sie und warf ihm schnell einen fragenden Blick zu. Er verlor sich wieder in traurigen Erinnerungen. Aber es war ihr unmöglich, mit sachlicher Stimme zu fragen: Sie meinen, dass Eisentraut Ihrer Familie in einem Akt von Mitmenschlichkeit ein Wohnrecht auf Lebenszeit gewährte?

Es war Stadtgespräch gewesen. Jeder, der die Werkstatt betrat, hatte etwas dazu zu sagen. Meister Volpert hatte kein Kritteln an Eisentrauts guter Absicht gelten lassen. In Wahrheit aber wusste keiner, ob Eisentrauts Beschluss von guter Absicht getrieben war oder vom Bedürfnis des Siegers, das Schicksal des Verlierers von eigener Hand weiter zu bestimmen. Tatsächlich hatte ihm der Sieg nicht zur Vergrößerung der Lebensfreude gereicht. Denn Alexander Wolkenrath lief fortan als Opfer durch die Welt, ausgeraubt, bestohlen, betrogen. Auf die Spitze trieb er das Drama mit einem Selbstmordversuch, der, zum nächsten Stadtgespräch geworden, der Familie Eisentraut das Leben schwer machte.

»Herr Wolkenrath?« Er schreckte zusammen. Käthe hatte ihn offenbar aus seinen Gedanken gerissen.

»Ja?«

Sie holte tief Luft und sagte dann mit fester Stimme: »Ich möchte nicht weiterlaufen. Es ist heiß. Meine Schuhe drücken. Und ich habe Hunger. Was halten Sie davon, wenn wir zum Schillerschlösschen zurückgehen und dort zu Mittag essen?«

Alexander Wolkenrath blieb stehen, musterte sie von oben bis unten, blickte ihr tief in die Augen und brach in das meckernde Lachen aus, das sie schon von ihm kannte.

»Sie haben diese roten Haare zu Recht«, sagte er hechelnd zwischen den Lachkollern. »Ich kenne keine Frau, die zugeben würde, dass ihre Schuhe drücken. Kommen Sie, meine drücken auch.«

## 4

Das Schillerschlösschen war ein viereckiger protziger Kasten, eher gewaltig als anmutig. Ihren Reiz erhielt die Anlage durch den weitläufigen Garten, in dem ungefähr dreißig rechteckige große Tische aufgestellt waren, an denen man zur Not zu sechst Platz finden konnte. Das wirklich Besondere aber war die Plattform oben auf dem Dach, von wo aus der Blick geradezu grandios in die Ferne schweifen konnte.

Käthe und Alexander erklommen die ausgetretenen Holzstufen. Drinnen war es zum Glück kühl, sodass es einer Wohltat nahe kam, sich hier aufzuhalten, selbst wenn man Treppen steigen musste.

Sie hatten draußen bereits einen Tisch belegt, eine Notwendigkeit, da um die Mittagszeit das Volk herbeiströmte. Sie hatten der Bedienung auch schon ihre Bestellung aufgegeben, und wollten sich nun vor dem Essen und bevor die Plattform überfüllt wäre, die Zeit vertreiben. Als sie mit einem leichten Schnaufer die letzte Stufe hinter sich gelassen hatten und ins Freie traten, verschlug ihnen die Hitze den Atem. Käthe japste nach Luft, einen Moment lang empfand sie in ihrem engen Korsett Erstickungsangst. Dann beruhigte sich ihr Herzschlag wieder.

Alexander hatte offenbar von ihrer Not nichts bemerkt. Er war schon einige Schritte zur Metallbrüstung vorausgeeilt und rief nun: »Fräulein Käthe, schauen Sie nur, welch entzückender Ausblick!«

Käthe folgte ihm mit schnellen kleinen Schritten, bemerkte dabei aus den Augenwinkeln, dass die Besucher hier oben ausnahmslos Herren waren. Interessierte Blicke streiften sie. Natürlich, dachte sie ironisch, steile Treppen sind nichts für Frauen in zu engen Schuhen und Korsetts.

Man genoss von der Plattform aus einen weiten Blick auf die sich windende Elbe, in der Ferne die Sächsische Schweiz, die Loschwitzer Weinberge und auch die Stadt Dresden. Leicht an den Arm des Mannes neben ihr gelehnt, sah Käthe die Sonne sich im Fluss spiegeln, den leichten Dunst auf den entfernten grünen Hügeln, hörte das Bellen eines Hundes und fragte sich, wie es angehen konnte, dass jedes Gefühl von Trauer für immer aus ihrer Brust verschwunden zu sein schien.

»Fräulein Käthe«, erklang da Alexanders Stimme vorsichtig neben ihr, »darf ich Sie etwas fragen?«

Ihr Herz schlug einen beschleunigten Takt. »Ja?«

»Weiß Ihr Vater eigentlich von unserem Rendezvous?«

Käthe blinzelte. Wegen der blendenden Helligkeit, erklärte sie vor sich selbst. Denn zu Enttäuschung gibt es nicht den geringsten Anlass.

Sie rückte unauffällig etwas von ihm ab. »Warum fragen Sie, Herr Wolkenrath?« Er wies mit dem freien Arm hinab zum Platz, der sich mit Menschen füllte. »Da unten, schauen Sie!« Käthe senkte ihren Blick auf Zylinder, Fracks, Frauenhüte, die mit Seidenblumen und echten Federn geschmückt waren. Von oben sahen die Frauen alle aus wie Wespen, mit gebauschten Ärmeln, enggeschnürten Taillen und das Hinterteil betonenden Kleidern. Manche der Männer lüpften gerade ihre Zylinder, viele Frauen trugen kleine Sonnenschirme aus bunter Seide, an den Rändern mit Rüschen verziert. Die Schuhe der Frauen waren kaum zu sehen, aber Käthe wusste, dass sie ebenso enge Stiefeletten trugen wie sie. Die Kleider und Blusen der Frauen fanden ebenso wie Käthes einen am Hals enganliegenden Abschluss, sogar die kleinen Mädchen waren schon so eingezwängt.

»Nein, mein Vater weiß nicht, dass ich hier bin … mit Ihnen«, sagte Käthe langsam, denn allmählich begriff sie, worauf er hinauswollte. Da unten traf sich neben den Franzosen und Engländern, die Dresden von Mai bis September mit Vorliebe besuchten, der gesamte

Dresdner Handwerksstand und viele der Geschäftsleute, bei denen Käthe einkaufte.

Gleichermaßen erschrocken starrten Käthe und Alexander über die Brüstung hinunter auf den großen Schlossgarten. Käthe erkannte den Inhaber der Kunst- und Handelsgärtnerei, Carl Weigt, der ein guter Bekannter ihres Vaters war. An dessen Arm seine Gattin, deren rotangelaufenes Gesicht Käthe bis oben erkennen konnte. Albin Grohmann, der sich Gold- und Silberarbeiter nannte und sein Gewölbe in Meisel's Hotel hatte, war umgeben von drei in Rosa, Hellgrün und Lavendelblau gekleideten Töchtern. Seine Frau, schmal in Dunkelgrau, wirkte daneben wie die Gouvernante.

Tatsächlich hatte Käthe bis zu diesem Augenblick nicht daran gedacht, dass Alexander und sie von Leuten gesehen werden könnten, die es ihrem Vater erzählen würden. Tatsächlich hatte Käthe einen solchen Respekt vor Geheimnissen, dass ihr gar nicht in den Sinn gekommen war, andere Leute könnten irgendwie Einfluss nehmen auf eine Sache, die nur sie selbst und ihren Vater betraf. Dabei war es ja nun mehr als naheliegend, wie sie jetzt begriff. Sie fühlte sich, als hätte jemand einen Eimer kaltes Wasser über sie geschüttet.

»Nun«, Käthe richtete sich nach einer Zeit längeren Nachdenkens zu voller Größe auf, »darf ich Ihnen auch eine Frage stellen, Herr Wolkenrath?«

Er drückte leicht ihre Hand, die nach wie vor auf seinem Unterarm lag. »Jede, liebes Fräulein. Jede!«

»Wie alt sind Sie?« Sie richtete einen ruhigen Blick auf ihn. Ihre Augen schimmerten jetzt fast olivgrün.

Diesem Blick standzuhalten fiel keinem leicht. Alexanders Augen glitten über sie hinweg hinunter auf den Gartenplatz. »Neunundzwanzig«, sagte er. Käthe fragte sich kurz, ob der Unterton von Gereiztheit ihrer Frage galt oder der Tatsache seines Alters. Sie entzog ihm ihre Hand und stellte sich vor ihm auf.

»Nun, mein Herr, ich bin neunzehn Jahre alt. Ich finde, wir sind beide alt genug, um uns zum Mittagessen am Sonntag mit einem Vertreter des anderen Geschlechtes zu verabreden.« Sie strich sich energisch eine Locke hinter die Ohren. »Schließlich kann uns die ganze Stadt dabei beobachten, dass wir nichts Verbotenes tun, noch öffentlicher als da unten kann man sich ja kaum begegnen.«

Als sie die Stufen hinabstiegen, bedauerte sie sehr, dass sie in der Eile ihres morgendlichen Aufbruchs keinen Sonnenschirm mitgenommen hatte. Ein Schirm bot eine wunderbare Möglichkeit, sich ein wenig dahinter zu verstecken, sich draufzulehnen, damit zu spielen, um jede mögliche Verlegenheit geflissentlich unsichtbar zu machen. Doch kaum waren sie unten angekommen, lief alles ganz anders, als sie befürchtet hatte.

Die Bekannten neigten die Köpfe, zogen die Zylinder vor ihr und ihrem Begleiter. Keiner trat nah an sie heran, um sie in ein verfängliches Gespräch zu verwickeln. Alle schienen damit beschäftigt, ihre eigenen Plätze zu finden, und wenn Gespräche geknüpft wurden, dann zwischen Männern, die einander Ehrerbietung bezeugten. Die Frauen und Mädchen standen in diesem Fall wartend daneben, und mancher war es anzusehen, dass sie nicht gerade begeistert davon war, in der Sonne zu schmoren, während der Gatte oder Vater bedeutsame Konversation betrieb.

Aber keiner der anwesenden Männer schien ein Gespräch mit Alexander anknüpfen zu wollen. Käthe stellte sich vor, wie es wäre, wenn sie hier mit dem Vater wäre. Entsetzlich! Sie schüttelte sich in Gedanken. Wahrscheinlich wäre sie schon der Ohnmacht nahe vom Warten. Doch zum Glück hatte sie wie alle anderen Frauen stets ein Riechfläschchen in ihrem Stoffbeutel dabei, falls die wenige Luft, die sie eingeatmet bekam, und die Abschnürung aller wichtiger Organe einschließlich der Füße dazu führte, dass ihr die Sinne schwanden. Dass Alexander aber so wenig von den Männern beachtet wurde, irritierte sie. Ich werde ihn fragen müssen, was er eigentlich im Leben treibt, nahm sie sich vor, intelligent genug, diese Frage aufzuschieben.

Alexander war schweigsamer und in sich gekehrter, als Käthe ihn bisher erlebt hatte. Sie fühlte sich ein wenig unbeachtet und alleingelassen zwischen all diesen Menschen, die sie durchaus, das merkte sie wohl, aus den Augenwinkeln beobachteten. Sie versuchte ein Gespräch zu beginnen, indem sie Bemerkungen über das Mahl machte, ein beachtliches Stück vom Schweinebraten mit Kartoffeln und Zuckererbsen. Sie trank sogar ein Bier, um Alexander nicht das Gefühl zu vermitteln, sie sei zimperlich. Sie versuchte es mit Bemerkungen übers Wetter, über die sich hier einfindenden Dresdner, über die

Mode, französisch zu parlieren, und dann sogar über das Schlösschen, das mit Schiller, soweit sie wusste, nichts zu tun hatte. Doch Alexander blieb einsilbig, in sich gekehrt.

Schließlich bedachte sie ihn wieder mit ihrem durchdringenden Blick und sagte: »Sind Sie eigentlich noch im Fuhrkutschenunternehmen tätig, Herr Wolkenrath?«

Ihr war durchaus bewusst, dass das eine geradezu unartige Frage war, denn sie hatte damals in der Zeitung gelesen, dass die Familie Eisentraut fast fluchtartig die Stadt verlassen hatte, nachdem sie es ein paar Jahre trotzig in ihrem Reichtum ausgehalten hatte, während Herr und Frau Wolkenrath in der Armut lebten, als wären sie ihres rechtmäßigen Besitzes beraubt worden.

Im Übrigen bewiesen weder Bankier Eisentraut noch seine Söhne das geringste Interesse an Pferden oder Kutschen, ganz im Gegenteil, die Entwicklung der Elektrizität faszinierte sie ungeheuer. Der alte Eisentraut hatte den alten Wolkenrath unmittelbar nach Einlösen des Wechsels gebeten, das Unternehmen als Geschäftsführer weiter zu leiten, Alexander Wolkenrath aber hatte zur Antwort auf den Boden gespuckt.

Vor ungefähr drei Jahren, Käthe erinnerte sich, dass sie zu der Zeit gerade einen neuen Klavierlehrer bekommen hatte, sprach ganz Dresden davon, dass Eisentraut alles verkauft habe, Wolkenraths Unternehmen, das Haus, sein eigenes Haus und seine Bank. In seiner Fürsorge für den ehemaligen Freund trieb er es so weit, in den Kaufvertrag für das Haus eine Klausel einzusetzen, dass Alexander der Ältere und seine Frau bis an ihr Lebensende in der Kutscherwohnung kostenlos wohnen bleiben dürften.

All dies wusste Käthe. Es war folglich kaum anzunehmen, dass Alexander Wolkenrath in dem neuen Unternehmen Lohnfuhrwerke Dresden irgendeine Stellung bekleidete, es sei denn, er wartete die Kutschen. Wie einer, der zeitweilig auf dem Bock saß, sah er nun wirklich nicht aus. Außerdem, dessen war Käthe sich gewiss, hätte sich das schon herumgesprochen.

Als hätte sie ihn mit einer Nadel gepikt, fuhr Alexander zusammen und war augenblicklich wieder präsent. Er schnaubte ein trockenes Lachen durch die Nase und machte eine wegwerfende Handbewegung. »Kutschenunternehmen? Das ist doch ein zum Sterben verurteiltes Geschäft. Schauen wir uns um! Busse, Taxis, die Straßenbahn ist im Kommen. Es gibt Elektrizität, Mademoiselle!«

Er reckte sein Kinn angriffslustig vor. Käthe wich automatisch ein Stück zurück. Ihr Blick aber blieb unablässig auf ihn gerichtet.

»Ich dachte, Sie lieben Pferde«, bemerkte sie.

»Oh ja!« Ein Leuchten überzog den ganzen Mann. »Ich liebe Pferde. Das werde ich immer tun. Ich mag auch Kutschen, damit bin ich groß geworden. Aber Pferde lieben nicht unbedingt Kutschen. Pferde wollen raus in die Natur und das freie Spiel ihrer Muskeln im Laufen spüren.« Er reckte sich und lockerte sich leicht in den Schultern. Käthe schaute ihn bewundernd an. Ja, auch er war wie ein schönes Tier mit einem beweglichen Körper und starken Muskeln.

Er lachte leise. »In all dem Unglück habe ich nie mein Pferd aufgegeben. Hätte Eisentraut mir das genommen, hätte ich ihn getötet.« Er gab einen Laut der Verachtung von sich. »Aber Eisentraut ist gar nicht auf die Idee gekommen. Der verstand nicht die Bohne von Pferden.«

»War das vorhin Ihr Pferd?«, fragte Käthe voller Rührung über seine Liebe für ein Tier. Erstaunt gab er zurück: »Was?«

Käthe errötete. »Das Pferd vor der Kutsche …«

Er starrte sie ungläubig an. »Der Gaul? Mein Pferd?« Er brach in lautes Lachen aus. Käthe errötete stärker. Vom Nachbartisch warf eine Frau einen indignierten Blick zu ihnen herüber.

Alexander griff über den Tisch nach ihrer Hand. »Liebes Fräulein Käthe! Wenn wir uns nächstes Mal sehen, zeige ich Ihnen meine Belle. Die darf keiner ohne meine Einwilligung reiten, geschweige denn vor eine Kutsche spannen.«

»Ich kenne mich mit Pferden nicht aus«, gab Käthe zu bedenken.

»Ich werde es Ihnen beibringen.« Die Worte klangen so schmeichelnd, als hätte er ihr einen unsittlichen Antrag gemacht. Schnell legte Käthe beide Hände auf ihren Schoß.

»Erzählen Sie mir doch bitte, lieber Herr Wolkenrath, wo Sie denn Ihren Geschäften nachgehen, wenn Sie schon nicht im Fuhrunternehmen arbeiten?« Käthe hörte selbst, dass ihre Stimme etwas zu fordernd geklungen hatte. Sie schickte ein kokettes Lächeln hinterher, das ihre Grübchen ordentlich zur Geltung brachte. Die Falte, die sich kurz zwischen den Augenbrauen von Alexander Wolkenrath gebildet hatte, löste sich auch sogleich wieder auf.

»Meinen Geschäften nachgehen, liebes Fräulein Käthe, das ist der passende Ausdruck. Denn ich bin in der Tat Geschäftsmann.«

»Ach«, Käthe legte ihr Köpfchen andächtig schräg. Davon wollte sie mehr hören. Um die Wahrheit zu sagen, davon wollte sie gern sehr viel hören, denn ihr war eindringlich bewusst, dass sie ihrem Vater einiges würde erzählen müssen. Am liebsten wäre ihr, mitteilen zu können, dass sie sich mit einem fleißigen anständigen jungen Mann getroffen hatte.

Alexanders Augen, die meist leicht verwaschen wirkten, zogen sich zusammen und fixierten Käthe scharf. »Elektrizität, das ist es, womit ich meine Zeit verbringe. Und zwar im weitesten Sinne. Eine interessante Tätigkeit, das können Sie mir glauben, denn die Elektrizität verändert die Welt. Sie haben sicher schon von der neuen Einrichtung, dem Telefon, gehört. Das ist ein kleiner Kasten, durch den man mit jemandem sprechen kann, der sich am anderen Ende der Stadt befindet. Dieses Wunderding und viele andere verdanken wir der Elektrizität. Das ist die Zukunft, Fräulein Käthe.«

Käthe lauschte aufmerksam.

Alexander erhob sich. Nach einer zackigen Verbeugung und einer gemurmelten Entschuldigung entfernte er sich zu den Aborten. Käthe blickte sich unauffällig um. Zogen sie viel Aufmerksamkeit auf sich? Nein, die Gäste des Restaurants waren alle mit dem Essen und ihren eigenen Angelegenheiten beschäftigt. Kein verstohlen neugieriger Blick traf den ihren. Sie fühlte sich angenehm gesättigt, nur um die Mitte ihres Körpers herum war es jetzt noch enger als vorher. Sie freute sich darauf, die Zeit bis zum Abend mit Alexander zu verbringen. Er war so weltgewandt und selbstsicher. Keinen Anflug von Verlegenheit zeigte er, das imponierte ihr sehr, denn seine Familiengeschichte war ganz und gar nicht ruhmreich.

Plötzlich erinnerte sie sich daran, wie der von Alexanders Vater verübte Selbstmordversuch aus dem Mund von Alberta, Mutters damaliger Haushaltshilfe, geklungen hatte. »Der alte Wolkenrath hängte einen Strick in die Mitte der Kutscherküche, und er stieg just dann auf den Schemel und hängte seinen Kopf hinein, als seine Frau die Tür öffnete. ›A-lex-ander!‹, schrie sie. ›A-lex-an-der!

Neiiiiin!‹ Und er antwortete stimmgewaltig: ›Lass mich! Mein Leben ist ruiniert Das jüdische Schwein hat mir alles genommen!‹ Woraufhin sie sich empörte: ›Wieso sprichst du nur von dir? Mir ist auch alles genommen, und nicht allein von dem jüdischen Schwein. Dieser Mensch, der sich gerade vor allen Problemen davonstehlen will, seinen Kopf da einfach in die Schlinge steckt, den schert doch wirklich ganz und gar nicht, dass er meinen Kopf und den seines Sohnes nur immer tiefer hineinsteckt …‹« Der alte Alexander Wolkenrath sei wohl von ihrer Rede so umnebelt gewesen, dass er allen Ernstes gefragt habe, von welchem Menschen sie spreche, worauf sie ihn angebrüllt habe: »Du bist nicht unbeteiligt an dem ganzen Schlamassel, wenn man der Wahrheit die Ehre geben will und nicht nur deinem verdammten Selbstmitleid!« Sie stritten angeblich noch lange weiter, bis die Frau das Fenster aufriss, nach draußen um Hilfe schrie, wieder zum Stuhl rannte, den der Alte fortstoßen wollte, und diesen hartnäckig unter seinen Füßen festhielt. Und das konnte nicht aus Liebe gewesen sein, den Worten nach zu urteilen, die sie ihm an den Kopf warf. Auch wenn es ihr wie eine Ewigkeit vorgekommen sein mochte, blieb die Hilfe nicht lange aus. Starke Männerhände und auch ein Dienstmädchen packten den Selbstmörder und überwältigten ihn, der sich heftig gegen die Rettung sträubte. All die Zeit schrie er: »Ich will nicht mehr leben, der Eisentraut hat mich ruiniert.« Das Dienstmädchen entfernte sich, nachdem einer der Fuhrleute dem rasenden Wolkenrath einen Kinnhaken verpasst und ihn dadurch vorerst dem Leben zugesichert hatte. Das Dienstmädchen hatte nichts Besseres zu tun, als sofort zum Altmarkt zu laufen und die ganze Geschichte brühwarm in die gierigen Ohren zu kippen.

Käthe erinnerte sich gut, wie sie, ein etwa zehnjähriges Mädchen, damals ihren Vater angeschaut und sich vorgestellt hatte, auch er könnte auf einen Stuhl steigen und seinen Kopf in eine Schlinge stecken. Es hatte ihr gegraut, und sie war zu ihm gerannt und hatte ihren Kopf an seiner Brust verborgen. »So etwas darfst du nie tun, Papa!«, hatte sie fast geweint, was ihn zu einem herzhaften Lachen bewegt hatte. »Mein Kind, ich saufe, spiele und …« Er hatte sich geräuspert. »Ich liebe deine Mutter und dich und habe gar keine Zeit für all diese Sperenzien, ich muss nämlich arbeiten.«

Alexander der Jüngere kam mit schneidigen Schritten an ihren Tisch zurück, verbeugte sich abermals und setzte sich wieder hin. Voller Mitgefühl sah sie ihn an. Ob er wohl damals dabei gewesen war? Hatte auch er versucht, den Vater zu retten? Alberta hatte von ihm nichts erzählt, soweit Käthe sich erinnern konnte.

»Was halten Sie davon, Fräulein Käthe, wenn wir uns jetzt in die Droschke setzen? Heinrich müsste zurück sein, und wir könnten doch noch einen kleinen Ausflug nach Loschwitz machen?«

Käthe stimmte sofort zu. Ein Droschkenausflug war wunderbar. Man sah etwas und musste sich nicht quälen.

Wie sich herausstellte, hatte Alexander bereits gezahlt, eine Geste, die ihr sehr nobel vorkam. Er führte sie wieder leicht am Ellbogen durch den Garten. Beide nickten von Zeit zu Zeit nach rechts und links, und Käthe las in den Augen der anderen, was sie dachten: Ein hübsches Paar.

Heinrich wartete wirklich schon, eine Pfeife im Mundwinkel. Als er Käthe erblickte, huschte ein freundliches Lächeln über sein Gesicht. »Nach Loschwitz, Heinrich!«, befahl Alexander Wolkenrath, und die Kutsche setzte sich zuckelnd in Bewegung.

Loschwitz erschien Käthe ganz allerliebst. Ein kleiner Ort mit einigen hundert Häusern. Heinrich fuhr auf Alexanders Anruf als Erstes zur Kirche, die einen sehr freundlichen und gemütlichen Eindruck machte. »Sie wurde Anfang des vergangenen Jahrhunderts aus diesen dicken Quadersteinen erbaut, genau gesagt, 1705«, erklärte Alexander Wolkenrath. »Hier begleitete der Komponist und Kapelldirektor Amadeus Naumann schon als Knabe den Gesang der Gemeinde auf der Orgel. Naumanns Geburtsort, das durch die Gustel von Blasewitz in *Wallensteins Lager* berühmt gewordene Dörfchen Blasewitz liegt am jenseitigen Ufer der Elbe, schauen Sie nur, Fräulein Käthe, dort, Loschwitz gerade gegenüber.«

Käthe war seit Kindertagen mit den Eltern zuweilen in Loschwitz gewesen, und sie kannte die Geschichten. Aber sie sah Alexander beeindruckt an und nickte verständig mit dem Köpfchen.

Heinrich fuhr weiter zum Schillerhaus, vor dem Alexander mit wohlklingender Stimme die *Glocke* rezitierte. Käthe war beeindruckt von seinem deklamatorischen Talent wie von seiner Bildung.

»Wollen wir zum Abschluss noch auf die dort oben auf dem Fels thronende Restauration zum Burgberg, Fräulein Käthe? Ein kleines Stück Konfekt und eine heiße Schokolade?«

Nach einem kurzen inneren Widerstreit schüttelte Käthe verneinend den Kopf. »Nein, lieber Herr Wolkenrath, es war ein wunderbarer Tag, aber nun muss ich heim. Mein Vater würde sich Sorgen machen, wenn ich bei seiner Rückkehr nicht da wäre.«

Alexander nickte verständnisvoll und gab Heinrich die Anweisung, er solle nach Dresden zurückfahren.

»Welche Adresse?«, fragte er, und Käthe errötete.

»Bitte fahren Sie Richtung Kreuzkirche. Ich sage dann Bescheid, wenn ich aussteigen möchte.« Es schien ihr, als zeige sich kurz ein gekränkter Ausdruck auf seinem Gesicht, aber dann lächelte er wieder, dieses schmale Lächeln, das ihr Herz so rührte.

Sie schwiegen während der Rückfahrt, ein einträchtiges verbundenes Schweigen, als hätten sie Angst, irgendetwas zu zerreden, was zwischen ihnen gerade aufgekeimt war. Zum Abschied hauchte Alexander wieder einen Kuss auf ihre Hand. Sein Atem war heiß, und die feinen Härchen auf ihren Armen richteten sich auf.

»Darf ich Sie zum Abschied um einen Gefallen bitten?«, fragte er und sah ihr schmeichelnd in die Augen.

Käthe nickte errötend.

»Würden Sie mich Alexander nennen?«

Käthe errötete stärker. Sie nickte wieder.

»Und noch ein Gefallen?«

Käthe neigte den Kopf schief und blickte scherzhaft gen Himmel.

»Darf ich Sie am Dienstag im Café Français zu heißer Schokolade einladen?«

Käthe sagte glücklich: »Ja.«

## 5

Meister Volpert hatte mit dem Arbeiten früh angefangen. Leider nicht mit dem Wachsen. Mit sechs Jahren schwang er bereits das Beil, um der Mutter beim Holzhacken zu helfen, denn der Vater hatte anderes zu tun. Mit acht Jahren verbrachte er mehr Zeit damit, in der Werkstatt des Tischlermeisters Hellwege auszufegen, Handreichungen zu machen, schwere Hölzer zu halten oder auf dem Buckel heranzuschaffen, als in der Schule lesen und schreiben zu lernen. Mit fünfzehn Jahren erst schoss er in die Höhe, ein besonders großer und kräftiger Mann wurde er nie. Mit sechzehn, den Gesellenbrief frisch in der Tasche, ging er auf Wanderschaft.

Drei Jahre lang durchwanderte er Deutschland. Das prägte seine Weltsicht mehr als alles andere. Auch dass er viele Meister hatte, die ihre Frauen, Kinder und Lehrlinge schlugen. Als er zurückkam, waren Mutter und Schwester tot, einer Krankheit zum Opfer gefallen, die damals in Dresden und Umgebung viele Opfer gefordert hatte. Das prägte Eckhard Volperts Umgang mit Frauen.

Er war streng und gerecht zu seinen Lehrlingen und Gesellen. Er verlangte zehn Stunden am Tag harte Arbeit. Aber er schlug nicht und tat nichts, was einem Mann den Stolz nahm.

Seine Frau hatte er verehrt, um nicht zu sagen, angebetet. Dabei hatte sie eine in seinen Augen spinnerte Vorliebe für schöne Kleider, fürs Theater und für alberne Romane. Ihr Klavierspiel hatte ihn von Beginn an entzückt. Es hatte ihn an die guten Augenblicke mit Gesang und Schifferklavier während der Wanderschaft erinnert.

Meister Volpert hatte sich einen Sohn gewünscht. Er hätte gewusst, wie man einen Sohn erzieht: streng und gerecht, mit Würde und Stolz. Zu einem fleißigen, arbeitsamen Tischlermeister. Die Erziehung seiner Tochter überließ er seiner Frau. Er begnügte sich damit, sie grenzenlos zu lieben. Seit seine Frau tot war, empfand Meister Volpert es als unlösbare Aufgabe, für seine Tochter in irgendeiner Weise erzieherisch tätig zu sein. Also versuchte er es gar nicht erst und handelte allein nach zwei Maximen: Erstens: Seine Tochter sollte glücklich sein. Zweitens: Seine Tochter sollte ihn nicht verlassen. Wenn sie ihn verließe, das wusste er, würde er jeden Lebenswillen verlieren. Wofür dann noch die Schufterei von morgens bis abends? Allein Käthe gab seinem Leben noch Sinn. Er musste sich zusammenreißen, um ihr nicht jeden Wunsch von den Augen abzulesen, nur, damit sie ihn nicht verließe. Und da gab es ja auch noch das andere Gebot: Seine Tochter sollte glücklich sein.

Käthe wusste das alles. Sie kannte ihren Vater vielleicht besser als er sich selbst. Seine Frau, ihre Mutter, hatte ihn eindeutig besser gekannt, als er sich jemals selbst kennen würde. Und Käthes Mutter hatte ihn ihrer Tochter schon früh erklärt. Mit kleinen Sätzen wie: »Wenn er traurig ist, muss er viel arbeiten, damit er selbst es nicht merkt.« Oder: »Dein Vater ist auf der Seite der Sozialisten, das darf aber keiner wissen, er verbirgt es sogar vor sich selbst.« Oder: »Er spricht nicht über Liebe, aber er fühlt sie.«

»Ich habe viele Ehejahre gebraucht, um dahinterzukommen«, hatte sie manchmal hinzugefügt. Ihre intelligente kleine Tochter, die genau beobachtete, begriff die Worte ihrer Mutter so schnell, dass es fast unheimlich war.

Seit dem Tod der Mutter war Käthes Welt dunkel, kalt und leer. Deren Erklärungen der Welt und des Vaters vermisste sie allerdings bisher nicht, denn es schien ihr, als hätte sie bereits alles begriffen.

Am Sonntagabend aber empfand sie traurige Sehnsucht nach der Mutter. Auch wenn sich in die Sehnsucht möglicherweise Gefühle für Alexander Wolkenrath mengten, verlangte Käthe eindeutig nach der Mutter.

Käthe kannte ihren Vater. Sie wusste, dass er nicht lange böse auf sie sein würde. Sie wusste, dass er alles erlauben würde, was sie glücklich machte. Käthe kannte die Tischlerei, sie wusste, wie es manchmal unter den Gesellen und Lehrlingen zuging und dass der Vater bei Streitigkeiten oft vermitteln musste. Sie wusste, wie man einen Haushalt führte und auch, wie man faule Köchinnen oder Dienstmädchen geschickt zur Arbeit anhielt.

Aber da gab es noch etwas im Leben!

»Mutter, wo bist du?«, gellte es in ihr.

Denn sie wusste nicht, wie man Männer durchschaute, die einem Handküsse gaben, einen in Kutschen spazieren fuhren, einen zart berührten – und vor allem: so viele unterschiedliche Gefühle in einem auslösten, die allesamt von Hitze erfüllt waren: Zorn und Mitgefühl und … sich aufrichtende Härchen auf den Armen.

Sie würde allein zurechtkommen müssen mit den Erschütterungen, die Alexander Wolkenrath in ihr angerichtet hatte. Aber sie wusste noch von der Mutter, dass sie nicht davor weglaufen sollte.

In den letzten Tagen vor ihrem Tod, die Haut pergamenten, die

Hände feucht, der Atem flach, hatte die Mutter oft eindringlich zu ihrer Tochter gesprochen. Käthe erinnerte sich, wie sie gesagt hatte: »Käthchen, mein Alles, deine große Liebe wartet schon auf dich. Ohne dass du sie findest, wirst du nicht glücklich sein. Eine Frau muss diese Liebe kennenlernen und Kinder gebären. Das ist wichtig.«

Und am Tag, bevor sie sich für ihren letzten Atemzug aufgebäumt hatte, hatte sie unter stoßweisem Atmen gekeucht: »Dein Vater braucht dich, mein Kind, und ich wünschte mir, du müsstest ihn nicht verlassen für eine Liebe, einen Mann, Kinder, vergiss das nicht!« Manchmal hatte die Mutter geheimnisvoll geklungen, als wüsste sie schon, wer es war, der Käthe liebte, den Käthe lieben würde. Manchmal hatte es sogar so gewirkt, als wäre sie kurz davor, es zu sagen. Aber sie hatte sich auf diese allgemeinen Appelle beschränkt.

Zu dem Zeitpunkt wäre Käthe gar nicht in den Sinn gekommen nachzufragen, wie sie das alles vereinen sollte, einen Vater, eine Liebe, einen Mann und Kinder. Jetzt aber, am Sonntagabend, als sie in ihrem Bett lag und nachdenklich zur Decke schaute, jetzt hätte sie es gern getan.

Käthe war vom gleichen Schlag wie ihr Vater. Sie wusste, was sie wollte, und sie setzte es in die Tat um, ohne viele Worte zu verlieren. Bis jetzt hatte es wenige Augenblicke gegeben, wo sie sich gegen ihn auflehnen musste, und wenn, hatte ihre Mutter es ihr abgenommen. Nun aber, während sie im Bett lag und horchte, wann der Vater heimkommen würde, war sie sich fast sicher, dass es Schwierigkeiten geben würde, wenn er erfuhr, dass sie Alexander Wolkenrath heiraten wollte. Denn das wollte sie, da gab es keinen Zweifel.

Sie sah das zarte schöne Gesicht mit den schwarzen funkelnden Augen ihrer Mutter vor sich. »Mach dir keine Sorgen, meine Süße«, flüsterte sie, »die Hauptsache ist, du weißt, was du willst, er hat gar keine Wahl.«

Oh ja, sie wusste, was sie wollte. Sie wollte Alexander Wolkenrath.

Mit einem Lächeln auf den Lippen schlief sie ein.

Kurz vor Mitternacht wurde sie durch lautes Singen und Poltern auf der Treppe geweckt: »Muss i denn, muss i denn zum Städele hinaus, Städele hinaus, uhund du mein Schatz bleibst hier.« Käthe schrak hoch, mit Herzrasen saß sie aufrecht im Bett. Sie horchte. Aus dem Treppenhaus drangen Geräusche zu ihr, als wäre ein ganzes Bataillon von betrunkenen Männern dort zugange. Ächzen, Rülpsen, Schlurfen, dann klang es, als fiele etwas zu Boden und dann wieder.

Käthes Körper war in Habtachtstellung. War das der Vater, der zu Boden stürzte? Sollte sie hinausgehen und nachschauen? Sie sah ihn vor ihrem inneren Auge bereits mit blutigem Kopf auf dem Steinboden liegen. In diesem Augenblick verdrängte die Angst um den Vater jedes andere Gefühl.

»Wenn er nur am Leben bleibt, lieber Gott«, betete sie, »dann will ich jedes Opfer bringen.«

Wieder knallte draußen etwas zu Boden. Sie sprang mit einem Satz aus dem Bett und riss die Tür auf. »Vater!«, schrie sie. Er rappelte sich hoch und baute sich schwankend vor ihr auf. »Geh wieder ins Bett, Käthe!«, lallte er, »ich bin ganz klar. Komm erstklassig zurecht, erstklassig.«

Sie starrte ihn entsetzt an. Er hatte bereits seinen Frack ausgezogen und stand in ausgebeulten langen Unterhosen vor ihr, das Hemd geöffnet. Graue dicke Lockenbüschel quollen aus dem runden Ausschnitt seines Unterhemdes hervor. Sie senkte den Blick.

»Brauchst du wirklich nichts, Vater?«, fragte sie betont sachlich.

Er wies zu ihrer Zimmertür. »Verschwinde! Anständige Mädchen schlafen um diese Zeit!« Als hätte diese energische Bewegung ihn aus der Balance gerissen, taumelte er einen Schritt nach vorn und kippte wieder zurück. Er knallte mit dem Rücken gegen die Wand, warf Käthe einen zaghaften Blick zu und stürzte zur Tür seines Schlafzimmers. Käthe schnellte geistesgegenwärtig vor. Sie öffnete die Tür, bevor er dagegen schlagen konnte. So schoss er bis zum Bett und fiel krachend drauf. Den Bruchteil einer Sekunde später gab er Schnarchgeräusche von sich, die den Boden zum Vibrieren brachten.

In diesem Augenblick stand Fritz neben ihr. Er trug eine Schlafanzughose. Sein Oberkörper war nackt. Er stellte sich so nah neben Käthe, dass seine Wärme durch den Stoff ihres Nachthemds hindurch ihre Haut berührte. Durch Käthe lief ein Schauer. Sie war unfähig, sich zu bewegen.

Fritz warf einen prüfenden Blick auf seinen Meister. Dessen Beine hingen zwar aus dem Bett, aber ansonsten sah es aus, als könnte man ihn einfach seinen Rausch ausschlafen lassen. Fritz machte einen Schritt aufs Bett zu, und Käthe bemerkte erleichtert, dass die Starre augenblicklich aus ihrem Körper verschwand. Fritz versuchte, die Bettdecke unter ihrem Vater hervorzuziehen, aber der knurrte wie ein bedrohter Tiger. Schnell holte Käthe eine Steppdecke aus ihrem eigenen Zimmer und deckte ihren Vater zu, den Fritz unter Ächzen etwas höher aufs Bett gehievt hatte.

Fritz und sie grinsten sich an, etwas verschwörerisch, etwas verlegen. Da machte Käthe einen Schritt auf ihn zu und gab ihm einen Kuss. »Danke, Fritz!«, flüsterte sie. Bevor er noch etwas tun konnte, verschwand sie in ihrem Zimmer.

Etwas durcheinander, als hätte nicht ihr Vater sich betrunken, sondern sie selbst, ging sie wieder in ihr Bett. Ihr letzter Gedanken vorm Einschlafen lautete: »Wieso bin ich so froh? Weil mein Vater sich betrunken hat?«

Sie wachte mit der Antwort auf. »Von Männern mit schlechtem Gewissen kannst du alles haben«, hatte ihre Mutter einer Nachbarin gesagt, als diese weinend bei ihr in der Stube gesessen hatte, weil sie ihren Mann mit dem Dienstmädchen auf dem Schoß erwischt hatte. Und als Käthe, zehnjährig vielleicht, hereingekommen war, hatte die Nachbarin ihre Tränen verborgen und verlangt, das Kind wegzuschicken. Da hatte die Mutter bestimmt: »Das Kind ist ein Mädchen, und es ist gut, wenn sie weiß, wie man mit Männern umgehen muss.«

Sie hatte Käthe zu sich gewunken. Halb an die Nachbarin, halb an Käthe gewandt, hatte sie in feierlichem Ton verkündet: »Wir Frauen werden nie verhindern können, dass Männer Dummheiten machen. Das tun sie, so sicher, wie es Männer gibt. Aber wir können dafür sorgen, dass wir bei ihren Dummheiten nicht noch draufzahlen, sondern ganz im Gegenteil etwas bekommen, was sie uns unter anderen Umständen verweigern würden …« Und dann fiel der schwerwiegende Satz: »Von einem Mann mit schlechtem Gewissen kannst du alles haben.«

Meister Volpert hatte ein schlechtes Gewissen, und Käthe wollte Alexander Wolkenrath haben.

Auf in den Tag!

Noch bevor Lieschen um halb acht erschien, hatte Käthe schon die vom Vater auf der Treppe verstreute Kleidung aufgesammelt, ausgebürstet oder zum Waschen hingelegt. Während der Vater und Fritz ihr Frühstück verzehrten, taten sie so, als hätte sich nichts Besonderes ereignet. Auch Käthe verhielt sich heuchlerisch, als wäre nichts geschehen, aber in ihr braute sich ein Sturm an Entschlossenheit zusammen. Sie wollte den Tag auf keinen Fall ungenutzt verstreichen lassen. Sie wollte ihrem Vater mitteilen, mit wem sie den Sonntag verbracht hatte, bevor er es von anderer Seite erfuhr. Doch es war wie verhext. Jede Gelegenheit löste sich im Augenblick des Ergreifens in Luft auf. Wie eine Seifenblase, die zerplatzt, wenn man sie berührt. Immer wenn sie den Mund aufmachte, geschah etwas, und ihr Vater entwischte. Der Tag war voller unüblicher Störungen.

Am Abend, als endlich die Stunde heranrückte, da Meister Volpert normalerweise in der Stube seine Zigarre schmauchte und sein Bier trank, während Käthe zumeist mit einer Handarbeit im Sessel am Fenster saß, erklärte er ihr kurz angebunden, er werde jetzt ins Alberts-Bad gehen, bis acht Uhr sei normaler Badetag, anschließend nähme er ein russisches Dampfbad.

»Aber du warst doch schon am Freitag?«, wandte Käthe unvorsichtigerweise ein, was ihren Vater zu der geschnaubten Äußerung bewegte: »Besondere Anlässe erfordern besondere Maßnahmen. Im Übrigen sollen Töchter sich nicht anmaßen, ihre Väter zu kontrollieren.«

Gern hätte sie auch gesagt: Besondere Anlässe erfordern besondere Maßnahmen, aber sie drehte sich nur auf dem Fleck um und verschwand nach oben. Sie hörte noch, wie er ein geknicktes: »Käthe!« von sich gab, doch davon ließ sie sich nicht rühren.

So war der Tag verstrichen, und Käthe hatte das ungute Gefühl, dass Tratscherei und Gerüchteküche sich nicht aufs Frauenbad beschränkten.

Das Gespräch über Alexander Wolkenrath war schließlich viel kürzer und weitaus weniger gefühlvoll, als Käthe erwartet hatte – und im Nachhinein wusste sie nicht mehr, ob sie das befürchtet oder erhofft hatte.

Am Morgen nach dem Dampfbad nämlich, noch vor dem Frühstück, man sah Meister Volpert an, dass jeder Anflug eines schlechten

Gewissens – wenn er denn gestern überhaupt eines gehabt hatte – im russischen Bad aus ihm herausgeschwitzt, an ihm heruntergeperlt und abgeflossen war. Er fing Käthe ab, als sie zwischen Herd und Tisch hin- und hereilte.

»Schlag dir den Wolkenrath aus dem Kopf!«, befahl er ernst und unmissverständlich. »Das ist ein Filou. Der kommt nach dem Vater!« Klare knappe Aussagesätze. Käthe, kleiner noch als der auch nicht groß gewachsene Vater, legte den Kopf leicht in den Nacken und schaute ihn unter gesenkten Lidern heraus an, weniger der Blick einer Tochter als der einer Schlange, bevor sie zubeißt.

»Ich bin in zwei Jahren einundzwanzig«, sagte sie langsam. »Du siehst dich wohl besser schon einmal nach einer Haushälterin um.«

Seine Augen weiteten sich. Er bäumte sich auf wie ein getroffenes Tier, dann sackte er in sich zusammen. Erst da begriff sie, dass ihre Worte wie ein Schlangenbiss gewesen waren. Der Biss einer Schlange mit tödlichem Gift. Die Stelle, an der ihr Vater verwundbar war, hatte sie getroffen.

Obwohl sie glaubte, an seinem Schmerz sterben zu müssen, unterdrückte sie den Impuls, sich in seine Arme zu werfen und die Worte durch andere Worte unschädlich zu machen, gewissermaßen als Gegengift.

Sie maßen sich mit Blicken. Ihr Mitgefühl wurde von Angst abgelöst, da sie glaubte, er würde sie schlagen, so wild funkelte er sie an. Doch er sagte kein Wort, drehte sich langsam um und ging schleppend davon.

Sie hatte gewonnen.

Pünktlich zur vereinbarten Zeit erschien sie im Café Français, aufgeregt, weil sie diesen Ort des Adels und der Reichen nicht kannte, besonders aufgeregt aber, weil sie sich unbändig freute, Alexander wiederzusehen. Die ganze Woche lang hatte sie an ihn gedacht, und in ihren Gedanken war er bereits ihr Liebster geworden.

Als sie nun an seiner Seite das Café betrat, meinte sie, dass jede der Damen, die über den Tischen die Köpfe zusammensteckten, sich über Alexander und das biedere Fräulein neben ihm den Mund zerriss. Sie richtete sich gerade auf und nahm eine stolze Miene an.

Sie fanden einen Tisch am Rand, von wo aus sie einen Blick in den

Raum und auf die Straße hatten. Aber sie hatten nur Augen füreinander.

Meister Volpert verbot Käthe nicht den Kontakt zu Alexander, aber er teilte ihr unmissverständlich mit, was er von ihm hielt. »Ein Händler«, bellte, kläffte, schnaubte er, »ein sogenannter Kaufmann, dass ich nicht lache! Wenn einer zu mir kommt und einen Tisch und einen Stuhl kauft, ist das ein reelles Geschäft. Der eine hat gearbeitet, der andere hat den Nutzen. Wer den Nutzen hat, zahlt. So kann der, der arbeitet, essen und weiterarbeiten. Wer arbeitet, muss auch essen. Die Meisterin kocht für den Gesellen und den Lehrling wie für den Herrn, so gehört es sich. Doch dein feiner Pinkel? Kauft, was andere gearbeitet haben, doch nicht um es zu benutzen, nein, um einen Dummen zu finden, der es ihm für einen höheren Preis wieder abkauft. Ein Krämer. Ein Händler. Ein Spieler ist er wie sein Herr Vater!«

Käthe verbot dem Vater nicht das Wort, aber sie hörte auch nicht zu. So waren sie quitt.

Die Ankündigung von Alexanders Antrittsbesuch ging irgendwie unter im Bergarbeiterstreik.

Vom 14. bis 19. Mai streikten sie überall. Im *Socialdemokrat*, der Zeitung, die in diesen Tagen mehr als sonst gelesen wurde, stand, dass in Deutschland fast hunderttausend Bergleute streikten. Allein in Sachsen waren es zehntausend.

Es gab keinen in der Werkstatt, der die Bergarbeiter nicht verstand. »Ich möchte nicht immer da runterkriechen«, sagte Kurt, der Lehrling. »Die werden doch gequält und geschunden und auch noch geschurigelt von den Aufsehern«, sagte Sebastian, der zweite Geselle. »Aber eine Vierzig-Stunden-Woche zu fordern, ist ziemlich happig, oder?«, sagte Fritz. »Wie dumm von ihnen, zum Kaiser zu gehen«, sagte Meister Volpert, »was haben die nur für Führer? Der hat sie ja wohl mit einer Moralpredigt abziehen lassen.« »Mit eingeklemmtem Schwanz«, wieherte der Lehrling Friedrich, der offenbar meinte, sich Freiheiten herausnehmen zu können, weil Meister Volpert sich in der Wohnstube seiner Mutter betrunken hatte. Doch dieser runzelte nur kurz seine Stirn, und Friedrichs pickeliges Gesicht wurde knallrot.

Käthe wusste nicht, was sie von dem Bergarbeiterstreik halten sollte. Wenn sie selbst die Stunden zählte, die sie arbeitete, kam sie auf weit mehr als vierzig. Aber sie war auch nicht unter Tage. Meister Volpert erwartete selbstverständlich, dass seine Männer täglich zehn Stunden arbeiteten. Weniger stand gar nicht zur Diskussion.

Aber die Bergarbeiter arbeiteten nicht nur viel, ihre Familien hungerten auch. Und ihre ärztliche Versorgung war unzureichend. Außerdem starben sie viel zu früh an allen möglichen Krankheiten, vor allem an Tuberkulose.

Tuberkulose. Immer wenn dieses Wort fiel, kam der dicke Kloß in Käthes Bauch zurück. Tuberkulose, das bedeutete Blut spucken und von Tag zu Tag dünner und schwächer werden. Das bedeutete den Tod.

Doch nicht nur die Bergarbeiter streikten.

Alexander besuchte Meister Volpert genau an dem Tag, an dem die Maurer, die zwei Monate lang in Berlin gestreikt hatten, stolz ihre Abschlüsse feierten, unter anderem eine neunstündige tägliche Arbeitszeit.

Meister Volpert war sehr beunruhigt. Er war weder bereit noch in der Lage, seinen Leuten einen neunstündigen Arbeitstag zu gewähren, das kam gar nicht infrage. Bei ihm wurde die Arbeit gemacht, die getan werden musste, und danach die Werkstatt gefegt und gereinigt. Er sympathisierte also nicht im Geringsten mit den Sozialdemokraten, aber was sie in der Zeitung *Der Socialdemokrat* schrieben, stimmte mindestens zur Hälfte mit seinen Gedanken überein. Es brachte ihn durcheinander, dass er als Meister, der eine Reihe von Männern befehligte, der gleichen Meinung war wie die Sozialdemokraten. Er war beunruhigt.

Alexander langweilte ihn, das war deutlich zu erkennen. Er war politische Diskussionen mit seinen Männern, seiner Tochter und, während sie noch lebte, selbst mit seiner Frau gewohnt, die seinen Kopf bis zum Letzten forderten. Noch beim Mittagessen hatte es Diskussionen gegeben, wo einer dem anderen mit dem Finger vor dem Gesicht herumgefuchtelt hatte. Dabei unterschieden sich ihre Meinungen gar nicht so sehr, es waren die Feinheiten, die sie in Rage versetzten.

Alexander Wolkenrath aber, als Meister Volpert fragte: »Was sagen Sie denn nun zu all den Streiks?«, verzog nur indigniert das Gesicht und bemerkte beiläufig: »Nun, in Sachsen gibt es wirklich viele von ihnen. Zu viele Bergleute, wenn man mich fragt.«

»Meinen Sie, man sollte sie erschießen?«, fragte Meister Volpert sarkastisch, worauf Alexander ernsthaft antwortete: »Nun, das Militär hat ja wohl schon einiges beiseitegeräumt, was sich in den Weg stellte.«

Meister Volpert zuckte leicht zusammen und warf Käthe einen Blick zu, der nach Hilfe geradezu brüllte. Käthe aber goss Tee nach und lenkte das Gespräch auf unverfänglichere Themen.

»Ich habe gehört«, sagte sie, »dass der Verkauf von Russischbrot jetzt von Dresden aus in die ganze Welt geht. Ist das nicht kurios?«

Sofort wusste Alexander die ganze Geschichte zu berichten. Ein Dresdner Bäckergeselle hatte nämlich in St. Petersburg die Herstellung von Russischbrot gelernt, er hatte sogar am Newski-Prospekt eine eigene Backstube besessen. Als er in seine Heimatstadt zurückkehrte, brachte er das Rezept mit und machte damit in Dresden Furore.

Und heute stellte die Firma Gebrüder Hörmann mit einer ganzen Truppe dieses Gebäck von Hand her und versandte es in die Welt. Von der Herstellung des Russischbrots kam er auf andere Firmen der Hochburg der Süßwaren- und Schokoladenindustrie, Dresden, zu sprechen und dann auf die wirtschaftliche Stellung der Stadt in Deutschland und in der Welt, ihre Vorrangstellung in der industriellen Entwicklung und dass es einfach eine große Ehre sei, die deutsche Geschichte in Dresden hautnah mit zu entscheiden.

»Besonders interessiere ich mich für die Entwicklung der Elektrizität«, führte Alexander aus. »Es ist noch nicht lange her, und nur wenige Leute haben es verfolgt, aber bereits vor etwa zehn Jahren wurden die ersten Versuche mit dem aus Amerika eingeführten Bell'schen Telefon in Deutschland angestellt: Zuerst in Berlin und kurz darauf auch in Dresden, und zwar hier unter Benutzung der unterirdischen Telegrafenleitung zwischen der Kommandantur in der Klostergasse und den Militärgebäuden in der Albertstadt. Kurz danach richtete die Reichspost eine Anzahl Telefonstellen zum öffentlichen Sprechverkehr zwischen verschiedenen Orten ein.«

Fasziniert beobachtete Käthe, wie in Alexanders sanfte Augen etwas Energisches und Durchdringendes trat. Begeistert dozierte er weiter: »Das elektrische Licht begann in Amerika seinen Siegeslauf durch die zivilisierte Welt. Das erste große Elektrizitätswerk, von Edison zur Beleuchtung eines Teiles von New York gebaut, wurde 1882 eröffnet, in Deutschland ging Berlin 1884 mit einer Zentralstation zur Beleuchtung eines Häuserblocks an der Friedrichstraße voran. Mit größeren, von Privatunternehmern eingerichteten Elektrizitätswerken folgten Dessau, Lübeck, Hamburg.«

Käthe lächelte verzückt. All das wusste sie nicht. Eigentlich hatte sie sich noch nie wirklich Gedanken über Elektrizität gemacht. »Warum haben wir hier im Haus eigentlich noch kein elektrisches Licht?«, fragte sie. »Es wäre doch viel sauberer, so stelle ich es mir zumindest vor, als unsere Petroleumlampen …« Meister Volpert zog nachdenklich an seiner Zigarre, auch er offensichtlich von der Frage nach der Zukunft der Elektrizität ergriffen.

Alexanders Stimme nahm einen klagenden Ton an, als er fortfuhr: »In Dresden hat sich die Einführung der elektrischen Beleuchtung bisher sehr langsam vollzogen. Vor zehn Jahren hat man erste Versuche zur Beleuchtung des Altstädter Güterbahnhofes mit elektrischem Licht gemacht – leider ohne Folgen. Die erste elektrische Beleuchtung gab es in kleinen Privatanlagen: zwei Bogenlampen in einem Geschäft in der Marienstraße, dann eine Anzahl Bogen- und Glühlampen in mehreren Fabriken. Unser Rat hat sich schon vor zehn Jahren durch Entsendung des Direktors der Gasfabriken nach Paris und nach München über den Stand des neuen Beleuchtungswesens unterrichtet. Leider haben wir aber immer noch keine großen Fortschritte gemacht.« Mit leuchtender Miene, unterstrichen durch eine den ganzen Raum umfassende Armbewegung, sagte er: »Wir haben eine gigantische Zukunft, wenn wir auf Elektrizität bauen!«

»Junger Mann«, sagte Meister Volpert nach einiger Zeit, die er still zugehört, an seiner Zigarre gezogen und seine Tochter aus den Augenwinkeln beobachtet hatte, »das interessiert mich doch jetzt gewaltig: Wie haben Sie an der Entwicklung der deutschen Wirtschaft teil? Fangen wir beim Wesentlichen an: Was, zum Beispiel, haben Sie gelernt?«

Hätte Käthe nicht ihre gesamte Aufmerksamkeit auf Alexander Wolkenrath gerichtet, hätte sie wahrgenommen, wie müde und resigniert ihr Vater wirkte. Doch so empfand sie allein Sorge, Alexander möge sich bei ihr zu Hause wohlfühlen und sich durch die Distanziertheit ihres Vaters nicht abgeschreckt fühlen. So sprang sie auch sofort ein, als sie Alexanders Befremden über die Frage des Vaters bemerkte.

»Aber, Vater«, rief sie aus, »was mutest du unserem Gast zu! Du rührst doch an alte Wunden! Er hat schließlich gelernt, ein großes Unternehmen zu leiten, vom Reiten der Pferde bis zur Buchhaltung und der Anweisung der Angestellten …«

»Ist das wahr?«, brummelte Meister Volpert, und man konnte nicht erkennen, ob sein spöttisches Lächeln seiner übereifrigen Tochter oder den hochgelobten Fähigkeiten des Herrn Wolkenrath galt.

Alexander hatte während des Vater-Tochter-Disputs eine Miene aufgesetzt, aus der unsägliche Verletztheit sprach. Er war verletzt wegen des Verlusts seiner Berufung, für die er aufgezogen worden war, des Verlusts einer sicheren Zukunft und vor allem wegen solcher Fragen, denen er ohnmächtig ausgeliefert war.

Käthe bemühte sich redlich, ihn mit dem Einschenken von Tee, dem Anbieten von eigenhändig zubereiteten Leckereien, dem Erzählen kleiner lustiger Anekdoten aus ihrem Leben und dem der Nachbarschaft aufzuheitern. Nur ganz langsam taute Alexander wieder auf.

Meister Volpert verbrachte den Rest der Zusammenkunft mit schweigendem Zigarrenrauchen. Als sie sich verabschiedeten, war allen Beteiligten klar, was auf sie zukam: Eine gemeinsame Zukunft.

## 6

Am 25. Januar 1890, eine Woche nach Beendigung des Trauerjahres, sollte die Hochzeit stattfinden. Wäre es nach Käthe gegangen, hätten sie noch vor Weihnachten geheiratet. Einerseits weil sie seit dem Tod der Mutter den Monat Januar hasste, zum anderen, weil sie es sich so idyllisch ausmalte, die Weihnachtstage als Ehepaar zu verbringen.

Meister Volpert hatte jedoch auf Respekt und Anstand für die Einhaltung der Trauerzeit gedrungen, immer in der Hoffnung, dass Käthes rosa Brille verblassen und ihre ungetrübte Wirklichkeitssicht zurückkehren würde. Aber Käthe hatte sich für diesen Mann entschieden, und dabei blieb es.

Allerdings gab es auch für sie einige Probleme, deren Klärung sie Woche um Woche hinauszögerte. Am zweiten Advent fasste sie sich schließlich ein Herz. Die Verlobten hatten gemeinsam mit Meister Volpert und dem Gesellen Fritz, der so gut wie zur Familie gehörte, das Mittagessen verzehrt und saßen nun in der Stube, wo Alexander eine Zigarre seines Schwiegervaters in spe rauchte, während Meister Volpert und Fritz sich für die Mittagsruhe zurückgezogen hatten.

»Alexander, darf ich dich etwas fragen?« Kaum wartete sie sein Kopfnicken ab. »Warum hast du mich eigentlich noch nicht deinen Eltern vorgestellt?« Dies war die wohlüberlegte Gesprächseinleitung, die es ihr ermöglichen sollte, allmählich auf das Thema zu kommen, das ihr wirklich auf den Nägeln brannte. Denn Alexanders Verhalten gab ihr einige Rätsel auf. Zum Beispiel hatte er ihr mehr als einmal von seinem Familiensinn gesprochen: »Ich trage Verantwortung für meine Eltern. Schließlich harre ich nun schon seit Jahren in der dunklen feuchten Kutscherwohnung aus, weil ich es ihnen einfach nicht zumuten konnte, sie allein zu lassen.«

Zugleich aber schien es ihr, als nutze er jede Gelegenheit, von dort zu fliehen. Und dass sie bis heute seine Eltern nicht kennengelernt hatte, schien ihr mehr als seltsam. Er hatte einen Besuch zwar mehrfach in Aussicht gestellt, doch es war nie dazu gekommen. Alexander sah sie einen Moment lang erstaunt an, paffte einige Wolken und bemerkte dann mit spöttischem Lächeln: »Meine Mutter lässt noch das Kleid für deinen Antrittsbesuch schneidern.«

»Alex!« Käthe legte ihre Hand auf seinen Arm, zog sie aber schnell wieder zurück, als hätte sie sich verbrannt. Es gab zwar Augenblicke, in denen Alexanders Mund den ihren suchte, die waren aber verschwiegen, selten und vor jedem fremden Auge geschützt. In Heinrichs Kutsche zum Beispiel, bei vorgezogenen Vorhängen, so wie es auch andere Liebespaare taten. Die gute Stube war eindeutig kein Ort für körperliche Vertraulichkeiten.

Alexander zog an der Zigarre und lächelte sie mit einem für ihn sehr typischen Ausdruck an. Seine Lider lagen leicht über den Augen, sein Kinn war angehoben, die Mundwinkel spöttisch nach unten gezogen. Er wirkte sehr von oben herab. »Na«, sagte er gedehnt. »Kleiner Annäherungsversuch?«

Käthe errötete. Sie wusste nicht, was sie sagen sollte. Da erinnerte sie sich an ihr Vorhaben. Sie wollte mit ihm heute etwas sehr Bedeutendes für ihre gemeinsame Zukunft klären. Also atmete sie tief ein und sagte dann langsam, Wort für Wort betonend: »Wir haben noch gar nicht besprochen, wo wir nach der Hochzeit wohnen werden.«

Nach einem kurzen prüfenden Blick, bei dem sich seine Augenbrauen für den Bruchteil einer Sekunde zusammenzogen, wandte sich Alexander ein wenig von ihr ab und schlug dabei die Beine übereinander. Käthe wartete. Ein feines, nahezu unsichtbares Zittern hatte von ihr Besitz ergriffen. Was würde er jetzt sagen? Wortlos, wie in tiefe Gedanken verloren, paffte er vor sich hin.

Als sie meinte, genug gewartet zu haben, und auch weil sie zu dem Schluss gekommen war, dass er ihren Satz vielleicht nicht als Frage verstanden habe, versuchte sie es noch einmal: »Wir müssen noch besprechen, wo wir nach der Hochzeit wohnen werden, Alex!«

Auch dieser Satz zeitigte nur geringen Erfolg. Alexander wechselte die Beine, schlug nun das rechte über das linke und entzündete noch einmal umständlich die Zigarre, die ausgegangen zu sein schien.

Käthe wartete nicht mehr zitternd auf seine Antwort. Nein, sie wurde zum ersten Mal, seit sie Alexander Wolkenrath getroffen hatte, ärgerlich auf ihn. Allerdings nur ein wenig. Und ohne dass sie meinte, es ihm zeigen zu müssen.

»Alex, Liebster«, sagte sie also, und nur jemand, der sie sehr gut kannte, also ihre Mutter oder ihr Vater vielleicht, hätte hören können, dass Alexander jetzt besser antworten sollte. »Wo wollen wir nach der Hochzeit wohnen?« Sie schüttelte energisch den Kopf, als wolle sie ihre roten Lockensträhnen aus dem Gesicht befördern. Alexander wandte sich ihr sehr bedächtig zu. Seine Miene drückte Befremden aus, aber seine Augen lächelten sie an.

»War das nicht klar?«, sagte er. »Dein Vater braucht dich. Wenn du ihn meinetwegen verlassen würdest, hätte ich keine ruhige Minute mehr. Wahrscheinlich würde er sterben.« Sein Lächeln wurde vertraulich und liebevoll. Käthe fiel ein Stein vom Herzen. »Oder ich. Weil er mich nämlich allein mit seinen Augen töten würde.« Er lachte. Erleichtert stimmte sie in sein Lachen ein. Wie verständnisvoll er war für einen jungen Mann, der eine eigene Familie gründen wollte! Käthe war tief gerührt über seine Großherzigkeit.

Vorsichtig fragte sie: »Aber wird es dir und deinen Eltern nicht das Herz brechen, wenn du sie nach der Hochzeit verlässt?«

»Der Alte säuft, und ihre Hände sind schon zusammengewachsen, so viel wie sie betet, willst du dort wohnen?« Eine in ungewöhnlich ruppigem Ton geraunzte Antwort. Erschrocken schüttelte sie den Kopf, und ihr dämmerte, wieso er sie bisher noch nicht seinen Eltern vorgestellt hatte.

Zwei Tage später sagte Alexander, seine Eltern würden sie am nächsten Sonntag, dem dritten Advent, zu Kaffee und Kuchen erwarten.

Heinrich holte sie ab. Der Weg war eine einzige Erinnerung an ihren ersten Ausflug mit Alexander. Über die Friedrich-August-Brücke ging es an den Ministerien vorbei zur Elbe, am Lincke'schen Bade vorbei zur Schillerstraße. Und hier, Käthe wagte ihren Augen nicht zu trauen, vor einem wunderschönen gutsartigen Anwesen hielt Heinrich an, stieg aus, um das große Tor zu öffnen und fuhr dann in die kreisförmige Auffahrt hinein, in deren Zentrum wie ein schwarzes Mahnmal ein blattloser kräftiger Baum stand. Alexander erwartete sie schon. Er reichte Käthe die Hand, um ihr aus der Kutsche zu helfen. Zwei eiskalte Hände begegneten einander. Ihr Herz klopfte.

Rechtwinklig vor dem herrschaftlichen Haus lagen flach und langgestreckt die Ställe für die Pferde und die Schuppen für die Kutschen. Auf der gegenüberliegenden Seite lag das Gebäude, wohin Alexander sie jetzt führte. Dort, wo auf der anderen Seite Pferde herausschauten, gab es hier kleine Fenster und grobe Holztüren.

Alexander sah aus wie aus dem Ei gepellt. Frack und gestreifte Hose, Gamaschen über schwarzweißen Schuhen. Käthe hatte lange überlegt, was sie anziehen sollte. Sie hatte sich für das unscheinbare Kleid entschieden, in dem sie Alexander zum ersten Mal begegnet war. So waren beide genauso gekleidet wie damals im Café.

Er bot ihr seinen Arm und führte sie den Kreis herum zu der Wohnung, die ganz links lag, also am dichtesten von allen Wohnungen zur Straße hin. Die Tür war geschlossen, die Luken vor dem Fenster ebenso. War sie vielleicht gar nicht willkommen? War vielleicht jemand krank? Sie warf Alexander einen fragenden Blick zu. Doch der hielt sein Gesicht starr geradeaus gerichtet.

Zum Glück war der Boden gefroren, sodass sie nicht durch Schnee oder Matsch laufen mussten. Käthe wunderte sich, warum Heinrich vor der eleganten Treppe zum Herrschaftshaus gehalten hatte. Er hätte auch ums Rund fahren können und sie direkt vor der Tür zum Kutscherhaus abliefern können. Wahrscheinlich, so erklärte sie es sich, entsprach es seiner Gewohnheit, und hatte er gar nicht darüber nachgedacht, dass er Alexander einen peinlichen Weg zumutete.

Alexander öffnete die Tür und bat sie galant hinein. Käthe blinzelte. Draußen war es noch heller Tag, drinnen schon dunkel. Allmählich gewöhnten sich ihre Augen an die Dunkelheit, und sie erkannte zwei Menschen, die sich an einem Tisch gegenübersaßen. Wie zwei Puppen, regungslos. Gespenstisch erleuchtet von einem flackernden Licht, das aus einem gegenüber der Haustür an der Wand stehenden Herd emporzüngelte. Alexander nahm Käthe ihren Umhang ab und legte ihn über seinen Arm. »Wir sind da!«, sagte er schroff. »Wieso sitzt ihr im Dunkeln?«

Da kam Leben in die beiden Menschen. Der Mann schob den Stuhl fort und entzündete mittels alter Zeitungen einige Petroleumlampen, die bereits neben dem Herd parat standen. Im Nu war der Raum in ein heimeliges Licht getaucht. Es war eine Mischung aus Küche und Wohnstube. Neben dem Herd und dem Waschbecken stand eine schöne Küchenvitrine mit geschnitzten Fruchtbarkeitsmotiven, wie Käthe, die Tischlertochter, sofort erkannte. Links eine Couch aus abgewetztem rotem Samt. In der Mitte ein viereckiger Tisch, um den vier Stühle standen. Auf dem Tisch eine blütenweiße gestärkte Damasttischdecke. Ebenso edel war das Kaffeeservice aus durchscheinendem Porzellan mit Rosenmuster.

Die Frau erhob sich, ihre langen üppigen Röcke raschelten. Mit theatralisch geöffneten Armen wandte sie sich Käthe zu: »Willkommen in unserer bescheidenen Hütte, liebe Schwiegertochter. Wie sagt man so schön: Man verliert keinen Sohn, sondern gewinnt eine Tochter dazu. Ich habe mir immer eine Tochter gewünscht.«

Sie umarmte Käthe, die spürte, wie sich etwas Spitzes, Hartes gegen ihre Brust drückte. Ein säuerlich-süßer Geruch von Mottenkugeln und Rauch, gemischt mit dem flüchtigen Duft einer unbekannten Blume belästigte ihre Nase. Aus den Augenwinkeln bemerkte Käthe, wie Alexander durch die Tür nach rechts ins Nebenzimmer huschte, dort offenbar ihren Umhang ablegte, und die Tür wieder hinter sich schloss. Das alles geschah leise und schnell. Zu keinem Zeitpunkt war es möglich, in den Nebenraum zu spähen.

Als Alexanders Mutter sie losließ, wagte Käthe einen vorsichtigen Blick auf deren Brust. Dort prangte eine dicke Brosche mit spitz nach vorn zulaufenden Granatsteinen.

Alexanders Vater überraschte sie mit einem in der ärmlichen Umgebung seltsam anmutenden Handkuss. In diesem Augenblick trafen sich Alexanders und ihr Blick. In seinen Augen lag eine verzweifelte Scham. Nackt. Schnell schaute sie zu Boden.

Es war sehr warm in der Küche. Trotzdem froren Käthes Füße. Es zog unter der Tür hindurch, und vom Boden drang Eiseskälte, als lägen die Steinkacheln direkt auf der gefrorenen Erde.

Alexanders Vater sah seinem Sohn verblüffend ähnlich. Die gleichen Augen, die gleiche Nase, der gleiche Mund. Er war kleiner als sein Sohn, und seine Züge faltiger, eingefallener, insgesamt weniger konturiert, aber Käthe konnte seinem Gesicht genau ablesen, wie es einmal ausgesehen hatte: um die Augen sensibel, um den Mund energisch.

Alexanders Mutter war etwas größer als ihr Mann, eine imposante Erscheinung, die in einer um den Hintern gebauschten Fülle von raschelndem lindgrünem Taft steckte. Ihre Nase war spitz, ihre Augen klein und wieselflink, ihr Mund schmal. Vielleicht hatte sie früher einmal die Schönheit der Frauen mit den kleinen, wie verstreut wirkenden Einzelteilen in einem schmalen Gesicht besessen, jetzt aber sah sie aus wie ein alter pickhungriger Vogel.

Käthe gab sich alle Mühe, freundlich, interessiert und zugewandt zu sein, aber nach kurzer Zeit schon wurde ihr klar, dass sie mit ihren Gedanken durchaus abschweifen konnte, während sie gleichzeitig ihrer zukünftigen Schwiegermutter lauschte, die aus ihrem Leben erzählte, vor allen Dingen von den wichtigen Personen, die sie kannte. Die wichtigen Personen waren fast ausschließlich adlig. Wenn sie von ihrem Leben sprach, klang es, als säßen sie nicht in der fußkalten stickigen Kutscherküche, sondern ein paar Meter weiter in dem hochherrschaftlichen Haus, in dem die Crème de la Crème Dresdens verkehrte.

Alexanders Vater und Alexander selbst hatten ihre Stühle leicht schräg gestellt, als wollten sie allein mit der Sitzhaltung demonstrieren, dass sie nicht wirklich dazugehörten.

Irgendwann fragte Alexander seinen Vater nach dem Huf von Belle, seiner geliebten Stute, und im Nu befanden sich die beiden Männer in einem angeregten Gespräch über die Pferde des Hofes, dass der neue Eigentümer keine Ahnung von ihnen habe und alles schiefgehe. Alexanders Mutter schien das Stimmengemurmel der Männer anzuregen, noch lauter, schneller und unablässiger zu sprechen.

Als sie nach drei Stunden, in denen Käthe kaum einen Ton von sich gegeben hatte, die Wohnung verließen, dröhnte ihr der Kopf, ihre Beine waren bis zu den Knien wie erfroren, und sie hatte das Gefühl, als hätte sie sich erkältet.

Die Verzweiflung und die Scham, die sie in Alexanders Augen gesehen und vor denen sie erschrocken und wie in Demut den Blick gesenkt hat, wird sie niemals vergessen. Nie wird sie ihn fragen, ob ihr Eindruck der Wahrheit entsprach, dass nämlich im Nebenzimmer die Eltern schliefen und Alexander die Nächte auf der Couch in der Küche verbrachte. Stets wird sie versuchen, Alexander das Gefühl zu vermitteln, er sei eigentlich aus dem Gutshaus zu ihr gezogen.

In beglückender Eintracht entschieden sich Käthe und Alexander für eine stille und bescheidene Hochzeit. Käthe war während der vergangenen Monate etwas schmaler geworden. Die Verliebtheit, die Aufregung, all das Neue, das mit Alexander in ihr Leben getreten war, hatten dazu geführt, dass ihr Magen oft wie zugeschnürt gewesen war. Käthe hatte mehr Taille bekommen, ihr Bauch trat weniger vor. Es war weniger mühsam, ins Korsett geschnürt zu werden. Sie bekam besser Luft.

Mit dem verlorenen Speck an Bauch und Hüften wuchs in ihr die Hoffnung, vielleicht doch ins Hochzeitskleid der Mutter zu passen. Das war ihr großer Traum seit Kinderzeit: im Hochzeitskleid der Mutter vor den Altar zu treten.

Sie wollte sich allerdings nicht lächerlich machen. So schlich sie sich am Vormittag, Lieschen war in der Küche beschäftigt und die Männer arbeiteten, ins Schlafzimmer der Eltern und öffnete wieder einmal die Kleiderschranktür. Tapfer ignorierte sie den Lavendelduft und griff nach dem mittlerweile fast cremefarbenen Traum. Erschrocken ließ sie das Kleid zur Erde sinken. Es war noch schwerer geworden!

Jetzt erinnerte sie sich wieder an den Sack Gold. Es war ihr wirklich gelungen, ihn zu vergessen. Jetzt wusste sie auch wieder, warum sie das Kleid solange nicht angerührt hatte: Sie wollte nicht an das Geheimnis erinnert werden.

Sie setzte sich aufs Bett und wühlte ihre Hände durch die Stoffschichten, bis sie den dicken Sack voller Goldtaler in der Hand hatte. Prüfend wog sie ihn in den Händen. Ja, er war schwerer geworden, man konnte es auch sehen. Er war fast bis oben hin gefüllt. Vorsichtig öffnete sie die Broschen, und diesmal bemerkte sie, wie wertvoll die Steine waren, mit denen die Broschen verziert waren.

Nun entledigte sie sich ihres eigenen Hauskleides, stand in Leibchen und Unterkleid vor dem Spiegel und warf die dicke weiße Wolke über sich. Sie zupfte und zerrte das Kleid hinunter, warf die einzelnen Bahnen mühsam an ihren angestammten Platz, sie zwängte sich hinein, sie hielt die Luft an. Doch dann kam sie zu dem traurigen Schluss, dass es schlichtweg unmöglich war, ein so enges Kleid anzuprobieren. Leider steckte sie bereits darin fest wie ein Bär im Fuchsbau. Ohne Lieschens Hilfe würde sie nie wieder herauskommen!

Käthe verbot sich einzuatmen, denn das würde das Kleid unweigerlich sprengen. Doch das eingezwängte Gefühl und die Luftnot verstärkten einander. Sie geriet in Panik. Sie humpelte zur Tür, trat auf die Schleppe, fiel fast hin, riss die Tür auf und schrie so laut nach Lieschen, wie es ihr bei eingeschränktem Atmen möglich war. Lieschen vernahm sie offenbar sofort und eilte polternd zur Treppe. In diesem fatalen Augenblick erinnerte sich Käthe an den Sack mit dem Gold.

Sie hatte ihn nicht versteckt!

Sie schoss zum Bett, stolperte und schlug lang hin, weil ihre Füße sich im Kleid verheddert hatten. Da stand Lieschen schon neben ihr und versuchte sie hochzuheben, wobei sie unter Ächzen und

Schnaufen unablässig »Mein lieber Herr Gesangsverein!« vor sich hin murmelte.

Kaum war Käthe wieder auf den Füßen, stellte sie sich so hin, dass Lieschen zur Tür blicken musste und sie selbst zum Bett. Allerdings war es Lieschen von dort auch möglich, im Schrankspiegel das Bett zu erkennen und somit den Sack und die funkelnden Broschen. Also zwang Käthe die Aufmerksamkeit des Mädchens ständig auf sich, indem sie sie anfuhr, vorsichtiger zu sein, indem sie Schmerzen vortäuschte, die sie gar nicht empfand und für die sie Lieschens Grobheit die Schuld gab. Obwohl das Schlafzimmer sehr kalt war, standen Lieschen bald die Schweißperlen auf der Stirn. Ihre Hände, früh daran gewöhnt zu putzen und grobe Arbeiten zu verrichten, mussten hier mit äußerstem Feingefühl vorgehen, um zu verhindern, dass die Nähte des Kleides rissen.

Als sie endlich befreit war, griff Käthe nach der Stofffülle und warf sie mit Schwung aufs Bett. Dann fiel sie Lieschen in die Arme und entschuldigte sich für ihre Ungeduld. Steif ließ das Mädchen die Umarmung über sich ergehen. »Ist schon gut!«, sagte sie, als müsste sie Käthe trösten. Allerdings kullerten zwei Tränen von ihren Wimpern.

Danach war völlig klar, dass für Käthe ein Hochzeitskleid angefertigt werden musste. Und es fiel wirklich sehr bezaubernd aus. Nicht so üppig wie das der Mutter, und das war ja auch nicht nötig, da Käthe üppiger war. Alexander und sie würden ein hübsches Paar abgeben, sagte der Schneider. Er in Frack, sie in weißen Spitzen. Leider umschlossen die ihren Hals etwas zu eng, als dass sie sich darin gänzlich wohlfühlen konnte.

Die Menge der geladenen Gäste richtete sich nach dem großen Tisch in der Stube, wo das Hochzeitsmahl eingenommen werden sollte. Ausgezogen bot der von Meister Volpert für seine eigene Hochzeit vor fünfundzwanzig Jahren angefertigte Tisch im Oval vierzehn Personen Platz. Also waren die beiden Gesellen eingeladen, die beiden Lehrlinge und das Elternpaar des Lehrlings Friedrich, bei deren silberner Hochzeit Meister Volpert zu Gast gewesen war. Er selbst hatte diese Einladung schon unzählige Male verflucht, denn seiner Meinung nach wäre alles anders gekommen, wenn er Käthe damals nicht allein gelassen hätte. Rechts von der Braut sollte Meister Volpert Platz nehmen, zu Alexanders Linker seine Mutter, neben der Alexander Wolkenrath senior thronen würde. Auch Heinrich, der Kutscher, war eingeladen, gewissermaßen als Maskottchen, da er, wie Käthe sagte, der Schutzengel ihres ersten Stelldicheins gewesen war. Mittlerweile wusste sie, dass er im Kutscherhaus neben Alexanders Eltern wohnte und, obwohl er für die neuen Herrschaften zuständig war, seinem alten Herrn und dessen Sohn all die Jahre die Treue bewahrt hatte. Dr. Södersen sollte gegenüber der Braut sitzen. Dr. Södersen war Notar und Rechtsanwalt, ein Käthe lieber und vertrauter Freund seit Kinderzeiten, mit dem Meister Volpert jeden Mittwochabend Schach spielte. Dr. Södersen war Mitglied der Nationalliberalen Partei, der sich auch Meister Volpert zugehörig fühlte.

Lieschens Mutter Hermine war extra zum Kochen erschienen, und es sollte ein deftiges Mahl mit Schweinebraten und Rotkohl geben, vorweg eine Hochzeitssuppe und als Nachtisch flambierten Vanillepudding mit Mandeln.

Meister Volpert hatte sich nicht lumpen lassen. Als Hochzeitsgeschenk hatte er für den Gesellen Fritz eine Dachmansarde ausbauen lassen, sodass Käthe und Alexander zwei Zimmer im ersten Stock zur Verfügung standen. Er begriff zwar nicht, wofür dieser Luxus notwendig war, aber Käthe hatte betont, dass Alexander ein Studierzimmer bräuchte, wohin er sich zurückziehen könnte, wenn ihm der Trubel im Tischlerhaus zu viel würde.

Die Zeremonie in der Kreuzkirche bewegte die Frauen zu Tränengüssen, und auch Meister Volpert musste sich schnäuzen. Käthe erlebte alles wie unter einer Glocke. Die Geräusche waren leiser, die Menschen irgendwie entfernt. Anschließend erinnerte sie sich an alles wie durch ihren Hochzeitsschleier verwischt.

Erst als sie Seite an Seite mit Alexander die Kirche verließ, vernahm sie das Dröhnen der Orgel, fast schmerzhaft laut. Heinrich fuhr das Paar in der Kutsche zum Tischlerhaus, wo bald auch die Gäste eintrafen.

Unter Juchhe und Gratulationen wurden die Geschenke überreicht, nützliche Dinge zumeist, ein Kochbuch für junge Brautleute von Lieschens Mutter und ansonsten Dinge für den Haushalt, die Käthe auf einer Liste notiert hatte, während sie den Haushaltsbestand auf Mängel durchstöbert hatte. Als aber Alexanders Eltern ihre Geschenke überreichten, machte sich eine verlegene Verwirrung breit. Alexanders Mutter, in ein bei jedem Schritt raschelndes granatrot-weiß gestreiftes Kleid gehüllt, reichte Käthe mit strahlendem Lächeln einen etwas verstaubten Strohkranz, auf den rote Stoffblumen und zwei aus Wachs geformte rote Herzen appliziert waren. Vor Käthes Füßen lag im Nu ein Häufchen von rieselndem Stroh.

»Diesen Kranz habe ich schon von meiner Schwiegermutter geschenkt bekommen«, jauchzte Alexanders Mutter. »Du musst ihn außen an deine Schlafzimmertür hängen. Er wird dir Glück bringen, wie er mir Glück gebracht hat.«

Wie auf Kommando griffen die anwesenden Männer zu ihren Biergläsern und schauten hinein, als nähmen sie an einem Wettbewerb teil, wer im Bier die Zukunft des Brautpaares lesen könne. Die drei Frauen, ebenso wie Lieschen, die gerade mit der Suppenterrine erschienen war, erstarrten zu Salzsäulen. Bis Hermine mit belegter Stimme die Gäste zu Tisch bat.

Alexanders Vater war kaum dezenter mit dem Überreichen seines Geschenks. Er platzierte es mit einem energischen Plumps auf den Tisch vor den Platz der Braut: Ein überdimensioniertes schmutzigbraunes Porzellanpferd mit riesigem Hinterteil, das selbst bei dieser in Geschmacksdingen nicht überempfindlichen Runde verlegenes Füßescharren bewirkte.

Schlimm wurde es allerdings, als Alexanders Vater, der in kürzester Zeit einige Humpen Bier geleert und dazu einige Schnäpse getrunken hatte, sich erhob, kräftig mit dem Löffel gegen sein Glas schlug und das »Wertes Publikum … äh … Hochzeitsgesellschaft« bat, ihm »ihr Ohr zu leihen«.

»Aber wiedergeben, nicht behalten …«, plärrte Friedrich, leicht angetrunken.

»Wer spricht von Gewalten?«, fuhr Alexanders Vater auf, von seiner Frau am Rockschoß gezupft mit den allseits vernehmbar geflüsterten Worten: »Alex, wenn du hier Streit anfängst, gehen wir sofort nach Hause.«

Die Ader an seiner Stirn schwoll so an, dass Käthe, die gebannt dahin starrte, fürchtete, ihn werde gleich der Schlag treffen.

»Nun hört ihm doch mal zu!«, donnerte der Bräutigam in die Runde, worauf alle verstummten, und sein Vater anhob: »Als mein Sohn vor dreißig Jahren geboren wurde, sagte ihm die Hebamme eine strahlende Zukunft voraus. Sie war eine weise Frau. Mit fünf Jahren konnte er reiten, und die Mädchen waren schon mit drei Jahren hinter ihm her – weißt du noch, Mutter, die Kleine damals, wie hieß sie noch?« Alexanders Mutter warf stolz ein: »Du meinst die kleine Baronesse von Killinger.«

Nachdenklich verzog er die Stirn: »Ja, ich glaube, diese kleine Blonde … von und zu … na, ist auch egal. Wo war ich stehengeblieben?«

»Jedenfalls nicht auf dem Boden der Tatsachen«, brummelte Sebastian, der zweite Geselle, abfällig, auch er im Bilde über die Geschichte der Wolkenraths. Beunruhigt fiel Käthes Blick auf den leeren Stuhl neben Sebastian. Fritz war ferngeblieben. Nach dem Kirchbesuch hatte er sich, sehr bleich, bei ihr entschuldigt. Er habe starke Kopfschmerzen, müsse ins Bett. Hoffentlich ist er nicht krank, dachte Käthe besorgt und bekam nur am Rande mit, wie die Ader an der Stirn von Alexanders Vater weiter anschwoll und auch sein Doppelkinn dick und rot wurde, sodass er einem Truthahn ähnelte. Erst als ihre Schwiegermutter den alten Wolkenrath laut ermahnte, friedlich zu bleiben, kehrte Käthes Aufmerksamkeit in den Raum zurück.

Obwohl es trotz des prasselnden und knackenden Kachelofens nicht besonders warm im Raum war, brach Käthe der Schweiß aus. Mit einem Mal überfiel sie beklemmende Angst, mit diesem ihr eigentlich fremden Mann von nun an das Leben zu teilen. Sie tastete nach Alexanders Hand, die sich kalt um die ihre krampfte.

In diesem Augenblick wurde die Tür aufgerissen und herein stürmte Dr. Södersen. »Eckhard!«, rief Dr. Södersen laut aus, schreckte, als er die Hochzeitstafel sah, zurück, als hätte ihn der Schlag getroffen. »Mein Gott«, stöhnte er. »Die Einladung.« Er stürzte zu Käthe, sank vor ihr auf die Knie und rang die Hände. »Liebste Käthe, bitte verzeih mir, ich habe deine Hochzeit vergessen. Es ist furchtbar und … unverzeihlich …«

Käthe stand auf und griff unter die Ellbogen des Gastes, um ihm zu helfen, wieder auf die Beine zu kommen, was erwartungsgemäß nur unter altersschwachem Ächzen gelang. Sie lächelte den Freund ihres Vaters an. Seit sie denken konnte, gehörte er zu ihrem Leben. Er war ein Verehrer ihrer Mutter gewesen, und er hatte nie einen Hehl daraus gemacht, dass er seinen Freund um die schöne und kluge Frau beneidete. Er hatte nie geheiratet, was im Hinblick auf die kulinarischen Genüsse seines Lebens jahrelang von Vorteil gewesen war, da die Mütter Dresdens darum wetteiferten, ihn zu sich einzuladen. Seit er aber auf die fünfzig zuging, sein Haupthaar sich lichtete, sein Bart ergraute und ein dicker Bauch seinen Frack spannen ließ, hatten selbst die Witwen die Hoffnung aufgegeben, dass er sich noch eine Frau ins Bett holen würde. Im Übrigen führte seit mehr als zwanzig Jahren Erna seinen Haushalt, eine sehr resolute Frau, die dafür sorgte, dass Dr. Södersen immer tipptopp gekleidet war. An Termine allerdings erinnerte sie ihn nicht, dafür war sein Bürovorsteher zuständig, und der hatte von der Hochzeitseinladung wahrscheinlich gar nichts gewusst. Käthe hatte sich schon gewundert, wieso Dr. Södersen nicht in der Kirche erschienen war, und hatte sogar befürchtet, er würde aus Abneigung gegen Alexanders Familie die Hochzeit boykottieren.

Jetzt aber, da Meister Volpert und seine Handwerker ihn aufmerksam und fragend anschauten, wusste sie plötzlich, worum es ging. »Nun lass die Mätzchen, sag!«, forderte ihn Volpert da auch schon ungeduldig auf. »Der Paragraph ist gefallen!« Dr. Södersen klang andächtig. Es hätte nur gefehlt, dass er noch einmal die Hände gen Himmel gerungen hätte. Volpert atmete erleichtert aus. »Gott sei es gedankt!« Sebastian, Kurt und Friedrich nickten zustimmend.

»Wahrscheinlich ist es eher Miquel, dem wir danken müssen«, grinste Friedrich, der sich an die rügenden Blicke wegen seiner Vorwitzigkeit zu gewöhnen schien, denn er errötete nur noch an den Ohren. »Miquel?«, fragte seine Mutter, »wer ist denn das?« »Frauen brauchen über Politik nicht Bescheid zu wissen«, seufzte ihr Mann ungeduldig, und gleichzeitig verkündete ihr Sohn: »Miquel ist die Wetterfahne, der die Nationalliberalen Richtung Kaiser weg von Bismarck weht, ehrgeiziger Kerl …«

»Wenn man fragen darf, worum der Tumult sich dreht?«, fragte der alte Wolkenrath, der immer noch redebereit am Tisch stand.

Dr. Södersen hatte sich auf den Platz gegenüber der Braut gesetzt – wo auch sein Tischkärtchen stand – und sein Weinglas eigenhändig mit Rotwein gefüllt. Er schwenkte es leicht, Farbe und Duft begutachtend. Beiläufig sagte er: »Sie wissen schon, das vermaledeite Sozialistengesetz … Wir Nationalliberalen können doch nicht in den Wahlkampf mit dem Odium eintreten, einem der unliberalsten Gesetzesparagraphen zugestimmt zu haben. Besonders Paragraph 28, Sie wissen schon, der es der Polizei erlaubt, sozialdemokratische Agitatoren aus ihrem Wohnort zu verweisen, konnten wir einfach nicht mehr mittragen. Also haben wir für die Verlängerung verlangt, dass dieser Paragraph fällt …« Er warf zuerst Friedrichs Mutter, dann Vater und Sohn Wolkenrath einen prüfenden Blick unter seinen buschigen grauen Augenbrauen zu und erläuterte dann geduldig: »Also, heute lag dem Reichstag nach Diskussionen im Plenum und in der Kommission das Sozialistengesetz ohne den Paragraphen 28 vor, und die Konservativen stimmten dagegen. Also fiel das Gesetz.«

Meister Volpert und sein Geselle standen abrupt auf. Volpert stützte die Fäuste schwer auf den Tisch. Sebastian atmete laut und erregt. Friedrich gab einen anerkennenden Pfiff von sich. »Das ganze? Ich hab verstanden, nur der Paragraph …«

»Nein«, Dr. Södersen kicherte in sich hinein. »Das ganze, und zwar wegen der Stimmen der Konservativen …«

Alexander Wolkenrath der Ältere setzte sich hin, als auch Meister Volpert und sein Geselle sich langsam wieder auf die Stühle sinken ließen, und leerte zackig das vor ihm stehenden Schnapsglas. »Was hat Bismarck dazu gesagt?«, fragte er schnarrend.

Sein Sohn gab ein abfälliges Lachen von sich. »Erinnere dich an den Artikel im letzten Jahr in der *Germania*! Da stand: Es gelingt nichts mehr.«

Sein Vater stöhnte theatralisch.

Käthe sah ihren Mann erstaunt von der Seite an. Er las die *Germania*, das Blatt der Junker und Reichen?

»Ja, und im *Socialdemokrat* stand, dass Kapitän Bismarck sein Schiff nicht mehr anständig steuern kann, weil er vorzeitig altert. Ich glaub, da stand auch, dass ihm die Zähne ausfallen und er keinen Biss mehr hat …« Friedrich grinste und zeigte dabei eine Reihe kräftiger Zähne. Diesmal war es ihm gelungen, die Männer zum Lachen zu bringen. Stolz reckte er sein pickliges Kinn. Dass der schnöselige

Bräutigam und sein seniler Vater nicht lachten, vergrößerte noch seinen Triumph.

Friedrichs Mutter, die nach den Worten ihres Sohnes ein beleidigtes Gesicht aufgesetzt hatte, sagte nun energisch: »Dies ist Käthes Hochzeit und kein politischer Stammtisch, meine Herren. Ich finde, jetzt setzt Herr Wolkenrath seine Rede fort.« Mit einem Seitenblick auf ihren Mann bemerkte sie spitz: »Bei einer Hochzeit werden nämlich Reden gehalten, und zwar keine politischen.«

Doch Alexander Wolkenrath senior blickte nachdenklich in sein Bierglas und schien ihre Worte gar nicht zu hören. Seine Frau stupste ihn an: »Willst du nun zu Ende reden, oder war das schon das Ende?«

»Das Ende, in jeder Hinsicht«, griente Friedrich, von seiner Mutter mit einem scharfen »Es reicht!« zur Ordnung gerufen.

Da kam Hermine mit dem Schweinebraten, der die ganze Gesellschaft zu Ahs und Ohs hinriss.

Es wurde Nachmittag. Das winterliche Tageslicht verblasste. Lieschen zündete die Petroleumlampen an. Die Gesichter wurden von flackernden Lichtern bemalt. In das genießerische Schweigen platzte Südersen mit der Frage: »Nehmen Sie eigentlich noch an der Jagd teil?« Er blickte den alten Wolkenrath an, und Käthe hatte den Eindruck, dass nicht Bösartigkeit ihn getrieben hatte.

»Reden Sie schon wieder von Männerdingen?«, sagte Friedrichs Mutter, die die Rolle der Brautmutter an sich gerissen hatte. Käthe runzelte verärgert die Stirn und bemerkte leichthin: »Ach ja, Onkel Södersen, erzähl ein paar Geschichten von deinen letzten Jagderfolgen!«

In Alexanders Vater kam Leben. Er beugte sich über den Tisch zu Dr. Södersen hinüber und fragte in seiner schwerhörigen Lautstärke: »Haben Sie an der Treibjagd auf Gut Lichtenberg teilgenommen? So ein Pech, dass ich nicht kommen konnte. Früher war ich immer dabei.«

»Ja«, sagte Friedrich. »So ein Pech!« Sein schadenfroher Tonfall brachte ihm einen Fußtritt seiner Mutter unter dem Tisch ein, der ihn erstickt aufjaulen ließ.

Södersen sah den alten Wolkenrath an. Sein abweisender Gesichtsausdruck wurde weicher, aber er hielt das Mitleid unter Kontrolle. »Ach, wissen Sie«, bemerkte er angelegentlich, »die letzten Jahre war es eigentlich nicht mehr sehr schneidig. Vor allem nicht für mich.« Er lachte und strich sich über den Bauch. »Mein Gaul hat eine ebensolche Wampe wie ich. Zum Glück muss man nicht schnell sein, wenn man auf Fasane schießt. Wenn man einen Fuchs jagt, allerdings schon.«

Käthe konnte sich nicht erinnern, wann sie jemals so zerrissen von unterschiedlichen Gefühlen gewesen war. Einerseits empfand sie tiefes Glück, andererseits war sie nicht einmal am Todestag der Mutter so traurig gewesen. Die Mutter fehlte ihr entsetzlich. Zudem schämte sie sich, gewissermaßen in Union mit Alexander, der sich bestimmt wegen seines Vaters schämte, was sie wiederum ganz schrecklich fand und was sie wütend machte. Sie war stolz auf ihren Vater, der sich bescheiden und würdevoll im Hintergrund hielt, gleichzeitig aber deutlich seine Rolle als Gastgeber ausfüllte. Sie empfand Wärme und Dankbarkeit, weil Dr. Södersen gekommen war, und sie hätte die aufdringliche Mutter von Friedrich am liebsten rausgeschmissen. Sie sorgte sich sehr um den abwesenden Fritz, und mit einer leichten eigenartigen Beunruhigung hatte sie immer wieder den Blick vor Augen, mit dem er sich bei ihr entschuldigt hatte. Außerdem war sie entsetzlich aufgeregt, weil die Hochzeitsnacht bevorstand, und gleichzeitig freute sie sich riesig darauf, von nun an nie mehr allein aufstehen und einschlafen zu müssen.

Und dann war da noch ein winzig kleines ungutes Gefühl. Scheußlich scharf sah sie Alexander mit den Augen der anderen Männer, die bisher ihr Leben geteilt hatten. Für sie war er einer, der nicht dazugehörte. In keiner Hinsicht. Doch dieses Gefühl verbannte sie in den äußersten Winkel ihres Herzens, das so übervoll war mit anderem, dass es sowieso schon überquoll.

Am anderen Morgen sah ihr Bettlaken so weiß aus, als käme es gerade aus der Wäsche. Käthe räkelte sich wohlig, als sie erwachte. Da spürte sie den Ring an ihrem Finger und erinnerte sich wieder an alles. Sie drehte sich zu ihrem Ehegatten herum. Ein Lächeln stahl sich auf ihre Lippen. Er schlief wie ein Kind. Hatte seine Faust vor den Mund gedrückt, es fehlte nicht viel und er hätte den Daumen im Mund.

Gestern Abend hatte er sie, wie es sich gehörte, über die Schwelle des Schlafzimmers getragen, das bis dahin ihr Zimmer gewesen war und das nun ausgefüllt wurde von einem großen Doppelbett. Sie hatte sich einen Baldachin gewünscht, was von Meister Volpert mit den Worten »Firlefanz!« abgeschmettert worden war.

Nachdem sich die Tür hinter ihnen geschlossen hatte, die lachenden Hochzeitsgäste ausgesperrt worden waren und unter lautem Getrappel die Treppe hinunterstürmten, blickten sich Käthe und Alexander scheu an. Er strich ihr übers Haar, küsste sie leicht und fragte dann: »Wäscht du dich zuerst?«

Käthe lachte verlegen. Sie entledigte sich ihres Hochzeitskleides, während Alexander angelegentlich aus dem Fenster blickte. Im langen rosa Nachthemd, das noch aus der Hochzeitsnacht der Mutter stammte und das sie, obwohl es unter den Achseln kniff, unbedingt anziehen wollte, gewissermaßen als Ersatz für das Hochzeitskleid, kroch sie unter die dicke Daunendecke und lugte vorsichtig zu Alexander, der Wasser in die Porzellanschüssel füllte. Es dauerte sehr lange, bis er mit seiner Wäsche und dem Umkleiden fertig war. Im gestreiften Nachthemd, das ihm bis zu den Knien ging, setzte er sich auf seine Bettseite, löste unter einem erleichterten Seufzer die Kniestrümpfe und legte sich dann endlich hin. Käthe, inzwischen schon fast eingenickt, war sofort hellwach. Da drückte Alexander ihr einen kurzen Kuss auf den Mund, legte einen Arm über ihre Decke und war eingeschlafen. Zuerst klopfte ihr Herz noch schneller, als Käthe wartete, wie die Hochzeitsnacht weiter verlaufen würde. Dann schlief auch sie ein.

Wie sehr überraschte sie Alexanders Verhalten am Morgen!

Unter dem anerkennenden Grinsen von Sebastian und Kurt – Fritz war in der Werkstatt geblieben und Friedrich zu Hause, er hatte den Alkohol nicht vertragen – strich Alexander ihr beim zweiten Frühstück beiläufig über den Hintern, die Hüfte entlang, wobei er leicht ihre Brust berührte und sie vertraulich anlächelte. Irritiert lächelte sie zurück. Seine Berührungen waren ihr nicht unangenehm, aber die Blicke der Männer sprachen von etwas, das zwischen Alexander und ihr nicht vorgefallen war.

Lieschen folgte Käthe wie ein kleiner Hund. Schüchtern huschte sie hin und her. Schließlich galt es auch noch, die gute Stube wieder in Ordnung zu bringen. Irgendwann zwischendurch zupfte sie Käthe ängstlich am Ärmel und fragte: »War es sehr schlimm?« Es dauerte einen Moment, bis Käthe verstand. Da lächelte sie beruhigend. »Nein, gar nicht«, sagte sie im Brustton der Überzeugung, »wie kommst du denn darauf?« »Meine Mama hat gestern Abend zu meinem Vater gesagt: ›Die bedauernswerte Kleine kann nicht mal schreien, mit dem Alten im Nebenzimmer, der kommt doch bei dem kleinsten Wimmern reingerauscht und schneidet dem armen Kerl die Eier ab‹«, wisperte Lieschen.

Käthe wurde kalt. »Lieschen, ich bitte dich!«, stammelte sie. »Ach was!«, scheuchte sie die Angst fort, die aus Lieschens Augen sprach und die auch nach ihr gegriffen hatte. »Was für ein Blödsinn! Frauen schreien, wenn sie sich den Finger abgehackt oder sich mit dem heißen Waschwasser übergossen haben, sonst nicht.«

Lieschen legte die Hand vor den Mund und stieß ein nervöses Lachen aus. »Meine Mutter sagt aber: Hoffentlich hat die Meisterin vor ihrem Tod ihrer Tochter gesagt, dass sie an dem Schmerz nicht stirbt. Und dass er vorübergeht, sonst bleiben nachher noch die Kinder aus.«

Käthe starrte Lieschen entsetzt an. Die Stirn runzelnd, fragte sie langsam: »Sag mal, hast du gehorcht oder woher weißt du, was deine Mama zu deinem Papa gesagt hat?« Lieschen errötete bis zu den Haarwurzeln. Sie schob ihren rechten Fuß unbehaglich auf dem Holzboden hin und her. Im nächsten Augenblick stieß sie einen hohen Schrei aus, drehte sich auf dem Absatz um und rannte fort. »Die Suppe brennt an!«, rief sie in affektiertem Ton. »Wie konnte ich das vergessen!« Käthe blinzelte irritiert, dann wischte sie die aufkeimende Angst mit einem ärgerlichen »Was für ein Quatsch!« fort.

»Was für ein Quatsch, mein Kind?« Meister Volpert war von Käthe unbemerkt in die Stube gekommen. Er legte einen Arm um ihre Schulter, vorsichtig, als könnte er sie zerbrechen. »Ach, nichts«, erwiderte Käthe, entwand sich seinem Arm und machte sich daran, den doppelt ausgezogenen Esstisch wieder zusammenzuschieben. »Lass mich das machen!« Sanft schob ihr Vater sie beiseite. »Das ist zu schwer für dich.« Käthe stemmte die Fäuste in die Hüften. »Was ist bloß in euch alle gefahren?«, schimpfte sie. »Wie meinst du das, mein Kind?«, erkundigte sich ihr Vater scheinheilig, während er die schweren Tischplatten untereinander schob und mit einem Metallriegel befestigte. »Meine Güte!« Käthe streckte theatralisch die Hände gen Himmel. »Ihr tut alle so, als wäre ich letzte Nacht irgendwie beschädigt worden … verletzt!«

Meister Volperts rötliche Gesichtsfarbe wurde etwas blasser. Seine Augen huschten unsicher hin und her. Man sah ihm an, dass er am liebsten ebenso wie Lieschen unter einem Vorwand fortlaufen würde. »Na ja«, stammelte er, »na ja, …«

»Na ja, na ja!« Käthes Angst machte sich als Zorn Luft. »Ich bin nicht beschädigt, nicht verletzt, es ist alles in bester Ordnung. Das kannst du meinetwegen auch deinen Männern sagen, bevor die mich nochmal fragen, ob es mir gut geht.« Sie schnaubte wütend durch die Nase. »Jetzt verstehe ich, warum Leute Hochzeitsreisen machen. Weil sie nach der Hochzeitsnacht nicht so albern behandelt werden wollen!«

Ungläubig blickte Meister Volpert auf seine Tochter. Ganz allmählich nahm sein Gesicht einen belustigten Ausdruck an, während er sie scharf beobachtete. Käthe fuhrwerkte in der Stube herum, ihre Röcke flogen, ihre Haube verrutschte. Er musterte ihren Gang, ihr Gesicht, ihre Lippen.

Schließlich räusperte er sich und sagte vernehmlich: »Es ist nicht einfach für einen Vater, wenn die Mutter der Braut tot ist und nichts mehr erklären kann. Aber eins kann auch ich dir sagen: Am Morgen nach der Hochzeitsnacht sind alle so zart mit der Braut, weil diese … vielleicht schwanger sein kann …« Er machte eine bedeutungsschwere Pause, während der Käthe ihn erstaunt anstarrte. Dann fuhr er sanft fort: »Manche Paare lassen sich Zeit, das ist sogar ganz gut, dann kann man sich aneinander gewöhnen.«

Er machte zwei schwere Schritte auf Käthe zu und strich ihr mit seiner schwieligen Hand zart über die Wange: »Ich will nur, dass du glücklich bist, mein Kind. Wenn er irgendwie schlecht zu dir ist, lass es mich wissen, dann fliegt er hochkant raus!«

# 7

Drei Jahre lang blieb die Ehe kinderlos.

Käthe wartete.

Sie, die nie gewartet hatte, weil es klare Verabredungen, Zeiten, Rituale gegeben hatte, die ihr Leben regelten, schien verheiratet zu sein, um das Warten zu lernen. Warten auf ein liebes Wort von Alexander, warten auf einen Kuss, warten auf seine Rückkehr, warten auf Streit zwischen den Männern am Essenstisch – und warten auf eine Schwangerschaft.

Allerdings war ihr Leben nicht nur von Warten erfüllt, dafür geschah zu viel anderes. Im September 1890, also zu einer Jahreszeit, wo Überschwemmungen nur selten vorkamen, überflutete die Elbe die Ufer bis weit in die Stadt hinein. Seit 1845, so sagte man, habe es nicht so eine Hochflut gegeben. Mehrere Tage hindurch waren fünfundfünfzig Straßen und Plätze ganz oder teilweise überschwemmt, viele Wohnungen und Geschäftsräume mussten geräumt werden, Tausende wussten nicht, wo sie bleiben sollten, vom Sachschaden einmal ganz abgesehen.

Die Dresdner waren aufgerufen zu helfen.

Obwohl die ehemalig Wolkenrath'sche Villa am Elbufer auf der Anhöhe lag, war der Boden in der ebenerdigen Kutscherwohnung so feucht, dass den alten Leuten nicht zugemutet werden konnte, dort auszuharren. Aus Vorsorge gegen eine Erkältung oder Schlimmeres wurden sie also für ein paar Tage ins Tischlerhaus umquartiert, was Meister Volpert zähneknirschend sogar selbst vorschlug, als er von dem Malheur hörte. Alle Dresdner halfen, wo sie konnten, also auch er.

Leider fühlten die Wolkenraths sich Besorgnis erregend wohl in seinem Haus. Sie wurden bedient und verköstigt, Alexanders Mutter fand immer jemanden, der ihr zuhörte, und der alte Wolkenrath bekam endlich wieder ausreichend Zigarren und Bier und Schnaps, denn Meister Volpert ließ sich nicht lumpen. So wurden aus ein paar gastfreundlichen Tagen ein paar quälende Wochen, die zuerst Fritz und dann Meister Volpert aus dem Haus trieben. Käthe sah beide kaum mehr. Sie teilte die Abendmahlzeiten mit ihren Schwiegereltern und ihrem Mann, im besten Fall langweilte sie sich. Manchmal aber brandete Mordlust in ihr auf. So ging es den ganzen Winter über. Erst als Meister Volpert im Februar 1891 sagte, er erwarte ab dem kommenden Monat Mietgeld und einen Zuschuss für die Mahlzeiten, ebenso solle Lieschen bezahlt werden für die Reinigung des Zimmers, zogen die beiden umgehend aus.

Dieses halbe Jahr allerdings zehrte an Käthes Nerven ebenso wie an denen ihres Vaters. Fast täglich fand am Mittagstisch ein politischer Streit statt. Käthe, um Ausgleich bemüht, saß im wahrsten Sinne des Wortes zwischen allen Stühlen. Besonders schmerzlich war für sie, dass Fritz und Alexander aneinandergerieten, sobald einer von beiden nur den Mund aufmachte. Ihr schien, als ließe Fritz keine Gelegenheit aus, um zu beweisen, dass Alexander ein ignoranter Schwätzer war. Alexanders antijüdische und gegen die Sozialdemokratie gerichteten Ansichten schockierten sie selbst, und sie erklärte sie damit, dass er nun mal in einem bürgerlichen, reichen Haushalt groß geworden war und ein Jude ihm alles genommen hatte.

Am 20. März 1890 hatte der junge Kaiser Wilhelm II. den Fürsten Bismarck aus seinen Ämtern entlassen. »Der Monarch trennt sich von seinem Kanzler, aber das Volk trennt sich nicht von seinem Bismarck.« So hatte der alte Wolkenrath damals schon die Entlassung kommentiert.

Und er behielt recht. Käthe wunderte sich, wieso der Missmut gegen die kaiserliche Entscheidung so viele Volksschichten ergriff, denn anfangs war die öffentliche Reaktion auf die Entlassung eher zustimmend gewesen. In den Monaten nach dem März wurden zuerst noch einzelne Kundgebungen abgehalten, die den Kaiser kritisierten, doch zu guter Letzt begann Bismarcks Haus in Friedrichsruh eine Art Wallfahrtsstätte zu werden, wo, wie Alexanders Vater gern und oft aus der *Germania* zitierte, »dem grollenden Helden Ehrfurcht und Dankbarkeit erwiesen« wurde.

Meister Volpert und seine Männer waren nie Anhänger Bismarcks gewesen, jetzt empfanden sie aber durchaus Verständnis für dessen Verehrung, da er insbesondere für Sachsen viel Gutes getan hatte. In die Hysterie, die breite Teile des Bürgertums ergriff, stimmten sie allerdings nicht ein. Fritz, der immer stärker mit den Sozialdemokraten sympathisierte, vertrat sogar die Auffassung, dass es sich um eine politische Kampagne handle, die von den sogenannten Reformern, hetzerischen Antisemiten und Antisozialisten, geschürt würde, um den Einfluss der Sozialdemokratie zurückzudrängen. Zu diesem Zweck, so sein augenblitzend in die Mittagsrunde geschleudertes Credo, schlössen sich auch die Konservativen und sogar die Nationalliberalen der absurden Heldenverehrung an.

Kaum wurde bekannt, dass Fürst Bismarck auf der Reise nach Wien zur Hochzeit seines ältesten Sohnes in Dresden zu rasten gedenke, eskalierte die Stimmung im Tischlerhaus zwischen Alexander und Fritz so, dass Käthe überlegte, gemeinsam mit Alexander auszuziehen, weil sie die Spannungen einfach nicht mehr aushielt. Fritz, früher eher besonnen, entwickelte eine rebellische Hitzigkeit. Alexander behandelte ihn von oben herab.

Die Bürgerschaft beschloss, Bismarck einen feierlichen Empfang zu bereiten. Man bildete einen Festausschuss, und Alexander gelang es, auf vielen Umwegen und mittels unterschiedlichster Beziehungen, Mitglied dieses Festausschusses zu werden. Von nun an war er von imposanter Wichtigkeit erfüllt, und Käthe sah ihn nur noch zu den Essenszeiten. Am Abend kam er so spät nach Hause, dass sie meistens schon schlief.

Vorsichtig wies sie ihn darauf hin, dass er zuvor seine mangelnde Zeit für sie mit der vollen Beanspruchung durch seine Geschäfte begründet habe. Er erwiderte verärgert: »Die Arbeit im Festausschuss ist immens wichtig, um die Beziehungen zu knüpfen, die mir in meiner Arbeit von Nutzen sind. Du hast wirklich wenig Ahnung vom Geschäftsleben, meine Liebe!«

Am 18. Juni 1892 war es so weit.

Alexander verschwand bereits gegen Mittag, gekleidet wie zu seiner Hochzeit. Am nächsten Abend, in so überschwänglicher Laune, wie Käthe ihn selten erlebte, erzählte er ihr bei einem Glas Rotwein das ganze große Ereignis.

»Es war kurz nach halb neun Uhr gestern Abend, da kam der Fürst in Begleitung seiner Gemahlin, seines Arztes Dr. Schweninger und des Sekretärs Dr. Chrysander auf dem Leipziger Bahnhof an!« Alexander trank einen durstigen Schluck vom Rotwein.

Käthe überlegte einen Moment, ob sie ihn fragen sollte, warum er Bismarck neuerdings nur noch »der Fürst« nannte, außerdem hätte sie gern nach dem Namen der Gemahlin gefragt, da es ihr komisch vorkam, den des Arztes und des Sekretärs zu erfahren, aber nicht den der Frau. Doch dann berichtete Alexander schon weiter, und die Fragen erschienen ihr viel zu unwichtig, um sie zu stellen.

»Am Bahnhof empfing ihn eine Abordnung von Ratsmitgliedern und Stadtverordneten, zum ersten Male öffentlich mit den neuen Amtsketten geschmückt. Kurz vorher erst hatte der König ihnen erlaubt, sie anzulegen. Sie waren stolz wie Oskar! Eigentlich wartete der Festausschuss im Hotel«, gestand Alexander grinsend, »aber das Ereignis wollte ich mir nicht entgegen lassen. Also hab ich mich unter einem Vorwand gemeinsam mit Klemm entfernt und unter das Volk vorm Bahnhof gemischt.«

Er hatte sein Glas bereits geleert und schenkte nun nach. Wieder trank er in hastigen Schlucken. Käthe hätte ihm gern vom Heilwasser ihres Vaters angeboten, aber sie wusste, dass Alexander dann eine Diskussion darüber vom Zaun brechen würde, dass sie ihn des Saufens verdächtige, nur weil sein Vater in ganz Dresden als Säufer verschrien war. Das wollte sie nun wirklich nicht. Der Augenblick war ihr kostbar, sie wollte ihn genießen und nicht zerstören.

»Wie war es am Bahnhof?«, stieß sie den in Gedanken versinkenden Alexander an, weiterzuerzählen.

Er schreckte auf. »Oh, Oberbürgermeister Stübel ging in einer Ansprache an den Fürsten von dessen Ernennung zum Ehrenbürger im Jahre 1871 aus. Er versicherte ihn der Treue seiner Mitbürger und unauslöschlicher Dankbarkeit für die Verdienste, die er sich um die Errichtung des deutschen Reiches und um die Erhaltung des Friedens erworben habe; die ganze Bürgerschaft habe den Tag herbeigesehnt, an dem sie ihn als ihren Ehrenbürger in Dresden begrüßen könnte, und nun heiße er ihn und seine Gemahlin im Namen der Stadt herzlich willkommen. Fürst Bismarck antwortete, es sei für ihn eine hohe Auszeichnung, von den städtischen Behörden in so ehrender Weise begrüßt zu werden, er fühle sich wie in eine höhere Ordensklasse eingerückt. Zwar sei er in das Privatleben zurückgetreten, aber er folge noch allem, was die Nation betreffe, mit reger Emsigkeit. Er habe kein anderes Interesse als an der Sache selbst, an der er Jahrzehnte gearbeitet habe. Einen wesentlichen Anteil am Erfolg seiner Tätigkeit habe der König Albert von Sachsen. Seinen Beistand im Felde und auf dem Papiere habe er stets gefühlt, wo es das Wohl des Reiches und des Sachsenlandes galt. Vom Bahnhof fuhr der Fürst im Wagen nach dem Hotel Bellevue, überall umdrängt von einer dichten Menschenmenge, die ihn mit endlosem Jubel empfing. Wir sind zu Fuß gegangen und waren schneller als er im Hotel zurück.« Alexander drückte Käthes Hand. »Du kannst dir nicht vorstellen, was für eine Stimmung unter den Menschen tobte. So etwas habe ich noch nie erlebt.«

Käthe stellte sich die tobende Menge vor, dazwischen ihr Mann. Sie kannte ihn eher zurückgezogen, wenig begeistert. Die seltenen Male allerdings, da er anders war, lebendig, geprägt von Kraft und Sensibilität wie zu der Zeit, als sie sich kennengelernt hatten, liebte sie ihn von ganzem Herzen.

»Im Hotel begab sich Bismarck zunächst nach seinen Wohnzimmern im Elbflügel, in denen von Verehrern prächtige Blumenspenden niedergelegt worden waren; dann erschien er in dem Ecksalon, von wo aus man auf den Theaterplatz schauen konnte. Hier war der Festausschuss, einschließlich meiner Wenigkeit, versammelt. Dr. Osterloh, der Vorsitzende des Ausschusses, begrüßte den Fürsten mit einer Ansprache. Fürst Bismarck antwortete mit einem Rückblick auf die Vergangenheit und schloss dankend mit einem Hoch auf König Albert. Nun trat er mit seiner Gemahlin, gefolgt vom Festausschuss, heraus auf die am Hotelgebäude errichtete Tribüne, zu der man eigens für diesen Anlass einen Ausgang aus dem Salon durchgebrochen hatte.«

Käthe warf Alexander einen prüfenden Blick zu. Irrte sie sich, oder hatte er die Begeisterung der Menschen wirklich auch als Huldigung seiner eigenen Person dort oben auf der Tribüne erlebt? Ein strahlendes Licht lag in den oft so verwaschenen Augen ihres Mannes, als er nach einem kräftigen Schluck Rotwein mit seinem Bericht fortfuhr.

»Inzwischen war der Huldigungszug der Bürgerschaft und der studierenden Jugend herangekommen, ungefähr fünfzehntausend Mann stark, der größte Fackelzug, den Dresden und wohl ganz Deutschland bis dahin gesehen. Der Theaterplatz war in ein Meer von Licht getaucht. Voran im Zug schritten Rat und Stadtverordnete, ihnen folgten mit Lampions die Männergesangvereine. Diese trugen mehrere Gesänge vor; nach dem zweiten – Ottos Lied *Das treue deutsche Herz* – rief der Fürst zu der unaufhörlich jubelnden Menge: »Wollen Sie versichert sein, dass ich den Empfang, den Sie mir bereitet, bis an das Ende meiner Tage nicht vergessen werde. Ich habe diese Herzlichkeit nicht erwartet, sie kommt von Herzen und geht zu Herzen. Herzlichen Dank für die Freude!« Und als dann die machtvollen Töne der *Wacht am Rhein* verklungen waren, nahm er nochmals das Wort: »Ich danke Ihnen besonders für das letzte Lied, denn es erinnert an große Zeiten, ein Lied, das dazu beigetragen hat, die deutsche Einheit zu erringen, eine Einheit, welche noch viel schwerer zu zerstören sein wird, als sie geschaffen wurde, und noch mehr Blut kosten würde, wenn man sie zu vernichten suchte. Ich habe mein Leben dem Dienste der Nation gewidmet, und wenn ich Erfolg erzielte, so ist das in meinen alten Tagen ein Beweis, dass ich nicht umsonst gelebt habe. Das gegenseitige Wohlwollen war früher nicht, es ist das Ergebnis der letzten Jahrzehnte unserer Politik. Gott erhalte es! Wir wollen ein einig Volk von Brüdern sein, wie wir es im Kampfe geworden sind.«

»Wörtlich?«, fragte Käthe entgeistert. »Hast du ihn jetzt wörtlich zitiert?«

Alexanders Augen flackerten, als erwarte er einen Vorwurf. »Na klar«, antwortete er leichthin, »in so einem historischen Augenblick brennt sich jedes Wort ins Gedächtnis. Das werde ich noch in hundert Jahren wiedergeben können!«

In Käthe machte sich eine undefinierbare Traurigkeit bemerkbar. Zu wie viel Leidenschaft Alexander fähig war! Was für ein phantastisches Gedächtnis ihm zu eigen war! Dass er sich im Zusammensein mit ihr meist müde und gleichgültig zeigte, lag wohl allein daran, dass sie ihn nicht zu Begeisterung hinreißen konnte. Und dass er sich an so wenig erinnerte, was ihrer beider Liebe betraf – nicht einmal an das erste Treffen konnte er sich richtig erinnern –, hatte vielleicht sogar ebenfalls seine Ursache darin, dass sie ihn einfach nicht so hingerissen hatte wie er sie.

Käthe hob das Weinglas und leerte es in einem Zug. Vielleicht konnte sie so die Traurigkeit hinunterspülen. Sie reichte Alexander das leere Glas, und er füllte es neu. Nachdem er auch in sein eigenes

Glas nachgeschenkt hatte, machte er sich auf den Weg zu Meister Volperts Weinkeller, um eine neue Flasche zu holen. Zurückgekehrt, fuhr er auf Käthes Bitte in seinem Bericht fort.

»Hunderte von Zugteilnehmern drängten an die Tribüne heran, um dem Fürsten die Hand zu drücken. Die Bewegung der Zuschauermassen durchbrach alle Schranken, sodass der Vorbeimarsch des Zuges nur langsam und ungeordnet erfolgen konnte. Erst nachts gegen halb zwölf war er zu Ende, und solange harrte der Fürst mit seiner Gemahlin aus, um die stets sich wiederholenden stürmischen Huldigungen entgegenzunehmen. Als er in den Salon zurücktrat, äußerte er: ›Es war, als ob die Kimbern und Teutonen vorüberzögen!‹«

Kimbern und Teutonen? Käthe war plötzlich dankbar, dass Alexander diesen Bericht nicht am Abendbrottisch gegeben hatte. Wie hätte Fritz auf diesen Ausspruch reagiert?

»Um dem Fürsten nach den Anstrengungen des Abends eine gute Nachtruhe zu sichern, hatte der Festausschuss sich nicht lumpen lassen, Vorsorge zu treffen. Selbst die Kettenschleppdampfer auf der Elbe unterließen am Morgen ihre gewohnten Heulsignale.«

Alexander hielt Käthe prostend sein Glas entgegen. Sie ließ das ihre dagegenklirren. Wann hatten sie das letzte Mal so zusammengesessen? Ja, dachte Käthe, unser Leben besteht eigentlich nur aus Arbeit und Streit. Kein Wunder, dass dieser feingeistige Mann sich in diesem Haus nicht wohlfühlt. Sie wollte ihn gerade darauf ansprechen, dass sie gerne fortziehen würde, da erzählte er schon weiter.

»Vormittags gegen halb elf fuhr Bismarck zur Weiterreise vom Hotel ab. Die Straßen, die er bis zum Böhmischen Bahnhof berührte – Sophien-, Wilsdruffer, See- und Prager Straße –, waren mit Fahnen, Laubgewinden, Spruchtafeln und Blumen überreich geschmückt und von Hunderttausenden belebt, die dem Scheidenden ein herzliches Lebewohl zuriefen. Die Fahrt glich einem Triumphzug. Auf dem Bahnhof verabschiedeten sich von ihm die Vertreter der Stadt. Im Gespräch äußerte der Fürst, er habe manche Huldigung erlebt, aber so etwas sei noch nicht da gewesen, und das erlebe man nicht wieder; Liebe und Begeisterung seien heute hier vereinigt: Deutschland in Dresden, könne er sagen. Bei der Abfahrt des Zuges erfolgten wieder überwältigende Kundgebungen der Menge.« Als predige er von der

Kanzel, sagte Alexander abschließend: »Ich habe einem einmaligen Schauspiel beigewohnt, dies war der Ausdruck der überströmenden Liebe eines Volkes zu dem besten seiner Söhne.«

Käthe lauschte ergriffen. Als Alexander nun schwieg, wagte sie eine Frage, wohl wissend, dass damit die ganze schöne Stimmung verdorben sein könnte. »Alex, Liebster, warum bist du denn in der letzten Nacht nicht nach Hause gekommen, wenn um Mitternacht doch Schluss war und es erst heute Morgen um elf Uhr weiterging?«

In dem Augenblick, da sie die Frage gestellt hatte, tat es ihr schon leid. Doch Alexander bedachte sie nach kurzem Stirnrunzeln mit seinem liebenswürdigsten Lächeln. »Um die Wahrheit zu gestehen, Käthchen, der Klemm und ich und der Zimmermann, weißt du, der Chefredakteur von der *Deutschen Wacht*, und noch ein paar andere, wir haben den Triumph gefeiert, da konnte ich nicht abseits stehen. Die hätten mich sonst noch als Pantoffelheld verdächtigt.« Er lachte amüsiert vor sich hin, als wäre das nun wirklich das Letzte, was man von ihm annehmen könnte.

*Deutsche Wacht?* Käthe überlegte. Das Hetzorgan der Antisemiten? Nein, es war unmöglich, dass Alexander mit diesen Leuten zusammen feierte. Natürlich gab es viele, auch unter den Nationalliberalen, mit denen ihr Vater verkehrte, die manches an den Juden auszusetzen hatten, aber doch nicht so dümmlich und albern, wie es die Reformer taten. Doch sie beschloss, nicht weiter in Alexander zu dringen, der harmonische Augenblick war ihr zu kostbar.

Sie leerten auch die zweite Flasche noch, jetzt in einträchtigem Schweigen. Als sie die Treppe hinaufstiegen, schwankten beide leicht. Kaum im Bett, schnarchte Alexander schon laut. Käthe konnte lange nicht einschlafen. Was kann ich nur tun?, fragte sie sich, damit er die Begeisterung, zu der er fähig ist, auf unsere Ehe richtet. Und auf mich!

Als Alexanders Euphorie vorbei war, stellte er bestürzt fest, dass die Tätigkeit im Bürgerausschuss ihm wenig genützt hatte, denn die Beziehungen, die er geknüpft hatte, waren nicht die, die er benötigte, um als Kaufmann voranzukommen. Er bekam Angst, sein Ziel nicht zu erreichen, mit einem erfolgreichen eigenen Geschäft Elektrohandel Wolkenrath seinem besudelten Namen wieder Ansehen zu verschaffen. Und dann geschah etwas, das ihn noch mehr ins Hintertreffen brachte.

Im Sommer 1892 brach in Hamburg, von ungünstigen Trinkwasserverhältnissen verschuldet, eine Choleraepidemie aus und weckte überall, auch in Dresden, die schlimmsten Befürchtungen. Zum Glück ging die Gefahr vorüber. Die gegen die Verschleppung der Krankheit im ganzen Reich getroffenen Vorsichtsmaßregeln taten ihre Wirkung. Wo sie aufeinandertrafen in diesen beunruhigenden Tagen, auf der Straße, zu Hause, an den unterschiedlichsten Arbeitsstätten, beglückwünschten sich die Dresdner jeden Tag aufs Neue wegen ihrer guten Wasserleitung.

Die außerordentlich lästigen und zum Teil nutzlosen Beschränkungen, die man zur Sicherung gegen die Einschleppung der Cholera in manchen Ländern dem Verkehr auferlegte, brachten aber schwere Schädigungen für das ganze Wirtschaftsleben mit sich. Bestellte Waren kamen nur unter Verspätung oder gar nicht an. Infolgedessen lief manche Produktion überaus schleppend. Alexander Wolkenrath, der, wo er nur konnte, als Zwischenhändler von Elektroartikeln tätig war, litt unter der Einschränkung des Güterverkehrs ganz besonders.

Für ihn war diese wirtschaftliche Belastung nach dem Hochwasser der zweite Schlag. »Wenn ich denke, es geht aufwärts«, klagte er, »kommt die nächste Katastrophe. Es ist wie verhext.« Er war immer unterwegs, immer auf der Suche. Immer in der Hoffnung auf eine gute Gelegenheit.

»Ich muss etwas auf die Beine stellen«, sagte er gereizt, wenn Käthe ihn fragte, wann er nach Hause kommen würde.

»Aber du stellst doch ständig etwas auf die Beine«, entgegnete sie.

Er stieß ein bitteres Lachen aus. »Etwas? Schwer genug, mich selbst jeden Morgen auf die Beine zu stellen. Meine kleinen Geschäfte sind lächerlich, was ich damit verdiene, verfressen ja allein meine Eltern. Nicht mal dich kann ich ernähren.«

»Aber das macht doch nichts«, versuchte Käthe ihn zu beruhigen. »Es gibt hier genug zu essen, da fällt einer oder auch zwei nicht ins Gewicht.«

»Dein Vater lässt mich gewaltig fühlen, dass ich ins Gewicht falle«, widersprach Alexander scharf. »Wenn es nach ihm ginge, wäre ich morgen weg.«

»Alex, Liebster, das darfst du nicht sagen!« Käthe stürzte ihm in die Arme, die sich nicht um sie schlossen. »Mein Vater will, dass ich glücklich bin. Das ist alles, was er will.«

Alexander betrachtete sie kühl. »Und? Bist du glücklich? Mit mir? Einem Schmarotzer im Haus deines Vaters?«

»Wie ungerecht du dir selbst gegenüber bist!« Käthe trat einen Schritt zurück und sah Alexander nun mit ihrem graden direkten Blick an, der ihn oft dazu bewog, fortzublicken. Jetzt aber hielt er stand. Auch als sie fortfuhr: »Und mir gegenüber. Was für mich zählt, ist unsere Liebe. Und wir lieben uns doch, oder? Du liebst mich doch?« In ihren Blick trat ein ängstliches Flackern.

Alexander wendete sich ab. Umständlich schnitt er eine Kerbe in eine der Zigarren von Meister Volpert. »Liebe …«, meinte er lächelnd. »Was ist schon Liebe?«

Käthe hielt den Atem an. Was würde sie tun, wenn er bei dieser Antwort bliebe?

Meister Volpert hatte sein Angebot mehrfach wiederholt. »Wenn er dich nicht glücklich macht, schmeiß ich ihn raus.«

Es war ihrem Vater vollkommen gleichgültig, was die Leute sagten. Seinetwegen konnte mit Alexander sonst etwas geschehen, Hauptsache, seine Käthe war glücklich. Und, natürlich, sie bliebe bei ihrem Vater.

Meister Volpert hatte längst begriffen, dass Alexander keine Gefahr bedeutete, Käthe könnte ihn verlassen, denn Alexander ging viel zu oft etwas daneben bei seinen Geschäften. Er war außerstande, eine Familie zu ernähren.

Und auch Käthe, die sanfte freundliche Käthe, war zu intelligent, um sich nicht zu fragen, ob Alexander sie vielleicht nur geheiratet hatte, damit er endlich aus der vermaledeiten Kutscherwohnung heraus in ein sicheres warmes Zuhause mit regelmäßigen Mahlzeiten käme. Er zeigte mehr Interesse daran, seine Schuhe zu putzen und den Schnäuzer zu striegeln, als ihr übers Haar zu streichen. Nun gut, ihr rotes Haar stieß ihn vielleicht ab, aber auch sonst berührte er sie nicht viel. Sie wusste nicht, ob die Sehnsucht ihrer Haut, häufiger gestreichelt, die Sehnsucht ihres Mundes, häufiger geküsst zu werden, vielleicht ihrer übermäßigen Naschsucht entsprach, und manchmal sagte er sogar so etwas, wenn sie ihm mit ihrem Mund begehrlich entgegenkam. »Du bist maßlos«, sagte er, und sie schreckte zusammen.

Es hatte sich zwar nach den ersten schmerzhaften Begegnungen mit diesem Teil zwischen seinen Beinen bei ihr keine besondere Begeisterung dafür eingestellt, trotzdem wünschte sie sich, er würde ihren Körper häufiger als einmal alle zwei Wochen suchen, denn dann zumindest war er ihr nah.

»Was ist schon Liebe?«, fragte sie mit zittriger Stimme zurück.

Er hatte die Zigarre mittlerweile entzündet und paffte nun einige Probezüge. Da fiel ihm wohl auf, wie bleich sie geworden war. Er legte ihr die Hand auf die Wange und sagte lächelnd: »Liebe, was für ein abgegriffenes Wort. Alle gebrauchen es. Was uns beide verbindet, kann doch nicht mit so einem Allerweltswort bezeichnet werden. Oder?«

In Käthe schrie es: Dann finde ein anderes Wort! Sie war unfähig, einen Ton von sich zu geben. Sie war völlig erstarrt.

Da umarmte er sie. Sie legte ihr Gesicht an seine Brust, und schluckte die aufsteigenden Tränen hinunter. »Dummchen«, murmelte er. »Wir gehören doch zusammen, oder?«

Sie nickte. Jetzt kullerten doch ein paar Tränen aus ihren Augen.

Mit zwei runden feuchten Flecken auf seinem Hemd verließ er das Haus.

Käthe überlegte den ganzen Vormittag, was sie tun könnte.

Denn dass sie nicht schwanger wurde, war eindeutig nicht in Ordnung. Wieso blieb ihr Bauch unfruchtbar wie öde Erde? Alle gleichaltrigen Frauen, ähnlich lang verheiratet wie sie, hatten mindestens ein Kind, oft sogar schon zwei. Um sie herum wimmelte es von dicken Bäuchen. Nur ihrer blieb auf die immer gleiche Weise weich gerundet.

Sie hatte bereits den Hausarzt der Familie, Dr. Wenig, heimlich konsultiert, und der hatte sie auf eine peinliche Weise untersucht und gesagt, alles sei in Ordnung. Er hatte ihr vorgeschlagen, vielleicht ihr Korsett etwas zu lockern oder manchmal während der Hausarbeit sogar ganz auszulassen, was natürlich völlig unmöglich war, denn dann passte sie nicht in ihre Kleider, aber nach Meinung von Dr. Wenig schnürten die Korsetts manchmal die Blutzufuhr zu den Organen ab, die ein Kind ernährten. »Gut«, hatte sie gesagt, »sobald ich ein Kind ernähre, lasse ich das Korsett weg, aber wie kriege ich es in meinen Bauch?«

Dr. Wenig hatte ihr die Wange getätschelt und gesagt: »Nun, mein Kind, da hat Ihr Gatte ja auch noch ein Wörtchen mitzureden. Der kriegt es schon in Ihren Bauch, Männer wissen im Allgemeinen, wie man das bewerkstelligt. Ihrer gewiss auch.«

Errötend hatte sie sein Zimmer verlassen, vor der Tür aber gedacht: Auf meinen Gatten will ich mich da nicht verlassen. Sie hatte nicht gedacht: Auch da nicht verlassen, aber sie hatte gewusst, dass dieser Gedanke nicht abwegig gewesen wäre.

Wenn es möglich war, dass sich das Verhältnis zwischen Alexander und den anderen Männern im Haus noch verschlechtern konnte, so geschah dies dramatisch, als am 15. Juni 1893 Neuwahlen zum Reichstag stattfanden.

Alexanders gute Beziehungen zu den Mitgliedern der Reformpartei hielten seit der Jubelvorbereitung für »den Fürsten« an. Der Kaufmann Klemm, der ebenso wie Alexander versuchte, alle möglichen Geschäfte zu tätigen, um mit irgendetwas groß herauszukommen, und der Schriftsteller Zimmermann, der Führer der Reformpartei und Redakteur des Parteiblattes *Deutsche Wacht*, der an demagogischem Feuer und agitatorischer Unermüdlichkeit alle bisher in Dresden aufgetretenen Kandidaten in Schatten stellte, suchten ihn sogar zuweilen spätabends auf, um mit ihm in seinem »Studierzimmer« zu verschwinden. Bis Meister Volpert sich diese Besuche in seinem Hause verbat. »Mit diesen Lügnern und Verführern will ich nichts zu tun haben, sie beschmutzen mein redliches Ansehen!«

Fritz wurde noch deutlicher. Er nahm Alexander beiseite und sagte zu ihm: »Wenn der schleimige Zimmermann noch einmal in das Zimmer geht, das, bevor du kamst, meins war, kotz ich dir davor, du kannst mir glauben!« Alexander starrte ihn mit offenem Mund an. Leider musste er etwas hochblicken, weil Fritz größer war, leider konnte er es auch nicht auf eine körperliche Auseinandersetzung ankommen lassen. Aus dem eher jungenhaften Gesellen von vor drei Jahren war ein Mann geworden. Auch vor drei Jahren, als Alexander ihn kennengelernt hatte, war Fritz bereits breiter in den Schultern und größer als er gewesen, aber damals wirkte er noch unbeholfen, als wäre er nicht wirklich im Besitz seines Körpers. Jetzt aber strahlte er eine männliche Sicherheit aus, die ahnen ließ, dass er seine Muskeln, die von seiner Zugehörigkeit zur arbeitenden Bevölkerung Zeugnis ablegten, auch gezielt nutzen konnte.

Alexander besann sich auf seine überlegene soziale Herkunft, setzte seinen Blick von oben herab auf und bemerkte kühl: »Du erdreistest dich, Mann! Für diesmal will ich deine Unverschämtheit einfach vergessen! Das nächste Mal kommst du nicht so glimpflich davon.« Er griff nach seiner Reitpeitsche, schlug sie einige Male fesch gegen sein Hosenbein, hob lässig die Hand in die Höhe und verließ das Haus.

Nun war es an Fritz, mit offenem Mund wortlos hinter ihm herzublicken. Er ballte die Faust und presste die Zähne aufeinander. In diesem Augenblick erwog er, Mitglied der Sozialdemokratischen Partei zu werden.

Dr. Södersen war in diesen Tagen oft zu Besuch bei seinem Freund Volpert. Sie diskutierten lebhaft über die Zukunft der Nationalliberalen. Seit Jahren hatten sie die konservativen Kandidaten unterstützt, von denen aber nichts an Achtung oder Kompromissbereitschaft zurückbekommen. Auch waren sie immer weniger einverstanden mit der Politik der Konservativen. Mit dieser Auffassung standen sie nicht allein, und so hatten sich die Nationalliberalen entschieden, sich dieses Mal nicht an der Wahl zu beteiligen.

Als die Konservativen allerdings eine schwere Niederlage erlitten – auf ihren Kandidaten fiel im vierten Wahlkreis nur ein Viertel, im fünften gar nur ein Sechstel der abgegebenen Stimmen –, triumphierten Volpert und Södersen nicht, sondern empfanden sogar ein schlechtes Gewissen. Das Ergebnis der unter Teilnahme von nahezu 85 Prozent der Wahlberechtigten vollzogenen Abstimmung war ein großer Sieg der Sozialdemokraten. Ihre Kandidaten, Zigarrenfabrikant Kaden und Redakteur Dr. Gradnauer, erhielten die höchste Stimmenzahl.

Aber bei der am 24. Juni vollzogenen Stichwahl unterlagen sie den Kandidaten der Reformpartei, von denen Klemm und Zimmermann als Sieger aus der Urne hervorgingen. Alexander kam drei Tage und Nächte lang nicht nach Hause, so rauschend waren die Feiern des Triumphes seiner neuen Freunde. Danach schlief er zwei Tage und zwei Nächte durch, und danach begab er sich mit neuem Elan an die Geschäfte.

Fritz und er wechselten kein Wort mehr miteinander.

Meister Volpert wurden die politischen Kämpfe zu anstrengend. Wenn er morgens in den Spiegel blickte, sah er beunruhigt die Spuren des Alters unter seinen Augen. Er schlief nicht mehr gut. Sein Rücken schmerzte häufig. Seine Hände hatten Probleme, so zart und fein mit dem Holz umzugehen, wie er – und seine Kundschaft – es gewohnt war. Er wurde unruhig. Er wollte den Enkel noch erleben, wissen, ob er all die Jahre umsonst geschuftet hatte oder ob da einer geboren würde, der die Tischlerei übernähme. Käthe war eine gute Meisterin, das hatte sie von der Mutter gelernt, aber Alexander?

Eines Morgens, als dieser wieder erst zum zweiten Frühstück aus dem Bett kroch, Meister Volpert hingegen schon seit Stunden auf den Beinen gewesen war, fragte er ihn vor versammelter Mannschaft: »Ich möchte mal wissen, wovon du dich immer ausruhen musst.«

Auf Alexanders indignierte Nachfrage, wie Volpert das meine, antwortete er grob: »Du arbeitest nicht, du zeugst keinen Sohn, was erschöpft dich eigentlich so?«

Alexander starrte ihn an, als hätte sein Schwiegervater ihn geschlagen. »Das geht zu weit!«, sagte er dann tonlos, erhob sich langsam und verließ die Küche, allerdings nicht in der Haltung eines Verlierers, sondern wie ein König.

Käthe rannte hinter ihm her in den Korridor, wo er gerade seine Reitjoppe überzog. Sie versuchte ihn zu umarmen, aber er schüttelte sie ab.

»Er hat es nicht so gemeint!« Voller Angst versuchte sie, ihn zu besänftigen. »Sei nicht so gekränkt!«

Er drehte sich um und maß sie mit kaltem Blick. »Er hat es so gemeint«, sagte er schneidend. »Und ich meine es auch so, wenn ich sage: Es ist ihm fast schon gelungen.«

»Was?«, fragte Käthe zittrig.

»Mich zu vergraulen«, antwortete er kühl. »Er versuchte es von Anfang an. Er will dich für sich allein. Soll er doch, meinetwegen!«

In Käthes Brust explodierte panische Angst, raste ihren Körper hinab und blieb in den Knien stecken, die weich wurden und nachgaben. Ihr schwindelte. Sie konnte sich nicht mehr auf den Beinen halten, hielt sich an der Wand fest. »Ich werde ohnmächtig«, murmelte sie.

Alexander hatte schon nach der Türklinke gegriffen, die Reitgerte in der Hand. »Nimm dein Riechfläschchen«, sagte er über die Schulter zurück. »Das hilft immer.«

Die Tür knallte hinter ihm ins Schloss.

Käthe sank mit dem Rücken an der Wand zu Boden. Dort blieb sie sitzen in der Hoffnung, dass das Kreiseln in ihrem Kopf aufhören möge. Da wurde die Tür von der Küche aufgerissen, und sie erkannte ihren breitbeinig im Türrahmen stehenden Vater wie einen Scherenschnitt.

»Käthe!«, rief er erschrocken. »Was hat er dir getan? Wo ist er? Ich bringe ihn um!« Wild blickte er sich um.

Hinter ihm quollen die anderen Männer aus der Küche. Fritz griff Käthe unter den Armen. Er befahl dem Lehrling, sie an den Füßen zu fassen und auf die Chaiselongue in der Stube zu tragen. »Bevor du ihren Mann umbringst, solltest du dich lieber um deine Tochter kümmern«, raunzte er Meister Volpert an.

Der, bleich wie ein Leichentuch, raunzte nicht zurück. Folgsam trottete er hinter den Männern her, die sich um seine Tochter geschart hatten. Behutsam legten sie Käthe auf die Chaiselongue, wo Lieschen ihr das Riechfläschchen unter die Nase hielt und einen feuchten Waschlappen auf die Stirn legte. In dem Maße, wie wieder Farbe in ihr Gesicht kam, verlor auch Meister Volpert das Aussehen eines Gespenstes.

Als sie wieder klar sehen konnte, wandte sie sich ihm zu. Langsam und betont sagte sie: »Wenn du meinen Mann aus dem Haus treibst, gehe ich mit, nur dass du es weißt.«

Meister Volpert schwankte. Es sah aus, als könnte jetzt er das Riechfläschchen brauchen. Dann hatte er sich wieder im Griff, nickte ihr zu und tappte schweren Schrittes fort.

Die Männer folgten ihm in bedrücktem Schweigen aus der Stube, nur Lieschen blieb bei Käthe sitzen und tätschelte ihr unbeholfen die Hand. Allmählich löste sich Käthes Starre ein wenig. Ohne dass sie einen Laut von sich gab, rannen ihr Tränen über die Wangen.

Lieschen sprach. In Käthes Kopf war ein solcher Wirbel, dass sie nicht einmal wirklich wahrnahm, dass Lieschen bei ihr saß. Erst als Lieschen wieder schwieg, erreichten deren Worte sie zeitversetzt.

»Was hast du gesagt?«, fragte sie nach, denn es schien ihr plötzlich sehr, sehr wichtig, es noch einmal zu hören.

Lieschen räusperte sich. »Meine Mutter hat erzählt, dass Eure Tante Lysbeth eine weise Frau ist, zu der alle gehen, die entweder zu viele oder gar keine Kinder kriegen.« Bedeutungsschwer riss sie ihre Augen auf und stammelte: »Meine Mutter hat mir gesagt, ich sollte Lysbeths Namen angelegentlich fallen lassen … ohne sie zu erwähnen … aber, aber … manche sagen, sie ist eine Hexe … aber Mutter …«

Mit einem schwachen Lächeln tätschelte Käthe ihr die Hand. »Ich fand das sehr angelegentlich, Lieschen, ich bin überzeugt, genauso hat deine Mutter es gemeint. Sag ihr vielen Dank!«

Lysbeth wohnte in einer Kate am Rande von Laubegast, auf dessen Kirchhof die berühmte Schauspielerin, die Neuberin, begraben lag. Käthe mietete eine Kutsche und ließ sich zum Kirchhof fahren. Sie hatte den Schleier vors Gesicht gezogen, denn sie wollte von niemandem erkannt werden. In den Unterlagen zur Beerdigung der Mutter hatte sie einen Kondolenzbrief von Lysbeth gefunden, auf dem deren Adresse vermerkt war. So wusste sie genau, wonach sie zu suchen hatte. Vom Friedhof aus nahm sie die nächste Kutsche.

Sie pochte mit ihrer Faust gegen die schwere Holztür. Von innen drang ein krächzendes »Herein!«. Wäre sie größer gewesen, hätte sie den Kopf einziehen müssen, als sie durch die Türöffnung ins Haus trat. So passte sie genau. Eine grauhaarige Frau saß an einem schweren Holztisch und schnitt Gemüse klein. Sie blickte kurz hoch. »Setz dich zu mir, Käthe! Ich bereite gerade eine Suppe für uns!«

Käthe fuhr der Schreck in die Glieder. Sollte die Alte doch eine Hexe sein, wie Lieschen gemunkelt hatte? Sie musterte sie misstrauisch.

»Da, du kannst die Wurzeln schneiden!« Wettergegerbte Hände schoben ein Holzbrett, ein scharfes kleines Messer und ein Bündel sonnenroter Möhren zu Käthe. Das Gesicht der Frau verzog sich zu einem breiten Lächeln. Erstaunt bemerkte Käthe, dass ihr Mund voll kräftiger weißer Zähne war. Überhaupt sah sie lang nicht so alt aus, wie Käthe erwartet hatte. Und plötzlich schwand ihr Misstrauen vollständig, denn sie meinte, das Lächeln ihrer Mutter vor sich zu haben.

»Du siehst Mutter ähnlich«, sagte sie unwillkürlich.

Lysbeth lächelte wieder auf die gleiche breite unverfälschte Weise, wie es Käthes Mutter getan hatte. »Ja, die Frauen unserer Familie sehen alle gleich aus, wenn sie lachen«, stimmte Lysbeth schmunzelnd zu. »Lach mal, damit ich sehen kann, ob du die Linie fortsetzt!«

Unbeholfen verzog Käthe ihren Mund. Die Tante musterte sie, als begutachte sie einen Fisch auf dem Markt. »Nein, ich glaube nicht«, sagte sie nachdenklich, »man kann es nicht genau erkennen, aber ich glaube, du kommst nach deinem Vater.« Ebenso sachlich fügte sie hinzu: »Deine Mutter war auch hübscher, sie war eine Ausnahmeschönheit. Alle Männer waren wild nach ihr. Sie hätte einen Grafen heiraten können. Dass sie deinen Vater genommen hat, beweist, dass sie nicht nur Schönheit, sondern auch noch Intelligenz und Charakter besessen hat. Dein Vater hätte sie nie betrogen, der hätte sie auch noch geliebt, wenn sie alt und schrumplig gewesen wäre. Wie ich«, kicherte Lysbeth und warf alles klein geschnittene Gemüse in den großen Topf, der auf dem Ofen schon vor sich hinköchelte.

»Es riecht gut«, schnüffelte Käthe. »Etwas streng vielleicht, was hast du hineingetan?« Lysbeth kicherte wieder, und dieses Geräusch ließ das Misstrauen in Käthe erneut aufflackern. Es klang genauso, wie sie sich als Kind das Kichern böser Hexen vorgestellt hatte. »Woher wusstest du, dass ich komme?«, fragte sie unumwunden.

»Oh, ich habe schon lange auf dich gewartet«, antwortete ihre Tante, die jüngere Schwester von Käthes früh verstorbener Großmutter. »Ich habe von deiner Kinderlosigkeit gehört, die Leute, die zu mir kommen, erzählen mir viel von dir und deinem Vater.« Ihr Tonfall wurde bitter, als sie fortfuhr. »Leider hat der Quacksalber von Arzt, der deine Mutter behandelt hat, ihr auch noch Aderlässe gemacht, dieser Schwachkopf, und hat deinem Vater eingeredet, ich würde mit so vielen Kranken in Berührung kommen, dass ich deine geschwächte Mutter anstecken würde, wenn ich ihr Krankenzimmer besuchte. Dein Vater war natürlich völlig hilflos und hat dem studierten Herrn geglaubt.«

»Hättest du Mutter heilen können?«, fragte Käthe entgeistert.

»Nein, mein Kind, nein, das ist sehr unwahrscheinlich, obwohl gerade bei der Schwindsucht Kräuter und Umschläge Wunder wirken können, aber ich hätte ihre Qual lindern können und verhindern, dass man sie durch Aderlässe noch weiter schwächt. Sie hatte doch schon genug Blut verloren!« Das letzte stieß Lysbeth voller Zorn aus.

»Ich wusste gar nicht, dass du da warst«, bekannte Käthe kleinlaut. »Du hast uns auch vorher nie besucht. Ich wusste nicht mal, wie du aussiehst.«

Tante Lysbeth nahm die Möhren, die Käthe inzwischen klein geschnitten hatte, und schüttete sie in die dampfende Brühe.

»Doch, mein Kind, ich war mehrmals bei euch. Zu deiner Taufe zum Beispiel. Aber dann hat sich etwas zwischen deiner Mutter und mir ereignet, das sie sehr erzürnt hat. Danach hat sie mich nie wieder eingeladen.« Lysbeth klang bitter.

»Was ist passiert?«, fragte Käthe vorsichtig.

»Das ist ein Geheimnis zwischen deiner Mutter und mir«, antwortete die Tante. Die dampfende Suppe und die kräftigen Bewegungen trieben ihr den Schweiß auf die Stirn. Sie wischte ihn ungeduldig fort. »Vielleicht erzähle ich es dir sogar irgendwann, aber nicht heute.«

Ein Geheimnis. Also gut.

Käthe stützte ihre Ellbogen auf den Tisch und legte ihr Kinn auf die gefalteten Hände. Sie entdeckte so viel von der Mutter in der Tante. Die grazile Gestalt. Die gerade Haltung. Die schwarzen Augen mit den hohen runden Brauenbögen. Selbst in den raschen Bewegungen der Tante erkannte sie die Anmut der Mutter.

»Komm mal her und rühr du eine Weile weiter!«, forderte Lysbeth Käthe auf. »Ich muss noch ein Pulver für deinen Mann mahlen.«

Käthe übernahm den dicken Löffel, hielt die Suppe unablässig in Bewegung. »Meinst du nicht, dass sie schon gut ist?«, fragte sie nach einer Zeit emsigen Rührens.

Lysbeth, die nun am Tisch mit einem Stößel in einer Steinschüssel etwas zu feinem Pulver zermahlte, das sie als Hand voll aus einem Tontopf gegriffen hatte, fuhr sie an: »Du willst doch ein Kind, oder? Also rühr kräftig. Er muss kräftig in dir rühren, du rührst kräftig in der Suppe. Dann gelingt es schon.«

Käthe errötete. Die Suppe war für sie? Oder ging es um die körperliche Betätigung? Lysbeth schien ihre Gedanken gelesen zu haben. Sie lachte. »Von der Suppe machen wir dir einen Sud. Davon isst du täglich ein paar Löffel. Das verleiht dir einen Duft, der deinen holden Gatten anziehen wird. Und ihm mischen wir etwas ins Essen, das ihn ein bisschen wacher macht. Es stimmt doch, dass er ein wenig schlapp und müde ist, oder?«

Sie griff nach einer Möhre, sodass sie das Grüne zwischen den Händen hielt und die Möhre nach unten zwischen ihren Beinen baumelte. Sie lachte. »Ist doch so? Oder?« Käthe errötete wieder, musste aber gegen ihren Willen kichern.

»So ist's recht, mein Kind«, sagte die Tante grinsend. »Wenn du immer rot wirst, kriegst du ihn nicht zwischen die Beine. Du musst einfach kichern, wenn er ins Bett kommt, das entspannt euch beide.«

»Kichern?« Käthe war entsetzt. »Fühlt er sich nicht ausgelacht, wenn …« Sie griff nach der Möhre und ließ sie baumeln. Lysbeth brach in schallendes Gelächter aus. »Du lernst schnell, Kleine, du bist wirklich die Tochter deiner Mutter. Du musst natürlich nicht zwischen seine Beine gucken und kichern, das würde ihn aus dem Konzept bringen. Du musst ihn ein bisschen in die Ohrläppchen beißen und dich etwas an ihm reiben und vielleicht an seinen Brustwarzen knabbern, auch Männer mögen das, du kannst der alten Lysbeth glauben, dann …«

Sie nahm die Möhre und richtete sie langsam in die Höhe. »Und darin sitzen all die kleinen Kinderchen, wir müssen sie nur rausholen.« So war das also. Käthe hatte den Anschauungsunterricht begriffen.

Lysbeth gab ihr den Sud in einer Flasche mit und das Pulver in einem Beutel. Davon sollte sie Alexander täglich etwas ins Essen mischen. Mittags und abends, auf jeden Fall aber abends.

Was sie begriffen hatte, konnte sie in die Tat umsetzen, so einfach war das. Sie wollte Kinder. Und wenn sie etwas wollte, war sie bereit, dafür etwas zu tun. Meinetwegen auch kichern und knabbern, dachte sie. Was ist schon dabei?

Es war nichts dabei, aber tatsächlich gab es bei der ganzen Geschichte etwas, worüber sie sich tagsüber zwar nicht gerade schämte, aber wunderte, was allerdings, sobald sie miteinander im Bett lagen, mit schöner Regelmäßigkeit wieder eintraf: Zwischen ihren Beinen wurde es feucht und heiß, und wenn Alexander sich ohne viele Sperenzien in sie drängte, mochte sie ihn gern aufnehmen.

Sie mischte Alexander einen Teelöffel des Pulvers mittags und abends in sein Essen. Sie empfand das nicht als Betrug. Es ist zu seinem eigenen Besten!, sagte sie sich. Der Arme ist immer müde, er braucht ein Stärkungsmittel!

Sie musste nur aufpassen, denn Meister Volpert hatte seit ein paar Wochen einen neuen, entsetzlich verfressenen Lehrling, der alle Essensreste verputzte. Das Beispiel der Möhre vor Augen, war sie besonders aufmerksam, Alexanders Teller vor dem verfressenen Lehrling in Verwahrung zu bringen.

Alexander, von ungewohnter Frische, nahm Käthe manchmal sogar schon am Morgen, und einmal überraschte er sie hinter dem Schuppen, wo sie sich gerade bückte, um Kartoffeln fürs Abendessen aus dem Boden zu buddeln. Er hob ihr die Röcke hoch und stieß mit einer Kraft in sie hinein, die ihr sehr wahrscheinlich Angst gemacht hätte, hätte sie nicht zum einen unter dem Einfluss von Tante Lysbeths Suppensud, zum anderen unter dem vielleicht noch schwerer wiegenden ihrer Worte gestanden.

Bereits im nächsten Monat blieben ihre Blutungen aus. Sie rang mit sich, ob sie Alexander weiterhin das Pulver untermischen sollte. Ihre Brüste wurden praller, die Hitze zwischen den Beinen stieg. Also verabreichte sie ihm weitere zwei Wochen das Pulver. Dann begann die Übelkeit.

Es wäre ihr undankbar erschienen, jetzt den Hausarzt aufzusuchen, von dem Lysbeth ja nicht einmal viel hielt. Also setzte sie sich abermals in eine Droschke Richtung Laubegast. Diesmal ließ sie sich direkt bis zur Wegbiegung vor Lysbeths Kate fahren, stieg aus und ging den Rest des Weges zu Fuß.

Sie fürchtete, dass Lysbeth sie ähnlich peinlich untersuchen würde wie damals Dr. Wenig, doch die Tante schaute ihr nur auf die

Lippen, in die Augen, sagte, sie solle die Zunge rausstrecken. Dann fragte sie nach Brüsten und Übelkeit. Käthe antwortete wahrheitsgetreu.

»Geschafft!«, sagte Lysbeth knapp. Und dann strahlte die Frau, als wäre sie selbst schwanger. »Komm, mein Kind, trink einen anständigen Kaffee mit mir, zur Feier des Tages!«

Sie stellte warmes duftendes Brot auf den Tisch, dazu Johannisbeermarmelade. Käthe lief das Wasser im Mund zusammen.

Sie sprachen eine Weile über dies und das, bis sie auf Käthes Mutter kamen und Käthe nicht müde wurde, die Geschichten über ihre Mutter als Mädchen zu hören. Vorwitzig und lernbegierig war sie, erzählte Lysbeth, sie hielt sich an keine Verbote, die für Mädchen galten, und konnte früher lesen und schreiben als die Nachbarssöhne, die in die Schule gingen.

Schließlich fasste Käthe sich ein Herz. »Lysbeth«, sagte sie leise, »bitte sag mir, womit du Mutter so erzürnt hast. Ich wüsste es so gern.«

Der Grund, warum sie es gern wissen wollte, war ihre große Angst, Lysbeth habe der Mutter etwas angetan und sie, Käthe, verrate die Mutter mit ihrem Vertrauen in die Tante. Diese sah sie lange und nachdenklich an. Dann lächelte sie. »Verstehe«, murmelte sie. Sie legte ihre kühle knochige Hand auf Käthes weiche, die etwas schwitzte, und sagte, während sie ihren Blick festhielt: »Deine Mutter kam zu mir, als du zehn Jahre alt warst. Sie hatte zwei Kinder während der Schwangerschaften verloren. Sie wollte meine Hilfe, um abermals schwanger zu werden, denn das klappte nicht. Ich habe gesagt, sie solle es als Gottes Fügung annehmen. Ich würde nicht reinpfuschen.«

Käthe schüttelte verwirrt den Kopf. »Aber … wieso …?«

Lysbeth lächelte traurig. »Das hat deine Mutter auch gefragt. Und ich habe geantwortet: Weil es nun einmal so ist. Freu dich über deine gesunde Tochter und sorg dafür, dass du selbst gesund bleibst. Mehr kann ich dazu nicht sagen.«

Lysbeth kicherte. »Deine Mutter war es nicht gewohnt, einen Wunsch abgeschlagen zu bekommen, schon als Mädchen akzeptierte sie es überhaupt nicht, wenn ihr etwas verweigert wurde. Sie ist hier so zornig rausgerauscht, das kannst du dir gar nicht vorstellen.«

Käthe verzog ihren Mund zu einer trotzigen Schnute. »Lysbeth«, sagte sie langsam. »Mir hast du geholfen. Anderen Frauen hast du auch geholfen. Warum nicht meiner Mutter? Wolltest du sie ärgern?«

Sie war kurz davor, auch ärgerlich aus der Kate zu rauschen. Fast bedauerte sie es, durch Lysbeths Hilfe schwanger geworden zu sein. Das, was sie befürchtet hatte, war nun wirklich eingetroffen. Da sagte die Tante leise: »Ich wusste, dass deine Mutter nur noch wenige Jahre zu leben hatte, mein Kind. Ich hatte Angst, dass eine Geburt sie umbringen würde. Ich hatte ihren Tod geträumt, und meine Träume sagen die Wahrheit.«

Käthe erschauerte. »Du wolltest sie schützen?«, fragte sie mit bebender Stimme.

»Na ja«, resolut wischte Lysbeth ihre Hände in der Schürze ab, obwohl nicht erkennbar war, wovon sie sie reinigen musste. »Das hat deine Mutter anders gesehen.« Sie erhob sich von ihrem Stuhl und machte sich daran, Holz in den Ofen zu legen. »Abends wird's jetzt schon ziemlich kühl«, grummelte sie. »Muss gleich nochmal Holz hacken. Und du musst dann auch gehen. Wird bald dunkel.«

»Du hast es Mutter nicht gesagt, oder?«, fragte Käthe.

»Was?«

»Na, deine Träume …«

Lysbeth baute sich vor ihr auf, die Fäuste in die schmalen Hüften gestützt. »Meine liebe Käthe, solltest du jemals träumen, dass ein Mensch stirbt, tust du gut daran, es ihm nicht zu erzählen, sonst könntest du nämlich Schuld an seinem Tod tragen. Es gibt Menschen, die sterben, weil sie an solche Vorhersagen glauben. Ich hätte deiner Mutter niemals davon erzählt, aber ebenso hätte ich ihr niemals geholfen, schwanger zu werden, weil ich an ihrem Tod wegen einer Geburt nicht Schuld tragen wollte.« Sie wandte sich wieder ihrem Ofen zu. »Außerdem«, brummte sie, »können Träume ziemlich ärgerlich werden, wenn man nicht auf sie hört, und mein Traum hatte mich eindeutig gewarnt.«

Käthe hatte Tränen in den Augen, als sie sich von der Tante verabschiedete. Diese hatte ihr ein neues Pulver mitgegeben, das sie nun sich selbst zur Blutkräftigung ins Essen mischen sollte. Sie bekam den Auftrag, sich jeden Monat wieder in Laubegast einzufinden.

Zur Sicherheit ging Käthe auch noch zu Dr. Wenig, der nichts anderes machte als Lysbeth und zusätzlich mit seinem langen Hörrohr die Herztöne des Kindes abhörte, Käthe einige Fragen stellte und ihr bestimmte Verhaltensmaßregeln einschärfte, wie ausreichend gesund zu essen und das Korsett zu lockern.

# 8

Woher Lysbeth es wusste, begriff keiner, aber einen Tag, bevor die Wehen begannen, tauchte sie im Tischlerhaus auf und übernahm die Regie über den Haushalt.

»Morgen bekommst du dein Kind!«, verkündete sie und kommentierte Käthes Einwand, nach Dr. Wenigs Berechnungen käme das Kind erst in zwei Wochen, mit den Worten: »Papperlapapp, ist morgen der 13. Juni 1894 oder nicht?«

Als Käthe nickte, fügte sie hinzu: »Siehst du wohl, und morgen bekommst du dein Kind. Auch ohne dass ich es geträumt habe, würde ich es sehen, guck doch nur, wie tief das Mädchen sitzt, dein Bauch hängt ja fast bis zu den Beinen herunter.«

Käthe errötete. Auch Alexander hatte schon moniert, wie ihr Bauch sich gesenkt hatte. Lysbeth lachte. »Das muss so sein, kleine Mutter. Keine Sorge. Das Kind will raus, da rutscht es eben runter. Leg dich mal hin und mach die Beine breit!«

Es war nicht das erste Mal, dass Käthe sich auf dem Bett mit gespreizten Beinen den kundigen Blicken und Händen der Tante preisgab, doch sie konnte sich einfach nicht daran gewöhnen und hätte am liebsten schamvoll den Rock übers Gesicht gezogen.

»Da haben wir's«, murmelte die Alte, und Käthe erschrak zutiefst.

»Was haben wir?«, fragte sie beklommen.

Lysbeth wischte ihre Hände an einem Tuch sauber. Durch Käthe schoss ein Blitz der Angst. Da war ja dunkles Blut!

»Tantchen, sag mir sofort, was los ist!«, forderte sie mit belegter Stimme.

Lysbeth kicherte ihr Hexenlachen. Sie rieb sich die Hände. »Alles ist los, meine Kleine. Und alles ist am rechten Fleck. Nach Mitternacht kommt dein Kind. Es will raus.«

»Und das Blut?«

Da erst bemerkte Lysbeth Käthes inneren Aufruhr. »Ach, du verlotterter Herr Hinkebein«, sagte sie bestürzt, »ich hab vergessen, dass es nur mein Tausendunderstes ist.« Sie setzte sich neben Käthe aufs Bett und klärte sie auf, dass leichte Schmierblutungen vor der Geburt völlig normal seien, im Grunde ein gutes Zeichen, da sie die Öffnung des Muttermundes anzeigten, der bisher mit einer Art Korken verschlossen gewesen sei und diesen Pfropf nun schon mal loslasse.

Beruhigt zog Käthe sich wieder an. »Soll ich gleich im Bett liegen bleiben?«, fragte sie.

»Du liebe Güte, bloß nicht. Beweg dich, so viel du lustig bist.«

Als Meister Volpert vernahm, dass Lysbeth im Hause war und die Geburt nahte, bestand er darauf, auch Dr. Wenig zu rufen, was Lysbeth mit einem Augenaufschlag gen Himmel kommentierte. Kurz vor dem Eintreffen des Arztes schien sie sich in Luft aufzulösen. Obwohl Käthe wie Meister Volpert sie wie eine Stecknadel im Hause suchten, war sie verschwunden.

Der Arzt erschien, horchte die Herztöne des Kindes ab, untersuchte Käthe, und erkundigte sich, wieso er gerufen worden sei. Er habe den Geburtstermin auf Ende Juni gelegt und sehe keinen Grund, davon abzurücken.

»Lysbeth hat gesagt, das Kind kommt morgen«, stammelte Meister Volpert.

»Wer ist Lysbeth?«, fragte der Arzt befremdet.

Meister Volpert räusperte sich. Schnell sprang Käthe ein. »Lysbeth ist die Tante meiner verstorbenen Mutter. Und sie kennt sich mit Geburten aus.«

»Ist sie Hebamme?«, fragte der Arzt. Man sah ihm an, dass ihm die Konstellation nicht unangenehm war: Eine Hebamme in der Familie bedeutete, dass er sehr wahrscheinlich nicht gerufen würde, sollte die Geburt in der Nacht stattfinden – was zu seinem Leidwesen Geburten so an sich zu haben schienen. Käthe blickte fragend zu Meister Volpert. Der räusperte sich wieder.

»Nun, wenn deine Tante Hebamme ist, dann ist doch für alles gesorgt«, sagte Dr. Wenig und tätschelte Käthe jovial die Wange. Schnell fügte er hinzu: »Aber wie gesagt, Ende des Monats. Ruft mich, wenn die Hebamme nicht weiterkommt.«

Kaum war er verschwunden, tauchte Tante Lysbeth wieder auf. Gefragt, wo sie gewesen sei, lachte sie nur. Das breite Lächeln, das sofort eine Art Verzückung auf Meister Volperts Gesicht zauberte.

Unbeeindruckt von der Meinung des Arztes bereitete Lysbeth in völliger Gemütsruhe alles vor, was für die Geburt ihrer Meinung nach notwendig war. Sie lüftete das Schlafzimmer, räucherte es anschließend mit Weihrauch aus. Käthe hatte ihr von ihrer Abneigung gegen Lavendelduft erzählt, also verkniff sich Lysbeth, diese für eine Geburt so überaus nützliche Blüte zu benutzen.

Sie leitete Lieschen an, Töpfe mit Wasser abzukochen, bezog mit dem Mädchen gemeinsam das Ehebett mit frischen Laken, legte saubere Handtücher bereit, ebenso neue Bettbezüge, damit die Wöchnerin wie das Kind es unmittelbar nach der Geburt so hygienisch wie möglich hätten.

Sie breitete ihre sorgsam abgekochten Instrumente neben dem Bett aus, dazu die Salbe, die fürs Einreiben des Muttermundes gedacht war, und das Öl, mit dem der Bauch und der Rücken der Schwangeren massiert werden sollten.

Sie schärfte Lieschen ein, dass diese von nun an alles im Schlafzimmer nur noch mit Händen anfassen dürfe, die mit abgekochtem Wasser gewaschen und mit grüner Seife gescheuert wären. Und sie verbot Alexander und dem alten Volpert, das Schlafzimmer zu betreten, da, wie sie sagte, Männer nun einmal schmutzten.

Als am Abend schließlich alles bereit war, mahlte sie mitgebrachte Kaffeebohnen und bereitete eine große Kanne voll starken, wundervoll riechenden Kaffees. Mit einer Strickarbeit setzte sie sich an den runden kleinen Tisch neben das Fenster in der guten Stube und befahl dem aufgeregten Lieschen, nach Hause zu gehen und zu schlafen. »Sag deiner Mutter, sie soll dich um Mitternacht wecken, dann kommst du wieder hierher!«

»Um Mitternacht?« Lieschen machte ängstliche Augen.

»Ganz genau. Um Mitternacht. Ab dann brauche ich dich.«

»Aber es ist dunkel mitten in der Nacht. Ich habe Angst, um die Zeit durch die Straßen zu laufen.«

Lysbeth ließ ihre Strickarbeit sinken und betrachtete das schmale junge Mädchen unter gerunzelter Stirn. Alle im Haus behandelten sie wie ein Kind, aber Lysbeths erfahrene Augen erkannten, dass sie an der Schwelle zum Frausein stand, auch wenn sie mit ihren aschblonden Zöpfen und ihrer mageren Gestalt nicht so aussah.

»Du hast recht«, sagte sie nachdenklich. »Leg dich einfach ins Bett und sag deiner Mutter, dass ich einen Mann schicken werde, wenn ich dich brauche. Alexander vielleicht …« Sie verzog skeptisch ihr Gesicht. »Wohl eher den Gesellen, ich spreche mit ihm.«

Lieschen verabschiedete sich schüchtern. Die alte Frau weckte in ihr unterschiedliche Gefühle, einerseits beeindruckte sie ihre entschiedene Sicherheit, andererseits machte sie ihr Angst. Lysbeth wirkte zwar gar nicht wie eine Hexe, aber wissen konnte man ja nie. Auch die bevorstehende Geburt erfüllte sie mit wechselhaften Gefühlen. Sie war aufgeregt, auch neugierig, außerdem aber hatte sie entsetzliche Angst vor dem, was passieren könnte, vor allem ihr selbst. Sie fürchtete, durch Blutlachen waten zu müssen, ohnmächtig zu werden, als Hilfe vollkommen zu versagen. Alles Mögliche fürchtete sie.

Lysbeth lächelte sie aufmunternd an. »Keine Sorge«, sagte sie beruhigend, und Lieschen erschrak, weil die Alte offenbar ihre Gedanken lesen konnte, »wir werden das Kind schon schaukeln.« Sie verzog ihr Gesicht zu einem umwerfend jungen Lächeln. »Nachdem es geboren ist«, fügte sie schalkhaft hinzu. »Und jetzt ab, Kleine, ruh dich gut aus. Eine erste Geburt kann lang dauern.«

Käthe hatte im Laufe des Tages auf Lysbeths Rat hin im Garten Laub geharkt und einen großen Strauß Rosen geschnitten. Sie war zwischen Garten und Haus hin- und hergewandert, hatte für die Rosen die schönste Vase, die ihre Mutter besonders geliebt hatte, herausgeholt, eine zarte bauchige aus durchsichtigem Chinaporzellan, und hatte die Blumen darin verteilt.

Sie hatte eine leichte Suppe zu Mittag gegessen und ein paar der von der Tante mitgebrachten ungewöhnlich schmeckenden Kekse am Nachmittag. Die unerschütterliche Erwartung der Tante, dass das Kind bald käme, hatte Käthe anfangs angesteckt, als aber am Abend nach einem Tag mit recht anstrengender körperlicher Arbeit immer noch nichts geschehen war, was irgendwie auf eine Geburt hindeutete, begann sie, an Lysbeths Vorhersage zu zweifeln. Um die Tante nicht zu kränken, ließ sie die Zweifel unerwähnt und befolgte brav deren Anweisungen. Sie badete in dampfendem Wasser im Waschtrog, ließ ihren dicken Bauch und ihren Rücken von Lysbeth liebevoll einseifen, wusch auch ihre langen Haare. Zum Glück war der Abend so mild, dass es nicht lange dauerte, bis sie trockneten. Und zum Glück musste nicht Käthe selbst die Arme heben, um ihre Zöpfe zu flechten, diese Arbeit nahm die Tante ihr mit flinken liebevollen Händen ab. Käthe genoss die seit dem Tod der Mutter entbehrte mütterliche Fürsorge, dachte sogar ketzerisch, dass es gar nicht so schlimm wäre, wenn das Kind noch nicht käme, denn dann hätte sie die ganze Prozedur am Ende des Monats noch einmal.

In wollenen Strümpfen, einem langen sauberen Nachtgewand und einem von ihrer Mutter stammenden gehäkelten Schultertuch saß Käthe neben Lysbeth am Fenster der Stube und trank ein Glas warmen Rotweins. Der Wein erfüllte das Zimmer mit einem wundervollen Duft – Lysbeth hatte ihn mit einigen Kräutern erhitzt. Er schmeckte nach Thymianhonig. Käthe, die kleine Naschkatze, genoss den Geschmack wie den Duft sehr.

Im Haus war es still, wie menschenleer. Den ganzen Tag lang war es schon gewesen, als gingen alle auf Zehenspitzen. Alexander hatte das Haus verlassen, nachdem Lysbeth ihm den Zutritt zum Schlafzimmer verboten hatte. Käthe wusste nicht, wo er war, vermutete aber, dass er sich zu seinen Eltern oder ins Wirtshaus geflüchtet hatte. Wohin auch sonst?

Als würde sie in Watte gehüllt, empfand Käthe eine dicke satte müde Ruhe. Lysbeth schenkte ihr ein zweites Glas Wein ein. Sie strickte emsig, warf Käthe von Zeit zu Zeit einen aufmerksamen Blick zu, lächelte versonnen vor sich hin. Eher als Käthe bemerkte Lysbeth die beginnenden Kontraktionen des Bauches. Sie begleitete die unter dem Nachthemd sichtbare leichte Verhärtung mit einem beruhigenden Brummen, begutachtete dabei aufmerksam ihre Strickerei, ein winziges Jäckchen für den erwarteten neuen Menschen. Das Jäckchen war rosa, denn Lysbeth war überzeugt davon, dass es ein Mädchen würde. So lenkte sie geschickt Käthes Aufmerksamkeit auf sich, bis diese schließlich kläglich bemerkte: »Tantchen, es zwickt seltsam in meinem Bauch.« Gerade in diesem Augenblick kam die nächste Kontraktion. Käthe verzog den Mund vor Schmerz. Lysbeth legte ihre Hand auf den Bauch, da war die Verhärtung auch schon wieder vorbei, und Käthe atmete erleichtert aus.

»Siehst du, mein Kind, die Geburt beginnt!«, deklamierte sie fröhlich und fügte, als sie die aufkeimende Angst in Käthes Gesicht sah, aufmunternd hinzu: »Es geht immer auf die gleiche Weise, manchmal dauert es länger, manchmal kürzer, aber es drückt sich von oben nach unten raus, und wenn es in deinen Armen liegt, hast du alles vergessen!«

Die nächste Kontraktion ließ nicht lange auf sich warten. Käthe tat wie Lysbeth anordnete: Sie atmete weiter, obwohl sie vor Schmerz am liebsten den Atem angehalten hätte. Lysbeth flößte ihr Löffel auf Löffel des gewürzten Rotweines ein. Kein Mann ließ sich in der Stube blicken, nicht einmal Meister Volpert. »Wir sollten einen kleinen Gutenachtspaziergang machen«, schlug Lysbeth vor, was Käthe zu einem entsetzten Aufschrei veranlasste.

»Spaziergang? Und wenn das Kind nun unterwegs kommt?«

Lysbeth lachte kräftig. »Dein Kind kommt nicht vor Mitternacht, das kannst du mir glauben!«

In diesem Augenblick schlugen die Glocken der nahe gelegenen Kreuzkirche. Mitternacht? Das sind noch zwei Stunden, dachte Käthe angstvoll und konnte sich nicht vorstellen, dieses schmerzhafte Ziehen im Unterleib so lange auszuhalten. Doch sie ließ sich von der Tante zu einem Spaziergang überreden. Als sie vor der Haustür standen, atmete Käthe tief die laue Luft ein. Lysbeth schnüffelte wie eine Häsin. »Rosen«, murmelte sie, »Lavendel, Wicken, riechst du die Wicken?« Sie wackelte mit ihrem Kopf hin und her, als wäre sie auf der Pirsch. »Wo sind die Wicken? Siehst du sie? Beinahe meine Lieblingsblumen …«

Da kam die nächste Wehe. Käthe blieb stehen, die Hand auf den Bauch gepresst. »Ich kann nicht gehen, Tante«, sagte sie jämmerlich. »Ich will ins Bett!«

»Du kannst gehen!«, widersprach Lysbeth, und nun schnüffelte sie wie ein witternder Hund, »ins Bett kommst du noch früh genug.«

Auf diese Weise legten sie in einer Stunde einen Weg zurück, für den Käthe normalerweise zehn Minuten brauchte. Aber das sei egal, meinte Lysbeth, Hauptsache, Käthe bleibe auf den Beinen und der

Zug des Gewichts nach unten unterstütze das Kind dabei, herauszukommen. Die letzten Schritte standen die beiden Frauen mehr, als dass sie gingen. Käthe stützte sich schwer auf Lysbeth, die unter dem Gewicht zwar leicht schwankte, aber nicht mit der Wimper zuckte.

Als sie zurückkehrten, erwarteten sie vor der Haustür ein kreidebleicher Meister Volpert neben dem fast noch bleicheren ersten Gesellen. »Wo wart ihr?«, stieß Fritz hervor. Meister Volpert öffnete und schloss nur den Mund, ohne einen Ton herauszubringen.

Lysbeth ignorierte die Frage. Sie schob die beiden resolut beiseite, befahl ihnen, Käthe links und rechts unterzuhaken, um ihr die Treppe hoch zu helfen, und eilte behände voraus. »So, mein Kind«, sagte sie an der Schwelle zum Schlafzimmer, »wir machen uns jetzt an die Arbeit, und die Männer bleiben draußen.« Zu Fritz gewandt fügte sie hinzu: »Geh bitte zu Lieschen, ich brauche sie.«

Kaum hatte Fritz die leicht zitternde und sich schwer aufstützende Käthe bis vors Schlafzimmer gebracht, rannte er die Treppe wieder hinunter. »Ich eile«, rief er. »Wenn nötig, trage ich Lieschen hierher.« Lysbeth lachte. »Geh gemütlich!«, rief sie ihm hinterher, »und sperr die Nasenlöcher auf. Es riecht himmlisch.« Doch da war er schon zur Haustür hinausgestürmt.

Lysbeth war sehr streng auf Hygiene bedacht. Sie bestand darauf, dass Käthe ein sauberes Nachthemd anziehen, sich Hände, Füße und das Gesicht waschen sollte, bevor sie sich ins Bett legte. Als sie endlich so weit war, hatte Käthe das Gefühl, ihre Beine würden sie kaum mehr zum Bett tragen. Kaum lag sie dort, wurde sie überwältigt von einer Woge aus Schmerz. Sie stöhnte schwer auf. Die Woge flutete über sie hinweg, Lysbeths Worte erreichten dumpf ihr Ohr oberhalb der Welle. Dann war es vorüber. Käthe schnappte nach Luft. Eine Träne rann ihre Wange hinab. »Was hast du gesagt?«, fragte sie. Jetzt konnte sie die Tante wieder klarer sehen.

»Es geht vorüber, habe ich gesagt«, lächelte Lysbeth sie an. »Alles, was du tun musst, ist atmen.« Atmen. Käthe nickte. Beim nächsten Mal würde sie atmen. Luft in die Brust holen und wieder hinausströmen lassen, das konnte so schwer nicht sein.

Lysbeth schob einen Finger in Käthes Scheide. Käthe spürte wohltuende Kühle. »Sehr schön geöffnet«, murmelte Lysbeth und massierte den Muttermund mit ihrer Salbe. »Feiner Körper!« Ihre Stimme klang singend. »Feiner, feiner Körper, macht alles ganz wunderbar, bald ist das Baby draußen.«

Die nächste Wehe. Anfangs dachte Käthe noch ans Atmen, dann nur noch ans Überleben. Sie würde sterben, sie starb bereits und ihr Baby mit, dies war die allerletzte Stufe des Schmerzes. Dann war es vorbei. Plötzlich. Es kam und ging plötzlich.

An der Tür raschelte es. »Soll ich reinkommen?«, piepste ein Stimmchen. Käthe wurde von einem Lachreiz ergriffen. Lieschen hatte Angst. Dabei bekam sie gar kein Kind. Sie sah nur von der Tür aus zu. »Ja, du sollst reinkommen!«, sagte sie, und trotz ihrer erschöpften Stimme klang die Aufforderung munter.

»Wage es nicht!«, grollte da Lysbeths Stimme. »Geh in die Küche, stell Wasser auf den Herd! Wasch dir die Hände in abgekochtem Wasser, zieh dir saubere Sachen an, ich habe sie in die Küche gelegt, und dann komm zurück. Aber sofort!«

Die nächste Wehe. Lysbeth verteilte Öl auf Käthes Bauch und massierte ihn leicht. Sehr leicht. Käthe hätte die Hände am liebsten fortgestoßen, alles was ihren Bauch berührte, verstärkte den Schmerz. Aber da war es schon wieder vorbei. War der Schmerz diesmal kürzer gewesen?

Wieder tastete Lysbeth den Muttermund ab, massierte ihn mit ihrer Salbe. Horchte dann mit ihrem langen Hörrohr an Käthes Bauch. »Werde ich sterben?«, hauchte Käthe. »Du? Sterben?« Lysbeth stimmte ihr beruhigendes Bärenbrummen an. »Nein, du wirst leben und viele Kinder bekommen, dein Körper ist wie geschaffen dafür.«

Da war Lieschen wieder da. Ein weißer gestärkter Kittel umschlotterte ihre Magerkeit. Sogar Käthe musste bei ihrem Anblick lachen.

Die nächste Wehe. Die nächste Woge, die Käthe überschwappte. Nichts war in ihr als Schmerz. Die strenge, laute Aufforderung der Tante: »Atmen, atmen!« schien ihr wie zusätzlicher Schmerz. Wie sollte sie an Atmen denken! Da spürte sie Hände auf ihrem Bauch. Kühle, angenehm kühle Hände, die kräftig drückten, als würden sie festhalten. Ja, seltsam, der Schmerz schien seine Macht zu verlieren, aus der ganzen Welt zurückzukommen in Käthes Bauch, da, wo er hingehörte, da, wo Atmen gleichzeitig möglich war.

»Wunderbar!«, murmelte Lysbeth. »Du machst das wunderbar.« Und es war nicht klar, wen sie meinte: Käthe oder Lieschen. Wahrscheinlich beide. Und beider Wangen glühten vor Stolz. Unablässig massierte Lieschen den dicken Bauch, wie Lysbeth es ihr gesagt hatte.

Nach einer Weile, in der Käthes Rücken entsetzlich zu schmerzen begonnen hatte, stützten Lysbeth und Lieschen Käthe so, dass sie sich aufsetzen konnte. Ihre Beine baumelten vom Bett herunter, ihr Bauch lag schwer auf ihren Oberschenkeln. Lieschen und Lysbeth massierten gleichzeitig ihren Rücken, ihren Steiß. Welche Wohltat! Käthe seufzte schwer auf. In diesem Augenblick kam die nächste Kontraktion, und mit ihr schoss ein Schwall Wasser aus Käthes Scheide, der sich wie eine dicke Pfütze vor dem Bett sammelte.

Käthe war entsetzlich erschrocken. Was war das?

Mindestens ebenso erschrocken starrte Lieschen auf die Pfütze.

»O Kinder«, murmelte Lysbeth, »alles gut, für Albernheiten ist jetzt keine Zeit. Hast du gehört!«, herrschte sie Lieschen an, die leicht schwankte. »Das ist Fruchtwasser. In diesem Wasser hat die Kleine, die jetzt gleich rauskommt, bis eben gebadet. Was macht man, wenn die Wanne leer ist? Man steigt aus!« Sie gab ein krächzendes Lachen von sich.

Ihre Anweisungen folgten präzise. Lieschen sollte die Pfütze aufwischen und sich anschließend die Hände waschen. Sie sollte warme Tücher für Käthes Bauch holen. Sie sollte in die Küche gehen, um das köchelnde Wasser auszustellen. Das Kind sei gleich da, dann bräuchten sie warmes Wasser.

Lieschen huschte hin und her.

Käthe legte sich auf Lysbeths Anordnung und mit ihrer Unterstützung wieder aufs Bett. Sie empfand Erleichterung. Ihr Bauch schien weniger gespannt. Es geschah nichts. Doch da fuhr Lysbeth schon wieder mit der Hand in ihre Scheide. Als wäre das ein offenes Scheunentor, dachte Käthe einen Moment lang verärgert. »Wunderbar«, lächelte die Alte und tätschelte Käthes Wange, »wunderbar, die kleine Maus kommt gleich.«

In diesem Moment riss ein vollkommen unbekanntes Gefühl Käthe in der Mitte entzwei. Es war ganz und gar anders als vorher. Ja, es schmerzte, aber es tat auch auf eine verrückte Weise gut. Es erinnerte leicht an die Gefühle, die sie in der Zeit mit Alexander manchmal gehabt hatte, bevor sie schwanger wurde. Aber es war viel stärker. Es erinnerte an das Gefühl, das sie hatte, wenn sie auf dem Klo saß und drücken musste. Aber es war ganz anders. Es erinnerte an Schmerz und an Lust und daran, dass es eine Kraft gab, die größer war als alles andere. Dieser Kraft gab Käthe sich hin. Lysbeth allerdings war stärker. Sie verbot ihr zu pressen, befahl laut: »Hechel wie ein Hund, du musst hecheln wie ein durstiger Hund!« Käthe folgte Lysbeths Anweisungen, so absurd sie auch waren.

Lieschen wischte ihr ernst und aufmerksam die Stirn. Käthe warf ihr einen lächelnden Blick zu. Wenn das hier vorbei war, würden sie über die verrückten Anweisungen der Tante lachen. Doch jetzt musste man ihr gehorchen. Hier waren Kräfte zugange, die nur von Gott kommen konnten. Oder vom Teufel! Erschrocken dachte sie an den Teufel. Doch da kam schon die nächste Wehe.

Ein unbändiger Drang nach unten zu drücken, erfüllte sie. Und jetzt erlaubte die Tante ihr zu pressen. Lieschen massierte mit erstaunlich sicheren Händen ihren Bauch von der Brust zum Becken, Lysbeth massierte ihre Scheide, ihren Damm, drückte ein warmes Tuch dagegen, feuerte Käthe an zu pressen, zu pressen, zu pressen.

Danach eine kleine Erholungspause, und dann dasselbe noch einmal. Und ein weiteres Mal.

Dann war es vorbei.

Käthe hatte vergessen, wo sie war. Sie gehörte einer anderen Welt. Einer Welt aus Schmerz und seltsamer Lust und Körper und Pressen und Schreien und irgendwas.

Und da plötzlich, ein Schrei entrang sich Käthes Kehle, dem sie erstaunt im Wirbel ihrer Körperempfindungen wie durch eine Wattewand hinterher horchte. War das ihre Stimme? Nein, da war noch etwas anderes. Ein Wimmern, das sich zu zornigem Gebrüll steigerte.

»Sie ist da!«, sagte Lysbeth andächtig und legte Käthe ein feuchtes klebriges, empört quäkendes Wesen auf die Brust. Käthe hatte Angst, es nicht halten zu können, so schwer waren ihre Arme, so kraftlos fühlte sie sich. Doch als es auf Käthes Brust lag, beruhigte sich das Wesen sogleich, als würde ihr Herz in einem Rhythmus schlagen, der es tröstete.

Was war das? Da wollte noch etwas aus ihr heraus. »Nochmal pressen!«, befahl Lysbeth. Lieschen gab einen erschrockenen Schrei von sich. »Keine Sorge«, murmelte Lysbeth. »Das ist die Nachgeburt.«

Kurz darauf saß rechts von Käthe die Tante, links von ihr die sechzehnjährige Liese. Zwei tränenfeuchte Augenpaare, beide von jungem Glanz, beide von altem Wissen. Und in beiden Gesichtern lag nicht die geringste Erschöpfung, obwohl draußen bereits die ersten Vögel zu zwitschern begannen.

»Hilf ihr, die Kleine zu halten«, sagte Lysbeth nach einer Zeit der Andacht zu ihrer jungen Helferin. »Wir wollen sie baden, ich bereite alles vor.«

Als Lysbeth es von der Brust der Mutter fortnahm, begann das Neugeborene sofort wieder zu protestieren. Das Schreien bewirkte ein eigenartiges Ziehen in Käthes Brüsten.

Nun begann die Reinigungsaktion. Das quäkende Baby, Käthe, das Bett, das Zimmer, alles wurde aufs peinlichste gesäubert. Am Schluss räucherte Lysbeth wieder mit Weihrauch – und nun auch mit Lavendel. »So wirst du von jetzt an Geburt und Glück statt Tod und Trauer mit dem Duft in Verbindung bringen!«, fegte sie resolut Käthes Einwand fort. Und sie behielt recht. Wie mit allem andern.

Ein Mädchen. Geboren am 13. Juni 1894.

Alles genau so, wie Lysbeth vorhergesagt hatte.

Als nach der Reinigungsaktion Meister Volpert und hinter ihm scheu und vorsichtig mit einem riesigen Strauß frisch gepflückter duftender Blumen in der Hand Fritz ins Zimmer trat und aus einem Meter Entfernung ehrfürchtig auf die Mutter und das winzige Wesen starrten, tat Käthe etwas, das wieder einmal alle verblüffte, obwohl sie diese Seite Käthes eigentlich kannten – und auch liebten. Sie sagte mit einer Stimme, die keinen Widerspruch duldete: »Ich nenne diese meine Tochter Lysbeth, aus Dankbarkeit für die Hilfe meiner Tante.«

Lieschen reckte sich in die Höhe und warf einen stolzen Blick in die Runde, als hätte Käthe auch ihr damit eine Ehre erwiesen. Meister Volpert räusperte sich. Fritz drückte den Blumenstrauß Lysbeth an die Brust und dann ganz schnell und verstohlen einen Kuss auf die Stirn des Kindes.

Da klappte die Haustür unten und knallte laut wieder zu. Alle Köpfe wendeten sich zur Treppe, wo jetzt schwere Schritte hinaufstampften, während eine betrunkene Stimme grölte: »Mein Hut, der hat vier Ecken, vier Ecken hat mein Hut. Und hätt er nicht vier Ecken, so wär er nicht mein Hut.«

Und dann stand er im Türrahmen, ein schöner blauäugiger Mann mit schiefsitzendem Hut und betrunkenem Mund. Er stützte sich rechts und links ab, schwankte leicht und blickte auf die Idylle, die sich ihm bot. »Er ist da!«, rief er triumphierend und wollte gerade ins Zimmer stürzen, als Lysbeth sich ihm in den Weg stellte.

»Es ist eine Sie, mein Sohn«, sagte sie ruhig. »Eine kleine Lysbeth. Sie ist gesund, und auch deine Frau hat alles gut überstanden. Damit das so bleibt, kommen hier nur über meine Leiche ungewaschene Menschen rein.«

Alexander starrte sie verblüfft an. Meister Volpert und Fritz wendeten sich um und hakten Alexander freundschaftlich zu beiden Seiten unter. »Wir Männer trinken jetzt einen auf das Neugeborene«, sagte Meister Volpert mit Rührung und einer gefährlichen Ruhe in der Stimme. »Und danach schlafen wir!«, fügte Fritz hinzu, so freundlich, dass man meinen könnte, Alexander sei sein bester Kumpan.

»Und morgen früh badet ihr und kommt dann Mutter und Kind begrüßen!«, bestimmte Lysbeth, während sie hinter den Männern, die Alexander mehr trugen als begleiteten, die Schlafzimmertür schloss.

»Käthe, du gibst der Kleinen die Brust! Und du, Lieschen, gehst nach Hause und schläfst dich aus!«, gab sie weitere Order.

Sie zeigte Käthe, wie sie ihre Tochter anlegen sollte. Die kleine Lysbeth schnappte nach der Brust, als hätte sie darauf gewartet. Als sie kräftig saugend in Käthes Arm lag, empfand diese ein Glücksgefühl von einem vollkommen unbekannten Ausmaß.

## 9

Käthe ging es wie vielen jungen Frauen nach der Geburt des ersten Kindes: Sie war von einem ganz neuen Selbstvertrauen erfüllt. Sie spürte ihren Körper als kraftvollen Quell neuen Lebens. Immer wieder musste sie ans Körbchen ihrer Tochter gehen und überprüfen, ob sie noch atmete. Immer wieder schien es ihr ein unfassbares Wunder zu sein, dass sie dieses lebendige Wesen aus sich hervorgebracht hatte. Nicht nur die Tante besaß magische Kräfte, auch sie selbst, Käthe Wolkenrath, geborene Volpert, hatte ein Wunder vollbracht.

Die kleine Lysbeth war zwar nach ihrer Tante benannt, ihr selbst schien es aber an Magie vollkommen zu mangeln. Als sie älter wurde, blickte sie ruhig aus wässrig blauen Augen hinter der geschäftigen Mutter her, nur wenn ihr Vater auf Reitstiefeln ins Zimmer klackte, trat in ihre Augen ein ängstliches Flackern.

Alexander wusste mit der Kleinen nicht wirklich etwas anzufangen. Und dass sie nachts manchmal schrie, empfand er nachgerade als polizeilich zu ahndende Ruhestörung.

Aber trotz der nächtlichen Belästigungen durch seine kleine Tochter hatte er gute Laune. Seit 1891 wurde in Dresden ein großer Plan verfolgt, der neue Bahnanlagen, neue Straßenverbindungen, Vermehrung von Haltestellen, Errichtung von Markthallen mit Bahnanschluss und so weiter umfasste. Es ging um Millionen von Mark. Sogar das Weißeritzflussbett sollte verlegt werden, damit dort eine Hauptmarkthalle errichtet werden konnte, die durch besondere Zuführungsgleise mit den Bahnhöfen verbunden war.

Der Einschnitt am Hahneberg wurde zur Aufnahme zahlreicher Gleise bedeutend verbreitert und an der Falken-, Chemnitzer und Hohen Straße mit neuen eisernen Brücken überspannt. Diese waren so hässlich, dass sie die Gegend verschandelten. Viele Monate hindurch dröhnten die Hammerschläge der Werkleute; und die Gerippe der gewaltigen Bahnsteighallen wuchsen immer höher empor, immer enger zusammen.

Alexander, der sich eigentlich viel darauf zugutehielt, die Welt als Ästhet zu betrachten, und der von äußerster Sensibilität war, was akustische Belästigungen betraf, erfüllten all diese Arbeiten mit äußerster Genugtuung.

Für den Entwurf des Empfangsgebäudes hatten die Architekten Giese und Weidner im Jahr 1892 einen ersten Preis bekommen. Alexander war es gelungen, sich mit dem Architekten Giese anzufreunden, der ihm im Zusammenhang mit den Arbeiten am Hauptbahnhof immer wieder Aufträge erteilte, die im Gesamten kaum ins Gewicht fielen, Alexander aber das Gefühl vermittelten, an einem Riesenprojekt beteiligt zu sein. Er war derjenige, der Kontakte herstellte, mit Provision selbstverständlich. Die Arbeiten am Hauptbahnhof würden Jahre brauchen, das gab ihm Sicherheit.

Auch wenn er für Giese im Grunde nur so etwas wie ein Laufbursche war, der Botendienste leistete, verdiente er so viel Geld, dass er daran denken konnte, ein eigenes Geschäft zu eröffnen. Dann hätte er es endlich geschafft! Dann könnte er einen Briefkopf »Alexander Wolkenrath & Co.« drucken lassen. Klemm zum Beispiel könnte der Co. sein, so hatten sie es während manchen Kneipenabends ausgetüftelt.

Seine politischen Aktivitäten ließen Klemm nicht die Zeit, wie er sagte, ein eigenes Geschäft aufzubauen, aber Kaden, der Sozialdemokrat, zeigte doch mit seinen verschiedenen Geschäften, die er immer wieder ins Leben rief, dass es durchaus möglich war, gleichzeitig Kaufmann und Politiker zu sein. Kaden, der ja bisher mit der Herstellung von Zigarren sein Geld gemacht hatte, hatte jetzt sogar eine neue Firma eröffnet, die Druckerei- und Verlagsanstalt Kaden und Companie.

Das würden Klemm und Alexander doch wohl auch bewerkstelligen können! Elektrohandel Wolkenrath und Companie, so schwebte es Alexander vor.

Aus diesem Gefühl des Aufschwungs heraus wurde Eckhardt gezeugt, der am 24. Dezember 1895 am Nachmittag pünktlich zur Bescherungszeit geboren wurde. Es war eine so schnelle Geburt, das Lysbeth, die selbstverständlich wieder zur rechten Zeit aufgekreuzt war, kaum das Zimmer ausräuchern und reinigen konnte, schon schoss das Kind aus Käthe heraus.

Irgendwie ging es Käthe und Lieschen und auch Lysbeth zu schnell. Etwas erstaunt betrachteten sie den verschrumpelten Knaben. Anders als seine eineinhalb Jahre zuvor geborene Schwester schrie er nicht, sondern gab nur leise japsende Geräusche von sich. Selbst als Lysbeth ihm einen kräftigen Klaps auf den Hintern gab und ihn kopfunter hielt, entrang sich seiner Brust kein empörtes Brüllen.

Hoffentlich lernt er noch, sich zu wehren und nicht alles mit sich machen zu lassen, dachte Tante Lysbeth besorgt.

Er sieht nicht aus, als würde er eine Schönheit werden, dachte

Käthe, und war im Augenblick des Gedankens sehr erschrocken über sich. Schließlich war sie die Mutter. Und Mütter haben ihre Kinder einmalig schön zu finden.

»Na ja«, sagte Lysbeth bedächtig, während sie den Säugling reinigte und ankleidete, »sie sehen nach der Geburt oft etwas verschrumpelt aus, das gibt sich.« Sie lachte ihr Rabenlachen. »Ob diese Ohren allerdings jemals an den Kopf wachsen werden, wage ich nicht zu hoffen.«

Vor der Geburt bereits hatte Käthe entschieden, dass dieses Kind nach ihrem Vater benannt würde. Eckhard. Um sie auseinanderhalten zu können, sollte ein t ans Ende gesetzt werden. Eckhardt. Alexander, in Anspruch genommen durch seine Geschäfte, hatte genickt, als Käthe ihm diesen Vorschlag unterbreitet hatte. »Hauptsache, es wird ein Sohn«, hatte er gebrummelt. »Er wird schließlich mal das Geschäft erben.«

Das Geschäft?, dachte Käthe. Welches meint er?

Dem hochbeglückten Meister Volpert war vollkommen klar, welches Geschäft der Knabe übernehmen würde. Eckhardt würde Tischler werden, er trug den Namen seines Großvaters als gutes Omen.

Der Junge blieb körperlich klein und zart, zeigte hingegen eine verblüffend schnelle Entwicklung des Geistes. Mit zwei Jahren schon begann er, erstaunliche Worte in anrührenden Sätzen zu sprechen. Da änderte Meister Volpert stillschweigend seine Pläne. Er fütterte seinen Enkel mit Bücherwissen und entschied bei sich, dieser Junge sei für Höheres bestimmt. Ratsherr könnte er werden, zum Beispiel, oder Bürgermeister. Zum Tischler war er nicht geboren.

Eckhardt wurde schon früh von Käthes Brust entwöhnt. Kaum war er sechs Monate alt, wurde seiner Mutter ständig übel. Sie war schon wieder schwanger. Als Eckhardt ein Jahr alt war, wurde sein Bruder geboren: Alexander.

Die Kinder waren so Schlag auf Schlag gekommen, dass Käthe nach der Geburt von Alexander meinte, jetzt müsse Schluss mit dem Segen sein. Sie bat ihre Tante um Unterstützung. Käthe hatte alles, was sie sich wünschte. Drei Kinder reichten ihr. Auch ihr Mann Alexander hatte alles, was er sich wünschte, nämlich die Genugtuung, dass ein Sohn nach ihm benannt war.

Meister Volpert hatte Kinderlachen im Haus und die Aussicht auf einen Enkel, der die Tischlerei übernehmen würde. Denn im Gegensatz zu Eckhardt zeigte Alexander von Geburt an keinerlei geistige Abnormität, körperlich hingegen war er gut entwickelt, ein kräftiger Junge, der schon früh, schreiend, strampelnd, die Brust der Mutter nahezu verschlingend, Käthe sehr beanspruchte. Meister Volpert kümmerte sich weiterhin rührend um Eckhardt. So unterstützte er seine Tochter, die wiederum mit ihrer Milch den künftigen Tischlermeister Alexander Wolkenrath großzog.

Lysbeth, die Käthe bislang geraten hatte, ihrem Mann um die Mitte des Monatszyklus die erprobten Kräuter ins Essen zu mischen, verbot ihr dies von nun an. Außerdem unterwies sie Käthe, an welchen Tagen sie nicht mit ihrem Mann schlafen sollte. Sie fragte sachlich, wie häufig Alexander auf ehelichen Verkehr dränge, und teilte Käthe dann mit, an welchen Tagen es völlig ungefährlich sei. Zwei- oder dreimal im Monat Verkehr, das schien Käthe mehr als ausreichend, und sie war überzeugt, dass Alexander ohne Lysbeths Kräuter auch mit weniger zufrieden sein würde.

Bis zur dritten Geburt hatte Käthe die Kinder noch in ihrem Schlafzimmer untergebracht, das Jüngste bei sich im Bett, das Ältere in einem Kinderbettchen daneben. Alexander klagte indes allmorgendlich darüber, dass er in seiner Nachtruhe gestört würde. Er fühle sich allmählich unfähig, die täglich anwachsenden Geschäfte mit klarem Kopf zu bewältigen. Er drohte sogar, sich ein Bett in sein Studierzimmer zu stellen, was Käthe in Panik versetzte. Schließlich waren sie Eheleute, schließlich gab ihr sein leichtes Röcheln und die Wärme seines Körpers neben dem ihren ein Gefühl von Sicherheit, wenn ihr die Aufgaben als Mutter, Ehefrau und Meisterinersatz über den Kopf zu wachsen schienen.

Also überlegte sie gemeinsam mit ihrem Vater, wie dem Problem beizukommen sei, und Meister Volpert entschied, dass er an die Werkstatt ein Zimmer anbauen werde, wo Fritz wohnen könne. Da die Tischlerei außerordentlich gut florierte, beschloss er, gleich noch einen weiteren Raum anzulegen, wo die besonders feinen Intarsienarbeiten endgefertigt werden könnten.

Es dauerte nicht lang, und Fritz zog neben die Werkstatt. Er zeigte sich sehr zufrieden mit dieser neuen Regelung, was Käthe einen kleinen Stich versetzte. Denn ihr war klar, dass seine Zufriedenheit damit zu tun hatte, dass er nun die Freiheit hatte, Damenbesuch bei sich zu empfangen. Wie manche ihrer Reaktionen auf Fritz befremdete sie auch dieser Stich, der sich wie Eifersucht anfühlte. Sie schob ihn wie andere flüchtige Gefühle beiseite und dachte nicht mehr daran.

Alexanders Studierzimmer wurde in das ehemalige Dachkämmerchen des Gesellen verlegt, und die drei Kinder bekamen das dritte Zimmer in der ersten Etage. Erst als Alexander sich beklagte, weil er in die Planung überhaupt nicht einbezogen worden war, merkte Käthe, dass sie ihn wirklich komplett übergangen hatte. »Aber das Ganze geschah doch nur, damit du mehr Ruhe hast«, sagte sie, unglücklich, weil sie ihn schon wieder unzufrieden gemacht hatte.

»Ist doch egal«, entgegnete Alexander, »ich bin hier sowieso nur ein geduldeter Störenfried.«

Auf Käthes Brust legte sich ein schweres Gewicht. Sie überlegte. So konnte es nicht weitergehen. Sie holte tief Luft und machte dann den Vorschlag, über den sie während der vergangenen Jahre immer mal wieder nachgedacht hatte.

»Was hältst du davon, wenn wir ausziehen? Wir könnten ein kleines Haus irgendwo erwerben, wo sogar Platz für ein Büro für dich wäre. Ich könnte mich nur noch um die Kinder und den Haushalt kümmern, und mein Vater müsste sich eben nach einer Haushälterin umschauen. Lieschen ist fast zwanzig Jahre alt, sie ist erfahren genug, hier den Haushalt zu führen. Mir wird das sowieso alles zu viel. Und deine Geschäfte gehen doch auch so gut, dass wir uns das leisten könnten. Meinst du nicht?«

Alexander starrte sie entsetzt an. »Du hast mit ihm aber noch nicht darüber gesprochen?«, fragte er kaum hörbar.

Käthe, die Alexanders freudige Zustimmung erwartet hatte, schüttelte vollends verwirrt den Kopf. »Nein, aber …«

»Wie, aber?«, schnitt er ihr das Wort ab. »Aber? Aber? Aber hast du dir schon mal überlegt, wovon wir dann leben sollen? Du erwartest offenbar, dass ich deinen Lebensstil finanzieren soll.« Er redete sich in Rage. »Womöglich planst du auch noch eine Haushaltshilfe mit ein …« Käthe öffnete den Mund, aber er wurde noch heftiger. »Was denkst du dir eigentlich? Dass ich schufte, bis ich tot umfalle, nur damit ich deinen Blagen die Mäuler stopfe? Und du die Hände in den Schoß legen kannst?«

Käthe war kreidebleich geworden.

»Meine Blagen?«, fragte sie, aber Alexander hörte sie gar nicht.

»Schlag dir diese Flausen ein für alle Mal aus dem Kopf!« Er schrie nicht gerade, aber die wütende Lautstärke seiner Stimme schnitt scharf in Käthes Ohr. »Wir bleiben hier wohnen, meine Liebe! Du machst gefälligst deine Arbeit, und ich mach meine. Ein Büro im Haus, das könnte dir so passen! Mich ins Gefängnis setzen! O nein, ich kümmere mich um deine Angelegenheiten auch nicht. Du also auch nicht um meine! So ist es, und dabei bleibt es!«

In Käthe kroch Wut hoch. Heiß wie Lava, gleich würde sie ausbrechen. Sie öffnete den Mund. In diesem Augenblick drehte er sich auf dem Absatz um und lief türenschlagend aus dem Haus.

Gleichsam zur Salzsäule erstarrt blickte Käthe hinter ihm her. Doch die Regungslosigkeit war nur äußerlich. In ihr tobte ein wirbelndes Chaos an Gefühlen und Gedanken. Nach einer ihr endlos erscheinenden Zeit war sie wieder in der Lage, ihre Glieder zu bewegen und einen einigermaßen klaren Gedanken zu fassen. »Na gut«, sagte sie leise. »Dann beklag dich nie wieder!«

Doch das Gespräch hallte nach. Käthe empfand einen tiefen Graben zwischen ihrem Mann und sich. Als würde sie ihn aus weiter Entfernung sehen, ein Fremder. Alexander verhielt sich am nächsten Tag, als wäre nichts geschehen. Aber er tat nichts, die Kluft zu überwinden. Wenn er sie denn überhaupt bemerkte.

Käthe wurde alles schwer. Sie stillte zwar den gefräßigen kleinen Alexander nicht mehr, aber nun, da er zu laufen begann, wurde sie immer wieder durch lautes Geschrei zu ihm gerufen, weil er etwas ausgefressen und sich selbst dabei verletzt hatte.

Sie setzte ihn in den von Meister Volpert eigens angefertigten kleinen Laufstall, aber er hatte bald raus, wie er sich über die Gitter ziehen und auf der anderen Seite hinunterplumpsen lassen konnte. Das bewältigte er weich und geschickt wie eine Katze, sodass niemand ihn hörte. Eckhardt war zwar eingeschärft worden, sofort um Hilfe zu rufen, wenn er seinen Bruder dem Laufstall entfliehen sah, aber leider bekam er es, in ein Spiel mit imaginären Wesen versunken oder im Laufstall auf dem Rücken liegend wie ein verträumter Käfer, oftmals gar nicht mit, dass sein Bruder aus dem Stall kletterte.

Zum Glück machte Lysbeth ihrer Mutter kaum Mühe. Sie war ein so unauffälliges Kind, dass man sie oft genug übersah. Es geschah fast regelmäßig, dass irgendjemand spätabends nach Lysbeth suchte, weil sie nicht ins Bett gebracht worden war, und sie am Daumen nuckelnd auf dem Sessel in der guten Stube fand, dem Sessel, wo ihre Tante strickend auf ihre Geburt gewartet hatte.

Doch dann geschah etwas, das Käthe und auch ihre kleine Tochter zutiefst verstörte.

Am 13. Juni 1897, kurz nach Mitternacht an Lysbeths drittem Geburtstag, fuhr das kleine Mädchen mit einem gellenden Schrei aus ihrem Bett hoch, das sie mit ihrem Bruder Eckhardt teilte. Sie taumelte aus dem Zimmer, unablässig heulend wie ein Wolfsjunges. Käthe, die am vergangenen Tag gemeinsam mit Lieschen das ganze Haus geputzt, Kuchen gebacken und alles für die Geburtstagsfeier vorbereitet hatte, tauchte langsam aus tiefem Schlaf in einen Traum, wo ein Hund seine Pfote verzweifelt jaulend aus einer Rattenfalle zu ziehen versuchte. Im nächsten Augenblick war sie schon aus dem Bett gesprungen, hatte die kleine Diele vor ihrem Zimmer erreicht, von der aus die Holztreppe nach unten ging. Ein Satz und sie schnappte ihre Tochter um die schmale Brust, bevor diese in panischer Angst mit geschlossenen Augen ihren tapsenden Weg zur Treppe fortsetzte. Drei Schritte weiter, und Lysbeth wäre die Treppe hinuntergestürzt.

»Liebling, Schätzchen, Lyssie, was ist los?«, stammelte Käthe. Sie war auf der ersten Stufe niedergesunken, hatte ihre Tochter auf den Schoß genommen, wiegte sie in ihren Armen.

»Mama!« Lysbeth wimmerte nur noch, offenbar von irgendetwas zu Tode erschreckt. »Mama! Fritz darf nicht an die Säge! Fritz schneidet sich die Finger ab! Mama! Mama!« Und wieder begann die Kleine aufzuheulen wie ein geschundenes Tier.

»Pscht, pscht«, machte Käthe. »Du hast schlecht geträumt, meine Kleine. Ein Traum, mein Herz! Ein Traum!«

»Nein, Mama!«, weinte Lysbeth unglücklich, »Fritz darf nicht sägen …«

In diesem Augenblick öffnete Meister Volpert seine Schlafzimmertür. Lysbeth wollte sich aus Käthes Armen reißen und zu ihm stürzen. Doch Käthe hielt sie fest, und als Lysbeth schrie: »Opa! Der Fritz ...«, legte Käthe ihr behutsam die Hand auf den Mund und sagte lächelnd zu ihrem Vater: »Sie hat schlecht geträumt, geh wieder schlafen!«

Mit einem Schmerzensschrei zog sie ihre Hand von Lysbeths Mund. Ihre Tochter hatte sie gebissen! Gerade, als sie ihr einen Klaps versetzen wollte, jaulte die Kleine in atemloser Panik: »Fritz darf nicht sägen, Opa, sonst ist da viel Blut, und Finger tanzen in der Luft.«

Meister Volpert und Käthe wechselten einen einverständlichen Blick.

»Versprochen, Lyssielein!«, sagte er mit fester Stimme. »Versprochen! Und jetzt ist alles gut, und du kannst weiterschlafen!«

»Versprochen?«, fragte Lysbeth ängstlich.

»Versprochen!«, wiederholte er.

Lysbeths Kinderkörper sackte schwer in Käthes Armen zusammen. Kurze Zeit später war sie wieder eingeschlafen. Meister Volpert zog leise seine Schlafzimmertür hinter sich zu. Käthe nahm ihre Tochter mit zu sich ins Bett. Sie rückte näher an ihren schlafenden Mann heran und spürte sein heißes erigiertes Glied an ihrem Hintern. Offenbar träumte auch er.

Wie lange ist es her?, fragte sie sich, während auch sie wieder in den Schlaf glitt, dass er sich mir nicht genähert hat? Und seit Monaten empfand sie erstmalig ein leichtes Bedauern deswegen.

Am nächsten Tag war Lysbeth wie immer. Leise, unauffällig, vielleicht etwas anhänglicher an die Mutter. Das konnte aber auch erklärbar sein, weil sie an ihrem Geburtstagsmorgen schon gefeiert und beschenkt worden war. Sie hatte eine wunderschöne Puppe mit echtem Haar bekommen, dazu ein von Käthe selbstgeschneidertes Kleid und ein identisches in Lysbeths Größe: ein knielanges Hängerchen, mit viel rosa Spitze und einer breiten rosa Gürtelbandschleife verziert. Die Kleine hatte den nächtlichen Zwischenfall offenbar komplett vergessen. Und auch Käthe sprach nicht mehr drüber. Ebenso nicht Meister Volpert.

Es war ein heißer feuchter Tag. Allen lag ein Schweißfilm auf der Haut, der ganze Körper schien in eine feuchte Hülle getaucht.

Am Nachmittag versammelte sich eine erwachsene Gästeschar neben den drei Kindern zum Geburtstagskaffee mit Kuchen: Die Großeltern Wolkenrath, Meister Volpert, die Lehrlinge und Gesellen. Alexander kredenzte zum Abschluss den Männern einen Cognac, ein Geschenk, wie er stolz vermerkte, von Architekt Giese. Besorgt bemerkte Käthe, wie sich das Gesicht ihres Vaters nach dem Alkohol übermäßig rötete und seine feuchten Hände leicht zu zittern begannen. Es ist nicht recht, dachte sie, jetzt noch weiterzuarbeiten. Und für einen Moment schoss die Erinnerung an Lysbeths nächtliche Schreie durch ihren Kopf.

»Vater«, sagte sie schmeichelnd, »was hältst du davon, wenn du für heute mit der Arbeit Schluss machst?« Mit einem bedeutungsvollen Blick in die Männerrunde fuhr sie fort: »Du könntest doch die Werkstatt für heute schließen?«

Meister Volpert sah sie mit erschreckend glasigen Augen eine Weile schweigend an. Da bemerkte Alexander lächelnd: »Mein Frauchen denkt wohl, ihr Vater könne keinen kleinen Cognac mehr vertragen. Schätzchen, so alt ist dein Herr Papa noch nicht!«

Fritz schob seinen Stuhl mit einem harten Ruck nach hinten.

»Vielen Dank für Speis und Trank!«, sagte er mit einer Stimme, in der kaum bezähmbare Wut zitterte, »ich geh jetzt mal wieder ans Werk.« Er richtete seinen Blick wie eine Dolchspitze auf Alexander. Mit den Worten »Gott zum Gruß!« drehte er sich auf dem Absatz um. Sebastian, der zweite Geselle, und die beiden Lehrlinge folgten ihm auf dem Fuß. Meister Volpert blieb noch eine Weile gedankenverloren sitzen, schlurfte dann hinter seinen Männern aus dem Raum, ohne sich von Alexanders Eltern zu verabschieden.

Wer zuerst schrie, wusste anschließend niemand mehr.

Ein entsetzliches unmenschliches Geräusch gellte aus der Werkstatt.

Es bewirkte, dass Alexanders Mutter ohnmächtig zu werden drohte, dass sich die Haare auf Alexanders Armen aufrichteten, dass die Kinder mit angstgeweiteten Augen verstummten. Da folgte ein zweiter Schrei, ein dritter. Gleichzeitig heulte Lysbeth auf. Nur Käthe gab keinen Ton von sich. Sie raste auf der Stelle aus dem Haus zur Werkstatt, rief währenddessen zu Alexander über die Schulter zurück: »Hol Dr. Wenig, sofort, oder irgendeinen anderen Arzt! Verlier keine Zeit!«

Als sie in der Werkstatt ankam, sah sie sofort, dass alles genauso war, wie Lysbeth es vorhergesagt hatte. Überall Blut!

Fritz saß auf dem Boden, blickte wild auf seine Hand, aus der Blut troff. Käthe schluckte die aufsteigende Übelkeit hinunter. Die Männer, die um Fritz herumstanden, sahen sie Hilfe suchend an. Ja, sie wollte helfen, aber wie?

Da fiel ihr etwas ein. »Nimm irgendein Pferd und reite so schnell du kannst nach Laubegast!«, herrschte sie August an, der anstelle von Friedrich zu Meister Volpert als Lehrling gekommen war. Sie hatte gehört, dass er mit Pferden umgehen konnte. August galt als wild und übermütig, das kam ihr jetzt grad recht. »Am Waldrand steht eine Kate. Da wohnt die alte Lysbeth.« Er nickte, fast wirkte es, als kenne er den Weg. »Bring sie mit, umgehend! Wie du es tust, ist mir egal. Am besten setzt du sie vor dich aufs Pferd!«, befahl Käthe. Da war er schon aus der Tür.

Als hätte der Gedanke an die Tante ungeahnte Fähigkeiten in Käthe geweckt, sorgte sie dafür, dass die Männer Fritz aus der Werkstatt ins Wohnzimmer trugen. Dass die Spur von Blut, die ihm folgte, den Teppich wie die Chaiselongue verunreinigte, störte sie nicht im Geringsten. Es störte sie auch nicht, dass Alexanders Mutter wirklich ohnmächtig wurde, als sie den blutenden Gesellen erblickte. Käthe wies Lieschen an, Betttücher zu zerreißen und in die Stube zu bringen. »Geht jetzt!«, fuhr sie ihren Schwiegervater an, der hilflos im Weg stand.

»Aber Heinrich wollte uns abholen«, widersprach er.

»Dann setzt euch in die Küche, aber geht hier aus dem Weg!«

Sie umwickelte Fritz' blutende Hand mit den zerrissenen weißen Laken. Im Nu färbten sie sich blutrot.

Die Zeit des Wartens auf den Arzt und Tante Lysbeth erschien Käthe wie Jahre. Fritz' Blick lag unablässig auf ihr. Sie zog einen Stuhl neben die Chaiselongue und nahm seine unverletzte Hand zwischen die ihren. Sie hielt es kaum aus, in seine verzweifelten Augen zu schauen, aber sie tat es, während sie tröstende beruhigende Worte vor sich hinmurmelte. Alle anderen zogen sich zurück, bis nur noch Käthe und Fritz in der Stube waren.

Sein Gesicht war kreidebleich, die Augen tief in die Höhlen gefallen. Fritz war schon als Lehrling bei ihnen gewesen, als Käthe noch ein Kind war. Immer schon war er ihr vorgekommen wie ein Erwachsener. Jetzt, da sie ihn so hilflos liegen sah, schien er ihr unglaublich zerbrechlich und jung. Wie alt mochte er sein?, fragte sie sich.

Da stöhnte er: »Wasser!«

Schuldbewusst fuhr Käthe zusammen. Wie konnte sie vergessen, dass er Wasser brauchte! Sie wollte sich erheben, doch er hielt ihre Hand in erstaunlich kräftigem Griff fest.

»Bevor ich sterbe, sollst du es wissen«, krächzte er.

»Pscht!« Käthe legte einen Finger auf seinen Mund. »Du stirbst nicht, Fritz, von so etwas stirbt man nicht, beruhige dich, ich hol dir Wasser.« Sie konnte kaum sprechen. Tränen schossen ihr in die Augen. Starb man von so etwas nicht? Oh nein! Fritz sollte auf keinen Fall sterben, das wollte sie nicht. Das würde sie zu verhindern wissen! Plötzlich schoss Kraft in sie.

»Ich hol dir Wasser!« Sie entzog ihm ihre Hand und rannte in die Küche.

Als sie zurückkam, waren Fritz' Augen geschlossen. Sie benetzte eins der Tücher und befeuchtete seinen Mund. Seine Lippen waren blass und gesprungen vor Trockenheit.

»Ich habe dich immer geliebt«, sagte er, so leise, dass sie ihn kaum verstand. »Ich wollte dich heiraten …«

Eine spitze Kralle griff nach Käthes Herz.

»Sei still!«, sagte sie sanft. Tränen liefen ihr die Wange herab. Da öffnete er die Augen, und ihr war, als sähe sie zum ersten Mal, wie wunderschön die waren, hellgrau, wie bedeckter Himmel, hinter dem die Sonne leuchtet, umgeben von einem Kranz langer schwarzer Wimpern. Als er die Lider wieder über die Augen sinken ließ, rann eine Träne aus seinem Augenwinkel. Behutsam tupfte Käthe sie fort.

In diesem Augenblick erschien Alexander, gefolgt von Dr. Wenig, der seinen großen Medizinkoffer mitgebracht hatte. Der Arzt wickelte die blutgetränkten Tücher von Fritz' Hand und stieß einen schweren Seufzer aus. »Da ist nichts mehr zu machen!«, murmelte er. »Der Finger ist ab.« Fritz ächzte kurz und fiel in Ohnmacht, als Dr. Wenig den nur noch an einem Hautfetzen hängenden Zeigefinger seiner linken Hand leicht hochhob. Alles war zerschnitten, sah Käthe, der vor Entsetzen nicht einmal mehr übel war. »Er muss sofort ins

Krankenhaus!«, bestimmte Dr. Wenig. »Er muss operiert werden. Das kann ich nicht.«

»Selbstverständlich können Sie das!«, erklang da eine resolute Frauenstimme. »Wenn wir ihn jetzt fortschaffen, verblutet er uns. Oder er bekommt den Wundbrand. Oder er stirbt an all den übrigen Krankheiten, die er sich im Krankenhaus fängt. Sie können den Finger abschneiden, es ist ja nur noch Haut. Und ich behandele den Stumpf.«

Dr. Wenig schüttelte den Kopf. Seine Stimme grollte wie Donner durch den Raum: »Wer sind Sie, dass Sie wagen, mir zu befehlen? Wenn ich sage, ich bin nicht ausgebildet, Operationen vorzunehmen, dann meine ich das so.«

Käthe blickte von einem zum andern. Währenddessen strömte unablässig Blut aus Fritz' Wunde.

»Ich bin Käthes Tante«, antwortete Lysbeth ruhig, »und wenn wir nicht bald etwas tun, ist der Mann da tot. Also betäuben wir ihn jetzt, da ist nicht mehr viel Äther nötig, der ist ja sowieso schon halb weg. Und Sie schneiden den Rest des Fingers ab. Das Übrige machen wir gemeinsam.«

Wie es geschehen konnte, würde Käthe nie begreifen, aber Dr. Wenig gehorchte.

Lysbeth entnahm ihrer Handtasche eine Flasche, entkorkte sie und reichte sie ihm. Er schnüffelte, warf ihr einen zornigen Blick zu, zögerte. Lysbeth richtete sich groß auf. Mit einem Mal wirkte sie jung und stark. Dr. Wenig goss etwas von der penetrant riechenden Flüssigkeit auf eins der zerrissenen Tücher und hielt es vor Fritz' Nase.

»Du kannst jetzt gehen, Kind«, sagte Lysbeth sanft zu Käthe. »Was wir brauchen, ist ein offenes Feuer in der Küche und ein sauberes Messer. Außerdem abgekochtes Wasser und …«, sie nestelte in ihrer Tasche und entnahm ihr einen Beutel mit Kräutern, »bitte zerstampf die, so klein du kannst, und koch sie in Alkohol auf!«

Käthe verließ den Raum. Sie empfand Erleichterung und Zweifel. Maßte Tante Lysbeth, sicherlich eine sehr weise Kräuterfrau und Hebamme, sich hier nicht zu viel an? Es handelte sich um einen schlimmen Unfall, und Dr. Wenig hatte sicher klug gehandelt, als er sagte, dass er in diesem Fall überfordert sei. Wie konnte die Tante da so selbstsicher eingreifen?

Trotz ihrer Zweifel tat sie wie geheißen.

Bald verbreiteten die Kräuter, gekocht in Alexanders heiligem Cognac, einen strengen Geruch in der Küche, in der trotz der sommerlichen Wärme ein anständiges Feuer geschürt war. Als Lieschen ihre bleiche Nase zur Tür hereinsteckte mit der Frage, ob sie helfen könne, schickte Käthe sie umgehend wieder hinaus. »Kümmere dich um die Kinder, die sind verstört genug. Erzähl ihnen Geschichten, bring sie ins Bett und bleib bei ihnen!« Lieschen verschwand sofort.

Dafür erschien Lysbeth. Sie griff nach dem von Käthe bereitgelegten Messer, brachte es im Feuer zum Glühen und eilte wieder davon. Was hatte sie vor? Käthe horchte auf einen Schrei, aber nichts geschah. Sie setzte sich an den Küchentisch, stützte den Kopf schwer auf ihre Fäuste, umgeben von Totenstille im Haus. Obwohl sie es angestrengt versuchte, gelang es ihr nicht, aus ihrem Kopf das Bild zweier grauer Augen zu verbannen, in denen ein helles Licht glühte.

Da klackte die Haustür im Schloss. Käthe horchte. In der Stube passierte etwas, aber sie konnte den Geräuschen nicht entnehmen, was es war. Nun stand Lysbeth in der Tür. »Bettwäsche!«, ordnete sie kurz an, »für ihn und für mich. Ich schlafe bei ihm.«

Käthe eilte.

Kurz darauf glich die gute Stube einem Nachtlager.

Lysbeth schlug Käthes Angebot aus, sich bei der Wache am Krankenbett abzulösen. »Morgen Nacht vielleicht«, sagte sie. »Heute nicht.«

Als Käthe schließlich im Bett lag, fühlte sie sich wie zerschunden. Alles tat ihr weh, ihre Augen waren wund und schwer. Trotzdem konnte sie nicht einschlafen. Fritz' Liebeserklärung hatte sie vollkommen durcheinandergebracht. Lysbeths wirre Vorhersage der letzten Nacht ging ihr wieder und wieder durch den Kopf. Wie mag es dem Mädchen gehen?, fragte sie sich. Nach schlaflosen Stunden stand sie endlich auf, um nach ihren Kindern zu sehen. Die schliefen selig, Lysbeth in Lieschens Armen, die sich zu ihr ins winzige Bett gekauert hatte. Käthe ging in ihr Bett zurück, und erst jetzt stellte sie sich die Frage, wo eigentlich Alexander war.

In den folgenden Tagen wechselten sich die Tante und Käthe bei der Krankenwache ab. Sie gaben Fritz zu trinken, wischten den Schweiß von seiner Stirn und flößten ihm Löffel um Löffel etwas Hühnersuppe ein. Stundenlang saß Käthe neben ihm, hielt seine gesunde Hand in ihrer. Beide sagten kein Wort. Seine Augen allerdings verfolgten sie bis in den Schlaf.

Täglich kam Dr. Wenig für einen Krankenbesuch, eine Tasse Kaffee und ein Stück Kuchen vorbei. Eigenartigerweise war die Tante während dieser halben Stunde stets verschwunden.

Fritz wurde gesund. Es gab ein paar kritische Tage mit Fieber und Angst, aber dann war er über den Berg. Seinen linken Zeigefinger hatte er verloren. Das war nicht so furchtbar schlimm, denn ein Tischler benötigt vor allem seine rechte Hand. Die feinen Intarsienarbeiten würde er nun wohl nicht mehr machen können. Aber das war vielleicht auch nicht so dramatisch, denn sie hatten ihn schließlich mit der scharfen kleinen Säge den Finger gekostet. Um seine Zukunft brauchte er sich keine Sorgen zu machen, das war vollkommen klar. Hatte er vorher schon so gut wie zur Familie gehört, hatte Meister Volpert mit ihm jetzt einen wortlosen Vertrag geschlossen, dass er in der Werkstatt arbeiten könne, solange sie existierte.

Als er wieder auf den Beinen war, verhielt Fritz sich Käthe gegenüber genau wie vorher, und nach einiger Zeit dachte sie, er hätte vielleicht im Schock gesprochen und würde sich gar nicht mehr an seine Liebeserklärung erinnern. Ihr war es recht. Sie hatte genug Sorgen. Ihre größte Sorge galt der kleinen Lysbeth. Was, wenn sie noch einmal einen solchen Traum hätte? Doch trotz der sie oft niederdrückenden Verpflichtungen mit Haus und Kindern fand sie manchmal Zeit, sich geschickt und unauffällig über Fritz zu informieren. Meister Volpert hatte all die Jahre gewissenhaft Buch geführt, es las sich wie das Logbuch eines Kapitäns. Käthe blätterte darin, bis sie die Eintragungen zu Fritz gefunden hatte.

So erfuhr sie, dass er dreizehn Jahre alt gewesen war, als er als Lehrling bei Meister Volpert begann. Sohn von Susanna Plauen und Hermann Plauen, die Schwester war drei Jahre jünger, genau wie Käthe. Seine Eltern hatten einen winzigen Hof besessen, der dem Sohn kein Unterkommen bot. Nach der Lehre, bei der er sich zu Meister Volperts oftmals notiertem Erstaunen ungewöhnlich geschickt angestellt hatte, war er fünf Jahre lang durch Deutschland und Frankreich gewandert. Als er zurückkam, gerade volljährig, war der Hof seiner Eltern übergegangen an den Gutsbesitzer, an dessen Gebietsgrenze ihr Hof stieß. Sie hatten sich bei ihm seit Jahren hoch verschuldet. Die Eltern, die kleine Schwester, das Vieh, alle waren gestorben, keiner wusste genau, woran.

Als Fritz sechzehnjährig von Meister Volpert fortging, war es der dreizehnjährigen Käthe nicht besonders aufgefallen. Die Lehrlinge kamen und gingen, seit sie denken konnte. Als Fritz zurückkam, war sie achtzehn Jahre alt und er ein Mann. Mit seinen dichten gewellten dunklen Haaren, den hellen Augen, der aufrechten Gestalt, dem entschiedenen Gang erschien er ihr sehr reif, sehr erwachsen, weitaus älter als sie selbst. Da lebte Käthes Mutter noch, die eine große Sympathie für den jungen Mann empfand. Wäre ihre Mutter nicht so krank geworden, wäre sie nicht gestorben, so hatte Käthe während der letzten Wochen oft gedacht, dann wären Fritz und sie wahrscheinlich ein Paar geworden. Die Mutter hätte ihr geschickt die Augen geöffnet für Fritz' Liebe, und ihrem Vater hätte nichts Besseres geschehen können als dieser Schwiegersohn. Wie eigenartig, dachte Käthe während ihrer Nachforschungen ein ums andere Mal, Alexander kommt mir so viel jünger vor als Fritz. Irgendwie ist alles verkehrte Welt!

Vorbei, vergangen, vergessen!

Sie wollte diesen Spruch glauben!

Und dann geschah es.

Am 14. Februar 1897 gellten Lysbeths Schreie so durchs Haus, dass alle, sogar Alexander, aus den Betten sprangen und zu ihr eilten.

»Feuer!«, schrie Lysbeth mit geschlossenen Augen. »Feuer!«

Alexander, wütend über die Störung, schüttelte seine Tochter, bis sie die Augen öffnete. Verwirrt blickte sie um sich. Als sie ihre Mutter erkannte, stürzte sie ihr in die Arme. »Mama!«, schrie sie. »Mama, die Kirche brennt! Wir müssen helfen!«

Käthe, schon seit einiger Zeit darauf vorbereitet, dass so etwas wieder passieren könnte, und der von der Tante Lysbeth eingeschärft worden war, dass sie diese Träume ernst nehmen sollte, fragte vorsichtig: »Wie sollen wir helfen, mein Schatz?«

»Der Turmwärter ...«

Alexander schnitt seiner Tochter den Satz ab. »Papperlapapp! Keine Kirche brennt, aber ich brenne gleich, wenn du nicht aufhörst mit diesem Theater!«

Entmutigt ließ Lysbeth den Kopf sinken.

»Welche Kirche?«, fragte Käthe sanft.

Ihre Tochter sah sie erstaunt an. Sie zuckte mit den Schultern. Dachte angestrengt nach. »Das Dach glänzt«, sagte sie, als wolle sie sich erinnern. »Die Glocken sind schwer. Sie fallen. Der Turmwächter ...« Wieder begann sie zu weinen.

»Schluss jetzt!«, befahl Meister Volpert. »Ich gehe morgen zur Feuerwehr und sage ihnen, sie sollen sich bereithalten. Etwas anderes können wir nicht tun.« Er blickte streng auf seine Enkelin. »Ist das in Ordnung?«

Der kleine Alexander jauchzte. Er liebte die Feuerwehr. Er liebte Feuer.

Alexander schnaufte empört. »Das kann doch nicht wahr sein!«, schimpfte er. »Unterstütz du sie noch in ihren Phantastereien! Ich geh wieder ins Bett.« Ängstlich blickte Lysbeth hinter ihm her.

»Alle gehen wieder ins Bett!«, bestimmte Käthe mit einem fragenden Blick auf ihren Vater. »Ja«, lächelte er und tätschelte seinen Enkeln der Reihe nach den Kopf. »Alle schlafen jetzt, damit wir morgen der Feuerwehr helfen können.«

Käthe brachte ihre Kinder ins Bett. Lysbeth war als Erste wieder eingeschlafen.

Der nächste Tag verlief vollkommen unspektakulär. Alexander hatte am Frühstückstisch schlechte Laune. Lysbeth schien ihren Traum vergessen zu haben. Meister Volpert stattete einem befreundeten Feuerwehrmann einen angelegentlichen Besuch ab.

Am darauffolgenden Tag allerdings, dem 16. Februar, breitete sich nachmittags ein sehr seltsamer Geruch im Haus aus. Käthe schnüffelte, suchte in der Küche, im ganzen Haus nach irgendeinem Brandherd. Schließlich war klar, der Geruch kam von draußen.

Sie ging hinüber in die Werkstatt, wo die Männer bereits beunruhigt beratschlagten, was zu tun sei. Sie sagte ihnen, dass sie die Kinder in die Stube gerufen habe, wohin auch alle anderen eingeladen seien. Lieschen und die Kinder warteten schon, als sie mit einer großen Kanne heißer Milch und selbstgebackenen Keksen zu ihnen kam.

Der Rauchgeruch wurde immer beißender. Meister Volpert gesellte sich zu ihnen. Er teilte Käthe mit, dass Fritz und die anderen losgegangen seien, um zu schauen, wo und ob sie helfen könnten.

»Fritz?«, fragte Käthe schrill.

Meister Volpert warf ihr einen überraschten Blick zu. »Na ja«, sagte er, »ob einer zehn oder neun Finger hat, spielt ja wohl keine Rolle, wenn's brennt ...«

Käthe dachte: Nein, aber ob einem schon genug wehgetan wurde, spielt eine Rolle.

Vorbei, vergangen, vergessen!, betete sie sich vor.

Aber in ihr flammte ein Gefühl auf, das sie noch nie für Alexander empfunden hatte. Sie wollte Fritz schützen! Sie wollte sich mit ihrem Körper vor die Flammen werfen, damit ihm nichts geschehen sollte.

Meister Volpert musterte sie aufmerksam. Was ist los mit dir?, fragte sein Blick.

Käthe gab den Kindern zu trinken, fütterte sie mit Keksen und tat so, als würde ihre Sorge allein der Kirche gelten. Denn dass da eine Kirche brannte, war für sie klar.

Und so war es tatsächlich.

Am Morgen hatte es in der Kreuzkirche eine wichtige Predigt zum vierhundertjährigen Gedenktag der Geburt Melanchthons gegeben. Gegen vier Uhr nachmittags brach der Brand aus. Vier Mal war die Kirche in vier Jahrhunderten schon durch Feuer zerstört worden. Zwei Jahre zuvor hatte man sie innen erst völlig erneuert und künstlerisch ausgeschmückt.

Der Brand brach im Dachstuhl aus, das feste Kupferdach und der darunter angesammelte Rauch spotteten den Anstrengungen der Feuerwehr, an den Brandherd heranzukommen, auch reichte der Druck der Wasserleitung in dieser Höhe nicht zu einer wirksamen Bekämpfung der Flammen aus. Der Turmwächter musste sich, um dem Erstickungstod zu entgehen, durch Herabklettern am Blitzableiter retten.

Gegen sechs Uhr abends gab es einen entsetzlichen Krach. Alle, die in der Stube beisammensaßen, fuhren zusammen und starrten einander furchtsam an. Käthe rannte vor die Tür. Vor dem Himmel leuchtete eine gigantische Feuersäule. Da standen schon die Kinder mit Lieschen und ihrem Vater bei ihr. Die Kinder husteten. Der Himmel war schwarz von Rauch. Die kleine Lysbeth griff furchtsam nach Käthes Hand. Käthe riss sich los. »Ich muss hin!«, schrie sie, lauter als notwendig, und warf ihren Kindern einen irren Blick zu. Da legten sich Hände wie Schraubstöcke um ihre Arme.

»Du kannst ihm nicht helfen! Aber deine Kinder brauchen dich!« Erst allmählich drangen die Worte des Vaters zu ihr durch. Sie sackte in sich zusammen und legte ihre Arme um Lysbeth und Eckhardt. Beide Kinder zitterten vor Angst.

»Kommt«, sagte sie bestimmt. »Es wird alles gut. Großvater hat die Feuerwehr alarmiert. Ich erzähle euch eine Geschichte.« In ihrem Gehirn arbeitete es. Ihr Vater wusste also von ihren Gefühlen für Fritz. Wer wusste es noch?

Der Dachstuhl der Kirche war zusammengebrochen. Die Feuersäule hatte weithin sichtbar die Zerstörung des Bauwerks angekündigt. Die Kirche brannte völlig aus. Altargemälde, Orgel und die zur Kirche gehörige Bibliothek gingen verloren, der Glockenstuhl wurde vernichtet, und die herabstürzenden Glocken durchschlugen die Turmtreppen. Allein der mächtige Turm blieb neben den Umfassungsmauern der Kirche erhalten.

Fritz und seine drei Kollegen halfen stundenlang den Feuerwehrmännern. Erschüttert standen sie zuletzt mit vielen anderen Menschen vor den rauchgeschwärzten Trümmern des Gotteshauses. Fritz dachte an Käthes und Alexanders Hochzeit, die hier stattgefunden hatte. Er hatte sich damals gefragt, wie häufig sein Herz brechen könnte.

Es gelang nicht, die Ursache des Unglücks zu ermitteln. Die bei dem Brand zutage getretenen Mängel der Löscheinrichtungen suchte man durch Anschaffung zweier Dampfspritzen und Vermehrung der Feuerwehrmannschaften zu beseitigen.

Als Fritz am Abend von Kopf bis Fuß pechschwarz nach Hause kam, fiel Käthe ein Stein vom Herzen. Sie brachte die verstörten Kinder ins Bett. Erst als sie selbst im Bett lag, kurz vor dem Einschlafen, fiel ihr auf, dass Alexander nicht nach Hause gekommen war.

Nach dem Brand der Kreuzkirche vermissten alle im Haus anfangs den vollen Klang der Kirchenglocken und die gewohnten Töne der Turmuhrschelle, aber bald gehörte auch das Fehlen dieser Geräusche zur Selbstverständlichkeit des Alltags. In Käthe aber war seit diesem Tag etwas zum Klingen gebracht, das sie wie ein feiner Ton unablässig begleitete. Sie fürchtete, dass sie sich nie daran gewöhnen würde, Fritz' hellen Augen zu begegnen, ohne dass sie ein tiefes Bedauern empfand. Nein, Käthe gewöhnte sich nicht. Auch nicht an die Träume ihrer Tochter. Sie entwickelte einen sehr leichten Schlaf, immer darauf vorbereitet, dass Lysbeth nachts in Wolfsgeheul ausbrechen könnte.

Ein paar Monate gingen ins Land, außer Käthe dachte niemand mehr an den Kirchenbrand, da gellten Lysbeths Schreie wieder durch die Nacht. Diesmal war Käthe so schnell aus dem Bett, dass sie ihre Tochter im Arm hielt, noch bevor irgendjemand sonst aufgewacht war.

Lysbeth schrie: »Sie ertrinken, Mama, wir müssen helfen, Opa!!«

Sie selbst gurgelte, als würde sie Wasser schlucken, schrie immer wieder, man müsse helfen, helfen, retten. Käthe versuchte zuerst, ihr mit der Hand den Mund zu verschließen, doch als Lysbeth würgte, als müsse sie kotzen, entschloss sie sich zu einem anderen Vorgehen. »Was hast du geträumt, mein Schatz?«, fragte sie sanft. »Erzähl mir, was du gesehen hast.«

Da beruhigte Lysbeth sich etwas. Sie öffnete die Augen und sagte in erschrockenem, aber nicht mehr todesfürchtigem Ton: »Kinder … kreiselndes Wasser … Baumstämme … Steingeröll … eingestürzte Häuser …« Sie jaulte auf. »Hin- und hergeschleudert, eingequetscht, runtergedrückt. Ertrunken. Sie sind ertrunken, Mama, Opa! Wir müssen helfen!«

Käthe horchte zu den anderen Zimmern. Nichts. Es schien, als hätte Lysbeth niemanden aufgeweckt. Zum Glück. »Wir werden helfen, mein Schatz«, raunte sie an Lysbeths Ohr. »Nichts von dem, was du gesehen hast, wird geschehen. Keine Sorge. Und nun schlaf!« Wie jedes Mal, wenn sie beruhigt worden war, schlief Lysbeth wieder ein, als wäre nichts gewesen.

Zutiefst verängstigt, verstört, aufgewühlt ging Käthe auf Zehenspitzen die Treppen hinunter in die Küche, um sich einen Tee zu kochen. Unter der Küchentür sah sie Licht. Ein Einbrecher? Es war ihr fast egal. Mit einem Ruck öffnete sie die Tür und unterdrückte einen Schreckenslaut. Am Herd stand Fritz. Sein Nachthemd war nachlässig in die Hose gestopft, seine schwarzen lockigen Haare zerzaust.

»Was machst du hier?«, zischte Käthe.

»Ich koche dir einen Tee«, bemerkte er trocken. »Ich habe die Kleine gehört, hoffentlich hat sie nicht wieder recht.« Käthe wurde schwindelig, sie taumelte. Im Nu war Fritz neben ihr, schloss sie fest in die Arme. Sie stammelte an sein Ohr: »Was, wenn sie wieder recht hat? Fritz, was soll ich nur tun?« Fritz wiegte sie, wie sie zuvor Lysbeth gewiegt hatte. »Es wird alles gut, mein Liebstes«, sagte er in beruhigendem Singsang. »Es wird alles gut.«

Irgendetwas schmolz in Käthes Brust. Es war sehr körperlich. Erstaunt merkte sie, welche Sehnsucht sie danach hatte, dass jemand sie so hielt, wie es jetzt Fritz tat. Dass jemand sie so tröstete, wie sie es ständig bei anderen tat. Dass jemand ihr das Gefühl gab, stärker als sie zu sein. Sie ließ ihr Gesicht gegen seine Brust sinken. Fritz drückte sie an sich, und Käthe spürte erstaunt, wie sich sein hartes Glied gegen ihren Bauch drückte. Noch erstaunter aber war sie, dass dieses Schmelzen in ihrer Brust andauerte, sich verstärkte, auf ihren Bauch übergriff.

Fritz legte die Hand in ihren Nacken und allein diese Berührung entfachte eine ungewohnte Hitze in ihrem Bauch. Sie atmete heftiger. Wann es war, wie es kam, dass irgendwann Fritz' Hand unter ihr Nachthemd glitt, seine Lippen sich auf die ihren legten, und zu guter Letzt sie auf seinem Schoß saß und ein Feuer ihren Körper verbrennen und erbeben ließ, bis eine Explosion sie erschütterte, von der sie meinte, das ganze Haus müsse davon einstürzen, wusste hinterher keiner der beiden zu sagen, nicht Käthe, nicht Fritz.

Am nächsten Morgen lagen unter Käthes Augen wie unter denen ihrer kleinen Tochter Lysbeth tiefe dunkle Schatten. Käthe nahm die Kleine beiseite und sagte ernst und mit aller Autorität, zu der sie fähig war: »Mein Kind, deine schlimmen Träume bringen alles durcheinander. Du kannst nicht schlafen, ich kann nicht schlafen, der Großvater kann nicht schlafen und der Vater auch nicht. Außerdem passieren dann immer furchtbare Dinge, die vielleicht nicht passiert wären, wenn du sie nicht geträumt hättest.«

Lysbeth schreckte auf. Das war ja ganz entsetzlich! Sie selbst war es, die diese schrecklichen Dinge bewirkte? Sie hatte Schuld? Der Pastor in der Kirche sprach davon, dass es Menschen gab, die mit dem Teufel im Bunde waren und die Furchtbares bewirkten. Sollte sie etwa so ein Mensch sein?

Käthe, die ihrer Tochter ansah, was sie dachte, wollte ihre Worte schnell mildern, aber Lysbeth hörte ihr erst wieder zu, als Käthe streng sagte: »Ich verbiete dir hiermit das Träumen, hörst du?! Es ist von Übel. Und sollte es dir trotzdem geschehen, musst du Stillschweigen bewahren!«

Die dunklen Schatten unter Lysbeths Augen hatten sich so vertieft, dass Käthe Angst bekam, ihre Tochter wäre krank. »Hast du in der letzten Zeit einmal Schlimmes von dir selbst geträumt?«, fragte sie vorsichtig. Lysbeth schüttelte verneinend den Kopf, presste aber die Lippen fest aufeinander, als wollte sie Käthe an ihren eigenen Befehl erinnern.

»Nun gut«, sagte Käthe seufzend. »Wir haben uns also verstanden, oder?«

Wieder bewegte Lysbeth ihren Kopf, diesmal nickte sie.

Eine Woche später, in den letzten Julitagen, gingen wolkenbruchartige Regengüsse über einen großen Teil Sachsens nieder und brachten auch Dresden schweren Schaden. Eine Überschwemmung verheerte das Weißeritztal und forderte dort eine Anzahl Menschenleben. Der reißende Fluss führte am 31. Juli Steingeröll, Baumstämme und Teile eingestürzter Häuser mit sich, überflutete das ihm angewiesene neue Bett, drang wieder auf dem alten Wege in die Friedrichstadt, besonders auch in die Hauptmarkthalle, und zerriss die neuen Ufer von dem Eisenbahnrangierberg abwärts bis zur Einmündung in die Elbe, kurz vorher vernichtete er noch mehrere Häuser, darunter die Wirtschaft Zum Schulterhaus und zwei Brücken.

Ein sogleich zusammengetretener Hilfsausschuss brachte sehr viel Geld zur Unterstützung der Geschädigten zusammen. Darüber, dass die Natur sich nicht so einfach begradigen und austrocknen ließ, sprach niemand. Im Haus des Tischlermeisters Volpert sprach niemand darüber, dass die kleine Lysbeth das alles vorhergeträumt hatte.

War Lysbeth geschädigt oder schädigend? Das wusste am wenigsten sie selbst. Von nun an verstummte das Mädchen nahezu. Es gelang ihr nicht, das Träumen einzustellen. Häufig war es auch schön für sie zu träumen, weil sie dann schwebte, mit Tieren und Pflanzen sprach oder in einer Kindergruppe spielte und lachte. Die anderen Träume, die schlimmen, kamen leider auch von Zeit zu Zeit. Sie unterschieden sich deutlich von den normalen, angenehmen Träumen, denn sie waren wirklicher. Sie waren von den gleichen Farben, den gleichen Tönen, dem gleichen Geruch wie die alltägliche Wirklichkeit, in der Lysbeth lebte. Vielleicht sogar noch wirklicher.

Nach diesen Träumen lag Lysbeth mit rasendem Herzklopfen im Bett, ihre Beine zuckten, und aus ihrer Kehle wollten Schreie dringen. Doch sie erinnerte sich an die Worte der Mutter und ließ nur kleine tonlose Schluchzer ihre Brust erbeben. Hätte sie das nicht getan, wäre sie am Entsetzen erstickt.

Die kleine Lysbeth blieb anspruchslos und unauffällig, deshalb bemerkte Käthe die Verstörung ihrer Tochter nur in den ersten Tagen nach ihrem Gespräch. Bald setzte auch eine heftige Schwangerschaftsübelkeit ein und eine stärkere Müdigkeit, als Käthe es von den früheren Schwangerschaften kannte. Sobald sie die Anzeichen bemerkte, sorgte sie dafür, dass Alexander mit ihr schlief. Sie tat es gezielt, ohne Lust, mit einem sehr schlechtem Gewissen, vor allem Fritz gegenüber.

Das ängstliche Flackern in Lysbeths Augen gehörte bald zu ihrem Gesichtsausdruck und wurde auch von Käthe mit der Zeit kaum noch bemerkt.

## 10

Käthe hatte furchtbare Angst, ihr ungeborenes Kind würde mit dunklen Locken und Augen, hinter deren grauer Farbe ein Licht leuchtete, geboren werden. Wochenlang quälte sie sich, konnte nichts mehr essen und brachte es kaum noch fertig, Alexander in die Augen zu schauen.

Da, an einem Sonntagnachmittag, kam die alte Lysbeth vorbei, auf dem Wege von einer Patientin, zufällig, für einen kleinen Besuch, wie sie sagte. Sie langte kräftig beim Kuchen zu, den Käthe gebacken hatte, trank drei Tassen Kaffee, gab ein bisschen Tratsch aus Laubegast zum Besten und sah dann wie nebenbei erst Alexander, dann Käthe an. »Eigentlich wundert mich«, bemerkte sie beiläufig, während sie sich noch ein Stück Marmorkuchen auf den Teller legte, »dass eure Kinder alle blaue Augen haben.«

»Wieso?«, fragte Alexander erstaunt. »Meine sind blau, Käthes sind blau, was soll da anderes rauskommen als blau?«

»Nun ja«, antwortete Lysbeth kauend, »deine sind ja eher verwaschen, manchmal fast grau, und das zeigt ja, dass bei dir das Blau tatsächlich im Niedergang begriffen ist.«

Alexander fuhr hoch, als hätte sie ihn beleidigt. Meister Volpert, der schon zwei Cognacs getrunken hatte, kicherte. »Im Niedergang begriffen …«

Lysbeth hob beschwichtigend die Hand. »Nein, nein, das ist das falsche Wort! Aber man sieht immer wieder, dass bei den Kindern die Farbe eher rausgeht, als dass frische hineinkommt.« Ihre Augen wieselten hin und her zwischen Alexander und Käthe, die während des Gesprächs ihren Kuchenteller betrachtete, als erkenne sie dort das Geheimnis aller Dinge.

»Ja, und was mich auch wundert, ist, dass keins eurer Kinder die wunderbaren dunklen Locken von Käthes Mutter geerbt hat. Das ist wirklich ein Jammer, aber vielleicht …« Sie blickte auffordernd in Richtung der Cognacflasche, was zur Folge hatte, dass Meister Volpert, dem die Tante seiner verstorbenen Frau mittlerweile recht lieb geworden war, sofort zur Anrichte eilte, um ihr ein Glas zu holen.

Kaum saß er wieder, prosteten die beiden Alten sich zu und verloren sich in Erinnerungen an Käthes Mutter, Geschichten, die Käthe schon tausendmal gehört hatte, aber immer wieder liebte. Alexander verabschiedete sich. Er wolle noch ein wenig seine Stute bewegen, die ebenfalls einen dicken Bauch hatte und bald niederkommen sollte.

Käthe sah ihn nicht an, als sie ihm ihre Wange für einen Abschiedskuss hinhielt.

Als er fort war, atmete sie erleichtert auf.

Susanna wurde am 13. April 1898 geboren. Es war Käthe unheimlich, dass ihre zweite Tochter ebenso wie die erste an einem dreizehnten zur Welt kam. Doch die alte Lysbeth beruhigte sie mit den Worten: »Der 13. ist nur für die Menschen, die nicht am 13. geboren sind, ein Unglückstag. Wenn überhaupt. Es ist eine Zahl mit besonderer Kraft, und die meisten Menschen haben Angst vor starken Kräften, weil sie ihnen nicht standhalten. Deine Töchter halten ihnen stand.«

Ihre Töchter? Käthe zweifelte an deren Standhalten. Lysbeth war von ihrer seltsamen Traumkraft nahezu zerschmettert worden. Auch wenn Käthe sich nicht allzu viel mit ihr beschäftigte, entging ihr dennoch nicht, wie elend ihre Tochter nach manchen Nächten aussah.

Und die neue kleine Tochter? Was blühte der im Leben?

Susanna war winziger und leichter bei der Geburt, als ihre Geschwister gewesen waren. Dabei bestürzend schön, kaum hatte sie Käthes Bauch verlassen. Ihre Augen waren von einem violetten Blau, und ihr ganzer Kopf voller schwarzer Haare. Lysbeth, Lieschen und Käthe sahen auf sie herab, als sie im Arm ihrer Mutter lag und mit großen Augen in die Welt schaute. »Sie sieht gar nicht aus wie ein Baby«, staunte Lieschen. »Sie ist gar nicht schrumplig und hässlich wie die andern.«

Käthe hielt ihr Kind ein Stück von sich entfernt. Ja, sie war perfekt. Eine kleine Nase, große Augen, glatte Haut, schwarze Haare. Kleiner als die anderen, zugleich wirkte sie älter.

»Eine Puppe«, sagte die Tante andächtig. »Eine Puppe. Ich glaube, sie kommt nach deiner Mutter, Käthe.« Sie lachte ihr krächzendes Hexenlachen. »Na, dann prost Mahlzeit! Hoffentlich hat sie auch den Charakter deiner Mutter geerbt!«

Die Männer traten ins Zimmer. Wie nach jeder Geburt, frisch gewaschen, sauber gekleidet. Alexander stellte sich rechts neben das Bett, dorthin, wo er immer schlief. Stolz blickte er auf Frau und Tochter. Meister Volpert stand auf der linken Seite, dort, wo Käthe lag. Fritz war bei der ersten Begutachtung aller Säuglinge selbstverständlich wie ein Familienmitglied dabei gewesen, also durfte er auch heute nicht fehlen. Scheu hielt er sich hinter Meister Volpert. Käthe warf ihm ein schnelles Lächeln zu. Sie riss die Augen auf, schaute noch einmal hin. Er weinte. Tränen rannen aus seinen Augen. Sie zwang sich, ihren Vater anzusehen, der wie schützend vor seinem Gesellen stand.

Wusste er es etwa auch? Wer wusste es noch?

Sie musterte ihren Vater. Sah er Ähnlichkeiten mit Fritz oder mit ihrer Mutter, seiner großen Liebe? Er schluckte nur, sagte keinen Ton.

Da stürzten die Kinder ins Zimmer. Alexander stellte sich neben seinen Vater, Lysbeth und Eckhardt neben den Opa. Der kleine Eckhardt war es, der das andächtige Schweigen im Zimmer brach. »Wie schön sie ist!«, rief er aus. »Wie ein herabgefallener Stern. Ich werde sie Stella nennen.«

»Stella?«, fragte sein Vater Alexander amüsiert. »Sie heißt Susanna. Du kannst sie Susi nennen, aber doch nicht Stella!«

»Doch, ich werde sie Stella nennen«, entgegnete Eckhardt störrisch. »Stella heißt Stern, das hat mir der Onkel Södersen gesagt.«

»Stella«, lächelte der alte Volpert, »Sternchen, warum nicht.«

Da war es beschlossene Sache. Die neue Schwester wurde Stella genannt.

1898 also, fünf Jahre, nachdem sie ihre Tante Lysbeth aufgesucht hatte, um Hilfe für ihren Kinderwunsch zu erbitten, hatte Käthe vier Kinder geboren, die vierjährige Lysbeth, den dreijährigen Eckhardt, den zweijährigen Alexander und den Säugling Stella. Sie war von morgens bis abends und in die Nacht hinein beschäftigt. Die politischen Diskussionen der Männer rauschten fast vollständig an ihr vorbei. Dabei geschah außerhalb ihrer kleinen Welt so viel, das sie früher brennend interessiert hätte. Jetzt aber führte sie wie die meisten anderen Frauen auch ein Leben, das den Männern die Politik überließ. Sie las nicht einmal mehr Zeitung.

Eigenartigerweise gab es beim Mittagessen kaum noch Streit. Das lag wohl zum einen daran, dass Alexander zumeist auswärts aß, zum anderen aber auch an Fritz' Zurückhaltung seit Stellas Geburt. Dabei hätte er allen Grund gehabt, Alexander gegenüber aufzutrumpfen, denn bei den Wahlen am 16. Juni 1898 erlebten die Sozialdemokraten einen strahlenden Erfolg. Es gab eine unglaublich hohe Wahlbeteiligung, fast achtzig Prozent der erwachsenen Männer gaben ihre Stimme ab. Die Kandidaten der Sozialdemokratie, Zigarrenfabrikant Kaden und Redakteur Dr. Gradnauer, erhielten fast die Hälfte der abgegebenen Stimmen, und bei der Stichwahl am 24. Juni drangen sie gegen die konservativen Kandidaten mit knapper Mehrheit durch. Die bisherigen Inhaber der Mandate, die Reformer, sahen sich in die dritte Reihe zurückgedrängt, was Meister Volpert und seine Männer mit Genugtuung zur Kenntnis nahmen.

Am Tag nach der Wahl allerdings brach Alexander, der für die Reformpartei gezittert hatte, am Vorabend nicht nach Hause gekommen war und beim Mittagessen noch nach Alkohol stank, einen Streit vom Zaun, der so ausartete, dass Käthe Angst bekam, die Männer würden aufeinander losgehen.

Er wiederholte von oben herab, was Klemm einen Tag zuvor von sich gegeben hatte: »Die Reformer bleiben stark genug, um im Gemeindeleben auch ferner einen vorherrschenden Einfluss auszuüben.« Und dann sagte er: »Die Proleten der Sozis sind so primitiv und verdummt, die fahren den Karren ganz von allein in den Dreck. Da werden sie dann stecken bleiben!«

Der Tumult nach diesen Worten war unglaublich. Der hitzige Lehrling August fuchtelte Alexander mit der Faust vor dem Gesicht herum, Fritz versuchte, ihn zu beruhigen, wobei er Alexander an der Schulter berührte, was dieser zum Anlass nahm, wüste Drohungen gegen Fritz auszustoßen. Alles wurde undurchsichtig für Käthe, die sich zuerst furchtsam zum Herd zurückzog, zu guter Letzt aber mit der heißen Suppe in der Hand schrie: »Wenn ihr jetzt nicht aufhört, kippe ich einem nach dem andern einen Schöpflöffel Suppe über den Kopf. Ich schwör's!«

Da stand Alexander auf und verließ die Küche, indem er brüllte: »Ich gehe! Hier will mich sowieso niemand haben!« Er knallte die Küchentür hinter sich zu. Käthe ließ den Schöpflöffel sinken. Sie wusste, dass Alexander jetzt in der Diele stand und auf sie wartete. Sie war in einer solchen Situation noch immer hinter ihm hergekommen. Ruhig drehte sie sich um und stellte den Suppentopf wieder auf den Herd. Sie füllte den Kessel mit Wasser, um Tee zu kochen. In diesem Moment fiel scheppernd die Haustür zu.

Am Abend erschien Dr. Södersen, der seit der Geburt der kleinen Stella fast täglich vorbeikam und sich wie ein stolzer Großvater aufführte. Er trank mit Meister Volpert und Fritz auf den Erfolg der Nationalliberalen, die seit langer Zeit wieder einmal mit einem eigenen Bewerber, dem Professor Viktor Böhmert, aufgetreten waren und besonders in der Neustadt eine ansehnliche Stimmenzahl auf sich vereinigt hatten. Es war vor allem dem Einfluss von Dr. Södersen zu verdanken, dass die Nationalliberalen nicht wieder zugunsten der Konservativen auf einen eigenen Kandidaten verzichtet hatten.

»Wenn wir sowieso die Konservativen unterstützen, können wir unsere Partei gleich auflösen«, so hatte er argumentiert. Und in vielen Einzelgesprächen hatte er deutlich gemacht, dass es seiner Meinung nach die wichtigste Aufgabe der Liberalen war, den intoleranten fanatischen Reformern entgegenzutreten.

Alexander kam am Abend früher nach Hause als sonst. Er brachte Käthe einen Blumenstrauß mit, setzte sich in die Stube zu den Männern, die von da an höflich über alles Mögliche sprachen, nur nicht mehr über Politik. Alexander war witzig und brachte die Männer einige Male zum Lachen.

Dann traten die Kinder in die Stube, um Gutenachtküsse zu verteilen. Es tat Käthe weh zu sehen, wie Stella alle Aufmerksamkeit auf sich zog. Ein Blick aus ihren Veilchenaugen, ein Lächeln ihres süßen Mundes und Dr. Södersen, Meister Volpert, allen voran aber Fritz schmolzen wie Butter in der Sonne. Lysbeth hingegen schien in den Augen der Männer gar nicht vorhanden zu sein, so wenig nahmen sie sie wahr.

Der kleinen Lysbeth schien das nichts auszumachen. Seit Stellas Geburt veränderte sie sich auf beeindruckende Weise. Aus dem nahezu unsichtbaren vierjährigen Mädchen war eine strahlende Babymutter geworden. Sie schleppte ihre kleine Schwester überall mit hin. Das Mädchen, für ihr Alter zu groß und zu dünn geraten, mit wässrig blauen Augen und dünnen blonden Haaren, blühte auf, wenn sie ihr Schwesterchen in den Armen hielt, diese winzige Puppe, deren schwarze Locken sich bald nach der Geburt tizianrot gefärbt hatten und deren zarte Glieder durch ständigen Bewegungshunger kräftig geworden waren.

An diesem Abend gingen Käthe und ihr Mann nach langer Zeit einmal wieder gemeinsam ins Bett. Alexander fuhr mit seiner Hand unter ihr Nachthemd und zu ihren Brüsten. Käthe bemerkte erstaunt, wie sich ihre Nippel unter seiner Berührung aufrichteten. Er war zärtlich mit ihr und nahm sich viel Zeit, ihr Lust zu bereiten, etwas, das sie von ihm nicht gewohnt war. Sie drängte die Gedanken an Fritz fort und öffnete ihre Beine für ihren Mann.

Als Eckhardt vier Jahre alt war, brachte der alte Volpert ihm das Lesen bei, und von da an saßen Lysbeth und Eckhardt stundenlang im Kinderzimmer oder im Garten, Lysbeth mit der kleinen Schwester auf dem Schoß, und Eckhardt las den beiden vor, bis bald auch Lysbeth, von ihm angeleitet, die Buchstaben entziffern konnte.

Nur Alexander blieb diesen Geschwisterzusammenkünften fern. Er folgte seinem Vater wie ein Welpe. Alexander nahm seinen Sohn vorn aufs Pferd und ritt mit ihm zu den Großeltern, die vernarrt in ihn waren. Großvater Wolkenrath, stolz auf den kleinen Alexander wie auf einen eigenen Sohn, war nur davon gestört, dass eine allgemeine Konfusion entstand, wenn der Name Alexander gerufen wurde. Ohnehin schwerhörig, strengte es ihn ungemein an herauszufinden, wer nun gemeint war, sein Sohn, er selbst oder der Enkel. Also nannte er den kleinen Alexander kurzerhand Dritter, und es dauerte nicht lang, dann antwortete der Knabe, wenn er nach seinem Namen gefragt wurde: »Dritter, Dritter Wolkenrath, so heiß ich.«

Seine Geschwister, die es anfangs zum Lachen komisch fanden, dass ein Mensch als Namen eine Zahl haben sollte, gewöhnten sich daran. Und also hatte Käthe bald einen Sohn namens Dritter. Sogar sie selbst nannte ihn so, weil auch ihr die ständigen Konfusionen lästig waren, die entstanden, wenn sie Alexander sagte. Ohnehin hatte sie mit Dritter nicht viel zu tun, Dritter war ein waschechter Wolkenrath.

Meister Volpert verfolgte Dritters Entwicklung einerseits mit Wohlwollen, denn der Junge zeigte weiterhin keine geistige Außergewöhnlichkeit, die irgendwie auf spätere Ambitionen dieser Art hinwies, er hatte einen kräftigen muskulösen Körper, schon bei dem Dreijährigen zeigte sich der Ansatz zu breiten Schultern. Andererseits kopierte er seinen Vater auf eine Weise, die Meister Volpert beunruhigte. Er sagte sich aber, dass noch viel Wasser die Elbe hinabfließen werde, bevor der Junge in die Tischlerlehre käme und ihm dann schon alle Flausen ausgetrieben würden.

Alexanders Stute hatte einen Hengst geboren, Phaidon, ein schönes Fohlen. Zu Dritters drittem Geburtstag im Jahre 1899 schenkte ihm sein Vater das Fohlen. So erfuhr Dritter erstmalig in seinem Leben, wie es sich anfühlte zu lieben. Es war, als würde etwas in der Brust schmelzen, während der ganze Körper vor Freude kribbelte. Seine Hände wollten immer wieder zu Phaidons Fell, seiner Nase war nichts so lockend wie dessen Geruch. Er wollte Reiter werden, das war von nun an sein leuchtendes Ziel. Reiten! Phaidon zwischen den Schenkeln spüren! Sein Vater ermahnte ihn zu Geduld.

Käthe wollte nun wirklich endgültig kein Kind mehr. Sie hatte sich nach Stellas Geburt nur mühsam erholt, ihr einst praller üppiger Körper war schmal geworden und wies an Bauch und Brüsten Falten auf wie ein halb geleertes Säckchen. Ihre roten Haare waren stumpf, der Glanz ihrer Augen verschwunden.

Sie hielt sich von Alexander fern. Lange nach der Geburt ihrer Tochter schützte sie Schmerzen vor, wenn er sein eheliches Recht einforderte, was zwar selten geschah, aber einmal monatlich kam es über ihn. Sie hielt sich auch von Fritz fern. Das hinderte sie allerdings nicht, eifersüchtig zu bemerken, wie Lieschen ihm schöne Augen machte. Traurig dachte sie, dass es besser für ihn wäre, ein junges Ding im Bett zu haben. Und auch für Lieschen wäre es gut, endlich einen Mann zu finden. Lieschen war dreiundzwanzig Jahre alt, und soviel Käthe wusste, gab es keinen Mann in ihrem Leben. Käthe war überzeugt davon, dass Lieschen seit langem schon in Fritz verliebt war. Sie konnte den Gedanken kaum ertragen, dass auch Fritz sich in Lieschen verlieben könnte.

Es wurde immer unnötiger, sich von Alexander fernzuhalten. Neuerdings aß er auch abends woanders und kam immer erst nach Hause, wenn sie schon schlief. Er war wie besessen damit beschäftigt, an der wirtschaftlichen Entwicklung Dresdens zur Industrie- und Handelsstadt zu profitieren.

Leider hatte Giese, als er von Alexanders Nähe zu den Reformern hörte, erklärt, er benötige seine Hilfe nicht länger, aber Klemm hatte darauf mit einem vielleicht etwas zu lauten Lachen gekontert, er hingegen benötige Alexanders Hilfe umso mehr.

Alexander war aber nicht dumm. »Klemm steckt selbst in der Klemme«, gestand er Käthe eines Abends, als sie sich nach langer Zeit wieder einmal gut verstanden und bei einem Glas Wein in der Stube zusammensaßen. »Also muss ich mich klammheimlich von ihm verabschieden.« Käthe verschluckte sich vor Lachen, zum einen weil sie keinen Alkohol vertrug, zum anderen, weil es sie unglaublich erleichterte, dass Alexander sich offenbar von den Reformern entfernte.

Und dann geschah etwas Wunderbares: Eines Tages klopfte ein Laufbursche an die Volpertsche Haustür und bat um einen Besuch von Herrn Wolkenrath bei Herrn Naumann, dem Besitzer der Nähmaschinenfabrik von Seidel & Naumann. Alexander war gerade nicht da, aber Käthe versprach, er werde baldmöglichst vorbeikommen.

Jeder kannte Seidel & Naumann. Die Firma stand an der Spitze der Nähmaschinenfabrikation in Dresden. Bruno Naumann hatte als armer Mechanikergehilfe begonnen, Meister Volpert kannte ihn noch aus der Zeit, als sie gemeinsam die Tanzböden in Dresden unsicher machten. 1869 hatte der ungestüme Bruno ein erstes bescheidenes Nähmaschinenwerk in der kleinen Plauenschen Gasse errichtet. Es lief so erfolgreich, dass es 1884 in neue große Gebäude an der Hamburger Straße verlegt wurde; 1886 fand der schlaue Naumann einen Kompagnon, und sie gründeten eine Aktiengesellschaft. Sein Instinkt blieb ihm treu, und also dehnte er den Betrieb auf die Herstellung der damals in Mode kommenden Fahrräder aus. Das Wachstum seiner Fabrik war unglaublich: Er brachte es bis zu einer jährlichen Erzeugung von achtzigtausend Nähmaschinen und dreißigtausend Fahrrädern. Der immer noch eher einem bulligen Mechaniker als einem Millionär gleichende Bruno Naumann beschäftigte zweitausend Arbeiter, erzielte einen Umsatz von siebeneinhalb Millionen und einen Reingewinn von fast eineinhalb Millionen Mark. Die Firma verteilte an ihre Aktionäre Dividenden bis zu vierzig Prozent. Es musste ihm einen ungeheuren Triumph bedeutet haben, als er sich einen Sitz in der Ersten Ständekammer erwerben konnte. Und das Größte: Er legte sich einen Stall kostspieliger Rennpferde zu.

Bruno Naumann war Alexanders überragender Pferdeverstand zu Ohren gekommen. Nun holte er ihn, allein um einmal wöchentlich mit ihm bei einem guten Wein über Pferde zu diskutieren. Natürlich fielen dabei jede Menge Tipps ab, wie man am besten sein Geld anlegte.

»Ein hervorragendes Beispiel jenes neuen Industrieadels, der der alten Aristokratie für jeden angestammten Ahnen eine selbst verdiente Million gegenüberstellt«, so sprach Alexander begeistert über seinen neuen Freund. Er erwog, Aktien zu kaufen, konnte sich nur nicht entscheiden, welche. Täglich informierte er sich in der Zeitung, in den von den Firmen herausgegebenen Blättern, in den Informationen für die Aktionäre über die wirtschaftliche Entwicklung der reichsten Fabriken Dresdens.

Auf dem Gebiet der Maschinen- und Instrumentenfabrikation waren neben Naumanns Schöpfung und der blühenden Nähmaschinenfabrik von Clemens Müller einige andere Fabriken zu Bedeutung gelangt, die sich alle von einstmals kleinen Anstalten zu Aktiengesellschaften gewandelt hatten.

Ein ehemaliger Kumpan von Volpert und Naumann war Karl Eschebach. Er war Klempner gewesen, der es wie Volpert zum Meister gebracht und 1867 eine Klempnerwerkstatt eröffnet hatte. Auch er hatte die Gunst der Stunde genutzt und eine Metallwarenfabrik gegründet, nein, sogar zwei, die Radeberger und die Dresdner, die zu Vereinigte Eschebachsche Werke, ebenfalls einer Aktiengesellschaft, verschmolzen wurden. Seit 1880 saß Eschebach mit seiner Fabrik in dem ehemaligen Gebäude des Garnisonlazaretts am Hospitalplatz. Auch er machte einen Jahresumsatz von mehreren Millionen und erzielte einen Reingewinn von einer Million Mark jährlich.

Alexander wurde ungewöhnlich häuslich. Viele Abende saß er bei Meister Volpert in der Stube, trank mit diesem Bier und las die Wirtschaftsnachrichten, über die er dann mit seinem Schwiegervater diskutierte. Hatten bislang oft Fritz und Dr. Södersen Volpert Gesellschaft geleistet, blieb Fritz nun ganz weg, und auch Södersen fand sich nur noch selten ein.

Alexander arbeitete sich systematisch durch die wirtschaftliche

Lage der Dresdner Unternehmen, bis er seinem Schwiegervater einige besonders interessante Aktiengesellschaften vorstellen konnte.

Die Elbschifffahrtsgesellschaft Kette, die auf der Elbe einen großen Schiffspark und eine Anzahl Frachtschiffe unterhielt, beschäftigte auf der ihr seit 1877 gehörenden Schiffswerft im Vorort Übigau fast tausend Arbeiter. Die alte Steingutfabrik von Villeroy & Boch mit tausendfünfhundert Arbeitern und die an eine Aktiengesellschaft übergegangene Siemen'sche Glasfabrik mit tausend Arbeitern gehörten zu den größten Industrieanlagen der Stadt.

Da Kunstwerke neuerdings vervielfältigt wurden und vor allem Ansichtspostkarten unglaublich beliebt waren, nahmen die polygraphischen Gewerbe sehr an Ansehen zu. Die Kunstdruckanstalten von Römmler & Jonas und von Wilhelm Hoffmann gehörten zu den angesehensten im Reich, die von Stängel & Co. versorgte ganz Europa mit den massenhaft verbrauchten Ansichtspostkarten.

Und dann gab es noch die chemische Fabrik Karl Lingners, die durch das von ihr hergestellte antiseptische Mundwasser Odol zu einzigartiger Berühmtheit gelangt war. Mit Hilfe geschickter Werbung hatte es einen Siegeszug über die ganze Erde angetreten.

Angefüllt mit all diesen Informationen lag die Qual der Wahl drückend auf Alexander: Welche Aktien solle man erwerben? Einmal ganz abgesehen davon, dass er eigentlich kein Geld hatte.

Also richtete er glühende Worte an seinen Schwiegervater. Der müsse sich unbedingt, solange noch Zeit sei, von der Tischlerei verabschieden und auf den Erwerb von Aktien umsteigen. Oder er solle eine Fabrik aufziehen, in der Möbel hergestellt wurden. »Auf den meisten Gebieten der gewerblichen Tätigkeit sind wesentliche Fortschritte des großen Betriebes gegenüber dem kleinen erkennbar!«, argumentierte er. »Du darfst die Augen nicht davor verschließen, dass das Handwerk durch die Großindustrie in einzelnen Zweigen, namentlich der Verarbeitung der Metalle, immer mehr aufgesaugt wird!«

Meister Volpert nickte verhalten. Natürlich wusste er das, wahrscheinlich besser als dieser Grünschnabel von Schwiegersohn. Ganze Kleingewerbe, wie die der Feilenhauer, Gelbgießer, Nadler, Nagelschmiede und Zirkelschmiede, waren im Aussterben begriffen. Eins der größten Handwerke, die Schuhmacherei, bot unter dem bedrückenden Wettbewerb der Schuhfabriken dem Nachwuchs so wenig lockende Aussichten, dass sich in Dresden auf etwa eineinhalb tausend Meister kaum noch drei Dutzend Lehrlinge fanden. Nur ein Teil der Handwerker vermochte in der bisherigen Weise fortzuarbeiten.

Alexanders Drohung allerdings, die Tischler seien hundertprozentig als Nächste dran, schenkte Volpert kein Gehör. »Ich habe keinen Mangel an Kundschaft«, hielt er dessen Unkenrufen entgegen. »Wir haben genug zu essen, was wollen wir mehr?«

»Vorwärtskommen, Vater!«, drängte Alexander. »Vorwärtskommen!« Aber er wusste wohl, dass es nicht Volpert war, der diesen Wunsch hatte, sondern allein er selbst. Und ihm würde das Vorwärtskommen wesentlich erleichtert werden, wenn sein Schwiegervater irgendwie gemeinsame Sache mit ihm machte.

Wenn Käthe bei den abendlichen Gesprächen dabei war, bot sie Alexander ein viel dankbareres Publikum, als es ihr Vater tat. Sie stellte Fragen und gab Alexander so die Möglichkeit, breiter auszuführen.

So erkundigte sie sich eines Abends: »Ist denn deiner Meinung nach das Handwerk wirklich vollkommen zum Tode verurteilt, Alex?«

»Manchen Handwerkern gelingt es noch, vorwärtszukommen«, erläuterte Alexander, der genau diese Frage jüngst mit Naumann erörtert hatte. »Sie müssen aber ihre Betriebseinrichtungen vervollkommnen und sich auf die Herstellung weniger Sonderartikel verlegen.« Meister Volpert brummte streitsüchtig: »Betriebseinrichtungen? Damit meinst du Maschinen! Handwerk ist Menschenwerk und nicht Maschinenwerk!«

»Nun ja«, gab Alexander zu bedenken, »man kann sich dem Fortschritt nicht verschließen …«

»Fortschritt, Fortschritt!« Volpert ereiferte sich. Er hatte schon lange keine Lust mehr, jeden Abend mit diesem Fatzke zu verbringen. Fritz sollte wieder bei ihm sitzen, Södersen mit ihm Schach spielen. Auch in diesem Fall war es so, dass er den alten Brauch der neumodischen abendlichen Gesprächsrunde vorzog.

Alexander, äußerst sensibel darin zu spüren, wann er abgelehnt wurde, sagte nun von oben herab, wie er es in solchen Situationen tat: »Nun, für die Mehrzahl ist es ein Glück, dass die neuzeitlichen

Verhältnisse die Errichtung von Handelsgeschäften auch mit wenig Kapital ermöglichen; so vermögen sie als Kleinhändler ihre Selbständigkeit zu erhalten und bleiben davor bewahrt, als Lohnarbeiter in der Großindustrie aufzugehen.« Alexander sah Käthes Schrecken, und es bereitete ihm geradezu Vergnügen, als er eine demütigende Zukunft für seinen Schwiegervater und dessen ersten Gesellen heraufbeschwor. »Ja, Lohnarbeiter in der Industrie!«, wiederholte er.

»Ich habe ausgesorgt, mein Sohn«, antwortete Volpert in aller Gelassenheit. »Du allerdings hast noch einiges vor dir. Dein Vorankommen steht noch aus!«

Und Fritz?, fragte Käthe sich ängstlich. Wird seine Zukunft die eines alten Arbeiters in der Möbelindustrie sein? Sie konnte sich nicht vorstellen, dass die wunderbaren Möbel, die Fritz auch noch mit neun Fingern herstellte, jemals nicht mehr seinen Unterhalt sichern könnten.

Ja! Ich schwöre es dir!, dachte Alexander. Ich werde vorankommen. Und dann werden alle Karten neu gemischt!

Fünf Jahre lang, bis 1900 prosperierte die Wirtschaft in Dresden wie in ganz Deutschland so stark, dass es sich sogar auf die ständig steigende Anzahl der Geburten auswirkte. Das Bild wirtschaftlicher Blüte zeigte sich nach außen hin auch in dem mächtigen Anschwellen des Verkehrs. Die Personenbeförderung auf den Straßenbahnen war innerhalb der letzten zehn Jahre fast auf das Fünffache gewachsen, der Brief- und Telegrammverkehr hatte sich verdoppelt, und der Güteraustausch auf den Eisenbahnen und zu Wasser wuchs stetig.

Alexander, der durch Naumann eine Unmenge neuer Beziehungen geknüpft hatte und in viele der prosperierenden Geschäfte als Berater für alles, was Elektrizität betraf, einbezogen wurde, nahm immer stärker das Aussehen und das Verhalten eines Siegers an. Der großartige Aufschwung der Naturwissenschaften und das mit unwiderstehlicher Gewalt sich vollziehende Eindringen ihrer Forschungsergebnisse in das praktische Leben bewegten ihn täglich. Die Unmenge neuer Entdeckungen und Erfindungen, die aus der Elektrizitätslehre folgten, hatten eine völlige Umwandlung auch des Verkehrs der Großstädte herbeigeführt. Die länder- und völkerverbindende Telegrafie hatte für das innerstädtische Leben naturgemäß keine Bedeutung gewinnen können, umso vollständiger gelang dies drei anderen fast zu gleicher Zeit auftretenden Anwendungsformen der Elektrizität: Sprechvermittlung, Lichterzeugung und Kraftentwicklung. Alexander mischte überall ein wenig mit.

Er kannte viele einflussreichen Persönlichkeiten, debattierte hier und dort, vermittelte hier ein Geschäft und dann dort, kannte sich mit Elektrizität besser aus als mancher Fachmann.

Kurz vor der Weltausstellung 1900 nahm er einen Kredit auf, um sein eigenes Geschäft zu gründen: Elektrohandel Wolkenrath & Söhne. Mehr denn je schien ihm in der Entwicklung der Elektrizität die Zukunft zu liegen. Er hatte jede Hoffnungen auf Unterstützung durch seinen Schwiegervater aufgegeben, was ihn aber nicht mehr enttäuschte. Er empfand nichts als Triumph, weil er endlich mittels eines Bankkredits seinen Traum von einem Elektrogeschäft verwirklichen konnte. Elektrizität, das Geschäft der Zukunft!

Doch dann, ab 1900, wurde alles anders.

Zuerst einmal wurde Käthe schwanger. Ein Unfall, geschehen, als Alexander spät nach Hause kam, angetrunken, und Käthe schon schlief. Sie war nicht einmal aufgewacht, als er sich in sie schob, allein in ihre Träume hatte sich ein neues Gefühl gedrängt: heiße Hände auf ihrer Haut, fordernde Lippen auf ihrem Mund, wollendes Zerteilen ihrer Schamlippen. Sie bewegte sich im Traum auf eine Weise, die Alexander in unbekannte Raserei versetzte. Erst als er schrie, wachte sie auf. Zuerst fand sie sich nicht zurecht, wusste nicht, wo sie war. Dann schämte sie sich vor Alexander wegen ihres heißen feuchten Traums. Dann erst wurde ihr klar, was geschehen war. Danach konnte sie nicht wieder einschlafen, denn es verwirrte sie völlig, dass sie offenbar eine ganz andere Frau war, als sie bisher gedacht hatte. Sie kam sich nicht normal vor. Diese Lust, die sie manchmal überwältigte, schien ihr fast wie der Ausdruck einer Krankheit zu sein.

Während ihrer Schwangerschaft mied Fritz sie. Nur manchmal, wenn ihre Blicke sich trafen, sah Käthe, wie verletzt er war. Doch sie selbst war nicht weniger verletzt, da sie die sich zwischen Lieschen und Fritz anbahnende Liebesgeschichte mit Argusaugen verfolgte. Lieschen war jetzt vierundzwanzig Jahre alt. Sie war immer noch kein üppiges Weib, aber ihr langer schlanker Körper wies einige kleine Rundungen auf, die sie, so schien es Käthe, regelmäßig aufplusterte, sobald Fritz in der Nähe war.

Die Schwangerschaft kam Käthe schwer an. Nicht nur die Übelkeit, nicht nur die zeitweiligen Kopfschmerzen, nein, sie fühlte sich eigentlich ständig richtig krank. Hinzu kam der entsetzlich kalte Winter. Ein im Januar 1900 ausgebrochener Ausstand der böhmischen Kohlengrubenarbeiter hatte einen nie da gewesenen Mangel an Kohlen zur Folge, der viele Handwerker zu wochenlanger Einstellung des Betriebes nötigte und selbst dem Straßenbahnverkehr und der öffentlichen Beleuchtung Beschränkungen auferlegte; sogar nach der Beilegung des Ausstandes dauerte die Kohlenteuerung in drückender Weise fort.

Meister Volpert schloss seinen Betrieb zwar nicht, aber alle froren. Manchmal dachte Käthe, dass ihr nie wieder richtig warm werden würde. Ebenso wie alle anderen hüllte sie sich in Jacken und Tücher, bis ihre rundliche Figur kaum mehr erkennbar war. Das war ihr ganz recht, so konnte sie manchmal sogar vergessen, dass sie schwanger war. Auch Lieschens Gestalt verschwand den ganzen Winter über in dicken Jacken. Wie entsetzt war Käthe, als ihre Figur Ende April das erste Mal wieder erkennbar war: Die junge Frau war schwanger! Käthe starrte sie an, sie konnte keinen Ton herausbringen. Lieschen machte einen langen Hals und einen Schmollmund. Sie erklärte nichts.

Tagelang war Käthe von ihren Gefühlen so sehr in Anspruch genommen, dass sie ihre täglichen Pflichten kaum erfüllen konnte. Wut durchflutete sie wie eine heiße Woge, auf deren Gipfel sie kurz davor war, mit dem Küchenmesser in der Hand zu Fritz zu stürzen und es ihm zwischen die Rippen zu jagen.

Dann wieder breitete sich eine tiefe schwarze Niedergeschlagenheit in ihr aus, und die Aussicht, noch jahrelang weiterleben zu müssen, während Fritz und Lieschen als Paar glücklich in ihrer Nähe weilten. Nein! Das war absolut unerträglich. Sie würde sich selbst das Messer zwischen die Rippen stoßen müssen. Besser gleich ins Herz! Also vermied sie, soweit es ihr irgend möglich war, Fritz zu begegnen, und wenn, schaute sie weg.

Irgendwann stellte sie Lieschen die Frage, die ihr die ganze Zeit schon auf den Nägeln brannte: »Wann werdet ihr heiraten?«

Lieschen errötete vom Hals bis zur Stirn. Sie schluckte ein paar Mal. Dann sagte sie mit gepresster Stimme, während Tränen in ihre Augen schossen: »Ich weiß es nicht, Frau Käthe, bitte schickt mich nicht fort!« Das klang so jämmerlich, dass zu Käthes Wut auf Fritz noch ein gewaltiger Schub hinzukam. »Natürlich schick ich dich nicht fort«, sagte sie beruhigend. »Wann ist es überhaupt so weit?« Lieschen schluckte wieder. »Ich weiß nicht«, sagte sie.

Es stellte sich heraus, dass sie nicht beim Arzt und bei keiner Hebamme gewesen war, also wies Käthe sie an, umgehend nach Laubegast zu fahren und sich von Tante Lysbeth untersuchen zu lassen.

Im Mai, die Kälte des Winters schien kaum vergessen, verlor Käthe während der Arbeit einen Schwall Fruchtwasser. Seltsamerweise musste Lysbeth gerufen werden. Sie hatte die Geburt, die eigentlich erst in drei Wochen erwartet war, nicht vorhergeträumt.

Die Geburt dauerte drei Tage lang. Der Sohn war halb erstickt durch die Nabelschnur, die sich um seinen Hals geschlungen hatte, und Käthe lag tagelang danach in Lebensgefahr. Sie hatte zu viel Blut verloren, und dann stellte sich Fieber ein.

Lysbeth kämpfte um ihr Leben. Und mit ihr alle Menschen im Haus.

Nach den vielen scheußlichen Monaten fühlte Käthe sich endlich wundervoll. Sie tauchte in einen Ozean aus weichem wiegendem Wasser, warm, liebevoll, hell. Dort musste sie nicht einmal atmen. Der Ozean atmete für sie. Und es begegneten ihr alle möglichen Menschen, die mit ihr sprachen, die sie umhüllten mit Liebe. Die Mutter vor allem. In lichtvoller Schönheit. Sie erzählte ihr von Käthes Geburt, von ihrer Kindheit, davon, wie sehr ihre Eltern sich auf sie gefreut hatten. Und wie interessiert sie Käthes Leben und das ihrer Kinder verfolge. Sie erklärte Käthe auf eine überaus einleuchtende Weise, dass beim Blick zurück von dort, wo sie jetzt sei, aber auch vorher schon, beim Blick zurück im Augenblick des Todes nichts anderes zähle als die Liebe. Alles was im Leben im Zustand der Liebe getan worden sei, erweise sich im Rückblick als mit Licht erfüllt, alles andere verblasse daneben.

Immer wieder erschien Fritz ihr. Anfangs nur seine Augen. Voller Licht. Seine Stimme, die sie zu überzeugen versuchte, sich fürs Leben zu entscheiden. Die von ihrer Bedeutung für ihn sprach. Dass für ihn ohne sie kein Leben mehr sei.

Und dann spürte ihr ganzer Körper ihn. Er war nackt, umfing sie bergend mit seinen starken Armen, streichelte die Brüste, ihre heiße Haut, selbst die zwischen den Beinen. Er rieb sein Glied an ihr, führte es sacht in sie ein, und Käthe empfand ein Glück, das alles übertraf, was sie je gefühlt hatte. Es war, als verschmölzen Fritz und sie zu einem Wesen, das zugleich mit dem Ozean und dem ganzen Universum eins wurde. Diese Verschmelzung dauerte unendlich lang, zugleich war sie zu kurz.

Mit einem Gefühl tiefen Bedauerns tauchte Käthe ganz langsam aus ihrem tagelangen Fieber auf. Es war dunkel in ihrem Schlafzimmer. Aber sie war nicht allein. Neben ihr, dicht bei ihr, war Haut, um sie waren Arme geschlungen, an ihrem Nacken lag ein Mund, der von Liebe flüsterte, von Leben, von Tod, von Ewigkeit. Mit Armen, an denen schwerste Gewichte zu hängen schienen, tastete Käthe nach dem anderen Körper. Seine Arme umfingen sie fester, die Stimme flüsterte: »Schlaf weiter, Liebste, mein Leben!«

Sie gehorchte.

Am nächsten Tag war das Fieber gesunken.

Lysbeth war bei Käthe im Zimmer, flößte ihr Wasser ein. Sie sah alt und elend aus. Als Käthe sie mit krächzender Stimme fragte, ob sie schlimm krank gewesen sei, erklärte Lysbeth ruhig, sie sei einige Tage lang nicht bei Bewusstsein gewesen, aber alle hätten gut auf sie aufgepasst. Und nun sei sie ja über den Berg. Gott sei es gedankt.

»Auch Fritz?«, wisperte Käthe beklommen.

Die Tante kicherte und warf ihr einen funkelnden Blick zu. »Auch Fritz, mein Kind, auch Fritz. Er hat gesagt, dass man schließlich, um nachts wach zu bleiben, nicht unbedingt zehn Finger bräuchte.«

Sie kicherte wieder. »Ich habe geantwortet, dass man vielleicht den Nachtschlaf bräuchte, um neun Finger zu behalten, aber da hat er nur gebrummelt, das solle ich mal seine Sorge sein lassen. Mir war's ganz recht. Die Tage mit dir und die Nächte mit dem Kleinen waren schwer genug …«

Dem Kleinen? Da erst fiel es Käthe wieder ein. Sie hatte ein Kind geboren. »Wo ist es?«, fragte sie ängstlich. »Lebt es?« In diesem Augenblick trat ihre Tochter Lysbeth ins Zimmer, ein Bündel Baby im Arm. Sie bot es Käthe dar, die mit fremden Augen auf das Kind blickte. Sie versuchte, ihre Arme nach ihm auszustrecken, von der Tante schnell zurückgehalten. »Du bist zu schwach«, sagte sie energisch, »aber mach dir keine Sorgen. Der Kleine ist gesund, und du wirst ihn bald in den Arm nehmen können.« Nur zu gern leistete sie Folge. Da fielen ihr auch die Augen zu, und sie glitt wieder in den Schlaf.

Als sie diesmal aufwachte, erfuhr sie von der Tante, dass Alexander zu seinen Eltern gezogen war, weil ihm der Trubel mit den Kindern und der kranken Käthe zu viel gewesen war und er, wie er betont hatte, seine ganze Kraft bräuchte, um seinen Laden aufzuziehen. Diese Nachricht erleichterte Käthe sehr. So war sie auf jeden Fall schon mal ganz sicher, dass ihre nächtliche Erfahrung, die sehr wahrscheinlich eine Fieberhalluzination gewesen war, unter keinen Umständen etwas mit Alexander zu tun gehabt haben konnte.

Erst nach einigen Tagen, in denen sie genas, vermisste sie Lieschen. Und dann kam die Erinnerung zurück, als hätte man einen Eimer Eiswasser über ihr ausgekippt. Sie fing an zu zittern und hatte das unbändige Bedürfnis, sofort wieder so krank zu werden, damit sie diesen Schmerz nicht fühlen musste. Tante Lysbeth, die in diesem Augenblick singend ins Zimmer trat, den kleinen Johann auf dem Arm, prallte zurück, als sie Käthe erblickte. »Was ist los?«, fragte sie besorgt. »Du hast ganz blaue Lippen.«

»Wo ist Lieschen?«, fragte Käthe mit schwacher Stimme.

»Ach, Kind …« Lysbeth setzte sich auf den Bettrand und legte Käthe das Baby in den Arm. Sie drückte ihr ein Fläschchen in die Hand, damit Käthe den Kleinen füttern konnte. Zum Stillen war sie viel zu schwach. Käthe steckte dem Jungen den Sauger in den Mund und sah Lysbeth fordernd an. Irgendetwas war nicht in Ordnung, das war dem Verhalten der Tante deutlich zu entnehmen. Aber was war es? Hatten Fritz und Lieschen inzwischen geheiratet? Aber … sie konnte kaum atmen, so schwer legte die Bedrückung sich auf sie.

Lysbeth griff nach ihrer freien Hand und sagte: »Die Kleine ist über den Berg. Ihr Kind leider nicht.«

Käthe, so sehr damit beschäftigt, das Durcheinander in ihrem Kopf und ihrem Herzen irgendwie zu ordnen, erreichten Lysbeths Worte erst zeitversetzt.

»Das Kind …?«

»… ist tot.« Lysbeth streichelte Käthes Hand. »Es ist eine arge Schweinerei, was da geschehen ist!«, stieß sie hervor. »Dieser Kerl hat sich einfach aus dem Staub gemacht!«

Dieser Kerl? Fritz war fort? In Käthes Kopf begann sich alles zu drehen. Kurz bevor sie ohnmächtig wurde, hörte sie, wie die Tante sagte: »Ja, wer hätte das von Sebastian gedacht, dieser Saubeutel!«

Käthe griff nach der Hand der Tante. »Sebastian?«

»Aua!« Die Tante schüttelte ihre Hand in Käthes festem Griff. »Was soll das denn? Na, du bist mir ja eine. Bei der Kraft kannst du mal morgen aufstehen und den Haushalt wieder übernehmen, für mich allein ist das nämlich eine ziemliche Menge, das kannst du mir glauben!«

Johann fing laut an zu schreien, denn Käthe hatte ihm den Sauger aus dem Mund gezogen, ohne es zu merken. Sie holte tief Luft, ließ die Hand der Tante los und gab dem Kind wieder die Flasche, dann sagte sie ruhig: »Und jetzt erzähl mir alles der Reihe nach!«

So erfuhr sie, dass Sebastian, der zweite Geselle, schon eine ganze Weile um Lieschen geworben habe, diese aber nicht darauf eingegangen sei. Am 31. Oktober aber, in der Nacht vor Allerheiligen, seien sie miteinander tanzen gegangen. Und da sei es geschehen.

Anschließend habe Sebastian noch eine Weile verliebt getan, aber auf Geheimhaltung gedrängt. Als sich dann Lieschens Bauch wölbte, habe er gestanden, dass er während seiner Wanderschaft bereits geheiratet habe und dieser Frau und seinem Sohn, der mittlerweile schon elf Jahre alt sei, ständig Geld schicke. Am selben Tag noch habe er sich von Lieschen verabschiedet und gesagt, er werde jetzt nach Nürnberg fahren und mit der Frau sprechen. Lieschen habe sich über das Ganze so aufgeregt, dass sie Wehen bekam. Das Kind, ein Mädchen, kam im siebenten Monat und starb ein paar Stunden nach der Geburt.

»Es war ein zähes kleines Ding«, sagte die Tante gerührt. »Es wollte leben. Es hat sich unglaublich angestrengt zu atmen, aber es war einfach zu jung.«

»Wie geht es Lieschen?«, fragte Käthe leise und leistete Fritz im Stillen heiße Abbitte.

»Den Umständen entsprechend.« Lysbeth nickte ernst. »Ich glaube fast, dass es gut ist, dass es so gekommen ist. Das Schicksal einer unehelichen Mutter ist nicht leicht, das Leben eines Bastards noch schwerer. Sie ist sehr zornig auf Sebastian. Ich glaube allerdings, dass sie ihn nicht wirklich geliebt hat. Und das ist gut so.«

Käthe überlegte. Ja, es war wohl schon so gewesen, wie sie es beobachtet hatte. Lieschen war eigentlich in Fritz verliebt. Und nun? Wie sollte es weitergehen?

»Jetzt schlafe ich erst mal«, sagte sie zur Tante. »Nimm du den Kleinen, ich bin todmüde!«

Johann entwickelte sich rasch, obwohl er nie gestillt wurde. Allerdings blieb er in der Größe sogar noch hinter dem recht kleinen Eckhardt zurück.

Da ereignete sich ein neues Unglück in Käthes Leben. Im Sommer 1900, Käthe hatte sich gerade wieder erholt, während die deutsche Industrie auf der Pariser Weltausstellung Triumphe feierte, trat so plötzlich ein wirtschaftlicher Umschwung ein, dass alle davon überrascht wurden. Die Ursache war dieselbe wie einst bei dem Zusammenbruch während der Wiener Weltausstellung: Durch die der Industrie von den Banken gewährten unbeschränkten Kredite hatten zahllose Gründungen und Betriebserweiterungen die Warenerzeugung so gesteigert, dass die Nachfrage damit nicht Schritt halten konnte. Überspekulation im Baustellenhandel und Überproduktion im Wohnhausbau bewirkten in Verbindung mit der äußersten Geldknappheit, die die Beschaffung von Hypotheken ungemein erschwerte, zunächst eine Krise im Baugewerbe, der zahlreiche Bauunternehmer zum Opfer fielen. Dabei wurden viele Industrien, die Baubedarfsgegenstände herstellten, in Mitleidenschaft gezogen.

Überdies hatte die Kohlenteuerung in drückender Weise fortgewirkt. Die Kaufkraft weiter Bevölkerungskreise war zurückgegangen. Der Absatz stockte, Arbeitseinschränkungen und selbst Entlassungen wurden unvermeidlich. Das Gründungsfieber war wie mit einem Schlag verschwunden.

Alexander führte einen täglichen Kampf, um wenigstens die Zinsen für seinen Kredit noch zahlen zu können. Es war wie ein Kampf gegen Windmühlenflügel. In sein Gesicht gruben sich scharfe Falten ein.

Doch die schlimmsten Erschütterungen brachte das Jahr 1901. Eine der größten Aktiengesellschaften in der Elektrizitätsindustrie, die Besitzerin der vormals Kummer'schen Werke in Niedersedlitz, war durch ertragslose Bahnunternehmungen an den Rand des Abgrunds geraten und riss die Kreditanstalt für Industrie und Handel, die ihr in einem die eigenen Kräfte weit übersteigenden Maße bis zur Höhe von fast neun Millionen Kredit gewährt hatte, mit ins Verderben.

Als die schwierige Lage der Kreditanstalt bekannt wurde, stürmten am 10. und 11. Juni die Geldeinleger ihre Kasse. Nur mit Hilfe einer Anzahl Banken in Dresden, Leipzig und Berlin brachte sie es fertig, mittels Liquidation ihre Geschäfte abzuwickeln, wobei sich ein Kapitalverlust von siebzehneinhalb Millionen Mark ergab. Die Kummer'sche Gesellschaft mit ihren Tochterunternehmungen fiel in Konkurs.

Kurz darauf brach infolge maßloser Kreditgewährung an eine Kasseler Firma die Leipziger Bank zusammen. Der Fall dieser früher hochangesehenen Anstalt erzeugte in weiten Kreisen der Besitzer ein solches Misstrauen gegen die Aktienbanken, dass am 25. Juni nicht nur die Filiale der Leipziger Bank selbst, sondern zugleich auch die Dresdner Bank einen Ansturm ihrer Einleger zu bestehen hatte.

Die Dresdner Bank, jetzt eine der größten in Deutschland, ging nicht in die Knie. Sie zeigte sich dem Sturm gewachsen.

Die Vorgänge im Bankwesen vermehrten die Schwierigkeiten der Kreditbeschaffung für die Industrie und beschleunigten deren Niedergang. Die Betriebseinschränkungen wurden fast allgemein, Lohnherabsetzungen und Arbeitslosigkeit nahmen einen bedenklichen Umfang an, bittere Not zog in viele Arbeiterfamilien ein. Zu den wenigen Gewerbszweigen, die noch eine aufsteigende Entwicklung zeigten, gehörten in Dresden immer noch die Fabrik von Seidel & Naumann, wie überhaupt die Fabrikation von Nähmaschinen, Pianofortes, fotografischen Papieren und Apparaten. Schwer dagegen war die elektrische und die Maschinenindustrie betroffen; am trübsten sah es im Baugewerbe aus.

Alexander sah sich gezwungen, sein Geschäft aufzugeben. Einige Nächte lang verbrachte er im Stall bei seiner Stute. Käthe hatte von ihrer Schwiegermutter erfahren, wo Alexander sich aufhielt. Sie hatte ihren Vater zu Rate gezogen, was jetzt zu tun sei, und er hatte ernst gesagt: »In einer solchen Lage darf eine Frau ihren Mann nicht im Stich lassen. Warte noch ein paar Tage, dann geh zu ihm und hol ihn heim. Alles Weitere wird sich finden.«

Auch wenn es ihr schwerfiel, weil sie den Eindruck hatte, Alexander spiele mit Geschäften herum, so wie sein Vater mit Karten gespielt hatte, und sie und ihr Vater müssten jetzt für die Schulden aufkommen, begab sie sich nach fünf Tagen, in denen niemand Alexander gesehen hatte, in den Stall. Alexander lag bei dem Pferd im Stroh. Er, der immer selbst in schwierigster finanzieller Situation ausgesehen hatte wie aus dem Ei gepellt, glatt rasiert und mit akkurat geschnittenem Schnäuzer, ähnelte einem vom Leben geschlagenen alten Mann. Käthe setzte sich zu ihm und legte seinen Kopf in ihren Schoß. Da fing er an zu weinen und krallte sich an ihr fest.

»Ich will sterben«, schluchzte er. Und nachdem sie ihm immer und immer wieder Kopf und Rücken gestreichelt hatte, richtete er das tränenüberströmte bärtige Gesicht auf und sagte flehend: »Käthe, ich war dir kein guter Mann, bitte verzeih mir!«

Käthe brachte kein Wort heraus. Zärtlich strich sie ihm übers Gesicht.

»Alles wird gut, Alex, alles wird gut«, flüsterte sie.

Am nächsten Tag, nachdem er im Bad gewesen war und sich wieder in sich selbst verwandelt hatte, kehrte Alexander ins Volpert'sche Haus zurück. Dort verlor keiner ein Wort über seinen Bankrott.

## 11

Am Morgen des 13. Juni 1905 wachte Lysbeth mit dem wohligen Nachgefühl eines beglückenden Traumes auf. Sie dachte, noch halb im Schlummer: »Was ist bloß so Schönes geschehen?« Dann fiel es ihr wieder ein. Heute war ihr elfter Geburtstag.

Doch da war noch etwas!

Ja, im Traum war die Elf mit einem Licht umgeben gewesen, und aus dem Licht war eine Gestalt getreten, die gesagt hatte: »Deine Träume sind ein Geschenk Gottes. Du musst nicht mehr lange warten, dann werde ich dich lehren, wie du mit ihrer Hilfe Gutes tust.«

Lysbeth setzte sich im Bett auf und rieb sich die Augen. Wem hatte die Gestalt geglichen? Nein, so in Licht getaucht, waren ihre Züge nicht erkennbar gewesen. Dennoch, an irgendjemanden hatte sie Lysbeth erinnert. Zumindest im Traum.

Es war lange her, dass sie solche Träume gehabt hatte, die sie bis in den nächsten Tag hinein verfolgten. Lysbeth hatte viel Sorgfalt darauf verwendet zu lernen, wie man direkt nach dem Aufwachen die Träume der Nacht vergaß. Seit Stellas Geburt vor sieben Jahren war es ihr leichter gefallen, weil sie allmorgendlich mit Freude und Neugier ihre Augen aufschlug, um ihre kleine Schwester zu betrachten, die im gleichen Bett noch selig schlief. Manchmal schien es Lysbeth, als seien über Nacht Stellas rote Locken gewachsen oder ihre schwarzen Wimpern hätten sich noch vollkommener gerundet.

So hatte sie ganz allmählich ihre bedrückenden Träume dorthin verwiesen, wohin sie gehörten, nämlich ins Dunkel der Nacht. Der helle Tag gehörte der kleinen Schwester.

Doch nicht heute Morgen. Lysbeth saß aufrecht im Bett und lauschte ihrem Traum hinterher. Zu gern hätte sie gewusst, an wen die Lichtgestalt sie erinnerte. Es war nicht ungewöhnlich für sie, dass ihr Lichtgestalten erschienen. Ihre Träume waren voll von Feen und Kobolden, von sprechenden Tieren und tanzenden Engeln; auf eine Lichtgestalt mehr oder weniger kam es nicht an.

In diesem Augenblick hörte sie, wie unten an die Tür gehämmert wurde.

Wer konnte in dieser frühen Morgenstunde so energisch Einlass fordern? Auf der Straße war es noch still. Im Haus ebenso. Eilig sprang Lysbeth aus dem Bett. Sie huschte lautlos zur Tür, um die Geschwister nicht aufzuwecken.

Während sie die Tür öffnete, drang ein leiser Laut von unten an ihr Ohr.

»Tante Lysbeth, du?« Die Stimme ihrer Mutter.

»Ja, mein Kind. Ich. Habe einen kleinen Morgenspaziergang gemacht.«

»Du bist den ganzen Weg hierher gelaufen? Mitten in der Nacht?« Käthe klang entsetzt.

Lysbeths Herz begann wie rasend zu klopfen. Die Lichtgestalt aus ihrem Traum war Tante Lysbeth gewesen! Kein Zweifel!

Sei nicht töricht!, schalt sie sich. Die Tante hat graue Haare und viele Falten. Die Lichtgestalt war schön!

»Pscht«, ermahnte Käthe die Tante. »Sprich leise! Wir wollen doch nicht alle aufwecken. Komm, lass uns in die Küche gehen, ich brau dir einen Kaffee.«

Der Wanderstock der Tante knallte laut über die Fliesen, als die beiden Frauen sich zur Küche entfernten.

»Pscht, Tante Lysbeth«, raunte die Mutter wieder. »Sei bitte leise!«

Lysbeth vernahm ein leises Kichern der Tante. Es klang, als würde Blech gegeneinanderscheppern.

»Du wunderst dich wohl, meine Kleine, dass ich hier aufkreuze, was? Keine Geburt, niemand halb tot, und die alte Lysbeth kommt trotzdem vorbei.«

»Du bist immer willkommen, Tante, das weißt du, aber es ist noch so früh!« Käthe schob die Tante in die Küche und schloss hinter ihr die Tür.

Selbst in dieser frühen Morgenstunde war die Luft schon warm und barg die Verheißung eines wunderbaren Sommertages mit einer Geburtstagsfeier auf dem Hof in sich.

Lysbeth lehnte sich weit über das Treppengeländer, und versuchte zu erlauschen, was die Tante und die Mutter in der Küche sprachen. Doch es war nur fernes Gemurmel. Barfuß ging sie langsam die Treppe hinab. Das Nachthemd wickelte sich um ihre Beine. Immer deutlicher wurde ihr, dass es die Tante war, die im Traum zu ihr gesprochen hatte.

Aus der Küche vernahm sie nichts als das leise Klirren von Porzellan. Plötzlich erklang die laute Stimme der Tante: »Ich bin absichtlich heute gekommen. Es ist der 13. Juni, Lysbeths Geburtstag. Ich bin fünfundsiebzig Jahre alt. Auch wenn ich putzmunter bin, muss ich daran denken, dass der Tod hinter jeder Straßenecke lauert. Da ich selbst keine Kinder habe und du dank meiner Hilfe kinderreich geworden bist, fordere ich eine Gegenleistung. Lysbeth soll meine Gaben übernehmen!«

Lysbeth zuckte zusammen. Aber nicht wegen der Worte der Tante, sondern weil in diesem Augenblick etwas zu Boden fiel und mit hellem Klang zerschepperte.

Lysbeth lauschte angestrengt.

In ihr jubelte es. Sie glaubte kein Wort, wenn andere Kinder sagten, ihre Tante Lysbeth sei eine Hexe. Und wenn schon! So eine Hexe machte ihr nicht die geringste Angst. Sie hatte Angst davor, sich auf ein Pferd zu setzen. Sie hatte Angst davor, dass sie ausgeschimpft würde, wenn sie sich an den von Alexander oder Stella ausgeheckten Streichen beteiligte. Sie hatte Angst vor Prügeleien. Aber sie hatte überhaupt keine Angst davor, bei der Tante in die Lehre zu gehen. Was es auch immer war, das die Alte sie lehren konnte, sie brannte darauf, es zu lernen.

»Nein, Lysbeth«, sagte da die Mutter so leise, dass das Mädchen es kaum verstehen konnte. »Ich bin dir wirklich dankbar. Ich will dir alles geben, was du willst.« Gequält fügte sie hinzu: »Aber doch nicht, wie in schlimmen Märchen, meine Tochter. Das kannst du nicht von mir verlangen!«

»Was für ein Blödsinn!«, brummelte die Alte. »Was für dummes Zeug du da von dir gibst. Ich will doch nicht dein Kind, ich will mein Wissen weitergeben, bevor ich sterbe. Und schon bei ihrer Geburt wusste ich, dass Lysbeth diejenige sein würde, die mein Erbe antritt.«

»Nein!«, schrie Käthe auf, und Lysbeths Herz schlug wieder rascher. »Geld, Geschenke, Lebensmittel, Vaters Möbel sind berühmt, aber nicht Lysbeth.«

»Himmel Herrgott«, schimpfte die Alte. »Hast du mir nicht zugehört? Ich will dein Kind nicht stehlen. Ich will ihr etwas geben!«

»Nein!«, entgegnete Käthe hart. Härter, als Lysbeth ihre Mutter jemals hatte sprechen hören. »Das Kind wird nicht deine Fähigkeiten lernen. Sie hat …« Käthe räusperte sich. »Sie hat … schlimme Träume gehabt, als sie klein war … ich will nicht, dass …«

»Schlimme Träume?«, fragte die Tante interessiert nach. »Wieso schlimm?«

Die kleine Lysbeth drückte fest ihre beiden Daumen in die Fäuste. »Lieber Gott«, murmelte sie lautlos, »ich wünsche mir nichts zum Geburtstag, ich möchte nur zu Tante Lysbeth in die Lehre gehen!«

»Ich will darüber nicht sprechen!«, beschied Käthe. »Bitte klär mich auf, was du vor deinem Tod weiterzugeben gedenkst!«

»Mein Großvater hat mich gelehrt, Warzen und Rosen aller Art zu besprechen. Die Behandlung der Kinderlosigkeit habe ich selbst gelernt ebenso wie alles andere, was man durch Kräuter behandeln kann. Für die Behandlung übermäßigen oder unerwünschten Kindersegens ist Lysbeth noch zu jung. Das will ich ihr nicht beibringen.«

In diesem Augenblick schob sich eine kleine Hand in Lysbeths fest geballte Faust. Lysbeth zuckte zusammen und blickte hinunter in zwei schelmische Augen. »Wie kannst du ...«, flüsterte sie empört.

»Pscht!« Stella legte den Zeigefinger auf ihre Lippen. Ihre Augen lachten, als wäre das alles ein wunderbarer Spaß.

Währenddessen hatte Käthe etwas in der Küche gesagt, das Lysbeth nicht richtig verstanden hatte. Es schien ihr, als hätte die Mutter sich bereit erklärt, dass sie das Erbe der Tante anträte. Doch das schien Lysbeth völlig albern zu sein.

Drinnen hakte die Tante noch einmal nach. Man hörte ihrem enttäuschten Ton an, wie sie dabei war, sich geschlagen zu geben. »Warzen und Rosen sind besprechbare Leiden, und diese Fähigkeit wird innerhalb einer Familie übertragen. Es handelt sich dabei nicht nur um ein Geschenk, sondern auch um eine Pflicht! Wenn du es übernehmen willst, akzeptiere ich es. Allerdings widerwillig. Ich glaube nicht, dass du die Richtige bist.«

»Ja, ich will es tun!«, erklärte Käthe da feierlich, und Lysbeths oft so bedrücktes Herz nahm seine übliche Last wieder auf. Sie griff nach der Hand der Schwester und zog sie hinter sich die Stiegen hoch.

»Los, wieder ins Bett!«, befahl sie leise. »Und kein Wort, hast du gehört?!«

Verschwörerisch legte Stella beide Hände auf ihren Mund. Ihre Augen funkelten wie blaue Sterne.

Der Geburtstag verlief wie die Geburtstage zuvor, nur dass das Wetter besser war und die Mutter schlechter gelaunt. Alexander ließ die

Kinder abwechselnd auf seiner Stute reiten, und alle jauchzten mit roten Wangen, allen voran die kleine Stella, die mit ihren sieben Jahren ritt wie der Teufel. Lysbeth hielt sich still abseits. Doch das fiel niemandem auf, da es nichts Besonderes war.

In der Folgezeit kam Tante Lysbeth einige Male am Vormittag, wenn alle Männer arbeiteten, und Käthe verbot den Kindern, sie in der Stube zu stören. Lysbeth versuchte, an der Tür zu lauschen, aber nachdem Käthe zweimal die Tür aufgerissen und sie an den Ohren gezogen hatte mit der beschämenden Bemerkung, sie benehme sich, als wäre sie fünf und nicht elf Jahre alt, ließ sie es bleiben.

Käthe lernte also, Warzen und Rosen zu besprechen. Die Tante unterrichtete sie lustlos, und sie lernte lustlos. Als die Stunden endlich vorbei waren, schien nicht nur Käthe erleichtert. Sie bedankte sich artig für die Weitergabe des wertvollen Wissens, und eine Stunde später hatte sie schon alles vergessen.

Sorgen belagerten ihren Kopf.

Ihre Kinder machten ihr Sorgen, mit denen sie nicht gerechnet hatte, weil ihre Mutter mit ihr nie solche Sorgen gehabt hatte.

Dritter hasste die Schule. Kaum war er zu Hause, warf er seinen Ranzen in die Ecke und stürmte hinaus. Wo er dann den Nachmittag verbrachte, wusste Käthe nicht, und wenn sie ihn fragte, erhielt sie nichtssagende Antworten.

Meistens war er bei seinem Vater, seinem Großvater oder Heinrich. Dann versorgte er die Pferde, und manchmal saß er sogar bei Heinrich auf dem Kutschbock. Dort verdiente er sich Geld, indem er den Damen die Tür aufhielt oder den Herren beim Aussteigen noch einmal kurz mit einem Lappen über die Schuhe wischte. Er war ein hübscher Junge. Sein schmales Gesicht mit der geraden Nase und den wasserblauen Augen drückte Wachheit und Neugier aufs Leben aus. Außerdem hatte er sich von seinem Vater dessen charmantes Lächeln abgeguckt, das er nun anwendete, wenn er den Damen die Tür der Kutsche aufhielt. Sie waren so bezaubert von ihm, dass keine mit dem Trinkgeld knauserte. Und manch eine fragte ihn, ob er nicht dann und wann bereitstehen könnte, um ihr beim Heimtragen irgendwelcher Einkäufe behilflich zu sein. Das schmeichelte ihm besonders, und er stellte sich so geschickt an, dass er bald ein paar Bürgersfrauen bei ihren Einkäufen nicht nur begleitete, sondern sie in Modefragen sogar beriet.

Das Geld behielt er für sich; seiner Mutter erzählte er nichts davon. Sein Vater war stolz auf seinen geschäftstüchtigen Sohn und verlangte nur manchmal, wenn er selbst grad knapp bei Kasse war, dass Dritter ihm etwas Geld lieh. Manchmal zahlte er es zurück, manchmal vergaß er es aber auch.

Dritter sparte sein Geld. Er wollte sich davon seinen größten Traum erfüllen, und zwar wollte er sich eine Kutsche kaufen. Dann würde er Phaidon vorspannen und nur noch herumfahren, den ganzen Tag lang. Zwischendurch würde er ins Waldschlösschen gehen und Bier trinken. Oder sich auf den Altmarkt zu den anderen Kutschern stellen und mit denen ein Schwätzchen halten. Auf keinen Fall aber würde er jemals wieder einen Fuß in die Schule setzen. Und er würde auch endlich seinem Großvater mitteilen, dass er nicht die geringste Lust hatte, Tischler zu werden. Womöglich verlöre er als Tischler einen Finger. Oder gar zwei. Oder er müsste ständig husten, weil der Holzstaub und der Leim sich ihm auf die Lunge legten. Nein, die Aussicht, Tischler zu werden, erfüllte ihn mit Ekel.

Dritter verfolgte seine Pläne heimlich. Aber Käthe spürte, dass sie ihren Sohn verlor. Sie wusste nicht, was ihn beschäftigte, womit er seine Zeit verbrachte, was für ihn wichtig war. Und wenn sie ihren Mann fragte, lachte der sie aus. »Dritter ist fast zehn Jahre alt«, sagte er. »Der hängt nicht mehr an deinem Rockzipfel, das ist ja wohl normal, oder?«

Käthe wollte das gerne glauben.

Lysbeth beunruhigte Käthe auch, anders zwar als ihr Sohn, aber auch bei ihr hatte sie das Gefühl, als vergrößere sich die Kluft zwischen ihnen zusehends. Lysbeth schien täglich zu wachsen, sie war ein hoch aufgeschossenes dünnes Mädchen mit langen ungelenken Armen und Beinen. Seit ihrem elften Geburtstag hatte sie sich verändert. Das erklärte Käthe sich damit, dass Stella sich seitdem so stark veränderte. Sie löste sich von ihrer großen Schwester und rannte ihrem Bruder Dritter hinterher, der sie zwar oft abwimmelte, oft aber auch mitnahm. Und als er feststellte, dass seine hübsche kleine Schwester das Wohlwollen der Herren steigerte, nahm er sie sogar häufiger mit.

Lysbeth zog sich immer mehr in sich selbst zurück. Sie half zwar bei der Hausarbeit, ging auch fleißig zur Schule, hatte aber nicht eine einzige Freundin. Käthe zermarterte sich den Kopf, was sie tun könnte, um zu ihrer Tochter wieder mehr Nähe herzustellen. Da fiel ihr ein, dass ihre Mutter und sie miteinander Romane gelesen hatten und ins Theater gegangen waren. Sie wusste wohl, dass Lysbeth gerne las, aber sie selbst hatte tagsüber keine Zeit, um irgendein Buch auch nur aufzuschlagen, und am Abend, wenn der Haushalt bewältigt und die Kinder im Bett waren, fielen Käthe die Augen zu.

Aber sie könnte einmal wieder ins Theater gehen! Der Gedanke reizte sie sehr. Das Hoftheater war weithin gelobt, seit Semper es wieder aufgebaut hatte, und Käthe war seitdem nicht ein einziges Mal dort gewesen.

Der Theaterbesuch wurde für Mutter und Tochter ein einmaliges Erlebnis. Schon bei der Vorbereitung verbrachten sie innige Stunden miteinander. Käthe entschied, dass Lysbeth ein neues Kleid bräuchte, ein Theaterkleid, wie sie sagte, denn aus dem Kleid, das sie vor einem halben Jahr zu ihrem Geburtstag geschenkt bekommen hatte, war sie schon wieder herausgewachsen. Da Meister Volpert seit dem Bankrott von Alexanders Geschäft noch stärker aufs Geld achtete, tat Käthe etwas, das sie selbst nie für möglich gehalten hatte und was einzig erklärbar war, weil sie wegen ihrer ältesten Tochter immer ein leichtes Schuldgefühl empfand: Sie ging ans Hochzeitskleid der Mutter und entnahm dem Beutel drei Goldtaler. Sie beruhigte sich damit, dass man die Differenz nur merkte, wenn man das Gold zählte. Und solltest du es zählen, lieber Vater, dachte sie spöttisch, wird dir nichts anderes übrig bleiben, als dein Geheimnis zu lüften.

Als sie die Taler auf der Bank eintauschte, stockte ihr der Atem, als ihr das Geld hingeschoben wurde. Damit hatte sie nicht gerechnet. Das reichte ja für drei Kleider!

Sie ließ Lysbeth ein smaragdgrünes Kleid schneidern, in dem das magere große Mädchen sehr hübsch aussah. »Davon erzählen wir aber niemandem«, sagte Käthe verschwörerisch, »sonst wollen alle anderen auch neu eingekleidet werden. Das ist jetzt unser Geheimnis!« Lysbeth sah sie misstrauisch an, und Käthe begriff schmerzlich, dass ihre Tochter nichts von Geheimnissen mit ihr hielt. Dennoch lächelte sie die Mutter dankbar an, als sie das schöne Kleid vor dem Theaterbesuch anzog und Käthe ihr die langen dünnen Haare zu Schnecken flocht und und über den Ohren feststeckte.

Es gab *Kabale und Liebe*. Lysbeth war so sehr von der Handlung auf der Bühne gefangen genommen, dass sie die Hände rang, den Atem anhielt, vor Trauer und Erbarmen weinte und seufzte. In der Pause flanierten Mutter und Tochter einträchtig durch den beeindruckenden Theaterbau, und Käthe erzählte dem Mädchen von den wundervollen Theaterbesuchen mit ihrer Mutter. Als sie nach Hause gingen, schob sich irgendwann Lysbeths Hand in Käthes, der es vor Rührung eng um die Brust wurde.

Danach war Käthes Tochter an das Theater verloren.

Sie begann, selbst kleine Theaterstücke zu schreiben und mit ihren Geschwistern aufzuführen. Als Käthe allerdings einmal zusah, erschrak sie sehr, denn das Personal setzte sich aus Menschenfressern, sprechenden Raben, die Zukunft voraussagenden Hexen und mit dem Rohrstock und sogar der Peitsche schlagenden Lehrern zusammen. Sie verbot Lysbeth, ihre Geschwister solche schrecklichen Dinge tun zu lassen, schließlich sei sie die Älteste und habe Verantwortung zu tragen.

Sie war auf die absonderlichen Spiele nur aufmerksam geworden, weil Johann gepetzt hatte. Ohnehin war er ein kleiner Petzer, der seine Geschwister bei der Mutter oder dem Großvater denunzierte, wo er nur konnte. Anfangs hatte Käthe ihn noch gelobt, da sie dachte, er wolle Schlimmes verhüten, als sie aber merkte, wie seine vier Geschwister ihn kaum noch eines Blickes würdigten und der Junge auch mit sechs Jahren immer noch an ihrem Rockzipfel hing, verbot sie ihm das Petzen bei Prügelstrafe des Großvaters. Denn sie selbst brachte es nicht fertig, die Hand gegen eins ihrer Kinder zu erheben.

Die tatsächlich größten Sorgen aber machte ihr Stella. Dabei ereignete sich nichts gravierend Schlimmes. Stella entwickelte sich zwar zur Anführerin der Geschwister, wenn es galt, neue Spiele auszudenken oder Streiche auszuhecken, auch drückte sie sehr drastisch ihre Meinung aus, Gott habe einen schlechten Augenblick erwischt, als er die Gattung der Lehrer schuf. Zudem vermied sie sehr erfolgreich, sich an der Hausarbeit zu beteiligen, und außerdem vermied sie angelegentlich jede Unterweisung im Kochen. Aber sie lernte rasch zu lesen und zu schreiben. Sie benahm sich höflich Erwachsenen gegenüber, und sie aß manierlich und war nicht aufsässig.

Das alles beunruhigte Käthe nicht, wenn sie ihre Tochter anschaute.

Es gab zwei Dinge, die ihr den Schlaf raubten, wenn sie an Stella dachte. Das eine war ihre Schönheit. Nun, nicht eigentlich die äußere Schönheit. Viele Mädchen waren hübsch. Aber Stella besaß etwas, das die anderen Mädchen nicht hatten. Etwas schwer Greifbares. Um sie herum lag ein Strahlen. Wenn Stella ins Zimmer trat, veränderte sich etwas. Dieses Etwas war schwer fassbar. Aber es bewirkte, dass alle den Kopf hoben und sie anschauten. Und es bewirkte, dass sich ein Ausdruck von Staunen auf die Gesichter der Männer schlich. Oder ein blödes Lächeln. Oder sogar eine lüsterne Gier.

Dabei war Stella noch keine zehn Jahre alt.

Das zweite, was Käthe beunruhigte, war, dass Stella hinter Fritz herlief wie ein Fohlen hinter der Mutter. Soweit Käthe es beurteilen konnte, lockte Fritz seine heimliche Tochter nicht einmal. Es gab nur so ein eigenartiges Einverständnis zwischen ihnen. Und unerklärlicherweise war er immer da, wenn Stella irgendwie Hilfe brauchte. Sei es, dass sie sich verletzt hatte, ihr großer Bruder auf sie losging, dass sie vom Pferd gefallen war und sich eine Rippe geprellt hatte. Es gelang ihr immer, diese Dinge vor allen, einschließlich Käthe, so geschickt zu verbergen, dass niemand es bemerkte. Aber Fritz. Der fragte so lange nach, bis er den Hergang des Unfalls kannte und fuhr mit Stella nach Laubegast zu Tante Lysbeth, damit diese heilende Umschläge machte.

Was, so fragte Käthe sich ein ums andere Mal, wenn sie die Eintracht der beiden beobachtete, was wäre, wenn es Alexander auffiele? Wenn sich in solchen Augenblicken Fritz' und ihr Blick trafen, las sie die Antwort in seinen Augen: Na und?

Ein trotziges, aufsässiges »Na und?«.

Nach Johanns Geburt und ihren Fieberdelirien hatte sich etwas zwischen Fritz und ihr verändert. Als wäre er selbstbewusster geworden. Als wäre er sich seines männlichen Wertes bewusster. Er litt weniger. Es schien Käthe, als hätte er eine Entscheidung gefällt, die ihm Stärke gab. Und diese Entscheidung schien zu lauten: Ich betrachte mich als deinen eigentlichen Mann. Wenn du es wagen willst, bekenne ich mich zu dir. Wenn du es nicht wagst, bekenne ich mich trotzdem zu dir.

Käthe sehnte sich nach Fritz, nach seinen Händen, seinem Geruch. Und seit jener Nacht sehnte sie sich auch danach, dass er sie in Besitz nehmen möge. Sie sehnte sich danach, sein zu sein. Sie wollte ihm gehören.

Ja, und sie war eifersüchtig auf ihre Tochter. Denn sie selbst sehnte sich nach der Nähe zu Fritz, die Stella mit ihm erlebte. Das war vielleicht das Beunruhigendste an der ganzen Angelegenheit.

Außerdem hörte sie nicht auf, Lieschen und Fritz mit Argusaugen zu verfolgen. Lieschen war kürzlich dreißig Jahre alt geworden. Nach der Totgeburt war sie ein paar Wochen zu Hause geblieben, wo Tante Lysbeth sie regelmäßig besucht hatte. »Es ist nicht so sehr ihr Körper«, hatte die Tante Käthe erklärt, »es ist vielmehr ihre Seele, die sich nicht wieder erholen will.«

Irgendwann hatte die Tante Käthe gebeten, Lieschen zu besuchen und mit ihr ein ernstes Gespräch darüber zu führen, dass sie im Haushalt dringend gebraucht würde. Käthe war eigentlich schon recht froh gewesen, die ständige Beunruhigung durch Lieschens verliebte Augen los zu sein und hatte sich schon nach einer neuen Haushaltshilfe umgeschaut, einem hässlichen jungen Mädchen. Doch Tante Lysbeth hatte gar keinen Zweifel daran gelassen, dass es Käthes moralische Pflicht war, sich um Lieschen zu kümmern. »Sie ist seit mehr als zehn Jahren bei dir, sie muss doch fast wie eine jüngere Schwester sein!«, hatte sie mit mahnendem Blick gesagt. »Ich verstehe nicht, wieso du nicht schon lange bei ihr warst!« Da schämte Käthe sich. Natürlich hatte sie sich hinter ihrer eigenen Schwäche verstecken können. Aber nicht vor sich selbst.

Wenige Tage später war es besprochen und verabredet: Lieschen würde ihren Dienst im Volpert'schen Haushalt baldmöglichst wieder aufnehmen. Und selbst wenn Sebastian zurückkäme, würde Lieschen ihn nicht mehr haben wollen.

Seitdem hatte Meister Volpert nur noch einen Gesellen, und das erwies sich als eine recht ökonomische Lösung.

Und Käthe beschwor von Zeit zu Zeit den Satz ihrer Mutter: »Man gewöhnt sich an alles!«

## 12

Lysbeths Konfirmation würde ihr wie ihrer ganzen Familie noch lange unvergesslich sein. Allerdings behielten alle etwas anderes im Gedächtnis. Die Konfirmandin war schon Tage vorher sehr aufgeregt. Dafür gab es viele Gründe. Zum Beispiel hatte sie zum ersten Mal im Leben eine Freundin: Paula, die sie im Konfirmandenunterricht kennengelernt hatte. Sie hatten sich sofort verstanden, nachdem eine von beiden das Wort »Theater« in den Mund genommen hatte. Außerdem begannen Lysbeths flache Brüste etwas zu schmerzen, die Höfe um die winzige Warze in der Mitte röteten sich, und darunter bildete sich ein kleiner Hügel. Kaum der Rede wert, aber Lysbeth hoffte sehr, dass sie nun vielleicht stärker das Aussehen eines weiblichen Wesens annehmen würde.

Und dann gab es noch ein Abenteuer in ihrem Leben: Seit einiger Zeit schrieb Lysbeth Liebesbriefe an einen imaginären Mann. Dass der Mann Schauspieler war und Paul hieß, war reiner Zufall. In Lysbeths Phantasie kam dieser Schauspieler zufällig in die Frauenkirche, die ja dicht beim Hoftheater lag, während Lysbeth eingesegnet wurde. Dort entdeckte er sie, und sein Herz entflammte im Nu für sie. Von diesem Augenblick an würde sich Lysbeths Leben verändern. Denn Paul würde einen Eroberungsfeldzug unternehmen, zu dem unter anderem gehören würde, dass er Lysbeth als seine Partnerin auf die Bühne holen würde. Und so weiter. Tagebuchseiten füllende Phantasien.

Auch Käthe beschäftigte sich wochenlang vorher mit dem Fest, das stattfinden sollte, um Lysbeths Übergang ins Erwachsenenleben zu feiern. Es war ihr nicht entgangen, dass die Kleine sich erstmals verliebt hatte. In den Schauspieler Paul Wiecke, also nur platonisch, aber Käthe bemerkte alle Anzeichen von glühender Verliebtheit bei ihrer Tochter.

Lysbeth hatte dem Schauspieler hinter dem Rücken der Mutter

eine Ansichtspostkarte geschickt mit seinem Porträt und um Rücksendung mit seiner Signatur gebeten. Sie hatte nicht bedacht, dass die Post morgens kam, wenn sie in der Schule war. Als Käthe ihre Tochter fragte, wieso Paul Wiecke ihr einen Brief schicke, adressiert in Lysbeths eigener Schrift, errötete das blasse Kind und brachte stammelnd die Wahrheit heraus. Da tat es Käthe schon furchtbar leid, dass sie das ungelenke Mädchen in diese Verlegenheit gebracht hatte. Sie nahm sie schnell in den Arm, was ein unmittelbares Versteifen des ganzen Körpers ihrer Tochter zur Folge hatte. »Ich habe so etwas auch gemacht, als ich in deinem Alter war«, log Käthe lächelnd, zufrieden, dass Lysbeths Gesichtsröte sich verflüchtigte.

Von nun an hielt Käthe ein wachsames Auge auf das Kind, damit sie sich nicht kompromittierte. Sie hatte von Paulas Mutter erfahren, dass manche Backfische dem Schauspieler nach der Vorstellung am Bühnenausgang auflauerten, um ihm Blumen zu schenken. Paulas Mutter war ebenso glücklich über die neue Freundschaft der Mädchen wie Käthe, allerdings aus einem völlig anderen Grund. Sie hoffte nämlich, dass die brave ruhige Lysbeth einen wohltuenden Einfluss auf ihre unbändige Tochter ausüben könnte. Käthe indes war zufrieden, weil Lysbeth nicht mehr allein war. Ohnehin war sie äußerst einverstanden mit Lysbeths Theaterbegeisterung. So kam in die blassen ängstlichen Augen ihrer Tochter ein feines Leuchten, ihre langen dünnen Glieder bewegten sich manchmal, wie probeweise, so anmutig, wie Clara Salbach es auf der Bühne tat.

Wenige Wochen vor der Konfirmation schloss Eckhardt sich der Theaterbegeisterung seiner Schwester an. Käthe war hochzufrieden deshalb. Nun verbrachten ihre beiden stillen Kinder viel Zeit miteinander, steckten die Köpfe zusammen, um Spielpläne zu studieren, lasen gemeinsam neue Theaterstücke und diskutierten, als gelte es die Welt neu zu erklären.

Noch vor einem Jahr war Käthe voller Sorgen um ihre Tochter gewesen, und nun entwickelte sich alles so gut. Sie beglückwünschte sich zu ihrer Idee, mit Lysbeth ins Theater zu gehen. Kaum hatte sie sich wegen ihrer Kinder etwas entspannt, klopfte Alexanders Lehrer, Herr Troge, bei ihr an die Tür. In zwei Tagen sollte die Einsegnung sein, Käthe war in der Küche gerade mit Vorbereitungen für das Fest beschäftigt. Lehrer Troge offenbarte ihr, dass Alexander die Klasse wiederholen müsste, weil er seine Hausaufgaben nicht mache und auch in der Schule so faul sei, dass er nicht länger tragbar sei. Käthe bot ihm einen Kaffee und ein Stück Kuchen an, hörte ihm schweigend zu und sagte schließlich: »Ich werde mit meinem Mann darüber sprechen. Und ich werde dafür sorgen, dass Alexander von nun an fleißiger wird.«

Sie verschwieg das Gespräch mit Herrn Troge vor ihrem Mann und auch vor ihrem Vater, weil sie keinen Schatten auf Lysbeths Feier fallen lassen wollte. Ein Gespräch mit Alexander schob sie bis nach der Konfirmation auf.

Am Samstagabend bereits kam Tante Lysbeth aus Laubegast, um bei ihnen zu übernachten. Sie wolle auf keinen Fall riskieren, die Kirche zu verpassen, so erklärte sie ihr frühes Kommen. Und schließlich habe sie so oft in der Stube auf der Chaiselongue oder sogar auf dem Boden daneben geschlafen, dass sie sich dort schon recht zu Hause fühle.

Lysbeth freute sich riesig über den Besuch der Tante. Am Abend erzählte sie ihr vor dem Einschlafen noch mit ungewohnter Lebhaftigkeit von der letzten Theateraufführung, der sie beigewohnt hatte. Sie hatte Paul Wiecke in *Nora* von Ibsen gesehen. Obwohl Käthe protestiert hatte, dies sei kein Stück für Kinder, war sie dann doch auf Lysbeths inständige Bitten mit ihr hingegangen. Die Tante lauschte aufmerksam ihrer jungen Namensvetterin, und als die Kleine fragte, ob die Tante vielleicht interessiert sei, einmal etwas vorgelesen zu bekommen, was Lysbeth selbst geschrieben habe, nickte sie ernst und voll ehrlichen Interesses.

Doch als Lysbeth gerade ihre Schreibkladde öffnete, befahl Käthe: »Mach dich jetzt fertig und geh ins Bett. Morgen ist ein wichtiger Tag. Ich will dich nicht mit Schatten unter den Augen sehen.«

Lysbeth gehorchte schmollend, erst besänftigt, als die Tante sagte, sie werde ihr im Bett noch eine Geschichte erzählen. Nun schmollte zwar Käthe, aber die beiden Lysbeths taten, als würden sie es nicht bemerken.

Die Geschichte war kurz und handelte von einem Mädchen, das manchmal Dinge träumte, die dann in der Zukunft geschahen. Dieses Mädchen wurde an den Hof des Königs geholt, der seine gesamte Politik nach ihren Träumen ausrichtete. Und außerdem heiratete er sie. Und sie bekamen ein Kind, eine Tochter, die zur allgemeinen Freude die Gabe der Mutter geerbt hatte. So blieb das Glück des Reiches noch lange gesichert.

Lysbeth lauschte mit angehaltenem Atem. Sie war mit ihren dreizehn Jahren eigentlich schon zu alt für Märchen, aber dieses zog sie in seinen Bann.

Am Ende gab die Tante ihr einen Kuss auf die Stirn und sagte, als sei es das Selbstverständlichste auf der Welt: »Ich habe übrigens deine Geburt vorhergeträumt, deshalb konnte ich rechtzeitig kommen, um deiner Mutter zu helfen. Ist es nicht wunderbar, Ereignisse vorwegzuträumen?«

Lysbeth nickte. Ja, das war wirklich wunderbar. Nur leider hatten ihre eigenen Träume immer von im Blut tanzenden Fingern, Bränden, ertrinkenden Kindern, Tod und Angst gehandelt, und niemand hatte Gutes davon gehabt. Die Tante strich ihr über die Stirn, als wolle sie die Gedanken dahinter beruhigen. »Später erzähle ich dir von Kassandra«, murmelte sie. »Jetzt schlaf!«

Doch Lysbeth schlief erst gegen elf ein, um gegen sechs zu erwachen. Sie war entsetzlich aufgeregt.

Ehe sie zur Kirche gingen, erhielt sie Geschenke. Von ihrem Papa eine Halskette, von Tante Lysbeth einen goldenen Ring mit einem viereckigen Rubin, über den eine winzige goldene Schlange kroch. Er erregte allgemeine staunende Bewunderung. Von ihrem Opa bekam sie ein Besteck, bestehend aus Löffel, Teelöffel und Serviettenring, und von ihrer Mama ein großes Buch mit Theaterstücken von Goethe. Fritz kam zum Frühstück und schenkte ihr ein goldenes Kettenarmband mit einem vierblättrigen Kleeblatt als Anhänger. Als sie bei Tisch saßen, erschien Lieschen, die neuerdings eigenartigerweise mit Bibelzitaten um sich warf, und schenkte ihr ein Gesangbuch für die Kirche.

Um halb zehn trafen sie in der Frauenkirche ein. Die ersten Mädchen hatten schon ihren Platz im Altarraum eingenommen. Der Prediger hielt eine seltsame Rede, in der er sie fragte, ob sie Jesus oder Barrabas wählen und zu ihm halten wollten. Die Jungs lachten und feixten unablässig, was einige der Mädchen zu gouvernantenhafter Empörung hinriss. Zuerst wurden die flegelhaften Knaben eingesegnet, dann wurde ein Lied gesungen, und dann kam der große Augenblick für die Mädchen. Die Ersten schritten zum Altar. Schließlich nahmen Lysbeth und Paula ihren Platz in dem Betgestühl an der linken Seite ein. Der Pastor nannte laut ihre Namen und gab ihnen den von ihnen selbst erwählten Spruch »Sei getreu bis zum Tod, spricht der Herr, so will ich dir die Krone des Lebens geben« mit auf den Weg. Diesen Spruch hatte Lysbeths Urgroßmutter, wie Käthe ihr erzählt hatte, die es wiederum von ihrer Mutter überliefert bekommen hatte, in ihrer Sterbestunde vor sich hingemurmelt. Nachdem er allen übrigen ihren Spruch gegeben hatte, sagte er etwas, das Lysbeth nur unvollständig mitbekam, als würde sie die Finger an die Ohren halten und immer auf und zu drücken, wie sie es als Kind oft getan hatte. »Seliger Geist«, vernahm sie, »Schirm und Schutz vor allem Übel … gehet hin in Frieden … Amen.«

»Amen«, wiederholte Lysbeth mit den anderen. Dann führte sie, wie es mit dem Pastor abgesprochen war, die Abteilung hinter dem Altar herum auf ihre Plätze zurück.

Zu der anschließenden Feier kam auch Dr. Södersen, der Lysbeth ein Theaterabonnement für die nächste Spielzeit schenkte, und natürlich die Großeltern Wolkenrath mit einem peinlichen Geschenk: bestickte Taschentücher mit Spitze drumherum. Und es gab Erdbeerbowle. Noch nie in ihrem Leben hatte Lysbeth Bowle getrunken. Sie wurde sehr lustig und musste häufig kichern.

Irgendwann sprachen sie am großen Tisch übers Theater, dann über die Oper, und Lysbeth, die scheue, kaum sichtbare Lysbeth, ergriff das Wort und sagte: »In der Deutschstunde sprachen wir neulich über die Oper, und – oh Wunder – mein Deutschlehrer Schwenke entwickelte dieselben Ansichten, wie ich sie schon so oft gedacht habe. Er sagte: ›Die Oper ist doch eigentlich nur ein Mischmasch von Poesie und Musik. Wenn ich Musik höre, schließ ich am liebsten die Augen. Die Oper wirkt außerdem oft recht unnatürlich und jeder muss doch zugeben, dass im Drama ein viel höherer Gehalt steckt.‹«

Dr. Södersen nickte gewichtig. »Ja«, brummelte er, zufrieden zustimmend, »wie gut, dass ich nicht allein stehe mit meiner Ansicht. Nun brauche ich mich nicht für ungebildet und geschmacklos zu halten. Ich finde die Oper nämlich entsetzlich anstrengend.«

Großmutter Wolkenrath widersprach empört: »Aber die Oper ist doch ein wichtiges Kulturgut, verehrter Doktor!« Als er abwehrend mit der Zigarre herumfuchtelte und dabei unverständliche Worte murmelte, fügte sie mit spitzer Stimme hinzu: »Natürlich nur zu gustieren von Menschen, die sich die Mühe machen, Musik und Text gleichermaßen verstehen zu wollen!«

Lysbeth, von der Erdbeerbowle ungewohnt redselig geworden, hörte der Großmutter nicht weiter zu. Sie wandte sich an Dr. Södersen und schwärmte vom Theater. Sie lobte den ganz hervorragenden Schauspieler Paul Wiecke in höchsten Tönen.

»Mir gefallen ganz besonders seine Beinkleider!«, sagte Dr. Södersen sehr ernst, und Lysbeth, die diese Vorliebe durchaus teilte, fühlte sich sehr verletzt von dem Lachen, in das die Erwachsenen jetzt ausbrachen. Sie wollte gerade ernsthaft sagen, dass Beinkleider auf einer Bühne durchaus von Bedeutung seien, da begann ein Kicksen in ihrer Stimme, das sich zu einem Schluckauf steigerte.

Als Lysbeths Schluckauf gar nicht wieder aufhörte und auch die anderen Kinder ein sehr betrunkenes Kichern anstimmten, erhob Käthe sich und scheuchte alle ins Bett. Die Kinder stoben nach oben. Käthe stieg langsam die Stufen hinterher. Sie hörte noch, wie Tante Lysbeth unten sagte: »Irgendeiner muss ihr helfen. Fünf Kinder ins Bett zu bringen, ist Schwerarbeit. Also?«

Lieschen war schon nach Hause gegangen. Käthe graute davor, dass ihre Schwiegermutter gleich nach oben stapfen und alles durcheinanderbringen würde. Da stand Fritz schon neben ihr. Eine Sekunde lang war sie vor Angst erstarrt, dann sah sie sein Lächeln und entspannte sich.

Gemeinsam brachten sie die Kinder ins Bett.

Ohne Absprache wusste jeder, was er zu tun hatte. Käthe übernahm die Aufsicht über die abendliche Reinigung, Fritz setzte sich an die Betten, sorgte für Ruhe und erzählte schließlich eine Geschichte, der auch Käthe lauschte. Eine Geschichte von einem Mann, der eine Frau liebte, die aber einem Ungeheuer versprochen war. Dieser Mann bat nun die Götter um eine Chance, die Frau zu erobern, und die Götter sagten, er müsse drei Prüfungen bestehen. Der Mann machte sich auf den Weg. Mit jeder Prüfung wurde er stärker, reifer, weiser. Am Schluss hatte er weiße Haare, und ein Zahn war ihm ausgefallen, aber er kannte den Zauberspruch, mit dem er die Frau aus den Fängen des Ungeheuers befreien konnte. Ganz leicht, ein Spruch nur. Die Frau hatte inzwischen auch graue Haare bekommen, und auch ihr war ein Zahn ausgefallen, aber beide stürzten einander in die Arme und liebten sich, als wären sie am Beginn ihres Lebens.

Käthe wischte eine Träne aus ihrem Augenwinkel.

Die Kinder waren alle eingeschlafen.

Nur Stella sah mit großen Augen auf Fritz. »Haben sie ein Kind bekommen?«, fragte sie.

Käthe stockte der Atem.

»Na klar«, antwortete Fritz leichthin und strich die Decke über Stella glatt. »Wenn ein Mann und eine Frau sich lieben, bekommen sie ein Kind. Das ist doch klar.«

»Mit weißen Haaren und ohne Zahn?«, fragte Stella sehr zweifelnd.

Käthe kicherte leise. Fritz schluckte. »Ach, weißt du«, sagte er langsam, »wenn zwei Menschen sich sehr lieben, dann werden Wunder wahr. So ist es, und so wird es immer sein. Und jetzt schlaf!«

Stella seufzte und schloss die Augen.

Fritz griff nach Käthes Hand. Gemeinsam verließen sie das Kinderschlafzimmer. Vor der Tür presste er sie gegen die Wand und küsste sie. Ewig, so schien es Käthe. Und noch ewiger hätte es weitergehen sollen. Da hörten sie schwere Schritte auf der Treppe. Schnell lösten sie sich voneinander und gingen Meister Volpert entgegen. Er sah sie kaum an.

»Ich bin müde«, sagte er, »gute Nacht!«

Die Tafel unten hatte sich gelichtet. Die Großeltern Wolkenrath waren gegangen, ebenso Dr. Södersen. Lysbeth bereitete gerade ihr Lager auf der Chaiselongue vor. Allein Alexander saß mit glasigen Augen am Tisch.

»Komm her, mein Schatz!«, rief er Käthe zu. »Komm her und trink einen Gutenachttrunk mit deinem Mann!«

Käthe wollte unwillkürlich zu Fritz' Hand greifen. Doch der warf ihr einen warnenden Blick zu und verabschiedete sich mit einem »Allseits gute Nacht!«.

»Jetzt raus hier!«, befahl da Lysbeth. »Ich will schlafen!«

Käthe drehte sich auf dem Absatz um und ging nach oben. Sie

machte sich fertig, so schnell sie konnte. Bevor Alexander kam, wollte sie eingeschlafen sein. Zumindest wollte sie so tun.

## 13

Käthe, die nie eine Schule besucht hatte und dies sehr bedauerte, hatte dafür gesorgt, dass all ihre Kinder eingeschult wurden. Auch die Mädchen. Es war nicht schwer gewesen, ihren Vater und ihren Mann davon zu überzeugen, dass die Kinder für eine erfolgreiche Zukunft mehr als eine vierjährige Volksschule brauchten.

In der Zeit des hohen Aufschwungs von Industrie und Handel vor der Jahrhundertwende war viel dafür getan worden, dass die Jugend in der Schule auf das gewerbliche Leben vorbereitet wurde. Die besten Erfolge erzielte darin die sechsjährige Realschule. Also hatte Meister Volpert dafür plädiert, dass Eckhardt und Dritter auf die Realschule gehen sollten. Die erste städtische Schule dieser Art, die 1890 mit den drei untersten Klassen und 54 Schülern in der Johannstadt eröffnet worden war, umfasste ein Jahrzehnt später schon fünfzehn Klassen mit fünfhundert Schülern. Diese Schule besuchten Eckhardt und Dritter. Eckhardt eher unlustig, weil er sich dort langweilte und viel lieber aufs Gymnasium gegangen wäre, wo er Latein und Griechisch hätte lernen können, Dritter, weil er den ganzen Lernkram langweilig und überflüssig fand.

Meister Volpert, der beide Jungs aufmerksam beobachtete, plädierte nach zwei Jahren Realschulzeit dafür, dass Eckhardt aufs Gymnasium überwechseln solle und Dritter zur Gewerbeschule.

Seit 1901 war nämlich die ehemals von Privatschuldirektor Clauß unterhaltene Gewerbeschule von der Stadt übernommen worden. Die Schule war nach einer durchgreifenden Reform und mit einem hohen Kostenaufwand in die Dürerstraße verlegt worden, wo in einem mit Werkstätten und Lehrmitteln vorzüglich ausgestatteten Gebäude für die Fortbildung junger Handwerker gesorgt werden sollte. Dritter sollte Tischler werden, für ihn war diese Schule genau das Richtige.

Alexander aber legte ein striktes Veto gegen seinen Schwiegervater ein. Es ginge überhaupt nicht an, so argumentierte er, dass seine Söhne in zwei unterschiedliche Schulen geschickt würden. Entweder gingen beide aufs Gymnasium oder beide auf die Gewerbeschule.

Meister Volpert schüttelte ungläubig den Kopf über seinen ignoranten Schwiegersohn, der offenbar nicht begriffen hatte, dass er einen sehr klugen und einen sehr faulen Sohn hatte. Fortan kümmerte er sich nicht mehr um die Schulangelegenheiten der Jungs, sorgte aber dafür, dass Eckhardt bei einem Privatlehrer Latein- und Griechischunterricht erhielt. Einig waren sich alle Männer, sogar Fritz, darin, dass es den beiden guttäte, zu den Pfadfindern zu gehen. Was Alexander, sobald er zehn Jahre alt war, mit Begeisterung tat, Eckhardt hingegen eher widerwillig.

Es war nicht einfach gewesen, für die Mädchen eine Schule zu finden, die nichts kostete und der Tatsache gerecht wurde, dass beide bei der Einschulung bereits lesen und schreiben konnten.

Die Schulen für Mädchen wurden im Allgemeinen verstanden als »Höhere Töchterschulen«, das heißt Schulen für Mädchen aus sogenannten gebildeten Familien. Dazu gehörten keine Handwerkerfamilien.

Noch Ende des vergangenen Jahrhunderts war die ursprünglich private Töchterschule von Bochow in städtisches Eigentum übergegangen. Das hatte alle aufhorchen lassen, die ihre Töchter auf eine Schule schicken wollten, auch Käthe. Die Stadt hatte für diese Schule ein neues prächtiges Gebäude auf dem früheren Gartengrundstück der Prinzessinnen von Schleswig-Holstein an der Wasserstraße, Paulinengarten genannt, errichten lassen. Am 7. Oktober 1902 war Einweihung gewesen. Damals hatte Käthe versucht, Lysbeth anzumelden, aber nachdem sie ihren Namen genannt hatte, wurde ihr verlogen freundlich mitgeteilt, dass alle Plätze bereits vergeben seien.

Also ging zuerst Lysbeth und dann auch Stella auf eine evangelische Mädchenschule, wo sie wenig mehr als elementares Wissen beigebracht bekamen. Eine Privatschule für beide Mädchen kam nicht in Betracht. Meister Volpert versuchte ohnehin seit 1901, Alexanders Schulden aus dem Bankrott zu begleichen, außerdem musste er die ganze große Familie ernähren. Er klagte zwar nicht, aber Käthe sah, wie sein Rücken sich allmählich unter der Last beugte. Als er von Privatschulen zu sprechen anhob, widersprach sie kategorisch.

Mit dreizehn Jahren wiederholte Alexander zum zweiten Mal die Klasse. Es widerte ihn an, zur Schule zu gehen. Das Einzige was ihm gefiel, war der Naturkundeunterricht. Da ging es um Dinge, über die er Bescheid wusste: Tiere, Erde, Bäume. Besonders unterhaltsam fand er die Versuche: Ameisen beobachten, wie sie sich wiederfanden, wenn man sie störte, Frösche zerschneiden und Insekten fangen und pressen. Er machte eifriger mit als die anderen Milchbübchen in seiner Klasse, die sich oft zierten, wenn es darum ging, zuckendes Fleisch zu zerteilen. In diesem Fach war er der Beste.

Auch über Störche wusste er eine Menge, nicht nur deshalb, weil sein Lehrer Storch hieß und es Dritter Spaß machte, etwas über das Paarungsverhalten der Störche an die Tafel zu malen, bevor der Unterricht begann.

Oberlehrer Storch liebte seinen übereifrigen Schüler nicht. Und manches Mal übersah er einfach seinen Finger, der sich wedelnd in die Höhe reckte, und rief einen anderen Knaben auf. Nicht selten warf Alexander Wolkenrath dann seine Antwort ungefragt in die Klasse.

So auch an jenem Tag.

Oberlehrer Storch hatte Dritter missachtet, woraufhin dieser laut vorsagte, als Heini Fischer nicht wusste, wie viele Zehen ein Pferd habe. Storch machte zwei lange Schritte auf Dritters Pult zu, holte mit dem Rohrstock aus und schlug Alexander auf die Handflächen. »Vorsagen ist verboten!«, keifte er mit hoher Stimme.

Alexander, impulsiv und mit dreizehn bereits kräftiger und größer als der Oberlehrer Storch, drehte vor dem zweiten Schlag die Hände um und schnappte nach dem Stock. Er besaß gerade noch so viel Selbstkontrolle, nicht auf den Lehrer loszugehen, hielt den Stock aber drohend in der Hand, bis der Lehrer mit knappen hastigen Schritten die Klasse verließ. Kurz darauf erschien der Rektor, fand den Rohrstock auf dem Katheder wieder und Alexander in seiner Bank sitzend, wo er treuherzig beteuerte, den Herrn Storch niemals angegriffen zu haben. Der Rektor, leicht verwirrt, befragte die Klasse, die einmütig den Kopf schüttete, nein, man habe nichts gesehen.

»Nun«, beschied der Rektor, zackig mit kaltem Blick. »Für heute ist der Unterricht beendet. Wer mir einen Besuch abstatten möchte oder auch die Eltern schicken, klopfe nur an meine Tür, ihr wisst ja, wo ich wohne.«

Alexander bekam nie heraus, welcher seiner Mitschüler der Einladung des Rektors Folge geleistet hatte. Am folgenden Tag bereits wurde er vom Pedell daran gehindert, die Klasse zu betreten.

Als er die Schule verließ, formierte sich auf der Treppe um ihn herum eine kleine Gruppe von Jungs aus seiner Klasse, die mit schadenfrohem Grinsen sagten: »Na, im hohen Bogen von der Schule geflogen, was?«

So schnell sie konnten, brachten sie sich in Sicherheit, denn Alexanders Fäuste flogen brutaler als je zuvor.

Natürlich ging er nicht sofort nach Hause, und er erzählte dort auch keinem von dem Rausschmiss. Daheim ließ er sich nur noch blicken, wenn er Hunger hatte. Er tat so, als würde er weiter zur Schule gehen. Mehr als eine Woche lang.

Bis schließlich alles aufflog. Eine Gruppe vorlauter Jungen kicherte hinter seinem Vater her, als er durch die Straßen ritt, und rief: »Hoch zu Ross, die Wolkenraths, Dritter schlug den Lehrer, ja, er tat's, auch wenn dabei kein Blut nicht floss, macht die Schul für ihn jetzt zu das Schloss!« Als Alexander sein Pferd wendete und sie zur Rede stellen wollte, waren sie in alle Richtungen zerstoben und verschwunden. Er fing Dritter in der Küche ab, wo der gerade ein Butterbrot vertilgt hatte, und verabreichte ihm eine Tracht Prügel, die der Junge sein Leben nicht vergessen sollte.

»Schandfleck … alle lachen … und du willst mein Sohn sein …«, zwischen zusammengepressten Zähnen keuchte er unzusammenhängende Worte. Er vergaß sich völlig, schlug wild drauflos, und Dritter, gleich groß wie der Vater, ließ es diesmal geschehen. Er fing nicht einmal die Schläge ab, mit hängenden Armen ließ er sich verprügeln. Erst Meister Volpert machte dem Spuk ein Ende.

»Schluss!«, befahl er. »Schluss jetzt. Ich hab den Jungen auf der Privatschule angemeldet, ein anständiger Abschluss muss sein.«

Alexander der Vater gab einen verzweifelten Schluchzer von sich und verließ die Küche. Dritter wischte das Blut von der Nase und fragte den Großvater hochmütig: »Und wenn ich da nicht hingeh?«

Der Alte betrachtete ihn von Kopf bis Fuß mit einem Blick, der ebenso sorgenvoll wie gleichgültig war. »Dann wirste Lehrjunge bei Schmidt & Söhne, sie nehmen dich, der alte Schmidt kann umgehen mit solchen wie du. Wäre mir lieber! Aber deine Mutter will nicht, mein Junge, deine Mutter, von mir aus kannste gehen.«

Als Lehrjunge bei Schmidt & Söhne zu arbeiten hieße, Schmied zu werden, von morgens sechs bis abends acht arbeiten und vielleicht sogar da wohnen. Alexander schüttelte sich innerlich. Ihm war der Schulanfang um acht Uhr schon zu früh gewesen. Er mochte reiten und essen, raufen und mit Hunden spielen. Auch der Klampfe Töne entlocken gefiel ihm. Von Zeit zu Zeit.

Schmied? Nein. Er hatte die Absicht, so schöne Hände wie der Vater zu haben, ein Pferd zu reiten, eine Kutsche zu befehligen, zu tanzen und die Mädchen zu verführen, wenn er erwachsen war. Ein Schmied? Was dachte der Alte sich?

Also kam er auf die Privatschule, machte die Bekanntschaft einiger sehr interessanter junger Männer, mit denen er zu saufen lernte, und die ihm zeigten, wie man sein Geld im Falschspiel vermehren konnte.

Ansonsten lernte er nicht viel, wiederholte auch die siebente Klasse noch und verließ die Schule mit sechzehn auf Anraten der Lehrer, ohne irgendeinen Abschluss.

Eckhardt, in der Schule nicht im Geringsten ausgelastet, begann, nach mehreren Theaterstücken, die er mit Lysbeth gemeinsam verfasst hatte, einen Roman zu schreiben. Wenn er gefragt wurde, wovon der handelte, gab er keine Auskunft. Und tatsächlich kannte er die Handlung auch nicht genau. Die Hauptperson war ein vierzehnjähriger Junge, der bei den Pfadfindern war und dort sehr eigenartige Dinge kennenlernte. Allerdings umschrieb Eckhardt diese Dinge auf eine so umständliche Weise, dass er selbst nicht erkennen konnte, worum es ihm eigentlich ging.

Außerdem rief er in seiner Schule eine Theatergruppe ins Leben, in der er sich als Autor und Regisseur betätigte. Auf sein Drängen hin wurde seinen beiden Schwestern erlaubt mitzuspielen, weil es nun einmal für Jungs sehr lächerlich war, in Frauenkleidern über die Bühne zu hüpfen. Stella betrachtete das Ganze als großen Spaß, bis sie bei der Aufführung den meisten Applaus erhielt. Danach äußerte sie den Wunsch, Schauspielerin zu werden. Lysbeth, der nur die zweite weibliche Rolle gegeben worden war, verschwieg, dass das insgeheim auch ihr größter Traum war, nämlich ans Theater zu gehen.

Alexander lachte seinen Bruder aus. »Memme, Muttersöhnchen, Semmelbrötchen!« Eckhardt war kleiner als sein jüngerer Bruder, kleiner als die anderen Jungs in seinem Alter. Er wurde in der Schule viel gehänselt, sogar nach seinem Theatererfolg noch; in der Familie hielt er sich still zurück. Wenn er seinen Bruder anschaute, lag in seinen Augen schmerzliche Bewunderung. Ebenso wenn er seine kleine Schwester anschaute. Diese allerdings, im Gegensatz zu Dritter, bemerkte den Schmerz in seinen Augen nicht.

Dritter liebte die Macht, die er über seinen klugen Bruder hatte, dem er den Erfolg als Regisseur neidete.

Stella machte sich darüber gar keine Gedanken. Für sie war es normal, in jeder Hinsicht die Hauptrolle zu spielen. Sie war so aufgewachsen.

Sie wusste gar nicht, dass Menschen anders angeschaut werden konnten als mit diesem Licht, das ihr Anblick in den Menschen entzündete. In dem Alter, als ihre Schwester bereits verzweifelt versucht hatte, den Zusammenhang von Ursache und Wirkung zu ergründen, in dem ihr Bruder bereits über den Begriff der Unendlichkeit nachgedacht hatte, machte Stella sich wenig Gedanken über irgendetwas, das über den jeweiligen Tag hinausging, und das lag nicht daran, dass es ihr an Intelligenz mangelte. Jeder Tag war einfach so sehr ausgefüllt mit Eindrücken, Aufregungen, Spielen und Gefühlen, dass sie am Abend todmüde ins Bett sank und einschlief, noch bevor Käthe mit ihr zur guten Nacht beten konnte. Für Stella war die Welt ein freundlicher Ort, wo die meisten Menschen taten, was sie von ihnen verlangte. Ja, verlangte. Stella wünschte nicht. Es kam ihr gar nicht in den Sinn, Wünsche als Wünsche auszusprechen. Stella forderte, und in den allermeisten Fällen erhielt sie. Ob es sich nun um ihre Geschwister handelte, die sich auf ihr Geheiß in reitbare Pferde, die Flügel ausbreitende und hohe Schreie ausstoßende Vögel, nuckelnde Babys oder befehlende Lehrer verwandelten. Oder aber um ihren Großvater, der Wachs in ihren Händen war. Sie musste ihn nur auf eine bestimmte breite Weise anlachen, schon schien er den Verstand zu verlieren. Manchmal versprach er sich sogar und nannte sie Charlotte. Sogar ihr Vater, der oft wirkte, als wäre er nicht nur mit den Gedanken ganz woanders, hatte keine Mühe damit, auf Stellas Ausruf: »Papa, guck mal!« zu reagieren, als gäbe es nichts Ablenkendes auf der Welt.

Dabei war Stella viel interessierter an der Aufmerksamkeit von Fritz, der sie neuerdings allerdings manchmal sogar kritisierte. Besonders wenn sie ihn mit ihren Reitkünsten beeindrucken wollte, reagierte er fast schon beleidigend gleichgültig. Trotzig tat sie fortan so, als sei ihr egal, was Fritz dachte oder fühlte.

Stella liebte es, ihren Vater und ihren Bruder Dritter zu begleiten, wenn diese »unterwegs« waren, wie Alexander es nannte und wie sein Sohn es schon übernommen hatte. Sie fuhren dann in der Stadt umher, machten diesen Besuch oder jenen, und wenn einer von Alexanders »Geschäftsfreunden« nicht anzutreffen waren, ritten sie zum Waldschlösschen, um ein Bier der dortigen Brauerei zu trinken

Eckhardt und Lysbeth hielten sich von diesen Ausflügen fern. Vor allem deshalb, weil diese fast immer damit endeten, dass am Ufer der Elbe entlang vom Waldschlösschen bis Dresden ein Wettritt stattfand, bei dem der Sieger schon feststand. Ihr Vater bestimmte nämlich, dass jeweils die Jungen und die Mädchen gegeneinander antreten sollten.

Dann ritt Lysbeth auf der Stute des Vaters gegen ihre wilde Schwester auf dem wilden Phaidon. Wer gewann, war vorher schon klar.

Also ritt Eckhardt die Stute, die ohnehin schon in die Jahre gekommen war, was ihm auch ganz recht war, denn er liebte es nicht, wenn ihm der Wind zu stark um die Ohren pfiff. Dritter hingegen preschte auf Phaidon voran, und dass die Stute überhaupt einige Geschwindigkeit aufnahm, lag allein daran, dass sie Phaidon nicht ganz aus den Augen verlieren wollte.

An jenem verhängnisvollen Tag hatte Dritter seinen Bruder solange gehänselt, dass er ein alter Stubenhocker sei oder sogar ein verkleidetes Mädchen und wahrscheinlich gemeinsam mit Lysbeth für die schneidigen Schauspieler schwärme, die in engen Hosen auf der

Bühne mit ihren Säbeln herumfuchtelten, weil er in Wirklichkeit eine Schwuchtel sei. Eckhardt war blass geworden, vor Zorn, aber auch, weil er wirklich ganz besondere Gefühle bekam, wenn er manche Schauspieler auftreten sah. Er schämte sich wegen dieser Gefühle. Sie waren völlig abartig und eines deutschen Jungen unwürdig. Außerdem gab es noch diese Geschichte bei den Pfadfindern, über die er einen Roman schreiben wollte, ohne sie wirklich in Worte fassen zu können. Das war noch viel peinlicher. Also füllten sich seine großen abstehenden Ohren mit heißem Blut, und in seine scheuen Augen trat ein bei ihm sehr seltener Ausdruck von Wildheit, als er herausstieß: »Ich komm mit, aber ich reite deinen Phaidon.«

Dritter hatte mit einem ironischen Blick von oben herab leichthin zugestimmt, sicher, dass Eckhardt im letzten Augenblick doch noch kneifen würde. Denn Phaidon war hitzig und unberechenbar, und Eckhardt hatte ihn noch nie geritten. Doch im Waldschlösschen orderte Eckhardt bei der Bedienung ein Bier, was seinen Vater dazu bewog, erstaunt die Augenbrauen hochzuziehen. Aber er schritt nicht ein und sah skeptisch lächelnd zu, wie sein älterer Sohn mit einer Miene der Todesverachtung sein Glas leerte.

Keine Stunde später wurde Eckhardt auf der Bahre vom Ufer der Elbe davongetragen. Er war vom Pferd gestürzt, und keiner wusste, was genau in seinem Körper geschädigt war.

## 14

Als Eckhardt aus dem Krankenhaus kam, waren die gebrochenen Rippen verheilt, und auch der doppelte Bruch des rechten Arms war recht gut wieder zusammengewachsen. Allerdings wird Eckhardt von nun an immer einen etwas kürzeren rechten Arm behalten.

Zum ersten Mal in ihrer Ehe hatte Käthe ihren Mann angeschrien, außer sich vor Wut: »Ich verbiete dir, noch ein einziges Mal meine Kinder in deine waghalsigen Spielereien reinzuziehen! Hast du das verstanden? Lass meine Kinder in Ruh!«

»Das sind auch meine Kinder«, hatte Alexander beleidigt geantwortet, aber er verbot Dritter bei Androhung von Prügelstrafe, seinen Bruder jemals wieder zu hänseln, wenn der Mädchendinge trieb wie Lesen, Schreiben oder Theaterspielen.

Einige Wochen lang, nachdem Eckhardt, sehr blass, sehr schreckhaft, aus dem Krankenhaus entlassen worden war, brachte sein Vater ihm ein gesteigertes Interesse entgegen. Höflich fragte er ihn, wie es ihm gehe. Was er gerade lese. Ob er etwas brauche.

Doch als Eckhardt wieder die Schule besuchte, ging Alexander zur Tagesordnung über. Nein, er wählte eine neue Tagesordnung, eine, in der es drei seiner Kinder nicht mehr gab. Er beachtete Eckhardt und Lysbeth nicht mehr. Johann, der auch mit elf Jahren noch am Schürzenzipfel seiner Mutter hing und einfach nicht wachsen wollte, schien Alexander ohnehin missraten zu sein. Mehr als einmal fragte er Käthe misstrauisch, ob dieses zwergenwüchsige Kind wirklich von ihm sei.

Käthe lächelte ihren Mann dann stets freundlich an und sagte ironisch: »Dieses Kind ist von dir, mein Lieber, schau nur auf die Wimpern!«

Und wirklich, jedes seiner Kinder hatte die gleichen Wimpern wie Alexander: Blond, fast gerade nach vorn stehend, an den Spitzen fast weiß. Allein Stellas Augen wurden von langen schwarzen, in einem perfekten Halbkreis gerundeten Wimpern gerahmt. Dass dies Kind nicht von ihm sein könnte, argwöhnte Alexander allerdings nie.

1911, als Stella konfirmiert wurde, schien es Käthe, als leuchteten ihre dicken Haare wie rote Fackeln durch die ganze Kirche. Verstört beobachtete Käthe die Wirkung, die ihre Tochter, ein Zwitterwesen, halb Frau, halb Kind, auf Männer ausübte. Sie veränderten ihren Gesichtsausdruck, als würden sie für einen Moment die Kontrolle über ihre Züge verlieren, wenn sie in den Bannkreis dieses verwirrenden Wesens kamen. Am liebsten hätte Käthe Stella versteckt.

Als die Feier zu Ende war und alle sich zum Gehen bereitmachten, drückte sich mit feuerroten Ohren Friedrich in der Küche herum. Friedrich, der früher so vorwitzige picklige Lehrling, war während seiner Wanderjahre ein Mann geworden. Und von Vorwitzigkeit war während des ganzen Tages nichts mehr zu bemerken gewesen, was Käthe eigentlich bedauert hatte, weil dieser junge Mann, der mit seinen breiten Schultern und dem sommersprossigen offenen Gesicht hübscher als früher war, ihr jetzt recht langweilig erschien. Das Einzige, was während der ganzen Feier Leben ausgestrahlt hatte, waren seine roten Ohren gewesen, ansonsten hatte er geschwiegen, als wäre er blöde oder hätte nichts erlebt, was es zu erzählen galt.

Nun, in der Küche, erfuhr sie nach einigen stotternden Anläufen, warum Friedrich so verstummt war. Er hatte sich auf den ersten Blick in Stella verliebt und versuchte jetzt, in wohlgeordneten Worten Käthe von der Ernsthaftigkeit seiner Absichten zu unterrichten.

»Ich möchte Ihre Tochter heiraten, Frau Meisterin«, sagte er, seine Handteller beschwörend hochhaltend.

»Friedrich!« Käthe wendete sich ab, damit er ihren inneren Aufruhr nicht erkennen konnte. »Du schneist hier herein und machst Heiratsanträge ... ich glaube, du bist betrunken!«

»Nein, Frau Meisterin«, widersprach Friedrich mit heiligem Ernst. »Ich bin nicht betrunken, aber ich möchte Ihre Tochter heiraten!«

»Stella ist noch ein Kind!« Käthe wurde zornig. »Knapp dreizehn Jahre alt. Du bist doch mindestens zehn Jahre älter, wie kannst du nur auf so einen Blödsinn kommen!«

»Neun Jahre«, stellte Friedrich mit nüchterner Stimme richtig. »Und das passt doch! Ich kann für sie sorgen, sie wird nicht Not leiden müssen. Ich habe die Welt gesehen und bin kein grüner Junge mehr. Wenn das nicht passt!« Da hatte etwas von Friedrichs altem Ungestüm durchgeklungen. Unwillkürlich musste Käthe lächeln.

»Stella ist zu jung!«, sagte sie in einem Ton, der deutlich machte, dass für sie das Gespräch damit beendet war. »In sieben Jahren kannst du dein Anliegen noch einmal vortragen. Sofern du dann nicht schon verheiratet bist.«

»In sieben Jahren ist das Mädchen längst vergeben, Meisterin«, sagte Friedrich ernsthaft. »Das können Sie mir glauben. Ich kenne mich mit Frauen aus.«

Jetzt lachte Käthe laut auf. Sie wies ihm die Tür.

»Na gut, dann komm eben in fünf Jahren wieder vorbei. Aber vorher, das sag ich dir hier in Freundlichkeit, lass dich nicht in der Nähe meiner Tochter blicken. Sonst könnte dein ehemaliger Meister sehr unfreundlich werden, und nicht nur er.«

Friedrichs Ohren röteten sich noch mehr. Er drehte sich nach einer zackigen Verbeugung um und wollte die Küche verlassen. In der Tür prallte er mit Fritz, seinem einstigen Gesellen, zusammen. Fritz' Hände schlossen sich um Friedrichs Schultern, als wollte er sie zerquetschen. »Mein Junge«, knurrte er zwischen den Zähnen. »Ich hoffe, du hast der Meisterin gut zugehört. Und bevor du Stella noch einmal küsst, mach dein Testament!«

»Küssen?«, fuhr Käthe auf.

Friedrich zuckte mit den Schultern. Er war ebenso groß und breit geworden wie Fritz. Und er hatte zehn Finger. Doch nach kurzem Aufbegehren blickte er Fritz grade in die Augen und sagte klar und deutlich: »Ich habe sie gehört. Und dich auch. Aber eins sage ich euch: Das Mädchen ist nicht mehr lange Jungfrau! Beim Küssen zumindest hat sie sich sehr geschickt angestellt.«

Fritz ließ ihn los, als hätte er sich verbrannt. Er wollte gerade ausholen, um Friedrich eine Ohrfeige zu verpassen, da schlüpfte der unter seinem Arm hindurch, und das Schlagen der Haustür kündete eine Sekunde später davon, dass er fort war.

Käthe und Fritz sahen einander in wortlosem Entsetzen an.

»Er hat recht«, murmelte Fritz schließlich. »Wir sollten sie vielleicht wirklich bald verheiraten. Bevor ein Unglück geschieht. Ich habe diesen Kuss gesehen! Das Mädchen wirkte, als täte sie nichts anderes.«

Käthe war außerstande, ein Wort herauszubringen. Sie war wie gelähmt vor Angst um ihre Tochter. Doch gleichzeitig strebte alles in ihr zu diesem Mann, der sich mit dem Rücken gegen die geschlossene Küchentür lehnte, als wollte er sichergehen, dass keiner hereinkam. Aber sie traute sich nicht. Aus mehreren Gründen. Sie hatte weniger Angst davor, dass jemand sie überraschen könnte, viel größere Angst hatte sie, dass Fritz sie nicht mehr wollte, eine alte Frau.

Da öffnete er die Arme. »Komm her!«, befahl er, und das Licht in seinen Augen schoss Blitze auf Käthe ab. Sie flog fast durch die Küche in seine Arme. Und da endlich löste sich ihr Entsetzen, und sie fing an zu weinen.

Woran lag es, dass danach alles anders wurde?, fragte Käthe sich tausendfach.

Fritz und sie hatten sich doch nicht zum ersten Mal in den Armen gelegen. Sie hatten sogar ein Kind miteinander. Sie hatten fünfzehn Jahre lang so gut wie unter einem Dach miteinander gelebt, und es war nicht einfach gewesen. Käthe war jetzt einundvierzig Jahre alt. Ein Alter, in dem es in einem Frauenleben mit Schönheit und Sehnsucht nach der Umarmung eines Mannes längst vorbei war. Und das war es doch auch. Mit Alexander verband sie keinerlei Anziehung mehr.

Sie hatte sich all die Jahre keine Gedanken mehr darüber gemacht, ob daran etwas Unnatürliches sein könnte. Die Frauen ihres Alters wirkten alle nicht, als legten sie noch irgendeinen Wert darauf, von einem Mann begehrt zu werden.

Aber Käthe legte plötzlich unglaublich viel Wert darauf. Es quälte sie, abends neben Alexander im Bett zu liegen. Es quälte sie, ihn nachts schnarchen zu hören, und es quälte sie zu denken, dass ihr Leben so nun immer weitergehen würde bis zu ihrem Tod.

Am meisten aber quälte sie die Sehnsucht ihres Körpers nach Fritz' Nähe.

Es war umso schlimmer, weil sie dieses Gefühl nicht kannte. Es kam ihr vor, als wäre sie verhext. Ihre Haut schien unablässig nach Fritz' Berührung zu schreien, ihr Mund verzehrte sich nach dem seinen, und die Spalte zwischen ihren Beinen, die ihr bisher kaum bewusst gewesen war, machte sich aufdringlich bemerkbar. Als wären die Lippen ständig geschwollen, entwickelten sie eine völlig neue unbekannte Sensibilität, selbst auf die Berührung ihrer Unterhose. Nie hatte sie empfunden, dass ihr Körper von Haut komplett umgeben war, einer Haut, die sich ausdehnte, wenn Fritz nah kam, Fühler zu entwickeln schien, kleine Sensoren mit einem flaumigen Puschel am Ende. Einem Puschel, der an Fritz' Haut andocken wollte, sich festsaugen. Wie eine Biene, deren Lebensaufgabe es war, Honig zu saugen, schien es Käthes Lebensaufgabe zu sein, sich an Fritz festzusaugen.

Seltsamerweise schien Alexander von ihrem ganzen inneren Aufruhr nichts zu merken. Er verhielt sich wie immer, beschäftigt damit, endlich das große Geld zu machen. Käthe und er waren freundlich miteinander, sprachen manchmal über dies und das, hatten einander aber schon lange nicht mehr nackt gesehen.

Eine ständige Unruhe trieb Käthe um. Morgens, kaum erwacht aus dem Dämmer des Schlafes, fragte sie sich, was er gerade tat, dachte, fühlte. Sie musste sich zurückhalten, die Beine nicht aus dem Bett zu schwingen, mit nackten Füßen über den kalten Boden des Schlafzimmers zu rennen, die Treppe hinunter zur Werkstatt, in Fritz' Kammer zu stürzen und unter seine Decke zu schlüpfen. Ihre Haut spürte seine Wärme, die sie dort erwarten würde, ihre Hüfte schob sich der Berührung seiner Hand entgegen, ihre Brüste strebten zu ihm. Was dann passieren würde, verbot sie sich auszumalen, aber ihr schwellendes Geschlecht hielt sich an kein Verbot.

Sie wachte morgens immer früher auf, immer schwerer wurde es für sie, dem Drängen ihres Körpers zu widerstehen. In dem Maße, wie ihr Begehren wuchs, wurden auch ihre Zweifel größer, dass Fritz sich nach ihr sehnen könnte.

Misstrauisch beäugte sie Lieschen und ihn, sicher, dass beide sich in stillem Einverständnis heimlich trafen. Dabei blendete sie völlig aus, dass aus dem mädchenhaften verletzlichen Lieschen eine dünne Frau mit strengen Zügen geworden war, die in ihren einsamen nächtlichen Stunden die Bibel auswendig zu lernen schien, wohingegen Fritz Religion als »Opium fürs Volk« deklarierte.

Als hätte sie sich nun einmal dafür entschieden, eifersüchtig auf Lieschen zu sein, blieb sie dabei. Fritz' heimliches Begehren für Lieschen würde ja auch am eindeutigsten erklären, dass er Käthe nicht mehr wollte. Die Innigkeit, die sie an jenem Konfirmationsabend mit Fritz in der Küche erlebt hatte, erklärte sie sich in dieser Stimmung allein mit der Aufregung des Tages und mit ihrer beider Besorgnis wegen Friedrichs Worten.

Tausend Fragen belagerten Käthes Kopf von morgens bis abends.

Liebt er mich?

Wenn er mich liebt, wieso hat er es jahrelang ohne mich in seinem Bett ausgehalten? Wieso nutzt er nicht jede Gelegenheit, mir irgendwie nahzukommen? Wieso macht er mir keine Geschenke? Wieso bringt er Alexander nicht um? Wieso stellt er keine Dummheiten an?

War ihr bisheriges Wesen von eher sanfter und ausgeglichener Natur gewesen, so wurde Käthe jetzt geschüttelt von wechselnden Stimmungen. Sie schwankte zwischen scharfer brennender Sehnsucht, herzzerreißender Trauer über all die vergeudeten leeren Jahre und plötzlich aufflammender heißer Wut auf Fritz.

Es ließ sie nicht los. Sie brachte es nicht fertig, Fritz beim gemeinsamen Essen zu begegnen, ohne sich ihm irgendwie zu nähern, seinen Arm angelegentlich wie aus Versehen zu streifen oder sich sogar über ihn zu beugen, um die Suppenschüssel auf den Tisch zu stellen, sodass ihre Brüste seine Schultern berührten. Anfangs reagierte Fritz wie von einem winzigen Insekt gestochen. Dann wich er vorsichtig zurück, ebenso angelegentlich, wie Käthe ihn berührte.

Das Zurückweichen machte Käthe noch mehr verrückt. Sie empfand einen noch stärkeren Drang, ihm nahezukommen, sobald er von ihr abrückte. Gleichzeitig schämte sie sich. Was war bloß in sie gefahren? Wahrscheinlich hatten es schon alle bemerkt und machten sich lustig über sie. Läufige Hündin, leichtes Mädchen, verrückte Alte, diese und ähnliche Beschimpfungen kamen ihr in den Sinn. Aber sie konnte nicht aufhören. Von Tag zu Tag konnte sie sich weniger auf ihr Tagwerk konzentrieren. Immer war sie damit beschäftigt, sich zu überlegen, was Fritz gerade tat, was er gerade fühlte, wie er gerade an sie dachte.

Eines Morgens wusste sie sich nicht anders zu helfen und schrieb ihm einen kleinen Brief.

*Lieber Fritz, ich brauche deine Hilfe. Es geht mir sehr schlecht.*
*Deine Käthe*

In ungelenken Buchstaben setzte sie den Hilferuf aufs Papier, nachdem sie wieder einmal in aller Herrgottsfrühe aufgewacht war. Sie schlich aus dem Wohnhaus zur Tischlerei und öffnete dort vorsichtig die Tür zu Fritz' Kammer. Sie war nie hier gewesen. Ein kleines Zimmer, in dem ein schmales Bett stand, ein Tisch unter dem Fenster, davor ein Stuhl. Ein Schrank an der Wand.

Käthe machte im schummrigen Licht des frühen Morgens Fritz' schlafende Gestalt unter einer leichten Bettdecke aus. Sie konnte nicht widerstehen, ging drei Schritte auf ihn zu, sah seine verstrubbelten Locken, die sich über der Stirn bereits gelichtet hatten. Er schnaufte und wälzte sich im Bett. Erschrocken wich Käthe zur Tür zurück, ließ den Brief auf den Boden fallen und verließ hastig das Zimmer.

Wie eine Diebin schlich sie aus der Werkstatt auf den Hof. In ihrer Brust schmerzte es, als fräße sich ein Wundbrand vom Herzen durch ihren Oberkörper. Sie meinte, es nicht aushalten zu können. Es war ein zu großer Schmerz. Sie würde daran sterben. Wirklich? Würde sie nun sterben? Nein, das war es eigentlich nicht, was sie fürchtete. Was sie fürchtete, war eher, diesen Schmerz aushalten zu müssen, ihm nicht entrinnen zu können. Nicht zu sterben. Doch zu sterben.

Es war grauenhaft. Sie konnte keinen klaren Gedanken mehr fassen. Kurz davor, wieder umzukehren, alle Vorsicht über Bord zu werfen und zu Fritz ins Zimmer zu stürmen, brachte sie sich mit äußerster Kraft dazu, einen Schritt vor den andern über den Hof zu setzen und sich in die Küche zu schleppen.

Beim Frühstück war ihr heiß, als hätte sie Fieber. All ihre Sinne waren aufs Äußerste angespannt. Sie beobachtete Fritz zwar nicht, dennoch sah sie ihn, spürte ihn, hatte ihn in jeder Sekunde im Blick.

Er verhielt sich wie immer. Als hätte er den Brief nicht bekommen. Mit jeder Sekunde verbrannte Käthe mehr.

Sie wusste nicht, was sie eigentlich erwartete, aber sie erwartete es so schmerzend scharf, dass sie meinte, es nicht aushalten zu können.

Den ganzen Vormittag lang ging sie ihren Pflichten nach wie eine Hülle. Sie tat alles, was getan werden musste, aber sie war nicht dabei. Nur dort, wo Fritz war, lebte sie. Sie rang mit sich, wollte in die Werkstatt gehen, um ihn direkt anzusprechen.

Ich gehe hin und schrei ihn an. Ich schreie alle an. Ich schreie es in die Welt hinaus. »Wir lieben uns, wir lieben uns seit mehr als zehn Jahren. Wir haben ein Kind miteinander. Er ist mein Mann, er und nicht der andere, der für mich wie ein Fremder geworden ist, einer, dem ich zu essen gebe, dessen Wäsche ich wasche, neben dem ich nachts nicht schlafen kann. Von Fritz träume ich, nach Fritz strebe ich, ohne Fritz wäre mein Leben nichts. Allein er gibt meinem Leben …« Nein, sie rief sich zur Ordnung. Das ging zu weit. Sie hatte fünf Kinder. Sie liebte ihre Kinder. Alle. Auch Dritter, der seinem Vater so ähnlich war, wurde von ihr geliebt und gab ihrem Leben Sinn.

Also würde sie das mit dem Sinn eben nicht schreien, aber alles andere.

Ihr war, als wäre ihre Seele in die Tischlerei geeilt, als wäre nur ihr Körper in der Küche geblieben, wo sie dabei war, das Mittagessen vorzubereiten. Sie hatte Lieschen zum Einkaufen geschickt, wollte allein in der Küche sein, wenn Fritz eintraf, um …? Um auf ihren Brief zu reagieren. Um sie zu umfangen, zu küssen, zu trösten, ihr zu sagen, dass es ihm genauso ginge, dass er ebenso wie sie nicht mehr schlafen könne, sich nach ihr verzehre, dass er es nicht mehr aushielte, sie Nacht für Nacht mit einem anderen Mann im Bett zu wissen, dass er alles tun werde, damit sie, Fritz und Käthe, ein Paar, endlich ein Paar werden könnten, vor Gott und der Welt.

Ja, darauf wartete sie. Doch nichts geschah. Kein Fritz erschien in der Küche. Und sie malte sich Schreckensszenen aus, die sich ereignen würden, sobald sie die Tischlerei beträte. Ein erblassender Mann, peinlich berührt. Einer der sich abwandte, vielleicht sogar leugnete.

Ihr war, als würde sie in der Brust zerrissen. Ein scharfer Riss, an den Rändern gezackt.

Das Warten war unerträglich. Es machte den Kopf dumpf. Es zerrte sie hierhin und dorthin, kein klarer Gedanke war mehr möglich, nur noch Warten. Warten. Warten.

Zum Mittagessen gab es Kartoffelsuppe mit Speck. Es war ein angenehmer Frühsommertag, hell, klar, warm, aber frisch. Die Männer brachten gute Laune mit, eine aufgeräumte Stimmung. Sie arbeiteten an einem Auftrag, der allen Spaß machte: ein vollständiges Esszimmer aus dunklem Eichenholz.

Käthe war vor Warten wie ausgehöhlt. Beim Händewaschen warf sie einen Blick in den Spiegel und erschrak: Ihre Augen lagen in tiefen dunklen Schatten, ihr Mund war bläulich bleich, die Wangen eingefallen.

Sie setzte sich an ihren Platz, gegenüber vom Vater; ihr verstohlener Blick huschte zu Fritz. Er wirkte etwas versonnen, ganz leicht in sich gekehrt, aber er beteiligte sich an den Gesprächen seiner Kollegen. Nein, er wirkte nicht, als wäre irgendetwas geschehen, was ihn durcheinandergebracht hätte.

Käthe konnte nicht essen. In ihrem Magen bildete sich ein dicker Kloß, der im Nu zu einem noch dickeren Kloß anschwoll, der bald ihren gesamten Bauchraum ausfüllte. Sie konnte nicht anders, immer wieder schaute sie zu Fritz, wie von einem Magneten angezogen.

Ihre Blicke trafen sich nicht ein einziges Mal.

Endlich war die Mittagspause zu Ende. Käthe atmete erleichtert auf. Zugleich aber überlegte sie angestrengt, was sie tun könnte, um Fritz in der Küche zu halten.

Da war er schon mit den anderen Männern verschwunden. Keinen einzigen Blick hatte er ihr zugeworfen, keine verborgene Berührung, nicht eine Sekunde hatte er sich etwas näher zu ihr gestellt.

Käthe schrumpfte zu einem Nichts. Sie schämte sich wegen des Briefes. Sie fühlte sich als Frau vollkommen ungesehen, ungewollt. Sehr peinlich!

Er will mich einfach nicht!, dachte sie, und dieser Gedanke schmerzte entsetzlich. Und irgendwie war er vollkommen unakzeptabel. Nun ja, er war durchaus akzeptabel, da Käthe sich ihm anschloss. Wäre sie in Fritz' Lage, würde sie sich auch nicht wollen, aber sie war nicht er.

All dieser Gefühlswirrwarr raubte ihr jede Energie. Als gäbe es ein Leck in ihr, strömte die Kraft aus ihr heraus.

Sie erinnerte sich an die Umarmung in der Küche. Jede kleine Einzelheit kam ihr in den Sinn. Die Falten auf seiner Stirn, die sie mit so viel Zärtlichkeit betrachtet und mit den Fingern verfolgt hatte. Seine kratzigen Bartstoppeln. Sein heißer Mund. Seine Hände auf ihrem Rücken, ihrer Hüfte. Sein Geruch: nach Tabak, nach Kaffee, nach Cognac, nach Mann.

Er hat mich berührt, dachte sie. Es erstaunte sie. Sie konnte sich nicht vorstellen, dass es diese Begegnung voll seiner Wärme, seines Wollens, voll seines Begehrens gegeben hatte.

Er will mich nicht!, dachte sie.

Er hat mich gewollt!, dachte sie.

Es brachte sie vollkommen durcheinander. Was war denn nun die Wahrheit?

Sie musste es unbedingt herausbekommen.

Aber wie?

Nie in ihrem Leben hatte Käthe sich so gefühlt wie an diesem Tag.

Oder doch?

Irgendwo ganz tief in ihr war eine Erinnerung an dies Gefühl. Aber sie war viel zu gefangen vom Augenblick, als dass sie dieser Erinnerung nachgehen konnte. Sie war vollkommen gefangen davon, auf den Abend zu warten, die Stunden bis zum Abend hinter sich zu bringen, ohne in die Werkstatt zu laufen und Fritz zur Rede zu stellen: Willst du mich oder willst du mich nicht?

Wieso hast du mich am Konfirmationsabend so berührt, dass ich seitdem nur noch an dich denken kann?

Sie fühlte sich bloßgestellt von ihm. Irgendwie betrogen. Ja, sie fühlte sich betrogen.

Da kam Lieschen zurück. Sie stellte die Körbe auf den Küchentisch. Käthe und sie begannen, die Einkäufe auszupacken, zu sortieren, in der Speisekammer zu verstauen. Für einen kleinen Augenblick vergaß Käthe ihre drängenden Fragen. Sie schnupperte an den Tomaten, wog die Kartoffeln in der Hand, legte das Nähzeug auf einen Stapel. Da erklang ein Räuspern von der Küchentür. Käthes Kopf schoss herum. Lieschen erstrahlte.

Beide Frauen sagten gleichzeitig: »Fritz!« Die eine erstaunt, die andere mit unterdrückter Schärfe in der Stimme.

Er ist nur gekommen, weil Lieschen da ist, dachte sie, und Eifersucht zernagte ihr Herz zu fransigen Zacken.

Fritz mied ihren Blick. Er sah zu Boden, zum Fenster hinaus, dann zu Lieschen. Eine unerträgliche Weile lang scharrte er mit den Füßen auf dem Boden, schweigend. Schließlich richtete er eine Bitte in die Mitte der Küche, kein Blick zu Lieschen, keiner zu Käthe. »Ich hätte gern ein Glas Milch«, sagte er langsam, als hätte er Mühe, Wort an Wort zu reihen.

Lieschen lachte auf. »Man könnte meinen, du hättest vergessen, wo die Gläser und wo die Milch stehen«, sagte sie fröhlich und drehte sich auf dem Absatz um. Versonnen blickte Fritz auf ihre wehenden Röcke.

»Ich bringe Milch in die Werkstatt«, sagte Käthe. Ein vorwurfsvoller Ton gegen Lieschen, die darauf von allein hätte kommen können. Ein eifersüchtiger Schuss gegen Fritz: »Bleib ruhig hier! Du brauchst dich nicht zu beeilen!«

Und fort war sie, eine Kanne voller Milch in der Hand.

Sie war sich vollkommen sicher, dass Fritz und Lieschen sich jetzt in der Küche küssten. So wie Fritz vor ein paar Tagen Käthe in der Küche geküsst hatte. Ich hasse ihn, dachte sie, während sie zur Werkstatt eilte. Und sie werde ich entlassen!

Vor der Tür zur Werkstatt strich sie sich die wirren Haare aus dem Gesicht, steckte sie nach hinten in den Zopf, holte tief Luft und betrat gemessenen Schritts den Raum, wo ihr Vater mit seinen Lehrlingen bei der Arbeit war.

Die Männer sahen sie verblüfft an, ihr Vater wies wortlos auf die mit Milch gefüllte Karaffe, die auf der Fensterbank stand. Errötend murmelte sie, das hätte sie nicht gewusst, und verließ die Werkstatt mit dem gleichen gesetzten Schritt, wie sie eingetreten war.

Behutsam schloss sie die Tür, dann ließ sie sich dagegensinken. Tränen schossen ihr in die Augen.

»Komm her!«, raunte da eine männliche Stimme. Sie hob den Kopf, durch einen Schleier sah sie Fritz, der hinter dem Schuppen verschwand, Richtung Kartoffelbeet. Sie konnte die Tränen nicht sofort stoppen. Ganz im Gegenteil schossen sie ihr jetzt erst recht aus den Augen. Sie musste ihre Schritte zügeln, um nicht hinter ihm herzurennen.

Kaum hatte sie die hintere Ecke des Schuppens erreicht, griff eine Hand nach ihr. Fritz riss sie an sich, presste ihre Brust an die seine, vergrub seine Hände in ihren Haaren und küsste ihr die Tränen aus dem Gesicht. »Käthe«, murmelte er zärtlich, »Käthchen, meine Liebe, was ist denn bloß Schlimmes passiert?«

Käthe drückte sich in seine Arme, legte ihr Gesicht in seine Halsbeuge, konnte keinen Ton von sich geben.

Fritz nahm ihr Gesicht in seine Hände und hielt es vor sich. »Was ist geschehen, Liebes?«, fragte er dringlich. »Dein Brief hat mir furchtbare Angst gemacht.«

»Wieso Angst?«, fragte Käthe.

Zur Antwort zog Fritz die Augenbrauen in die Höhe. Mit schief gelegtem Kopf blickte er sie an. »Was ist los?«, fragte er ernst. »Bist du krank, ist etwas mit Stella, bist du schwanger?« Dringlich fügte er hinzu: »Sag es mir, ich muss es wissen!«

Da erst dämmerte Käthe, dass ihr Brief Fritz' Phantasie in Gang gesetzt und schauerliche Bilder heraufbeschworen hatte.

Ein dicker Kloß in ihrem Hals machte es ihr fast unmöglich, einen Ton herauszubringen. Was sollte sie auch sagen?

Sätze wie: Mein Körper schreit nach dir!, oder gar: Mein Verlangen nach dir verbrennt mich! wären ihr nie über die Lippen gekommen. Stattdessen murmelte sie: »Ich habe immer so Bauchweh gehabt …«

Fritz fuhr erschrocken auf. »Bauchweh? Warst du bei Lysbeth? Ist es schlimm? Warst du beim Arzt? Was ist es?«

Käthe senkte die Lider über die Augen. Sie druckste herum.

Fritz wurde immer unruhiger. »Nun sag schon!«, forderte er sie auf und packte sie an den Oberarmen. Käthe sah ihm voll ins Gesicht. Ihr fiel kein Wort ein. Er schüttelte sie leicht. Sein Mund verzog sich zu einem schmalen Strich, sein Gesicht verspannte sich. »Käthe!«, grollte er.

Da holte sie tief Luft und wollte sagen: »Ich will mit dir leben und nicht mehr mit Alexander«, doch was herauskam, war: »Ich weiß nicht, was es ist, aber nächste Woche gehe ich zu Lysbeth …«

»Wann?«, fragte er drängend.

Käthe kam es vor, als würde sie aus drei Meter Entfernung alles beobachten. Alles war falsch, aber sie war unfähig einzugreifen. Sie überlegte, als wäre es eine wirklich wichtige Entscheidung, wann sie zu Lysbeth gehen wollte. »Nächsten Donnerstag«, rang sie sich schließlich ab.

»Ich komme mit!«, entschied Fritz. »Ich will nicht, dass du allein dort hinfährst.«

Erstaunt sah Käthe ihn an. Dann packte sie eine mächtige Erleichterung. Sie sank an seine Brust, und es fühlte sich an, als käme die entfernte Beobachterin sehr nah. Noch näher. Für einen Moment verschmolzen die Beobachterin und die physische Käthe. In diesem Augenblick spürte sie die Arme des Mannes, die um ihren Rücken lagen. Sie roch seinen Schweiß. Sie sog seine Körperwärme in ihre Poren ein. Plötzlich lief ein Schauer wie eine Welle durch sie hindurch, und sie musste tief Luft holen. Tränen schossen mit einem Seufzer aus ihren Augen, als hätten sie nur darauf gewartet, herauszudürfen. Ebenso schnell versiegten sie wieder.

Fritz zitterte leicht, als hätten ihre stürmischen Regungen ihn mit in Bewegung versetzt. Aber auch sein Zittern ging vorüber. Sie hielten einander umschlungen, als ständen sie auf einem Schiff im Orkan. Erst als sie Geräusche vernahmen, als würde der Schuppen geöffnet, schlurfende Schritte über Holz, ließen sie voneinander ab. Fritz drückte Käthe einen Kuss auf den Scheitel. Sie hob ihm ihr

Gesicht entgegen, ihre Lippen suchten gierig nach seinem Mund. Er küsste sie sacht und schob sie dann fort. »Ich geh jetzt«, murmelte er. »Bleib noch einen Moment hier … bis ich in der Werkstatt bin …«

Nein!, schrie es in ihr. Ich will einen richtigen Kuss, einen langen, einen innigen, einen, der mich zufrieden macht. Benommen ließ sie es geschehen, dass er sich entfernte.

Käthe wusste nicht, wie sie sich aus der Situation herauswinden sollte, am Donnerstag nach Laubegast zur Untersuchung zu fahren. Außerdem drängte alles in ihr danach, mit Fritz allein zusammen zu sein. Also fuhr sie einfach gemeinsam mit ihm in einer Droschke und sagte zu Lysbeth zur Begrüßung: »Ich habe manchmal Bauchweh. Deshalb bin ich hier. Fritz hat mich freundlicherweise begleitet.«

Lysbeth drückte ihre Freude über den unerwarteten Besuch aus, bewirtete sie mit Kräutertee und selbst gebackenen Keksen und nahm das gemeinsame Kommen der beiden so selbstverständlich, dass Käthes anfängliche Beklommenheit sich schnell auflöste und sie während des gemeinsamen Plausches mit Fritz und Tante so häufig laut lachte, wie sie es seit Wochen nicht mehr getan hatte.

Schließlich sagte die Tante, Fritz solle jetzt einmal einen kurzen Spaziergang draußen machen, sie wolle Käthe untersuchen. Das tat sie auch. Sie drückte auf Käthes Bauch, sah ihr in die Augen und fragte: »Wie lange willst du dieses Affentheater jetzt noch veranstalten?«

Käthe errötete wie eine Sechzehnjährige. »Ich weiß nicht, wovon du sprichst …«, stammelte sie.

»Du weißt sehr gut, wovon ich spreche«, konterte die Tante. »Und ich sage dir nur eins: Bei einem Mann zu bleiben, weil er einem leid tut, raubt ihm seine Manneskraft und dir dein Leben. Woher willst du wissen, dass er ohne dich verhungert?«

Auf Käthes Stirn traten Schweißtropfen. Ja, woher sollte sie das wissen? »Ich weiß es einfach!«, sagte sie leise. »Und er ist der Vater meiner Kinder.«

Die Tante tätschelte ihre Hand. »Ja, ich verstehe«, sagte sie versöhnlich. »Aber glaub einer alten Frau, die am Ende ihres Lebens steht: Am Schluss zählt alles, was aus Liebe geschehen ist, doppelt, und alles, wo du nur an deine Pflicht gedacht hast, schrumpft gewaltig. Liebe führt zu Leben, mein Kind. Wer die Liebe erstickt, erstickt seine Lebendigkeit!«

»Wie seltsam«, murmelte Käthe, »fast die gleichen Worte hat Mutter vor ihrem Tod zu mir gesprochen.« Sie kaute auf ihrer Unterlippe, bis sie schließlich herausstieß: »Ich liebe auch Alexander, aber anders …«

»Dann lebe auch anders mit ihm, wie mit einem Freund vielleicht, und nicht wie mit deinem Mann!« Die Tante stand resolut auf, öffnete die Tür und rief Fritz wieder herein.

Ihm war die Erleichterung anzusehen, als Lysbeth sagte: »Nicht so schlimm. Es sind die Nerven. Käthe ist eben überarbeitet und nervös.« Käthe wollte sofort gehen, da packte Lysbeth sie am Handgelenk. »Aber man muss es ernst nehmen!«, sagte sie warnend. »Ich geb dir einen Tee mit, den trinkst du morgens und abends, der wird dich kräftigen!«

Käthe entzog ihr den Arm, doch Lysbeth hielt ihn umklammert wie ein Schraubstock. »Und du«, sagte sie zu Fritz mit mahnend erhobener Stimme, »solltest Käthe täglich dazu bringen, einen Spaziergang an frischer Luft zu machen. Allein wird sie es nicht tun. Also spaziert gemeinsam!«

Fritz' Gesicht erstrahlte. Käthe ruckte zornig ihren Arm weg. Lysbeth lachte ihr Hexenlachen. »Ich lass dich erst los, wenn du mir das Versprechen gibst, jeden Tag eine halbe Stunde mit Fritz spazieren zu gehen.«

Käthe versprach es, errötend.

Der Sommer 1911 wurde stickig heiß. Käthe rann der Schweiß in Bächen herunter. Johann, ihr Jüngster, ohnehin sehr empfindlich, erkältete sich und lag tagelang mit Fieber im Bett. Die einzige Freude, die ihr jeden Tag aufs Neue erhellte, war der Spaziergang mit Fritz. Es war zwar zu gefährlich, sich während dieses Gehens irgendwie zu berühren, aber sie sprachen miteinander, und Käthe vor allem sprach mehr, als sie während der vergangen Jahre ihrer Ehe gesprochen hatte. Über den Tod ihrer Mutter, über ihren Besuch damals bei Lysbeth, über ihre Ehe, über ihre Träume, ihre Sehnsüchte, ihre Ängste. Niemals war ihr ein Mensch so vertraut gewesen, wie Fritz es wurde, selbst die Mutter nicht.

Und irgendwann kam der Augenblick, da sie ihm so sehr vertraute, dass sie ihn nach Lieschen fragte. All ihre Eifersucht sprudelte plötzlich aus ihr heraus. Sie konnte vor Erregung keinen Schritt weitergehen, baute sich vor Fritz auf und forderte: »Ich will es wissen: Hast du etwas mit Lieschen?« Fritz' Gesicht machte in erstaunlicher Geschwindigkeit heftige Wandlungen durch. Zuerst starrte er Käthe entgeistert an, dann trat ein Ausdruck von Zorn in seine Augen und schließlich hellte sich sein Gesicht auf, bis er in schallendes Gelächter ausbrach. Er umarmte Käthe und bedeckte ihr Gesicht mit vielen kleinen zärtlichen Küssen. »Dummchen!«, sagte er. »Was bist du für ein Dummchen!«

Arm in Arm setzten sie ihren Spaziergang schweigend fort. Erst als sie sich dem Tischlerhaus wieder näherten, fiel ihnen auf, dass sie sehr unvorsichtig gewesen waren.

Mitte Juli tauchte plötzlich, schüchtern und linkisch, Egon Schmielke, der Nachbar, dessen Frau vor einer Woche mit einem Mädchen niedergekommen war, bei Käthe in der Küche auf.

»Gudrun kommt nicht wieder auf die Beine, Frau Käthe«, lamentierte er, »Sie liegt im Bett, starrt an die Decke und redet nicht mal mit mir …« Käthe bemerkte seinen hungrigen Blick auf die Reste vom Frühstückstisch. Schnell schmierte sie ihm ein paar Brote, die er gierig hinunterschlang.

Und sie kocht dir kein Essen, vervollständigte Käthe im Stillen seine Litanei, und sie wäscht deine Wäsche nicht, und die Wohnung verdreckt allmählich.

Sie überlegte, Lieschen zu bitten, täglich ein bis zwei Stunden zu den Schmielkes zu gehen, um dort das Gröbste fortzuschaffen, aber allein der Gedanke bereitete ihr Kopfschmerzen. Nein, sie war auf Lieschens Hilfe bitter angewiesen, besonders jetzt, da Johann vor sich hin kränkelte.

Nach dem Gespräch mit Fritz hatte sich Käthes Verhältnis zu Lieschen völlig entspannt. Sie war überglücklich, dass Lieschen noch nicht geheiratet hatte und offenbar auch nicht besonders interessiert daran war, es noch zu tun. Nun gut, mit fünfunddreißig hatte sie nur noch die Chance, einen Witwer zu finden, dem sie den Haushalt führen und für den sie die Kinder betreuen müsste. Wahrscheinlich war ihre Arbeit im Volpert'schen Haus da angenehmer.

Seit Käthe auf Lieschen nicht mehr eifersüchtig war, spürte sie ihre innere Zerrissenheit umso stärker. Tante Lysbeth hatte ja recht: Käthe musste entweder ihre Ehe beenden und ihrer Liebe zu Fritz folgen oder aber Fritz aus ihrem Kopf und Herz, aus der Sehnsucht ihres Körpers verbannen und sich wirklich ganz und gar für ihren Mann entscheiden. Beides aber gelang ihr nicht. Um sich für Fritz zu entscheiden, hatte sie zu große Angst um Alexander, um auf ihn zu verzichten, sehnte ihr Körper sich zu sehr nach ihm.

Egon Schmielke räusperte sich. Käthe schreckte zusammen. Hatte er ihr die Gedanken vom Gesicht abgelesen? Was für ein Blödsinn!, schalt sie sich. Da sprach er eine Idee aus, die ihr sofort sehr einleuchtend erschien, obwohl sie selbst nicht darauf gekommen war.

»Könnte vielleicht eine Ihrer Töchter für ein paar Wochen zu uns kommen und meiner Frau helfen? Gudrun hat mich geschickt, Ihnen das vorzuschlagen …«

Er starrte Käthe flehend an.

Sie überlegte. Gudrun selbst hatte ihn losgeschickt. Also schien sie doch von Zeit zu Zeit mit ihm zu sprechen. Eine ihrer Töchter. Ob Gudrun wirklich gebeten hatte, eine der Töchter Käthes sollte kommen, um ihr zu helfen? Unwillkürlich stahl sich ein Lächeln auf Käthes Gesicht. Nein, das hatte Gudrun ihrem Mann ganz sicher nicht vorgeschlagen. Es gab bestimmt in ganz Dresden nicht eine einzige Wöchnerin, die, so schlecht es ihr auch gehen mochte, den Wunsch hegte, Stella möge einige Wochen in ihren Haushalt kommen, um sie und ihren Mann zu versorgen. Keine Einzige würde sich das wünschen.

»Gut, ich werde mit Lysbeth, meiner älteren Tochter, darüber sprechen«, sagte Käthe. Sie bedachte Egon Schmielke mit einem scharfen Blick. »Und mit meinem Mann, und mit meinem Vater!«, fügte sie hinzu. Der leicht drohende Unterton in ihrer Stimme war beabsichtigt. Jeder wusste, dass in vielen Haushalten die Dienstmädchen wie selbstverständlich von den Hausherren zur Befriedigung ihrer Lust benutzt wurden. Nun gehörten die Schmielkes nicht zu der Schicht des Adels und des gehobenen Bürgertums, wo so etwas verbreitet war, ganz im Gegenteil. Egon Schmielke arbeitete hart in der Eisenwarenfabrik, und Gudrun, seine Frau, die versuchte, mit Schneiderarbeiten aller Art etwas Geld in die Kasse zu bringen, würde gewiss nicht auf elegante Weise die Augen zudrücken. Dennoch war es nicht schlecht, Egon Schmielke von vornherein deutlich zu machen, dass er es nicht nur mit Käthe zu tun hatte, sondern mit männlichen Autoritäten.

Egon Schmielke schien den Wink gar nicht verstanden zu haben. Eilig verabschiedete er sich, drückte Käthe fest die Hand und wirkte so froh, als wäre er ein paar Zentimeter gewachsen und breiter geworden.

»Aber ich muss erst mit dem Mädchen und den Männern sprechen«, versuchte Käthe den Mann auf den Boden der Tatsachen zurückzuholen. Und wirklich sackte er sofort in sich zusammen, drehte sich in der Tür noch einmal um und sagte schüchtern: »Wir können keinen Lohn zahlen, Frau Käthe, aber Ihre Tochter würde natürlich mit uns essen.«

Was sie euch gekocht hat, vervollständigte Käthe wieder im Stillen seinen Satz.

Aber sie mochte die Schmielkes, besonders die junge Frau, die fleißig und anstellig war und schon oft etwas für Käthe genäht hatte. Und es schien ihr auch sehr sinnvoll, dass Lysbeth sich nicht nur zu Hause aufhielt, sondern sich irgendwo anders erprobte. Seit sie nicht mehr zur Schule ging und seit Paula, ihre Freundin aus dem Konfirmandenunterricht, eine Lehre als Hutmacherin begonnen hatte und sich auf ihre Verlobung vorbereitete, lebte Lysbeth nur noch in ihrer eigenen Phantasiewelt. Sie ging dreimal in der Woche ins Theater und verschlang einen Roman nach dem andern. Aber sie sprach mit niemandem darüber, und wenn das Theater Sommerpause hatte, wie es jetzt gerade der Fall war, schien Lysbeth sehr einsam und unausgefüllt zu sein. Käthe hatte schon vorgeschlagen, dass auch Lysbeth eine Lehre machen sollte, aber Meister Volpert hatte protestiert: »Meine Enkelin muss nicht arbeiten gehen!«, und Alexander hatte ihm energisch zugestimmt.

Als Käthe ihrer Tochter von dem Besuch Egon Schmielkes erzählte, vorsichtig die Worte abwägend, denn sie wollte Lysbeth auf keinen Fall ängstigen, erstaunte deren Reaktion sie. Ihr Gesicht erhellte sich. »So gern will ich der Gudrun helfen. Ihr Baby ist auch gar zu süß!«, sagte sie strahlend.

»Woher weißt du das denn?«, fragte Käthe überrascht.

»Ich bin hingegangen«, erklärte Lysbeth, als handle es sich um die größte Selbstverständlichkeit der Welt. »Als ich gehört habe, dass da ein Baby schreit, bin ich durch die Tür hineingegangen und …«

»Du bist einfach in die Wohnung gegangen, ohne es mir zu sagen und ohne um Erlaubnis zu bitten?« Käthes Stimme klang verdächtig schrill.

»Die Tür war nicht verschlossen«, sagte Lysbeth, als handle es sich damit um eine Einladung und Erlaubnis, einzutreten.

»Was hat Gudrun denn gesagt?«, fragte Käthe alarmiert.

»Nichts«, antwortete Lysbeth lakonisch. »Sie hat ja gar nicht gemerkt, dass ich da war.«

Käthe zog fragend die Augenbrauen hoch. Sie schüttelte verständnislos den Kopf.

Als würde ihr jetzt erst bewusst, dass ihr Verhalten ungewöhnlich gewesen war, sagte Lysbeth hastig: »Ich habe nur kurz zugeschaut, wie das Baby gewaschen und angezogen wurde. Die Hebamme war sehr nett. Dann bin ich wieder gegangen. Ich habe niemanden gestört.«

Aus Erfahrung wusste Käthe, dass aus Lysbeth mehr nicht herauszubringen sein würde. Also seufzte sich nur leise. »Du bist also einverstanden, während der nächsten Wochen der Gudrun zur Hand zu gehen?«

Lysbeth nickte.

»Du musst dort fegen und putzen und das Kind säubern und … vielleicht kochen …«

Lysbeth nickte wieder.

»Dann sag ich der Gudrun also Bescheid?«, fragte Käthe.

»Ja«, antwortete ihre Tochter. Und damit war es entschieden. Die Zustimmung des Vaters und Großvaters war nur noch ein formaler Akt.

Also verbrachte Lysbeth die Sommerferien, indem sie Gudrun Gesellschaft leistete. Im Grunde genommen brauchte Gudrun kaum Hilfe. Sie war selbst noch sehr jung, gerade erst zwanzig, und ihre Mutter und ihre Schwiegermutter arbeiteten in der Nähmaschinenfabrik. Die hatten keine Zeit, der jungen Frau irgendwie zur Seite zu stehen. Gudrun brauchte vor allem Unterstützung darin, sich an das Baby zu gewöhnen. Und aus irgendeinem unbekannten Grund fühlte sie sich, wie sie sich in ihrem kurzen rauen und arbeitsamen Leben nie gefühlt hatte: Sie musste oft weinen und hatte den Eindruck, dass ihre Beine weich und schwer waren. Wenn sich aber Lysbeth an ihr Bett setzte, das Kind in ihren Arm nahm und wiegte und sang, bis der kleine Schreihals sich beruhigte, war es Gudrun, als ob auch sie gewiegt und beruhigt würde.

Bald lachte Gudrun wieder häufiger, als dass sie weinte. Wenn allerdings ihr Mann beim Heimkommen sagte, dass sie die Nachbarstochter nun ja bald nicht mehr brauchen würden, begann Gudrun ganz schnell wieder zu weinen, drehte sich zur Wand und sprach kein Wort.

Lysbeth war sehr glücklich darüber. Die kleine Lilly wuchs ihr von Tag zu Tag mehr ans Herz. Wenn sie das weiche duftende Wesen in ihrem Arm hatte, fühlte sie sich, als würde sich ihr Herz ausdehnen und vor Freude jauchzen.

Dass sie sich außerhalb der Theatersaison langweilte, hatte sie als Begründung für ihre Bereitschaft zu helfen, bereits vergessen. Ebenso, dass sie sich vor nicht allzu langer Zeit in ständiger Liebessehnsucht nach Paul Wiecke verzehrt hatte. Was allein zählte von morgens an, da sie die Augen aufschlug, bis abends, wo sie, hundemüde, aber glücklich, in den Schlaf sank, war das Wohlergehen der kleinen Lilly.

Käthe hatte beschlossen, dass Stella ihr im Haushalt helfen sollte. Und ihre kleine Tochter stellte sich sogar sehr geschickt dabei an.

Was Käthe nicht wusste, war, dass Stella am Abend, wenn Käthe eingeschlafen war, heimlich ausrückte. Die beiden Schwestern waren vor einiger Zeit schon hochgezogen in die ehemalige Kammer von Fritz, die dann das Studierzimmer des Vaters geworden war. Lysbeth schlief nach ihrer täglichen Arbeit wie ein Stein. Niemand merkte, wenn Stella verschwand.

Stella war dreizehn Jahre alt. Sie wirkte wie eine Mischung aus Waldwesen und Sirene. Ihre Nase war fast immer verschmutzt, unter den Fingernägeln staute sich der Dreck, und um den Mund herum lag zumeist ein Clownsrand, der verriet, was sie gegessen hatte. Doch die roten, fast taillenlangen Wellen ihrer Haare umspielten ihr Gesicht wie Schlangen, das Blau ihrer Augen lockte mit der Verheißung von Männertreu, ihre Taille schien es darauf angelegt zu haben, von zwei Händen umspannt zu werden, ganz zu schweigen von ihren provokanten Brüsten, die sie seit einem Jahr stolz vor sich her trug. Stellas Stimme klang wie die eines Jungen im Stimmbruch, ihr Gang war der eines Reiters im Herrensitz, ihre Hände, obgleich kindlich zart, konnten durch Zupacken Blutergüsse erzeugen.

Der Sommer 1911 war außergewöhnlich heiß. Auch nachts kühlte es kaum ab. Stella kletterte gegen Mitternacht gemeinsam mit einigen Jungen, die sie durch ihren Bruder Dritter kennengelernt hatte, über die Mauer des Schwimmbades. Dort brachte ihr einer der Jungen das Schwimmen bei. Manchmal nahm Dritter an dem Spaß teil, manchmal nicht. Stella war das einzige Mädchen. Dritter und sie bewahrten die nächtlichen Ausflüge als großes Geheimnis, über das sie mit niemandem sprachen. Im Schwimmbad planschten sie im Wasser, spielten mit einem Ball, versteckten sich voreinander, erzählten Witze, und gegen Morgen lag Stella wieder in ihrem Bett. Dass sie tagsüber manchmal müde wirkte und mittags ein Nickerchen machte, erstaunte niemanden, denn bei der Hitze ging es den anderen ebenso.

Eines Nachts dann brachte einer der Jungs eine Flasche Schnaps mit, die alle gemeinsam leerten. In dieser Nacht war Dritter nicht mitgekommen, er hatte eine ältere Freundin, mit der er sich manchmal vergnügte.

Schnaps zu trinken war verboten, das wusste Stella sehr wohl. Und wie bei allem, was verboten war, erwartete sie hohen Genuss. Sie erinnerte sich, wie lustig die Wirkung der Erdbeerbowle auf Lysbeths und ihrer eigenen Konfirmationsfeier gewesen war Sie hatte sehr viel kichern müssen. Der frühere Lehrling Friedrich hatte ihr auf ihrer Konfirmation einen Kuss auf den Mund gedrückt, als er sich verabschiedete, schnell, verstohlen und kaum geschehen, so vorbei, dennoch hatte es auf ihren Lippen gekitzelt und auch in ihrem Bauch. Damals, als sie schließlich im Bett lag, hatte die Welt sich ein wenig gedreht. Wie ein Karussell.

Sie war also voller Erwartungsfreude, als die Jungs die Flasche öffneten und kreisen ließen. Es schmeckte anders als Erdbeerbowle. Es brannte scharf im Mund und in der Brust, aber sie wollte auf keinen Fall vor den Knaben als Zimperliese dastehen. Der erwartete Schwips kam schnell. Bald schon musste Stella wieder kichern wie verrückt. Alles, was die Jungs sagten, kam ihr allzu witzig vor. Auch als per

Flaschendrehen entschieden wurde, wer als Nächster einen Schluck aus der Pulle nehmen sollte, und der Flaschenhals immer häufiger auf sie wies, fand sie diesen Zufall wahnsinnig komisch. Schließlich war die Flasche leer. Dennoch wurde sie weiter gedreht, nun mit der Auflage, ein Kleidungsstück auszuziehen, wenn die Flasche auf einen zeigte.

Stella bekam noch mit, wie sie ihr Haarband ablegte und einen Strumpf auszog, dann begann es um sie zu kreisen, als wäre die Welt aus den Fugen geraten. Sie griff nach dem Jungen, der neben ihr saß, und es war wie ein Griff ins Unendliche. Sie wollte um Hilfe schreien, aber aus ihrem Mund drang nur gallig schmeckendes Gurgeln.

Dann wurde es schwarz um sie.

Stunden später tauchte sie aus dunklen Tiefen wieder auf. Es kam ihr vor, als wäre sie in einem fremden Körper gelandet. Ihr Kopf hatte sich zu einem riesigen pochenden Ballon aufgebläht. Ihre Beine waren dick und schwer geworden. Zwischen ihren Beinen fühlte es sich an, als wäre dort ein neues Körperteil gewachsen, eine dicke Blase, gefüllt mit ätzender Lauge. In ihrem Mund wälzte sich ein dickes Etwas in einer Brühe, die so ekelerregend schmeckte, dass Stella kotzen musste. Doch sie würgte nur, vor Schmerzen stöhnend, bittere Galle. Als sie sich den Mund wischte, bemerkte sie voller Ekel, dass sie altes Erbrochenes im ganzen Gesicht hatte, ebenso an den Händen. Sie wollte sich aufrichten, stieß aber an Dornen und spitze Äste. Sie lag unter einem Busch!

Vorsichtig rollte sie sich zur Seite, fort von dem Erbrochenen, das ihr unablässig Würgereiz verursachte. Unter Schmerzen im ganzen Körper hockte sie sich auf Hände und Knie und stieß einen erschrockenen Schrei aus. Unter ihrem Kleid war sie nackt. Ihre bauschige Unterhose hing ihr um die Knie. Ehemals weiß, war sie jetzt auf eine Weise braun, rot, gelb gefärbt, dass Stella sie in einem Impuls aus Ekel, Wut und vollkommenem Befremden mit hektischen Strampelbewegungen von sich schleudern wollte. Allerdings stachen sofort schlimme Schmerzen vom Unterleib bis in ihre Haarwurzeln, dass sie sich wie ein verwundetes Tier zusammenrollte und still verhielt, bis wieder Ruhe in ihren Körper einzog.

Mit zusammengebissenen Zähnen beschloss sie, diese Ruhe zu bewahren. Sie machte sich fühllos, so gut es ging, stellte sich taub ab dem Bauchnabel, und die Übelkeit ignorierte sie. Sie horchte. Es war zwar schon hell, aber anscheinend hatte die Badeanstalt noch nicht geöffnet. Was sollte sie tun?

Sie wagte nicht, zum Wasser zu gehen, um sich zu waschen, obwohl sie sich vor sich selbst ekelte und Angst davor hatte, so widerlich beschmutzt den Weg nach Hause anzutreten. Aber ihr blieb nicht anderes übrig.

Sie zog die verdreckte Unterhose einfach wieder hoch und kroch zur Mauer. Während ihrer nächtlichen Ausflüge war sie mit Leichtigkeit hinübergekommen. Eine Junge hatte ihr die verschränkten Hände hingehalten, sodass sie hochsteigen und sich dann hinüberschwingen konnte. Jetzt aber, zerschunden, allein, stellte sich das Überwinden dieses Hindernisses als fast unmöglich dar. Stella suchte die Mauer mit den Augen ab, ob sie irgendwo niedriger, kaputt, leichter zu überwinden war. Plötzlich vernahm sie Lachen vom Eingang der Badeanstalt her.

Oh nein! Sie knurrte wie ein in die Enge getriebenes Tier. Ihre Augen irrten umher auf der Suche nach Rettung. Da fiel ihr auf, dass nicht weit von der Mauer entfernt ein Baum stand. Wenn sie diesen hochkletterte, würde sie sich von da mit etwas Glück und Geschicklichkeit auf die Mauer schwingen können. Um kein Aufsehen zu erregen, robbte sie zum Baum. Hochzuklettern fiel ihr unendlich viel schwerer als sonst. Sie versuchte zwar mit äußerster Anstrengung, die Stiche in ihrem Unterleib zu ignorieren, dennoch machten sie ihr übel zu schaffen. Endlich hatte sie es geschafft, sich am Baumstamm bis zur ersten Astgabelung hochzuarbeiten. Der zur Mauer weisende Ast erwies sich von oben allerdings als kaum tauglich, Stellas Gewicht zu tragen.

Es schien ihr, als kämen die Stimmen näher.

Mit dem Mut der Verzweiflung griff sie nach dem Ast und hangelte sich vorsichtig entlang. In dem Augenblick brach er ab. Sie fiel oben auf die Kante der Mauer, rutschte ab und schrie auf, als die Steine ihre Haut aufrissen. Hart landete sie auf der anderen Seite. Sie blieb liegen, vor Schmerzen wie gelähmt. Dann begann sie sich ganz vorsichtig zu bewegen. Zuerst die Zehen, dann die Finger, die Hände, die Arme, die Beine. Offenbar war nichts gebrochen. Mühsam kam sie auf die Füße. Sie stöhnte vor Schmerzen.

Was sollte sie bloß tun?

Da kam ihr ein Einfall, der neuen Mut in sie strömen ließ. Sie könnte zu ihrer Schwester Lysbeth gehen und um Hilfe bitten. Bei den Schmielkes könnte sie sich auch waschen und die Kleider wechseln und dann der Mutter sagen, dass sie früh am Morgen bereits Lysbeth begleitet habe, weil diese Hilfe brauchte. Wobei?

Weil … Nun, weil die kleine Lilly gestern gebrochen und Durchfall gehabt hatte und … Gudrun auch schlecht war … und, na ja, klar, weil Lysbeth nun mal Hilfe brauchte.

Stella klopfte das verschmutzte und zerknitterte Kleid notdürftig glatt, strich die Haare aus dem Gesicht, versuchte, es mit Spucke einigermaßen zu reinigen, und setzte beherzt einen schmerzenden Schritt vor den andern, bis sie endlich bei den Nachbarn Schmielke vor der Haustür stand. Zum Glück war nicht abgeschlossen. Stella drückte die Klinke hinunter und stahl sich zur Küche, wo sie Lysbeth vermutete. Doch da war niemand. So zog sie sich einen Stuhl so neben die Tür, dass jemand, der hereinkam, sie nicht sehen konnte.

Als sie auf dem Stuhl zusammengesackt war, wurde ihr wieder schwindlig und übel. Mit fast übermenschlicher Kraft riss sie sich zusammen. Da vernahm sie leichte Schritte, die zur Küche eilten. Stella hielt den Atem an.

Kaum hatte Lysbeth die Küche betreten, stürzte Stella ihr in die Arme, und endlich löste sich die ganze Anspannung in heftigem Weinen. Lysbeth stieß einen erschrockenen Schrei aus. Starr hielt sie ihre Schwester in ihren Armen.

Stellas Geruch nach Alkohol und Erbrochenem breitete sich in der Küche aus. Lysbeth unterdrückte das Bedürfnis, Stella von sich zu schieben. Als diese eine Weile geweint und geschluchzt hatte, tat sie es aber doch. Wieder stieß sie einen erschrockenen Schrei aus, als sie das Gesicht ihrer Schwester erblickte.

»Was ist geschehen?«, fragte sie verstört.

Stella schüttelte stumm den Kopf. »Gib mir Wasser!«, murmelte sie, »Mama soll mich so nicht sehen.«

Lysbeth starrte sie mit weitaufgerissenen Augen an. Dann kam Leben in sie. Sie verschwand aus der Küche, bedeutete Stella, auf dem Stuhl auf sie zu warten. Zurück, füllte sie eine große Waschschüssel mit warmem Wasser. Sie tauchte einen Waschlappen ein und wollte

Stella einseifen. Die sagte aber mit kalter gepresster Stimme: »Lass mich allein. Und hol mir saubere Kleidung, auch Unterwäsche.« Lysbeth war es ganz recht, aus der Küche zu verschwinden, wo Stellas Geruch ihr Übelkeit verursachte.

Sie raffte saubere Kleidung aus Gudruns Schrank, und, bevor sie wieder in die Küche zurückkehrte, trödelte sie erst einmal ein wenig mit der kleinen Lilly herum, wickelte sie, kitzelte ihren Bauch etwas länger als sonst. Als sie schließlich wieder in die Küche kam, saß ihre Schwester nackt auf dem Stuhl neben der Tür und fuhr sie mürrisch an: »Wie lange wolltest du mich noch warten lassen? Ich friere!«

Lysbeth blickte voller Mitgefühl auf die zerschundenen Arme und Beine ihrer Schwester und entschuldigte sich zerknirscht. Während Stella die saubere Kleidung anzog, blickte Lysbeth sich suchend in der Küche um.

Der Waschzuber war leer und saubergewischt. Es roch nur noch wenig nach Erbrochenem. Wo waren die Kleider geblieben?

Stella deutete den suchenden Blick ihrer Schwester richtig und bemerkte mit arroganter Miene: »Ich hab sie verbrannt!«

»Verbrannt?« Lysbeth schaute zum Ofen. Das lodernde Feuer bestätigte Stellas Worte.

»Schließlich hast du mich frieren lassen«, sagte Stella von oben herab. »Und außerdem wolltest du bestimmt gerade Frühstück machen, als du reinkamst. Also habe ich dir einen Gefallen getan und schon mal Feuer gemacht.«

Lysbeth schüttelte ungläubig den Kopf.

»Nach dem Frühstück gehe ich«, sagte Stella knapp.

Das allerdings war zu viel Angeberei gewesen. Als Lysbeth dampfende Milch und ein mit Marmelade bestrichenes Brot vor sie stellte, wurde Stella sofort wieder von Würgereiz befallen. Fluchtartig verließ sie die Küche. Über die Schulter zurück teilte sie ihrer Schwester noch mit, was der Mutter gesagt werden sollte.

Lysbeth blickte besorgt hinter ihr her.

Doch die Schwestern mussten gar nicht lügen. Käthe war noch gar nicht aufgefallen, dass ihre Tochter nicht da war, weil sie mit Johann, der während der Nacht wieder einmal hohes Fieber bekommen hatte, in der Frühe bereits zum Arzt gefahren war.

Der Arzt trug ihr auf, dem Jungen Wadenwickel zu machen und

Honigwasser einzuflößen. So mit der Pflege des Kindes beschäftigt merkte sie nicht, dass Stella ihr ein paar Tage lang aus dem Weg ging. Dass das Mädchen an Armen und Beinen verschrammt war, fiel Käthe ebenfalls nicht auf, da Stella die Verletzungen unter Röcken und Blusen versteckte. Außerdem war Käthe es gewohnt, dass ihre Tochter irgendwelche Spuren ihrer Abenteuer, sei es vom Reiten oder sonstigen ruppigen Spielen mit Hunden oder Katzen, davontrug.

So geriet die ganze Geschichte sehr bald in Vergessenheit. Vor allem Stella selbst löschte die Erinnerung daran fast komplett aus ihrem Gedächtnis.

Käthe sah Alexander nur noch selten. Und wenn sie ihn sah, verkrampfte sich ihr Herz. Sie empfand großes Mitleid mit ihm. Und sie empfand tiefe Schuld, weil sie ihn am liebsten aus ihrem Bett geworfen hätte. Gleichzeitig fühlte sie sich ihm unsagbar verbunden. Er war blass, er litt. Die Geschäfte gingen schlecht, andere schnappten ihm Gelegenheiten vor der Nase weg, es war, wie es seit seiner Kindheit immer gewesen war: Man machte ihm seinen Platz streitig.

Und dann nahm er seinen ganzen unternehmerischen Mut zusammen und beschloss, noch einmal eine Firma zu gründen. Diesmal mit einem Kredit, der ihm von einem Freund in Aussicht gestellt worden war. Der Freund verlangte als Gegenleistung nur Beteiligung am Gewinn, keinerlei Zinsen. Rückzahlung innerhalb der nächsten zehn Jahre. »Alexander Wolkenrath und Söhne«, so stand es auf dem Briefpapier.

»Söhne hört sich besser an«, so erklärte er es fast entschuldigend seinem älteren Sohn. »Keine Sorge, du hast nichts damit zu tun. Das machen nur Dritter und ich.«

Eckhardt nickte mit gesenktem Kopf. So konnte der Vater die Traurigkeit in seinen Augen nicht sehen. Für den Vater war er ein Versager. Einer der nicht reiten konnte, der nicht boxen konnte, dessen rechter Arm nicht nur verkürzt, sondern auch kraftlos war.

Die verwirrende Geschichte bei den Pfadfindern und dass er dieses Kribbeln im Bauch empfand, wenn er manche Schauspieler in ihren engen Hosen auf der Bühne sah, waren seine für ewig gehüteten Geheimnisse, aber beides stempelte ihn in den eigenen Augen zu einem vollkommenen Versager ab. Dritter hingegen wurde von Tag zu Tag schneidiger. Und nun nahm der Vater ihn auch noch mit in die Firma. Und Dritter wagte es sogar, sich dem Großvater zu widersetzen, indem er sich weigerte, Tischler zu werden.

Eckhardt war voll neidischer Hochachtung.

Meister Volpert hingegen empfand sogar so etwas wie Erleichterung. Er gestand es sich ein: Diesem Enkel hätte er seine Werkstatt sowieso nicht anvertrauen mögen. Und war Fritz nicht so etwas wie ein Sohn für ihn geworden? Fritz würde dableiben, das wusste Meister Volpert schon, bevor die alte Lysbeth es ihm in einem Gespräch unter vier Augen gesteckt hatte.

Meister Volpert hatte die Hoffnung aufgegeben, diesen Schwiegersohn loszuwerden, er hatte sich daran gewöhnt, ihn mitzuschleppen. Er beachtete ihn nicht mehr. Er selbst war das Familienoberhaupt, das alle ernährte und ein Machtwort sprach, wenn es notwendig war.

Dass Stella schon längst ein Machtwort gebraucht hätte, konnte Meister Volpert nicht erkennen. Er war so vernarrt in seine Enkelin, dass er jedes Fehlverhalten übersah, und was er nicht übersah, verzieh er sofort.

Der Einzige im ganzen Haus, der Stella im Verlauf des Sommers skeptisch musterte, war Fritz. Ihm fielen die Schatten unter ihren Augen auf, und manchmal fragte er sie sogar, ob sie schlecht geschlafen habe. Doch dann verzog Stella ihr Gesicht zu dem breiten Lächeln, das die Luft um sie herum zum Flirren brachte, und Fritz erhielt die fröhliche Antwort: »Doch, ich schlafe prima. Allerdings ist die Luft in der Kammer sehr stickig …«

Im Verlauf des Herbstes allerdings lag Fritz' sorgenvoller Blick immer häufiger auf der Kleinen. Ihm fiel auf, dass sie irgendwie an Glanz verlor, dass ihre grazile Figur eine eigenartige Plumpheit annahm, dass ihr Verhalten sich veränderte, schwankte zwischen ungewohnter Anhänglichkeit an die Mutter und einem groben, um nicht zu sagen, ordinären Ton.

Schließlich nahm er Käthe beiseite und sagte: »Ich glaube, Stella ist schwanger.« Käthe zuckte zusammen und starrte ihn entgeistert an. »Oder sie ist krank«, fügte er hinzu. »Aber mit ihr geschieht etwas, das nicht normal ist.«

In Käthe brandete ein heftiger Zorn auf. Wie konnte er es wagen?

»Du meinst, weil sie dicker geworden ist«, bemerkte sie kühl von oben herab, während sie Lust hatte, ihn zu schlagen, »damit rechne ich schon lange, so viel wie sie nascht. Es wird auch wieder vorübergehen, mach dir keine Sorgen!«

Sie drehte sich auf dem Absatz um. Noch bevor Fritz irgendeine Chance hatte, sie zurückzuhalten, war sie davongerauscht.

Aber Fritz hatte nur die ohnehin schon vorhandene Unruhe in ihr verstärkt. Tatsächlich hatte sie Stellas Veränderung während der vergangenen Wochen ebenso aufmerksam beobachtet wie er. Immer häufiger streifte ihr sorgenvoller Blick das leicht aufgedunsene Gesicht ihrer Tochter.

Eine Woche nach dem Gespräch mit Fritz befahl Käthe kurz angebunden: »Zieh dir eine Jacke über, wir fahren nach Laubegast.«

Stella gehorchte schweigend.

Lysbeth, runzlig, aber immer noch grade und behände, sagte ruhig, kaum dass die zitternde Käthe mit ihrer Tochter im Schlepptau bei ihr eingetreten war: »Du brauchst nichts zu erklären!« Und zu Stella gewandt: »Zieh dich aus!«

Als sie Stella untersucht hatte, fragte sie: »Wer war's?«

»Ich weiß nicht, wovon du sprichst«, antwortete das Mädchen schnippisch.

»Du bist schwanger, meine Schöne!«, erklärte Lysbeth ungerührt. Sie warf Käthe einen warnenden Blick zu, als diese in Tränen ausbrach. »Und ich möchte von dir wissen, wer dir das Blag gemacht hat!«

Stella verzog ihren Mund zu einem Schmollen. Die Tante sah sie weiter mit diesem kalten neugierigen Blick an. Die Mutter stierte immer noch auf den Boden und weinte.

»Ich, schwanger?«, fragte Stella von oben herab, während sie ihre Locken schüttelte und ihre Zunge im Mund herumwandern ließ.

»Ja, schwanger«, bekräftigte Lysbeth. »Und leider so schwanger, dass wir daran nichts mehr rütteln können.«

Käthes Weinen wurde lauter.

»Wer war's? Was für eine dumme Frage!«, gab Stella schnippisch von sich. »Keiner war's.«

Käthe blickte ihre Tochter an, und fast empfand sie so etwas wie

Respekt, dann aber gewannen Verzweiflung und Wut die Oberhand und sie zischte: »Die Tante fragt, wer dein Liebster ist, mein Kind, der das Kind in deinen Bauch gezaubert hat.«

Stella sah nahezu glaubwürdig erstaunt aus. »In meinen Bauch gezaubert?«, fragte sie ungläubig.

»Ja, anders war es nur bei der Jungfrau Maria«, bemerkte nun ihrerseits schnippisch die Tante, »bei der hat Gott gezaubert, sonst tun es die Männer.«

»Dann bin ich eben schwanger geworden wie die Jungfrau Maria«, sagte Stella langsam, »und bei mir hat auch Gott gezaubert!«

Es gab einen hellen Klatsch, danach einen empörten Aufschrei. Käthe zog ihre Hand zurück. Lysbeth war schneller gewesen.

»Stella«, sagte Käthe jetzt verzweifelt, »begreif doch: Er muss dich heiraten. So schnell wie möglich ...« Sie überlegte. »War es der Friedrich?«, fragte sie alarmiert.

»Der Friedrich?« Stella schüttelte wütend ihre Locken. »Was für ein Quatsch! Es war nicht der Friedrich, und es war niemand sonst. Und ich werde niemanden heiraten. Es war Gott! Bei der Jungfrau Maria gab es auch nicht solche Debatten, warum bei mir! Es war Gott! Meinetwegen gebt mich ins Kloster!«

Sie steigerte sich in hysterisches Schluchzen hinein, ließ sich auf den Boden fallen und hämmerte mit den Fäusten gegen die Erde.

Lysbeth sah ungerührt über sie hinweg zu Käthe.

»Wegmachen können wir's Blag nicht mehr«, sagte sie trocken, »aber weggeben.«

Kurze Zeit später war es beschlossene Sache. Stella würde, angeblich um den Haushalt und den Umgang mit Kräutern zu lernen, einige Monate zu der Tante in die Einsiedelei ziehen. Damit das Ganze unverfänglicher aussähe, würde ihre Schwester Lysbeth sie begleiten. Sobald das Kind geboren war, sollte es an eine Frau gegeben werden, die keine eigenen Kinder bekommen konnte, obwohl Lysbeth seit Jahren an ihr und ihrem Ehemann zugange gewesen war.

So kam es.

Lysbeth, die schon seit Ende des Sommers nur noch zu Besuch zu Gudrun ging, vor allem, um die kleine Lilly zu sehen, an die sie ihr

Herz verloren hatte, und die ihre Leidenschaft wieder Paul Wiecke zugewendet hatte, allerdings eher auf eine etwas angestrengte als wirklich begeisterte Weise, jubelte innerlich, als Käthe ihr mitteilte, dass sie den Winter über zu ihrer Tante Lysbeth in die Lehre gehen würde. Endlich wurde ihr großer Wunsch erfüllt!

Es war ein sonniger, klarer Oktobertag als Heinrich Käthe und die beiden Mädchen in der Kutsche nach Laubegast fuhr. An der Elbe entlang, die sich in kräuselnden Wellen über die Dunkelheit in Käthes Augen zu amüsieren schien. Käthe schien alles grau. Der während der vergangenen Tage unablässig vom grauen Himmel strömende Regen hatte zu ihrer inneren Landschaft gepasst. Und zu ihrer Gesichtsfarbe.

Lysbeth hingegen erblickte aus der Kutsche die in flammenden Farben stehenden Bäume, karmesinrot und sonnengelb, Blätter wie die Seiten eines reifen Apfels. In ihr flammte es wie die Herbstbäume. Ich werde zur Tante gehen, sang ihr Herz, ich werde lernen, wie man Warzen bespricht und all das andere. Sie wagte nicht einmal, »das andere« mit klaren Worten zu benennen. Das andere nämlich waren ihre Träume, über die sie von der Tante etwas zu erfahren hoffte. Eine vage Hoffnung, ohne Ziel, aber in leuchtenden Farben gefühlt.

Käthe warf von Zeit zu Zeit einen Blick auf ihre jüngere Tochter, die ihr gegenübersaß. Stella hatte sich in den seit dem Besuch bei der Tante verstrichenen zwei Wochen noch stärker verändert. Ihr Gesicht war voller geworden, ihre Augen glänzten fiebrig, ihre Brüste wölbten sich prall unter der Bluse. Sie hatte sich geweigert, ein Korsett zu tragen. Das sei vollkommen aus der Mode, hatte sie der Mutter voller Verachtung entgegengeschleudert. Und außerdem sei sie keine Matrone.

»Aber du bekommst ein Kind«, hatte Käthe zwischen den Zähnen gezischt, »und du wirst dich jetzt zusammenreißen, damit dein Bauch diese Neuigkeit nicht in die Welt hinausposaunt!«

»Kann ja nicht jeder so mager sein wie du«, hatte Stella schnippisch geantwortet und einen vielsagenden Blick auf Käthes ausgemergelte Brüste geworfen. Zu ihrem eigenen Ärger war Käthe das Blut in die Wangen gestiegen, sie hatte ausgeholt und getan, was sie noch bei keinem ihrer Kinder getan hatte. Stella hatte die Augen aufgerissen und erschüttert die Hand an die Wange gelegt, auf der sich wie eine Blume Käthes Hand abzeichnete.

Sie hatte sich hoch aufgereckt, Käthe einen hochmütigen Blick zugeworfen und ihr entgegengeschleudert: »Trag dein Korsett selbst – und stopf oben Watte rein!«

Sie hatte sich umgedreht, ihre gedemütigte Mutter im Schlafzimmer stehen lassen, und war hoheitsvoll davongerauscht. Seitdem hatten Käthe und Stella nur noch die nötigsten Worte gewechselt. Bis aufs Korsett hatte Stella sich gefügig erwiesen.

Jetzt saß sie in der Kutsche und hielt ihr Köfferchen auf den Knien fest, als hätte sie Angst, jemand könnte es ihr stehlen. Allein die um den Henkel des Koffers gekrallten Hände sprachen von einem inneren Aufruhr. Ansonsten trug Stella betonte Gleichgültigkeit zur Schau.

Käthe hatte große Angst um ihre Tochter. Sie war noch so jung. Sie hatte schmale Hüften. Wie sollte sie ein Kind zur Welt bringen? Käthe hoffte, dass es vielleicht doch noch vorher abgehen würde. Sie hatte mit Lysbeth ein kurzes Gespräch in Andeutungen darüber geführt, ob es nicht vielleicht möglich wäre, über die Monate hindurch Stella einige Kräuter oder Tees zu geben, sodass eventuell ein Abgang oder eine Totgeburt erfolgen könnten, aber Lysbeth hatte Käthes verstohlene Fragen mit einem barschen Nein beantwortet. »Wir geben das Baby weg«, hatte sie gebrummelt, »das ist eine vollkommen sichere Lösung. Alle Herumpfuscherei vorher führt nachher zu Schäden bei dem Kind, und dann kannst du es selbst großziehen. Oder deine Tochter geht dabei drauf. Willst du das?«

Käthe hatte erschrocken den Kopf geschüttelt. Gott nein, das wollte sie nun wirklich nicht. Also war es bei der Entscheidung geblieben: Bis zur Geburt und danach noch ein oder zwei Erholungswochen würden die Mädchen bei der Tante bleiben. Das Baby sollte direkt nach der Geburt fortgegeben werden, damit die dickköpfige Stella nicht noch auf die Idee käme, Muttergefühle zu empfinden.

# 15

Die Tante stand vor der Haustür, als hätte sie dort schon lange gewartet. Der kühle Herbstwind strich wie ein leises Begrüßungslied ums Haus. Die Luft roch nach Moder.

Lysbeth atmete tief ein und versuchte sich zu entspannen. Sie wartete auf irgendein dramatisches Ereignis. Vielleicht, dass die Tante sich mit einem Knall in die Lichtgestalt aus dem Traum verwandeln würde, den sie vor Jahren geträumt und nie vergessen hatte.

Später wartete sie darauf, dass die Begrüßungszeremonie zwischen ihrer Mutter und der Tante, dieses endlose Teetrinken, während dem nichts als Belanglosigkeiten ausgetauscht wurden, endlich ein Ende nahm.

»Hattet ihr eine gute Fahrt?«

»Danke, ja. Wie geht es deinen Knien?«

»Danke, einigermaßen.«

»Schmeckt dir der Tee?«

»Danke, ja.«

Was soll das?, schrie es in Lysbeth. Sie brannte darauf, endlich das zu lernen, was die Tante ihr seit Jahren beibringen wollte. Nun sollte es losgehen. Ja, bitte schön. Sie war bereit.

Natürlich wusste sie, dass es nicht eigentlich um sie ging. Ihre Mutter hatte es ihr erklärt. Stella war ein Missgeschick zugestoßen. Damit dieses aus der Welt geräumt wurde, sollten die Schwestern eine Weile bei der Tante sein.

Lysbeth fand auch, dass ihre Schwester sich in letzter Zeit eigenartig verhielt. Man erkannte sie kaum wieder. Sie war immer müde, lag viel auf ihrem Bett herum, und – was sie nie getan hatte, was also besonders erstaunlich war – sie las. Seit Wochen verbrachte sie mehr Zeit damit, Romane zu lesen, als Lysbeth es je getan hatte. Kein Wunder, dass sie dicker wurde. Und auch irgendwie hässlicher. Lysbeth schämte sich zwar, aber gleichzeitig empfand sie eine gewisse freudige Genugtuung, dass ihre Schwester wirkte, als würde sie von Tag zu Tag an Glanz verlieren.

Verständlich, dass die Mutter sich Sorgen machte. Verständlich auch, dass die Tante eingeschaltet wurde. Es kam Lysbeth zwar etwas übertrieben vor, dass sie gleich ein paar Wochen – über die genaue Zeit hatte die Mutter keine Auskunft gegeben – zur Tante geschickt wurden, aber ihr war es nur recht. Manchmal hatte sie sogar den Verdacht, als hätte die Tante das Ganze mit geheimen Kräften eingefädelt, um endlich dafür zu sorgen, dass Lysbeth ihre Lehre antreten könnte.

Während sie der überflüssigen Unterhaltung zwischen Mutter und Tante zuhörte, betrachtete sie aus dem Fenster den hinter dem Haus liegenden dichten Wald, dessen Bäume zum Teil bereits so viel Laub verloren hatten, dass sie sich schwarz vor dem blaurosa Herbsthimmel abzeichneten. Normalerweise hätte die Nähe dieses undurchdringlichen Waldes sie geängstigt, jetzt war sie nur glücklich, hier zu sein. Sie war auf dem Weg, etwas zu lernen, wonach sie seit Jahren dürstete.

Als die Mutter sich endlich erhob und von ihren Töchtern verabschieden wollte, wurde Lysbeths Aufmerksamkeit auf eine schwarze Katze gelenkt, die sich in diesem Augenblick draußen aufs Fensterbrett setzte und ihre leuchtenden grünen Augen genau auf Lysbeth richtete, als wolle sie sie begrüßen. Jetzt schauderte doch eine Gänsehaut über ihren Rücken. Die glückliche Erwartung wich einer ängstlichen Vorahnung und Befangenheit, und Lysbeth klammerte sich an ihre Mutter, als wolle sie diese nicht gehen lassen.

Sacht schob Käthe ihre Tochter fort und blickte ihr prüfend ins Gesicht. In ihre Augen stiegen Tränen.

»Ich komme euch besuchen«, sagte sie erstickt. »Ich bin ja nicht aus der Welt.«

Lysbeth schluckte.

»Du bist doch schon ein großes Mädchen!« Käthes Stimme klang, als wäre sie sich dieser Tatsache nicht wirklich sicher.

»So, Madame!«, resolut krächzte die raue Stimme der Tante, »dein Kutscher wartet. Stella, sag deiner Mutter Adieu!«

Erstaunt horchte Lysbeth auf. Wie sprach die Tante mit Stella? Niemand sprach so mit ihr. Es klang energisch, nicht unfreundlich, aber beinahe so, als gäbe es nicht den Hauch einer Möglichkeit zum Widerspruch. Erst jetzt fiel Lysbeth auf, dass Stella die ganze Zeit auf dem Stuhl am Tisch gesessen hatte, ohne einen Mucks von sich zu geben. Normalerweise war es unmöglich, Stella nicht zu bemerken. Während der vergangenen Stunde aber war sie wie unsichtbar gewesen.

Schleppend erhob sich die verwandelte Schwester, legte geistesabwesend die Arme um die Mutter und ließ sie wieder los, als hätte sie sich schmutzig gemacht.

Gemeinsam traten sie vor das Haus. Heinrich half der Mutter in die Kutsche und schnalzte mit der Zunge. Sofort setzte sich die Stute in Bewegung. Ein schwerer Kloß legte sich auf Lysbeths Brust.

Was kam jetzt auf sie zu?

Das, wonach sie sich seit Jahren gesehnt hatte, schien ihr nun so bedrohlich, dass sie am liebsten hinter der Mutter und der Kutsche hergelaufen wäre und alles versprochen hätte, wovon sie vermutete, dass es die Mutter erfreuen würde. Zum Beispiel, dass sie ihren Träumen ein für alle Mal abschwören wollte.

Da verschwand die Kutsche um die Wegbiegung. Lysbeth, plötzlich sicher, dass sie die Mutter nie wiedersehen würde, schluchzte auf. Sie starrte hinter der Kutsche her, noch lange, nachdem sie fort war.

Wie von ferne vernahm sie das Zufallen der schweren Holztür. Sie rührte sich nicht. Um sie herum entstand eine eigenartige Leere. Tante und Schwester waren ins Haus gegangen. Wie lange sie dort alleine gestanden hatte, wusste Lysbeth nicht. Irgendwann fröstelte sie. Irgendwann nahm sie wahr, dass der Himmel sich verdunkelt hatte und mit dem finsteren Wald verschmolz.

Sie vernahm Stimmen aus dem Haus. Die Stimme der Tante, ungeduldig, kommandierend. Stellas Stimme dagegen, maulig, voller Selbstmitleid. Lysbeth konnte die Worte nicht verstehen, aber ihr war, als könne sie die knorrige Hand der Tante vor sich sehen, mit der sie ihre Anweisungen unterstrich. Nun klang es fast, als knurre drinnen ein zorniger Wolf.

Die Tür wurde aufgestoßen. Stella stürmte heraus, hitzig, fast wie in alten Tagen. Als sie an Lysbeth vorbeieilte, lenkte sie plötzlich zur Seite aus, streifte ihr Bein und schubste sie mit einer kurzen Bewegung der Schulter. Lysbeth taumelte auf ein Kräuterbeet zu, ruderte wie wild mit den Armen, um nicht hinzufallen.

Eine Hand packte ihren Ellbogen. Es war die Tante, die Stella gefolgt war.

»Das Feuerholz ist im Schuppen!«, sagte sie ruhig in deren Richtung. »Dort findest du auch den Besen.«

Stella schnaubte empört und stampfte mit wütenden Schritten Richtung Wald.

Die Tante ging ins Haus zurück, ohne Lysbeths Arm loszulassen. So blieb Lysbeth nichts anderes übrig, als mit ihr zu gehen.

Ängstlich horchte sie auf das immer leiser werdende Knacken, das die Schritte der Schwester im Wald verursachten.

»Sie weiß nicht, wo der Schuppen ist«, bemerkte sie kläglich.

Die Tante stieß ein spöttisches Kichern aus. »Deine Schwester weiß mehr, als du denkst«, sagte sie darauf mit ernster Stimme. »Sie weiß, wie man kämpft, und sie weiß, wie man erpresst, sie weiß, wie man bekommt, was man will, und sie wird auch wissen, wann man gehorchen muss.«

Sie wies auf den Stuhl, auf dem vorher die Mutter gesessen hatte, und humpelte zum Herd, um den heißen Teekessel zu holen. Ohne Lysbeth zu fragen, schüttete sie den kalten Tee aus ihrer Tasse fort und schenkte dampfenden Tee hinein. Sie ließ einen Löffel bernsteinfarbenen Honigs in die Tasse tröpfeln.

»Trink!«, sagte sie, setzte sich Lysbeth gegenüber an den Tisch und betrachtete sie schweigend. Lysbeth war beklommen zumute. Es kam ihr vor, als könne die Tante ihre Gedanken lesen, ihre Gefühle spüren, all ihre Geheimnisse erraten.

»Wie alt bist du eigentlich, mein Kind?«, fragte sie freundlich. Es kam Lysbeth vor, als hätte die Tante ihre Stimme mit dem Honig gesüßt.

»Siebzehn Jahre alt, Tantchen«, antwortete sie mit belegter Stimme. Wieso fragte die Tante? Sie wusste das doch. Sie war doch bei ihrer Geburt sogar dabei gewesen; Lieschen hatte es ihr viele Male erzählt.

»Siebzehn Jahre!«, wiederholte die Tante gemütlich, als erführe sie eine sehr erfreuliche Neuigkeit. Ihr Blick ruhte unverwandt auf Lysbeth. Ein wimpernloser Blick aus kleinen, von runzligen Hautfalten umgebenen Augen.

Sie guckt mich an wie ein Krokodil, dachte Lysbeth plötzlich mit ungewohnter Aufsässigkeit. Gleich frisst sie mich.

Da lächelte die Alte und fasste mit ihren knochigen Händen nach

Lysbeths weichen nachgiebigen Mädchenhänden. Die Hände der Tante fühlten sich trocken und schuppig an. Wie die Haut einer Schlange, dachte Lysbeth und erschauerte.

»Du weißt nicht, warum ihr hier seid? Oder?«, fragte die Tante.

In Lysbeth kroch ein immer stärkeres, ihr sehr unbekanntes Gefühl von Ärger und Widerspenstigkeit hoch. »Doch!«, erwiderte sie schnippisch. »Mama hat mir alles erzählt.«

»Alles?«, fragte die Tante mit einem sardonischen Lächeln. »Das würde mich doch sehr wundern. Nun, dann erklär du es mir!«

Beinahe wäre Lysbeth aufgestanden und ebenso wie ihre Schwester in den Wald geflohen. Unter den Schuhen knackende Zweige, weite Stille rundum und Kühle auf der Haut, das war es, wonach sie sich jetzt sehnte. Nicht nach der Wärme des Feuers im Raum, nicht nach der Hitze hinter ihrer Stirn, verursacht durch die Fragen der Tante.

Sie presste die Lippen aufeinander und senkte den Blick. Sie entzog der Tante die Hände und legte sie um die Teetasse.

»Weißt du, dass deine Schwester Stella schwanger ist?« Die Stimme der Tante klang freundlich, aber Lysbeth war, als hätte sie ihr eins mit der Pferdepeitsche versetzt. Sie zuckte zusammen. Ihr tat der Kopf weh. Das Bild der Tasse vor ihr wurde abwechselnd scharf und unscharf. Übelkeit stieg in Wellen in ihr hoch. Sie schüttelte den Kopf und richtete den Blick auf die Tante. Auch die ein verschwommenes Bild. Lysbeth fühlte sich schrecklich, erschrocken und hilflos, als wäre sie in eine fremde Welt geschleudert, in der alle gewohnten Regeln nicht mehr galten.

Sie wünschte sich sehr, die Mutter wäre hier und könnte ihr sagen, was zu tun sei. Die Mutter war weich und freundlich, die Tante hingegen schroff und grob. Sie besaß zwar mächtige Kräfte, und Lysbeth hatte sich gewünscht, von ihr zu lernen, aber sie hatte nicht damit gerechnet, dass sie so eine Situation erleben würde. Die Tante verunsicherte Lysbeth, selbst wenn sie freundlich war und nach ihren Händen griff. Allein unter ihrem Blick stiegen tausend Ängste aus der Tiefe von Lysbeths Körper auf. Sie ist egoistisch, dachte Lysbeth plötzlich, und fand die Tante ganz widerwärtig.

Da wurde die Tür mit einem Ruck aufgestoßen, und Stella flog geradezu herein. Sie baute sich in der Mitte des Zimmers auf, die

Fäuste in die Seiten gestemmt. »Ja, ich bin schwanger«, schrie sie. »Ich bringe Schande über die Familie. Ich bin eine alte Schlampe, eine Hure, ich sollte mich schämen …« Sie holte tief Luft. Über ihre Wangen rannen Tränen.

Die Tante erhob sich, schloss sacht die Tür.

»Du hast gelauscht«, sagte sie ruhig, ohne jeden Vorwurf.

»Ja, ich habe gelauscht«, schrie Stella verzweifelt. All die Kraft, die während der vergangenen Wochen aus ihr gewichen war, schien zurückgekehrt und ließ ihren Körper und das ganze Haus erbeben. Lysbeth warf einen kurzen Blick zur Tante, die sich nun wieder hinsetzte. Irrte sie sich oder schmunzelte die Alte?

»Setz dich, Stella!«, sagte die Tante. »Oder bleib stehen, wie du willst.«

Lysbeth starrte gebannt auf ihre Schwester. Noch nie hatte sie Stella so erlebt. Sie glühte vor Zorn, das kannte Lysbeth. Stella war von unglaublicher Intensität. Und ebenso, wie sie sich begeistern konnte, war sie in der Lage, wütend aufzubrausen. Sie strahlte, sie glühte, sie brannte. In diesem Augenblick aber war dem Zorn etwas anderes beigemischt, eine Prise Unsicherheit, ein Fünkchen Zweifel an der Berechtigung des eigenen Verhaltens, ein durchschimmerndes Bedürfnis, alles zurückzunehmen.

Stella stellte sich noch etwas breitbeiniger hin. Sie bohrte ihre Hacken in den Boden, als müsse sie sich wappnen, nicht umgeworfen zu werden.

Die Tante schenkte Tee in drei Tassen und ließ einen Klecks Honig in ihre eigene Tasse träufeln. Sie schob den Honig zu Lysbeth und öffnete eine auf dem Tisch stehende Metalldose.

»Kekse«, sagte sie trocken. »Etwas anderes gibt es heute nicht mehr. Der Tag war zu aufregend. Ich habe vergessen, die Kartoffelsuppe vorzubereiten, die ich eigentlich für eure Ankunft geplant hatte. Außerdem geht das Feuer gleich aus, und ohne Feuer kann ich nicht kochen. Leider werden wir auch gleich frieren. Aber Stella hatte sicher Wichtigeres zu tun, als das Feuerholz aus dem Schuppen zu holen.« Sie hatte den letzten Satz im gleichen beiläufigen Ton gesprochen wie die Sätze davor. Wichtig waren andere Dinge, hörte man heraus. Und was wichtig war, folgte auch sofort. »Ich will jetzt mit dir«, sie richtete ihre spitze Nase in Lysbeths Richtung, »darüber sprechen, warum ihr hier seid, und was ich als Aufgabe für jede von euch vorgesehen habe.« Sie drehte ihren Kopf nicht zu der immer noch auf einen Fleck gepflanzten Stella, als sie fortfuhr: »Am besten holst du jetzt das Feuerholz. Es ist noch nicht vollkommen düster draußen. Sonst wird die Nacht sehr ungemütlich werden.«

Stella huschte an den Tisch und griff nach ihrer Teetasse. Hastig ließ sie Honig hineinkleckern und schob sich gleich ein paar Kekse auf einmal in den Mund.

Lysbeth schämte sich für ihre Schwester. Gleichzeitig bewunderte sie diese für ihren Mut. Die Tante war unglaublich stark und mächtig. Es hätte Lysbeth nicht gewundert, wenn über Stellas Kopf ein Rabe aufgetaucht wäre, der sie in den Schädel gepiekt hätte.

Stattdessen aber ging die Tante zur Haustür und ließ den schwarzen Kater herein. »Na, mein süßer Sultan«, sagte sie schmeichelnd. Schnurrend strich er ihr um die Beine.

Sie setzte sich wieder, und er machte einen Satz auf ihren Schoß, wo sie ihn kraulte. »Ich werde nicht frieren«, sagte sie lächelnd, »mein Sultan wärmt mich. Und ich habe eine Wärmflasche. Aber ihr?« Sie blickte Stella einmal scharf in die Augen, doch die tat so, als läse sie ihre Zukunft aus dem Tee.

»Soll ich gehen?«, fragte Lysbeth, die bei dem Gedanken, draußen durch die Dunkelheit zu einem Schuppen zu tappen, in dem bestimmt Spinnen und Mäuse und schlimmeres Getier schon auf sie lauerten, vor Angst fast ohnmächtig wurde.

»Du bleibst hier!«, bestimmte die Tante.

»Ich auch!«, bestimmte Stella.

Die Tante gab dazu keinen Kommentar ab. Sie kraulte ihren vor Wonne schnurrenden Kater, während sie an Lysbeth gewandt sagte: »Du bist hier, mein Kind, weil deine Schwester in ungefähr fünf Monaten ein Kind gebären wird.« Wieder wurde Lysbeth speiübel, und in ihrem Kopf kreiselte es, aber nur kurz, dann war sie wieder in der Lage zu denken. Sogar sehr viel zu denken. Hinter ihrer Stirn rauschten Erinnerungen an ihre Zeit bei Gudrun vorbei, die Bilder der Veränderung von Stella, die der vom Unglück gezeichneten Mutter. Ja, alles zusammen ergab einen Sinn. Aber wie konnte das geschehen sein?

Lysbeth wusste, dass Frauen in andere Umstände kamen, wenn sie heirateten. Leider gab es auch unglückliche Frauen, die als Dienstmädchen arbeiteten und vom Hausherrn ein Kind bekamen. Das war in den meisten Fällen sehr furchtbar. Und dann gab es noch die Frauen, die nicht als Dienstmädchen arbeiteten, sondern als Wäscherinnen oder Hutmacherinnen oder Modistinnen oder, ganz schlimm, in einer Fabrik. Wenn so eine in »andere Umstände« kam, tuschelten alle in der Nachbarschaft darüber, und es fielen seltsame Worte wie Luder, läufige Hündin, Schlampe, Hure, Nutte und so weiter. Immer wieder wurde auch »armes Ding« gesagt. Lysbeth hatte nicht den Schimmer einer Ahnung, was geschehen musste, damit eine Frau in »andere Umstände« kam, aber es musste etwas sein, was sich für verheiratete Frauen schickte und was eine unverheiratete Frau ins Verderben stürzte.

Was war also geschehen, dass Stella »schwanger« war, wie die Tante behauptete. Allein dieses Wort schien Lysbeth irgendwie anrüchig. Schmutzig. Sie sah ihre Schwester an, und auch die kam ihr mit einem Mal schmutzig vor. Sie hatte irgendetwas getan, was Schande nicht nur über sie selbst, sondern über die ganze Familie brachte. Auch über Lysbeth.

Etwas zu tun, was man nicht tat, war bei Stella allerdings nicht ungewöhnlich. Stella ritt wie der Teufel, sogar im Herrensitz. Stella gebrauchte unanständige Worte, die für Mädchen völlig unakzeptabel waren. Stella flocht ihre Haare nicht regelmäßig zu Zöpfen. Stella drückte mit kräftigen Worten ihre Abscheu gegen Kochen und Putzen aus. Stella lachte laut und ohne die Hand vor den Mund zu nehmen. Stella knickste nicht, wenn sie Leuten begegnete, die sie kannte. Stella hasste es zu knicksen. Stella hasste sowieso sehr viel, und sie äußerte das, ohne sich irgendwie zu schämen. Ja, Stella schämte sich sehr selten. Ganz davon abgesehen, dass sie sich, wenn man es recht bedachte, eigentlich von morgens bis abends schlecht benahm. Lysbeth wurde zornig auf ihre Schwester. Die hatte kein Recht, mit ihrem unerzogenen Benehmen Schande über die ganze Familie zu bringen!

Aber, natürlich, sie war noch ein Kind. Und sie war so bezaubernd, dass man ihr nicht böse sein konnte. Ja, begehrte es in Lysbeth auf, Stella konnte überhaupt nicht in »anderen Umständen« sein. Stella war ein Kind!

»Das ist nicht möglich«, sagte sie kaum hörbar. »Stella ist noch ein Kind!«

Die Tante sah sie mit einem spöttischen Lächeln an. Doch in dem Lächeln lag nicht nur Spott, sondern auch Mitleid und eine große Traurigkeit.

»Du hast recht!«, stimmte sie sanft zu. »Stella ist noch ein Kind. Kinder sollten nicht schwanger werden. Aber es ist nun einmal geschehen …«

»Wie bei Maria!«, begehrte Stella laut und empört auf. »Wie bei Maria!« wiederholte sie, nun schon unsicherer angesichts des spöttischen Lächelns der Tante. Sie hielt noch für ein weiteres: »Wie bei Maria!« durch, dann fiel ihre Kraft in sich zusammen, und sie weinte. »Warum denn nicht wie bei Maria?«, fragte sie kläglich. »Alle sagen doch immer, dass Gott sich mit mir besondere Mühe gegeben hat, vielleicht liebt er mich so, dass er mir ein Kind gemacht hat.«

»Wie hat er das denn getan?«, fragte die Tante sanft, aber eindringlich.

»Das weiß ich doch nicht!« Nun heulte Stella hemmungslos. »Ich weiß es nicht!«, schluchzte sie. »Ich weiß es doch nicht!«

Lysbeth war sofort geneigt, ihr zu glauben. Natürlich, so etwas gab es. Die Jungfrau Maria war von Gott auserkoren, seinen Sohn zu gebären. Warum sollte Stella, ihre Schwester Stella, nicht von Gott auserkoren sein, den nächsten zu gebären? Eine andächtige Stimmung ergriff sie. Ehrfürchtig sah sie ihre Schwester an. Ja, Stella war seit ihrer Geburt anders gewesen, irgendwie besonders. Und jetzt wusste sie es: Stella war auserkoren, Gottes nächsten Sohn zu gebären. Vorsichtig und langsam führte sie ihre Hand über den Tisch und streichelte behutsam den Unterarm ihrer Schwester. Als würde sie einen kostbaren Schmuck berühren, wertvoll, selten, zerbrechlich.

»Ich bin erschüttert!«, zerschnitt da die splitternde Stimme der Tante die andächtige Stille. »Ihr glaubt wirklich an solchen Blödsinn.«

Lysbeth erschrak zutiefst. Nun hatte die Tante sich wirklich als Hexe entlarvt. Sie glaubte nicht an Gott! Sie sagte, Marias Geburt von Jesus sei Blödsinn! Oder? Was hatte sie gemeint?

Voller Angst und auf der Suche nach einer Verbündeten, mit der sie so schnell wie möglich von diesem verruchten Ort fliehen könnte, sah sie ihre Schwester an. Doch die errötete, blickte auf den Tisch, dann voll schlechten Gewissens auf ihre Schwester und dann, als würde sie ihre Niederlage anerkennen, auf die Tante. »Gewonnen!«, sagte sie mit fester Stimme. »Ich gebe mich geschlagen.«

Lysbeth schüttelte verwirrt den Kopf. Sie hatte ihre Schwester tausendmal diese Sätze sagen gehört. Nun, vielleicht nicht tausendmal, so häufig verlor Stella nicht, aber sie war immer eine Verliererin gewesen, die mit starker Stimme sagte: »Ich gebe mich geschlagen.«

Lysbeth riss, angesichts dessen, was jetzt passierte, verwundert die Augen auf. Die Tante lächelte Stella an. Es sah verschwörerisch aus. Stella lächelte zurück. Es sah respektvoll aus und anerkennend.

Nun wandte Stella sich zu Lysbeth und sagte, klar, ruhig und als wäre sie die große Schwester: »Ich weiß nicht genau, wie ich schwanger geworden bin, aber es war nicht Gott, Lysbeth. Und ich habe auch einen Verdacht.«

Die Tante atmete hörbar ein. Dann atmete sie hörbar aus. Dann räusperte sie sich auffordernd.

Stellas Kopf ruckte vor. Wie eine Schlange, dachte Lysbeth und wusste plötzlich nicht mehr, ob sie ihre Schwester wirklich so liebte, wie sie immer geglaubt hatte.

»Du brauchst gar nicht so zu schnaufen«, zischte Stella die Tante an. »Ich habe einen Verdacht, habe ich gesagt, aber das heißt gar nichts …«

»Nein«, entgegnete die Tante ruhig, »das heißt gar nichts, außer, dass du vielleicht ebenso wie deine Schwester nicht weißt, wie eigentlich Babys in den Bauch einer Frau …«, sie räusperte sich abermals, »… nun, sagen wir, in den Bauch eines weiblichen Wesens kommen, das bereits ein einziges Mal wenigstens geblutet hat.«

Lysbeth erstarrte. Darüber sprach man nicht! Dieser Vorgang der monatlichen Blutung war entsetzlich unangenehm. Es gab eine Schublade in der Kommode der Mutter. Dort lagen die Stofffetzen, die aus zerschlissenen Bettlaken oder ausrangierten Tischtüchern geschnitten worden waren. Benutzt, wurden sie fortgeworfen, das war, wie Lysbeth aus der Wäsche bei Gudrun geschlossen hatte, ein Luxus, den sich nicht jede Frau leisten konnte.

Auf jeden Fall sprach man über das alles nicht!

Stella hatte ihrer Tante aufmerksam das Gesicht zugewendet. Die

Tante hielt ihrem Blick gelassen stand. Stella errötete. Die Tante lächelte wieder.

»Was weißt du?«, fragte sie, und nun endlich klang sie wie eine alte fürsorgliche Frau. Stella schluckte und blickte wieder in ihre Teetasse, als wäre dort das Mysterium ihrer Schwangerschaft entschlüsselt.

Schweigend wartete die Tante auf eine Antwort. Lysbeths Herz schlug schneller. Ja, was wusste Stella? Wenn sie ehrlich vor sich selbst war, gestand sie sich ein, dass sie sich die Frage, was eine verheiratete Frau tun müsse, um ein Baby zu bekommen, schon mehrfach gestellt hatte. Sie wusste, was Hunde taten, was Katzen taten, und sie wusste auch, dass Stella wusste, was Pferde taten, bevor die Stute dick wurde. Das alles war allerdings so entsetzlich, dass Lysbeth die Frage nach dem, was Menschen taten, sofort wegschob, sobald sie sich stellte. Allerdings war das von einem leichten Bedauern begleitet, denn ihr war klar, dass sie niemals heiraten würde, wenn ihr so etwas Scheußliches zustoßen würde wie bei Katzen, Hunden oder Pferden. Leider würde sie dann kein Baby bekommen. Dabei sehnte sie sich, seit sie Lilly betreut hatte, nach nichts mehr als danach, so ein weiches, duftendes Wesen im Arm zu halten.

Im Zimmer hatte sich ein bedrückendes Schweigen ausgebreitet. Auf Stellas Gesicht leuchteten rote Flecken, als hätte sie Scharlach. Sie öffnete den Mund. Die Tante gab einen beruhigenden aufmunternden Ton von sich. Stella schloss den Mund wieder. Das Schweigen lastete auf Lysbeth wie damals, als Stella im Spiel die Bettdecke über Lysbeths Kopf geworfen und sich draufgesetzt hatte. Zuerst hatte Lysbeth Angst vor der Dunkelheit bekommen und davor, aus dem Bettgewirr nicht mehr herauszufinden, dann aber hatte sich eine zentnerschwere Last auf ihre Brust gelegt, und sie hatte nicht mehr atmen können, ja, sie hatte sich nicht einmal mehr rühren können. Eigentlich wäre es möglich gewesen, die kleine Schwester abzuwerfen, aber sie war vor Angst wie gelähmt.

Genauso fühlte sich die zentnerschwere Last des Schweigens jetzt an.

Lysbeths Blase drückte, eigentlich hätte sie hinausgehen müssen zum Herzchenhaus. Ihr Mund war trocken, sie hätte wenigstens einen Schluck Tee trinken sollen. Ihr wurde kalt, das Feuer versiegte allmählich, und draußen legte sich feuchte Kälte ums Haus, hüllte es ein. Sie hätte sich einen Umhang holen müssen. Aber sie blieb auf ihrem Stuhl sitzen, unfähig, sich irgendwie zu bewegen. Wie damals unter der Bettdecke atmete sie kaum.

Da öffnete Stella ihren Mund. Erst fielen stockend einige Worte in den Raum, dann folgten andere, flüssiger, dann überschlugen sie sich, und die ganze Geschichte sprudelte aus Stella heraus. Die roten Flecken auf ihrer Haut verschwanden, sie wurde bleich wie ein Leichentuch, und dann nahm ihr Gesicht ganz allmählich wieder eine rosige Farbe an.

Lysbeth lauschte mit aufgerissenen Augen. Sie spürte ihren Körper nicht mehr, nicht die Kälte im Zimmer, nicht den Druck auf der Blase, nicht den Durst. Alles versank vor den Bildern, die Stella heraufbeschwor, versank in dem Grauen, dem Schmerz, der Angst, die Lysbeth mit Stella empfand, als würde ihr das alles selbst zustoßen.

Als Stella geendet hatte, sah sie wie verwandelt aus. Aus dem dumpfen dicklichen Mädchen mit fettigen roten Haaren war wieder ein lebendiger Mensch geworden. Ängstlich, aber vor allem unendlich erleichtert, sah sie die Tante an. Die erwiderte ihren Blick, nachdenklich nickte sie viele Male mit dem Kopf. Dann erhob sie sich seufzend. Die Katze plumpste mit einem empörten Miauen auf den Boden.

»So, Kinder«, wieder seufzte sie, diesmal etwas zu theatralisch, als dass man sie ernst nehmen könnte, »da unser Katastrophenkind hier Angst hat, im Dunkeln in den Schuppen zu gehen, machen wir es jetzt gemeinsam. Erhebt eure kleinen Hinterteile und folgt mir! Ich muss jetzt nämlich Kartoffelsuppe essen. Immer wenn schlimme Dinge in meinem Leben geschehen, muss ich Kartoffelsuppe essen.« Kichernd entzündete sie das Petroleum in einer Laterne und verließ das Haus. Stella sprang sofort auf und folgte ihr. Lysbeth, ängstlich, ihre Beine würden sie vielleicht nicht mehr tragen, erhob sich langsam und vorsichtig. Erleichtert stellte sie fest, dass ihr Körper nicht abgestorben war. Sie folgte der beschwingt hinauseilenden Stella; behutsam setzte sie einen Schritt vor den anderen. Ganz allmählich kehrte sie in ihren Körper zurück.

Draußen stand der Mond wie ein Apfelschnitz, fahlgelb, an einem steingrauen Himmel. Nach kürzester Zeit hatten sich Lysbeths Augen an die Dunkelheit gewöhnt. Die Laterne der Tante hüpfte in der Luft. Lysbeth empfand keine Angst. Und wenn im Schuppen Spinnen oder Mäuse oder gar Ratten wären, na und? Was sollte geschehen? Das Schlimmste, was einem geschehen konnte, hatte ihre Schwester erlebt.

Die Tante stieß die Schuppentür auf. Sie stellte sich in die Mitte des kleinen Holzhäuschens und wies mit dem Zeigefinger in eine Ecke. Bevor Lysbeth noch erkennen konnte, was da lag, hatte Stella sich schon gebückt und mit verblüffender Kraft und Geschwindigkeit Holzscheit auf Holzscheit in einen Korb geworfen. Als sie den Korb allerdings hochheben wollte, gebot die Tante ihr Einhalt. »Das macht ihr zusammen«, sagte sie freundlich, »das ist für eine allein zu schwer.«

Schnell packte Lysbeth einen Henkel, und einträchtig trugen die Schwestern den Korb zum Haus. Mittlerweile war die Nacht für ihre Augen richtig hell, zudem leuchtete das warme Licht der Petroleumlampe durch das Fenster, dass es ihnen gar nicht in den Sinn kam, auf die Laterne der Tante zu warten.

Es war eine ganz besondere Stimmung, in der sie die Kartoffelsuppe zubereiteten. Die Mädchen schnitten Möhren, Kartoffeln, Lauch, Zwiebeln, Speck. Die Tante entfachte das Feuer neu, setzte den Topf auf, briet Speck und Zwiebeln an und warf alles Gemüse hinein. In dem kleinen Raum, der Küche und Wohnzimmer zugleich war, breitete sich ein köstlicher Duft aus. Erst jetzt merkte Lysbeth ihre Blase wieder. Und nun kam auch die Angst vor dem Dunkel draußen zurück.

Doch sie erhob sich tapfer. Die Tante blickte fragend vom Herd zu ihr. Noch bevor sie den Mund öffnen konnte, war Stella an Lysbeths Seite.

»Ich muss auch mal, ich komm mit!«, sagte sie. Es klang erleichtert, als hätte auch sie sich nicht getraut, allein das Herzchenhäuschen aufzusuchen.

Auch diesmal löste sich die Angst in nichts auf, sobald sie draußen waren. Der Wald lag wie eine schwarze Mauer hinter dem Garten der Tante, aber um das Haus herum war es so hell, dass kein Schritt ins Ungewisse gemacht werden musste.

Als sie zurückgingen, griff Stella nach Lysbeths Hand. Stella sah die etwa einen Kopf größere Schwester von unten herauf an. »Bist du mir böse?«, fragte sie. In Lysbeth zersprang etwas. Wie eine Kapsel, in der Traurigkeit eingeschlossen gewesen war. Tränen schossen ihr in die Augen. Sie schüttelte wortlos den Kopf und drückte ihrer Schwester schnell einen Kuss auf den Scheitel.

»Nein«, raunte sie. »Nein, überhaupt nicht!«

Stella drückte ihre Hand und ließ sie schnell wieder los. Sie huschte vor der Schwester ins Haus und hielt ihr die Tür auf.

»Ich musste schon so lange«, grinste sie, »fast hätte ich in die Hose gemacht.«

Die Kartoffelsuppe schmeckte Lysbeth so gut, dass sie es gar nicht fassen konnte. Es war schließlich nicht das erste Mal, dass sie Kartoffelsuppe aß. Auch das wohlige gelöste Gefühl, dass sich während des Essens in ihrem Körper einstellte, war ihr sehr neu. Misstrauisch fragte sie die Tante, was diese denn noch in die Suppe getan hätte. Die Alte kicherte.

»Das ist ein Geheimnis, mein Kind«, antwortete sie. »Und gleich werden wir einige andere Geheimnisse lüften. Nur gemach.«

Nach dem Essen stellte die Tante einen Krug mit Rotwein auf den Tisch.

»Zur Feier des Tages!«

Eine behagliche Stimmung lag im Raum. Die zerbrach jäh, als die Tante fragte: »Und, Lysbeth, weißt du jetzt, wie das Baby in Stellas Bauch gekommen ist?« Ihre Stimme hatte spröde geklungen, spöttisch auch. Lysbeth spürte, wie sie errötete. Nein, begriff sie jetzt. Nein. Hilfesuchend sah sie zu ihrer Schwester. Auch die war errötet. Stella stützte ihre Ellbogen auf den Tisch und das Gesicht in die geöffneten Hände. »Du hast recht«, sagte sie erstaunt. »Ich weiß gar nicht, was eigentlich passiert ist.« Nachdenklich fügte sie hinzu: »Vielleicht war es ja ganz genauso bei Maria. Sie ist irgendwie eingeschlafen, und danach bekam sie Jesus.«

Die Tante lachte laut auf. »Nun«, sagte sie trocken, »möglich. Bei dir zumindest war es nicht Gott, sondern einer dieser Rotzlöffel … oder alle zusammen.«

Zwischen Lysbeths Brauen bildete sich eine Falte angestrengten Nachdenkens. Alle zusammen? Das hatte sie noch nie gehört. Konnte eine Frau ein Kind von mehreren Männern bekommen?

Sie fasste sich ein Herz und stieß hervor: »Was macht ein Mann mit einer Frau, damit sie …?«

Die Tante seufzte schwer auf. Vor Lysbeths Augen verschwand sie in einem Nebel aus Schweigen. Es war fast unheimlich, denn Lysbeth konnte sie wirklich nur noch verschwommen sehen. Dann war sie plötzlich zurück, deutlich erkennbar mit überscharfen Konturen. »Hört mir zu!«, sagte sie. »Es ist eine große Tragödie, dass Frauen nicht in die Geheimnisse ihres Körpers eingeweiht werden. Dabei steckt die Kraft einer Frau, ihre Macht, genau dort. Im Körper und im Wissen um den Körper. Das Gleichgewicht zwischen männlicher Kraft und weiblicher Kraft ist leider vollkommen zerstört. Deshalb passiert so etwas, dass Mädchen schwanger werden, ohne es zu merken, und auch«, sie wendete sich Lysbeth zu und fixierte sie scharf, »dass ein Kind mit hellsehenden Träumen mundtot gemacht wird.«

Hitze stieg in Lysbeths Wangen. Sie begriff die Tante nicht im Geringsten, aber sie wollte unbedingt, dass sie fortfuhr.

»Kannst du nicht einfach sagen, was die Jungen gemacht haben?«, fragte Stella, offenbar gelangweilt durch die Worte der Tante.

»Nein!«, gab die Tante schroff zurück. »Die Jungen hätten es nämlich nicht machen können, wenn du dich geschützt hättest.«

»Geschützt?«, fragte Stella gedehnt zurück. »Du meinst, ich hätte zu Hause bleiben sollen?«

»Nein!«, antwortete die Tante wie aus der Pistole geschossen. »Ich meine nicht, dass du brav sein sollst, um dich zu schützen. Die Regeln des Bravseins schützen nicht. Ganz im Gegenteil!«, sagte sie und blickte in Lysbeths Richtung. »Ganz im Gegenteil! Aber Stella ist in Schwierigkeiten gekommen, weil sie sich auf ein Terrain begeben hat, auf dem sonst nur Jungen sein dürfen: Nachts rausgehen, Neues ausprobieren, Streiche machen, Grenzen erproben …«

Stimmt, dachte Lysbeth trotzig. Und weil ich das nicht tue, passiert mir nichts Schlimmes. Als hätte sie ihre Gedanken gelesen, sagte die Tante: »Und Frauen denken, wenn sie schön brav sind, passiert ihnen nichts Schlimmes.«

Stella verzog ihren Mund zu einer aufgeregten Schnute. Man sah ihr an, dass die Tante dabei war, sie zu fesseln. Anscheinend ging es hier nicht um eine Moralpredigt. Anscheinend ging es hier um etwas ganz anderes. Etwas Neues.

»Aber Frauen passieren ständig schlimme Dinge«, sagte die Tante in Lysbeths Richtung. »Sie heiraten die falschen Männer, nur weil sie nicht wissen, dass man nicht dankbar sein muss, nur weil ein Mann einem Geschenke und Komplimente macht. Und weil sie nicht wissen, dass man Männer ebenso prüfen muss wie einen Fisch auf dem Markt. Manche sehen ganz hübsch aus, aber sie haben viel zu viele Gräten, und sie schmecken modrig, und vielleicht stinken sie am Kopf.«

Beide Mädchen kicherten. Lysbeth dachte an ihre Mutter. Dass die nicht glücklich war mit ihrem Mann, war allen klar, aber keiner machte sich darüber viele Gedanken. Eheleute waren nicht glücklich miteinander, sie hatten Kinder, und die Frau hatte ihre Aufgabe und der Mann die seine. Punktum.

»Frauen passieren noch andere schlimme Dinge«, fuhr die Tante ernst fort. »Sie verlieren ihre Kraft, weil sie zu viele Kinder bekommen. Weil sie in ihrem ganzen Leben nicht gelernt haben, Nein zu den Dingen zu sagen, die ihnen schaden, die ihnen nicht gefallen, die sie stören.«

»Das hat doch nun gar nichts miteinander zu tun!«, platzte Stella heraus. »Ich kann wirklich Nein sagen, wenn ich etwas nicht will ...«

»Womit wir beim Ausgangspunkt zurück wären«, sagte die Tante lächelnd. »Du weißt zu wenig, mein Kind, über dich, deinen Körper, deine Kraft. Du denkst, wenn du ebenso bist wie die Jungen, bekommst du etwas von ihrer Stärke. Aber du hast nicht gelernt, dich zu schützen.« Stella fuhr auf, doch die Tante ließ sich nicht unterbrechen. »Du würdest dich doch nicht vor einen Tiger stellen und ihn bitten, dich anzuspringen, oder? Nein, du würdest dich schützen!«

»Wie denn?«, kicherte Stella. »Weglaufen? Auf einen Baum klettern? Ich weiß: Ich würde ihn anspringen und mich auf ihn setzen und ihn reiten.«

Die Tante sah sie mit irrlichternden Augen an. »Du würdest es fertigbringen!«, grinste sie, und es klang seltsam in Lysbeths Ohren.

»Man kann sich auf vielerlei Art schützen«, sagte die Tante da resolut, »aber erst einmal muss man wissen. Wissen!«

Sie holte ein Stück Kreide und eine kleine Schiefertafel. Schnell wischte sie die Worte, die auf der Tafel standen, fort. Und dann begann ein Unterricht, in dem sie mit dem weiblichen Körper begann, zum männlichen Unterleib überging und dann mit Hilfe von detaillierten Zeichnungen erläuterte, wie die Zeugung eines Kindes stattfand.

Lysbeth hatte nahezu aufgehört zu atmen.

Stella war kreidebleich geworden. »Du meinst«, ihre Stimme war hoch wie die eines ängstlichen Kindes, »die Jungen haben …«

»Ja, ich meine nicht nur«, sagte die Tante. »Ich weiß. Einer oder mehrere oder alle haben ihren Penis in deine Spalte gesteckt. Und dann ist das geschehen …« Sie wies auf die von ihr gesprenkelt gemalten Spermien, die durch die Schlucht der Vagina hindurchströmten.

Stella schob sich unruhig auf dem Stuhl hin und her. Langsam kehrte wieder Farbe in ihr Gesicht zurück. Schließlich sagte sie ruhig: »Wie gut, dass ich es nicht gemerkt habe.« Die Tante lachte wieder ihr Hexenlachen. »Vielleicht gut, vielleicht schlecht. Wahrscheinlich wäre es nicht passiert, wenn du nicht … betrunken gewesen wärst.«

»Du sagst, brav sein ist kein richtiger Schutz«, Lysbeth sprach langsam, ihre Gedanken formten sich nur mühsam, »aber was ist denn ein Schutz?«

Die Tante lächelte wissend. »Es gibt viele, viele Schutzschilde für Frauen«, antwortete sie. »Und ich werde euch in den nächsten Monaten unterweisen, wie ihr sie herstellt und anwendet.«

»Herstellen?«, fragte Stella interessiert. »Benutzen?« Man sah ihr an, dass sie sich in der Phantasie Ritterkämpfe mit Schild und Schwert ausmalte.

»Der erste Schild ist Wissen!« Die Tante klang resolut. Stella schürzte trotzig die Lippen. »Und es ist nicht leicht, dieses Wissen zu erlangen, denn dazu musst du in den Spiegel schauen.« Lysbeth kicherte unwillkürlich. Im ganzen Raum hing kein einziger Spiegel. Und auch in Lysbeths Zuhause gab es nur einen kleinen Spiegel im Elternschlafzimmer über dem Waschtisch.

»Es gibt viele Spiegel«, sagte die Tante mit einem sonderbaren Blick auf die Mädchen.

»Was soll ich tun?«, fragte Stella rasch. »Wirst du mir helfen, Tante Lysbeth?«

Die Tante kicherte. »Stella, du spielst die Rolle des hilflosen kleinen

Mädchens, du schwelgst ja geradezu darin, dass du Hilfe brauchst.« Sie erhob sich und begann, den Tisch leer zu räumen. »Morgen beginnen wir mit den Lektionen. Du, Stella, bist für das Feuerholz zuständig und dafür, den Boden im Haus zu fegen und zu wischen. Du, Lysbeth, sammelst Kräuter und füllst meine Vorräte auf. Und außerdem«, nun schnitt ihre Stimme durch den Raum und richtete sich wie eine Schwertspitze auf Lysbeths Brust, »außerdem schreibst du jeden Morgen deine Träume der vergangenen Nacht auf. Noch im Bett.« Sie griff hinter sich in den Küchenschrank und überreichte Lysbeth ein Schreibheft. »Hier hinein. Jeden Tag. Ohne Ausnahme!«

Stella maulte. »Warum muss ich die schweren Sachen machen? Ich will auch Kräuter sammeln!«

»Du wirst auch Kräuter sammeln!«, bestimmte die Tante. »Und Träume aufschreiben. Nach ein paar Wochen tauscht ihr die Aufgaben. Und jetzt ins Bett. Morgen geht's in der Frühe hoch!«

Lysbeth war ungewohnt erschöpft. Im Nebenzimmer hatte die Tante zu ihrem Bett noch ein Strohlager eingerichtet. Sie selbst wollte auf der Bank in der Küche schlafen. Als Lysbeth im Bett lag, auch das hatte die Tante bestimmt, denn in ein paar Wochen würde Stella dort schlafen müssen, fragte sie sich, ob der ganze Abend wirklich gewesen war oder vielleicht nur ein Traum? Wie lange war sie schon bei der Tante? Es kam ihr wie Tage vor. Vor ihrem inneren Auge rauschten Bilder, Worte, Eindrücke des Abends vorbei. Als sie die von der Tante auf die Schiefertafel gemalten Bilder sah, wurde ihr wieder schlecht. Sie versuchte, tief zu atmen. In ihrem Kopf entstand ein entsetzlicher Druck.

Als sie die Augen öffnete, wurden die Umrisse des Zimmers allmählich klar erkennbar. Sie hörte den Wind um das Haus wehen, und sie hörte draußen, wie etwas durchs Laub raschelte. Sie erstarrte. Was, wenn draußen Männer waren, die gleich hereinkämen und mit der Tante und Stella und Lysbeth das Gleiche täten, was sie auf der Schiefertafel gesehen hatte?

»Lysbeth?«, klang da Stellas Stimme klein neben ihr, »ist alles in Ordnung mit dir?«

Lysbeth öffnete den Mund, aber es kam kein Ton heraus. »Ja«, krächzte sie schließlich. »Warum?«

»Du hast eben so komisch geschnauft«, sagte Stella, und ihre

Stimme klang schon wieder munterer, »da dachte ich, dass vielleicht alles etwas viel für dich war.« Sie gluckste. »Nicht jeder kann ja so hartgesotten sein wie ich.« Doch dann fuhr sie wieder zaghaft fort: »Reichst du mir deine Hand?«

Lysbeth drehte sich auf die Seite und ließ ihren Arm herabsinken. Eine weiche Hand griff nach der ihren. In Lysbeth stieg heiße Liebe für ihre kleine Schwester auf. Ja, dachte sie, ich will lernen, Schutzschilde herzustellen. Und dann will ich Stella schützen. Tränen liefen über ihre Wangen.

So glitt sie in den Schlaf.

Sie erblickte vor sich die Zahl Dreizehn, am Himmel funkelnd, aus Millionen von Sternen geformt. Sie hörte einen Knall, und die Sterne verwandelten sich in kleine Feuer, die lodernd brannten. Die Zahl Dreizehn zerfiel in Asche, die auf die Erde fiel wie Lava. Unten stand sie selbst.

Am Himmel formte sich aus der Asche ein V, dessen Spitze auf sie wies. Die Asche war heiß. Sie zielte auf ihren Kopf, der sich öffnete, und floss in sie hinein. Es war zu viel, um in ihren Körper zu passen. Der dehnte sich aus wie ein Ballon. Sie erwartete zu platzen, aber nichts geschah, als dass sich auf ihrer Haut an vielen Stellen kleine Risse bildeten, die sich rot verfärbten. Die Risse wurden porös, und die Lava strömte heraus, nun flüssig und rot wie Blut. Es war ein schönes Bild, wie aus tausend kleinen Rissen rote Flüssigkeit sprudelte.

Irgendwann aber versickerte die Flüssigkeit, und Lysbeth war übrig geblieben. Überdehnt, gerissen, auf dem Gesicht ein verdutztes Lächeln.

Da kam die Tante mit einem Korb voller Herbstblätter. Kurz vor ihr schwang die Tante sich einfach in die Lüfte, ohne Flügel, ohne Hilfsmittel, einfach so, und über ihr schwebend kippte sie den Korb aus. Die bunten Blätter fielen auf Lysbeth wie Schneeflocken. Einige kühl, einige kalt, einige lauwarm, legten sie sich auf ihren Körper, weich wie Federn, streichelten sie sie beim Hinabgleiten, ein kosendes wundervolles Gefühl. Als alle Blätter um sie herum auf dem Boden lagen, landete auch die Tante vor ihr und kicherte ihr Hexenlachen. »Na?«, meinte sie triumphierend. »Na? Hab ich's nicht gesagt?«

Lysbeth blickte an sich herab. Ihr Körper glänzte wie Kupfer, glatt, samtig, fest.

Sie wollte gerade antworten: »Ja, du hast es gesagt«, da ergriff die Tante ihre Hand und schwang sie mit sich in die Luft. Ein unbeschreiblich leichtes und freies Gefühl erfasste Lysbeth. Sie wusste nicht, wann sie jemals so glücklich gewesen war. Doch je höher sie stiegen, umso mehr Angst bekam sie vor dem Absturz. Die Angst wurde so mächtig, dass sie meinte, daran sterben zu müssen.

Lysbeth wachte auf. Ihr Herz raste. Sie empfand eine Mischung aus Erleichterung und Bedauern. Was war geschehen? Da erinnerte sie sich wieder an ihren Traum. In der Ferne hörte sie einen Kuckuck schreien. Neben ihr atmete ruhig Stella. Lysbeth blickte zu ihr hinunter und erschrak. Im Halbdunkel erkannte sie, dass Stella einen völlig verdrehten Arm hatte. Lysbeth wollte sich aufrichten und stellte fest, dass das nicht möglich war. Ihr rechter Arm war fort! Wieder raste ihr Herz. Wie war das noch gleich, schoss es durch ihren Kopf, wenn der Kuckuck schreit, stirbt einer? Oder schlief sie noch, und wie sie eben fliegen konnte, hatte sie jetzt ihre Gliedmaßen verloren?

Sie griff mit der linken Hand zur rechten Schulter, tastete hinab bis zur rechten Hand. Nein, es war alles da, alles am rechten Fleck. Aber sie fühlte nichts im rechten Arm! Sie griff zum rechten Handgelenk und hob vorsichtig die Hand hoch. Da kamen die Schmerzen. Zuerst nur in der Schulter, dann dumpf den ganzen Arm hinunter, und dann kribbelte und pikte es, als liefen Ameisen unter ihrer Haut hindurch.

Als sich alles wieder beruhigt hatte, suchte sich Lysbeth eine wohlige Lage, beschloss, den Traum morgen früh gleich aufzuschreiben und schlief wieder ein.

Eine Woche später war ihr Traumheft schon halb gefüllt. Nichts bereitete Lysbeth mehr Freude, als in der Dämmerung aufzuwachen und nach dem bereitliegenden Heft zu greifen. Sie warf ihr Tuch um und schlich aus dem Schlafzimmerchen in die Küche, wo die Tante bereits das Feuer entfacht hatte und schon eine dampfende Tasse Tee für Lysbeth bereitstand. Diese schlüpfte unter die noch warme Bettdecke der Tante auf der Bank, die unter dem Fenster stand, schaute versonnen zum Wald hinaus und begann zu schreiben.

Die Tante und sie wechselten kein Wort. Bereits am ersten Morgen, als Lysbeth auf nackten Füßen in die Küche stapfte, weil sie im schummrigen Licht des Schlafzimmers nicht schreiben konnte, hatte die Tante sie eingewiesen, wie ein Traumbuch zu führen sei. »Du kommst hier herein, setzt dich in mein Bett und schreibst einfach auf, an was du dich erinnerst. Und dann schreibst du hinter den Traum eine Seite lang, was dir dazu einfällt. Einfach so, ohne nachzudenken. Danach klappst du das Buch zu und weckst deine Schwester. So wie ich die kenne, wird sie nicht von allein aus dem Bett finden.«

So hatten die Tage des Lernens begonnen.

Jede der Schwestern lernte anderes. Vor allem aber lernten sie, ohne genau zu merken, was sie lernten. Stella fuhrwerkte hinter dem Schuppen mit der Axt herum. Täglich zerschlug sie dicke Baumstücke zu Brennholz. Wenn Lysbeth sie dabei sah, wurde ihr unheimlich zumute. Stella wirkte wie eine Flamme. Wie eine Göttin, die alles Unrecht der Menschheit rächte. Ja, und sie wirkte unendlich wütend und so kraftvoll, dass Lysbeth irgendwann Angst davor bekam, was passieren würde, wenn Stella einem der Jungen begegnete, mit denen sie im Schwimmbad gewesen war.

Als sie die Tante nach ein paar Tagen zaghaft darauf anzusprechen versuchte, lächelte diese nur und ließ sie nicht ausreden: »Keine Sorge, mein Kind …«, meinte sie beruhigend, »jede von euch baut gerade ihren Schutzschild.«

Manchmal drückte die Tante sich sonderbar aus, das hatte Lysbeth schon begriffen. Was sollte schon ein Schutzschild damit zu tun haben, dass Stella Holz hackte wie eine Verrückte und den Boden kehrte und wischte, als gelte es, allem Schmutz der Welt den Garaus zu machen. Oder was sollte ein Schutzschild damit zu tun haben, dass sie selbst allmorgendlich ihre Träume notierte und dann den halben Tag damit verbrachte, nach den Kräutern zu suchen, die die Tante ihr vorher in einem Büchlein gezeigt hatte. Ja, Lysbeth hatte ein zweites Heft geschenkt bekommen, in dem sie sorgfältig Buch führte über Kräuter. Sie schrieb auf, wie man sie fand, wie man sie auf die eine oder andere Weise zubereitete, damit sie ihre heilende

Wirkung entfalteten. Anschließend zeichnete sie die Pflanze. Danach hatte sich alles fest in ihr Gedächtnis geprägt.

Die erste Pflanze, die die Tante ihr aufgegeben hatte, war leicht zu finden. »Beinwurz« nannte die Tante sie, was Stella zu kindischem Gelächter veranlasste. »Beinfurz, Beinfurz«, sang sie und hüpfte dabei auf einem Bein herum, während sie den Hintern provokativ herausstreckte und furzende Geräusche von sich gab. Die Tante hatte ihr auf den Hintern geschlagen wie einem frechen Kind, worauf Stella kichernd nach dem Besen gegriffen und darauf reitend das Haus verlassen hatte Richtung Schuppen, wo sie ihrer Lieblingsbeschäftigung nachgehen wollte, dem Holzspalten.

»Beinwurz wird auch Beinwell, Beinheil, Schwarzwurz, Kuchenkraut und Wallwurz genannt«, erläuterte die Tante. Ihr Lächeln deutete an, dass sie immer noch in Gedanken bei Stella war. Stella hatte das Herz der Tante im Nu erobert. Es war verblüffend zu beobachten, wie Stella sich bereits in der ersten Woche verändert hatte. Aus dem lethargischen aufgedunsenen Mädchen war wieder ein aktiver kraftvoller lebenslustiger Mensch geworden. Es wäre falsch, von Frau zu sprechen, Stella war ein Kind, ein Mädchen, eindeutig, obwohl ihr Bauch sich leicht vorwölbte und ihre Brüste Ausmaße angenommen hatten, die Lysbeth nur mit Neid betrachten konnte.

Die Tante riss sich aus ihren Gedanken und sah Lysbeth liebevoll an. Es gefiel ihr, das war unübersehbar, die beiden Mädchen bei sich zu haben. Nicht selten gab sie strenge Anweisungen, und wenn diese nicht befolgt wurden, reagierte sie schroff, doch selbst dann war nicht zu verkennen, dass sich mit dem Aufenthalt der Mädchen in ihrem Haus, ja, ihrem Leben, ein Traum für sie erfüllte.

»Beinwurz zählt zu den unentbehrlichsten und besten Kräutern, die die Natur für uns bereithält«, erklärte sie voll ungewohnter Begeisterung. »Die Pflanze wächst auf nassen Wiesen, Feldrainen, in feuchten Gräben und entlang von Gewässern. Du findest sie auch an Zäunen und auf Schutthalden. Sie blüht den ganzen Sommer über.«

Lysbeth betrachtete neugierig das Bild, das die Tante ihr hinhielt. Eine Blume mit dicken Stängeln und rauen Blättern, die sehr spitz endeten. Die Blüten wirkten wie dicke Dolden aus vielen glockenförmigen Blüten.

»Die Wurzel ist außen dunkelbraun bis schwarz, und sie ist sehr dick, wie dein Daumen oder dicker. Wenn du sie aufschneidest, ist sie schleimig, wie Wagenschmiere. Das frische Kraut habe ich im Sommer gesammelt, jetzt brauche ich die Wurzeln. Also geh los, nimm eine Spitzhacke und rück ihnen zu Leibe. Sie haben sich sehr tief in die Erde gegraben. Du musst keine Angst haben, wenn du sie ausgräbst, sie wachsen nach.«

Mit einer Spitzhacke bewaffnet, marschierte Lysbeth also los. Die Tante hatte ihr dicke hohe Gummistiefel gegeben, in denen Lysbeth sich sehr zünftig vorkam. Sie vergaß auf ihrem Weg völlig, dass sie eigentlich Angst davor hatte, allein unterwegs zu sein. Zum Glück war es nicht nötig, in den Wald einzudringen, da die Pflanze am Waldrand angesiedelt war. Nach einem Tag kehrte sie mit einem dicken Korb voller Beinwurzwurzeln zurück. Die Tante lobte sie sehr. Drei Tage lang schwang Lysbeth die Hacke, grub sie tief in den Boden und drehte und wendete sie, bis die widerspenstige Wurzel endlich klein beigab und sich aus der Erde löste. Sie schrieb in ihr Heft: »Teebereitung mit Wurzeln: Zwei Teelöffel kleingeschnittene Wurzeln werden in einem Viertelliter Wasser über Nacht kalt angesetzt, morgens leicht angewärmt und abgeseiht. Schluckweise trinken. Hilft gegen widerspenstigen Husten, Beschwerden mit der Verdauung, Magenblutungen und Rippenfellentzündung.« Während sie das schrieb, betete sie, dass sie niemals mit diesen Krankheiten in Berührung kommen möge. Rippenfellentzündung, das Wort allein klang grauenhaft.

»Breiauflagen: Gut getrocknete Wurzeln werden fein gemahlen, in einer Tasse mit sehr heißem Wasser und einigen Tropfen Speiseöl schnell zu einem Brei verrührt, auf ein Leinentüchlein gestrichen, warm auf die kranke Stelle gelegt und abgebunden. Hilft gegen: Knöchelausbuchtungen an Händen und Füßen, bei Krampfadergeschwüren, rheumatischen Muskelverdickungen, Gichtknoten, Nackenschmerzen.«

Während die Tante ihr das diktierte, fragte Lysbeth sich, ob die Alte sie vielleicht losgeschickt hatte, weil sie selbst die Wurzel dringlich benötigte, denn die Gichtknoten an ihren Fingern waren offensichtlich.

Als Nächstes schickte die Tante sie, um Brennnesseln zu sammeln.

»Ich will nur die jungen Triebe«, sagte sie energisch. »Die hohen Pflanzen lass stehen!«

»Junge Triebe?«, fragte Lysbeth zurück. »Wir haben Herbst!«

Die Alte schmunzelte. Offenbar gefiel es ihr, wenn Lysbeth widersprach.

»Schreib auf!«, befahl sie. Lysbeth holte ihr Heft und nahm folgsam den Stift in die Hand.

»Die Brennnessel ist eine der besten Heilpflanzen, die es gibt. Sie ist, von der Wurzel angefangen, über Stängel und Blätter bis zur Blüte heilkräftig. Bereits im Altertum stand sie in höchstem Ansehen. Albrecht Dürer zum Beispiel hat einen Engel gemalt, der mit der Brennnessel in der Hand zum Thron von Gott emporfliegt. Wahrscheinlich wäre die Pflanze längst ausgerottet, weil alle Leute sie pflücken würden, hätte sie sich nicht mit dem Schutzschild des Brennens versehen.«

Die Tante machte eine Pause und blickte Lysbeth auffordernd an. Lysbeth wusste, was jetzt kommen würde, nämlich die Frage danach, was ihr Schutzschild wäre. Sie würde nicht antworten können und die ewigen Fragen nach dem Schutzschild machten sie auch allmählich ärgerlich.

In diesem Augenblick stampfte Stella ins Zimmer, das Gesicht voller Schmutzflecken, vor dem Bauch eine dicke Kumme voller Brennholz. Kaum im Haus, setzte sie die Kumme schwer auf dem Boden ab. Sie richtete sich auf und ging leicht ins Kreuz. So wiegte sie sich, mit ihren Fäusten über ihren Steiß kreisend. »Ich weiß, was mein Schutzschild ist«, sagte sie träumerisch, »jeder, der mir zu nahe kommt, kriegt eins mit dem Beil übergebraten.«

Unwillkürlich lächelten Lysbeth und die Tante, aber dann knallte deren Stimme durch den Raum, die Schwestern fuhren zusammen und sahen sie erschrocken an. »Du bist so weit geöffnet wie eine Scheune«, sagte sie kalt. »Eine Scheune, wo das Tor kaputt ist.« Stella, eben noch voller Glückseligkeit, erblasste. Lysbeth spürte, wie sich wieder ein schwerer Sack auf ihre Brust legte.

»Du hast noch lange nicht gelernt, wie du dich schützen kannst«, fuhr die Tante kühl fort. »Und eigentlich ist das in deinem Alter nicht schlimm. Aber du bist nun leider einmal eine Ausnahme. Männer wollen in deine Nähe. Und du …«, sie erhob die Stimme und klang nun sehr zornig und warnend, »du spielst herum! Du denkst immer noch, dass die Welt ein Ort ist, wo besonders männliche Wesen voll freundlicher Gaben für dich sind. Und wenn einer dir ein Abenteuer anbietet, gehst du drauf ein. Denn du denkst immer noch, dass Männer eigentlich interessanter sind. Leider siehst du dich mit ihren Augen. Wenn ein Mann dich begeistert anschaut, findest du dich wunderbar, wenn er dich blöd findet, ängstlich, irgendwie nicht richtig, gibst du dir ganz schnell Mühe, eine mutige, starke, besondere junge Frau zu sein.« Stella sah die Tante mit gerunzelter Stirn an. Sie wollte begreifen, erkannte Lysbeth. Stella war überhaupt nicht widerspenstig, überhaupt nicht trotzig. Aber sie verstand nicht, was die Tante ihr sagen wollte.

Die Alte schien das ebenfalls zu erkennen. Sie seufzte schwer. »Nun, mein Kind«, sagte sie, »wir haben Zeit. Schutzschilde stellt man nicht von heute auf morgen her. Nun wird geschlafen.«

An jenem Abend schliefen die Schwestern ungewöhnlich bedrückt ein.

Brennnesseln zu pflücken war nur mit Handschuhen möglich. Trotzdem röteten sich Lysbeths Arme bis zu den Ellbogen. Sie brannten nach einiger Zeit allerdings nicht mehr. Die Tante, hochbeglückt über die reiche Ausbeute, die Lysbeth heimbrachte, bereitete sofort einen Brennnesseltee zu.

»In meinem Alter«, so erläuterte sie, während sie den Tee in kleinen Schlucken zu sich nahm, »fühlt man sich manchmal ein wenig kraftlos und müde. Genau dann hilft die junge frische Brennnessel wie ein Jungbrunnen. Du wirst sehen!«

Ihre Augen funkelten, als würde sie Lysbeth jetzt schon den Erfolg demonstrieren wollen.

Am selben Tag noch lernte Lysbeth, eine Beinwurztinktur herzustellen. Gemeinsam mit der Tante wusch sie die Beinwurzwurzeln. Die Tante drückte ihr eine harte Bürste in die Hand, mit der sie die Wurzeln abschrubbte. Sie schnitten sie klein und gaben sie in eine Flasche. Die Tante füllte die Wurzeln mit Apfelschnaps auf und drückte einen Korken auf die Flasche. »Diese muss nun zwei Wochen lang in der Nähe des Ofens stehen bleiben«, bestimmte sie.

Die Tante nutzte die von Lysbeth ausgebuddelten Beinwurzwurzeln bis zum letzten Stängel aus. Tagelang stank das Haus, nachdem sie eine Salbe daraus zubereitet hatte, indem sie die feingeschnittenen Wurzeln in reinem Darmfett vom Schwein ausgebraten und über Nacht stehen gelassen hatte. Am nächsten Tag wärmte sie es noch einmal auf, bis es wieder flüssig wurde. Danach hielt sie Lysbeth an, es mit ihr gemeinsam durch ein Tuch zu pressen. Sie füllte das Fett in mehrere kleine Behälter, die sie in einen kleinen Schrank in der Speisekammer stellte.

Aus den dann noch übrig gebliebenen Wurzeln stellte sie Beinwurzwein her, ein einfaches Unterfangen, da die feingeschnittenen Wurzeln einfach nur in Weißwein geworfen wurden.

»In eineinhalb Monaten, also zum Ende des Jahres, wenn die Leute mir die Bude einrennen mit Husten und verdorbenen Lungen, ist der Wein grad recht und wird Wunder bewirken«, sagte sie zufrieden, als sie den Wein zu ihren übrigen Medikamentenvorräten in die Speisekammer stellte.

Lysbeth empfand mehr und mehr Respekt vor der Tante. Nicht nur, dass sie alles Mögliche über die Wirkung der Pflanzen wusste, sie verwandte auch eine unglaubliche Sorgfalt auf die Herstellung der Medikamente.

Nach einiger Zeit wusste Lysbeth, dass man von allen Pflanzen eine Tinktur herstellte, indem man die Wurzeln klein schnitt und mit Kornbranntwein oder ähnlich hochprozentigem Alkohol übergoss, dass man Salben von manchen Pflanzen herstellte, indem man sie in Fett ausbriet, über Nacht stehen ließ und am nächsten Morgen nach kurzem Erhitzen durch ein Tuch seihte. Sie lernte, wie man Wein herstellte, Badezusätze vorbereitete und aus welchen Teilen der Pflanzen Tee gemacht wurde.

Ihr Heft füllte sich täglich.

Besonders stolz war sie, als sie noch einige Goldrutenblüten fand. Die Tante hatte sie fortgeschickt mit der Bemerkung, sie sei diesen Sommer leider nicht dazu gekommen, die Goldrutenblüten zu sammeln, und es könnte sein, dass diese Pflanze bereits ausgeblüht habe.

Aber Lysbeth stromerte am Waldrand entlang, wie die Tante es ihr aufgetragen hatte, der Tag war für Ende Oktober ungewöhnlich warm, und Lysbeth fühlte sich so wundervoll, wie sie sich bisher nur in den Augenblicken gefühlt hatte, wenn sie die kleine Lilly im Arm hielt. Da entdeckte sie die Pflanze. Fast einen Meter hoch stand sie an der Böschung eines kleinen Grabens, wo Lysbeth auch schon andere

Pflanzen ausgekundschaftet hatte. Sie sah genauso aus, wie die Tante beschrieben hatte: Der buschige Stängel war von unten bis oben mit goldgelben Blütensternen besetzt.

»Der Heilkräuterengel wacht über die Goldrute«, hatte die Tante lächelnd gesagt, als Lysbeth, den Korb über dem Arm, fortgegangen war. »Du wirst es merken. Diese Pflanze hat eine ganz besondere Wirkung. Schon beim Suchen, schon beim Finden, beim Anschauen tröstet sie, macht dich glücklich.«

Stella, die in diesem Augenblick mit einem Eimer vor der Tür aufgetaucht war, weil sie den Boden in der Küche gewischt hatte, lachte laut und spöttisch auf. Auch Lysbeth hatte in sich hineingekichert, aber vorsichtig, weil sie der Tante vertraute, wenn die etwas über Fähigkeiten von Pflanzen kundtat.

Jetzt am Waldrand spürte sie ein ungewohntes Glück. Sie fühlte sich geliebt. Ja, es war sehr eigenartig.

Es war, als würde eine zärtliche Hand über ihre Haut streicheln. Als würde diese Hand über ihre Stirn gleiten, sich auf ihr Herz legen. Ihr Herz schmolz, es wurde weich und dehnte sich aus. Während sie vorsichtig die kleinen Stängel abzupfte, an denen die Blüten wuchsen, empfand sie ein sonderbares, fast schon unheimliches Gefühl von Trost.

Als sie ins Haus zurückkehrte, saß ein Mann bei der Tante in der Küche. Bei seinem Anblick stieß Lysbeth einen Schrei aus. Er war von den Knien abwärts verbrüht. Dicke rote Brandblasen hatten sich bereits auf seinen Füßen gebildet. Sein Gesicht war kreidebleich. Er stöhnte. Die Tante goss aus einer ihrer Flaschen eine gelbliche, ölige Flüssigkeit auf die sauberen Lappen, von denen sie einen ganzen Stapel in ihrem Schrank hatte. Sie bedeckte von den Füßen aufwärts die Beine mit einem Lappen nach dem andern. Der Mann sah aus, als würde er gleich in Ohnmacht fallen.

»Gib ihm einen Schnaps!«, befahl die Tante kurz, dann entdeckte sie die Blüten, die Lysbeth im Korb hatte, und ihr Gesicht hellte sich auf. »Einen Schnaps!«, wiederholte sie. »Und stell den Korb auf den Tisch!« Mit zuckersüßer Stimme fügte sie hinzu: »Und bereite doch bitte einen Tee, auch für unseren Gast. Zwei gehäufte Teelöffel Goldrute auf einen halben Liter Wasser, ungefähr …«

Es war verblüffend zu beobachten, wie der Mann sich veränderte, nachdem er eine Tasse des Goldrutentees getrunken hatte. In sein Gesicht kehrte wieder Farbe zurück. Er wirkte, als hätte er weniger Schmerzen.

Die Tante schenkte ihm eine zweite Tasse ein und schickte Lysbeth fort, um Huflattichblätter zu holen. »Nimm deine Schwester mit!«, befahl sie knapp. »Hol so viele Blätter, wie du erwischst, und komm so schnell wie möglich zurück!«

Lysbeth lief los, zog Stella an der Hand von dem Holzklotz fort, wo sie mit ihrem Beil zugange war, und klärte sie auf dem Weg zum Waldrand auf, wonach sie suchen sollten. Zum Glück hatte die Tante ihr vor einigen Tagen schon ein Bild des großen Huflattichs gezeigt, der auch Pestwurz genannt wurde, weil seine Wurzel, als Tee zubereitet, fiebersenkend wirkte und in Pestzeiten viel eingesetzt worden war. Die Wurzel wurde im frühen Frühjahr gesammelt, bevor die Pflanze blühte. Jetzt ging es um die großen Blätter.

Lysbeth eilte der Schwester voraus, die ihr eher widerwillig und schleppend folgte. Auch das Abpflücken der Blätter bereitete Stella offensichtlich Unlust. Lysbeth hätte die Schwester schütteln mögen, doch dafür war jetzt keine Zeit.

Mit einem Korb voller Huflattichblätter kehrten sie ins Haus zurück. Der Mann hatte die zweite Tasse Tee und das zweite Glas Schnaps geleert. Seine Wangen waren rosig, die Lippen allerdings immer noch leicht bläulich. Kaum hatten sie das Haus betreten, verwandelte sich Stella auf eine Weise, die Lysbeth noch mehr ärgerte als ihr Verhalten beim Suchen. Sie tat so, als sei ihr nichts wichtiger, als dass sie die richtigen Blätter gefunden hatten. Jedes einzelne Blatt hielt sie in die Höhe, zeigte es der Tante mit einem bezaubernden fragenden Blick, bei dem sie die funkelnden Augen aufriss, sodass ihre dunklen Brauen wie Halbkreise darüberlagen.

Gebannt beobachtete Lysbeth, wie Blut in die Lippen des Mannes schoss. Sein Mund färbte sich von Bläulich zu Rosa zu Dunkelrot. Stella werkelte durch die Küche nach draußen, wo sie auf Geheiß der Tante die Blätter kurz durch Wasser zog, kehrte wieder zurück und legte unter den prüfenden Augen der Tante, die vorsichtig die in Öl getränkten Lappen entfernt hatte, die Huflattichblätter auf die verbrannte Haut. Der Mann seufzte auf, als würde ihm eine Wohltat erwiesen. Lysbeth hatte die ganze Zeit am Fenster neben der Bank gestanden und beobachtet, was in der Küche geschah. Sie sah das amüsierte zufriedene Lächeln der Tante, sie sah, wie viel Spaß es Stella bereitete, das gierige Funkeln in den Augen des Mannes hervorzulocken.

Er blieb einige Stunden lang. Am Schluss befahl ihm die Tante, sich eine Weile auf die Bank zu legen. Sie deckte ihn zu und schlug ihm vor, die Augen zu schließen. Kurz darauf bebte die Küche von seinen Schnarchern. Stella ging kichernd nach draußen, die letzten hellen Stunden des Tages wollte sie nutzen, um Holz zu hacken, wie sie sagte.

Lysbeth löste still die Blüten von der Goldrute und legte sie einzeln und voller Behutsamkeit in den Tonkrug, den die Tante ihr eigens dafür hingestellt hatte. Die Tante warf ihr von Zeit zu Zeit einen prüfenden Blick zu, sagte aber nichts.

Als der Mann wieder aufwachte, waren zu seiner großen Überraschung die Schmerzen fast vorüber. Die Tante löste die Blätter von den Wunden, was er mit einem scharfen Zischen durch die Zähne kommentierte, dann machte sie einen Verband mit dem Öl, das sie bereits am Anfang benutzt hatte und von dem Lysbeth jetzt wusste, dass es sich um Johanniskrautöl handelte.

Sie gab dem Mann Strohpantinen und sagte, er solle am nächsten Tag wiederkommen.

Eine halbe Stunde nach seinem Fortgehen verwandelte sich die Tante aus einer freundlichen, sanften Heilerin zu einer kalten Alten, schneidend scharf wie ein frischgeschliffenes Messer.

»Hol deine Schwester!«, befahl sie Lysbeth, die erschrocken gehorchte.

Stella widerstrebte es sichtlich, nach drinnen zu gehen, bevor es vollkommen dunkel war. Als sie aber Lysbeths verstörtes Gesicht sah, senkte sie das Beil in den Klotz und hüpfte fröhlich hinter der Schwester her.

Die Fröhlichkeit verging ihr allerdings rasch, sobald sie ins Haus getreten war und sich auf Geheiß der Tante an den Tisch gesetzt hatte.

So hatte sie die Tante nie gesehen. Sie war kalt wie ein vom Dach hängender Eiszapfen. Und ebenso gefährlich.

»Meine Damen«, sagte sie. »Was ich jetzt sage, sage ich nur ein einziges Mal. Wenn ihr es dann nicht beherzigt, geht mir hier in der verbleibenden Zeit möglichst aus dem Weg, wenn Kunden da sind. Und auch ansonsten belästigt meine Augen nicht mit eurer Dummheit, ich fühle mich damit nämlich äußerst unbehaglich!«

Lysbeth spürte, wie die Kälte der Tante bis in ihr Inneres drang. Stella riss kindlich erstaunt ihre Augen auf und sagte matt: »Was hab ich denn getan?«

»Nichts hast du getan«, antwortete die Tante schneidend, »außer dass du dich benommen hast wie ein kleines Ladenmädchen.« Sie äffte den Ton einer liebedienerischen Verkäuferin nach: »Stets zu Diensten, stets zu Diensten …« Nun erhob sie die Stimme, und ein Donner grollte über Stella hinweg: »Du hast das Aussehen deiner Großmutter, meiner Nichte, geerbt, aber leider nicht ihren Verstand, und …« Die Tante hob den Kopf und musterte Stella von oben herab, dann schickte sie dem Donner einen Blitz hinterher, fähig, das Mädchen einmal zu zerteilen: »… kein Mann wagte, deine Großmutter ohne ihre Erlaubnis anzufassen, wohingegen sie sich nicht mal die Hände waschen müssen, bevor sie nach dir grabschen!«

Stella war zusammengezuckt. Lysbeth fuhr auf. Das wollte sie auf ihrer Schwester nicht sitzen lassen. Die Tante ging zu weit! Sie öffnete den Mund, doch Stella warf ihr einen Blick zu, der sie zum Schweigen brachte. Stella straffte sich und sah die Tante direkt und offen an. »Du musst gute Gründe haben«, sagte sie langsam, und Lysbeth war erstaunt, wie erwachsen sie klang, »wenn du solche Sachen zu mir sagst. Also lass mich deine Gründe wissen! Wenn sie nicht gut sind, packe ich in der nächsten Stunde meine Sachen und gehe fort.«

Lysbeth erwartete, dass die Tante jetzt höhnen würde, wohin Stella schon gehen wolle. Zu Hause wollte sie keiner haben, einen Vater für ihr Kind hatte sie nicht vorzuweisen. Lysbeth hatte große Angst vor solchen Worten aus dem Mund der Tante, denn sie kannte Stella gut genug, um zu wissen, was diese dann tun würde. Sie würde einfach gehen. Ohne Ziel. Irgendwohin. Und irgendeiner würde sie schon auflesen und ihr zu essen geben. Lysbeths Arme überzogen sich mit Gänsehaut, über ihren Rücken liefen Angstschauer. Wenn Stella sehr wütend war, gab es niemanden, der sie aufhalten konnte. Vielleicht die Mutter mit ihrer Sanftmut, aber die Mutter war nicht da. Vielleicht Fritz, weil er keine Angst vor Stella hatte und so stark war, dass er sie festhalten konnte, wie sehr sie auch zappeln, treten, kratzen, beißen mochte. Aber auch Fritz war nicht da.

Zu Lysbeths Erleichterung veränderte sich die Stimme der Tante. Sie war nicht mehr eiskalt, auch nicht mehr grollend oder schneidend. Sie war nicht freundlich, aber auf sachliche Weise bemüht, Stella zu überzeugen. »Mein Kind, du besitzt einen mächtigen Zauber für Männer, aber du besitzt ihn nicht wirklich. Du spielst damit herum, es macht dir Spaß, deine Wirkung auszuprobieren, ja, man kann dir förmlich ansehen, wie dein kleines aufgeblasenes Ich sich immer noch mehr aufplustert. Wie eine riesige Seifenblase, mit Pfauenfedern geschmückt. Das Problem, mein Kind, ist, dass Seifenblasen platzen und Pfauenfedern beim Schütteln verloren werden. Übrig bleibt ein junges Mädchen, das sich Männern so schutzlos darbietet wie eine öffentliche Badeanstalt. Jeder kann reinspringen.«

Stella hob den Kopf und verengte ihre Augen zu Schlitzen, aus denen sie Funken auf die Tante abschoss. »Ich soll knicksen und die Augen sittsam gesenkt halten und den Mund möglichst geschlossen, und ich soll nicht lachen und nicht pfeifen und …« Ihre Stimme brach. Verzweifelt sah sie die Tante an. »Das ist so langweilig, Tantchen, guck doch Lysbeth an, ich will nicht werden wie Lysbeth …«

Noch nie hatte sie Tantchen gesagt. Und es klang nicht, als wolle sie ihr schmeicheln, sondern es klang kindlich vertrauensvoll. Obwohl Lysbeth von den Worten der Schwester verletzt war, erleichterte es sie zugleich, dass die Gefahr, Stella könne fortlaufen, abgewendet war.

»Nein, du sollst nicht knicksen und all das«, sagte die Tante ruhig, »hör bitte hin, wenn ich dir etwas sage. Aus irgendeinem Grund bist du mit Gaben gesegnet, die nicht viele Frauen haben. Das ist nicht nur dein Äußeres, es gibt mehr schöne Frauen als dich, aber du hast diese Kombination aus langen graden Beinen, einer schmalen Taille, gerundeten Hüften und Brüsten, die jetzt schon die Blicke der Männer auf sich ziehen. Sie werden noch wachsen. Du hast die dicken lockigen Haare, die runden blauen Augen, die dunklen langen Wimpern, die gerundeten Brauenbögen, den weichen Mund, den graden Rücken. Es fehlt nichts, höchstens ist manches zu viel.«

Stella kicherte verlegen, was die Tante zu einem zornigen Schnauben animierte. »Genau!«, stieß sie aus, »genau dieses dumme Kichern ist es, was dir das Genick brechen wird!«

»'tschuldigung!«, maulte Stella. »Ich mag das nur nicht gern hören!«

»Das glaube ich dir sogar«, lenkte die Tante ein. »Aber versteh bitte, ich mache mir Sorgen. Du bist nicht nur schön, du hast ein ungewöhnliches Strahlen um dich herum. Das Problem ist, dass du dein Frausein gar nicht schätzt. Eigentlich willst du ein Mann sein.«

Ja, dachte Lysbeth erstaunt, so ist es. Stella hat etwas, das sonst niemand hat. Auch andere junge Mädchen fielen durch ihre Schönheit auf, aber Stella musste man einfach anschauen. Sie hob interessiert den Kopf. Vielleicht lüftete die Tante ja jetzt das Geheimnis.

»Du besitzt Energie und eine Leidenschaft und Kraft, eine Intensität, die sehr einzigartig ist«, sagte sie zärtlich.

»Intensität?«, fragte Stella nach. »Was ist das?«

»Alles was du tust, tust du mit äußerster Inbrunst.« Sie sah skeptisch auf Stella, die sich offenbar immer noch nicht vorstellen konnte, wovon die Tante sprach. »Wenn du Holz hackst, machst du es mit all deiner Kraft.« Stella kicherte. Nun klickerte Verstehen bei ihr. »Wenn du wütend bist, bist du eine Flamme der Wut, wenn du lachst, tust du es mit breit geöffnetem Mund, all deine Gefühle strömen durch dich hindurch in die Welt hinaus. Ich habe gesehen, wie du den Kater streichelst, noch niemanden habe ich so den Kater streicheln sehen.«

Lysbeth dachte nach. Wie war das bei ihr selbst? Doch, auch sie war sehr versunken in die Tätigkeit, wenn sie Pflanzen suchte. Auch sie streichelte den Kater mit großer Zartheit und Freude. Trotzdem wusste sie, dass etwas anders war.

Die Tante sprach in ihre Gedanken hinein weiter: »Männer, die dich sehen, mein Kind, wollen nicht nur deinen Körper besitzen, sie wollen dich auch im Liebesakt erleben. Sie stellen sich vor, wie du mit all deinem Gefühlsreichtum, mit all deiner Körperlichkeit, mit all deiner Kraft von ihnen entzündet wirst. Sie kennen vor allem brave Frauen. Und sie finden diese braven Frauen ebenso langweilig wie du. Aber Frauen wie dich verachten sie und wollen sie gleichzeitig besitzen. Heilige und Hure, das sind die Bilder von Frauen, die Männer im Kopf haben.«

Lysbeth begriff zwar immer noch nicht ganz, warum sie selbst nicht strahlte, keinen Glanz besaß, aber ihr wurde bei den Worten der Tante immer deutlicher, dass sie nie heiraten wollte. Männer waren kompliziert und gefährlich.

»Heilige und Hure?«, fragte Stella nachdenklich. »Du meinst, eine Frau ist entweder ruhig und still und brav, oder sie gehört zu den Frauen, von denen Dritter erzählt hat?«

»Dritter?«, fragte die Tante belustigt. »Das wundert mich nicht. Ja, die jungen Männer gehen ins Bordell, wo sie sich mit Huren verlustieren. Später heiraten sie eine anständige Frau, mit der sie Kinder bekommen.«

»Aber Friedrich wollte mich jetzt schon heiraten«, wandte Stella ein. »Er hat es mir auf der Konfirmation gesagt.« Sie kicherte. »Ich glaube, Fritz hat ihn geohrfeigt, ich habe aus dem Fenster gesehen, wie Friedrich davonlief.«

»Friedrich?«, fragte die Tante, die sich offenbar nicht erinnerte, dann dämmerte es ihr. »Ach, der frühere Lehrling deines Opas. Meine Güte, welch Drama, wenn du ihn heiraten würdest. Er würde dich züchtigen und schlagen, er würde dich einsperren, er würde sich in die Hosen machen vor Angst, sobald du auf die Straße trittst.«

Sie erhob sich und dehnte stöhnend ihren Rücken. Dann holte sie Tassen, gebot mit erhobener Hand Lysbeth Einhalt, als die ihr helfen wollte und schenkte ihnen Teesud ein, der vom Goldrutentee übrig geblieben war. Darüber goss sie heißes abgekochtes Wasser, das immer auf dem Herd stand. »Das wird uns jetzt guttun«, murmelte sie und setzte sich wieder. Kichernd griff sie in Stellas Haare, die in den letzten Wochen noch üppiger geworden waren. »Vielleicht würde er dich auch Jahr für Jahr schwängern, bis dir die Haare und die Zähne ausfallen und dir kein Gefühl mehr übrig bleibt als Müdigkeit und kein Wort mehr als ›Erbarmen‹.«

Stella richtete sich hoch auf und sagte mit lauter klarer Stimme: »Gut, ich habe begriffen. Ich habe Eigenschaften, die Männer anziehen ...«

»O ja«, unterbrach die Tante, »du hast viele dieser Eigenschaften, du bist anmutig, beweglich, kraftvoll, du bist überaus unternehmungslustig und zu allen möglichen Abenteuern bereit, du steckst voller Ideen und setzt sie auch noch durch ...«

»Hör auf!«, sagte Stella bestimmt. »Sag mir lieber, was ich tun soll, um meinen Schutzschild zu basteln, denn darum geht es doch wohl, oder?«

»Ja«, sagte die Tante mit einem traurigen Unterton, »darum geht es, und leider können wir ihn nicht einfach basteln, sondern es geht darum, dass du einiges lernst.«

»Was?« Stellas Augen blitzten.

Lysbeth lächelte wie die Tante. Das war es, was die Tante mit Intensität bezeichnet hatte, dachte Lysbeth. Genau das: Stella war jetzt mit Feuer und Flamme dabei, einen Schutzschild zu basteln. Und sie würde nicht eher lockerlassen, bevor sie zumindest begriffen hatte, worum es ging.

»Als Erstes, mein Kind, möchte ich, dass du begreifst, dass all deine Gaben die Gaben einer Frau sind. Hör auf, Männer interessanter, wichtiger, aufregender, besser zu finden als Frauen. Wenn du ehrlich bist, musst du doch gestehen, dass du eigentlich gern eine Junge wärst, oder?«

»Klar«, antwortete Stella sofort, »guck sie dir doch an: Dritter ist viel lustiger als Lysbeth!«

Lysbeth krümmte sich leicht zusammen. Stellas Worte taten ihr weh, besonders, weil sie ihr so richtig erschienen.

»Und Eckhardt?«, fragte die Tante. »Und Johann?«

»Eckhardt ist eigentlich ein Mädchen«, sagte Stella grinsend. »Und Johann ist ein Zwerg.«

Lysbeth und die Tante kicherten.

»Wenn du sagst, Eckhardt ist ein Mädchen«, erklärte die Tante, nun wieder ernst, »dann willst du ihn eigentlich beleidigen. Und damit beleidigst du dich selbst. Das Erste, womit du dich schützen kannst, ist eine Wertschätzung und Achtung für Frauen. Denn wenn du Frauen nicht achtest, kannst du dich auch selbst nicht achten. Und wenn du dich nicht achtest, wie sollen es denn dann die Männer tun?«

»Gut, ich will also Frauen achten!«, erklärte Stella feierlich, in den Augen einen vorwitzigen Schalk. »All diese langweiligen Puten, denen nichts anderes einfällt als sich die Taille eng zu schnüren und auf ihren Füßchen rumzutippeln und sich das Riechfläschchen in den Pompadour zu tun.«

»Zum Beispiel könntest du erkennen, dass deine Mutter viel Kraft hat, dass deine Schwester ganz besondere Gaben besitzt, dass meine Wenigkeit …«, die Tante reckte sich stolz in die Höhe, »zum Beispiel sehr viel interessanter ist, um es bescheiden auszudrücken, als die allermeisten Männer.«

Lysbeth war überrascht. Die Tante hatte eigentlich recht. Doch auch sie hatte es für viel erstrebenswerter gehalten, ein Mann zu sein als eine Frau. Männer durften so viel mehr tun als Frauen. Allein schon auf dem Theater! Wie viele Männerrollen gab es, wie wenige aufregende Rollen für Frauen!

»Wenn du deinen Zauber mehr schätzt, wirst du ihn nicht mehr so wild versprühen«, fuhr die Tante fort. »Ein Zauberer, der all seine Utensilien um sich herumschleudert, kann sie nicht mehr benutzen, wenn sie ihm zur Verfügung stehen sollen. Du hast alles, was ein Mensch zum Leben braucht: Du bist klug, du bist gefühlvoll, bist voller Kraft, du bist ideenreich, du bist hübsch, du hast wache Sinne. Eigentlich werden aus deinem Holz Künstler geschnitzt.«

»Ich möchte so gern Schauspielerin werden!« Stella glühte.

»Du hast alles, um eine wundervolle Frau zu werden!«, sagte die Tante ernst. »Und aus dir würde hundertprozentig eine wundervolle Schauspielerin. Ich kann dich förmlich auf der Bühne sehen. Aber hör auf, die Welt mit den Augen der männlichen Wesen um dich herum zu sehen! Gebrauche deine eigenen! Eine Schauspielerin muss die Menschen aufmerksam beobachten. Hör auf, mit deiner Macht über Männer herumzuspielen! Beobachte sie besser genau! Vor allem aber: Es gibt eine Kraft, die du bis jetzt nicht entwickelt hast und die du dringlich brauchst.«

Stella und Lysbeth merkten auf. Was fehlte Stella? Bis eben schien es doch, als hätte sie alles, was ein Mensch nur brauchen könnte.

»Diese Kraft heißt Intuition«, sagte die Tante. »Ihr wisst nicht, was das ist. Ich werde es euch sagen: Es ist die innere Stimme, eine kleine, feine, leise innere Stimme, die euch den Weg weist.«

Stella runzelte die Stirn. Lysbeth horchte in sich hinein. Es schien ihr, als kenne sie diese Stimme. Oder nicht?

Die Tante bedachte sie mit einem eindringlichen Blick. »Ja, du altes Schusseltier, es ist diese Stimme, die dir Träume gibt, von denen andere nur träumen können!« Sie kicherte ein albernes Backfischlachen und hob die geöffneten Hände. »Ich gestehe, ich habe heimlich in deinem Traumheft gelesen, deine Träume sind unglaublich wundervoll! Aber!« Sie hob mahnend den Zeigefinger und fuhr laut und ärgerlich fort: »Ebenso wie deine Schwester mit ihren Gaben dumm und liederlich umgeht, tust du es.«

Nun war es an Lysbeth, ausgeschimpft zu werden. Wie vorher ihre Schwester riss sie erstaunt die Augen auf. Sie sollte besondere Gaben haben? Und sie sollte damit schlecht umgehen? Hilfe suchend blickte sie zu Stella, aber die zuckte nur mit den Schultern.

»Tut nur so, als wüsstet ihr nicht, worum es geht. Fräulein, der liebe Gott hat dich mit einer Kraft gesegnet, die sehr, sehr selten ist. Und du benimmst dich, als würdest du dich schämen, auf der Welt zu sein. Was ist denn das für ein Verhalten? Wenn ein Kunde hier ist, brauche ich dich, und was tust du? Du löst dich in Luft auf! Hat einer so was schon gesehen?!«

Lysbeth rätselte, ob die Tante sich vielleicht über sie lustig machte. Wovon um alles in der Welt sprach sie?

Die Tante verdrehte die Augen gen Himmel und seufzte, als müsste sie einer Schar Schafe das Alphabet beibringen. »Du weißt anscheinend wirklich nicht, wovon ich rede.« Prüfend blickte sie zu Stella. »Und du auch nicht, na, das sind ja schöne Schwestern!« Sie trank einen Schluck Tee, dachte nach und bestimmte dann: »Jetzt wird erst mal zu Abend gegessen, so viel Unterweisung und Berichtigung macht hungrig.«

Mit einem Satz sprang Stella hoch und ging der Tante übereifrig zur Hand. Offenbar war auch sie hungrig. Schwangerschaftshunger, wie die Tante manchmal spottete, wenn Stella über irgendeine Speise besonders gierig herfiel. Lysbeth war nicht recht bei der Sache, nicht beim Tischdecken, nicht beim Essen und auch nicht beim anschließenden Abwasch.

Endlich saßen sie bei einem Glas Rotwein am Tisch. Mit leiser Stimme bat Lysbeth die Tante, ihr zu erklären, was sie vorhin hatte sagen wollen. Und nun passierte das, worauf Lysbeth anschließend im Bett, als sie vor Aufregung nicht einschlafen konnte, meinte, ihr Leben lang gewartet zu haben.

Die Tante erläuterte mit klaren, einfachen Worten, dass Lysbeths schlimme Träume Voraussagen gewesen seien. Sie ließ sich alle Träume, die vor dem Verbot stattgefunden hatten, noch einmal ausführlich berichten. Lysbeth dachte anfangs, sie hätte alles vergessen, aber je mehr sie erzählte, umso mehr erinnerte sie. Als sie mit zittriger Stimme fragte, ob das alles vielleicht nur eingetroffen sei, weil sie es geträumt habe, lachte die Tante laut auf: »Nein, mein Kind, du besitzt zwar eine große Macht, aber so übermächtig bist du nun auch nicht. Aus irgendeinem Grund, den wir nicht kennen und deshalb auch nicht erklären können, träumst du manchmal Dinge vorweg, die erst in der Zukunft geschehen werden. Nehmen wir Kassandra. Kassandra sah Trojas Fall voraus. Die Trojaner verübelten es ihr. Hinterher sagte sie: Troja ist gefallen, nicht durch meine Hand, nicht durch meinen Wunsch, aber so, wie ich es vorausgesagt habe! Das ist ein berühmter Satz, Kinder, merkt ihn euch!«

Lysbeth wühlte in ihrem Gedächtnis. Da. Sie hatte es. Es war vor ihrer Konfirmation gewesen. »Irgendwann erzähle ich dir von Kassandra!«, hatte die Tante gesagt. Das war jetzt geschehen.

»Das ist natürlich eine ganz ungeheure Sache«, fuhr die Tante fort, »denn es stellt uns vor die Frage, ob die Zukunft so klar und unveränderlich feststeht. Oder, was meint ihr?«

Stella nickte und schüttelte dann so heftig den Kopf, dass die Haare um ihr Gesicht tanzten. »Das kann nicht sein, Tantchen. Dann wären ja all unsere Bemühungen, all deine Bemühungen, uns zu berichtigen, und unsere Bemühungen, uns zu bessern, völlig überflüssig. Dann wäre ich auch … schwanger geworden, wenn ich vorher schon gelernt hätte, wie ich mich schütze, dann ist es völlig egal, ob ich lerne, meinen Schutzschild zu bauen oder nicht!« Sie hieb mit ihrer Mädchenfaust auf den Tisch. »Das kann nicht sein! Das will ich nicht glauben!«

Lysbeth nickte zustimmend. Nein, das wollte sie auch nicht glauben. Das wäre ja furchtbar. Auf der letzten Kirmes hatte es ein Zelt gegeben, in dem eine Wahrsagerin für fünfzig Pfennig den Leuten die Zukunft aus der Hand las. Dritter hatte vorgeschlagen, dort hineinzugehen, alle gemeinsam sollten sie fünfzig Pfennig zusammenkratzen. Und dann wollte Dritter sagen, er sei Eckhardt und ebenso alt wie der, und wollte fragen, ob er sein Leben lang Angst vor Pferden haben werde. »Eine gute Wahrsagerin wird erst mal sagen, dass ich gar keine Angst vor Pferden habe«, hatte er geprahlt, und Stella hatte vor Freude bei der Vorstellung gequietscht, wie überrascht die

Wahrsagerin sein würde, wenn sie erfuhr, dass man sie entlarvt hatte und nun das Geld zurückverlange. Aber Lysbeth hatte sich mit Händen und Füßen geweigert. Sie wollte mit solchen Dingen überhaupt nichts zu tun haben. Auch von Horoskopen wollte sie nichts hören.

Die Tante befingerte ihren linken Zeigefinger, der von der Gicht entstellt war. Sie drückte auf den geschwollenen Knöchel und murmelte: »Ich muss mich unbedingt darum kümmern, es schmerzt gar zu sehr.« Sie musterte die Mädchen abwechselnd und sagte dann bestimmt: »Ihr habt völlig recht. Aber manche Dinge liegen vielleicht vorher schon in der Luft.«

»In der Luft?«, fragten die Schwestern gleichzeitig und reichten sich danach die Hand. »Wir leben noch ein Jahr zusammen«, sagte Lysbeth glücklich, und Stella fügte hinzu: »Nur ein Jahr?«

»Nun ja, nennt es, wie ihr wollt, in der Luft oder sonst wo. Manche Dinge stehen offenbar fest, bevor man sie sehen kann. Zum Beispiel wusste ich, dass ihr beide Mädchen würdet. Und ich habe eure Geburtstage vorausgeträumt.«

Lysbeth hielt den Atem an. Die Tante jammerte: »Ja, wahrscheinlich hast du armes Kind diese schreckliche Gabe von deiner alten Tante Lysbeth geerbt. Ja ja, wahrscheinlich habe ich Schuld und habe sie dir sogar in die Wiege geworfen.«

»Quatsch …«, meinte Stella gedehnt und rieb gedankenverloren über ihren Bauch. »So etwas kann man doch nicht in die Wiege werfen … wie im Märchen von Dornröschen … das sind doch nur Märchen.«

»Sag so etwas nicht so leichtfertig daher, Kleine!« Die Tante erhob Einspruch gebietend die Hand. »Aber lasst uns jetzt nicht über Dornröschen streiten, sondern zum wirklich Wesentlichen kommen, nämlich zu Lysbeths besonderen Kräften.« Ihre Stimme nahm wieder einen strengen, fast zornigen Ton an, als sie mit ihrer spitzen Nase wie mit einem Dolch in Lysbeths Richtung zielte. »Solche Gaben sind Schicksal. Man kann seinem Schicksal nicht entfliehen. Aber man kann sich ihm stellen. Deine Aufgabe ist es, dich deinen Träumen und deinen sonstigen Gaben zu stellen. Mach dir doch einmal klar, dass du ein Drittel deines Lebens schlafend verbringst. In meinem hohen Alter habe ich ungefähr siebenundzwanzig Jahre geschlafen – und geträumt. Was habe ich nicht alles im Traum erlebt! Welche seltsamen

Begegnungen hatte ich dort! In was für abenteuerliche Geschichten war ich verwickelt! Manche meiner Träume waren so eindrucksvoll, dass ich mich noch heute an sie erinnere. Und wie wundervoll, dass sie ihre Botschaften in Bildern vermitteln. Wie im Märchen, wie in Gedichten. Je mehr buntes inneres Leben wir in uns tragen, umso lebendigere, buntere Träume erleben wir schlafend. Es gibt Menschen, bei denen ist auch in den Träumen alles grau in grau.« Sie versank einen Moment in Gedanken, rüttelte sich dann wieder auf. »Es ist spät«, sagte sie ungewohnt sanft und weich. »Ich bin müde. Der Tag war anstrengend. Wir sprechen morgen weiter!«

Lustlos erhob Lysbeth sich als Letzte vom Tisch. Sie fühlte sich benachteiligt. Wieder einmal! Da seufzte und ächzte Stella und rieb sich den Bauch. Die Tante knallte ihre Bettsachen auf die Bank. Mit gespieltem Abscheu sah sie Stella an. »Was ist los?«, fragte sie. Stella ließ einen langen Rülpser aufsteigen. Jetzt blickte auch Lysbeth voller Abscheu auf die Schwester.

Stella jammerte: »Du hast nicht gesagt, was ich tun kann, um meine innere Stimme zu hören, und nicht, wie sie klingt, und du hast nicht gesagt, wie ich meinen Schutzschild bauen kann, du bist einfach zu Lysbeth übergegangen, das ist ungerecht!«

»Los!«, herrschte die Tante sie an. »Mach mein Bett, mir tun alle Glieder weh!« Stella öffnete den Mund und wollte offenbar mit ihrer Jammertirade fortfahren, da warf die Tante ihr ein Kissen an den Kopf. Stella kicherte und wollte es gerade zurückwerfen, da plumpste die Tante auf den Stuhl zurück und murmelte: »Wir alle drei sind in großer Gefahr, das müsst ihr wissen.«

Stella hatte die Worte der Tante anscheinend nicht vernommen. Im Nu hatte sie das Bett gerichtet und wies nun mit einer einladenden Geste drauf. Doch Lysbeth, die gerade das Haus verlassen wollte, um noch einmal das Herzchenhaus aufzusuchen, rührte sich nicht mehr vom Fleck. »In Gefahr?« Ihre Stimme klang für sie selbst ungewohnt, hoch, quiekend, schrill. Zusammengefallen saß die Tante am Tisch. »Na ja«, sagte sie schließlich trocken, »es ist nicht so lange her, dass Frauen wie ich als Hexe verbrannt wurden. Und ihr?« Sie blickte von Stella zu Lysbeth. »Schaut euch doch mal an!« Die Schwestern richteten die Blicke aufeinander, ratlos, unsicher, was an ihnen so schlimm, so gefährlich sein sollte. »Der einen wächst der Bauch, und niemand soll es wissen, der anderen zeichnet man ein paar Blumen, schickt sie in die Welt hinaus, und was passiert? Sie kommt zurück mit den allerheilwirksamsten Pflanzen, die man je gesehen hat. Und was macht sie dann? Sie benimmt sich im Beisein von anderen Menschen, als hätte sie ein Verbrechen begangen. Wohingegen diejenige, die man eigentlich nicht sehen soll, gespreizt herumwatschelt wie eine stolze Pute mit dickem Bauch.« Sie erhob sich ächzend und stellte sich neben Lysbeth an die Tür. »Komm mit, kleine dicke Pute!«, forderte sie Stella auf. »Wir besuchen jetzt alle noch einmal das Herzchenhaus und dann gehen wir geschwind ins Bett!«

Am nächsten Morgen schien das Gespräch über Kraft, Intuition und Zauber in weiter Ferne zu liegen. Allerdings griff Lysbeth mit ungewohnter Befangenheit nach ihrem Traumheft. Waren das Heft und sie bisher wie eine geschützte Einheit gewesen, so wusste sie jetzt, dass alles, was sie schrieb, von der Tante gelesen werden könnte. Dabei hatte sie etwas Wichtiges zu notieren, denn sie hatte genau den gleichen Traum wieder geträumt, der damals dem Besuch der Tante vorausgegangen war. Sie versuchte es zwar wie jeden Morgen, huschte in das noch warme Bett der Tante, die wie immer am Herd herumwerkelte, aber es war, als würde der Stift am Schreiben gehindert. Schließlich schlug sie das Heft wütend zu und stieß hervor: »Es geht nicht mehr!«

»Was geht nicht mehr?« Langsam drehte die Alte sich vom Herd zu ihr herum.

»Ich kann die Träume nicht mehr aufschreiben.«

»Du kannst die Träume nicht mehr aufschreiben?«, fragte die Tante unschuldig.

»Ja!«, gab Lysbeth patzig zurück. »Du hast darin herumgeschnüffelt, du hast mich nicht einmal gefragt! Das war mein Heft, das waren meine Träume, du hast sie mir gestohlen!« Sie platzte schier vor Zorn.

Die Tante hatte sich wieder gemütlich zum Herd gewendet und hantierte dort herum wie jeden Morgen. Ein belebender köstlicher Duft nach Kaffee und warmem Brot und einer vor sich hin köchelnden Suppe waberte durchs Zimmer.

»Deine Träume?«, sagte sie wie für sich selbst. »Deine Träume? Wären es doch deine Träume. Wenn es deine Träume wären, würde da mal irgendetwas zu deiner Person stehen, irgendwelche Gedanken …« Sie stellte zwei Becher auf den Tisch und füllte sie mit Kaffee und heißer Milch. Das war ungewöhnlich, Milchkaffee gab es sonst nur an Sonntagen. Sie reichte einen Becher zu Lysbeth, die keine Anstalten gemacht hatte, aus dem Bett an den Tisch zu kommen. »Bleib da ruhig!«, sagte sie und drehte ihren Stuhl so um, dass sie zwischen Tisch und Bank saß.

Ruhig? Lysbeth kam es vor, als wäre sie nie unruhiger gewesen. Alles, was die Tante am Vorabend gesagt hatte, stieg wieder in ihr auf. Sie hatte von Gefahr gesprochen, und Lysbeth war mit einem sehr mulmigen Gefühl eingeschlafen.

»Tante, ich komme mir vor wie ein Schrank, in dem alle Schubladen aufgerissen sind, und alles ist durcheinandergebracht, und nun soll ich es wieder einräumen, weiß aber gar nicht, wie die Ordnung gehen soll.«

»Wildes Bild«, lächelte die Tante. »Und was soll ich dabei machen? Ordnung in deinen Schrank bringen?« Sie sagte geziert: »Fürs Aufräumen haben wir unser Mädchen, die alte Tante Lysbeth, wo kämen wir da hin, selbst etwas in die Hand zu nehmen …« Sie krächzte ihr Krähenlachen.

Wieder stieg heiße Wut in Lysbeth hoch. »Du benutzt mich!«, rief sie außer sich. Die Tante riss in gespielter Verwunderung die Augen auf, was Lysbeth noch mehr in Rage bracht. »Ja, du benutzt mich!«, wiederholte sie noch lauter. »Und das Schlimme ist, ich weiß nicht einmal, wofür …« Ihre Stimme erstarb, sie wusste nicht weiter.

»Ah, du meinst, ich benutze dich wie eine Marionette? Ich ziehe hier und ziehe da, und du wackelst mit den Gliedern … Meinst du das?«

»Ich weiß nicht mehr, was ich meine«, sagte Lysbeth kläglich.

»Oho!« Die Tante trank einen kleinen Schluck des dampfenden Kaffees, sie schloss die Augen und seufzte: »Himmlisch!« Dann öffnete sie die Augen wieder und schoss kleine fröhliche Funken daraus auf Lysbeth ab. »Hört! Hört! Du möchtest also, dass ich dir sage, was du meinen sollst. Ist es so? Du bietest dich mir als Marionette an?«

»Tante!« Lysbeth meinte zu ersticken. »Du machst dich über mich lustig. Aber du sprichst von Gefahr. Was passiert hier? Was verschweigst du mir? Wenn ich daran denke, was du gestern Abend zu mir gesagt hast, dreht sich alles in meinem Kopf, und ich kriege nichts mehr zusammen. Ich verstehe nichts!«

»Was willst du denn verstehen?«, fragte die Tante; es klang ungeduldig.

Lysbeth brauchte einen Moment, bis sie genug Mut beisammen hatte. »Was mache ich falsch, Tante? Ich tue, was du mir sagst. Ich schreibe meine Träume auf, ich sammle Pflanzen, auch gestern bin ich sofort mit Stella losgegangen, als du uns geschickt hast.« Sie begann zu weinen. »Wieso bringe ich dich in Gefahr? Was soll ich tun? Bitte sag es mir!«

Die Tante neigte den Kopf und beobachtete Lysbeth ruhig. »Du musst lernen, deine Kraft zu nutzen!« Sie sah plötzlich sehr ernst aus.

»Aber was ist denn meine Kraft?«, fragte Lysbeth verzweifelt.

»Ja, das ist schwer zu erklären«, antwortete die Tante gedehnt. »Es wäre so, als würde ich einem Blinden Farben erklären. Deine Kraft kannst du erst nutzen, wenn du sie spürst, und du wirst sie erst spüren, wenn du sie nutzt.«

»Ach, wie zauberhaft!«, rief Lysbeth aus. Plötzlich dachte sie, dass die Tante vielleicht verrückt sei, und wurde von einer Woge der Panik überflutet. Vielleicht sah die Alte Gespenster und sprach deshalb von Gefahr.

Die Tante erhob sich und klopfte Lysbeth ziemlich grob auf den Rücken. »Was ich tun kann, ist, dir Aufgaben zu geben, die dir ermöglichen, deine Kraft zu spüren. Einen anderen Weg weiß ich nicht.« Sie setzte sich neben Lysbeth an die Kante der Bank und sagte fast zärtlich: »Wenn du aber deinen Körper wie einen Lumpen hinter deinem guten Willen herschleifst, wirst du deine Kraft nicht spüren können.« Sie packte Lysbeths zarte Schultern, krallte ihre knochigen Hände um die Rundung, und ihre spitze Nase piekte fast in Lysbeths Gesicht. »Du hast wunderbare Träume, aber solange du sie aufschreibst, als hätten sie nichts mit dir zu tun, wirst du ihre Kraft nicht spüren können … du bist sehr begabt, mit Pflanzen umzugehen, aber solange du nur deine Pflicht erfüllst, spürst du nicht, welche Kraft von ihnen zu dir strömt. Und …« Jetzt schüttelte sie Lysbeth sacht, und ihre Augen wurden scharf. »Wenn ein Kranker hier ist und du dich verhältst wie eine Verbrecherin, die sich am liebsten in Luft auflösen würde, schadest du deiner Schwester, schadest du mir und vor allem, du schadest dir selbst, denn jeder fragt sich, was hier wohl nicht in Ordnung ist. Das ist wie bei einem Hund, wenn er Angstschweiß riecht.« Sie musterte Lysbeth prüfend. »Hast du mich verstanden?«

Lysbeth nickte scheu mit dem Kopf. Sie ruckelte leicht mit den Schultern. Die Finger der Tante hatten sich schmerzhaft in ihren Rücken gegraben. Die Tante begab sich wieder an den Herd.

»So«, sagte sie in abschließendem Ton. »Von heute an schreibst du alle Gedanken und Gefühle auf, die dir zu deinen Träumen einfallen. Zwei Seiten lang!«

»Zwei Seiten?«, fuhr Lysbeth erschrocken auf. »Du hattest doch eine Seite gesagt!«

»Ja, das war am Anfang. Und du hast keine Seite geschrieben. Jetzt schreibst du zwei Seiten.«

»Mir fällt nichts ein!«, gestand Lysbeth, »nur lauter belanglose Dummheiten!«

»Oh ja«, jubelte die Tante, während sie begann, den Frühstückstisch zu decken, »diese Dummheiten sollst du aufschreiben. Wenn du deine Kraft entdecken willst, öffne das Buch der Dummheiten. Genau dort liegt sie verborgen.«

Die Tür ging auf und eine verschlafene, verstrubbelte Stella tappte auf nackten Füßen in die Küche: »Es riecht nach Kaffee«, krächzte sie, »krieg ich auch einen?«

Wortlos goss die Tante Kaffee in eine Tasse. Seit sie schwanger war, hasste Stella Milch. Stella schüttete zwei Löffel Zucker hinein und pflanzte sich schwer auf einen Küchenstuhl, wo sie im Becher herumrührte.

»Noch eins«, sagte die Tante, »wo ihr jetzt schon beide hier seid. Ich bin keine Ärztin und nicht mal eine gelernte Hebamme. Als ich jung war, lernte man so etwas von einer anderen Frau, die es wieder von einer anderen gelernt hatte. Ich tue manche Sachen, die verboten sind. Zum Glück bin ich schon so alt, dass es mich nicht mehr schreckt, ins Gefängnis zu kommen. Solange ihr hier seid, möchte ich aber keine Scherereien haben. Also …« Ihr gichtverkrümmter Zeigefinger schoss in die Luft: »Wenn Kranke hierherkommen, verschwindest du …«, ihr Zeigefinger zielte auf Stella, »außer ich rufe dich und dann beobachtest du nur, was geschieht. Wenn du den Raum betrittst, verhältst du dich wie eine Königin!« Sie sah Stella eindringlich an, bis diese ihren Kopf hob und müde nickte. »Wie eine Königin«, wiederholte sie mit vom Schlaf noch rauer Stimme. »Und ich ziehe den Bauch ein. Wie eine Königin!« Jetzt kicherte sie, und Lysbeth sah, wie Stella sich verwandelte: In den eben noch schlaftrunkenen Sack zog Leben ein, und es wirkte, als würden die eben noch dumpfen Farben ihres Gesichts Glanz annehmen.

»Und du!« Jetzt zielte der Zeigefinger der Tante auf Lysbeth, »wirst mir von heute an assistieren, wenn jemand kommt, der meine Hilfe braucht.«

»Assistieren?«, schrie Lysbeth entsetzt auf. »Wie soll denn das gehen? Das kann ich doch gar nicht!«

»Doch, das kannst du«, sagte die Tante ungerührt. »Du wirst dich bei mir halten, wirst tun, was ich sage, aber vor allem wirst du auf deine verdammte innere Stimme hören und mir anschließend erzählen, was sie dir gesagt hat. Meine innere Stimme ist nämlich manchmal schon etwas alt und müde. Abgesehen davon ist es das Schönste für innere Stimmen, wenn sie Gesellschaft bekommen.«

»Und meine innere Stimme?«, fragte Stella fröhlich. Man sah ihr an, dass sie den ganzen Innere-Stimme-Kram sehr albern fand.

»Deine innere Stimme, mein Kind, wird ganz von allein lauter werden, das ist bei schwangeren Frauen immer so!« Die Tante wiegte bedenklich ihren Kopf. »Nun ja, bei den meisten, bei dir kann man nicht wissen. Im Gegensatz zu deiner Schwester hängt bei dir der Verstand wie eine Darmblase von deinem prächtigen Hintern herab. Da kannst du ihn leider nicht sehen. Also müssen wir ihn nach vorn holen!« Alle drei grinsten über das Bild, wie von Stellas schönem runden Hintern eine schlaffe, durchsichtige Darmblase herunterhing.

»Jetzt wird gefrühstückt«, bestimmte die Tante.

»O ja, ich sterbe vor Hunger!«, seufzte Stella.

In den folgenden Wochen geschah nichts Aufregenderes, als dass Lysbeth die Anwendung von Spitzwegerich und Schöllkraut lernte und von der Tante losgeschickt wurde, um die Blätter und kleinen Stängel der Mistel zu sammeln. Es war nicht schwer, fündig zu werden, da die Bäume bereits ihr Laub abgeworfen hatten und die Mistel, die mithilfe von Saugwurzeln an Laubbäumen, Tannen und Kiefern schmarotzte, gut erkennbar war. Die Tante hatte Lysbeth angewiesen, besonders von den Eichen zu sammeln.

Die immergrüne Pflanze hatte lederartige gelblich grüne Blätter, und sie war Lysbeth eigentlich unsympathisch. Das lag daran, dass die weißlichen, etwas glasigen Beeren innen schleimig und klebrig waren. Die Vögel verbreiteten den klebrigen Samen, indem sie ihn mit dem Schnabel am Ast abwetzten oder unverdaut mit dem Kot ausschieden. So war, wie die Tante ihr erklärt hatte, die Fortpflanzung gewährleistet, denn die Samen keimten weder in Wasser noch in Erde.

Vielleicht war Lysbeth die Pflanze auch deshalb unsympathisch, weil ihre Mutter ihr als kleinem Mädchen bei einem Waldspaziergang eindringlich eingeschärft hatte, auf keinen Fall eine der Beeren zu sich zu nehmen, weil sie sofort danach unter wilden Krämpfen und Schmerzen sterben würde. Die Tante hingegen hielt viel von der Mistel. »Die Blätter und die Stängel sind nicht giftig«, beruhigte sie Lysbeth, die Angst hatte, allein von der Berührung mit der Pflanze Krämpfe zu bekommen oder gar zu sterben.

Aber die Tante lachte sie aus. »Sogar die giftigen Beeren haben Heilwirkung. Wenn man sie mit Schweinefett zu einer Salbe anrührt, helfen sie sehr gut bei Erfrierungen. Mein Kind, viele der heilenden Pflanzen können auch Schaden anrichten, deshalb muss man ja wissen, wie man mit ihnen umgeht.«

Die Tante kam bei ihren Erzählungen zur Mistel geradezu ins Schwärmen. »Die Mistel ist eine uralte Heil- und Zauberpflanze. Sie ist von vielen Geheimnissen umgeben. Die Druiden, die keltischen Priester, verehrten sie als heilige Pflanze, als ein Allheilmittel, das jedes Übel beseitigen konnte. Die Priester schnitten sie mit goldenen Messern in einer feierlichen Zeremonie ab. Alte Kräuterärzte wendeten sie als Wundermittel bei Epilepsie an.«

Lysbeth, die all die anderen Pflanzen mit Freude gesammelt hatte, auch die, bei deren Ausgraben sie Kraft anwenden musste oder sich schmutzig machte, war das Abschneiden der Mistelzweige trotzdem unangenehm. Obwohl sie sich viel Mühe gab, war es kaum zu vermeiden, von Zeit zu Zeit eine der klebrigen weißen Beeren an den Fingern zu haben.

Die Tante schwor jedoch darauf, und also gab es kein Pardon. Auch anschließend nicht, als sie in der Küche die Beeren von den Blättern und diese von den Stängeln trennen mussten, eine Tätigkeit, zu der sogar Stella hinzugezogen wurde. Das beruhigte Lysbeth ein wenig, denn die Tante wollte sicherlich nicht die Schuld eines Doppelmordes von Mutter und Kind auf sich laden.

»In alten Kräuterbüchern hat die Mistel viele seltsame Namen. Hexenbesen, Hexenkraut zum Beispiel. Oder Drudenfuß oder Albranken oder Donnerbesen.«

Die Tante kicherte hexisch, ein Attribut, das Stella für dieses keckernde kleine Lachen geprägt hatte. Wieder einmal war sie bei ihrem Lieblingsthema angelangt, der alten Kräutermedizin, die so wirksam war, dass die Frauen, die sie angewendet hatten, sogar verbrannt worden waren. »Weil Frauen nämlich über kein mächtiges Wissen verfügen dürfen«, sagte die Tante, »deshalb dürfen auch nur die Männer auf die Universitäten gehen, und deshalb lernen die Mädchen auf den Schulen kochen und sticken, und die Jungen lernen alles andere. Denkt einmal an die Weltausstellung in Paris. Hat da auch nur eine einzige Frau etwas von diesen großartigen Sachen erfunden? Nein, hat sie nicht. Wie sollte sie auch?«

Die Tante redete sich in Rage. Lysbeth mochte es nicht hören. Es deprimierte sie, dem weiblichen Geschlecht anzugehören, wenn sie solche Dinge sagte. Gleichzeitig sollte sie sich als Frau und alle anderen Frauen ebenso besonders achten. Was für eine unlösbare Aufgabe!

»Bei welchen Beschwerden hilft denn nun die Mistel?«, fragte sie in die Ausführungen der Tante hinein. Stella verdrehte die Augen. Im Gegensatz zu Lysbeth gefiel es ihr, der Tante zuzuhören, wenn die darüber sprach, welche Verbrechen Männer begingen, um Frauen ihrer Kraft zu berauben. Es schien sie anzustacheln, ihre eigene Kraft besonders zu entwickeln.

»Die Mistel beeinflusst den gesamten Drüsenhaushalt«, dozierte die Tante. Sie beobachtete die Wirkung ihrer Worte auf die Mädchen und fragte schnell hinterher: »Drüsen? Wisst ihr, was Drüsen sind?«

»Nein, natürlich nicht«, antwortete Stella trocken, »wir sind nämlich Mädchen, die in der Schule Kochen und Sticken und grad noch ein bisschen Schreiben und Lesen und Rechnen gelernt haben. Was Drüsen sind, haben die Jungen gelernt.« Sie rümpfte die Nase. »Wahrscheinlich nur Dritter nicht, der hat in der Schule noch weniger gelernt als wir.«

Die Tante wies mit dem Kopf zu ihrem Küchenschrank. Lysbeth wusste genau, was sie wollte. Das Anatomiebuch. Immer wieder nahm sie es zu Hilfe, um Lysbeth oder auch Stella etwas über den menschlichen Körper zu erklären.

»Lies vor!«, befahl sie Stella, die ihrer Meinung nach eine schönere Vorlesestimme hatte als Lysbeth. Was Lysbeth ärgerte, war nicht so sehr, dass die Tante Stellas Stimme vorzog, was sie ärgerte, war, dass Stella ihre Stimme seitdem mit Honig zu ölen schien, denn so melodisch und süß hatte sie vorher noch nie geklungen.

»Drüsen also, …, oh, es gibt viele Drüsen, Tantchen¸ soll ich jede einzelne vorlesen?« Die Tante nahm ihr ungeduldig das Buch aus der Hand und schlug die Abbildung auf, auf der die Körperteile dargestellt wurden. Und dann folgte ein langer Vortrag darüber, welche unterschiedlichen Drüsen es im Körper gab und welche Aufgaben sie besaßen: zum Beispiel Hormone zu produzieren, Ausscheidungen zu bewirken und so weiter, es nahm kein Ende. Es gab schlauchförmige Drüsen, verzweigte, unverzweigte und schlauchförmige mit einem beerenförmigen Endstück. Die Tante malte einige Formen auf: Einige waren zusammengesetzt wie ein Baum, andere sahen aus wie ein Wurm, wieder andere wie ein Ball an einem Seil oder wie eine Schlinge an einem Seil oder nur wie eine Schlinge.

»Die Mistel wirkt besonders gut auf die Bauchspeicheldrüse, sogar die Zuckerkrankheit kann sie positiv beeinflussen. Und, meine Damen, die Mistel hat vielleicht sogar dazu beigetragen, dass ihr geboren wurdet.« Die Mädchen wachten aus einer leichten Lethargie wieder auf. Die Tante wischte schnell mit der Hand durch die Luft, als wollte sie ihre eigenen Worte fortwedeln. »Na, du nicht, Stella, aber Lysbeth, die war schließlich die Erste, und vorher kam eure Mutter ziemlich verzweifelt zu mir.«

»Mutter?«, riefen die beiden Mädchen wie aus einem Munde.

»Mein Gott, ich plaudere Geheimnisse aus«, jammerte die Tante, erzählte dann aber, wie Käthe damals zu ihr gekommen und wie schnell sie dann schwanger geworden war.

»Nur von der Mistel?«, fragte Lysbeth ungläubig. Ihre Abneigung gegen die Pflanze verringerte sich enorm.

Die Tante schmunzelte. Sie hatte natürlich nichts davon erzählt, dass Alexanders Libido ein wenig angeheizt worden war. Sie wollte ihre Schülerin aber auch nicht anlügen.

»Nein, mein Kind, nicht nur von der Mistel, aber bei Hormonproblemen, welcher Art auch immer, wirken zwei Tassen Misteltee am Tag Wunder.« Sie legte das Anatomiebuch beiseite und ratterte herunter: »Die Mistel hilft auch noch bei Herz- und Kreislaufstörungen, bei monatlichen Beschwerden der Frau, bei Wechseljahrsbeschwerden und, ja, wie gesagt, bei Unfruchtbarkeit der Frau!«

Größere Aufregungen als die Mistel gab es nicht. Manchmal klopften Kranke an die Tür. Die Tante nannte sie »Kunden« oder »Besucher«, nie aber »Patienten«. Dann ging Stella still ihren Beschäftigungen nach, im Haus oder draußen, wobei sie eine majestätische Haltung einnahm, mit aufgerichtetem Kopf und eingezogenem Bauch, so weit es ihr möglich war. Sie teilte der Tante anschließend ihre Beobachtungen mit, wie zum Beispiel, dass sich die Gesichtsfarbe der Männer verändert habe, als sie sie anschauten. Oder dass die Blicke der Männer ganz von allein immer wieder zu ihren Brüsten wanderten und dort hängen blieben, bis sie sich räusperte, ein wenig nur, aber sofort rissen die Männer die Blicke fort, ließen sie durchs Zimmer huschen oder auf den Boden fallen.

Die Frauen reagierten nach Stellas Beobachtungen auf andere Dinge. Eine zeigte sich pikiert, weil Stellas lange Haare offen über ihren Rücken fielen. Da erst fiel Stella auf, dass es der Tante schaden könnte, wenn ihre »Kunden« der Meinung waren, dass bei ihr Haare herumflogen. Von dem Tag an flocht sie ihre Locken zu einem Zopf, was sie bisher stets verweigert hatte, außer beim Reiten. Doch selbst dann hatte sie ihre langen Haare zu einem offenen Schwanz am Hinterkopf zusammengebunden, sodass sie aussah wie das Pferd. Zöpfe hatte sie immer blöde gefunden.

Und dann fand Frau Banduschke sich bei Tante Lysbeth ein, weil sie sich in den Finger geschnitten hatte und die Wunde nicht heilen wollte, sondern nach einer Woche schlimmer denn je eiterte. Stella setzte der etwa vierzigjährigen Frau auf Geheiß der Tante eine Tasse

Tee vor, während Lysbeth, nachdem die Tante die Wunde gewaschen hatte, Salbe auftrug und einen Verband anlegte. Frau Banduschke musterte Stellas Taille und ihren Bauch und bemerkte süffisant: »Liebe Frau Lysbeth, Ihre Großnichte scheint bei Ihnen ja viele Leckerbissen zu essen zu bekommen, oder war sie immer schon so ein Pummelchen?« Stella verschüttete fast den Tee, riss sich aber im letzten Augenblick zusammen, nahm ihre majestätische Haltung ein und flötete mit honigsüßester Stimme: »Tantchen und ich haben Kekse gebacken, Sie werden es nicht glauben, aber ich habe mich an einem Tag verdoppelt.« Sie zwinkerte die Kundin an und fügte in gedämpftem Ton hinzu, als verrate sie ein Geheimnis: »Heute Abend trinke ich Tantchens Schlankheitstee, morgen bin ich wieder ein Drittel weniger.«

Frau Banduschke erkundigte sich sofort sehr interessiert nach diesem Tee. Die Tante füllte ihr sogleich eine Tüte Misteltee ab.

Als sie fort war, atmeten alle drei erleichtert aus. »Das ist nochmal gut gegangen«, ächzte die Tante. »Irgendwann musste es ja passieren. Wir sehen anscheinend gar nicht mehr, wie rasant du zunimmst. Lass dich mal anschauen, mein Kind!« Stella stand auf und drehte sich einmal im Kreis. »Langsamer!«, forderte die Tante und musterte die Schwangere mit kritischem Blick. »Na ja«, brummte sie schließlich, »du stehst wirklich gut im Futter. Viel frische Luft, gutes Essen und ... also, von jetzt an verschwindest du sofort, sobald hier jemand auftaucht, entweder in den Schuppen oder ins Schlafzimmer!«

»Das wird schwierig werden«, gab Lysbeth zu bedenken, »der Dezember beginnt, im Schuppen ist es kalt, deine Kranken bleiben manchmal lange.«

Die Tante nickte nachdenklich. Schließlich fasste sie einen Entschluss. »Wir wollten doch sowieso nach einer Zeit die Aufgaben tauschen«, sagte sie resolut. »Das tun wir ab jetzt. Außer Misteln kann man im Wald sowieso nichts mehr sammeln. Und ein Spaziergang am Tag ist für Schwangere sowieso Vorschrift. Ansonsten hilft Stella mir bei allem im Haus und du, Lysbeth, hackst das Holz, das ist auch gut für dich, da wirst du kräftiger!«

Lysbeth graute davor, die Axt durch die Luft auf ein Stück Holz schwingen zu müssen. Sie hatte Angst, sich ein Ohr abzuhacken, einen Finger oder gleich die ganze Hand zu verlieren oder sich sogar den Schädel einzuschlagen. Es gab noch andere Schreckensvisionen: ein Holzscheit ins Auge oder gegen die Brust oder ein Splitter direkt ins Herz.

Aber sie legte kein Wort des Widerspruchs ein. Ihre Schwester war jünger und kleiner als sie und obendrein in anderen Umständen und hatte so viel Holz gehackt, dass sie bereits einen dicken Haufen Vorrat im Schuppen angehäuft hatte. Also würde sie selbst das auch schaffen.

Ein Gutes hatte es wenigstens: Sie musste sich nicht mehr mit den ungeliebten Mistelbeeren rumschlagen.

Dann passierte etwas, das alles durcheinanderbrachte.

Die Tante bekam »Besuch« von einer Frau, die aus Dresden angereist war. Eine gut gekleidete Dame, die zu Fuß erschien, obwohl es geregnet hatte und ihre hübschen Schuhe im Matsch stecken blieben.

Die Tante trat vor die Haustür und rief der Holz stapelnden Lysbeth zu, sie solle während der nächsten Stunde nicht ins Haus kommen. Falls jemand anderes auftauche, solle sie sagen, die Tante sei fort, Einkäufe erledigen. Sie kehre erst gegen Abend zurück. Bevor Lysbeth geantwortet hatte, schlug die Tante die Tür zu und Lysbeth hörte, wie von innen der Riegel vorgelegt wurde. Verwundert schüttelte sie den Kopf, kümmerte sich dann aber wieder um das Holz. Es machte ihr Spaß, die von Stella unordentlich aufeinandergeworfenen Scheite sauber zu stapeln. So passte viel mehr auf gleichen Raum, außerdem war es leichter, von oben ein Holzstück nach dem anderen zu nehmen, ohne dass gleich alles ins Rutschen geriet.

Mit dieser Tätigkeit verbrachte sie eine geraume Zeit. Währenddessen hatte sie den Gartenweg im Blick, doch niemand kam.

Allmählich veränderte sich das Licht. Der ohnehin wolkenverhangene regenschwere Himmel wurde dunkler, und Lysbeth begann zu frösteln. Da hörte sie, wie der Riegel der Haustür zurückgeschoben wurde und die Tante sich von der Dame verabschiedete. »Bis heute in einer Woche«, sagte sie. Die Dame antwortete nicht. Sie warf einen ängstlichen Blick gen Himmel, raffte ihren Umhang und eilte davon.

Die Arme wärmend um sich geschlungen, ging Lysbeth langsam zum Haus. Irgendetwas war sehr sonderbar an der ganzen Sache, aber trotz angestrengten Nachdenkens fand Lysbeth keine Erklärung. Als sie das Haus betrat, roch sie es sofort. Ein unangenehmer Gestank. Die Tante ging an ihr vorbei nach draußen, einen Eimer an der Seite tragend, die von Lysbeth abgewandt war. Doch der Geruch war unverkennbar: In diesen Eimer war uriniert und gekotzt worden.

Was ist los?, fragte Lysbeth sich, aufs Äußerste alarmiert. Und wo war Stella?

Sie drückte die Klinke der Schlafzimmertür hinunter. Ihre Schwester lag kaum sichtbar unter der Bettdecke, den Kopf unter dem Kissen vergraben. Ein paar rote Haare lugten hervor. Lysbeth näherte sich mit angehaltenem Atem. Da sah sie Stellas Gesicht; es war zur Wand gedreht. Ohne sich umzuwenden, wisperte Stella: »Ist sie weg?« Lysbeth unterdrückte den Impuls, ihr das Kissen vom Kopf zu reißen. Sie gab nur einen bestätigenden Laut von sich und öffnete das Fenster, um Luft ins stickige Zimmer zu lassen, das von Angstschweiß erfüllt war.

»Was ist los?«, fragte sie, so ruhig sie konnte.

Stella rappelte sich langsam hoch. Sie strich sich die aus dem Zopf gerutschten Strähnen aus dem Gesicht, öffnete den Zopf und begann ihn sorgfältig wieder zu flechten, als gäbe es nichts anderes auf der Welt, das irgendwie von Bedeutung sein könnte. Ihre verstörten Augen und ihr bleicher Mund sprachen allerdings eine andere Sprache.

»Was soll los sein?«, fragte sie, so scheinheilig, falsch und ungerührt, dass Lysbeth trotz ihrer wachsenden Angst hell auflachte. In diesem Augenblick stand die Tante in der Türöffnung, so ernst, wie Lysbeth sie noch nie gesehen hatte, vielleicht mit Ausnahme der Zeit nach Johanns Geburt, als das Leben der Mutter auf der Kippe stand. Doch selbst damals hatte die Tante vor den Kindern eine fröhliche Miene zur Schau getragen und nicht diesen Leichenbitterernst wie jetzt. Lysbeth wurde eiskalt vor Angst. Sie schloss das Fenster schnell und folgte der Aufforderung der Tante, in die Küche zu kommen.

Stella und Lysbeth setzten sich auf die Bank, nebeneinander wie zwei ausgeschimpfte kleine Mädchen, die etwas Schlimmes angestellt hatten.

»Was hast du gehört?«, fragte die Tante, an Stella gerichtet. Die riss ängstlich die Augen auf und sagte nichts.

»Nun gut«, sagte die Tante resigniert. »Also alles.« Stella schüttelte eifrig den Kopf, aber man sah ihr an, dass das nicht der Wahrheit entsprach.

In Lysbeths Kopf überschlugen sich Katastrophenszenen. Mord und Totschlag, Raub und Betrug und ... schlimmste Dinge, von denen sie schon gehört, die sie aber sofort aus ihrem Gehirn verbannt hatte, weil sie sich so etwas nicht vorstellen mochte.

»Gut, also ich erkläre euch, worum es geht«, sagte die Tante und legte ruhig ihre Hände ineinander. Lysbeth allerdings sah, dass auch die Tante Angst hatte. In ihren Augen flackerte etwas, das sie noch nie bei der Tante gesehen hatte.

»Ich erzähle euch die ganze vermaledeite Geschichte. Wer weiß, was Stella missverstanden hat. Also, die ganze Geschichte.«

Lysbeths Blick fiel auf Stellas ineinander verkrampfte Hände. Zorn stieg in ihr auf. Wer hatte es gewagt, ihre kleine Schwester so zu verstören? Sie sah aus wie ein kleines dickes Mädchen. Dass sie schwanger war und bald niederkommen sollte, hätte niemand geglaubt.

Am liebsten hätte sie sich schützend vor sie gestellt, aber dafür war es nun zu spät.

»Die Frau ist schwanger«, sagte die Tante da, und von Lysbeths Herz plumpste ein dicker Stein. Unwillkürlich gab sie einen leichten Schnaufer von sich. Die Tante sah sie fragend an. Lysbeth sagte: »Wie schön!«, da fuhr die Tante fort: »Aber sie hat schon Kinder, sie ist neununddreißig Jahre alt und ...« Die Tante holte tief Luft, da fiel Stella ein: »Und das Kind ist von jemand anders. Was für eine Nutte!«

Lysbeth schrie auf, denn die Tante hatte Stella eine Ohrfeige verpasst, schneller als ein Panther einen anspringen konnte. Stella hielt sich die Wange und maulte: »Was hab ich denn nun schon wieder getan?«

»Wenn du noch einmal eine Frau Nutte nennst, nur weil sie etwas tut, was verboten ist, fliegst du hier raus!«, zischte die Tante. »Du willst ja auch nicht, dass man dich Nutte nennt, oder?«

»Deshalb musst du sie ja nicht gleich schlagen!«, empörte sich Lysbeth und funkelte die Tante zornig an. »Ich glaube, du bist nur nervös, weil mit der Frau etwas nicht in Ordnung ist, und nun lässt du das an Stella aus!«

Die Tante lächelte ertappt, fasste sich aber schnell wieder und fuhr in sachlichem Ton fort: »Gut, die Frau ist also schwanger, sie wusste nicht genau, in welcher Woche, das habe ich untersucht. Sie will, dass ich es wegmache.«

»Wegmachen?«, fragte Lysbeth entsetzt. »Du sollst ihren Bauch aufschneiden?«

Vor ihrem inneren Auge sah sie die Tante, die mit einem Schlachtermesser den Bauch der Frau aufschnitt und mit blutigen Armen darin herumwühlte, bis sie ein winziges Kind herausholte, dem sie den Kopf umdrehte wie einem Huhn.

»Bis zu einer bestimmten Woche der Schwangerschaft«, erklärte die Tante geduldig, »muss man nicht den Bauch aufschneiden, sondern man geht von unten in die Gebärmutter und holt heraus, was sich da eingenistet hat. Das ist eigentlich nur Schleim und Blut.«

Gebärmutter? Lysbeth rief sich das Bild ins Gedächtnis, das die Tante vor ein paar Wochen auf die Schiefertafel gemalt hatte. Eine winzige Kugel, zu der es einen Eingang von der Spalte der Frau gibt. Durch diesen Eingang kommt ein Mann mit seinem Glied und schiebt gewissermaßen seine Samen hinein. So hatte sie es in Erinnerung. Und auf dem gleichen Weg wollte die Tante jetzt dort hinein und es wieder herausholen? Aber womit denn?

»Wie macht man das wieder raus?«, fragte Stella, ebenso interessiert, als würde sie sich erkundigen, wie einem Pferd die Trense übergezogen wird.

»Mit Instrumenten«, sagte die Tante ebenso neutral. Als würde sie etwas über Pferdehaltung mitteilen. »Damit öffnet man zuerst den Gebärmutterhals, dann geht man mit einem kleinen Löffel in die Gebärmutter und schabt alles aus, was da drinnen ist.«

Lysbeth hatte die Augen vor Entsetzen aufgerissen. Dabei zerstückelte man ja das Kind! »Tante«, gab sie erstickt von sich, »das ist ja Mord!«

»Nein!«, sagte die Tante kühl, »man bringt die Frau dabei nicht um. Ich bin keine Engelmacherin, die mit Stricknadeln in der Frau herumfuhrwerkt, dabei alles Mögliche kaputtmacht und sie dann ihrem Schicksal überlässt. Die Frauen, die ich von ihrer Last befreit habe, sind alle am Leben geblieben.«

»Last?«, schrie Lysbeth auf. »Das sind doch Babys!«

»Warum hast du mich nicht von meiner Last befreit?«, fragte Stella neugierig.

»Es war zu spät bei dir«, antwortete die Tante.

Lysbeth hätte schreien und um sich schlagen mögen. Was ging hier vor sich? Die beiden unterhielten sich, als handele es sich um ein Thema aus dem Anatomiebuch.

»Wieso zu spät?«, fragte Stella da auch schon im gleichen Ton zurück.

Die Tante wies zu ihrer Schiefertafel, und Stella huschte sofort hin und brachte Tafel und Kreide.

»So sieht die Gebärmutter normalerweise aus«, erklärte die Tante und zeichnete einen Kreis, nicht größer als eine kleine Pflaume. Die nächste Pflaume war nur wenig dicker.

»Das ist die Gebärmutter der Frau, die heute hier gewesen ist.«

Darin war ein winziger zweiter Kreis enthalten, laut Auskunft der Tante der Embryo. Die Tante wies auf die Öffnung zur Gebärmutter und sagte: »Seht ihr, das bekomme ich mit einem kleinen Löffel noch gut raus, wenn es aber …«, schnell skizzierte sie einen dritten Kreis, schon doppelt oder fast dreifach so groß wie den ersten, mit einem Inhalt, der bereits eine andere Form als einen Kreis aufwies, »so groß ist, bekomme ich es nicht mehr durch die Öffnung, und es ist alles viel zu gefährlich.«

Stella stellte sich hin, um genauer auf die Tafel blicken zu können. Sie nickte zufrieden. »Verstehe. Wenn Mama und ich eher zu dir gekommen wären, hättest du es weggemacht?«

Die Tante nickte. Lysbeth dankte Gott, dass Stella und die Mutter nicht vorher den Weg hierher gefunden hatten.

»Warum hat die Frau gekotzt?«, führte Stella ihre Frageserie fort.

Die Tante schmunzelte. Es schien ihr Spaß zu machen, Stellas Fragen zu beantworten. Es entlastete sie offensichtlich, dass Stella das Ganze so frei von Religion und Moral sah. Sie verhielt sich, als wäre Lysbeth gar nicht da. »Schwangere erbrechen sich leicht, nicht alle, aber viele, ich weiß nicht, wie es bei dir war.«

Stella nickte. »Morgens war mir übel.«

»Siehst du, und außerdem hat die Frau sich aufgeregt, weil ich mit den Händen in ihre Scheide gefasst habe.«

»In ihre Scheide gefasst?«, fragte Lysbeth, die von einem Entsetzen ins nächste fiel. Sie wünschte sich, sie wäre weit, weit fort. Solche Dinge wollte sie gar nicht wissen.

»Natürlich hat sie in ihre Scheide gefasst«, sagte Stella altklug, »das hat sie bei mir auch getan, sie musste doch wissen, wie weit die Frau schon ist.« Lysbeth starrte ihre Schwester angewidert an. In diesem Augenblick erwog sie, Nonne zu werden. Mit solchen Dingen wollte sie nie im Leben zu tun haben.

Fast gegen ihren eigenen Willen fragte sie: »Und warum hat sie in den Eimer …?«

Sie wusste nicht, wie sie fortfahren sollte, es fiel ihr kein Wort ein, das sie jetzt hätte sagen können.

»Gepinkelt!«, führte Stella den Satz auftrumpfend fort. »Ja, das möchte ich auch gern wissen. Du hast zu ihr gesagt, dass sie das tun soll, Tantchen, ich habe es gehört!«

»Ihr fragt mir ja Löcher in den Bauch!«, sagte die Tante, aber man konnte sehen, dass sie sich dabei entspannte. »Ja, ich wollte ihren Urin riechen und schmecken, schließlich ist so ein Eingriff eine gefährliche Sache, nicht nur für mich.«

»Schmecken?«, fragte Stella angeekelt. »Du hast ihre Pisse getrunken?« Sie schüttelte sich. Lysbeth schauderte. Ihr wurde übel, und sie guckte vorsorglich, ob die Tante den Eimer wieder zurückgebracht hatte. Ja, er stand kurz hinter der Haustür, zu Lysbeths Erleichterung ausgewaschen.

»Nicht getrunken, Kind.« Jetzt wendete die Tante sich direkt an Lysbeth. »Wenn du feststellen willst, ob jemand zuckerkrank ist oder eine Entzündung im Körper hat, musst du dir auf den Finger pinkeln lassen und den kurz abschmecken. Und du musst den Urin riechen und seine Farbe anschauen. Danach weißt du schon das Wichtigste.«

»Danke für die Belehrung!«, sagte Lysbeth abwehrend, »aber ich habe nicht die Absicht, jemals in meinem Leben Kranke zu behandeln.«

Die Tante lächelte wissend, und Lysbeth verabscheute sie dafür.

»Das mag ja sein«, fügte die Tante entschieden hinzu, und aus irgendeinem Grund beschleunigte sich Lysbeths Herzschlag plötzlich. »Aber in diesem Fall wirst du mir helfen.« Jetzt raste Lysbeths Herz. Dabei hatte sie gar nicht begriffen, was die Tante eigentlich gemeint hatte. »Wie bitte?«, fragte sie so gefasst wie möglich.

»Du hast schon richtig gehört. Du wirst mir helfen, die Abtreibung vorzunehmen. Ich habe das zwar viele Male allein gemacht, aber das ist sehr mühsam, und ich bin alt. Stella kann mir nicht helfen, sie ist zu tollpatschig.«

Stella protestierte lautstark. Zu Lysbeths großer Überraschung war ihre Schwester offenbar sehr interessiert daran, diesem Ereignis beizuwohnen. »Du bist so kalt wie eine Hundeschnauze!«, fuhr Lysbeth ihre Schwester an. »Du hast ja gar kein Herz!«

»Und du weißt nicht, wie es ist, einen dicken Bauch zu haben, den du nicht haben willst!«, gab Stella patzig zurück. »Ich würde jeder Frau, die hier antanzt, helfen, das Blag aus ihrem Bauch zu kriegen, solange noch Zeit ist.«

Die Tante musterte sie eine Weile nachdenklich, dann wendete sie sich wieder Lysbeth zu. »Diese Frau ist von einem Mann schwanger, mit dem sie nicht verheiratet ist. Der Mann ist auch verheiratet. Wenn ihr Mann das erfährt, jagt er sie fort. Das ist für die Frau das Ende. Sie wird ihre Kinder verlieren, die Kinder werden die Mutter verlieren. Sie weiß das. Wenn ich ihr nicht helfe, geht sie zu einer Engelmacherin, das kann sie das Leben kosten. Und wenn sie das nicht wagt, muss sie versuchen, die Schwangerschaft zu vertuschen und das Neugeborene nach der Geburt irgendwie verschwinden zu lassen.«

»Verschwinden zu lassen?«, fragte Stella mit großen Augen. »Meinst du töten?«

Lysbeth wusste nicht, ob das bei Stella immer noch Interesse war oder wenigstens ein wenig Abscheu. Sie erhob sich. Sie musste zur Toilette, aber sie wollte auch raus.

Die Tante sagte so laut, dass Lysbeth den Rest des Satzes noch draußen vor der Tür vernahm: »Ja, es gibt viele Frauen, die sich während der Schwangerschaft den Bauch abbinden, mit Korsetts, und die das Neugeborene in der Erde verbuddeln, in Aborteimer stecken oder im Winter einfach draußen im Wald liegen lassen als Fraß für die Tiere.«

Lysbeth schaffte es nicht mehr zum Klohaus. Sie erbrach sich direkt vor der Tür.

Dabei spürte sie auch einen unbezwingbaren Druck im Bauch. Also wuchtete sie sich an den Rand des Weges und zog die Hose herunter.

Als sie sich endlich wieder erhob, hatte sie den Eindruck, als hätten sich Magen und Gedärme so entleert, dass sie wie ausgewrungen waren. Ihr tat alles weh. Sie schleppte sich zum Haus zurück, wo schon eine Schüssel warmen Wassers zum Reinigen und eine Tasse Kamillentee zum innerlichen Aufwärmen für sie bereitstanden. Die Tante und Stella saßen am Tisch und spielten Canasta, ein Kartenspiel, das Stella von ihrem Bruder Eckhardt gelernt hatte.

Als Lysbeth sich gewaschen hatte, spürte sie nichts als den Wunsch, ins Bett zu fallen. Aber sie hatte irgendwie ein schlechtes Gewissen, das Gefühl, etwas falsch gemacht, Tante und Schwester irgendwie im Stich gelassen zu haben. Deshalb setzte sie sich zu ihnen an den Tisch, sogar bereit, mitzuspielen, um ihre Schuld irgendwie abzuarbeiten.

»Geh ins Bett!«, sagte die Tante da. »Morgen schaffst du den Dreck draußen fort. Es ist kalt und klar draußen, ich glaube, es wird frieren, dann kannst du es sogar auf die Schaufel nehmen.«

Als Stella grinste, warf die Tante ihr einen strengen Blick zu, worauf die Kleine sofort ernst wurde.

Lysbeth war unendlich erleichtert. Sie stand so schnell auf, dass ihr Stuhl einen hart quietschenden Ton von sich gab. Doch jeder Schritt durch den Raum bis zur Tür, das Heben des Arms, das Drücken der Klinke und dann das Schließen der Tür, all das kam ihr unsäglich schmerzhaft und mühsam vor. Als sie vor ihrem Bett stand und sich ausziehen wollte, hatte sie keine Kraft dazu. In ihren Kleidern plumpste sie auf den Strohsack. Kaum dass sie lag, schlief sie auch schon.

## 16

In der Nacht noch wachte Lysbeth auf, weil irgendetwas entsetzlich stank. Und weil ihre Zunge dick und pelzig war. Durchs Fenster schien ein dicker Mond, fast schon voll, und erleuchtete das Zimmer. Lysbeth versuchte herauszufinden, woher der Gestank kam. Das war sie selbst!

Da kam alles in ihr Gedächtnis zurück. Angewidert schnüffelte sie an ihrer Kleidung. Es roch nach Erbrochenem und auch, als hätte sie in die Hose gemacht. Erschrocken sprang sie aus dem Bett.

Das war ihr im ganzen Leben noch nicht passiert!

Leise, damit niemand sie hören konnte, entledigte sie sich ihrer Kleidung und stellte fest, dass unten an ihrem Kleid Kot hing, mittlerweile fest und starr, aber immer noch stinkend. Fast hätte sie sich wieder erbrochen, aber das verbot sie sich so streng, wie man sich nur irgendetwas verbieten konnte. Sie schluckte die aufsteigende Galle hinunter und schlüpfte in ihre Nachtkleider, die wunderbarerweise auf dem Stuhl neben dem Strohsack parat lagen. Kurz bevor sie die Türklinke hinunterdrücken und in die Küche schleichen wollte, denn ihr trockener Mund brachte sie fast um, entdeckte sie die Kanne Tee auf der Fensterbank. Nichts war ihr jemals so köstlich erschienen wie der Becher Kamillentee, den sie jetzt hinunterstürzte. Sofort füllte sie den nächsten Becher und trank auch den leer, nun mit besonneneren Zügen. Der dritte Becher war fast schon zu viel. Aber auch den leerte sie, langsam, Schluck für Schluck, während sie hinausschaute auf den mondbeschienenen Garten mit dem Wald dahinter.

Plötzlich erschrak sie zu Tode. Wer war da draußen?

Schnell verbarg sie sich neben dem Fenster. So lugte sie von der Seite vorsichtig wieder hinaus. Alles lag ruhig und still vor ihr. Es sah aus, als hätte sich leichter Reif auf die Blumenbeete gelegt. Wahrscheinlich hatte sie sich geirrt, so überreizt, wie ihre Nerven waren, sagte sie sich und wagte sich wieder vor.

Doch da knackte es!

Sie zuckte zusammen, machte einen Sprung neben das Fenster und blickte sehr vorsichtig hinaus. Da huschten Gestalten aus dem Schuppen. Männer! Einer drehte sich um und blickte zum Haus. Zu ihrem Fenster! Lysbeth hatte das Gefühl, wieder kotzen zu müssen. In ihrem Magen schwappte der Kamillentee auf und ab wie unruhiges Gewässer. Gleich würde er über das Ufer schlagen, und ihr würde nichts anderes übrig bleiben, als das Fenster zu öffnen, um sich zu erbrechen. Und dann?

Wahrscheinlich würden die Männer dort draußen, was immer sie im Augenblick auch vorhatten, ihr entweder ein Holzscheit über den Kopf ziehen oder sie aus dem Fenster zerren und mitschleppen, und ihr wahrscheinlich auch dann vorher ein Holzscheit über den Kopf ziehen. Holzscheit? Moment mal. Holzscheite, das war es, was die Gestalten in den Armen trugen.

Ohne weiter zu überlegen, riss Lysbeth das Fenster auf und schrie mit einer Lautstärke, die sie selbst sehr überraschte, denn in Träumen versagte ihre Stimme in solchen Situationen, in die Nacht hinaus: »Banditen, Diebe! Gebt das sofort wieder her, ihr Räuber! Das gehört uns!«

Sie sah, wie zwei Gestalten aus dem Schuppen rannten. Lysbeth war zutiefst empört. Für dieses Holz hatten Stella und sie hart geschuftet: Sie hatten im Wald alte abgestorbene Bäume gefällt, hatten sie zersägt, zerhackt und, nicht zu vergessen, hatten die Scheite gestapelt! Ohne Unterlass schrie sie: »Diebe, Räuber, Gesindel!« Die Gestalten rannten zum Wald, in den Armen das Holz. Da schwang Lysbeth sich aus dem Fenster und rannte hinterher, immerfort brüllend.

Als sie den Waldrand erreichte, hörte sie neben ihrem eigenen Keuchen ein zweites laut hinter sich. Die ganze Zeit hatte sie nicht einen Funken von Angst gehabt, jetzt aber überrollte diese sie plötzlich so sehr, dass sie mitten in der Bewegung gefror. Da legte sich eine Hand auf ihre Schulter und eine atemlose Stimme schnaufte: »Lysbeth! Sie sind fort! Wir kriegen sie nicht mehr!«

Langsam drehte Lysbeth sich um. Vor ihr stand ihre kleine, schwangere Schwester und rang nach Luft. Die Haare loderten rot wie dunkles Herbstlaub um ihr schönes Gesicht, ihre Augen waren weit aufgerissen.

Lysbeth kam es vor, als hätte sie ihre Schwester seit Wochen nicht angeschaut. Sie war wirklich ziemlich dick. Sie sah wirklich sehr jung aus. Doch vor allem: In ihren Augen lag unglaublich viel Wärme. Lysbeth wagte es kaum zu glauben: Es war Liebe. Liebe für sie, Lysbeth, die große Schwester.

Lysbeths Beine wurden weich. Sie suchte einen Platz zum Hinsetzen. Da, ein Baumstumpf. Stella und sie selbst hatten diese Fichte abgesägt, nachdem die Tante gesagt hatte: »Nehmt die, die stirbt sowieso bald.« Aber Lysbeth schaffte es nicht mehr bis dahin. Sie fiel einfach auf die Knie und begann zu weinen.

Stella hockte sich neben sie, umfing ihre große Schwester und wiegte sie leicht. Als Lysbeth sich langsam beruhigte, sagte Stella:

»Keine Sorge, die haben vor lauter Schreck ganz viel fallen lassen, wir sammeln es beim Zurückgehen einfach wieder ein. Und den Rest holen wir morgen.«

Lysbeth schnaufte gerührt. Das war Stella, wie Lysbeth sie kannte: sachlich, praktisch. Stella, die Gefühle zwar bis zum Verbrennen empfinden konnte, jedoch nie viele Worte darüber verlor. Da vernahm Lysbeth ein Rascheln der gefrorenen Blätter auf dem Boden. Erschrocken horchte sie mit ihrem ganzen Körper. Alles in ihr war Alarm. Jetzt ging es nicht mehr nur um sie, jetzt ging es um ihre Schwester. Sie war kampfbereit wie eine Löwin, die ihr Junges verteidigt.

»Was macht ihr beiden hier draußen?«, klang da die Stimme der Tante.

Stella sprang auf und fiel der Tante um den Hals. »Sie wollten unser Holz klauen, aber Lysbeth hat sie erwischt, und wir sind aus dem Fenster gesprungen und hinter ihnen her. Dabei haben sie alles wieder fallen gelassen, und deshalb ist es gar nicht schlimm, dass wir sie nicht erwischt haben …« Sie hatte alles auf einmal herausgesprudelt und holte nun tief Luft.

»Nun, dann kommt mal ins Haus zurück!«, sagte die Tante und reichte Lysbeth eine Hand, um sie kräftig hochzuziehen.

Eingehakt gingen sie zu dritt langsam zum Haus zurück.

Als die Mädchen wieder unter ihren Bettdecken lagen, murmelte Stella kurz vorm Einschlafen: »Nicht dass ich es vergesse: Keine Sorge, bei der Abtreibung helfe ich, du musst das nicht tun!«

Am nächsten Morgen erinnerte Lysbeth sich an keinen Traum. Trotzdem nahm sie ihr Heft und tappte in die Küche.

Wie erwartet werkelte die Tante dort schon herum. Es roch heute aber anders als sonst. »Milchsuppe?«, fragte Lysbeth, und wieder wurde ihr ein wenig übel.

»Haferbrei«, antwortete die Tante. Sie bedachte Lysbeth mit einem prüfenden Blick. »Wie geht es dir?«

»Weiß nicht«, antwortete Lysbeth. Das entsprach der Wahrheit, denn tatsächlich hatte sie keine Ahnung, wie es ihr ging. Das Gefühl, das sie empfand, war ihr völlig unbekannt. Sie fühlte sich nämlich seltsamerweise eigenartig gut, obwohl ihr etwas übel war. Außerdem brannten ihre Augen ein wenig und ihre Glieder schmerzten. Aber irgendwo in ihr saß bei alldem ein sonderbares Wohlgefühl.

»Du warst sehr tapfer gestern«, sagte die Tante da. Klang es anerkennend oder ironisch? Lysbeth überlegte, ob sie sich selbst tapfer fand. Ja, eigentlich schon. Auch wenn der Augenblick, in dem sie sich aus dem Fenster geschwungen hatte, nichts mit Tapferkeit zu tun gehabt hatte. Aber womit denn?

Mit einer Kraft in ihr, die stärker war als Angst. War das Intuition? Gern hätte sie die Tante gefragt, aber sie fand nicht die richtigen Worte. Da fiel ihr wieder Stellas letzter Satz ein. Wenn es denn ein Satz und kein Traum gewesen war.

»Stella hat gesagt, sie wird dir assistieren«, sagte sie. »Stimmt das?«

»Ja«, antwortete die Tante. Lysbeth wartete, dass noch etwas folgen würde, aber es blieb bei dieser Antwort. Schweigend rührte die Tante den Haferbrei.

Lysbeth hatte keinen Traum aufzuschreiben. Sie hatte aber auch keine Lust aufzustehen. Also tat sie, was die Tante ihr zu den Träumen aufgegeben hatte, was ihr aber furchtbar schwergefallen war. Sie schrieb einfach auf, was ihr in den Sinn kam.

»Stella wird meinen Platz einnehmen. Weil ich es nicht wollte. Und ich musste mich übergeben. Oh, ich muss das ja noch wegschaffen, draußen vom Weg. Wenn ich damit lange warte, ist es wieder aufgeweicht, jetzt wird es hart sein von der kalten Nacht. Steh ich auf und mach es schnell? Es ist so kalt draußen. Im Bett der Tante ist es warm. Sie hat eine Federdecke. Sie hat sie selbst gefüllt. Mit selbst gesammelten Federn. Von allen möglichen kleinen Vögeln, nicht nur von Küken. Eigentlich will ich nicht, dass Stella meinen Platz einnimmt. Die Tante hat erzählt, was mit ungewollten Neugeborenen geschieht. Da ist es schon besser, sie werden weggemacht, solange sie noch ein Punkt in der Gebärmutter sind. Eigentlich nur Schleim und Blut, hat die Tante gesagt. Aber jetzt habe ich schon Nein gesagt, da kann ich nicht einfach umschwenken und Ja sagen, das geht nicht. Geht das nicht? Stella schwenkt ständig um. Sie sagt jetzt auch immer Tantchen. Aber vielleicht muss ich dann wieder kotzen, das wäre sehr schlimm. Stella ist viel gefasster als ich. Wenn ich an ihrer Stelle wäre, hätte ich mich bestimmt schon umgebracht.«

Sie hob den Kopf und blickte gedankenverloren aus dem Fenster. Die schwarze Katze lag draußen auf der Fensterbank und schaute Lysbeth aufmerksam an. Grüne Augen mit einem schwarzen Schlitz in der Mitte. Wie es wohl sein mag, eine Katze zu sein, fragte Lysbeth sich und schalt sich sogleich wegen ihrer albernen Gedanken. Draußen lag ein fahles Licht über der kahlen Landschaft. Es gab kein Blatt mehr an den Bäumen, allein die Tannen trugen Grün, aber auch das sah dunkel und kalt aus.

In einem plötzlichen Entschluss schlug Lysbeth die Decke zurück und schwang die Beine aus dem Bett. Sie würde einfach den schweren Umhang der Tante übers Nachthemd werfen und draußen ihre Exkremente wegschaufeln.

Die Tante füllte gerade eine Schale mit dampfendem Haferbrei. »Bleib sitzen!«, sagte sie, »und iss erst mal, bevor du dich in die Welt schwingst. Und was das da draußen betrifft, das habe ich schon fortgeschafft.«

Lysbeth zog die Beine folgsam auf die Bank zurück und deckte sich wieder zu. Sie war errötet. Die Tante hatte sich um den stinkenden Dreck gekümmert? »Das solltest du nicht!«, sagte sie befangen. »Das war meine Aufgabe!«

»Ach«, entgegnete die Tante leichthin, während sie Lysbeth die Schale hinhielt, »alte Leute brauchen nicht mehr so viel Schlaf, weißt du, und heute Morgen war draußen alles hart gefroren und voller Reif. Es stank nicht einmal. Ich habe die Schaufel genommen und es in den Wald geworfen. Dabei habe ich mir gleich mal die Verwüstung angesehen, die die Banditen letzte Nacht in unserem Schuppen angerichtet haben.«

Plötzlich fiel es Lysbeth siedend heiß ein. »Ich habe das Schloss an der Schuppentür nicht vorgelegt!«, murmelte sie. Die Tante nickte. »Nein, das hast du nicht, was für ein Glück, sonst müsste ich auch noch ein neues Schloss kaufen. Iss jetzt, mein Kind, und mach dir nicht so viele Gedanken!«

Lysbeth würgte den heißen Brei hinunter. Er war leicht gesüßt und schmeckte eigentlich nicht übel, aber ihr Magen war wie zugekrampft. Wieso hatte sie auch noch den Schuppen unverschlossen gelassen? In Gedanken setzte sie als Schlusssatz unter ihre ins Heft geschriebenen Bemerkungen: Ich tauge einfach zu gar nichts!

Der Tag verlief ruhig und in etwas gedämpfter Stimmung. Sie sammelten das Holz ein und schichteten es im Schuppen wieder auf. Bei dieser Gelegenheit sammelten sie auch gleich noch Arme voller Reisig. Lysbeth und Stella sägten gemeinsam einen größeren Fichtenstamm in kleine Teile, die Lysbeth anschließend mit dem Beil zerhacken sollte.

Es geschah nichts Außergewöhnliches, und dennoch lag über allem eine eigenartige Spannung. Wie ein leiser sirrender Ton, der, kaum vernehmbar, unablässig alle anderen Geräusche durchzog.

So lief es drei Tage lang. Lysbeth konnte sich an keine Träume erinnern und schrieb morgens ihre Gedanken auf, einfach so, wie sie gerade kamen. Weniger, weil sie dem Aufschreiben der Gedanken irgendeine Bedeutung beimaß, sondern weil sie es nicht missen wollte, morgens im Bett der Tante zu sitzen, während diese in der Küche werkelte.

Am dritten Abend allerdings legte die Tante nach dem Abendessen und dem anschließenden Abwaschen und Aufräumen die Schiefertafel auf den Tisch, daneben Kreide und das Anatomiebuch.

»Ich will, dass ihr wisst, worauf ihr euch einlasst, wenn ihr zum Zeitpunkt der Abtreibung hierbleibt«, sagte sie so ernst, dass Lysbeth schon wieder leicht übel wurde. »Aber vor allem will ich euch eine Geschichte erzählen. Es war einmal …«

»O nein, Tantchen«, unterbrach Stella sie, »keine Märchen, bitte, wir sind doch keine kleinen Kinder!« Das Gesicht der Tante hellte sich amüsiert auf. »Ob ihr Kinder seid oder nicht, lassen wir mal dahingestellt«, sagte sie, »aber was ich euch erzählen will, ist kein Märchen, sondern die Wahrheit, meine Wahrheit nämlich!«

»Deine Wahrheit?« Stella klimperte mit den Wimpern, was so albern aussah, dass Lysbeth lachen musste. Im Nu war ihre Übelkeit wie weggeblasen.

»Also«, die Tante hob ihren gichtverkrümmten Zeigefinger, »ich fange noch einmal an. Es war … vor sechzig Jahren ungefähr, also in der Mitte des vorigen Jahrhunderts, dass eine junge Frau – ja, auch ich war einmal eine junge Frau – sich verliebte. In einen jungen Mann, der mit einer Gauklertruppe nach Dresden gekommen war, wo er als Zauberer sein Geld verdiente.

Der junge Mann kam von weit her. Aus Italien, aus Bari, um es genau zu sagen, ganz am äußersten Ende des Stiefels. Und er hatte schon eine Frau geliebt, die er heiraten wollte. Die Frau war aber zu jung, und der Mann, der Arzt werden wollte, war noch in der Ausbildung und konnte ihrer Familie nichts bieten. Also wurde dem Mädchen und dem Mann bedeutet, noch zu warten, bis er mit seiner Ausbildung fertig wäre und als Arzt Geld verdienen konnte. Das Paar wartete aber nicht mit der Liebe, und die junge Frau wurde schwanger. Die Familie, entsetzt, schickte sie zu einer Quacksalberin. Die junge Frau bekam schlimmes Fieber und starb.

Der junge Mann, der das Liebste auf der Welt verloren hatte und sich schuldig fühlte, wollte nicht mehr leben. Er versuchte, seinem Leben ein Ende zu setzen, doch es misslang. Das nahm er als Gottes Zeichen, dass auf ihn eine Aufgabe wartete. Um die zu entdecken und auch, weil in dem kleinen Ort für ihn und die hasserfüllte Familie seiner Liebsten kein Platz mehr war, verschwand er einfach eines Nachts und schloss sich einer Gauklertruppe an, da seine große Leidenschaft neben dem Heilen immer schon das Zaubern gewesen war.

Die junge Frau in Dresden verliebte sich sofort in ihn. Das überkam sie völlig überraschend, denn bis dahin hatten Männer sie wenig interessiert. In ihrer Familie hatte es immer schon zwei Sorten von Frauen gegeben: Die einen heirateten und bekamen Kinder. Die anderen wurden Kräuterfrauen, Hebammen, weise Heilerinnen. Sie wohnten in einem kleinen Häuschen am Rande von Laubegast, blieben unverheiratet und kinderlos. Sie war dieser Linie gefolgt.

Der jungen Frau war ein Leben als Heilerin in Laubegast als angenehme Zukunftsperspektive erschienen, sehr viel angenehmer als alles, was sie rund um sich herum an Frauenleben wahrnahm. Außerdem hatte sie einige Male Träume gehabt, die anschließend in Erfüllung gegangen waren. Und als sie diese Träume ihrer Mutter erzählte, stand für diese fest, dass ihre Tochter, Lysbeth, in die Fußstapfen der weisen Frauen der Familie treten würde. Damals wohnte allerdings schon eine Tante in Laubegast. Aurelie, eine wundervolle Frau mit einem breiten Lachen und einer gefährlichen Schönheit.

Lysbeth ging damals gerade in die Lehre bei der Tante. Sie wusste schon sehr viel über Kräuter und über die Hebammenkunst. Da die Tante von Zeit zu Zeit Männerbesuch über Nacht empfing, wohnte

Lysbeth nicht bei ihr im Häuschen, sondern fand sich zweimal in der Woche dort ein, um zu lernen und der Tante zu helfen.

Doch kaum hatte sie den hübschen Zauberer mit den schwarzen glatten Haaren und den feurigen Augen auf dem Markplatz entdeckt, war es um sie geschehen. Sie wusste, dass sich ihr Leben nun vollkommen und entgegen allen Erwartungen verändern würde.

Da sie keine Ahnung hatte, wie sie es anstellen sollte, den Mann auf sich aufmerksam zu machen, fragte sie ihre Tante, die ungefähr zwanzig Jahre älter war als sie, um Rat. Die Tante nickte verständnisvoll und bereitete der jungen Frau, von der ihr ja mittlerweile wisst, dass ich es war, ein Öl zu. Damit sollte ich mich morgens nach dem Waschen von Kopf bis Fuß einreiben. Dann gab sie mir noch ein kleines Beutelchen, das ich mir zwischen die Brüste stecken sollte. Und sie sagte: ›Bei der nächsten Vorführung der Gaukler, wenn er sich jemanden aus dem Publikum sucht, gehst du sofort nach vorn. Dabei stellst du dich so dicht neben ihn wie noch gerade eben schicklich und berührst ihn, so oft du kannst, wie aus Versehen, streichst ihm über den Arm oder den Rücken. Und dann bringst du ihn hierher und sagst ihm, ich bin eine Zauberin und will ihn kennenlernen.‹«

Die Tante lächelte versonnen. »Ich hatte Glück«, fuhr sie fort, »am nächsten Tag wollte die Truppe schon weiter. Ich starb zwar vor Angst und Peinlichkeit, aber ich tat genau das, was die Tante gesagt hatte. Er, der Zauberer, Antonio hieß er, wie ich am gleichen Abend noch erfuhr, wusste nicht, wie ihm geschah. Denn nach der Vorstellung blieb ich einfach dort. Es schien mir das Selbstverständlichste von der Welt zu sein.« Sie blickte aus dem Fenster, als sähe sie dort ihren Liebsten und sich selbst. Als käme sie aus einer anderen Welt, sagte sie versonnen: »Ach, was soll ich euch erzählen. Wir wurden kein Paar.«

Stella, die völlig hingerissen gelauscht hatte, das Kinn auf die Fäuste gestützt, fuhr empört hoch, als hätte man ihr ein versprochenes Geschenk vorenthalten. »Was?«, rief sie aus. »Wieso? Deine Tante hatte dir doch so gut geholfen!«

Ihre Tante lächelte ironisch und, wie es Lysbeth schien, ein wenig zornig. »Ja, meine Tante hatte alles gut vorbereitet. Antonio und sie wurden nämlich ein Paar.«

»Nein!«, schrie Stella auf. »Was für eine falsche Schlange!«

»Tja«, seufzte die Tante, doch sie wirkte ganz vergnügt dabei, »wahrscheinlich war sie das. Außerdem war sie aber auch wirklich hinreißend. Und die beiden passten wundervoll zueinander.«

»Wieso?«, unterbrach Stella sie. »Ich denke, er war jung und sie war alt.«

»Er war etwas älter als ich«, erläuterte die Tante, »und sie muss Mitte vierzig gewesen sein. Aber er war nicht jung, und sie war nicht alt. Und sie hatte alles, wonach er sich sehnte. Zum Beispiel auch das Wissen, nach dem er dürstete. Sie gab ihm alles weiter, und er unterrichtete sie in der Wissenschaft der Medizin, die er vorher studiert hatte. Sie wurden sehr mächtig, so mächtig, wie Wissen, vereint mit Liebe und Leidenschaft, nur werden kann. Sie verfügten über eine riesige Anziehungskraft. Die Leute strömten zu ihnen, nicht nur aus Dresden, sie kamen von weit her, weil sich herumgesprochen hatte, wie sicher die beiden diagnostizieren, also eine Krankheit erkennen und bestimmen konnten, und wie viele Möglichkeiten sie besaßen, heilend zu wirken. Aber sie hatten natürlich auch viele Feinde.«

Die Tante kicherte. »Zum Beispiel mich. Aber ich hielt mich gut versteckt mit meiner Feindseligkeit, denn ich wollte unbedingt so viel wie möglich bei den beiden sein. Auch auf mich übten sie eine magnetische Anziehungskraft aus. Zum einen konnte ich nur in seiner Nähe glücklich sein, ich musste sein Gesicht sehen, seine Haut riechen, ja, seine wundervollen geschickten Hände beim Untersuchen oder bei kleinen Operationen beobachten. Zum anderen aber auch, weil im Bannkreis dieses Paares ein Quell an Wissen sprudelte, aus dem ich schöpfte, allein indem ich meine Augen und Ohren offen hielt.«

»Du hast ihn weiter geliebt?«, fragte Stella verärgert. »Diese treulose Kanaille!«

Lysbeth wollte gerade den Mund aufmachen, um den armen Antonio zu verteidigen, da sagte die Tante mit breitem Grinsen: »Die Kanaille war nicht er, er wusste gar nichts davon, dass ich mich in ihn verliebt hatte. Die Tante hatte mich nach seinem ersten Besuch bei ihr zur Seite genommen und gesagt: ›Lass die Finger von ihm, Kleine, du wirst nur unglücklich mit ihm. Wenn er bei dir bleibt, wird er immer an die andere denken. Du wirst ihn immer an sie erinnern, aber du wirst sie nie ersetzen können! Niemand in deinem Alter wird das können! Ich werde ihn unter meine Fittiche nehmen, wenn du einverstanden bist. Bei mir wird er die andere vergessen!‹«

»Was für ein Luder!«, stöhnte Stella und rieb sich den Bauch.

»Na ja«, räumte die Tante ein, »verurteil sie nicht zu schnell. Ich glaube, sie hatte recht. Auf jeden Fall erfuhr er so nicht, dass eigentlich ich diejenige gewesen war, die es auf ihn abgesehen hatte. Aber was ich euch die ganze Zeit erzählen wollte, ist etwas anderes: Also: Sie hatten Feinde. Die verschmähten Liebhaber der Tante zum einen. Die Ärzte, denen die Patienten abhanden kamen, zum andern. Diese Kombination war sehr gefährlich. Und dann gab es noch eine andere Gefahr: Die beiden machten Abtreibungen.«

»Oh!«, hauchten Stella und Lysbeth gleichzeitig. Sie lächelten sich kurz an, lauschten aber sofort wieder der Tante.

»Ja«, sagte diese mit äußerstem Ernst. »Auch in diesem Punkt hatte Antonio wohl in meiner Tante die ideale Frau gefunden. Er war völlig besessen von der Idee, Frauen zu helfen, die durch eine Schwangerschaft unglücklich gemacht wurden, und zwar so zu helfen, dass sie gesund blieben und auch noch weitere spätere Schwangerschaften glücklich erleben durften. Was auch nicht unbedingt selbstverständlich war … und ist.« Die Tante versank in Gedanken.

Lysbeth hatte vor lauter Spannung über die Geschichte die Gegenwart ganz vergessen, jetzt aber tauchte sie wieder auf. »Und du hast bei ihnen gelernt, wie man das macht?«, fragte sie langsam, »und du machst es wie sie, um Unglück zu vermeiden.«

»Aber da fehlt noch etwas«, warf Stella schnell ein, »die Gefahr nämlich, sonst hättest du sie nicht erwähnt. Was ist Schlimmes geschehen?«

»Es ist etwas sehr Schlimmes geschehen!« Die Tante war blass um die Nase geworden. Offenbar ging die Geschichte ihr sehr nah, obwohl seither schon so viele Jahre vergangen waren. Lysbeth schenkte ihr schnell ein Glas Rotwein aus der Karaffe ein, sie wusste, dass der Rotwein, den die Tante Herzwein nannte, kräftigende Substanzen enthielt, die der Tante schnell guttaten, wenn sie einmal etwas erblasste. »Es hat ein Komplott gegeben. Einer der verschmähten Männer war mit einem Arzt befreundet. Die haben wiederum eine ehrenwerte schwangere Dresdnerin, mit der der Arzt befreundet war, davon überzeugt, dass meiner Tante und ihrem ›Galan‹ das Handwerk gelegt werden müsste. Also ist die Frau nach Laubegast gekommen und hat eine abenteuerliche Geschichte erzählt, weshalb sie eine Abtreibung brauchte. Aurelie und Antonio haben sie untersucht, wie sie es immer taten, ihr einen Tee mitgegeben, der im besten Fall einen Abort bewirkte, und gesagt, sollte dies nicht geschehen, solle sie in einer Woche wiederkommen.«

»Genauso, wie du es machst!«, sagte Stella ergriffen.

»Genauso, wie ich es mache. Die Frau ist eine Woche später wiedergekommen – mit der Polizei.«

»Ach du grüne Neune!«, stieß Stella aus.

»Ja, das kannst du laut sagen«, stimmte die Tante zu. »Sie waren reingelegt worden.«

»Und dann?« Stellas Augen funkelten erregt. In diesem Augenblick verabscheute Lysbeth ihre Schwester wieder sehr. Was für eine traurige Geschichte, und Stella war wieder nur an der Spannung interessiert. Sie hat wirklich kein Herz!, dachte Lysbeth, und spürte, wie ihr eigenes Herz schwer vor Mitleid mit Antonio, Aurelie und der Tante war.

»Und dann«, fuhr die Tante trocken und sachlich fort, »kamen sie ins Gefängnis und vor Gericht. Die Tante wurde mit einer abenteuerlichen Begründungen freigesprochen, da hatten wohl irgendwelche Männer ihre Hand im Spiel, und Antonio wurde des Mordes verurteilt. Zum Tode.«

»Nein!« Lysbeth schrie auf. Sie fühlte sich wie im Theater, wo sie selbst alle Dramen miterlebte, die auf der Bühne geschahen. Sie teilte die Liebe der Tante zu Antonio, bereit, eigenhändig die Gitter zu seinem Kerker aufzusägen und mit ihm zu fliehen.

»Doch!«, sagte Stella kühl. »Du hast doch auch gesagt, dass es Mord ist, eine Abtreibung zu machen. Er ist zum Tode verurteilt worden und … lass mich raten, die Tante Aurelie hat mit dem Richter geschlafen und …«

»Geschlafen?«, fragte Lysbeth entsetzt.

»Du bist gar nicht so weit von der Wahrheit entfernt, mein Kind, du solltest Detektivin werden. Ja, die Tante hätte mit vielen Männern geschlafen, um Antonio vor dem Tod zu bewahren. Aber er hat wohl geahnt, dass sie das für ihn tun würde und hat sich in seiner Zelle erhängt.«

»Mein Gott, wie furchtbar«, stöhnte Lysbeth.

»Na ja, aber statt sein Leben lang im Gefängnis zu schmoren oder doch einen Kopf kürzer gemacht zu werden und auch noch zu wissen, dass seine Herzensdame …«

»Ja«, unterbrach die Tante sie schnell, bevor Stella weitere Proben des Vokabulars von sich geben konnte, das sie von ihrem Bruder und dessen Freunden gelernt hatte, »wahrscheinlich war es für alle Beteiligten besser so. Nur für mich nicht, denn ich hatte Antonio wirklich geliebt und immer in der Hoffnung gelebt, dass er mich erwählen würde, sobald meine Tante gestorben war. Denn schließlich war sie zwanzig Jahre älter als ich. Dass meine Tante sich daraufhin auch erhängte, zu ihren Füßen ein Dokument, in dem sie alle Verschwörer klar beim Namen nannte, war die zweite große Katastrophe für mich. Die bedeutet allerdings bis heute einen gewissen Schutz für mich, da ich seitdem eine Art Freibrief habe, meine Tätigkeit hier auszuüben. Ich muss mich nur bescheiden und still im Hintergrund halten und darf nicht versuchen, den Ärzten irgendeine Konkurrenz zu machen. Trotzdem bleibt die Gefahr bestehen: Abtreibungen durchzuführen gilt als Mord.«

Die Mädchen blickten zu Boden. In der Küche breitete sich eine bedrückte Stille aus. Schließlich schlug die Tante mit der Hand auf den Tisch, dass es knallte: »Ich wäre nicht in der Lage, auch nur eine einzige Frau, die mich braucht, fortzuschicken. Dann nämlich käme ich mir wie eine Mörderin vor. Wenn ihr aber Angst habt, wenn ihr die Gefahr fürchtet, dann verstehe ich euch gut. Ihr wisst jetzt alles. Ich wäre sehr froh, wenn eine von euch beiden mir assistieren würde, aber das muss nicht sein. Ihr könnt euch auch währenddessen entfernen, einen ganzen Tag lang eine kleine Wanderung machen oder besser noch einen Einkauf in Laubegast, wo man euch sieht, das gibt euch Sicherheit.«

»Ich helfe dir«, sagte Lysbeth schlicht. Als sie den Satz ausgesprochen hatte, erschrak sie. Hatte sie das wirklich sagen wollen?

»Ich helfe dir auch«, sagte Stella schnell, »aber ich glaube, ehrlich gesagt, dass Lysbeth das besser kann, und ich bin auch ein bisschen wie eine Watschelente, nachher stoße ich noch irgendwo gegen, wo ich dich störe … oder so …« Sie sah treuherzig von Lysbeth zur Tante. Als sie die Frage in Lysbeths Augen las, antwortete sie lachend: »Nein, Angst habe ich keine! Sie werfen keine schwangeren kleinen Mädchen ins Gefängnis, da bin ich mir völlig sicher.«

»Gut«, sagte die Tante resolut, »dann will ich euch jetzt erklären, was ich tue und wie ihr gegebenenfalls helfen könnt.«

»Ihr?«, fragte Lysbeth. »Sollen wir beide helfen?«

»Nein, aber welche von euch beiden die Richtige ist, werden wir entscheiden, wenn es so weit ist.« Die Tante bedachte Lysbeth mit einem Blick, der auch als überheblich hätte verstanden werden können, den Lysbeth aber einfach als Aufforderung verstand, sich, wenn ihre Angst doch zu groß war, auch im letzten Augenblick noch anders entscheiden zu dürfen.

»Nun denn«, die Tante holte aus der Speisekammer einen mittelgroßen Tontopf, den sie auf den Tisch wuchtete. Sie hob den Deckel und entnahm dem Topf einen Packen Tücher. Aus den Tüchern wickelte sie glänzende Bestecke.

»Dies sind die Werkzeuge, die ich brauche«, sagte sie, und man konnte ihr ansehen, wie wertvoll sie ihr waren. »Aber gehen wir der Reihe nach vor. Die Frau kommt hier herein, und ich begrüße sie mit einem Tee aus Baldrianwurzel, Johanniskraut und Melisse und ein paar anderen Kräutern, die beruhigend wirken. Danach untersuche ich sie noch einmal, um die Größe der Gebärmutter zu schätzen. Eine Hand lege ich auf die Bauchdecke, zwei oder drei Finger meiner anderen Hand stecke ich in die Vagina.«

Lysbeth wartete darauf, dass ihr schlecht wurde, aber nichts geschah. Doch, es geschah etwas, nämlich, dass sich ein Mensch in ihr erhob, den sie bisher nicht gekannt hatte: eine Forscherin. Sie war neugierig, einfach nur neugierig, ohne Ekel, ohne Angst, ohne Scham. Plötzlich verstand sie Stella. Das war dieser Teil in einem, der wissen wollte, erkennen, entdecken, der nicht viele Gefühle empfand, nein, sogar eine gewisse Kälte, die sich über Gefühle hinwegsetzte, einfach nur, um etwas herauszufinden.

»Ich führe dann ein Spekulum ein. Schaut her, dies ist ein Spekulum!«

Die Tante hob ein Instrument in die Höhe, das wie ein Entenschnabel aussah.

»Das führe ich in die Vagina ein – dadurch wird die Cervix sichtbar. Die Cervix ist der halsähnliche Teil des unteren verjüngten Endes der Gebärmutter, lateinisch Uterus. Das Loch in der Mitte der Cervix ist der Eingang zur Gebärmutter. Er ist wie ein kirschroter Rettungsring. Bei einer Schwangerschaft ist die Cervix geschwollen und glänzend.« Die Tante hob die Augen von Bildern, die im Anatomiebuch von der Cervix und dem Uterus enthalten waren, und schaute abwechselnd ihre beiden Nichten an.

»Jetzt müssen erst einmal die Haare abrasiert werden, die Frauen über ihren Schamlippen haben.« Sie ergriff angriffslustig die Tischplatte und stützte sich dagegen. »Das ist ganz wichtig, denn ich will, dass die Frauen überleben. Und in den Haaren sitzen die meisten Bakterien und Keime. Also, noch einmal, wir rasieren die Frauen, und dann reiben wir, was wir erwischen können, mit einer Lösung ein, die ich bereitstehen habe. Sie besteht aus Alkohol und anderen Stoffen, die böse Keime töten.«

»Das mögen die Frauen nicht, oder?«, fragte Stella mitfühlend. Ihr Mitgefühl, wusste Lysbeth, galt der Tante, nicht den Frauen.

»Nein«, antwortete die Tante da auch fröhlich, »sie hassen es sogar. Aber sie lassen es sich gefallen. Und ich bin da unerbittlich.«

Sie nahm einige neue glänzende Geräte in die Hand. Sie sahen eigentlich nicht besonders Aufsehen erregend aus. »Hiermit beginnt das, was für die Frauen am schlimmsten ist«, sagte sie ernst, »und wo ich eure Hilfe am meisten brauche, denn die Frauen müssen beruhigt werden und ihre Beine, die ich auf Stützen auseinander- und hochhalte, müssen festgehalten werden, damit ich wirklich in Ruhe arbeiten kann. Hiermit erweitere ich nämlich den Eingang zur Gebärmutter. Das ist sehr schmerzhaft für die Frauen, weil ein gesunder Gebärmutterhals sehr verschlossen ist, um die Schwangerschaft zu schützen. Das ist sanfte Gewalt. Die Frauen weinen dann und stöhnen und wollen am liebsten aufstehen und weglaufen. Dann muss man sie beruhigen und ihnen sagen, dass es bald vorbei ist, na ja, all so etwas, wozu man nicht unbedingt in der Lage ist, wenn man da unten vorsichtig zugange ist. Sie nahm das nächste Instrument hoch. »Dies ist eine Zange, mit der ich ergreife, was im Innern des Uterus ist. Ich ziehe so viel heraus, wie ich kann.« Mit einem warnenden Blick auf Lysbeth fügte sie hinzu: »Das ist Blut und Schleim und winzigste

Teile … eines befruchteten Eis, aus dem einmal ein Mensch hätte werden können.« Sie sah Lysbeth forschend an. Lysbeth bemerkte, wie müde die Tante mittlerweile war. Sie nickte lächelnd und so einverständlich, wie es ihr möglich war. Nun hob die Tante etwas hoch, das aussah wie ein kleiner Löffel mit einem langen Stiel. »Das ist besonders wichtig«, sagte die Tante, »alles andere kann jeder … na ja, mehr oder weniger grob, aber mit diesem Löffel, Kürette wird er genannt, schabe ich die Reste aus der Gebärmutter. Wenn da nämlich etwas übrig bleibt, kann es sich entzünden oder verkleben, alles Mögliche, was scheußliche Folgen für die Frau hat, schlimmstenfalls tödliche. Ich schabe die Wand des Uterus damit leer. Wann sie leer ist, weiß ich, weil ich dann ein knirschendes Geräusch höre.« Sie atmete erschöpft aus. »Das war es, meine Kinder!« Sie lächelte zärtlich. »Wisst ihr übrigens, was es für mich bedeutet, euch meine Kinder zu nennen? Ich habe mir mein Leben lang Kinder gewünscht, aber … es sollte nicht sein.«

»Du bist eine eiserne Jungfer«, sagte Stella voller Hochachtung.

Die Tante schwieg, traurig lächelnd, und Lysbeth hatte in diesem Augenblick das Gefühl, als sei die Tante keinesfalls eine eiserne Jungfer.

»Ich glaube, ich werde auch keine Kinder bekommen, Tante«, sagte Lysbeth feierlich, und wieder wunderte sie sich über das, was sie von sich gegeben hatte, »aber ich werde andere Kinder lieben, so wie du uns liebst.«

Alarmiert fragte die Tante: »Wie kommst du auf so einen Blödsinn?«

Lysbeth fühlte sich, als ob sie erwachte. »Oh«, sagte sie ein bisschen verwirrt, »ich glaube, ich habe es geträumt …«

Die Tante räumte schnell ihre Instrumente wieder zusammen und bemerkte nebenbei: »Ach, Träume können alles Mögliche bedeuten, jetzt wird geschlafen, ich falle sonst tot um!«

Die Abtreibung verlief genauso, wie die Tante sie beschrieben hatte. Lysbeth sah zwar nicht zum ersten Mal in ihrem Leben ein weibliches Geschlecht, denn sie hatte ihre kleine Schwester häufig gereinigt und gewickelt, aber eine erwachsene Frau sah zwischen den Beinen schon anders aus. Die Frau hatte am Anfang pikiert gefragt, ob Lysbeth unbedingt dabei sein müsse, wenn sie rasiert würde und die Tante hatte ihre Nichte daraufhin ins Schlafzimmer geschickt, wo Stella schon auf dem Bett lag und ein Buch las. Die Mädchen hatten sich mit Gesten unterhalten, denn die Frau durfte nicht wissen, dass da noch jemand im Haus war. Lysbeth mochte die Frau nicht, und sie wunderte sich, wie freundlich und fürsorglich die Tante mit ihr umging.

Nach kurzer Zeit rief die Tante sie ins Zimmer. Die Frau lag auf dem Küchentisch, über den die Tante eine Decke und ein Laken gebreitet hatte. Der Rock ihres Kleides war hochgeschlagen, ihre nackten Beine hingen von der Stuhlkante herab. Lysbeth hatte jetzt die Aufgabe, die Beine auf zwei Stützen zu heben, die die Tante eigens dafür aus Holz hergestellt hatte. Die Stützen waren an zwei Stuhllehnen befestigt, so wie die Tante es immer gemacht hatte, wenn sie allein Abtreibungen durchgeführt hatte. Aber jetzt, mit Lysbeths Unterstützung, konnte die Frau noch ruhiger gehalten werden. Die Tante saß zwischen den Beinen der Frau, Lysbeth stand hinter der Tante und hielt die Beine fest. So blieb ihr gar nichts anderes übrig, als die Tätigkeit der Tante zu verfolgen. Doch, sie konnte natürlich auf den Boden schauen oder zur Decke, was sie anfangs auch tat, aber dann wurde ihr Blick unweigerlich zu diesem fleischigen Loch gezogen, das die Tante aus der vormals schmalen Spalte der Frau gemacht hatte.

Als die Tante mit den Gegenständen zur Erweiterung des Muttermundes hantierte, begann die Frau zu stöhnen. »Ich muss mich übergeben«, würgte sie. Die Tante hatte diesen Fall mit Lysbeth vorbesprochen. Lysbeth prüfte also noch einmal kurz, ob die Stühle mit den Stützen fest und richtig standen, dann ging sie zum Kopf der Frau und reichte ihr eine kleine Schale. Der Oberkörper der Frau lag auf zwei Kissen, sodass es ihr möglich war, ohne sich zu bewegen in die Schale zu kotzen. Die Tante hatte ihr verboten, am Morgen zu essen, sodass nicht mehr als Schleim und Galle zu erwarten war.

Danach wischte Lysbeth den Mund mit einem eigens dafür bereitgelegten feuchten Handtuch sauber und danach mit einem anderen trocken. Sie nahm die Schale und entleerte sie in den Eimer, der neben der Tante stand.

Die Tante arbeitete währenddessen ruhig weiter. Nun war sie offenbar so weit, dass sie ihre kleine Zange in die Gebärmutter schieben konnte. Die Frau wimmerte. Tränen liefen über ihre Wangen. Sie fuchtelte mit den Händen in der Luft. Wie verabredet griff Lysbeth nach den kalten Händen und hielt sie fest. Die Frau beruhigte sich ein wenig.

»Es wird alles gut«, murmelte Lysbeth, »es ist bald vorbei …«

Nun begann die Frau, hemmungslos zu weinen. Lysbeth wurde überflutet von einer Woge aus Mitgefühl. All ihre Aversionen gegen die Frau wurden auf einmal weggeschwemmt, und stattdessen war da nur noch Wärme und Mitleid. Sie nahm die beiden Hände der Frau in ihre linke Hand und wischte ihr sanft die Tränen fort.

Sie fuhr fort, beruhigende kleine Worte zu sagen. Die Zeit schien sich endlos hinzuziehen. Stille breitete sich im Raum aus, nur unterbrochen vom Klirren der Instrumente und den Schmerzlauten, die die Frau von Zeit zu Zeit von sich gab. Jetzt legte die Tante die Zange beiseite und griff nach dem langstieligen Löffelchen. Lysbeth verkrampfte sich. Sie hatte Angst, dass die Frau sich jetzt vor Schmerzen aufbäumen würde und sie vielleicht mit ihr kämpfen müsste, um sie ruhig zu halten. Aber nichts geschah. Ganz im Gegenteil, die Frau entspannte sich offenbar ein wenig. Sie ließ den Kopf zur Seite sinken, wo Lysbeth saß, und während Tränen ihr aus den Augen strömten, murmelte sie: »Pass bloß auf, dass dir nie so etwas passiert, Kleine! Es sind immer die Männer, die uns benutzen und die anschließend in der Versenkung verschwinden, wenn wir sie brauchen. Bitter brauchen. Wenn wir lachen und ihnen das Leben verschönern, dann greifen sie nach uns und geben uns das Gefühl, der Eingang zum Paradies zu sein, aber wenn wir weinen und klagen und auf sie angewiesen sind, dann nehmen sie die Beine in die Hand. Tun so, als wäre alles vorher ein Ausrutscher, ein Versehen gewesen.« Sie weinte jetzt laut, als beklage sie einen Toten.

Das ist es ja wohl auch, dachte Lysbeth. Sie beklagt wohl auch einen Toten, vielleicht sogar mehrere Tote. Das Kind, sich selbst und wohl auch ihre Liebe zu dem Mann, der sie geschwängert hat. Vielleicht auch ihre Liebe zu ihrem Mann, mit dem sie Kinder hat. Den sie bestimmt nicht betrogen hätte, wenn er sie glücklich gemacht hätte.

Wieder stiegen in Lysbeth große Zweifel auf, ob es die Liebe, die auf der Bühne so schön war, die zwischen Romeo und Julia und all den anderen romantischen Liebespaaren, ob es die wirklich gab oder ob nicht eher Ibsen recht hatte, der zeigte, wie Männer Frauen verletzten. Sie spürte, wie sich etwas auf ihr Herz legte, es fühlte sich an wie eine festere Haut.

Nein, schwor sie sich, ich werde nie in die Situation kommen, in der diese Frau jetzt ist. Nie!

Die Tante hob den Kopf. Und damit veränderte sich die Stimmung im Raum. Es war, als ob die Zeit, die scharfen Umrisse zurückkämen. Die Tante warf Lysbeth einen auffordernden Blick zu. Die legte behutsam die Hände der Frau auf deren Brust, streichelte ihr noch einmal über die feuchte Wange und begab sich mit schmiegsamen weichen Bewegungen hinter die Tante. Sie legte wieder ihre Hände auf die Knie der Frau, spürte vor ihrem Bauch den Rücken der Tante, schmal, knochig, verschwitzt. Die Tante arbeitete langsam und vorsichtig. Die Frau wimmerte noch einmal laut, dann war es vorbei.

Die Tante wischte mit dem alkoholgetränkten Tuch über die Scheide und legte dann einen ausgekochten, zusammengefalteten Lappen darüber. Mit Lysbeths Unterstützung zog sie der Frau eine ebenfalls ausgekochte, besondere Unterhose über, die eng am Unterleib anlag, enger als die üblichen Unterhosen für Frauen. Nun hob Lysbeth die Beine der Frau kurz an und legte sie dann eins nach dem andern hinunter. Währenddessen hatte die Frau sich auf Geheiß der Tante aufgerichtet.

Die Tante reichte ihr einen Becher mit Tee, in den sie blutungsstillende und beruhigende Kräuter getan hatte. »Trinken Sie!«, sagte sie sanft. »Es ist alles gut verlaufen. Da fiel der Blick der Frau auf den Eimer, in dem Blutklumpen und Schleim waren, und sie erbrach sich in einem Riesenschwall.

»Ach, du grüne Neune«, murmelte die Tante und warf Lysbeth einen zornigen Blick zu. Mit hochrotem Kopf griff Lysbeth nach dem Eimer und schaffte ihn nach draußen. Jetzt war es zu spät! Die Tante hatte ihr extra eingeschärft, dass der Eimer entfernt werden musste, bevor die Frau sich aufrichtete.

Draußen atmete sie tief ein. Erst da merkte sie, wie angespannt sie die ganze Zeit gewesen war. Und als sie ins Haus zurücktrat, fiel ihr auf, wie stickig und verbraucht die Luft da war. Die Tante war gerade dabei, das Kleid der Frau notdürftig zu säubern.

»Es ist nicht so schlimm«, sagte sie, sowohl an die Frau wie an

Lysbeth gerichtet. »Sie ziehen das jetzt aus, ich wasche es und hänge es über den Ofen. Sie legen sich jetzt ein bisschen auf meine Bank und schlafen.«

»Schlafen?«, rief die Frau. »Wie sollte ich jetzt an Schlafen denken?«

Die Tante half der Frau, das Kleid über den Kopf zu ziehen. Dann führte sie sie zu ihrer Bank, auf der saubere, ausgekochte Bettwäsche lag, und sagte wie zu einem Kind: »Dann schlafen Sie eben nicht. Wichtig ist, dass Sie sich jetzt ausruhen, damit die Blutung aufhört. Damit Ihr Körper sich daran gewöhnen kann, nicht mehr schwanger zu sein. Das ist ja eine Umstellung, die Kraft kostet.«

»Blutung?« Der nächste entsetzte Schrei der Frau.

Lysbeth stellte fest, dass die Abneigung, die sie vor dem Eingriff gegen die Frau empfunden hatte, zurückkam. Fast hätte sie patzig gesagt: »Ja, was denken Sie denn? Dass das Ganze vonstatten geht wie ein Kaffeeklatsch?« Da sagte die Tante schon mit einer Wärme und Freundlichkeit, die Lysbeth richtig ärgerten: »Sie haben sicherlich in der Aufregung vergessen, was ich Ihnen beim letzten Mal erklärt habe. Macht auch nichts. Wenn Sie mir nicht vertrauen würden, wären Sie ja nicht hier. Also legen Sie sich jetzt einfach auf die Bank, machen die Augen zu …«, sie lächelte amüsiert, »… oder auch nicht, und lassen Ihrem Körper einfach Zeit, zur Ruhe zu kommen, derweil trocknet Ihr Kleid, und wenn Sie gehen, wird alles wie neu sein.« Sie warf einen Blick nach draußen. Dann zu ihrer schweren Standuhr, die in der Ecke neben der Schlafzimmertür stand. »Wann haben Sie dem Kutscher gesagt, dass er Sie abholen soll?«

»Um vier Uhr«, murmelte die Frau, die sich mit einem Seufzer die Bettdecke über die Ohren zog.

»Gut«, meinte die Tante. »Das ist in drei Stunden. Zwei Stunden bleiben Sie jetzt liegen, dann bleibt noch eine Stunde, um ein wenig zu essen und zu trinken und sich herzurichten.« Lysbeth erwartete den Aufschrei: Essen? Aber er blieb aus. Stattdessen kündeten nach wenigen Minuten leise Schnarchtöne davon, dass die Frau eingeschlafen war.

Diese Abtreibung war nicht die letzte, bei der Lysbeth assistierte. Anfang Dezember kamen gleich drei verzweifelte Frauen an drei Tagen hintereinander. Bei der dritten arbeiteten die Tante und Lysbeth bereits zusammen, als hätten sie nie etwas anderes getan.

Als die Tante allerdings fragte, ob Lysbeth einmal an einer noch von Antonio und Aurelie eigens zum Üben hergestellten Tonfigur mit Stoffgebärmutter plus Cervix ihre Fähigkeiten erproben wolle, von der Tante assistiert, wehrte sie entsetzt ab. Das wollte sie auf gar keinen Fall!

Trotzdem achtete sie immer genauer auf das, was die Tante tat, welche Reaktionen es bei der Frau hervorrief und womit sie selbst am besten helfen konnte. Das Erbrochene wie die in den Eimer gewanderten blutigen Inhalte der Gebärmutter, die blutigen Lappen und all das bereiteten ihr überhaupt keinen Ekel mehr. Was blieb, war die Angst, eines Tages könnte eine Frau mit der Polizei vor der Tür stehen und sie würden die Tante mitnehmen. Es war zwischen den dreien abgesprochen, dass sie behaupten würden, die beiden Mädchen hätten von nichts gewusst. Deshalb befand Lysbeth sich auch nie im Raum, wenn die Frau ankam. Die Tante bereitete diese immer zuerst alleine vor, dann erst kam Lysbeth dazu.

Kurz vor Weihnachten besuchte die Mutter sie. Sie sah entsetzlich aus, war noch schmaler geworden, und sie ging sogar ein wenig krumm, was besonders widernatürlich wirkte, weil die über achtzigjährige Lysbeth neben ihr kerzengrade war. Käthe stürzte sich unter Tränen auf ihre Töchter.

»Es tut mir so leid«, schluchzte sie. »Ich habe euch so vermisst! Aber bei mir sind alle krank. Johann kränkelt ja schon seit dem Sommer. Aber kaum wart ihr weg, fing er scheußlich an zu husten. Kurz darauf hat Eckhardt sich angesteckt und zu guter Letzt hat auch euer Vater noch mit einem hässlichen Husten, Fieber, Halsweh und Gliederschmerzen das Bett hüten müssen.«

»Warum bist du nicht zu mir gekommen?«, fragte die Tante erstaunt. »Husten, Fieber, Halsweh, Gliederschmerzen, dagegen sind doch Kräuter gewachsen!«

»Ich hatte Angst zu kommen«, erklärte Käthe matt. »Ich wollte euch auf keinen Fall anstecken.« Mit einem viel sagenden Blick auf Stellas Bauch betonte sie noch einmal: »Ich wollte auf keinen Fall die Krankheit hierherschleppen, um niemanden zu gefährden.«

Stella drehte sich kokett in den Hüften und sagte spitz: »Schwangere haben einen besonderen Schutz, sie werden nicht so schnell krank.«

Käthe fuhr leicht zusammen. »Und ich wusste auch nicht, wo mir der Kopf stand. Vor drei Wochen ist jetzt noch Lieschen mit Gliederschmerzen und all dem Rest zu Hause geblieben. Da hat mir niemand mehr geholfen, doch, Fritz manchmal …«

Als wäre der Name Fritz ein besonderes Signal, machte sich die Tante geräuschvoll in der Speisekammer zu schaffen.

»War der Arzt bei euch?«, fragte sie leise.

»Ja«, stöhnte Käthe. »Vater hat ihn gerufen, aber man verschone mich mit Ärzten. Sie sagen immer das Gleiche. Wadenwickel, Honig in den Tee, Zwiebeln auskochen, mach das mal bei drei Kranken!«

Die Tante schepperte zornig mit den Töpfen. »Hier«, sagte sie nach einer Weile, »diese Tinktur nimmst du mit und gibst täglich zehn Tropfen morgens und abends in ein Glas abgekochtes lauwarmes Wasser, für dich, für Fritz und für den Alten. Ist er gesund geblieben?«

Käthe nahm die Flasche an sich. »Ja«, bestätigte sie, »das hätte mir gerade noch gefehlt. Zuerst habe ich ja gedacht, es fällt nur Kinder an, aber seit Alex krank ist, schwebe ich täglich in Höllenängsten, dass es auch meinen Vater treffen könnte.«

Nach Lysbeths Herz griff eine kalte Hand und drückte es fest zusammen. Der Großvater? Nein, er durfte nicht krank werden, denn dann könnte er sterben, das wusste sie wohl. Sie ging in Gedanken ihre Träume durch, die sie aufgeschrieben hatte. Nein, sie hatte nicht ein einziges Mal vom Tod des Großvaters geträumt. Sie öffnete den Mund, um diese frohe Botschaft zu verkünden, da erinnerte sie sich daran, dass die Mutter ihre Träume hasste. Schnell schloss sie den Mund wieder. Doch die Tante hatte es bemerkt.

»Na, Lysbeth«, sagte sie, sehr freundlich und aufmunternd, »was hast du auf dem Herzen? Hast du vielleicht etwas vom Großvater geträumt?«

Käthe fuhr hoch wie eine Schlange, auf die man getreten hatte. »Lysbeth«, sagte sie drohend, »du weißt, dass wir eine Verabredung haben …«

Die Tante hob majestätisch den Kopf; sie blickte auf die Flasche in Käthes Hand und sagte von oben herab: »Es gibt Verabredungen, die hinfällig werden, wenn die Umstände sich verändern und die Voraussetzungen für die Verabredungen nicht mehr gegeben sind. Das solltest du selbst am besten wissen! Ach, was ich noch fragen wollte: Hilft Fritz dir auch bei der Pflege von Alexander?«

Lysbeth dachte, die Tante suche einfach nach einem dummen Ablenkungsmanöver, aber als sie Käthes Reaktion bemerkte, die verlegen und wie ein ertapptes Kind sagte: »Nein, selbstverständlich nicht«, überlegte sie, welche geheime Botschaft die Tante der Mutter gerade hatte zukommen lassen.

Egal, sie würde der Tante nachher erzählen, dass sie vom Großvater nicht geträumt hatte. Und was die Tante gesagt hatte, war ein Labsal für Lysbeths schlechtes Gewissen der Mutter gegenüber. Wenn die Voraussetzungen für Verabredungen nicht mehr gegeben sind, sind die Verabredungen nicht mehr gültig. Ja, die Voraussetzung für Lysbeths Versprechen, nicht mehr zu träumen oder ihre Träume nicht mehr zu erzählen, war gewesen, dass die Mutter und sie glaubten, ihre Träume würden Unheil bewirken. Aber mittlerweile war Lysbeth sich vollkommen sicher: Ihre Träume bewirkten alles Mögliche, aber kein Unheil.

Nach kurzer Zeit wirkte Käthe gehetzt und nervös. Die Tante sprach sie lächelnd darauf an.

»Ja«, sagte Käthe kläglich, »ich muss wieder gehen, niemand weiß, dass ich hier bin. Doch, Fritz, er holt mich gleich ab. Ich wollte euch auch vor allem die Weihnachtsgeschenke bringen und ein frohes neues Jahr wünschen.«

Sie sah ihre schwangere Tochter unglücklich an. Stella zog einen kindlichen Schmollmund und guckte unglücklich zurück. Da legte Käthe kurz ihre Hand auf Stellas Bauch und fragte leise: »Geht es dir gut?«

Stella schluckte. Die Tante antwortete an ihrer statt. »Ja, es geht ihr wunderbar. Sie ist gesund und munter ... und sehr anstellig. Ich kann mich überhaupt nicht über sie beklagen, ganz im Gegenteil. Wenn sie fort ist, werde ich sie sehr vermissen.«

Stella sah die Mutter zweifelnd an. »Glaubst du ihr?«, war in ihrem Blick zu lesen. Käthe lächelte. »Ja, sie ist eine ganze Süße, ich bin froh, wenn sie wieder bei mir ist, ich vermisse sie.« Sie streichelte

Stella über die Wange, und dabei kullerten beiden ein paar Tränen aus den Augen.

Lysbeth setzte sich auf die Küchenbank. Sie wartete. Es nagte an ihr, es schmerzte, und sie hasste diesen Schmerz und wollte ihn vertreiben, aber er blieb hartnäckig da. Als wollte er sagen: »Diesmal kriegst du mich nicht weg. Diesmal bleibe ich da, bis du mich endlich wahrnimmst. Bis du endlich nicht mehr so tust, als gäbe es mich gar nicht.«

Käthe umarmte ihre schwangere Tochter, dann umarmte sie die Tante. »Ich danke dir«, murmelte sie, »ich kann dir gar nicht sagen, wie dankbar ich für das bin, was du für mich tust!« Die Tante klopfte ihr behutsam auf den Rücken und raunte dann: »Du hast noch eine Tochter, vergiss das nicht!« Sie hatte es so leise gesagt, wie es nur möglich war, aber Lysbeth hatte inzwischen viel gelernt über Instinkt und Intuition.

Als ihre Mutter nun zu ihr trat und sie umarmte, linderte das ihren Schmerz nicht. Sie machte sich steif und bot der Mutter die Wange, als die sie küssen wollte. Hilflos sagte Käthe: »Pass auf dich auf, mein Kind! Und ein schönes Weihnachtsfest!« Aber sie weinte nicht, wie Lysbeth aufmerksam konstatierte. Lysbeth weinte auch nicht.

## 17

Das Weihnachtsfest war traurig und wundervoll zugleich. Seit Lysbeth sich erinnern konnte, hatte sie sich auf den Tannenbaum und die Bescherung mit den Eltern, dem Großvater und Fritz gefreut. Sie erinnerte sich nicht mehr an die Weihnachtfeste, an denen sie das einzige Kind, nicht einmal an die, als Eckhardt ein Baby war, aber von Alexanders Geburt an war Weihnachten immer ganz unglaublich wundervoll gewesen.

Es fiel ihr schwer, sich Heiligabend allein mit der Tante und Stella vorzustellen. Sie erwartete ein trübsinniges Fest, arm an Geschenken und ohne geschmückten Tannenbaum, denn der würde in der Küche gar keinen Platz finden. Doch dann kam alles ganz anders.

Zuerst einmal backten sie Kekse und bereiteten alle möglichen Leckereien vor, als würden sie zum Fest eine Unmenge an Gästen erwarten. Tagelang duftete das ganze Haus köstlich nach allen möglichen weihnachtlichen Gewürzen.

Am Morgen des 24. Dezember begann es leise zu schneien. Auf die Tannenbäume und auf die schwarzen, wie abgestorben wirkenden Laubbäume legte sich zarter weißer Schneeflaum. Die Tante stiefelte ganz allein hinaus in den Wald, unbeirrbar durch die Bitten ihrer Nichten, sie begleiten zu dürfen, da sie Angst um sie hatten. »Nein!«, widersprach sie. »Auch alte Frauen wollen mal allein sein, das müsst ihr akzeptieren!«

Während die Tante fort war, hatten die Schwestern das Haus geschrubbt, als gelte es, auch noch das letzte Staubkörnchen zu vertreiben. Sie hatten ein Feuer entfacht, das die Küche mit wohliger Wärme erfüllte. Und sie hatten die vielen kleinen Geschenke, die sie während der letzten Wochen füreinander und für die Tante zusammengesammelt hatten, eingewickelt und mit kleinen Tannenzweigen und gepressten bunten Blättern geschmückt, so wie sie es von Käthe gelernt hatten.

Nach drei Stunden machten die Schwestern sich allmählich Sorgen und fragten sich, wo die Tante wohl abgeblieben war. Und als sich die Haustür endlich öffnete, trat ein seltsames Wesen ein. Es sah aus wie ein Baum aus Tannen- und Mistelzweigen und es brachte Kälte, Schnee und Dreck mit. Stella brach in Lachen aus und eilte der Tante entgegen, um sie von ihrer Last zu befreien. Die Tante schüttelte sich wie ein nasser Hund, und kleine Drecktupfer verteilten sich im ganzen Raum, den die Mädchen eben noch so blank geschrubbt hatten.

Während Lysbeth wie besessen den Dreck fortwischte – aus irgendeinem Grund war es ihr unglaublich wichtig, Heiligabend in absoluter Sauberkeit zu verbringen –, half Stella der Tante, sich ihrer dicken Kleidung wie ihrer Stiefel zu entledigen. Zu guter Letzt saß die Tante am Küchentisch und legte die Hände um einen dampfenden Becher Tee, der nach Zimt und Vanille duftete. Sie schmückten den Raum mit den Zweigen, bis schließlich überall Tannen und Misteln hingen. Die Tante verteilte Kerzen, und als es dunkel wurde, scheuchte sie die

Mädchen ins Schlafzimmer, damit sie die Küche für die Bescherung vorbereiten konnte.

Als die Mädchen gerufen wurden und die Küche betraten, blickten sie erwartungsfroh um sich, von zu Hause gewohnt, einen Gabentisch vorzufinden. Aber in der Küche war nichts, außer dass offenbar ein Braten im Ofen brutzelte. Die Tante stand in der Tür, angezogen, als wolle sie zum Nordpol reisen mit einer Petroleumlaterne in der Hand.

»So, Kinder«, sagte sie schmunzelnd, »ich habe noch etwas vergessen, das müssen wir aber gemeinsam holen, allein trau ich mich jetzt nicht mehr raus in den dunklen Wald. Hurtig in eure Stiefel und dann nichts wie los.«

Hätte Stella nicht so viel Respekt für die Tante empfunden, hätte sie sich widersetzt, und auch jetzt, das war ihrem Schmollmund anzusehen, war sie einen Moment lang versucht zu sagen, die Alte solle doch allein gehen. Doch sie zog ihren Mantel an, der in der Taille nicht mehr zuzuknöpfen war, darüber ein Tuch und ihre dicken fellgefütterten Stiefel. Sie tat all das widerwillig und langsam, aber sie tat es. Lysbeth empfand eine tiefe Enttäuschung. Alles war anders als zu Hause. Sie fühlte sich heimatlos und fragte sich, was sie eigentlich hier sollte.

Geduldig harrte die Tante an der Tür aus. Als die Schwestern so weit waren, stiefelten sie gemeinsam in die Dunkelheit hinaus, wo sich inzwischen eine dünne Schneedecke über die Landschaft gebreitet hatte.

Kaum draußen, hüpfte Stella, von überschäumender Unternehmungslust erfüllt, neben der Tante her, Lysbeth hingegen folgte den beiden gemessenen Schritts. Sie war traurig. Sie wollte nach Hause. Ihre Beine waren schwer, ihr Herz auch.

Die Tante stapfte schweigend den Weg entlang in den Wald hinein. Offenbar wusste sie genau, wohin sie wollte. Am Himmel begannen die Sterne zu flimmern, zuerst nur einer. Erst als Stella mit dem Zeigefinger auf den Stern wies und fragte, ob dies der Stern von Bethlehem sei, legte Lysbeth den Kopf in den Nacken, und in diesem Augenblick funkelten eine Reihe anderer Sterne am Himmel auf. Die drei blieben stehen und verfolgten staunend das Schauspiel, wie der Himmel seine Kerzen entzündete.

»Ja«, sagte die Tante, »dann ist jetzt wohl der richtige Augenblick, dass ich euch eine kleine Geschichte erzähle. Meine Weihnachtsgeschichte, denn sie handelt von der Dunkelheit und vom Licht.« Lysbeth, betört vom Zauber des Augenblicks, blieb einfach stehen, wo sie war und lauschte der Tante, während sie weiter zum Himmel hinaufblickte. Die Tante sprach mit einer vollen, weich tönenden Stimme, die Lysbeth weit in den Himmelsraum trug. Sie erzählte, dass alles in der Welt einen Gegenpol besitze: Licht und Dunkelheit, Liebe und Hass, Geburt und Tod.

Während die Tante sprach, grub Stella ein Loch durch Schnee und Laub in den Boden. Als sie es bemerkte, zog sie den Fuß schnell zurück. Die Tante lächelte und warf plötzlich mit einem schnellen Schwung etwas in die Luft, das vor dem dunklen Himmel funkelte und blitzte wie ein Stern. Es segelte zu Boden, genau in das von Stella gegrabene Loch. Diese bückte sich, flink und behände, als wäre sie nicht schwanger und hob mit einem andächtigen »Ohhh!« etwas in die Höhe, das aussah wie zwei funkelnde Sterne. Sie nestelte daran herum, und im Nu trug sie diese Sterne an ihren Ohren.

»Woher wusstest du, dass ich mir Ohrringe gewünscht habe?«, fragte sie ungewohnt schüchtern. Die Tante lächelte wieder auf ihre geheimnisvolle Weise und machte einen Schritt zur Seite. Da erblickte Lysbeth in der Tanne, vor der die Tante gestanden hatte, die hineingehängte Laterne und darunter ein eigenartiges Paket aus Zeitungen und getrockneten Kräutern.

Die Tante wies darauf: »Na, Lysbeth, willst du es mal auspacken?«

Lysbeths Herz klopfte laut, sie errötete. Stella trat neugierig neben sie. Mit zitternden Händen löste Lysbeth unter aufmunterndem Brummen der Tante das Geschenk von der Tanne und enthüllte es dann sorgsam aus Schichten von Zeitungspapier und getrocknetem Laub. Schließlich lag ein dickes schweres Heft in ihren Händen. Es bestand aus handgeschriebenen Blättern, die mit roten, gelben und blauen Bändern zusammengebundenen waren. »Träume, flüchtige Freunde der Nacht«, war in weicher runder Schrift aufs Deckblatt geschrieben. Auf der zweiten Seite stand:

*Liebe Lysbeth, es gibt Menschen, die sehr selten Besuch bekommen, weil niemand sich eingeladen und willkommen fühlt. Die Küche und die Stube bleiben leer, weil das Herz leer ist. Genauso ist es mit den Gästen der Nacht, den Träumen. Auch sie kommen nur zu Menschen, bei denen sie sich wohl und willkommen fühlen. Und dann gibt es Menschen, die sind so liebenswert, so interessant, so wichtig für Gäste, dass die alles tun, um häufig willkommen zu sein. So scheint es den Träumen mit dir zu gehen. Sie empfinden das dringende Bedürfnis, dich zu besuchen. Hier hast du nun ein Handbuch, das dir hilft, sie so zu bewirten, so mit ihnen zu sprechen, dass du ihre mitgebrachten Gaben erkennst und wirklich nutzen und genießen kannst.*
*Du hast das Zeug, eine große Träumerin zu werden! Viel Freude dabei!*
*Deine Tante Lysbeth*
*Weihnachten 1911*

Lysbeth lief ein Schauder über den Rücken. Kein Weihnachtsgeschenk hatte sie jemals so aufregend gefunden.

Beide Schwestern umarmten die Tante, bis diese sich befreite, weil sie sonst, wie sie lachend beteuerte, ersticken würde.

»Und nun fassen wir uns an den Händen und singen ein Weihnachtslied!«, sagte sie. Sie klang so übermütig und fröhlich dabei wie ein Kind.

Lysbeth wartete, welches Lied die Tante anstimmen würde, da erklang ein lauter, melodischer Sprechgesang, in dem die Tante die Göttin Diana, Wächterin über Licht und Dunkel, beschwor, Lysbeth und Stella beizustehen.

Lysbeth, so sang sie, möge Macht über die Kraft ihrer Träume gewinnen, Stella hingegen Macht über die Kraft ihrer weiblichen Anziehungskraft.

Lächelnd forderte sie die Schwestern auf, ihr nachzusingen. Und also wiederholten die beiden in der gleichen monotonen Melodie die Worte der kleinen Beschwörung. Danach sangen sie es noch ein drittes Mal gemeinsam. Stella kicherte von Zeit zu Zeit zwischen den Worten, denn sie fand diese Art des weihnachtlichen Gesangs sehr amüsant.

Lysbeth war eigenartig zumute. Ein wenig feierlich, ein wenig ängstlich. Das Ganze klang doch sehr nach Hexenzauber. Und damit wollte sie nichts zu tun haben. Andererseits war es sehr aufregend.

Hand in Hand, die Tante in der Mitte, gingen sie langsam nach Hause.

Dort erhielt die Tante ihre Geschenke. Von Lysbeth während der vergangenen Nächte heimlich gestrickte Socken. Von Stella eine bezaubernde kleine Zeichnung von Sultan, der Katze. Käthe hatte der Tante in einer wunderschönen, golden und rot verzierten Dose selbst gebackene Kekse geschenkt, und jeder ihrer Töchter einen Schal. Für Stella in einem dunklen Rot, das der Farbe ihrer Haare entsprach, für Lysbeth in einem hellen Blau, der Farbe ihrer Augen. Aus irgendeinem Grund ärgerte Lysbeth sich über die blasse Farbe ihres Schals, da sagte Stella: »Wollen wir tauschen? Ich finde, Hellblau steht mir viel besser, so viel Rot ist zu auffällig, aber du kannst es tragen, es unterstreicht deine schöne Haut.«

Lysbeth sah ihre Schwester verblüfft mit großen Augen an. So etwas war noch nie geschehen.

In diesem Augenblick kam die Tante mit einem phantastisch nach allen möglichen Kräutern duftenden Hasenbraten. »Platz frei!«, rief sie. »Jetzt wird gevöllt!«

Als Lysbeth schließlich auf ihrem Strohsack lag, griff sie vorsichtig noch einmal unter ihr Kopfkissen. Ja, es war noch da, das Heft. Sie würde es von jetzt an immer unter ihrem Kopfkissen bewahren, beschloss sie, damit die Träume wussten, dass sie willkommen waren, und damit sie selbst es nie verlieren konnte.

»Lysbeth?«, wisperte Stella da. »Schläfst du schon?« Lysbeth brummte. »War das nicht ein ganz wundervolles, besonderes Weihnachtsfest?« Stella wisperte wieder.

Wie ein Vögelchen klingt sie, dachte Lysbeth, und plötzliche Zärtlichkeit für ihre kleine Schwester wallte in ihr auf. Sie griff nach der heißen Hand der Schwangeren und sagte heiser: »Ohne deinen … Unfall wären wir nicht hier.«

»Siehst du«, sagte Stella da laut und fröhlich, »dann war er ja doch zu was gut. Und von heute an verstehe ich die Männer!« Sie kicherten beide. »Und du deine Träume«, fuhr Stella fort. »Ich glaube, ich habe es besser, weil …«, sie machte eine geheimnisvolle Pause, während der sie glucksend lachte, als würde sie einen Witz erzählen und die Pointe schon kennen, »weil nämlich Männer Reichtum und Ansehen zu bieten haben und Träume Katastrophen vorhersagen, von denen keiner hören will.«

Lysbeth wurde plötzlich traurig. Ja, so war es leider wirklich. Aber da sagte Stella schon: »Andererseits scheinen Träume solche Freunde zu sein, dass man sich nie alleine fühlt. Wenn ich Mama mit Papa sehe, glaube ich, dass man sich mit Männern verdammt alleine fühlen kann.«

Die Traurigkeit huschte wieder von Lysbeths Brust fort. Ja, so war es natürlich auch. Und sie hatte gar kein großes Interesse an Reichtum oder Ansehen, aber an einem Gefühl von Geborgenheit und Nähe lag ihr sehr.

Zum Jahresende hatten sie erwartet, dass die Tante wieder bei Nacht draußen in der Natur irgendwelche Beschwörungszauber mit ihnen veranstalten würde, aber am 31. Dezember sagte die Tante nur: »Ich mache an jedem letzten Tag des Jahres eine kleine Rückschau. Ich schreibe dann auf, was nicht gut war und was aus meinem Leben verschwinden soll. Auf ein anderes Blatt schreibe ich, wofür ich danke, und dann mache ich kleine Zettel, auf die ich schreibe, was ich mir für das nächste Jahr wünsche. Was für mich im nächsten Jahr geschehen soll. Mit der Unterstützung meines Schutzengels und der guten Geister und meiner Schutzpatronin Diana. Wenn ihr dazu Lust habt, macht es doch auch. Wenn wir alle fertig sind, machen wir ein Feuer und verbrennen das Schlechte und streuen die Asche in die vier Winde. Einverstanden?«

»Oh, prima!«, sagte Stella grimmig. »Ich weiß schon ganz genau, was aus meinem Leben verschwinden soll!« Sie klopfte leicht auf ihren Bauch. »Das da!«

»Sag das nicht!« Lysbeth hatte ihre Schwester unwillkürlich angefahren.

Stella stemmt die Fäuste in die Taille. »Wenn du willst, geb ich dir das Balg!«, fauchte sie. »Und wenn es irgendeinen Zauber gibt, der es jetzt von meinem Bauch in deinen schaffen kann, dann bin ich bereit, bis zur Geburt und noch ein Jahr danach jede Drecksarbeit zu verrichten, die du dir wünschst.« Sie stampfte mit dem Fuß auf. Ihre Ohrringe zitterten leicht hin und her und schossen Blitze auf Lysbeth ab, ebenso wie Stellas Augen, die jetzt so dunkelblau waren, dass sie fast schwarz wirkten.

»Schluss jetzt!« Die Tante klatschte in die Hände und forderte die beiden Streithühner auf, sich mit ihr an den Tisch zu setzen und ihre Seiten zu beschriften.

Es fiel Lysbeth alles andere als leicht, etwas aufzuschreiben, das es im letzten Jahr gegeben hatte und das aus ihrem Leben verschwinden sollte. Sie fand einfach nichts. Doch plötzlich stand es klar vor ihren Augen, und der Satz war im Nu aufs Papier geworfen. »Meine Angst vor meinen Träumen soll vollkommen aus meinem Leben verschwinden!« Erstaunlicherweise, kaum hatte sie die Hand nach dem Ausrufezeichen vom Punkt gehoben, schrieb sich der nächste Satz wie von allein: »Mutters traurige Blicke auf Vater sollen aus meinem Leben verschwinden.« Sie erschrak, denn es formte sich in ihr der Satz: »Vater soll aus meinem Leben verschwinden.« Sie strich ihn in ihrem Kopf ganz schnell durch. Das wollte sie ja auch gar nicht. Es war nur so, dass sich ihr ein schwerer Sack Mehl auf die Brust legte, sobald sie wieder einmal einen traurigen Blick der Mutter auf den Vater auffing.

Es war ein Blick, den Lysbeth nicht verstand, aber er war so dunkel und voll schlimmer Geheimnisse, dass er Lysbeth Angst machte. Sollte vielleicht auch diese Angst aus ihrem Leben verschwinden? Sie wusste es nicht. Am besten sollten die Gedanken daran aus ihrem Leben verschwinden, am besten wäre, sie würde die Blicke einfach nicht mehr sehen.

Aber war so etwas möglich?

Langsam strich sie den zweiten Satz auf ihrem Zettel wieder durch. Nun stand der erste Wunsch etwas verloren über dem durchgestrichenen. Sie umrahmte ihn mit dicken Strichen. Das Blatt kam ihr etwas leer vor.

Verstohlen blickte sie zu Stella, die schrieb und schrieb. Und auch die Tante hatte, wie Lysbeth bemerkte, schon fünf Sachen aufgeschrieben, die sie verbrennen wollte. Sie hatte sie sogar nummeriert. Eine dicke Fünf stand vor dem letzten Satz.

Lysbeth schrieb noch einmal, diesmal in Großbuchstaben: »Meine

Angst vor meinen Träumen soll vollkommen aus meinem Leben verschwinden!« Schnell schrieb sie darunter: »Und die Angst aller anderen aus meiner Familie auch, besonders die Angst meiner Mutter!«

Ja, jetzt war sie fertig. Sie faltete das Blatt zweimal. Sie wollte nicht, dass irgendjemand las, was sie geschrieben hatte. Die Tante blickte auf. »Fertig?«, fragte sie. Lysbeth nickte. Die Tante schob ihr ein zweites Blatt Papier hin. »Los! Jetzt deine Danksagung!«

Danksagung?

Wofür sollte sie sich bedanken? Noch einmal, wie sie es täglich tat, für Speis und Trank? Dafür, dass sie es warm hatte, saubere Kleidung trug, für die Fürsorge und Liebe der Eltern und des Großvaters, für die Gesundheit aller Familienmitglieder, dafür, dass der Großvater noch arbeiten und für die Familie sorgen konnte?

Ja, dachte Lysbeth, all das sind Dinge, für die ich mich bei Gott bedanken kann. Sie schrieb los. Das leichte, nagende Gefühl der Unzufriedenheit allerdings verschwand dadurch, dass ihre Seite sich schnell füllte, nicht. Gleichzeitig bemerkte sie, wie Stella ihr erstes Blatt Papier nachdenklich faltete und von sich fortschob, und wie die Tante ihr Blatt, von oben bis unten voll geschrieben, offen in die Mitte des Tisches legte. Das war Lysbeth sehr unangenehm. Peinlich berührt versuchte sie, jeden Blick, auch nur den Anschein eines Blickes zu dem Blatt der Tante zu vermeiden. Sie wollte auf keinen Fall wirken, als wäre sie neugierig.

Jetzt knabberte Stella vor einem weißen Blatt an ihrem Stift herum, und auch die Tante wirkte, als fiele ihr nichts ein, wofür sie danken könnte.

Stella stand auf und verließ das Haus in Richtung Klohäuschen. Die Tante erhob sich und bereitete eine heiße Schokolade. »Jetzt belohnen wir uns erst mal«, sagte sie, »wir haben hart gearbeitet.«

Belohnen?, fragte Lysbeth sich. Hart gearbeitet? Es kam ihr nicht so vor. Aber sie freute sich, als der Raum sich mit dem süßbitteren cremig würzigen Duft der heißen Schokolade füllte. Stella kehrte zurück, mit ihr schwappte eine kalte Wolke in die Küche. Sie schnupperte begeistert.

Während sie genüsslich an der Schokolade nippten, unterhielten sie sich über das vergangene Jahr, und Lysbeth wagte schließlich zu fragen, warum die Tante so viele Dinge aus ihrem Leben verschwinden lassen wollte.

»Oh«, sagte die Tante und schmunzelte, »du hast gespinkst!« Lysbeth schüttelte heftig den Kopf. Sie fühlte sich sehr ungerecht behandelt. Schließlich lag der Zettel offen auf dem Tisch! Fast traten ihr Tränen in die Augen.

Die Tante legte ihr beruhigend eine Hand auf den Arm. »Du hast recht«, sagte sie, »es ist ja kein Geheimnis. Soll ich es vorlesen?«

Wieder schüttelte Lysbeth den Kopf, diesmal noch heftiger. Es kam ihr völlig unangemessen vor, fast wie verboten, vorgelesen zu bekommen, was die Tante geschrieben hatte. »O ja«, sagte Stella vergnügt, »lies mal vor, dann kann ich sehen, ob ich das richtig gemacht habe.«

Die Tante erkannte offenbar Lysbeths Not, denn sie sagte leichthin: »Ich kann es ja erzählen … Also, es ist so«, sie blickte nachdenklich zur Zimmerdecke, die vom Ruß des Herdes schon wieder geschwärzt war, obwohl die Mädchen den Raum kurz vor Weihnachten rundum weiß gestrichen hatten. »Wisst ihr, in diesem Jahr, das jetzt vorübergeht, hat es viele Dinge gegeben, die mich beunruhigt haben. Von der großen Politik bis zu den kleinsten Ereignissen.«

»Große Politik«, maulte Stella enttäuscht, »du hast über große Politik geschrieben?«

»Ja, natürlich«, sagte die Tante, »was denkst du denn, warum wir hier so gemütlich sitzen und uns mit diesem köstlichen Getränk verwöhnen können? Weil Frieden ist, mein Kind. Sobald es Krieg gibt, herrschen Elend und Not. Und im letzten Jahr hat es mehrere Augenblicke gegeben, wo ich dachte: Jetzt ist es so weit, jetzt haben sie es erreicht!«

Lysbeth dachte an die Streitereien zwischen Fritz und dem Vater, an die Sorgenfalten auf der Stirn des Großvaters, wenn er und Dr. Södersen die Köpfe zusammensteckten. Es hatte Streiks gegeben und Demonstrationen, und der Vater hatte furchtbar über die verantwortungslosen Sozialdemokraten, die er Vaterlandsverräter nannte, geschimpft, während Fritz über die opportunistische sozialdemokratische Führerschaft gegrummelt und sich über die Brutalität der Polizei entsetzt hatte. Aber Krieg?

»Ja«, sagte da Stella, »die Marokkogeschichte war ziemlich haarsträubend, das hat Großvater auch gesagt.« Das klang so selbstverständlich informiert und gleichzeitig so altklug, dass Lysbeth ihre Schwester hätte schütteln mögen. Und jetzt nickte sie auch noch in der gleichen abgeklärten Weise mit dem Kopf wie die Tante und fügte hinzu: »Ich hätte es auch aufschreiben sollen.«

Lysbeth war hin- und hergerissen zwischen dem Wunsch zu erfahren, worum es eigentlich ging, und dem Wunsch, dass dieses Gespräch über Krieg und Frieden, das anscheinend etwas mit Marokko zu tun hatte – wo lag eigentlich Marokko? –, endlich beendet würde. Da sagte Stella auch schon: »Ehrlich gesagt, ich weiß gar nicht, wo Marokko liegt. Ich hab nur immer dem Großvater und Fritz zugehört, und manchmal hat Onkel Södersen mich beiseite genommen und gesagt: ›Mein Kind, du hörst mir jetzt einmal zu. Ich erkläre dir, was in der Welt geschieht. Du musst nämlich eine kluge Frau werden, so eine, wie deine Großmutter es war.‹ Aber er hat mir nicht gesagt, wo Marokko liegt. Afrika, oder?«

»Onkel Södersen hat recht«, schmunzelte die Tante, »du solltest wirklich so eine kluge Frau werden, wie deine Großmutter es war. Je schöner eine Frau ist, umso klüger und weiser muss sie sein.«

Auf Lysbeth senkte sich wieder die schwarze Wolke der Dummheit, Hässlichkeit und Einsamkeit, die sie bereits kannte und die während der vergangenen Wochen fortgezogen zu sein schien. Jetzt aber war sie zurückgekommen, und Lysbeth verschwand darin.

»Wollen wir mal auf einer Weltkarte anschauen, wo Marokko eigentlich liegt?«, fragte die Tante. Ohne die Antwort abzuwarten, verschwand sie in der Speisekammer und kam mit einem großen Buch zurück.

Sie legte es auf den Tisch und schlug es auf. In der Schule hatten sie sich mit Heimatkunde beschäftigt, also waren Lysbeth geografische Karten nicht fremd, Karten anderer Erdteile hatte sie aber noch nie gesehen. Stella hingegen blätterte mit flinken Händen, schon war sie bei Afrika gelandet. Die Tante hielt sich still zurück, während Stellas Zeigefinger suchend über die Karte glitt. »Da!«, sagte sie triumphierend. »Da! Marokko. Ganz dicht bei Spanien. Und es gehört noch niemandem. Schau, Tante. Alle anderen afrikanischen Länder gehören irgendeinem Land.«

Lysbeth nahm ihren ganzen Mut zusammen und sagte: »Onkel Södersen hat mir nichts erklärt, vielleicht war ich aber auch so mit dem Theater beschäftigt, dass ich von Politik nichts mitbekommen habe. Erzählt mir doch bitte, was in Marokko geschehen ist!«

»O ja«, stimmte Stella sofort zu, »bitte, Tante Lysbeth, erzähl von Marokko! Onkel Södersen hat nur gesagt, ich soll klug werden und dass in Marokko großer deutscher Mist passiert. 'tschuldigung!«

Die Tante wiederholte lachend: »Großer deutscher Mist! Besser kann man es kaum ausdrücken.«

Lysbeth wunderte sich, wieso sie das Wort »Mist« immer fast gotteslästerlich empfunden hatte. So schlimm war es doch eigentlich nicht! Eher drückte es aus, dass etwas, nun ja, wirklich »Mist« war!

»Gut, Kinder, ich mach es so kurz wie möglich.« Die Tante trank einen Schluck heiße Schokolade und wischte sich mit der Hand über den Mund. »1908, 1909 hatten sich deutsche Industrielle, insbesondere die Gebrüder Mannesmann, vom Sultan von Marokko Konzessionen geben lassen, dass sie das Erz dort fördern durften und ausschiffen. Das fanden die Franzosen sehr ärgerlich. Erz ist nämlich wertvoll. Im Mai des Jahres, von dem wir heute den letzten Tag erwischt haben, besetzte Frankreich die Hauptstadt Marokkos. Fez heißt sie. Die deutsche Regierung hat zuerst gar nicht reagiert, aber in bestimmten Zeitungen flammten wütende Proteste und sogar Kriegsdrohungen auf. Am 1. Juli erschien dann in dem südmarokkanischen Hafen Agadir, der den Zugang zu dem erzreichen Gebiet des Sus bildet, das deutsche Kanonenboot ›Panther‹ dem einige Tage später der leichte Kreuzer ›Berlin‹ folgte. Die *Rheinisch-Westfälische Zeitung*, das führende Organ der Schwerindustrie, unterstrich begeistert den kriegerischen Charakter der Aktion. Sie schrieb in etwa, dass die Franzosen sich jetzt mit den Deutschen Marokko teilen sollten. Wenn sie dazu nicht bereit wären, müsste man sich eben bekriegen.«

»Bekriegen?«, fragten die Schwestern wie aus einem Munde. Sie waren so entsetzt, dass sie das gleichzeitige Sprechen nicht einmal bemerkten.

»Ja«, die Tante wiegte sorgenvoll den Kopf, »ein deutsches Kriegsschiff war ja schon da. Der deutsche Staatssekretär des Auswärtigen, Herr von Kiderlen-Wächter, hat eine gefährliche Politik betrieben. Gestützt auf das Faustpfand Agadir verlangte er, als der französische

Widerstand gegen eine Erweiterung der deutschen Stellung in Marokko festblieb, dreist die Abtretung von ganz Französisch-Kongo an Deutschland.«

»Unverschämt! Oder?« Stella war voller Empörung.

»Ja, unverschämt und dumm!« Die Tante trank abermals einen Schluck der flüssigen Schokolade, die mittlerweile etwas abgekühlt war. Die Mädchen taten es ihr schnell nach. Schweigend leerten sie ihre Tassen. Die Tante wischte sich über den Mund und fuhr fort: »England und Frankreich sind Verbündete, wie ihr vielleicht wisst. Also griff England zugunsten seines Verbündeten ein. Der Schatzkanzler Lloyd George hielt im Juli eine Rede, in der er deutlich zu verstehen gab, dass England im Fall von unbilligen Forderungen Deutschlands aufseiten Frankreichs stehen würde. Zwar löste diese Rede einen hasserfüllten deutschen Pressefeldzug gegen England aus, die deutsche Regierung begriff aber, dass sie zu weit gegangen war und ihre Forderungen mäßigen musste. In der gleichen Richtung wirkte eine französische Finanzoffensive im August/September, die kurzfristig französische Anleihen in großer Höhe vom deutschen Geldmarkt abzog. So wurden am 4. November – da wart ihr schon hier und habt das natürlich nicht mitbekommen – zwei Abkommen unterzeichnet. In einem erkannte die deutsche Regierung an, dass Frankreich politisch und militärisch in Marokko freie Hand haben sollte. Zum Ausgleich für den deutschen Rückzug in der Marokkofrage wurde ein Gebietsaustausch vereinbart, wonach Deutschland gegen Territorien in der Tschadgegend einen zwar größeren, aber wertlosen Teil von Französisch-Kongo erhielt.«

»Da ist Deutschland doch noch ganz gut weggekommen, oder?«, fragte Stella. »Kein Krieg und sogar noch ein Gebiet?«

Jetzt erinnerte Lysbeth sich. In der Zeit, als sie bei Gudrun und Lilly gewesen war, hatte Egon Schmielke manchmal mit Fritz debattiert. Und sie waren gemeinsam auf Protestversammlungen gegangen. Mit großem Ernst hatte Fritz gesagt: »Aus diesem frivolen Spielen mit Zündhölzern kann ein Weltbrand wachsen.« Lysbeth erinnerte sich daran, weil ihr das Bild so einprägsam vor Augen gestanden hatte. Sie erzählte der Tante und Stella davon.

»Ach, Kinder, das ist ein anderes Thema. Was Fritz da zitiert hat, war Rosa Luxemburg.« Sie ging zu dem Stapel aus Papieren, Zeitungen, Briefen, der neben ihrem Bett lag, wühlte darin herum und kam triumphierend mit einer aus einer Zeitung herausgerissenen Seite zurück. »Hier! Das muss man gelesen haben! Anfang November hat Bebel im Reichstag eine Rede gehalten, die deutlich macht, wie nah die Kriegsgefahr ist.« Sie las laut vor: »›… eines Tages kann die eine Seite sagen: Das kann nicht so weitergehen. Sie kann auch sagen: Halt, wenn wir länger warten, dann geht es uns schlecht, dann sind wir der Schwächere statt der Stärkere. Dann kommt die Katastrophe. Alsdann wird in Europa der große Generalmarsch geschlagen, auf den hin sechzehn bis achtzehn Millionen Männer …‹« Sie hob die Augen von der Zeitung und musterte die Schwestern. »Könnt ihr noch?«

»Aber klar!«, sagte Stella mit Inbrunst. »Das ist doch wahnsinnig spannend. Tantchen, das klingt, als würde der Krieg vor der Tür stehen!«

»Ja, mein Kind«, sagte die Tante sehr ernst, »es gibt Kreise in Deutschland, die Krieg wollen, da beißt die Maus keinen Faden ab. Also, ich lese weiter, oder?«

Die Schwestern nickten eifrig.

»›… gegeneinander als Feinde ins Feld rücken. Aber nach meiner Überzeugung steht hinter dem großen Generalmarsch der große Kladderadatsch … Er kommt nicht durch uns, er kommt durch Sie selber … Die Götterdämmerung der bürgerlichen Welt ist im Anzuge … Sie stehen heute auf dem Punkt, Ihre eigene Staats- und Gesellschaftsordnung zu untergraben … Was wird die Folge sein? Hinter diesem Krieg steht der Massenbankrott, steht das Massenelend, steht die Massenarbeitslosigkeit, die große Hungersnot.‹« Die Tante blickte hoch. »Und jetzt stellt euch vor: Ein Konservativer hat doch wirklich und wahrhaftig gerufen: ›Nach jedem Kriege wird es besser!‹ Ist das noch zu fassen?«

Man sah Stella an, dass sie nachdachte. »Kann es denn vielleicht sein«, rückte sie schließlich raus, »dass es nach einem Krieg wirklich besser wird? Wenn wir siegen, könnte uns vielleicht ganz Afrika gehören und nicht nur Marokko. Dann wären wir reich, und Papa müsste nicht immer so stöhnen!«

Die Tante lachte laut auf. »Dein Papa würde nicht reich werden, wenn Afrika der deutschen Industrie gehörte. Aber, mein Schatz, ich sage dir eins, und darauf kannst du Gift nehmen: Ein Krieg zerstört alles, vor allem aber die Männer, die ihn führen. Ich habe den letzten Krieg miterlebt, und der nächste wird noch viel furchtbarer werden.« Sie schüttelte sich. »Aber nun Schluss mit der Politik! Denn jetzt, meine lieben Kinder, wollen wir mit unseren Aufstellungen fortfahren, einverstanden? Sonst bin ich nämlich so erschöpft vom Politisieren, dass ich keinen anständigen Gedanken mehr aufschreiben kann. Ihr müsst bedenken, dass ich schon einige Jahre mehr auf dem Buckel habe als ihr.«

Sie kicherte vergnügt, als würde sie dieses Bild, Jahre auf dem Buckel zu haben, sehr belustigen. Dabei hatte sie einen sehr geraden Rücken und eine unglaublich bewegliche Wirbelsäule.

Lysbeth griff also nach ihrem Zettel und schrieb, ohne abzusetzen: »Ich danke dafür, dass ich nichts von der Marokkokrise geträumt habe, ich hätte sowieso nichts tun können. Ich danke dafür, dass ich die kleine Lilly kennengelernt habe, vielleicht hätte ich sonst nie gewusst, dass ich gerne einmal Kinder bekommen möchte. Ich danke dafür, dass …« Sie zögerte weiterzuschreiben, blickte kurz auf Stella, die vor ihrem weißen Blatt Papier saß und an ihrem Stift knabberte. Entschlossen setzte Lysbeth den Satz fort: »Stella schwanger geworden ist, denn sonst wäre ich wohl nicht zur Tante gekommen. Und so bekomme ich eine Nichte.« Wieder hob sie den Kopf. Eine Nichte? Wieso war sie sich dessen so sicher? Hatte die Tante etwas in der Richtung erwähnt? Nein. Es war ihr so aus der Feder geflossen. Nun gut, dann ließ sie es eben stehen. Sie senkte wieder den Kopf und schrieb weiter: »Ich danke für alles, was ich hier lernen durfte.« Alles?, überlegte sie und ihr wurde bewusst, dass sie auch die Kenntnisse über Abtreibungen nicht missen wollte. Sie hatte mittlerweile so viel über die Not unfreiwillig schwanger gewordener Frauen erfahren, dass sie keinen Zweifel mehr an der Berechtigung der Tätigkeit der Tante empfand, ganz im Gegenteil, sie wünschte sich, die Kräuter, die die Tante für Abgänge einsetzte, wären noch wirksamer, damit die Tante sich nicht so in Gefahr brachte. War das alles?, fragte sie sich. Nein, da fehlte noch etwas. »Ich danke für meine Träume«, schrieb sie. Mit einem Seufzer der Erleichterung setzte sie noch ein Ausrufezeichen hinter den letzten Satz. Ja, das war es!

Sie schob das Blatt in die Mitte des Tisches, genauso offen, wie die Tante es mit ihrem ersten Bogen gemacht hatte. Stella knabberte immer noch. Als sie die vollgeschriebene Seite von Lysbeth erblickte, kullerten ihr Tränen über die Wangen. »Mir fällt nichts ein«, schluchzte sie. »Alles war scheußlich im letzten Jahr. Ich habe alles nur falsch gemacht.«

Die Tante blickte kurz von ihrem Papier hoch. »Hm«, machte sie. »Hm.« Dann schrieb sie weiter.

»Du sollst doch auch keine Lobeshymne auf dich schreiben«, belehrte Lysbeth sie im Ton der älteren Schwester. »Du sollst danken für das, was es Gutes für dich im letzten Jahr gegeben hat.« Stella schluchzte laut und theatralisch auf: »Es hat nichts Gutes für mich gegeben, ich hab alles kaputtgemacht!«

Lysbeth sagte streng: »Vielleicht gab es Gutes, obwohl du alles falsch gemacht hast.« Sofort bereute sie die Worte. Sie legte ihre Hand auf den Arm der Schwester und fügte weich hinzu: »Schau, du hast diese wundervollen Ohrringe geschenkt bekommen, und die Tante hat einen Zauberspruch für dich gesagt, und …« Sie dachte nach, da warf die Tante ein: »Es ist Stellas Zettel, Lysbeth, nicht deiner, halt jetzt den Mund!«

Lysbeth verstummte erschrocken. Stella schmollte. Aber sie schrieb brav in sehr großen Buchstaben den Satz: »Ich danke für die Ohrringe der Tante.« Sie blickte Lysbeth fragend an, senkte dann den Kopf und schrieb etwas kleiner hinterher: »Und ich danke, dass Lysbeth mit mir den Schal getauscht hat, der blaue steht mir viel besser.« Wieder blickte sie ihre Schwester prüfend an. Lysbeth lächelte aufmunternd. Stella warf ihren Kopf zurück, schaute zur Zimmerdecke und warf dann den Satz aufs Papier: »Und ich danke, dass ich bald meinen Bauchinhalt los bin und dass die Tante Leute gefunden hat, die ihn haben wollen.« Kaum hatte sie das letzte Wort geschrieben, faltete sie das Papier und legte es auf ihr erstes Blatt. Sie schlug noch einmal mit der flachen Hand darauf, als wollte sie sich vergewissern, dass ja auch alles dort blieb und sich nicht plötzlich selbständig machte.

Da war auch die Tante fertig, legte ihr Blatt ungefaltet auf das erste und forderte ihre Nichten auf, sich nun an die letzte Liste zu begeben, nämlich die der Wünsche fürs nächste Jahr. Ungeduldig, als hätte sie schon darauf gewartet, griff Stella nach dem Blatt Papier und legte sofort los. In sehr kleiner Schrift, wie Lysbeth staunend bemerkte.

Auch die Tante warf einen verblüfften Blick auf Stella, doch dann lächelte sie ihr stilles wissendes Lächeln.

Was wünsche ich mir im nächsten Jahr? Lysbeth fühlte sich völlig leer. Da war kein Wunsch in ihr. Keiner? Sie grub in ihrem Kopf, immer unruhiger. Es konnte doch nicht sein, dass sie keinen Wunsch fürs nächste Jahr hatte! Bei der Tante bleiben zu dürfen? Nein. So schön es hier war, aber auf die Dauer war es ihr doch zu abgeschieden, und sie wollte auch zu ihrer Familie und nach Dresden zurück. Theater, fiel ihr ein. Sie hatte sich gewünscht, Schauspielerin zu werden. Nein, nichts in ihr vibrierte, wenn sie daran dachte. Sie musste sogar ein wenig lächeln, als sie sich erinnerte, wie sehr sie sich nach einem Lächeln, wenigstens einem Blick von Paul Wiecke gesehnt hatte.

Was wünsche ich mir denn bloß?

Ohrringe, wie Stella sie täglich funkelnd trug? Nein, dieser Schmuck passte zu Stella, nicht zu ihr. Warum? Weil sie nicht so funkelte. Sie spürte, wie Blut in ihre Wangen stieg, als sie sich fragte, ob sie gern so wäre wie Stella, so schön, so strahlend, eben so, dass solche Ohrringe an ihr funkeln würden. Sie schob die Frage schnell fort. Solche Wünsche aufzuschreiben, war albern; das waren Märchenwünsche an eine Märchenfee. Sie kam sich plötzlich vor wie die Frau vom Fischer, die immer mehr wollte, je mehr sie bekam, und zu guter Letzt wollte sie Gott sein. Lysbeth schämte sich. Wie sehr hatte sie sich gewünscht, bei der Tante in die Lehre zu gehen. Das war jetzt geschehen. Und jetzt wollte sie auch noch so schön wie Stella sein? Was für eine Anmaßung!

Vielleicht gab es weniger dumme Wünsche? Sie selbst hatte doch so viel bekommen im letzten Jahr! Und plötzlich strömten die Wünsche aufs Blatt.

Ich wünsche mir Frieden für Deutschland.

Ich wünsche mir, dass Mutter glücklich ist.

Ich wünsche mir, dass Johann gesund ist.

Ich wünsche mir, dass alle anderen gesund sind.

Ich wünsche mir, dass die Tante noch lange gesund und munter bleibt.

Ich wünsche mir, dass Stellas Geburt leicht wird und Stella und das Kind gesund sind.

Ich wünsche mir, dass Stellas Tochter noch eine Weile bei uns bleibt, bevor sie abgeholt wird.

Erschrocken hob Lysbeth den Kopf. Was war das denn? Wieso wünschte sie sich das? Ihr Körper erinnerte sie plötzlich vehement daran, wie es gewesen war, die kleine Lilly im Arm zu halten. Sie zu riechen, zu spüren, ihre zarte Haut auf der eigenen, den Flaum ihrer Haare an Lysbeths Wangen. In ihrem Bauch öffnete sich ein Loch der Wehmut und Sehnsucht.

Sie ließ den letzten Satz stehen und faltete schnell das Blatt, ohne sich zu überlegen, ob da noch andere Wünsche in ihr waren. Es reichte!

Stella hatte ihren Bogen zur Hälfte vollgekritzelt, machte aber nicht den Anschein, als wäre sie bald beim Ende angelangt.

Lysbeth stand auf und warf Holz ins Feuer. Sie zog eine dicke Jacke über und machte sich auf den Weg zum Klohäuschen. Auf dem Rückweg ging sie in den Schuppen, um eine neue Kiepe mit Holz zu füllen. So eine Nacht wie die heutige konnte lang werden. Und draußen war es kalt. Vor ihrem Gesicht dampfte unablässig ihr Atem, ihre Hände waren nach kürzester Zeit von der Kälte gefühllos. Sie hob die Kiepe hoch und setzte sie auf ihre Schulter, wie die Tante es ihr gezeigt hatte, damit sie nicht ihren Bauch und ihre Wirbelsäule belastete.

Als sie ins Haus zurückkehrte, legte Stella gerade mit einem zufriedenen Schnaufer ihr gefaltetes Papier in die Mitte des Tisches. Die Tante aber saß mit einem besonders aufrechten Rücken auf ihrem Stuhl, ihr Blatt vor sich, und sagte: »Lysbeth, wasch dir die Hände und setz dich zu uns, ich will euch meine Wünsche fürs nächste Jahr vorlesen.« Es klang ungewohnt feierlich.

Aus irgendeinem Grund wurde Lysbeth mulmig im Magen. Sie wäre gern wieder hinausgegangen in die Kälte. Plötzlich schien es ihr unerträglich heiß im Zimmer.

Sorgfältig wusch sie sich die Hände. Stella war inzwischen aufgesprungen und hatte auf Anweisung der Tante den Krug mit dem Weinpunsch geholt, den diese am Nachmittag bereits angesetzt hatte. Schnell noch einige Leckereien aus der Speisekammer dazu, von denen es unzählige gab, denn viele ihrer Kundinnen hatten der Tante zur Weihnachtszeit einen kurzen Besuch abgestattet und irgendetwas Köstliches mitgebracht: Kekse, Kaffee, Eier, Käse, Obst und sogar einige Bratenreste.

Die Tante hob das Glas mit den Worten: »Ich danke euch, dass ihr zu mir gekommen seid, ich wünsche euch, dass alles Dunkle aus eurem Leben verschwindet, und ich wünsche mir, dass die Zeit, die wir noch zusammen verbringen, von Fröhlichkeit und guten Geistern begleitet wird.« Sie trank ein paar Schlucke, die ihr sofort Röte in die Wangen steigen ließen. Lysbeth bemerkte erstaunt, wie Stellas Augen sofort noch mehr glänzten und sogar die der Tante einen jungen Glanz annahmen.

»So, und jetzt möchte ich euch meine Wünsche fürs nächste Jahr vorlesen, denn möglicherweise müsst ihr dafür sorgen, dass sie sich erfüllen.«

Sie hob ihr Glas und leerte es auf einen Zug mit einem übermütigen: »Auf euch beide, ihr seid das Wundervollste, das mir das Leben in den letzten Jahren geschenkt hat!« Etwas beklommen hob auch Lysbeth ihr Glas. Die Tante verhielt sich irgendwie seltsam. Und für die Erfüllung welcher Wünsche sollten sie sorgen?

Die Tante hob das Blatt und las vor. Langsam, Wort für Wort. Von Zeit zu Zeit schaute sie auf, ob die beiden Mädchen ihr noch folgten.

»Ich wünsche mir, dass meine beiden Schutzbefohlenen in der verbleibenden Zeit noch viel für ihr Leben Nützliches bei mir lernen mögen.

Ich wünsche mir, dass Stellas Geburt reibungslos und ohne Komplikationen vonstatten geht, dass Mutter und Kind gesund sind.

Besonders wünsche ich mir, dass ich nicht vorher sterbe. Sollte ich aber vorher meinen Körper verlassen müssen, so wünsche ich mir, dass meine Nichte Lysbeth dann schon so viel über Geburtshilfe gelernt hat, dass sie meinen Platz einnehmen kann.« Sie hob ihre Augen vom Blatt und prüfte die Wirkung ihrer Worte auf die Mädchen. Stella sah etwas beschwipst aus und als hielte sie das Ganze für einen großen Scherz, Lysbeth hingegen war erblasst. Die Tante senkte ihren Blick wieder und las weiter: »Ich wünsche mir, dass ich das nächste Jahr noch heil und gesund überstehe, sollte ich aber sterben, möchte ich drei Tage lang in meinem Haus bleiben, damit meine Seele sich langsam lösen kann, und ich möchte, dass in diesen drei Tagen Kräuter um mich herum verbrannt werden, sodass alles

Negative, was es jemals in meinem Leben gegeben hat, vertrieben wird. Ich wünsche mir, auf dem Friedhof von Laubegast begraben zu werden mit dem Kopf nach Süden und den Füßen nach Norden. Im Übrigen vermache ich meine sämtlichen Utensilien, die der Heilung oder sonstigen Gesundheit von Menschen dienen, meiner Nichte Lysbeth. Des Weiteren besitze ich einige Steine, edel und halbedel, die sich meine Nichten teilen können.«

Sie ließ das Blatt sinken. »Habt ihr verstanden? Beide? Es ist mir wichtig, dass ich mich auf euch verlassen kann!«

Lysbeth und Stella sahen die Tante mit großen Augen an.

»Steine?«, fragte Stella. »Du hast wertvolle Steine? Ja, da freu ich mich doch sehr, dass ich bald eine reiche Erbin bin!« Sie gluckste vor Lachen und blickte aufmunternd von der Schwester zur Tante. »Los, ihr beiden!«, fügte sie hinzu, »Eure Leichenbittermiene ist ja nicht auszuhalten!« Sie nahm einen großen Schluck Wein, hob die Karaffe und schenkte sich selbst und der Tante nach. Lysbeth hatte kaum etwas getrunken. »Heute ist Silvester!«, sagte sie angestrengt fröhlich. »Wir wollen feiern. Prost!«

»Tante Lysbeth«, brachte Lysbeth endlich erstickt hervor, »ich will alles lernen, was du mich lehrst, aber ich kann unmöglich deinen Platz bei Stellas Geburt einnehmen.« Sie begann lauter zu sprechen, geriet in Panik. »Das ist ausgeschlossen, Tante, das musst du doch verstehen, und ich finde es ganz schrecklich, dass du das überhaupt in Erwägung ziehst.«

»Ja, genau!« Stella stand auf und fuchtelte der Tante aufgeregt mit dem Zeigefinger vor dem Gesicht herum. »Und dass du mir nämlich Angst machst, finde ich ganz schlimm, ganz schlimm! So etwas tut man nicht! Und noch dazu an Silvester und überhaupt!« Sie begann zu weinen und stürmte ins Nebenzimmer, wo sie sich hemmungslos heulend und schluchzend aufs Bett warf.

»Herrjemine!«, sagte die Tante verärgert. »Wer ist hier eigentlich alt und könnte sterben? Man könnte ja fast meinen, ich hätte euch den Tod angedroht! Glaubt ihr etwa, mich amüsiert die Erwartung meines nahen Endes?« Über ihr Gesicht zog ein junges, freches Grinsen. »Obwohl ich gestehen muss: Ein bisschen neugierig bin ich schon! Auch wenn man das Sterben im Leben häufig genug üben kann, so ist doch das Finale einmalig.« Sie lächelte die verschreckte

Lysbeth aufmunternd an. »Jede Geburt ist eine Begegnung mit dem Tod … und mit der Liebe. Liebe, Geburt, Tod, die drei elementarsten Erfahrungen im Leben, nichts geht so tief. Ich werde dir alles beibringen, was du brauchst, um Frauen bei der Geburt zu helfen.«

Lysbeth nickte beklommen. Wollte sie das überhaupt lernen? Nein, entschied sie, nein. Der Beruf der Hebamme war eindeutig nichts für sie. Aber es war nicht der richtige Augenblick, der Tante das zu sagen.

»Jetzt komm wieder her, Stella, und hör auf mit dem Flennen! Du hast ja recht: Wir wollen Silvester feiern. Es dauert nur noch eine halbe Stunde bis Mitternacht!« Die Tante hatte ihre energischen Worte mit einem Hexenkichern verziert. Stella rauschte aus dem Bett in die Küche und rief, während sie sich die Haare raufte: »Da lachst du auch noch! Wenn du vor meiner Niederkunft stirbst, das schwöre ich hiermit, werde ich mich neben dich ins Grab legen und auch sterben!«

Die Tante brach in lautes, nicht enden wollendes Gelächter aus, das Stella schnell ansteckte und in das zu guter Letzt auch Lysbeth einstimmte.

Die Silvesterzeremonie begann. Die Mädchen folgten den Anweisungen der Tante. Diese trat zuerst vor die Haustür, schloss sie hinter sich und las mit Blick auf den fast vollen Mond ihren Dankbrief laut vor. Dann schickte sie Lysbeth hinaus, das Gleiche zu tun, und darauf Stella. Kurz vor zwölf verbrannten sie gemeinsam ihre Listen mit all den Dingen, die aus ihrem Leben verschwinden sollten. Die Tante hatte einen winzigen Zweig sowie einige getrocknete Kräuter in eine kleine Kupferschale gelegt, ihr Verbrennungsgefäß. Als es zwölf Uhr vom Kirchenturm schlug, traten sie, dick eingemummelt vor die Haustür und verstreuten die Asche in alle vier Winde.

Nun befahl die Tante ihnen, sich einen Platz ums Haus herum zu suchen, den sie liebten, wo sie sich wohlfühlten und wo sie den Mond sehen konnten. Dort sollten sie dreimal hintereinander ihren Wunschbrief laut vorlesen und am Schluss sagen: »So geschehe es!«

Erst als Lysbeth eine Stunde später im Bett lag, fiel ihr auf, dass sie weder Weihnachten noch Silvester in der Kirche gewesen waren. Sie forschte in sich nach schlechtem Gewissen oder Bedauern. Doch nichts davon war da.

# 18

Eine Woche später blieb die Tante morgens im Bett liegen. Auf ihren Wangen blühten zarte Rosen. Ihre Augen glänzten, als wäre sie frisch verliebt. Doch sie war krank. Gliederschmerzen, Kopfweh, Fieber. Unfähig, sich zu rühren. Sie mochte nicht sprechen, sie wollte sterben. So sagte sie zumindest.

Stella konnte vor lauter Angst um die Tante auch nicht mehr sprechen. Still fegte sie das Haus und wischte es mit abgekochtem Wasser, in das Lysbeth Kräuter gefügt hatte, die das Atmen erleichterten.

Lysbeth war zu erstaunlicher Tatkraft erwacht. Sie blätterte in ihrem Heft, in das sie über die Heilkraft der Pflanzen geschrieben hatte. Sie suchte alles aus der Speisekammer, womit sie irgendwie meinte, der Tante helfen zu können.

Überglücklich, die Blätter des Pestwurz gefunden zu haben und darüber auch einiges zu wissen, setzte sie die Lattichwurzeln abends in Wasser an, wärmte sie morgens auf und seihte sie durch in der Hoffnung, dieser Aufguss würde das Fieber der Tante lindern. Doch die Tante war gar nicht besonders interessiert daran, dass das Fieber herunterging, in ihrer kaum vernehmlichen, mühsam krächzenden Stimme verlangte sie Tee für ihre Bronchien und für die allgemeine Stärkung.

Also stellte Lysbeth einen Tee genau nach der Anweisung her, die die Tante ihr diktiert hatte: »Bei Bronchienschäden, Husten, sogar Rippenfellentzündung mischst du Huflattichblüten und -blätter, und zwar nicht die des großen Huflattich, der auch Pestwurz genannt wird, sondern des einfachen Huflattich, mit Königskerzenblüten, Lungenkraut und Spitzwegerichblättern zu gleichen Teilen. Von dieser Kräutermischung nimmst du zwei Teelöffel auf einen Viertelliter Wasser und brühst sie ab. Nur kurz ziehen lassen. Täglich drei Tassen dieses Tees mit Honig süßen und schluckweise warm trinken.«

Wenn es nach der Tante gegangen wäre, hätte sie diesen Tee literweise getrunken, denn es war das Einzige, was ihr schmeckte. Aber Lysbeth verweigerte ihr das, denn die Tante selbst hatte ihr eingeschärft, dass die Dosierungen streng einzuhalten seien, da Pflanzen in unvernünftiger Menge nicht mehr nützen, sondern Schaden anrichten konnten – bis hin zu schlimmen Vergiftungen.

Am zweiten Abend gab sie der Tante ein Glas des Herzweins, der mit Petersilie und Honig aufgekocht worden war, zum einen, weil sie den Eindruck hatte, dass die Tante eine Stärkung des Herzens gut brauchen könnte, zum anderen, weil sie ihr einen Schlummertrunk verabreichen wollte, denn die Nacht davor hatte die arme alte Frau nur wenig schlafen können, da sie ständig Wasser lassen musste und einmal sogar ihr Nachthemd durchnässt hatte, weil sie es nicht mehr rechtzeitig zum Topf geschafft hatte.

Lysbeth hatte die ganze Nacht bei ihr gewacht. Sie hatte Stella befohlen, ins Bett zu gehen, und ihr versprochen, sie zu wecken, falls sie Ablösung brauchte.

Am zweiten Tag schickte Lysbeth Stella los, frische Misteln zu holen. Daraus bereitete sie der Tante einen Saft. Das machte zwar Mühe und kostete sie einige Kraft, da sie aus den Blättern und den Stängeln die Flüssigkeit herausholen musste, aber der Saft, das hatte die Tante gesagt, wirkte stärkend und abwehrend gegen Krankheiten.

Damit waren ihre Möglichkeiten erschöpft. Sie machte der Tante noch Wadenwickel, und als der Husten stärker und quälender wurde, legte sie ihr einen Breiumschlag auf die Brust, der, wie sie selbst als Kind erfahren hatte, lindernd wirkte.

Aber nichts half. Die Tante wurde schwächer und schwächer. Am dritten Tag sagte Stella, sie sollten den Arzt rufen, da sie das Gefühl hatte, dass Lysbeth es allein nicht schaffte. Als die Tante das hörte, tauchte sie aus ihrer Fieberlethargie auf und krächzte: »Kein Arzt, der bringt mich noch ins Krankenhaus, oder er bringt mich gleich um. Lysbeth kriegt das hin. Geduld, Kinder!«

Das klang so energisch, dass Lysbeth und Stella wie erstarrt auf dem Fleck stehen blieben. Im selben Augenblick war die Tante schon wieder in irgendwelchen fernen Tiefen verschwunden, in denen sie sich seit ihrer Krankheit aufhielt. Lysbeth hatte den Strohsack in die Küche neben die Bank der Tante geschafft und schlief nun nur noch dort.

Die Tante behielt recht. Nach einer Woche mit Mistelsaft, Hustentee und Herzwein schlug sie die Augen wieder auf und erklärte sich bereit, etwas Haferschleim zu essen. Gerade zwei Löffel schluckte sie mühsam herunter, dann fielen ihr die Augen wieder zu, und sie schlief ein. Aber es kam Lysbeth vor, als wäre es ein anderer Schlaf. Die Tante atmete nicht mehr so rasselnd, ihre Atemzüge waren länger, und es schien, als wäre sie dabei, aus dem fernen Land, in dem sie sich aufgehalten hatte, zurückzureisen.

Eine Woche lang dauerte es noch, bis die Tante wieder aufstand. Anfangs krallte sie sich an Lysbeths Arm fest, um ein paar Schritte vom Bett zum Tisch zu machen, dann benutzte sie ihren Wanderstock.

Lysbeth erwartete, dass die Tante nach ein paar Tagen auch den Stock in die Ecke stellen würde, aber so war es nicht. Von nun an ging die Tante am Stock. Keinen Schritt tat sie ohne ihn. Ohnehin war sie nicht mehr wie vorher. Sie verhielt sich vorsichtiger, ängstlicher, zögernder.

Eigenartigerweise waren während der zwei Wochen der Krankheit nur zwei Frauen zur Tante gekommen, die um ihre Hilfe baten. Stella war jedes Mal schnell verschwunden, mittlerweile als Schwangere eindeutig erkennbar.

Lysbeth hatte bei beiden Frauen völlig gelassen reagiert. Kaum traten sie nach kurzem Klopfen zur Tür herein, schoss Lysbeth auf sie zu und bugsierte sie wieder nach draußen. »Meine Tante ist krank«, sagte sie mit der äußersten Autorität, derer sie fähig war, »eine starke Erkältung, sie ist bald wieder gesund. Wenn Sie etwas haben, was warten kann, kommen Sie in einer Woche wieder, wenn es keinen Aufschub duldet, sagen Sie es mir, vielleicht kann ich Ihnen helfen.«

Sie hatte es selbst kaum glauben können, aber die beiden Frauen, die eine ungefähr zehn Jahre älter als sie, die andere fast so alt wie die Tante, zweifelten ihre Kompetenz nicht im Geringsten an. Die Jüngere sagte, sie käme wieder. Die Ältere sagte, ihre Gicht schmerze im Augenblick entsetzlich, Tag und Nacht, und die Salbe der Tante und der Tee seien verbraucht.«

Lysbeth bat sie, vor der Tür zu warten. Sie ging ins Haus zurück und warf einen flehenden Blick auf die Tante, doch die atmete schnell und rasselnd und war nicht ansprechbar. Lysbeth dachte nach, blätterte in ihrem Heft und entschied sich einfach für das, was ihr am sinnvollsten erschien. Sie brachte der Frau eine Tüte Bärlapp und erklärte ihr, wie sie daraus Tee machen konnte. Außerdem hatte sie ihr etwas Beinwurztinktur abgefüllt, mit der sich die Frau täglich die schmerzenden Stellen einreiben sollte. Die alte Frau sah sie dankbar an. »Der Arzt hat gesagt, mir ist nicht mehr zu helfen«, sagte sie, »aber Eure Tante, gnädiges Fräulein, hat mir letztes Mal so viel Linderung verschafft, ich hoffe, dass es auch Ihnen diesmal gelingt. Wie viel schulde ich Ihnen dafür?«

Lysbeth erschrak. Was sollte sie denn nun sagen?

Da kam ihr ein rettender Gedanke. »Wenn Sie nächstes Mal kommen, besprechen Sie das mit meiner Tante, die Preise kenne ich nicht«, sagte sie. Das schien der alten Frau einleuchtend und sie machte sich nach einem dankbaren Händedruck auf den Heimweg.

Nach zwei Wochen saß die Tante wieder mit bei Stella und Lysbeth am Tisch und aß. Aber sie aß weniger als zuvor, sie bewegte sich viel langsamer und – sie lachte weniger. Das beunruhigte Lysbeth am meisten. Und auch Stella sagte eines Abends, als sie nebeneinander im Zimmer lagen: »Du, Lysbeth, ich finde, wir müssen uns etwas ausdenken, damit die Tante wieder lacht. So ist das ja wie in einer Kirche bei uns.«

»Gut«, sagte Lysbeth schläfrig, »denk dir etwas aus.«

Dann fiel sie in einen tiefen Schlaf. Ob sie geträumt hatte oder nicht, wusste sie am nächsten Morgen nicht mehr, und an das Aufschreiben von Träumen war sowieso nicht mehr zu denken. Wenn sie morgens in die Küche kam, war diese kalt und dunkel. Sie selbst musste nun als Erstes das Feuer entfachen und Wasser für den Kaffee aufsetzen.

Ende Januar, kaum war wieder etwas Farbe in die Wangen der Tante zurückgekehrt, pochte es nachts gegen ein Uhr an die Haustür, so laut, dass Stella aus ihrem sehr festen Schlaf hochfuhr und Lysbeth von ihrem Sack kullerte, auf die Beine sprang und zur Haustür rannte, bevor die Tante aus dem Bett steigen konnte.

»Wer ist da?«, rief sie ängstlich.

Wieder wurde laut und vernehmlich gegen die Haustür gehämmert. Gleich schlägt er die Tür ein, dachte Lysbeth. Da war die Tante, die langen dünnen Haare zu einem Zopf gebunden, in einem weiten langen Nachthemd, das Gesicht klein und verschrumpelt, schon neben ihr und krächzte wie ein zorniger Rabe: »Wer zum Teufel ist da draußen?« Sie wartete die Antwort nicht ab und riss die Haustür auf.

»Der Schwendler, der Josef«, sagte sie voller Überraschung, und dann, als sie plötzlich begriff: »Ist es so weit?«

»Ja, Gevatterin«, stammelte der rotbackige Mann, der draußen in der Kälte nichts als Hemd und Hose trug. Die Hosenträger waren nachlässig und irgendwie verquer über Rücken und Bauch gedreht.

»Lauf zurück!«, sagte die Tante. »Wir kommen gleich hinterher.« Doch dann überlegte sie kurz und rief: »Bist du zu Fuß?«

»Ja!«, rief der Mann über die Schulter zurück, kaum zu halten, wie ein Hund an der Leine. »Hast du einen Wagen?«, fragte die Tante.

Er blieb stehen und drehte sich um. »Einen Wagen?«, wiederholte er fassungslos.

Die Tante konnte ein Lächeln nicht unterdrücken. »Ja«, sagte sie schlicht, »und sei es eine Schubkarre. Ich war nämlich krank und bin noch ein bisschen schlapp. Wenn ich zu Fuß zu euch gehen muss, kann ich mich bei euch gleich zu deiner Frau ins Bett legen, so erschöpft bin ich dann. Also muss mich jemand transportieren.«

Der Mann riss ängstlich die Augen auf. »Je nun, Gevatterin«, stammelte er. »Die Marie hat schon Wasser verloren, und sie hat mir gesagt, dass ich Sie schnell holen muss, sonst würde ein Unglück geschehen. Und sie hat gejammert und gebrüllt. Die Marie braucht Hilfe!«

Er wurde immer lauter und aufgeregter. Langsam kam er zum Haus zurück. Die Tante legte eine Hand auf den Arm ihrer Nichte, die neben ihr stand wie eine Wächterin über das ganze Geschehen. Vor allem fühlte sie sich wie eine Wächterin über die Tante.

Sie hatte während des Gesprächs gedacht: Ich werde nicht zulassen, dass die Tante jetzt allein durch die Nacht auf ihrem Stock irgendwohin läuft. Auch nicht nach Laubegast! Sie war fest davon überzeugt, dass ein solcher Weg der Tante einen schlimmen Rückfall bescheren würde, und sie fürchtete, dass ein Rückfall die Tante umbringen könnte.

»Komm rein!«, forderte die Tante kurz angebunden den Mann auf. Sie rückte ihm einen Stuhl hin, befahl ihm, den Blick auf den Herd gerichtet zu halten, und sagte zu Lysbeth: »Zieh dich an, wir helfen bei einer Geburt!«

Wir?, schrie es in Lysbeth, aber sie verschwand widerspruchslos in der Schlafkammer, wo Stella leise vor sich hinröchelte. Sie wusste, dass es gar keinen Sinn hatte, der Tante in einer solchen Situation zu widersprechen, und es war ihr sogar ganz recht, dass die Tante sie mitnehmen wollte, denn sie empfand das große Bedürfnis, auf sie achtzugeben. Außerdem war sie neugierig, wie die Tante dort überhaupt hingelangen wollte.

Sie warf die Kleidung über, die sie am Vortag schon getragen hatte. Wieder in der Küche, stand die Tante fertig angezogen in ihrer Speisekammer und warf mit kundigem Blick und sicherer Hand einige Dinge in ihre große Einkaufstasche. Lysbeth konnte auf die Schnelle nicht erkennen, was die Tante alles mitnahm. Es waren Tinkturen, das sah sie, und Kräuter, aber auch Geräte, Instrumente, und diese hielt die Tante normalerweise streng unter Verschluss, versteckt hinter Marmeladengläsern, als wäre es gefährlich, sie zu besitzen.

»Nun kommt!«, sagte die Tante, warf ihren schweren Winterumhang um und drückte Lysbeth die Tasche in die Hand: »Das trägst du!«, und zu dem Mann sagte sie: »Und du trägst mich!«

Lysbeth, vom Gewicht der erstaunlich schweren Tasche zu einer Seite niedergezogen, war nur einen winzigen Augenblick erstaunt. Ja, das war die einzige Möglichkeit, erkannte sie und bewunderte die Tante für ihre Schlauheit. Die Tante war klein und schwach, aber immer noch so beweglich, dass sie sich mit Armen und Beinen festklammern konnte. Der Mann war jung und kräftig, und auch wenn er vor Angst schlotterte, wirkte er dennoch, als könnte er mühelos schwere Säcke auf seinem Rücken spazieren tragen. Lysbeth konnte sich nur schwer ein Lachen verkneifen, als sie sah, wie der Mann mit heruntergeklappter Kinnlade die Tante fassungslos anstarrte. Der Hellste schien er nicht zu sein.

»Nun komm schon!«, sagte die Tante ungeduldig. »Du glaubst doch nicht, dass ich schwerer bin als das, was du sonst trägst. Deine Frau wartet. Auf geht's!«

Sie stellte sich hinter den Mann, klopfte ihm auf den Rücken und hielt sich an seinen Schultern fest. Er schnaufte einmal kurz, ging in die Knie und hob die Tante mit einer Leichtigkeit auf seinen Rücken, dass Lysbeth beeindruckt war. Als er unter den Hintern der Tante griff, quiekte sie kurz auf wie ein verschämter Backfisch. Draußen schlang sie ihr Kopftuch vor den Mund, presste ihr Gesicht an den Rücken des jungen Mannes, der eiligen Schrittes Richtung Laubegast strebte, so schnell, dass Lysbeth ihm kaum folgen konnte.

Es dauerte nicht lange, und sie hatten den Ort erreicht. Sie durcheilten einige Straßen, deren lehmiger Boden zum Glück gefroren war. Vor ihren Gesichtern lag eine dicke weiße Atemwolke. Keuchend stoppte der Mann vor einem einstöckigen Häuschen. Die Tante glitt behände von seinem Rücken und klopfte ihm aufmunternd darauf. »Gut gemacht!«, lobte sie. »Ich bin bestimmt nicht grad die süßeste Last, die dich je besprungen hat.« Der Mann schnaufte abermals, verständnislos. Lysbeth gelang es diesmal nicht, ihre Belustigung zu verbergen. Sie kicherte nervös.

Der Mann musste den Kopf einziehen, als er ins Haus trat. Für die Tante war die niedrige Türöffnung gerade recht, Lysbeth passte eben noch darunter durch. »Sie ist oben!«, sagte der Mann, während er mit einem angsterfüllten Ausdruck horchte. Doch es war vollkommen still im Haus.

»Gut«, sagte die Tante in dem resoluten Ton, den Lysbeth aus ähnlichen Situationen von ihr gewohnt war, »Josef, du gehst jetzt in die Küche und stellst Töpfe mit Wasser auf, du bringst so viel Wasser zum Kochen, wie nur irgend möglich ist.« Sie griff nach Lysbeths Hand. »Und du hilfst mir die Treppe hoch!«

Halb zog sie sich an dem wackeligen Treppengeländer hinauf, halb stützte sie sich schwer auf Lysbeths Arm. Schließlich, oben angelangt, ließ sie Lysbeth los und eilte ohne Stock wie ein junges Mädchen auf die Tür zu, die am Ende des kurzen Flures lag. Lysbeth war beklommen zumute. Seine Frau habe gejammert, hatte der Mann gesagt, und sie habe gedroht, es könne ein Unheil geschehen. Schwangere hätten eine ausgeprägte Intuition, hatte die Tante gesagt. Das bedeutete doch, dass sie auch Vorahnungen hatten. Hoffentlich war die Frau, die Marie hieß, nicht in der Zwischenzeit gestorben.

Da hatte die Tante schon die Tür aufgestoßen. Ein Schwall abgestandener Luft, die nach Exkrementen, Urin, Erbrochenem, Angstschweiß und allem möglichen anderen roch, schwappte ihnen entgegen. Lysbeth gab einen erschrockenen kleinen Schrei von sich. Zögernd betrat sie das Zimmer.

Die Vorhänge waren zugezogen. Es war völlig dunkel. Man konnte wenig sehen, nur riechen. Die Tante ging energischen Schritts zum Fenster. Sie riss die Vorhänge zurück und die Fenster auf. Sofort drang kalte frische Luft ins Zimmer. Das Mondlicht erhellte es. Nun konnte man das Bett und die Gestalt darauf erkennen.

»Ist sie tot?«, piepste Lysbeth ängstlich.

»Blödsinn! So schnell stirbt man nicht!« Die Tante schnüffelte im Zimmer herum, zog der Frau, die auf der Seite lag, die Bettdecke weg und sagte zufrieden: »Da haben wir ja die Bescherung!«

Die Frau lag in Wasser und Exkrementen. Vor dem Bett, das erkannte Lysbeth jetzt, war ein Fleck von getrocknetem Erbrochenen. Im Zimmer wurde es eiskalt, dennoch empfand Lysbeth die von draußen hereindringende frische Kälte als ungemein wohltuend.

Da schlug die Frau die Augen auf. »Gevatterin!«, hauchte sie mit schwachem Lächeln, »endlich seid Ihr da!«

»Ja, ich bin da!«, knurrte die Tante. »Aber wer zum Teufel hat dich in diesem Dreck liegen gelassen? Das ganze Zimmer starrt ja nur so vor Schmutz!«

»Schimpfen Sie nicht mit ihm!« Die junge Frau stützte sich auf die Ellbogen. »Er kann nichts dafür, er arbeitet von früh bis spät, und ich dachte, ich könnte es noch richten, und dann lief plötzlich das Wasser aus mir heraus.« Sie schniefte, blickte auf das schmutzige Bettlaken und errötete bis zum Brustansatz. »Ich hab es nicht gemerkt«, sagte sie beschämt, »ich mach es gleich weg.« Da erst entdeckte sie Lysbeth, die peinlich berührt an der Tür stand. »Bitte geht raus!«, sagte die Frau gepresst. »Ich rufe euch, wenn ich das Bett gemacht habe … und den Boden.« Es war ihr entsetzlich peinlich, das war ihr anzumerken. »Ich bin einfach eingeschlafen«, sagte sie entschuldigend, »nachdem der Josef losgelaufen war … bitte, ich bin gleich fertig, lasst mich allein!«

»Nichts da!«, bestimmte die Tante. »Wir wollen doch nicht, dass dein Sohn sich an der Nabelschnur erhängt. Das ist jetzt eng für ihn da drinnen!« Sie blickte sich um, überlegte. »Gut!«, bestimmte sie schließlich. »Du, Lysbeth, sagst dem Josef, er soll alle Wischsachen, die im Haus sind, zusammensammeln. Ins kochende Wasser fügst du Rosmarin und Lavendel! Das lässt du zehn Minuten kochen und schüttest es dann in einen Wischeimer. In einen anderen Wischeimer tust du grüne Seife oder das Wischmittel, das sie hier benutzen. Josef soll die Eimer hoch tragen. Du tust das nicht!«, sagte sie streng. »Deine Kräfte brauchen wir, da wird nichts an der falschen Stelle vergeudet.«

Meine Kräfte braucht sie?, fragte Lysbeth sich ängstlich, während sie die knarrenden Holztreppen hinunterging. Das Haus war winzig und ärmlich. Unten war eine kleine Küche, auf der linken Seite vom Flur. Josef stand in der Küche, die Hitze des Feuers, das er dort entfacht hatte, drang durch die geöffnete Tür hinaus und war bereits bis zur Hälfte der Treppe gestiegen. Gut, dachte Lysbeth zufrieden, bald erreicht sie das Schlafzimmer. Dann ist alles einfacher.

Auf dem Herd köchelte schon Wasser in einem großen Topf, der sonst wohl für das Auskochen schmutziger Wäsche benutzt wurde. Unverzüglich griff Lysbeth in die Tasche der Tante, die sie neben der Treppe abgestellt hatte, nahm die Gläser mit Lavendel und Rosmarin und fügte von beidem eine Hand voll ins Wasser.

Josef wuselte in der Küche herum, als gelte es, unglaublich wichtige Dinge zu tun. Dabei richtete er ein verrücktes Chaos an. Er lief hin und her, öffnete hier eine Schranktür, riss da eine Schublade auf und versuchte dann wieder, Ordnung zu schaffen. Die Bewegungen des bärigen Mannes waren fahrig und ungelenk. Sein Gesicht war rot angelaufen.

Lysbeth holte tief Luft. Der Mann war zwar mindestens zehn Jahre älter als sie, aber im Augenblick war wohl sie es, die hier die Führung übernehmen musste.

Doch wie konnte sie das bewerkstelligen? Ohne weiteres Durcheinander mussten die Aufgaben der Tante so genau und schnell wie möglich erledigt werden. Josef musste unbedingt ein wenig beruhigt werden, damit er nicht noch irgendwelchen Schaden anrichtete oder sich selbst kochendes Wasser über die Hände oder andere Körperteile goss.

»Beruhigen Sie sich!«, sagte sie leise. Josef hatte gar nichts gehört, er lief hin und her, wirkte wie kurz vor einem Zusammenbruch. »Setzen Sie sich einen Moment hin!«, sagte Lysbeth da energisch. Der Mann fing an, ihr auf die Nerven zu gehen. Er zuckte zusammen, als hätte er sie erst jetzt wahrgenommen. Sie wiederholte ihre Aufforderung. Wieder öffnete er eine Schublade, holte nun eine Schere heraus. Er hielt sie Lysbeth entgegen, stammelte: »Brauchen Sie die?

So was braucht man doch bei einer Geburt!« Da packte sie ihn an der Schulter und drückte ihn auf einen Stuhl. »Jetzt beruhigen Sie sich!«, sagte sie energisch. Sofort sackte er in sich zusammen, als wäre die gesamte Kraft aus ihm gewichen.

Lysbeth überlegte. Was hatte die Tante ihr aufgegeben? Der Reihe nach!, befahl sie sich. Ruhe bewahren! Nicht von seiner Angst anstecken lassen!

Sie fragte ihn, wo die Eimer wären. Wo die Bettwäsche. Ob er Seifenlauge hätte. Er antwortete, schleppend, zögernd, als erinnere er sich nicht gut. Aber nach und nach hatte Lysbeth alles beisammen. In der Küche hatte sich bereits der Duft von Lavendel und Rosmarin ausgebreitet. Lysbeth wies Josef an, beide Eimer zur Hälfte zu füllen und Wischlappen, Besen und Schaufel mit hochzunehmen.

Sie selbst folgte ihm, eine Kumme mit abgekochtem Wasser in einer Hand, eine Schüssel in der andern. Waschlappen und ein Handtuch hatte sie sich über die Schulter geworfen. Bettwäsche und Handtücher lagen in der Küche auf dem Stuhl bereit.

Mit gesenktem Blick schleppte Josef die Eimer ins Schlafzimmer. Als er sie abgestellt hatte, stand er hilflos und ungelenk vor dem Bett seiner Marie. Die sah ihn mit glänzenden Augen voller Liebe an.

Die Tante räusperte sich. »So, ihr Turteltäubchen!«, sagte sie. »Jetzt müssen wir mal daran denken, die Frucht eurer Liebe zu ernten.«

Wie ein Feldwebel kommandierte sie Josef und Lysbeth herum. Der Boden musste geschrubbt werden, zuerst mit Seifenwasser, dann mit dem Kräuterwasser. Selbst das Fenster musste geputzt werden. Die wenigen Möbel, ein alter Kleiderschrank und eine Kommode, wurden abgewischt.

Inzwischen reinigte die Tante die Schwangere. Sie tat es sanft, wie nebenbei, und der unangenehme Geruch von Exkrementen, Erbrochenem und Dreck verschwand ganz allmählich aus dem Zimmer. Stattdessen roch es nach Seife, Lavendel und Rosmarin.

Draußen dämmerte es, das fahle Morgenlicht tauchte den Raum in eine blasse Helligkeit, die gemeinsam mit dem Geruch von Frische und Sauberkeit eine neue Stimmung ins Zimmer zauberte. Josef wirkte, als kehre männliche Kraft in ihn zurück. Marie stöhnte zwar zuweilen leicht auf, aber ihre Wangen waren nicht mehr aschfahl, und auch in ihre Lippen war Farbe zurückgekehrt. Lysbeth versank in ihrer Tätigkeit. Sie empfand nichts anderes als das Bedürfnis, den Teil des Zimmers gründlich zu säubern, mit dem sie grade beschäftigt war.

Als das Zimmer trotz der ärmlichen Einrichtung und der staubigen Gardinen vor Sauberkeit glänzte, befahl die Tante, die Eimer fortzuschaffen und auszukippen. »Setz in der Küche neues Wasser auf den Herd!«, wies sie Josef an.

»Schon geschehen«, sagte Lysbeth und empfing mit Stolz das erfreute Lächeln der Tante.

»Dann kommt Marie jetzt in ein sauberes Bett!«, sagte die Tante munter.

Geschwind holte Lysbeth die frische Wäsche aus der Küche. Josef bekam die Aufgabe, Marie behutsam hochzuheben, indem er unter ihre Knie und ihren Rücken griff. Er tat das so behutsam, dass Lysbeth, die noch nie erlebt hatte, wie Mann und Frau einander in Zärtlichkeit begegneten, ein schmerzlicher Stich von Sehnsucht durch die Brust fuhr. Als gäbe es eine Art Erinnerung in ihr, die von weit her kam und die wusste, wie es sich anfühlte, so liebevoll berührt und angeschaut zu werden.

Doch für Sentimentalität war keine Zeit. Geschwind bezogen die Tante und sie das Bett mit frischer Wäsche. Man sah der Tante an, dass sie von dem miefigen Geruch, der in der sauberen Bettwäsche hing, nicht gerade begeistert war, aber es gab nun einmal nichts Besseres.

Als Marie, mit einem sauberen Nachthemd bekleidet, in dem frisch bezogenen Bett lag, sagte die Tante zu Josef, er solle hinunter in die Küche gehen, sich selbst waschen und auch die Kleidung wechseln. Lysbeth bekam die Aufgabe, Marie die Haare zu kämmen und zu flechten.

Die Tante selbst begab sich ans Räuchern. Sie füllte eine Schale mit allen möglichen Kräutern, entzündete diese auf einem winzigen Stück Kohle und schwenkte die Schale hin und her, während sie gemessenen Schritts durch den Raum ging. Rundherum. Von der rechten Ecke zur linken. Durch die Mitte. Zuletzt schwenkte sie die Schale über dem Bett.

Mit dem Räuchern, dem besinnlichen Haarekämmen und Zöpfeflechten und der zunehmenden Helligkeit vor dem Fenster drang eine

Atmosphäre der Hoffnung und freudigen Erwartung in das Zimmer. Lysbeth musste sich nicht mehr verkrampfen, um nicht daran zu denken, dass hier gleich eine Geburt stattfinden würde. Sie empfand eine neue Gelassenheit, mehr noch, sie begann sich sogar auf das zu freuen, was bevorstand.

Als Josef wieder ins Zimmer trat, hatte er ein frisches weißes Hemd an, ein Sonntagshemd, wie unschwer erkennbar war, und eine weiße Hose. Er ist Bäcker!, begriff Lysbeth plötzlich. Das ist seine Arbeitskleidung.

Da drang ein entsetzliches Stöhnen vom Bett. Es schien das ganze Haus zu füllen. Als würde ein Geist durchs Zimmer heulen. Auf Lysbeths Armen hoben sich alle Härchen. Und wieder dieses Stöhnen. Es war unmöglich, dass ein Mensch solche Geräusche von sich gab.

»Ach, herrjemine«, sagte die Tante, »es geht los! Und ich habe nicht dafür gesorgt, dass das Bett abgerückt wird. Jetzt aber schnell!«

Marie verstummte. Ihre Augen waren geschlossen, ihr Gesicht kreidebleich, die Haare klatschnass von Schweiß. Die Tante befahl dem Bäcker, das Bett seiner Frau in die Mitte des Zimmers zu schieben, damit sie von beiden Seiten herankommen könnten. Sie verbot Lysbeth, sich an der Arbeit zu beteiligen. »Es ist für eine Frau schlecht, schwer zu heben«, sagte sie kategorisch. »Außerdem kann das hier lange dauern, und du brauchst deine Kraft.«

Als das Bett in der Mitte stand, setzte das Stöhnen wieder ein, diesmal noch schauerlicher als zuvor. Draußen dämmerte der Morgen heran. Im Zimmer wurde es langsam warm. Lauwarm, nicht heiß. Trotzdem glänzte Maries bleiches Gesicht vor Schweiß. Im Nu war auch das Bettlaken voller Schweißflecken. Nun traten auch auf Josefs Stirn dicke Tropfen. Außerdem war er ebenso weiß wie seine Frau.

Es fehlt nicht viel, und er stöhnt wie sie! Lysbeth musterte ihn stirnrunzelnd. Sie hatte einmal gesehen, wie die Mutter ohnmächtig geworden war, vorher hatte es die gleichen Anzeichen gegeben: Blässe, Schweißperlen, leichtes Schwanken …

»Josef, geh runter in die Küche und pass auf das Feuer auf. Es darf nicht ausgehen«, sagte da die Tante auch schon in einer schneidenden Lautstärke, die Tote hätte aufwecken können. Leicht schwankend gehorchte Josef. Da stöhnte Marie wieder, und Josef fiel mit einem lauten Knall auf den Boden.

»Himmelherrgott nochmal!«, schimpfte die Tante, schöpfte mit dem Krug kaltes Wasser aus der Waschschüssel und goss es ihm über den Kopf. Er kam sofort zu sich, ruderte mit den Armen und setzte sich auf. Erschrocken blickte er um sich. Lysbeth sah die Angst, die Verwirrung und die Scham über seine Schwäche in seinem Gesicht. Während seine Frau unablässig stöhnte, wälzte sich Josef auf Hände und Füße und kroch aus dem Zimmer wie ein geprügelter Hund.

Jetzt versuchte Marie, sich aufzusetzen. Sie sank auf die Laken zurück, wälzte sich hin und her, und ihr Stöhnen steigerte sich, bis es klang wie das Heulen einer Wölfin. Lysbeth war versucht, sich die Ohren zuzuhalten. Die Laute waren einfach unerträglich!

Zwischen den Wehen lag Marie auf dem Bett wie eine Leiche, regungslos, klatschnass. Von ihren Lippen lief ein feines Blutrinnsal. Sie hatte sich offenbar daraufgebissen.

Mit einem Mal senkte sich eine große Ruhe auf Lysbeth. Einen Moment lang dachte sie, sie würde jetzt vielleicht auch ohnmächtig werden und dies sei der Moment kurz davor, aber dann merkte sie, dass sie nicht nur bei Sinnen blieb, sondern auf eine schlafwandlerische Weise den Anordnungen der Tante Folge leisten konnte, kaum dass diese sie ausgesprochen hatte.

Sie wischte das Blut von Maries Mund, dann tupfte sie ihr mit einem feuchten Tuch den Schweiß von der Stirn und vom Brustansatz. Marie schlug die Augen auf: glühende schwarze Kohlen. Sie keuchte: »Ich sterbe, ich werde sterben. Die Antje Hofmann hat drei Tage lang so gelitten, und dann war sie tot. Das Kind steckte noch in ihr drin.«

Lysbeth sah fragend zur Tante, die ihr Hörrohr auf Maries Bauch setzte und ihr einen kleinen Klaps auf den Oberschenkel gab. »Dummes Ding! In drei Tagen ist dein Kind längst da, ich hör ja schon, wie es sagt, dass es rauskommen will, aber sich nicht traut bei einer so zaghaften Mutter …«

Marie riss die Augen auf, halb ungläubig, halb überzeugt. Dann fing sie wieder an zu wimmern. Nun aber leiser und als bemühe sie sich, Haltung zu bewahren. Doch nach kurzer Zeit schrie sie laut um die Hilfe der Muttergottes und der Heiligen Dreifaltigkeit. In ruhigen Augenblicken hörte Lysbeth aus der Küche die Stimme des Mannes, der unablässig das Vaterunser betete.

Die Tante war sichtlich am Rand ihrer Beherrschung. Sie verdrehte von Zeit zu Zeit die Augen, äffte manchmal die Anbetung der Heiligen Dreifaltigkeit nach und war insgesamt sehr ungehalten. Irgendwann setzte sie sich auf einen Stuhl neben dem Unterleib der Gebärenden, legte die Hände wie zum Gebet ineinander und nickte ein.

Als draußen der helle Tag angebrochen war, schlief die Tante tief und fest, obwohl Marie ein Heidenspektakel veranstaltete. Da beschloss Lysbeth, dass die Tante jetzt unbedingt etwas essen und trinken musste. Mittlerweile rührte Maries Geschrei sie nicht mehr. Die junge Frau wirkte nicht, als würde sie gerade sterben. Es schien eine Geburt zu sein, die langsam voranging, sonst wäre die Tante nicht so seelenruhig eingeschlafen. Also sagte Lysbeth in einer Ruhephase zwischen zwei Wehen zu Marie: »Ich geh schnell runter in die Küche und hol meiner Tante und mir etwas zu essen, ich bin gleich wieder da.«

»Bring mir meinen Josef mit, diesen jämmerlichen Waschlappen!«, befahl Marie so herrisch, als hätte sie eben nicht gejammert wie eine Wölfin in der Falle. »Er soll sehen, wie ich leide, sonst will er mir nachher morgen schon das Nächste andrehen.« Sie lachte, aber im nächsten Augenblick verzog sie jämmerlich den Mund. »Du kommst aber sofort wieder«, keuchte sie. »Ohne dich hab ich Angst, die Alte ist ja nicht bei Kräften …«

Schnell rannte Lysbeth die Treppe hinunter. Josef war verschwunden. Sie rief nach ihm, schaute in das Zimmer gegenüber der Küche, aber Josef war fort. »Jämmerlicher Schlappschwanz!«, wiederholte Lysbeth Maries Worte und machte sich eilig auf die Suche nach etwas Essbarem.

Als sie mit Brot, Wurst und gepökeltem Fleisch nach oben kam, verschwand gerade der Arm ihrer Tante unter Maries Nachthemd. Lysbeth stellte den Teller auf einen kleinen Hocker neben den Stuhl der Tante. Die zog den Arm wieder heraus, an ihrer Hand klebte schmieriges Blut. Lysbeth musterte das Gesicht der Tante. War sie zufrieden mit dem Verlauf der Geburt, oder hatte das Blut Schlimmes zu bedeuten?

»Nun, denn wollen wir mal schnell etwas essen, koch uns noch einen Kaffee oder Tee, mein Kind. Möglicherweise geht es gleich schnell, vielleicht müssen wir uns aber auch noch eine Weile gedulden.«

Wieder eilte Lysbeth die Treppen hinunter. Sie hatte den Kessel schon aufgesetzt, jetzt köchelte das Wasser und sie musste nur Kaffeebohnen, eine Kaffeemühle oder, wahrscheinlicher, Tee finden. Da erklang von oben ein schriller Schrei. Dieser war anders als alle vorherigen Geräusche.

Sollte sie ihre Suche nach Kaffee oder Tee bleiben lassen und hochrennen, oder sollte sie sich weiterhin vom Gang der Ereignisse nicht aus der Ruhe bringen lassen? Sie entschied sich für Letzteres, auch als ein nächster Schrei folgte, dieser noch lauter und schrecklicher als der erste. Lysbeth ging auf den Flur hinaus vor die Treppe. Von oben vernahm sie die ruhige Stimme der Tante und hechelnde Atemgeräusche der Schwangeren.

»Marie ist einfach ein bisschen sehr temperamentvoll«, dachte Lysbeth. Da hatte sie eine Dose voller Kaffeebohnen gefunden. Und da war eine Kaffeemühle. Sie füllte drei Löffel Kaffeebohnen in die Mühle und drehte kräftig, bis alle Bohnen zu Pulver zerrieben waren. Sie schüttete das Pulver in eine Kanne und goss heißes Wasser darauf.

Von oben ertönte ein markerschütternder Schrei. Nun schoss Lysbeth doch die Treppen hinauf. Das Bild, das sich ihr dort bot, ließ ihre Beine weich werden. Die Tante hielt ein von Blut und Schleim verschmiertes Bündel in ihren Händen. Marie stützte sich mit gespreizten Beinen auf ihre Ellbogen und schaute verwundert auf die Tante und das Kind.

»Es ging so schnell«, sagte die Tante, als wollte sie sich bei Lysbeth entschuldigen. »Bitte, mein Kind, reich mir doch die Schere aus meiner Tasche!« Lysbeth vergeudete keine Sekunde, da lag die Schere schon in ihrer Hand.

»Wundervoll!«, sagte die Tante. »Und jetzt schneidest du bitte die Nabelschnur durch. Genau hier!« Lysbeth dachte, sie würde nun doch in Ohnmacht fallen, aber stattdessen öffnete sie die Schere und schnitt die Nabelschnur etwa zehn Zentimeter vor dem Bauch des Babys ab. Es machte ein leicht schmatzendes Geräusch. »Und nun den Faden!«, sagte die Tante.

Auch der Faden lag im Nu in Lysbeths Hand, und auf Geheiß der Tante wand und knotete sie ihn um die Nabelschnur vor dem Bauch des Kindes.

»Eine Schüssel mit lauwarmem Wasser und Handtücher!«, ordnete die Tante an. Lysbeth holte die bereitgestellte Waschschüssel, das abgekühlte abgekochte Wasser und trug es zu der Tante, die mit dem Ellbogen die Temperatur prüfte und ein zufriedenes Schnalzen von sich gab. »Bade ihn«, befahl sie knapp, »dann hört er vielleicht auch endlich auf zu schreien!«

Doch der kleine Knirps fand das Baden offenbar noch scheußlicher als alles, was er erlebt hatte, seit er aus der gemütlichen Höhle herauskatapultiert worden war. Mit zitternden Händen wusch Lysbeth das strampelnde schreiende Bündel Mensch. Seine dicken roten Hoden und der für so ein winziges Wesen erstaunlich große Penis wiesen ihn unverkennbar als männliches Wesen aus. Nach ein paar Minuten verschwand ihre Aufregung und machte wieder der Ruhe Platz, die sie die ganze Zeit über empfunden hatte. Sie gab kleine Geräusche von sich, wie solche, die auch Tiermütter von sich geben, zärtliche lockende kosende Töne, die dem Kind offenbar so gefielen, dass es aufhörte zu schreien und sich in Lysbeths Händen und dem warmen Wasser entspannte.

»Nimm ihn raus und wickle ihn in Handtücher!«, bestimmte die Tante. »Ich bin gerade mit der Nachgeburt beschäftigt. Gleich waschen wir die Marie, und der Knabe kann bei ihr nuckeln.«

So geschah es. Von Schleim und Blut gereinigt, in zwei Handtücher gewickelt, wurde der Kleine an Maries Brust gelegt, wo er sofort zuschnappte und zu saugen begann.

»Ein Kenner!«, konstatierte die Tante

Während der Knabe trank, gingen Lysbeth und die Tante nach unten in die Küche.

Erst am Mittag kehrten sie nach Hause zurück. Schwerfällig, als hätte sie einen Tag lang Bäume gefällt, ließ Lysbeth sich auf den Stuhl am Küchentisch der Tante sinken. Ihre Beine fühlten sich dick und schwer an. Ihr Kleid und ihre Haare stanken nach Schweiß, nach Blut, nach Dreck. Matt ließ sich die Tante auf ihre Bank fallen, auf der zum Glück noch ihre Bettwäsche lag. Sie bat Stella, ihr die Schuhe auszuziehen, dann drehte sie sich voll bekleidet auf die Seite und gab kurz darauf Schnarchgeräusche von sich.

Alles war überstanden. Es hatte noch einen temperamentvollen

Ausbruch von Marie gegeben, als sie erfuhr, dass Josef verschwunden war. Doch die Tante hatte bei der Nachbarin geklopft und darum gebeten, dass diese sich um die Wöchnerin und den Neugeborenen kümmern möge, bis Josef zurück sei. Es war durchaus üblich, dass die Nachbarinnen einander bei Geburten halfen, da die Männer, vorausgesetzt, sie waren nicht betrunken, arbeiten gingen oder schliefen. »Der Josef wird bald zurückkommen«, sagte die Nachbarin, »er muss morgens sehr früh raus, und er ist kein Säufer.«

Das war schon mal beruhigend.

So wurde Marie in frische Wäsche gelegt, in ein sauberes Nachthemd gekleidet, und das Baby kam in den bereitstehenden Korb. Im Nu waren Mutter und Kind eingeschlafen. Die Nachbarin versprach, sich neben sie zu setzen, bis Josef nach Hause kam. Sollte es Probleme geben, würde sie nach der Tante schicken lassen.

Es war kalt und sonnig, als die Tante und Lysbeth sich auf den Heimweg machten. Die schmutzige Wäsche und sonstige Unordnung in der Küche hatten sie einfach stehen lassen. Sie konnten nicht mehr, alle beide nicht.

Der Heimweg war trotzdem eine Wohltat. Sie gingen sehr, sehr langsam, da die Tante von Zeit zu Zeit anhalten und sich, auf Lysbeths Arm gestützt, ausruhen musste. Sie waren beide sehr erhitzt und spürten die Kälte gar nicht. Vor ihren Gesichtern ballten sich dicke Wolken aus gefrorenen Atemtröpfchen. Lysbeth genoss alles um sie herum mit ungewohnter Intensität. Nie zuvor hatte sie das Wunder und den Zauber des Lebens derart mit allen Fasern gespürt.

Doch zu Hause angekommen, war nur noch Leere in ihr. Sie spürte nichts mehr. Stella setzte ihr eine Schale mit heißer Suppe vor, aber ihr Magen war wie zugeschnürt. So bat sie die Schwester, auch ihr die Stiefel auszuziehen und tappte mit bleischweren Beinen zu ihrem Strohsack, auf den sie sich plumpsen ließ, als wäre sie hundert Jahre alt.

## 19

Die Monate bis zur Geburt von Stellas Tochter flogen dahin. Stella, die in den ersten Monaten dick geworden war, legte ab Januar nicht mehr viel zu. Auch ihre Beine und Handgelenke, die sich – wegen Wassereinlagerungen, wie die Tante erklärt hatte – in den ersten Monaten dramatisch verdickt und Stella eine Aura von Schwerfälligkeit verliehen hatten, wurden wieder schmal. Die ersten Monate des Jahres sah sie aus wie eine bildschöne junge Frau, die einen Ball vor sich hertrug, davon aber nicht im Geringsten in ihrer Beweglichkeit beeinträchtigt wurde. Sie bettelte, aus der Hausarbeit mit ihren Kräutern und Tinkturen und Suppen und Salben entlassen zu werden und stattdessen wieder in den Wald gehen zu dürfen, Bäume zu sägen, Holz zu hacken. Die Tante gewährte es ihr. »Einmal eine Stunde täglich sollte Lysbeth dir aber draußen zur Hand gehen, sonst wird sie wieder so ein schwaches Bleichgesicht wie im Herbst.«

Lysbeths Körper war wirklich kräftiger geworden, ihre Arme und Beine muskulöser, und ihr Körper fühlte sich auch besser an, das heißt, sie spürte ihn jetzt überhaupt. Sie war mit dieser Regelung sehr einverstanden. Im Gegensatz zu Stella liebte sie es, zu kochen und Tinkturen und Salben herzustellen. Sie mochte das Gefühl an ihren Händen, wenn sie mit all diesen für sie lebendigen Dingen zu tun hatte, seien es Gemüse oder Kräuter, Öl oder Wein oder Milch. Ihre Mutter hatte schon einmal zu ihr gesagt, dass sie das Zeug hätte, Köchin zu werden, aber sie hatte immer schon gewusst, dass das nicht ihre Bestimmung war.

Ja, sie dachte immer häufiger, dass sie eine Bestimmung hatte. Es musste einen Grund geben, dass sie auf der Welt war. Zuerst war das ein unglaublich undenkbarer, geradezu unanständiger Gedanke, aber als er sich so ganz allmählich in sie einschlich, wie ein Parasit, eine Milbe, die unter die Haut kroch und sich weiter und weiter vorarbeitete, in ihr Inneres, wo er sich niederließ, bis er zu ihr gehörte, empfand sie es mehr und mehr als völlig denkbar, ja, geradezu notwendig, dass sie ihre Bestimmung erkannte.

Nachträglich bekam vieles für sie einen Sinn: ihre Träume, die Angst der Mutter und das Traumverbot, die Tante – wer hatte schon eine solche Tante? – und sogar Stellas Schwangerschaft erschienen ihr in diesem Zusammenhang, als hätte Gott – oder wie diese höhere Instanz auch heißen mochte – gewollt, dass sie so war wie sie war, um auf eine Weise in der Welt tätig zu sein, wie nur sie es konnte.

Ihre Bestimmung nahm Umrisse an. Eifrig las sie in dem von der Tante verfassten Traumbuch und begriff, dass es weder der Teufel noch Gott waren, die ihr die Träume schickten, sondern dass sie mit einer Begabung auf die Welt gekommen war, Dinge wahrzunehmen, zu spüren, zu ahnen, für die andere Menschen unempfänglich waren. So wie der Großvater eine Begabung hatte, mit Holz eine Verbindung einzugehen. Denn dass seine wunderschönen Möbel das Ergebnis seines besonderen Verhältnisses zu Bäumen und ihrem Holz waren, leuchtete allen, die ihn bei der Arbeit sahen, sofort ein. Er verband sich mit dem Material, er wurde Teil von Baum und Astloch, von Maserung und Wurzel. Und genau das sah man auch an den Möbelstücken, die er fertigte. Am Schluss verlief die Maserung des Holzes immer genauso, wie es sein musste. Wie es dem Holz entsprach. Wie es der Linie entsprach. Ebenso hantierte die Tante mit Kräutern. Als würde sie Teil des Kräuterlebens werden.

Wenn Lysbeth sich in solchen Gedanken verlor, machte es ihr viel Spaß, die Menschen in die Gegenstände zu verwandeln, für die sie anscheinend geboren waren. Großvater Holz trifft Tante Kraut.

Was aber war die Begabung des Vaters und was die der Mutter? Vater lief hinter Geld her. Lysbeth sah ihn wie in dem Märchen vom dicken fetten Pfannekuchen dem Geld hinterherlaufen. Ein Wettlauf. Ja, vielleicht war er zum Wettläufer geboren. Und die Mutter? Für alle da. Tausend Hände, tausend Augen. Weich wie geschlagene Sahne und tief innen etwas Undurchsichtiges, Festes, etwas, das ihr die Kraft gab und den Mittelpunkt für die tausend Hände und die tausend Augen bildete.

Stellas große Begabung war ihre Schönheit, ihr Mut, ihre magnetische Anziehungskraft auf Männer. Immer wenn Lysbeth an Stella dachte, war sie ein wenig neidisch auf diesen Glanz der Schwester und zugleich besorgt, denn ihre reichen Gaben hatten Stella schon einmal Unglück gebracht.

Niemals in ihrem bisherigen Leben, vielleicht in seltenen Momenten im Theater, hatte Lysbeth sich so glücklich gefühlt. Nun, es war nicht eigentlich Glück, das sie empfand, nicht dieses flüchtige aufsteigende und abfallende Gefühl, sondern es war ein tiefer Einklang, als wäre sie selbst ein perfekt gestimmtes Instrument, das im Orchester der Welt genau das spielte, wozu es da war.

Als die Geburt näher rückte, schlich sich ein neuer Ton in die Kate. Alle wirkten vorsichtiger, ängstlicher. Und so war es auch: Sie hatten Angst. Jede auf ihre Weise.

Stella hatte den Gedanken an die Geburt verdrängt, sobald er auftauchte. In den kalten drei Monaten, in denen sie, gehüllt in dicke unförmige Kleidung, sich wie ein Waldarbeiter betätigt hatte, war dies recht gut gegangen. Um Ostern herum wurde alles anders. Die Sonne versteckte sich nicht mehr wie eine weiße kalte Scheibe hinter einer Wand von Wolken, sondern zerteilte und zerpflückte sie und lugte hinter ihnen hervor. Krokusse krochen aus dem Boden, ebenso Keimlinge aller möglicher Pflanzen, und die Tante schickte sie hinaus auf die Wiesen zur Suche. Da stellte Stella fest, dass sie sich nicht mehr bücken konnte, dass die Haut ihres Bauches an einigen Stellen hässliche rote Risse aufwies, dass ihr Bauch manchmal in einem ziehenden Schmerz nach unten drängte. Da erst wurde ihr bewusst, dass in diesem wackelnden Bauch, der manchmal wie ausgebeult aussah, den sie aber dennoch während ihrer anstrengenden täglichen Arbeit aus ihrer Wahrnehmung verbannen konnte, wirklich ein lebendiges Kind war. Sie hatte es mit allen möglichen Namen versehen: Ungeheuer, wenn es sie am Schlafen hinderte, Balg, Blag, Viech, Auswuchs oder einfach nur »es«. Jetzt wurde ihr bewusst, dass da nicht nur ein lästiger dicker Bauch war, sondern ein eigenes Lebewesen, das in Kürze aus ihr herauskommen würde. Was ja im Prinzip kein Problem, ganz im Gegenteil, sehr erfreulich war. Die Vorstellung aber, dass dieses Kind, denn darum handelte es sich ja: ein Kind, also mit Kopf und Händen und Armen und Beinen, das da irgendwie in ihr rumorte, aus dieser schmalen Öffnung zwischen ihren Beinen herauskommen würde, bereitete Stella nachgerade Panik.

Nachdem die Tante ihrer Schwester und ihr damals Nachhilfeunterricht in weiblicher Anatomie gegeben hatte, hatte Stella sich in einem unbeobachteten Moment mit gespreizten Beinen hingesetzt und einen Spiegel vor ihre Scheide gehalten. Was sie da sah, fand sie sehr interessant, sogar hübsch. Zwei dunkelrote behaarte fleischige

Lippen, die, wenn man sie öffnete, ein Gebilde freilegten, das aussah wie ein Löwenmäulchen, ein dunkelrosa Löwenmäulchen. Es hatte Stella Spaß gemacht, auf die vorstehende Spitze dieser Blume zu drücken, denn das bewirkte genau wie bei der Blüte, dass sich dahinter zwei kleinere Lippen zerteilten und eine Art Schlund freigaben. Stella hatte den Spiegel noch näher an den Schlund herangebracht, denn sie wollte wissen, was sich darin verbarg, aber es war nur der Anfang erkennbar: glänzendes dunkelrotes Fleisch, von zarter Haut umhüllt. Sie steckte einen Finger in den Schlund und stellte fest, dass irgendwie tief innen eine Art Wulst war, der ihr entgegenkam. Sie strich mit dem Finger darum. Er fühlte sich weich und glatt an. Das also war der Muttermund, gab sie ihrem Forschungsergebnis zufrieden einen Namen. Vorsichtig tastete sie sich weiter und entdeckte eine Öffnung wie ein fingerbreiter Schlitz, fest verschlossen. Schnell hatte sie den Finger aus ihrer Scheide gezogen, erschrocken, denn sie hatte sich daran erinnert, dass die Tante gesagt hatte, der Muttermund würde sich bei einer Geburt öffnen, damit das Kind herauskommen könnte. Und dass die Schmerzen der Geburt nicht durch das Hinausgleiten des Kinderkörpers kämen, sondern durch die krampfartigen Bewegungen, mit denen sich der Muttermund öffnete. Wenn er sich nämlich nicht öffnete, so sagte die Tante, würde das Kind drinbleiben müssen, das wäre wie bei einer verschlossenen Tür.

»Was macht man dann?«, hatte Stella entsetzt gefragt, worauf die Tante leichthin, wie es manchmal ihre Art war, geantwortet hatte: »Dann gibt man wehenfördernde Mittel, und wenn das nichts bewirkt und das Kind aber unbedingt raus muss, weil zum Beispiel sein Herzschlag schwach oder unregelmäßig wird oder die Mutter sich schon zu lange gequält hat, dann schneidet man den Bauch auf und holt das Kind.«

Bauch aufschneiden! Stella wusste nicht, wovor sie mehr Angst hatte. Davor, dass ihr Bauch aufgeschnitten wurde oder dass ihr Muttermund sich öffnete wie eine Fleisch fressende Pflanze, in zuckenden krampfenden Bewegungen, bis da in ihrer, Stellas, Mitte ein Riesenloch klaffen würde, aus dem dieses Wesen, das die Unverfrorenheit besessen hatte, sich in ihr einzunisten und sich von ihrem Blut zu ernähren, gesund und dick und rund herausspaziert käme.

Die Tante erklärte ihr zwar in den Wochen vor der Geburt noch einmal den genauen Verlauf, und es war Stella schon klar, dass es sich nicht um einen Spaziergang handelte, dennoch fand sie es vollkommen ungerecht und geradezu verbitternd, dass sie solche Qualen würde erleiden müssen. Und wofür? Nur damit sie ein Kind gebar, das dann einer Frau gegeben wurde, die diese Parasitenzucht im Bauch nicht hinkriegte.

Diese Frau hatte, so sagte die Tante, mehrere Fehlgeburten erlitten, weil ihr Muttermund nicht genügend Kraft hatte, dem nach unten drückenden Gewicht des Kindes standzuhalten, und sich jedes Mal vorzeitig geöffnet hatte.

»Verdammt, warum habe ich nicht so einen Muttermund?«, hatte Stella gefragt, sehr unzufrieden mit ihrem Körper. Es war ja nicht so, dass ein Mann nur seinen vermaledeiten Schwengel in einen weiblichen Brunnen fallen lassen musste und sofort wurde der Bauch dick. Zur Tante kamen viele Frauen, verheiratet, erwachsen, die keine Kinder bekamen, obwohl sie es sich wünschten. »Warum bin ich bloß so ein prima Nährboden für Parasiten!«, schimpfte sie beim Holzhacken oft laut vor sich hin.

Auch Lysbeth hatte Angst. Nein, sie hatte Ängste. Vielfältige Ängste. Zum einen um die Schwester. Zum andern um das Kind. Sie hatte das Wachsen des Bauches mit immer zärtlicherer Aufmerksamkeit verfolgt. Manchmal hatte sie nachts, wenn Stella schon fest schlief, ihre Hand auf den wackelnden Bauch gelegt und mit dem kleinen Mädchen gesprochen. Denn dass es ein Mädchen sein würde, dessen war sie sich völlig sicher. Die Tante war im Übrigen derselben Meinung.

Lysbeth hatte schon das Füßchen in ihrer Hand gehabt und die kleine Faust, sie hatte gespürt, wie das Kind reagierte, wenn sie ein wenig Druck auf einen Körperteil ausübte. Sie liebte das Mädchen, und es war ihr eine grauenhafte undenkbare Vorstellung, dass die Kleine, die sie bei sich Angela nannte, Engelchen, kaum dass sie endlich draußen war und von ihr angefasst und gewaschen und berührt und geküsst werden konnte, ihr schon wieder entrissen werden sollte.

Wochenlang überlegte sie hin und her, wie sie die drohende Gefahr abwenden könnte. Heimlich, hinter dem Rücken der Tante, versuchte sie bei Stella Muttergefühle zu wecken, in der Hoffnung, dass ihre Schwester ihren Willen schon durchsetzen würde. Aber als Lysbeth kurz vor dem Einschlafen geflüstert hatte: »Spürst du, wie die Kleine in dir dich lieb hat?«, hatte Stella nur empört gegrunzt. »Wenn lieb haben bedeutet, dass einem die Leber abgequetscht wird und die Blase gedrückt, dann pfeif ich drauf!« Dann hatte sie sich auf die andere Seite gewälzt in der Hoffnung, dort von dem fremden Wesen in ihrem Bauch weniger belastet zu werden.

Lysbeth versuchte, an das Verantwortungsgefühl der Tante zu appellieren, indem sie Geschichten erzählte, die sie angeblich gehört hatte. Von einer Frau, die Kinder adoptierte, um sie aufzufressen, weil sie nämlich ein abnormes Gelüst auf Menschenfleisch hatte. »Warum adoptiert sie die denn erst, wie umständlich«, hatte Stella dazu gesagt, »es laufen doch genug Kinder auf der Straße herum.«

Die zweite Geschichte von dem Mann, der die adoptierten Kinder schlug und als billige Knechte benutzte, kommentierte die Tante nur mit den Worten: »Oh, es gibt noch viel Schlimmeres, was Männer und auch Frauen mit adoptierten Kindern tun, besonders mit Mädchen, aber leider sind Kinder nicht dadurch geschützt, dass sie bei ihren leiblichen Eltern bleiben, da stößt ihnen nämlich das Gleiche zu. Zum Glück gibt es auch anständige Menschen.«

Nach der dritten Geschichte, wo ein Kind davongelaufen war und für immer verschwunden, weil es sich auf die Suche nach seiner leiblichen Mutter gemacht hatte, sagte die Tante: »Lysbeth, gib es auf! Das Kind kommt fort. Niemand wird für deine Sehnsucht nach einem Kind Stellas Leben ruinieren. Bekomm selbst eins! Das bleibt dann bei dir!«

»Ich hab doch gar nichts gesagt!«, hatte Lysbeth errötend gewispert, worauf die Tante geantwortet hatte: »Seltsam, und ich hätte schwören können, dass ich etwas gehört habe, was sich anhörte wie eine Räubergeschichte … na ja, manchmal geht meine Phantasie mit mir durch.«

Doch auch die Tante hatte Angst. Sie wusste, welche Gefahren eine Geburt mit sich brachte. Sie hatte Frauen sterben sehen, während und nach der Geburt. Vor ihren Augen waren Frauen geradezu zerrissen worden. Weil sie zu schmal waren. Weil das Kind zu groß war. Sie hatte Steißgeburten erlebt und Totgeburten. Sie hatte Frauen erlebt, die am Kindbettfieber starben, und sie hatte sogar schon erlebt, wie sich eine Frau eine Woche nach der Geburt in der Mitte des Zimmers erhängte, weil sie den Trübsinn, der sie erfasst hatte, nicht mehr aushielt und niemand bei ihr war, um sie zu trösten.

Wäre die Tante sicher gewesen, dass all diese Dinge im Krankenhaus nicht passierten, hätte sie Stella zur Entbindung dorthin geschickt, aber sie wusste, dass sie eine sehr gute Geburtshelferin war, die sogar bei Komplikationen häufig noch einen Weg fand.

Und dann gab es noch eine Angst, welche die Tante niederdrückte, die sie sich selbst allerdings nicht eingestand. Sie konnte sich gar nicht vorstellen, in ihrem Haus wieder allein zu wohnen. Seit ihrer Krankheit im Januar war sie alt geworden, das fand sie zumindest selbst. Sie ermüdete schneller, sie brauchte einen Stock zum Gehen, und manchmal tat ihr Rücken weh. Es war nicht die Hilflosigkeit, die sie fürchtete, nicht einmal die Aussicht, allein draußen zu sterben, weil sie vielleicht hingefallen war und nicht wieder hochkam. Nein, es waren die einsamen Mahlzeiten, die Abende ohne Lachen und Gespräche, die Aussicht, morgens das Feuer zu entfachen und den Kaffee zu kochen, ohne dass Lysbeth auf der Bank saß und in ihr Traumbuch schrieb. Wenn sie daran dachte, wurde ihr ganz elend zumute.

In ihren unterschiedlichen Nöten rückten die drei Frauen noch enger zusammen. Den ersten Morgen, da Sonnenstrahlen ihren Frühstückstisch beschienen, feierten sie, als würden sie nie wieder die Sonne erblicken. Den von der Tante zu Ostern aus der Speisekammer geholten Wein, den sie zu Weihnachten von einem reichen Kunden geschenkt bekommen hatte, kosteten sie so andächtig, als wäre es der letzte und beste Wein ihres Lebens. Sie segneten besonders innig die von Lysbeth gesammelten Schösslinge, und sie lobten besonders begeistert das von Stella zerschlagene Feuerholz.

Doch obwohl sie sich alle Mühe gaben, gelang es ihnen vielleicht noch, sich selbst zu täuschen, gegenseitig aber durchschauten sie einander. In der Folge gingen sie besonders liebevoll miteinander um.

Die Geburt kam, für alle drei überraschend, zwei Wochen früher als erwartet. Die Tante hatte nichts geträumt, Lysbeth auch nicht. So wollte die Tante es zuerst gar nicht glauben, als Stella vom Schuppen kam und jammerte: »Mein Bauch zieht und ziept und tut weh. Entweder habe ich etwas Schlechtes gegessen, oder das Kind kommt.« Sie sagte nie »mein Kind«, immer »das Kind« oder sogar »das Balg«. Das allerdings sagte sie schon seit ein paar Wochen nicht mehr. Vielleicht will sie das Kind nicht verärgern, hatte Lysbeth schon als Möglichkeit in Betracht gezogen. Vielleicht hatte sie Angst, es könnte sie aus Rache bei der Geburt piesacken.

»Du hast bestimmt etwas gegessen, was dir nicht bekommen ist«, sagte die Tante, vollkommen sicher, dass die Geburt auf keinen Fall bevorstand. Als Stella aber in beeindruckend regelmäßigen Abständen wimmerte und jammerte, ihr Bauch würde gleich platzen, nahm das Gesicht der Tante doch einen sorgenvollen Ausdruck an. Beim nächsten Wimmern legte sie die Hand auf Stellas Bauch und zog scharf Luft durch die zusammengepressten Zähne. Sie blieb neben Stella stehen und zählte mit Blick auf die Standuhr laut die Minuten mit. »Zehn Minuten!«, sagte sie und schüttelte erstaunt den Kopf. »Nicht zu fassen, aber wahr!« Dann kam Leben in sie. »Wo ist deine Schwester?«, herrschte sie Stella an. »Weiß ich doch nicht«, maulte diese. »Schimpf nicht mit mir, ich kann doch nichts dafür!« Ihr standen Tränen in den Augen. Die Tante tätschelte ihr nachlässig den Arm. »Hast recht, Kleine«, murmelte sie. »Du kannst wirklich nichts dafür.«

Wo war bloß Lysbeth? Dann fiel es ihr wieder ein. Wie hatte sie das nur vergessen können? Du bist alt!, schalt sie sich. Dein Gehirn ist schon eingerostet!

Sie hatte das Mädchen in den Ort geschickt, um Einkäufe zu erledigen. Nun, das würde nicht ewig dauern. Es war jetzt elf Uhr. Lysbeth war gegen zehn Uhr losgegangen. Länger als eine Stunde würde sie nicht fortbleiben.

So Gott will! Die Alte faltete die Hände und schickte ein Stoßgebet gen Himmel. Im selben Augenblick fragte sie sich, ob sie noch ganz richtig im Kopf sei. Hände falten und zu Gott beten? Zu diesem Gott? Wut flammte in ihr auf. Sie hätte Gott in diesem Augenblick vom Himmel runterholen mögen und zur Rechenschaft ziehen für all die Lügenmärchen, die er über sich hatte verbreiten lassen. Zornig drohte sie mit der Faust zur Zimmerdecke.

»Tantchen?«, klang da ein zaghaftes Stimmchen hinter ihr. »Ist alles in Ordnung?«

Die Alte schoss in einer Geschwindigkeit zu Stella herum, die ihr Alter und ihre Gebrechlichkeit Lügen strafte. »Ich will dir sagen, was nicht in Ordnung ist, meine Liebe!«, schimpfte sie voller Empörung. »Dein Kind drängt es offenkundig aus deinem Bauch heraus. Ich kann das verstehen, denn dieses ewige Holzhacken und dein Gerede von »das Kind« und die Aussicht, sowieso nicht gewollt zu sein, hat bei der Kleinen vielleicht die Absicht entwickelt, das Ganze schnell hinter sich zu bringen. Dann tut es nicht so weh.«

»Dann tut es nicht so weh«, wiederholte Stella fassungslos. »Wovon redest du, Tantchen?«

»Ach, du verstehst sowieso alles nicht!« Die alte Lysbeth brannte wie eine Fackel des Zorns. »Ich habe eine Geburt für den heutigen Tag nicht vorhergesehen, deine Schwester auch nicht. Du widersetzt dich! Die Kleine widersetzt sich! Sie wird genauso störrisch sein wie du!« Stella krümmte sich vor Schmerz. Die Tante zeterte: »Ja, du hast Schmerzen, das sehe ich. Es tut mir leid. Aber was sollen wir tun? Du kannst mir nicht helfen, deine ungezogene Kleine kann mir auch nicht helfen. Und die einzige Person, die jetzt helfen kann, spaziert seelenruhig durch Laubegast und hält sich mit nichtsnutzigem Geschwätz, wahrscheinlich mit irgendeinem Galan, dem zukünftigen Vater ihrer Kinder …«

»Sie spricht von dir!«, sagte Stella trocken in Richtung Tür.

Die alte Lysbeth fuhr wie von der Tarantel gestochen einmal um die halbe Achse.

»Von mir?«, fragte Lysbeth amüsiert. »Galan, nichtsnutziges Geschwätz, Tante Lysbeth, solch üble Nachrede hätte ich von dir nicht erwartet!«

Da lag die Tante ihr schon weinend am Hals und sagte: »Sie kriegt das Kind, Lysbeth, und ich habe es nicht geahnt, und du warst nicht da …« Sie weinte wie ein kleines Mädchen. Lysbeth blickte über die Schulter der Tante hinweg fragend zu Stella, doch diese zuckte nur mit den Schultern und zog eine Grimasse. Hilflos klopfte Lysbeth der Tante auf den Rücken, wie sie es mit Lilly getan hatte, wenn diese geweint hatte. Hoffentlich stirbt sie nicht, dachte sie. Sie hatte die Tante noch niemals so außer sich gesehen. Sie hatte sowieso noch nie einen erwachsenen Menschen so vollkommen außer sich erlebt. In diesem Augenblick begann Stella zu wimmern und zu jammern. Da begriff Lysbeth.

Sie fuhr fort, der Tante über den Rücken zu streicheln, verfolgte aber gleichzeitig jede Bewegung der Schwester mit wacher Aufmerksamkeit.

»Siehst du«, sagte die Tante schniefend, während sie den Kopf von Lysbeths nassgeweinter Jacke hob. »Sie hat Wehen! Das Kind will raus. Hast du es geträumt?«

»Ach, du bist verärgert über deine Träume!«, sagte Lysbeth amüsiert.

Die Tante stutzte, dann brach sie in schallendes Lachen aus, von einigen kurzen Schluchzern unterbrochen. »Tatsächlich! Das ist doch eine Schweinerei! Sie hätten uns anständig vorwarnen müssen, meinst du nicht auch?!«

Stella, am Ende der Wehe angelangt, begann nun ebenfalls zu lachen.

»Das ist nicht lustig!«, protestierte die Tante. »Wir sind nicht vorbereitet. Guckt euch doch mal an!«

Stella und Lysbeth sahen an sich herunter und blickten dann einander an. Stella trug die unförmige schmutzige Arbeitskleidung, wie immer, wenn sie mit dem Holz zugange war. Lysbeth hatte den Staub von der Straße mitgebracht, er hing an ihren Strümpfen, Haaren und Schuhen. Den Mantel hatte sie schon an den Nagel gehängt. Und die Tante sah nun wirklich zum Gotterbarmen aus! Die Haare hingen ihr wild ins Gesicht, die Schürze war schief gebunden, einer ihrer Strümpfe war heruntergerutscht.

»Nun ja«, sagte Lysbeth mit schiefem Grinsen, »die Kleine hat ja noch verklebte Augen, die wird sich nicht erschrecken.« Sie zog ihre Schuhe aus und schlüpfte flink in die Hauspantoffeln. Sie zupfte die Tante am Ärmel. »Und zum Saubermachen und für die anderen Vorbereitungen haben wir noch genügend Zeit. Ruh dich einfach einen Moment aus, ich fang schon mal an.«

Als hätte die Tante nur auf diese Aufforderung gewartet, huschte sie zu ihrer Bank und legte sich darauf. Sie schloss die Augen. Eine Sekunde lang zuckte Panik durch Lysbeth, die Tante könnte sterben, genau jetzt, im gleichen Augenblick, in dem Stella ihr Kind gebären würde, doch dann kam wieder diese Ruhe über sie, die sie bereits kannte.

Ohne sich weiter um Stella zu kümmern, die auf dem Stuhl hockte und in regelmäßigen Abständen jammerte und wimmerte, füllte sie die größten Töpfe und Kessel mit Wasser und setzte sie auf den Herd. Sie holte frische Handtücher und Bettwäsche und überlegte, welches Lager die Tante wohl für die Geburt geplant hatte. Wahrscheinlich wäre es in der Küche auf der Bank am günstigsten. Da war es warm, da war Tisch und Stuhl. Die Tante und sie würden sich bequem immer in Stellas Nähe aufhalten können, und wenn es lange dauerte, könnten sie sich abwechselnd zum Schlafen nach nebenan begeben.

Also holte Lysbeth Stellas Bettsachen und bezog sie mit frischem Leinen. Stella war inzwischen auf dem Stuhl zusammengesackt, den Kopf hatte sie auf den Tisch gelegt, wo sie ihre Unterarme als Kissen benutzte.

»Sie klemmt den Bauch ein«, dachte Lysbeth, »das kann nicht gut sein.« Aber dieser Teil der Geburtsbetreuung oblag der Tante, da wollte Lysbeth sich nicht einmischen.

Sie nahm die Kaffeemühle und drehte sie gemütlich. Diese kreisende monotone Bewegung der Arme und das knirschende Geräusch bewirkten immer wieder, dass Ruhe und Gelassenheit in sie einzogen. Sie bereitete einen starken Kaffee für die Tante, einen warmen wehenfördernden Tee für Stella und eine heiße Schokolade für sich selbst. Sie stellte Brot auf den Tisch, das die Tante und sie gestern noch gebacken hatten, und reichhaltigen Belag, denn sie war ja gerade einkaufen gewesen. Mit der dampfenden Tasse Kaffee trat sie neben die Bank der Tante und sagte: »Steh auf, Tantchen, die Bank brauchen wir für Stella!«

Die Nüstern der Tante bewegten sich witternd. Sie öffnete die Augen und strahlte Lysbeth an. Schwungvoll erhob sie sich und saß im Nu am Tisch, wo sie mit riesigem Appetit zulangte.

»Sie ist wie ein Kind«, dachte Lysbeth und fühlte sich stark und mütterlich.

»Lang kräftig zu!«, sagte die Tante und schob Brot und Butter in Lysbeths Richtung. »Du musst dich stärken. Wer weiß, wie lange das dauert …« Zu Stella gewandt bemerkte sie: »Du darfst nichts essen. Am besten gehst du raus und hackst weiter Holz!«

Stella riss die Augen auf. Sie sah aus wie ein angeschossenes Reh. Am liebsten hätte Lysbeth die Tante angefaucht und ihr die Krallen gezeigt. Aber sie sagte ganz ruhig zu ihrer Schwester: »Du darfst nichts essen, weil du nachher pressen musst, und wenn dann etwas in deinem Darm ist …«

»Dann scheiß ich das Kind voll?«, schrie Stella in plötzlicher Begeisterung. »Das würde mir gefallen. Her mit der Wurst!«

Sie griff nach dem Teller mit dem Aufschnitt und steckte sich in Windeseile ein Stück Brot in den Mund. Da verpasste die Tante ihr eine Ohrfeige, dass das Brot durchs Zimmer segelte. »Du scheißt nicht nur das Kind voll, sondern auch mich!«, sagte sie in bedrohlicher Ruhe. »Und jetzt raus mit dir. Ich habe keine Lust, drei Tage lang keinen Schlaf zu kriegen, nur weil du zu faul bist, deinen Arsch zu bewegen.«

Wieder riss Stella die Augen auf wie ein waidwundes Tier. Lysbeth hätte am liebsten die Tante ebenso geschlagen, wie die es mit Stella getan hatte. Sie fühlte sich in der Tiefe getroffen, als hätte die Tante sie selbst so grob behandelt. Wie gelähmt blieb sie auf ihrem Stuhl sitzen und starrte auf Schwester und Tante.

Da schrie Stella auch schon: »Du altes Weib! Bist ja nur neidisch, weil du kein Kind geboren hast! Vertrocknete Schachtel! Ich geh raus, das kannst du mir glauben, und ich krieg mein Kind da irgendwo im Wald. Da kann ich's gleich in der Erde verscharren, dann kannst du die Leute wieder wegschicken …«

Sie stapfte zur Tür. Doch kaum hatte sie nach der Klinke gegriffen, da sackte sie leicht in sich zusammen, als hätte ein Schuh sie von hinten getroffen. Ihre Hand schnellte zu ihrem Rücken, wo sie sich Halt gab, um sich wieder aufzurichten. Lysbeth wollte zu ihr eilen, doch der Blick der Tante hielt sie fest auf ihrem Platz.

Da holte Stella auch schon tief Luft und riss die Tür auf. Wenig später hörte man von draußen ihre wütend stampfenden Schritte.

In Lysbeth tobte ein Kampf. Sie wollte ihrer Schwester beistehen, zur Hilfe eilen, gleichzeitig aber war die Tante diejenige, die das Sagen hatte. Eine erfahrene Geburtshelferin, die eigentlich wissen musste, was sie tat. Doch wusste sie es wirklich? War es vielleicht tatsächlich so, wie Stella gesagt hatte? War die Tante neidisch, weil nicht sie das Kind bekam? Genauso neidisch wie sie selbst, Lysbeth?

Sie blickte auf ihren Teller hinunter. Die Tante sollte ihre Augen nicht sehen. An Essen war allerdings nicht mehr zu denken. Ihre Kehle war wie zugeschnürt. Da vernahm sie die ruhige Stimme der Tante.

»Es tut mir leid, Lysbeth! Ich fühlte mich verlassen.«

Verlassen? Lysbeth hob den Kopf. Sie kniff die Augen zusammen und fixierte die Tante. Was sagte sie da? Verlassen?

Sehr leise fuhr die Tante fort. »Ja, von meiner Intuition verlassen, dieser inneren Stimme. Von dir verlassen, weil du nicht da warst, und auch von deiner Intuition verlassen …«

Lysbeth horchte in sich hinein. Ihre innere Stimme hatte sie verlassen? Nein. Ihre innere Stimme war nicht so eine ständige Begleiterin, die ihr Halt gab, die ihr mit einer Laterne in die Zukunft leuchtete. Manchmal wurde sie laut, das waren in ihrer Kindheit die erschreckenden Momente gewesen. Seit ein paar Monaten war Lysbeth zwar bereit, diese innere Stimme als wertvolle Informationsquelle zu betrachten, aber sie musste erst ihre Sprache lernen, um nicht nur die lauten Warnungen zu verstehen.

Die Tante horchte zum Schuppen hin, von wo kein Geräusch drang. Hatte Stella sich etwa in dem Schuppen auf den kalten Boden gelegt und quälte sich dort allein mit ihren Schmerzen? Oder hatte sie gar wahr gemacht, was sie angedroht hatte, und war in den Wald gelaufen? Es hielt Lysbeth kaum mehr auf ihrem Platz. Wenn Stella oder dem Kind etwas passierte, würde sie sich das nie verzeihen.

»Ich muss dir noch etwas sagen …« Die Tante hielt Lysbeth mit ihrem Blick so fest, dass sie unfähig war sich zu rühren und hinter ihrer Schwester herzulaufen. »Stella hat einen wunden Punkt getroffen. Sie hat geahnt, dass mein Verhalten ihr gegenüber etwas mit mir selbst zu tun hat. Aber es ist anders, als sie denkt: Ich habe nämlich ein Kind geboren!«

Lysbeth vergaß für einen Moment ihre Schwester da draußen. Sie starrte die Tante an, als hätte sie eine Erscheinung vor sich. Die Tante senkte den Blick, sehr bleich jetzt, ihr Gesicht wirkte runzliger und älter als jemals zuvor. Ihre Stimme war kaum zu vernehmen.

»Ja, ich habe ein Kind geboren. Ein Mädchen. Die Geburt begann völlig überraschend für mich. Es war kurz nachdem meine Tante ins Gefängnis gekommen war. Ich war ganz allein. Ich hätte mich nicht mehr nach Laubegast zum Arzt schleppen können. Außerdem hasste ich alle Ärzte, denn sie hatten meinen Liebsten verraten. Also lag ich hier, drei Tage lang auf dem Bett, ich wurde ohnmächtig vor Schmerzen, ich lag in meinem Schweiß, meinem Blut, meinem Erbrochenen, meinem Kot, und das Kind kam nicht. Ich griff schließlich in mich selbst hinein und holte es heraus. Es war tot. Stranguliert von der Nabelschnur.«

Lysbeth hatte die Bilder vor sich gesehen. Es war, als wäre sie es selbst gewesen, die diese Hölle durchwandert hatte. Über die Wange der Tante strömten plötzlich Tränen. Lysbeth saß ganz still. Sie wusste nicht, was sie tun sollte, aber ihr schien, als wäre abwarten das einzig Richtige.

»Ich habe nie geweint deswegen«, sagte die Tante nach einer Zeit, in der sie lautlos die Tränen über ihre Wangen hatte fließen lassen. Eine Zeit, die Lysbeth wie unendlich vorgekommen war. »Es ist gut, dass die Tränen jetzt herauskommen. Damals habe ich mit meinem Kind im Arm dagelegen, ich weiß nicht, wie lange. Ich war ganz woanders, ich glaube, ich war mit meiner Tochter fortgegangen. Aber irgendwann kam meine Mutter vorbei und holte mich zurück. Ich weiß nicht, wie lange es gedauert hat. Meine Schwester, die Mutter deiner Großmutter, und meine Mutter ließen nicht zu, dass ich fortging. Sie waren es auch, die mein Kind begruben. Ich setzte später einen Baum auf das Grab, es ist die Buche hinter dem Haus.«

Lysbeth tauchte langsam aus der Versenkung auf. Draußen hörte sie das regelmäßige Geräusch der Axt, die auf Holz fiel und es zersplittern ließ. Sie schloss ihre Augen, die brannten. Müdigkeit überkam sie. »Du hattest Angst«, sagte sie langsam, »weil du dich wieder ganz allein gefühlt hast.«

Die Tante nickte. »Ja, plötzlich war alles wieder da. Die Verlassenheit, die Panik, die abgrundtiefe Verlorenheit …« Sie lauschte. Ein Lächeln zog über ihr Gesicht und ließ es mit einem Mal sehr jung und sehr weich aussehen. »Ich glaube, deiner Schwester tut es gut, wütend zu sein. Das gibt ihr Kraft!«

»Und hast du gehört: Sie hat ›mein Kind‹ gesagt?« Auch über Lysbeths Gesicht huschte ein Lächeln.

Die beiden sahen sich an. Zwei Verschworene, die mehr als ein

Geheimnis miteinander teilten. Zwei, die entschlossen waren, diesem Kind zu helfen, gesund und lebendig auf die Welt zu kommen.

Es wurde schon dunkel, als Stella endlich, gewaschen und in ein sauberes Nachthemd gekleidet, die Erlaubnis bekam, sich auf der Bank niederzulegen. Die Tante war erbarmungslos mit ihr gewesen. Immer wieder hatte Stella gefleht, sich hinlegen zu dürfen, entkräftet durch die regelmäßigen Wehen, aber die Tante, unzufrieden mit der Langsamkeit, in der sich der Muttermund öffnete, hatte Stella nicht ruhen lassen. »Du musst in Bewegung bleiben!«, hatte sie verlangt. »Der Druck muss nach unten ziehen.«

»Er zieht doch!«, hatte Stella protestiert. »Ich muss mich ausruhen! Ich kann nicht mehr!«

Die Tante hatte ihr stärkende Mittel verabreicht, Tinkturen, die sie in den vergangenen Wochen für diesen Augenblick vorbereitet hatte. Sie hatte den Muttermund massiert und auch Stellas Kopfhaut.

Derweil hatte Lysbeth das Haus geschrubbt, sich selbst und die Tante. Zu guter Letzt hatte sie Stella in einen Waschzuber gesetzt und gebadet, ihr die Haare gewaschen und vor dem Feuer trocken gerubbelt. Gegenseitig hatten sie sich Zöpfe geflochten.

Nun lag Stella mit rosigen Wangen auf der Bank. Die Tante hatte Wein mit Gewürzen zum Kochen gebracht, und alle drei tranken davon. Endlich machte sich eine einträchtige wohlige Stimmung in der Küche breit.

Vierundzwanzig Stunden später tastete sich Lysbeth wie eine alte Frau an der Hausmauer entlang zum Klohäuschen. Sie stolperte, fing sich wieder. Ihre Hände zitterten, ihre Beine widersetzten sich ihren Befehlen. Weich, nachgiebig, als gehörten sie nicht zu ihr, musste sie diese mit äußerster Willenskraft mehr mitschleppen, als dass die sie trugen.

Schwer sank sie auf das hölzerne Klobrett, stützte die Ellbogen auf ihre Oberschenkel und ließ aus sich herauslaufen, was sich in Stunden angestaut hatte, in denen sie nichts anderes gedacht hatte, als dass ihre Schwester nicht sterben dürfe. Ihr Gesicht lag in ihren schmerzenden Händen, die von der Gebärenden fast zerdrückt worden waren in den Stunden, in denen die Wehen sie nahezu pausenlos gemartert hatten.

»Sie ist zu jung«, hatte die Tante gemurmelt. »Ihr Fleisch ist zu fest.«

Immer wieder hatte sie den Muttermund und die Scheide mit einer weichenden Creme massiert, aber es war wie vertrackt gewesen, die Öffnung ging entsetzlich langsam voran.

Aber es war überstanden. Stella, am alleräußersten Rand ihrer Kräfte, hatte am Schluss noch einmal bewiesen, was für ein unglaubliches Leben in ihr steckte. Als ihr Muttermund endlich geöffnet war, presste sie ihre Tochter in vier Wehen heraus. Das Kind schoss der Tante in die bereitgehaltenen Hände. Lysbeth, fast ebenso verschwitzt und ausgelaugt wie die Schwester, sah, wie vom Gesicht der Tante Tropfen auf das Kind fielen. Waren es Tränen oder Schweiß, fragte sie sich, und wischte gleichzeitig mit dem Ärmel die Tränen und den Schweiß von ihrem eigenen Gesicht ab. In diesem Augenblick merkte sie, wie nötig sie zum Klohäuschen musste.

Während sie dasaß, spürte sie nichts. Keine Freude, keine Erleichterung, nur Leere. In ihr war es leer, und um sie herum war die ganze Welt ebenfalls leer.

Sie schleppte sich zum Haus zurück.

Die Tante säuberte gerade das kleine Mädchen, das krähte wie ein Hahn am Morgen. Stella lag mit geschlossenen Augen auf der Bank.

»Sie schläft«, sagte die Tante leise. »Wenn sie aufwacht, wird sie alles vergessen haben.«

Alles vergessen? Lysbeth konnte es nicht glauben. Wie kann sie jetzt schlafen?, fragte sie sich, da sie nach so schauerlichen Schmerzen endlich dieses kleine Wesen geboren hat?

Die Tante reichte das saubere, in Leibchen und Windeln gekleidete Neugeborene zu Lysbeth, die es in ihre müden Arme nahm.

»Ich kann nicht mehr«, sagte die Tante, »ich leg mich jetzt auch einen Augenblick hin, sonst breche ich zusammen. Wir säubern Stella nachher.« Da war sie schon im Schlafzimmer verschwunden. Lysbeth hörte das Geräusch von Flüssigkeit, die auf das Emaille des Nachttopfs klickerte, dann seufzte das Bett, dann die Tante und dann war Stille.

Sie setzte sich an den Tisch, im Arm das Kind. Sie betrachtete das runzlige Gesicht des kleinen Mädchens, gerahmt von schwarzen struppigen Rabenhaaren. In ihre innere Leere sickerte tröpfchenweise Zärtlichkeit, bis dieses Gefühl sie ganz und gar ausfüllte. Der winzige Mund, rosa wie eine Blütenknospe, machte zarte saugende Bewegungen. Da fällte Lysbeth einen folgenschweren Entschluss, widersetzlich, geradezu anarchistisch, wie es ihrem Wesen eigentlich nicht entsprach. Zumindest bis jetzt nicht.

Vorsichtig nestelte sie am Nachthemd der Schwester herum, bis deren Brüste freilagen. Nun bettete sie das Baby so, dass es den Brusthof erreichen konnte. Es brauchte nicht viel Unterstützung, schon hatte es zugeschnappt und saugte. Stella knurrte leise wie ein Hund, der warnt, aber dann schlief sie ruhig weiter. Lysbeth drückte sich neben sie auf die Bank und umschlang Stella und Baby. So schlief auch sie ein. Wenig später wurde sie durch ein zorniges Quäken der Kleinen geweckt. Schlaftrunken sorgte sie dafür, dass Angela, wie sie die Kleine bei sich nannte, die andere Brust bekam.

Es ging alles ganz leicht. Stella schlief so fest und ungerührt, wie nur Kinder oder Genesende schlafen. Und die Kleine wusste offenbar genau Bescheid, was man tun musste, um nicht zu verhungern.

Vielleicht hätte Lysbeth es nicht getan, wenn sie gewusst hätte, welches Leid ihr daraus erwachsen würde. Vielleicht. Vielleicht wäre sie auch sehenden Auges bereit gewesen, mit dem Leid für das Glück zu bezahlen, das sie sich damit erwarb.

Am nächsten Tag wurde sie durch ein wildes Durcheinander von Stimmen geweckt. Durch die Fensterscheibe fiel schon das helle Licht der mittäglichen Aprilsonne. Lysbeth blinzelte, das Licht blendete sie. Ihre Augen waren verklebt. Vor allem aber schien ihr, als wäre ihr Körper zur Hälfte gelähmt. Ihr rechter Arm war eingeschlafen. Da erst begann ihr Ohr, die einzelnen Stimmen des Orchesters zu unterscheiden.

Die Tante schimpfte. So hatte Lysbeth sie noch nie schimpfen gehört. Hoch, kreischend, wie ein wild herabstürzender Wasserfall. Stella gluckste, lachte, jubilierte wie ein übermütiges Vögelchen. Und dann krähte da ein lauter Hahn. Mit einem Ruck riss Lysbeth ihre Augen auf.

Das Kind!

Die Kleine schrie und schnappte hungrig nach Stellas Brust, die sie ihr mal reichte und wieder entzog. Ein grausames Spiel!

Mit dem gleichen gewalttätigen Ruck, mit dem sie ihre verklebten Augen geöffnet hatte, zog Lysbeth jetzt ihren eingeschlafenen tauben Arm unter dem Körper ihrer Schwester hervor.

»Scheusal!«, spie sie aus und drückte das Kind fest gegen die Brust der Schwester. Stella grinste sie an und sagte in komödiantischem Beschwerdeton. »Scheusal? Ich? Hat man so was schon gehört! Hab ich nicht im Schweiße meines Angesichts dieses kleine Scheusal hier geboren? Da werd ich wohl ein bisschen mit ihr spielen dürfen.« Die Tante schimpfte weiter, reckte die Hände gen Himmel. Lysbeth sah sie erstaunt an.

Da erst dämmerte ihr, was los war. Die Tante schimpfte nicht, weil Stella dem Kind die Brust entzogen hatte, sondern weil sie sie ihr gab. Und Lysbeth wusste auch, warum. Stella sollte keine Muttergefühle entwickeln. Stella sollte ruhig weiterhin »das Balg« sagen. Aber sie sollte nicht dieses selige entspannte Lächeln auf dem Gesicht haben wie gerade jetzt, wo das Kind an ihrer Brust nuckelte.

Nur leider kann ich keine Rücksicht auf deine Gefühle nehmen, dachte Lysbeth, während sie die schimpfende Tante kühl musterte. Nun, es war nicht die ganze Lysbeth, die so dachte. Ein anderer Teil von ihr dachte: Mein Gott, das ist alles meine Schuld. Das wird mir die Tante nie verzeihen. Und dann gab es noch den dritten Teil, der voller Zärtlichkeit und Genugtuung den kleinen Schmatzgeräuschen lauschte und nichts weiter wollte, als dass die kleine Angela, Lysbeths Engelchen, glücklich war. Nicht nur glücklich, sondern glücklich in ihrer Nähe.

»Komm, Tantchen!«, sagte Stella, während sie das Kind an die andere Brust legte, als hätte sie nie etwas anderes getan als gestillt. »Nun mach mal nicht so ein Theater! Das Kind ist geboren, das haben wir drei doch gut gemacht. Jetzt hat es Hunger, und ich habe diese dicken Dinger. Sollen die platzen, oder wie denkst du dir das? Das ist ja, als würde man einen Bettler verhungern lassen und das Essen in den Abfall kippen.« Sie lächelte entzückt. Das Nuckeln an ihren Brüsten bereitete ihr offenbar sehr angenehme Gefühle.

»Es macht dir doch Spaß, du kleines Luder!«, schimpfte da auch schon die Tante.

»Das hat die Natur so eingerichtet«, antwortete naseweis die junge Mutter. »Wenn es nämlich keinen Spaß machen würde, würde man lieber tanzen gehen.«

Lysbeth wälzte sich von der Bank. Sie schnüffelte. Es roch nach Schweiß, Urin und irgendetwas seltsam Süßlichem.

»Ja, rümpf du nur dein feines Näschen!«, blaffte die Tante, aber Lysbeth hörte ihr an, dass sie schon weicher wurde, nachgiebiger. Gleich wird sie sagen, die Kleine bleibt bei ihr, triumphierte Lysbeth. Denn das war ihr größter Wunsch.

Ihr war durchaus bewusst, dass das Baby nicht mit zu ihnen nach Dresden kommen und Stella nicht als unverheiratete Mutter in Erscheinung treten durfte. Aber wenn die Kleine bei der Tante blieb, könnten Stella und sie regelmäßig hierherkommen. Sie hatte sich sogar schon einen Plan zurechtgelegt. Um genau zu sein, zwei Pläne, einen Lieblings- und einen Ersatzplan. Der erste Plan war, dass das Baby bei Tante Lysbeth blieb. Die Geschichte dazu ging so: Eine entfernte Verwandte der Tante sei bei der Geburt gestorben und die Kleine hätte sonst niemanden. Eine völlig glaubwürdige Geschichte, wie Lysbeth meinte.

Der andere Plan, falls die Tante mit dem ersten nicht einverstanden wäre, war, dass Lysbeth das Kind mit nach Dresden nehmen und sagen wollte, sie selbst sei unehelich geschwängert worden. Und wenn die Mutter nicht erlauben würde, dass es bei ihnen zu Hause bliebe, würde Lysbeth eben ganz nach Laubegast ziehen. In diesem Fall würde sie sich damit abfinden müssen, niemals zu heiraten und ein eigenes Kind zu bekommen. Das wäre zwar ein hoher Preis, aber sie war bereit, ihn zu zahlen. Seit sie die Kleine in den Armen gehalten hatte, war sie fester entschlossen denn je, sie nie wieder herzugeben.

Da öffnete das Mädchen die Augen, graue Augen mit einem Licht dahinter. Alle drei blickten gebannt dahin. Stella war es, die das Schweigen brach. »Komisch«, staunte sie, »man könnte meinen, sie hätte die gleichen Augen wie Fritz.« Sie kicherte. »Und der hat mich nun hundertprozentig nicht geschwängert. Dann schon eher Gott.«

»Dann schon eher Gott«, stimmte die Tante zu. Sie beugte sich über die Bank, und einen Augenblick lang hielten sich die Tante und das kleine neue Wesen mit den Augen fest, als erkennten sie einander.

Die Tante erhob sich, ihre Hand ins Kreuz gedrückt, und schlurfte zum Herd. »Dann wollen wir jetzt mal frühstücken«, sagte sie matt, »damit alle zu Kräften kommen.« Ohne den Ton zu verändern, fügte sie hinzu: »Eine stillende Mutter muss ordentlich essen. Die Leute erwarten das Kind sowieso frühestens in zwei Wochen …«

Lysbeth und Stella wechselten einen triumphierenden Blick. Lysbeth hätte vor Freude schreien mögen. Zwei Wochen Aufschub!, jubelte es in ihr.

Anschließend würde bestimmt auch die Tante das Kind nicht mehr weggeben wollen. Und während dieser Wochen würde Lysbeth ausreichend Gelegenheiten haben, die Tante von ihren Vorschlägen zu überzeugen.

Die zwei Wochen waren wundervoll. Lysbeth war ununterbrochen glücklich. Noch nie in ihrem Leben hatte sie eine Zeit so voller Zauber erlebt. Das kleine Wesen, das mittlerweile alle drei »Engelchen« nannten, veränderte sich von Tag zu Tag. Sie verlor ihre Schrumpelfalten, wurde glatt und täglich weicher und runder. Sie roch berückend. Ihre Haut war so samtig und seidig wie sonst nichts auf der Welt.

Am meisten in sie verliebt wirkte die Tante, die mit ihr in einer Geheimsprache redete, sie fast genauso beruhigen konnte wie Stella mit ihrer Brust und die sich ebenso wie das Kind von Tag zu Tag veränderte. Sie wurde so jung, so fröhlich, so leichtfüßig, als würde ein Zauber stattfinden. Und so war es ja auch.

Mächtige Magie wirkte in der Kate.

Stella verwandelte sich in ein kleines Mädchen, das etwas tat, was sie stets verabscheut hatte: Sie spielte mit Puppen. Mit einer lebendigen Puppe. Sie war dabei so herzerfrischend fröhlich und gesundete täglich. Die Tante hatte ihr streng befohlen, während der nächsten Tage noch im Bett, besser gesagt auf der Bank in der Küche zu bleiben, und sie genoss die Verwöhnung, die ihr zuteil wurde. Ebenso genoss sie das amüsante kleine Wesen, das ihren Brüsten eine Lust bereitete, die sie bisher nicht kennengelernt hatte, sodass sich jedes Mal beim Stillen ein betörtes Lächeln auf ihre Lippen schlich und sich manchmal ihre freie Hand zwischen ihren Beinen unter der Decke verlor.

Lysbeth war von allem zutiefst beglückt: der aufblühenden Schwester, der sich verjüngenden Tante, dem fast unablässigen Beisammensein in der kleinen warmen Küche, den kurzen Gesprächen vor dem Einschlafen. Denn nun schliefen ja die Tante und Lysbeth Seite an Seite, und sie führten diese kleinen müden Unterhaltungen, wie es vorher die beiden Schwestern getan hatten. Jetzt allerdings gab es andere Themen: Träume, das Leben und was von wirklich wesentlicher Bedeutung war. Vor allem aber war Lysbeth von dem neuen Wesen in ihrem Leben erfüllt, mit allem, was dazugehörte: Ein neuer Geruch in der Küche, tatsächlich sogar im ganzen Haus, denn er haftete an ihrer aller Haut und also trugen sie ihn mit, wohin sie auch gingen. Ein ganz anderer Duft, der ihren Körper umhüllte, weil ihre Haut das Engelchen berührt hatte. Selbst ein neues Gehör entwickelte Lysbeth, denn sie vernahm die feinen Geräusche des Kindes bis durch die Tür hindurch. Und sie hatte plötzlich ein viel weiteres Herz.

Nach einer Woche erlaubte die Tante Stella zum ersten Mal, aufzustehen und zum Klohäuschen zu gehen. Stella wunderte sich, dass ihr das Gehen zuerst schwerfiel, denn sie fühlte sich vollkommen gesund.

Die drei sprachen nicht darüber, was jetzt werden würde. Aber manchmal horchten Lysbeth und die Tante auf eine neue Art nach draußen.

Stella schien vergessen zu haben, dass von zwei Wochen die Rede gewesen war, die sie mit der Kleinen, Angelina, verbringen durften, bevor sie ihnen weggenommen wurde. Sie freute sich an ihrem flachen Bauch, ebenso freute sie sich an dem Kind. Sie stillte es, koste es, spielte mit ihm, kicherte und lachte, was das Zeug hielt, und wirkte alles in allem wie eine sehr glückliche junge Mutter. Manchmal, wenn Lysbeths Herz vor Angst zu zerspringen schien und sie nur mit äußerster Anstrengung die Frage unterdrücken konnte, was jetzt werden würde, denn eine Trennung von der kleinen Angelina schien ihr vollkommen unerträglich, wurde sie zornig auf ihre Schwester. Wie konnte die so in den Tag hineinleben? Wie ein Tier, dachte sie. Ohne Gedanken an morgen.

Viele Male vor dem Einschlafen hatte Lysbeth der Tante ihre beiden Vorschläge unterbreitet. Aber die Tante war stets mit lautstarkem Schnarchen eingeschlafen, ohne mit einem einzigen Wort zu reagieren. Schließlich hatte Lysbeth es nicht mehr ausgehalten und die Tante am Arm geschüttelt. »Jetzt hör mir zu, Tantchen!«, hatte sie gefordert. »Die Zeit rückt nah, wo die Leute kommen und uns die Kleine wegnehmen. Ich will, dass sie bleibt. Ich würde sterben, wenn sie geht! Lass uns sie als mein Kind ausgeben! Ich bin alt genug. Und für meine Zukunft macht es mir nichts!«

Die Tante hatte sich aufgesetzt wie eine Göttin des Zorns. Sie hatte nur so getan, als würde sie schlafen, begriff Lysbeth. Sie hatte nicht sagen wollen, was sie jetzt sagte.

»Mein liebes Fräulein! Dieses Kind ist nicht deins. Auch wenn du es für dich schon adoptiert hast, ist es das Kind deiner Schwester. Schlag dir all deine Pläne aus dem Kopf! Du bist zu jung, um zu begreifen, wie du dein Leben und das deiner Schwester dazu und sogar das der Kleinen ruinieren würdest, wenn wir so eine Geschichte erzählten. Du kannst mir glauben, es bricht mir das Herz, aber sobald die Leute kommen, kriegen sie das Kind. Das ist abgemacht und dabei bleibt es!«

In jener Nacht hatte Lysbeth nicht geschlafen. Sie hatte auf den Atem der Tante gelauscht, hatte ihre Worte in sich nachklingen lassen, hatte sogar begriffen, was die Tante gemeint hatte, aber alles in ihr, ihr ganzes Wesen, revoltierte gegen diese Entscheidung. Ich werde es nicht aushalten, hatte sie gedacht. Immer wieder gedacht. Ich werde es nicht aushalten. Und ich werde es nicht akzeptieren.

Lysbeth selbst merkte nicht, wie sie sich veränderte. Wie aus einem eher blassen, anpassungswilligen und ängstlichen Wesen eine Frau wurde. Eine Frau, die bereit war, ihr Leben zu geben für das, was ihr wichtig war. Eine Frau, die mit ganzer Kraft lieben konnte.

Zwölf Tage nach der Geburt pochte es zaghaft an der Tür. Es war der 3. Mai. Sie hatten ein wundervolles Frühstück in einer von der Maisonne lichtdurchfluteten Küche genossen und saßen noch plaudernd am Tisch. Die kleine Angelina wanderte von Arm zu Arm, was der Kleinen offenbar großes Vergnügen bereitete.

Man hätte meinen sollen, dass Stella, da doch angeblich das Gehör junger Mütter besonders geschärft sei, das Geräusch als Erste gehört hätte. Aber es war die Tante, deren Gehör doch eigentlich schon altersschwach war. Sie setzte sich kerzengerade auf. Da vernahm auch Lysbeth die Bewegung vor der Tür. Tatsächlich war es weniger das sehr zaghafte Klopfen, das kaum das Holz der Haustür in Schwingung versetzte, es war mehr eine Art bedrohlicher Veränderung in der Luft. Als würde sich eine Wolke vor die Sonne schieben.

Die Tante erhob sich und öffnete die Tür. Da stand eine ältere Frau. Sie trug die grauen Haare straff zu einem Knoten im Nacken gebunden. Ihr Gesicht war blass und angestrengt. Und ängstlich, wie Lysbeth bemerkte, als die Frau auf eine einladende Bewegung der Tante hin in die Küche trat.

»Darf ich vorstellen«, sagte die Tante mit angestrengter Freundlichkeit. »Dies sind meine beiden Nichten und das ist die kleine Angelina.« Errötend fügte sie hinzu: »Wir nennen sie so …«

Lysbeth hatte die Tante noch nie erröten gesehen. In ihr stieg eine entsetzliche Angst hoch. Sie wusste, dass die Höflichkeit gebot, jetzt aufzustehen und vor der Frau zu knicksen. Doch sie blieb wortlos auf ihrem Platz sitzen. Der Mund der Frau verzog sich zu einem Strich, und Lysbeth dachte von panischem Entsetzen erfüllt: Sie ist streng, sie wird Angelina schlagen, wenn die etwas falsch macht!

Sie hatte den Drang, Stella das Kind zu entreißen, aus der Kate zu laufen und auf Nimmerwiedersehen in der Welt hinter dem Wald zu verschwinden. Die kleine Angelina lag in Stellas Arm und schaute ruhig mit ihren grauen Augen zu ihrer Mutter hoch. Jetzt machte sie leichte Saugbewegungen und quiekte ein bisschen. Wie selbstverständlich knöpfte Stella ihre Bluse auf und holte ihre Brust heraus, eine weiße glatte Brust mit einem großen dunklen Hof und aufgerichtetem Nippel. Die Kleine schnappte kundig. Im selben Augenblick war die Küche von wohligem Schmatzen erfüllt.

»Setzen Sie sich bitte!« Die Tante bot der Frau den vierten Stuhl am Tisch an, stellte eine Tasse vor sie und fragte, ob sie etwas essen möge. Die Frau dankte höflich und betrachtete beklommen das Bild einträchtiger Harmonie, das die strahlende Stella mit dem nuckelnden Kind bot. Stella hatte ihre Haare noch nicht geflochten. Wie ein Feuerschein, der nach allen Seiten züngelte, umhüllte die Pracht ihrer dicken dunkelroten Haare sie. Ihre Augen waren nie so glänzend gewesen, und ihre Haut strahlte, als leuchte ein weiches Licht durch sie hindurch.

Die Frau blickte die beiden lange traurig an, und um ihren Mund herum bildeten sich vergrämte Falten. Dann riss sie sich von dem anrührenden Bild los und machte endlich den Mund auf. »Was ist denn jetzt, Frau Lysbeth? Bekomme ich es, oder behält sie es am Ende doch?«

Bis zu diesem Augenblick hatte Lysbeth sich noch an einem Strohhalm der Hoffnung festgehalten, die Frau sei vielleicht gekommen, weil sie die Tante wegen anderer Dinge brauchte. Doch nun konnte sie sich nichts mehr vormachen. Der Augenblick der Entscheidung war da. Jetzt veränderte sich auch Stellas Haltung. Sie wandte ihr Gesicht der Frau zu und musterte sie erstaunt. »Sie sind das?«, fragte sie. Ihr Ton drückte unverfroren aus, dass sie sich die Ersatzmutter für ihr Kind völlig anders vorgestellt hatte. Die Frau straffte sich, reckte das Kinn vor und musterte Stella von oben herab.

Zwei Frauen maßen einander mit Blicken, zwei Gegnerinnen. »Ja, ich bin es!«, sagte die Frau schließlich rau. »Es wurde mir gesagt, dass du das Kind nicht behalten willst … weil du zu jung bist … und keinen Vater hast …«

»Keinen Vater?«, sagte Stella langsam und entzog dem Kind sacht die Brust. Sie knöpfte ihre Bluse wieder zu, jeden einzelnen Knopf mit Achtsamkeit bedenkend, dann hob sie den Blick wieder, ein umwerfendes Bild jugendlicher Schönheit. »Ich glaube, es gäbe einige Anwärter, die gern der Vater wären«, sagte sie hochmütig. »Aber …«, sie nahm den Säugling, hob ihn hoch und reichte ihn über den Tisch zu der Frau, die regungslos dasaß, »ich will das Blag nicht, nehmen Sie es ruhig. Sie sind ja … ganz wild danach.«

Langsam hob die Frau die Arme, und Stella ließ das Kind hineinplumpsen. Es hätte nicht viel gefehlt, und die Frau hätte es fallen gelassen, so erschrocken war sie. Im gleichen Augenblick, wo Stella sie losließ, fing Angelina jämmerlich an zu schreien. Stella stand auf und sagte mit harter Stimme: »Ich geh nach nebenan, mich fertig machen. Ich will heute nach Hause.«

Die Tür knallte hinter ihr zu. Man hörte, wie sie von innen den Riegel vorschob.

Das können sie nicht tun, dachte Lysbeth verzweifelt. Das kann die Tante nicht zulassen!

Alles in ihr brannte und rebellierte, aber sie war wie gelähmt. So hilflos, so ohnmächtig hatte sie sich noch nie gefühlt. Es war, als würde sie zum Schafott geführt und gleich gehängt, obwohl sie ganz sicher wusste, dass sie unschuldig war. Sie konnte es niemandem beweisen. Sie war ohnmächtig.

Die Frau hielt das schreiende Wesen ungeschickt in ihren Armen. Alles in Lysbeth drängte danach, es ihr wegzunehmen. Auch die Tante, das spürte Lysbeth sehr genau, konnte sich kaum zurückhalten, die Kleine auf den Arm zu nehmen und mit ihren Tierlauten zu beruhigen.

»Kann man nicht etwas tun, damit es nicht mehr brüllt?«, fragte die Frau schließlich. Sie musste schreien, um sich verständlich zu machen, denn Angelina empörte sich mit ganzer Stimmgewalt.

»Doch«, sagte die Tante trocken, »man kann ihr die Brust geben. Ihr. Es ist übrigens eine Sie.«

Sie findet sie auch scheußlich, dachte Lysbeth, und in ihr Gefühl der Ohnmacht sickerte eine zarte Hoffnung. Vielleicht hasst sie sie sogar ein wenig. Lysbeth selbst hasste die Frau mit der ganzen Kraft ihrer Liebe für Angelina.

Die Kleine verschluckte sich an ihrem Geschrei, hustete und rang nach Luft. Die Frau hielt sie in die Höhe. »Bitte«, flehte sie, »tun Sie etwas, sonst erstickt sie noch!«

Mit einem Seufzer der Ergebung griff die Tante nach dem kleinen Bündel, dessen Gesicht hochrot angelaufen war und so verkniffen aussah, dass man denken konnte, es hätte sich in einen wütenden Kobold verwandelt. Die Tante nahm das Kind vor die Brust, legte sein Gesicht in ihre Halsbeuge und klopfte ihm beruhigend leise auf den Rücken, während sie in wiegenden Schritten den Raum durchmaß. Kaum hatte Angelina die vertrauten kleinen Töne vernommen, beruhigte sie sich. Kleine Schluchzer schüttelten von Zeit zu Zeit noch ihren Körper, dann kehrte Stille im Zimmer ein.

Nach einigen weiteren Runden durchs Zimmer setzte die Tante sich wieder. Lysbeth fürchtete einen Moment, sie würde das vertrauensvoll schlafende Kind jetzt der Frau in den Arm legen. Aber die Tante hielt die Kleine fest.

»Gut«, sagte die Tante schließlich. »Wir müssen anerkennen: Es gibt ein Problem. So wie wir uns die Sache gedacht haben, bevor die Kleine da war, sie heißt übrigens Angelina, geht es offenbar nicht.«

»Nein«, sagte die Frau bedrückt. »Angelina will nicht zu mir, das habe ich gemerkt.« Sie begann zu weinen. »Ich habe mich so darauf gefreut, ein Kind zu bekommen. Und Helmut, mein Mann, hat schon eine Wiege gebaut und ein Zimmer gestrichen. Alles ist bereit.«

Ja, aber Angelina ist nicht bereit, dachte Lysbeth, völlig ungerührt von den Tränen der Frau. Und ich bin nicht bereit und niemand hier. Hol dir woanders ein Kind, du Kuh!, dachte sie boshaft.

»Nun ja.« Die Tante verzog ihre Stirn zu angestrengten Denkfalten. »Bei Tieren ist es zum Beispiel so, dass die Kleinen eine bestimmte Zeit bei der Mutter bleiben, und dann erst werden sie fortgeschickt. Eine Hundemutter oder eine Katzenmutter säugt ihr Kleines ungefähr sechs Wochen, dann erst entzieht sie ihm langsam die Zitzen …« Sechs Wochen? Das ist zu wenig, dachte Lysbeth. Das ist eindeutig zu wenig! Sechs Jahre vielleicht? Nein, auch das ist zu wenig. Sechzehn Jahre! Ja, die Frau sollte in sechzehn Jahren wiederkommen, dann dürfte sie Angelina holen.

»Sechs Wochen?«, fragte die Frau, und in ihre Stimme zog eine zaghafte Hoffnung. »Frau Lysbeth, Sie meinen, dass ich in sechs Wochen wiederkommen soll und dass die Kleine dann mit mir geht?«

»Von gehen kann keine Rede sein!« Die Tante lächelte belustigt. »Aber dann hat sie so viel Muttermilch mitbekommen, dass sie ein gesundes Kind werden kann. Außerdem sollten Sie in diesen Wochen regelmäßig zu Besuch kommen, damit die Kleine sich an Sie gewöhnt. Sie sehen ja, ich hab keine Brust, und trotzdem lässt sie sich von mir beruhigen.«

Acht Wochen später kehrten die Schwestern nach Hause zurück. Stella war nun wieder grazil mit aufreizenden Brüsten. Nur sehr aufmerksame Augen erkannten die neue selbstgewisse Haltung, die Majestät im Gang, das Wissen um weibliche Kraft in den Augen, die Entschlossenheit um den Mund, dieses Wissen zu nutzen.

Auch Lysbeth war eine andere geworden. Sie war ihrer Bestimmung näher gekommen. Für sie war der mehrmonatige Aufenthalt wie eine Erleuchtung gewesen. Sie konnte fortan Warzen und Rosen besprechen, Kräuter ihrer jeweiligen Bestimmung zuführen, um Menschen gesund zu machen, ja, sie konnte auch Geburtshilfe leisten und sogar bei einer Abtreibung assistieren. Besonders wichtig aber war, dass sie ihre Träume lieben gelernt hatte. Sie konnte die schrecklichen von ihnen nun als Vorahnungen deuten, mit denen sie

Unheil vielleicht abwenden konnte. Dass ihre Tante sie den Umgang mit dem Chirurgenmesser und den Abtreibungsinstrumenten wie Zange und Schere gelehrt hat, wird sie, das hat sie der Tante versprochen, in aller Zukunft vor göttlichen und weltlichen Instanzen geheim halten.

Beide brachten ein Geheimnis mit. Das Geheimnis ihrer Liebe zu Angelina. Stella verpackte diese Liebe in einem kleinen Schächtelchen in ihrem Herzen. Sie schwor sich, niemals wieder einen Blick hineinzuwerfen.

Lysbeth hingegen war bereit, den höchsten Einsatz zu wagen, damit diese Liebe einen festen Platz in ihrem Leben einnehmen könnte.

## 20

*L*ass dich scheiden und heirate mich!«

Fritz ließ die Ruder sinken und sah Käthe mit einem beschwörenden Lächeln an. Käthe nestelte an ihrem schwarzen Rock herum. Sie fühlte sich, als wäre sie neunzehn.

Fritz und sie unternahmen einen Sonntagsausflug, selbstverständlich heimlich, aber sie hatten nicht lügen müssen, denn alle anderen der Familie waren auch irgendwohin ausgeflogen. Sie waren in einer Kutsche durch die Hauptallee im Großen Garten gefahren, waren Arm in Arm durch Parkwege spaziert und hatten die Botanik bewundert. Zu guter Letzt hatten sie sich im Garten des bezaubernden Restaurants am Carolasee niedergelassen. Und jetzt saßen sie in einem kleinen Holzboot, Fritz an den Rudern. Käthe war schwindelig. Heirate mich! Hatte er das wirklich gesagt? Ihr wurde abwechselnd heiß und kalt, und am liebsten hätte sie sich quer durchs Boot in Fritz' Arme gestürzt und gejubelt: Ja, ja, ich heirate dich. Ich liebe nur dich!

Aber sie war zweiundvierzig Jahre alt.

Dumpf murmelte sie ihr Alter. »Mein Körper ist schlaff«, fügte sie hinzu. »Du wirst meiner überdrüssig sein, kaum dass wir das Bett miteinander teilen.«

Sie kannte ihn gut, diesen Mann, der eigentlich seit Jahren mehr ihr Mann war als der, mit dem sie das Bett teilte. Sie sah, wie die Ader an seiner Schläfe anschwoll. Sie wusste, dass er jetzt gleich in diesem Ton mit ihr sprechen würde, in dem er gegen die Konservativen wetterte und gegen die verlogene Politik der Sozialdemokraten. Da lächelte er wieder.

»Käthe, meine Käthe, für mich wirst du nie alt sein. Ja, ich weiß, du hast fünf Kinder geboren. Und ich sehe die weißen Haare, die sich in deine roten stehlen.« Käthe griff unwillkürlich an ihren Kopf. Sie hatte einen Strohhut auf, den weiße Schleifen zierten, passend zu ihrer weißen Bluse und dem schwarzen Rock. Als sie sich angezogen hatte, war sie sich fast unanständig jung darin vorgekommen, vor allem, weil der breite Gürtel so tat, als hätte sie eine schmale Taille. Aber ohne Gürtel hatte sie nur deshalb eine Taille, weil ihre Hüften sich nach den Geburten ausgedehnt hatten.

Das Schrecklichste für sie war allerdings, dass ihr Rücken sich im Laufe der letzten Jahre mehr und mehr nach hinten gerundet hatte. Sie hatte keinen jungen elastischen geraden Rücken mehr, sondern … einen Buckel!

Sie wusste, dass Fritz zornig werden würde, wenn sie das jetzt sagte. Sie wusste, dass er davon sprechen würde, dass er nur noch neun Finger hatte. Und wie lächerlich solche Dinge waren. Sie wusste, dass er von all dem sprechen würde, das er an ihr liebte.

Er hatte wieder die Ruder ergriffen und steuerte nun weg vom Restaurant im Großen Garten zu einem entfernten, in einer kleinen Bucht gelegenen Ufer. Kaum dort angelangt, sprang er ins knöchelhohe Wasser und zog das Boot ans bewachsene Ufer, sodass es halb am Ufer, halb im Wasser lag.

Er stiefelte zu Käthe, die fürchtete, das Boot würde kentern und sie würden gleich beide im Wasser landen, als er sich auf sie stürzte. Kurz darauf, in seinen Armen, unter seinen Küssen, fürchtete sie nichts mehr.

Alles war gut.

Irgendwann ging ihr Atem schneller, Fritz' Hände wurden kühner.

»Wie lange ist es her?«, fragte er mit rauer Stimme.

Käthe überlegte, und plötzlich schob sie seine Hand aus ihrer Bluse. »Bei dir wird es nicht so lang her sein«, sagte sie schnippisch und zupfte ihre Kleidung zurecht. Fritz sah aus, als hätte sie ihn geschlagen.

»Und Johann ist dir in den Bauch geflogen«, bemerkte er mit gefährlich ruhiger Stimme.

Sie starrten sich wütend an. Da griff er nach ihrer Hand und zog sie aus dem Boot unter den Baum, dessen üppig begrünte Äste bis ins Wasser ragten. Unter den Ästen fanden sie sich in einer Art Höhle wieder. Fritz hob ihr grob die Röcke hoch. Käthe wollte ihn fortschieben, doch da hatte er sie schon auf den weichen Boden gelegt. Er bedeckte ihr Gesicht, ihren Hals, bald auch ihre Brust mit Küssen, und Käthe verlor jede Kraft, sich gegen ihn zu wehren.

Er war hastig und schnell, und bald war es vorbei. Als sein Atem sich wieder beruhigt hatte, ließ er sich Zeit. Und Käthes Körper erinnerte sich an die Nacht in der Küche nach Stellas Konfirmation.

Als sie wieder in dem Boot saßen, leuchtete Käthe ebenso wie das Licht in Fritz' Augen. Sie lachte kurz auf, als sie sagte: »Kein Wunder, dass Stella so ein Stern geworden ist, ich fühle mich auch wie ein Stern, wenn du mich geliebt hast.«

Hand in Hand legten sie den Weg vom Carolasee zur Tiergartenstraße zurück, von wo sie sich in einer Kutsche heimfahren ließen. Es war ihnen egal, ob jemand sie sehen konnte. Fest entschlossen, der Welt entgegenzutreten mit der ganzen Kraft ihrer Leidenschaft, hielten sie sich aneinander fest.

Doch kaum hatten sie das Haus betreten, spürten sie, dass etwas geschehen war. Eine unheimliche Stille lastete auf dem Treppenhaus, unterbrochen durch winzige Geräusche, die von oben drangen. Töne, die klangen, als weine ein Säugling wie unter einem Kissen erstickt in vollkommener Erschöpfung und Resignation vor sich hin.

Käthe und Fritz warfen sich fragende erschrockene Blicke zu. Käthe riss ihre Hand aus seiner und eilte nach oben. Das Weinen kam aus dem Schlafzimmer der Knaben. Käthe riss die Tür auf. Sie kniff die Augen zusammen, um etwas zu erkennen. Das Zimmer war komplett verdunkelt, die Vorhänge vorgezogen. Es roch nach Schweiß und Dreck. Und nach Angst. Ja, es lag deutlicher Angstgeruch im Zimmer. Das Wimmern kam von Eckhardts Bett. Eckhardt? Aber der war doch mit den Pfadfindern unterwegs.

Käthe tappte zum Fenster und zog die Vorhänge zurück. Draußen hatte sich der Himmel bezogen. Vor die strahlende Augustsonne hatten sich dunkle Wolken geschoben. Käthe öffnete das Fenster. Die hereindringende Luft brachte Gewitterschwüle mit. Sie atmete tief ein, aber gegen ihre Beklommenheit half das nicht. Es gibt Regen, dachte sie. Das ist gut.

Sie drehte sich vom Fenster weg, und jetzt sah sie die Bescherung. Eckhardts Bett war voller Blutflecken. Vor dem Bett lag seine Pfadfinderuniform, auch die blutbesudelt. Eckhardt hatte die Bettdecke über seinen Kopf gezogen, nur ein paar seiner militärisch kurz geschnittenen Haare lugten darunter hervor. Sein Wimmern flatterte unablässig durch den Raum, ungestört durch Käthes Eintreten, durch die Helligkeit oder die frische Luft.

Im Türrahmen erblickte sie Fritz. Er winkte sie zu sich. Auf Zehenspitzen ging sie zu ihm. Er hauchte ihr einen Kuss auf die Stirn. »Ach, du Mutter«, sagte er traurig. »Dein Vater sagt, es hat eine Schlägerei gegeben, und Alexander war auch dran beteiligt …«

»Alexander?«, schrie Käthe unterdrückt auf.

»Nicht Dritter! Dein Mann liegt auch im Bett.« Bitterkeit zeichnete harte Linien in Fritz' Gesicht. Resigniert fügte er hinzu: »Ich geh jetzt. Hab hier nichts mehr zu suchen …«

»Wohin gehst du?« Käthe war hin- und hergerissen. Es war offenbar etwas Schlimmes geschehen. Sie wollte nicht, dass Fritz ging. Er sollte bei ihr, neben ihr, in ihrer Nähe bleiben. Aber sie wusste auch, dass sie jetzt für ihren Sohn und ihren Mann da sein musste. Dabei konnte Fritz nicht helfen. »Bringst du mir noch eine Schüssel mit warmem Wasser?«, bat sie ihn hilflos.

»Ja«, antwortete er. Seine Stimme klang dumpf, aber in seinen Augen lag immer noch dieses zärtliche Licht, und seine Lippen, die jetzt die ihren streiften, waren heiß.

Doch es war nicht Fritz, der ihr warmes Wasser hochbrachte. Es war Lysbeth, die mit einer Schüssel warmen Wassers und einigen sauberen Tüchern kam. Sie war sonntäglich sommerlich gekleidet und strahlte so von innen heraus, dass Käthe dachte: Sie ist verliebt! Einen Moment lang überlegte sie, wo Lysbeth wohl den Sonntag verbracht hatte. Sie verbot sich, die Frage zu äußern. Zum einen, weil jetzt Eckhardt im Mittelpunkt zu stehen hatte und es ihr schon

Mühe genug machte, ihre Sehnsucht nach Fritz zurückzudrängen, zum andern aber auch, weil Lysbeth, seit sie von der Tante zurückgekehrt war, eigene Wege ging. Immer wieder war sie ganze Tage fort, und auf Fragen antwortete sie ausweichend, sie sei bei der Kleinen gewesen, bei der kleinen Lilly, wie Käthe verstand, oder bei der Tante oder einfach nur unterwegs.

»Ich glaube, es ist besser, wenn du allein mit ihm bleibst«, raunte Lysbeth. »Wenn du mich brauchst, ich bin in der Küche. Papa hat starkes Nasenbluten, hoffentlich ist nichts gebrochen …«

Als Lysbeth die Tür hinter sich geschlossen hatte, zog Käthe sacht die Bettdecke von Eckhardts Gesicht, ein Stückchen wenigstens. Sein Wimmern erstarb erschrocken. Da sah sie, dass er eine Platzwunde am Kopf hatte, auf der das Blut bereits verkrustet war. Kurzerhand entschied sie, die Reinigung der Wunde später Lysbeth zu überlassen. Diese hatte seit der Rückkehr von der Tante einige Male bewiesen, dass sie sich mit Blut und Verletzungen auskannte und auch keinerlei Scheu davor hatte, verletzte Gliedmaßen anzufassen und beherzt zu versorgen.

Käthe fuhr fort, die Decke hinabzuziehen, bis sie schließlich den Kopf ihres Sohnes freigelegt hatte. Er vergrub sein Gesicht in seinen Armen. Er schämt sich, dachte Käthe erstaunt. Ja, es sieht so aus, als schäme er sich. Sie streichelte seinen kurz geschorenen Kopf, immer wieder streichelte sie über die weichen dünnen Haare.

»Was ist geschehen, mein Junge?«, fragte sie vorsichtig.

Da heulte Eckhardt auf und warf sich in ihre Arme. Er war siebzehn Jahre alt, fast schon ein Mann, aber in diesem Augenblick kam er ihr so jung vor wie damals, als er weinend mit aufgeschürften Knien vom Spiel mit seinem jüngeren wilden Bruder zu ihr gelaufen kam und heulte: »Ich habe die falschen Beine bekommen. Meine laufen viel langsamer, das ist ungerecht!«

Sie hielt ihn fest, streichelte über seinen in Schluchzern bebenden Rücken. Er war unfähig zu sprechen. Immer wenn er anfing, ein Wort zu sagen, begann er wieder zu weinen.

Die Zeit verlor ihre Kontur. Käthe verlor sich in ihren Gedanken. Draußen hatte es längst zu regnen begonnen. Es wurde kalt im Zimmer. Das Dämmerlicht hüllte die Umrisse des Etagenbetts, in dem Alexander und Johann schliefen, in ein sanftes Grau. Wo sind die beiden?, fragte Käthe sich, waren sie dabei? Sie hatte ein schlechtes Gewissen, weil sie den ganzen Tag lang mit Fritz unterwegs gewesen war. Sie hatte keine Sekunde an ihre Kinder gedacht.

Da erschien Lysbeth mit Stella im Zimmer. Stella sah blendend aus. Aus dem Wildfang war eine junge Frau geworden.

»So, großer Bruder«, posaunte sie munter, »die Erste-Hilfe-Schwestern sind angerückt. Mütter haben das Zimmer jetzt zu verlassen, da auch Väter nach Umarmungen lechzen!«

Eckhardt ließ augenblicklich von seiner Mutter ab und fiel aufs Bett, wo er sich wieder schamhaft vergrub.

»Lass mich an deine Wunden!«, sagte Lysbeth ruhig. »Keine Sorge, es wird nicht sehr wehtun, aber wir müssen sie reinigen und eine Tinktur drauftun, damit sie sich nicht entzünden.«

»Also los!«, kommandierte Stella und schwenkte einen Waschlappen, um ihre Mutter aus dem Zimmer zu befördern.

Käthe huschte hinaus. Sie konnte sich eines Lächelns nicht erwehren. Diese Stella war von einer ansteckenden Lebenslust! Und das nach alldem, was geschehen war.

Und wie Lysbeth sich verändert hatte! Sie war immer noch etwas mager, etwas spitznasig, insgesamt etwas blass. Aber sie strahlte etwas Neues aus. Käthe konnte es nicht fassen, nicht greifen, nicht benennen, aber sie fühlte es. Und es freute sie.

Der Weg über die kleine Diele zu ihrem Schlafzimmer, wo sie Alexander vermutete, war mit wenigen Schritten zu durchmessen. Käthe allerdings schienen diese Meter wie eine endlose, kaum zu bewältigende Strecke. Schließlich drückte sie die Klinke herunter. Drinnen war es dunkel, und im Bett lag niemand. Erleichtert atmete Käthe aus. So schlimm konnte es also nicht um Alexander bestellt sein!

In der Erwartung, ihn in der Küche oder in der Stube anzutreffen, stieg sie die Treppe hinunter. Sie täuschte sich nicht. Alexander und ihr Vater saßen in der Küche am Tisch. Alexander sah schlimm aus. Ein Auge zugeschwollen, die Nase blau, an der Stirn und am Kinn Beulen. »Alex!«, schrie sie. »Wie siehst du aus! Was ist geschehen?«

»Setz dich zu uns!« Alexander versuchte ein Lächeln, das aber verunglückte, weil es ihm offensichtlich Schmerzen bereitete. »Ich berichte gerade deinem Vater. Also es war so: Ich war mit dem alten und dem jungen von Walther im Sachsenwald unterwegs, einen Ausritt machen, etwas jagen. Ich wusste nicht, dass die Jungs auch dort waren, mit den Pfadfindern.«

»Alle drei?«, fragte Käthe ängstlich, voller Selbstvorwürfe. Sie hatte überhaupt nichts von diesem Pfadfinderausflug gewusst. Wie konnte das geschehen? Wieso war sie so besessen gewesen von der Aussicht auf einen Tagesausflug mit Fritz, dass sie alles andere, sogar die Verantwortung für ihre Kinder, vergessen hatte?

»Hör zu!«, sagte Alexander. »Ich erzähle es gerade. Ja, alle drei. Es waren mehrere Altersgruppen beisammen. Also, ich reite da mit den von Walthers – und plötzlich höre ich ein Riesengeschrei. Und eine Stimme, die ›Hilfe! Hilfe!‹ schreit. Johanns Stimme. Ich erkenne sie sofort. Ich mein Pferd gewendet und dahin geprescht, die von Walthers kriegten es gar nicht so schnell mit. Und da: eine dicke Traube aus Pfadfindern! Die standen um einen Baum herum und warfen alle möglichen Sachen dagegen. Und Johann steht hinter einem anderen Baum, zehn Meter entfernt, versteckt und schreit: ›Hilfe!‹ in den Wald hinein. Die anderen konnten ihn wohl gar nicht hören, so verrückt, wie die waren. Sie machten einen unglaublichen Radau! Ich drängle mich also durch die Traube durch, und was seh ich da?« Sein gesundes Auge funkelte wütend. Die von Lysbeth anscheinend schon verarztete Lippe fing wieder an zu bluten. Käthe war vor Angst wie versteinert. Sie fürchtete sich vor dem, was Alexander jetzt sagen würde. Und da kam es auch schon, nur noch schlimmer.

»An den Baum gefesselt Eckhardt. Überall an ihm klebrige alte Lebensmittel. Eigelb, Eiweiß, aber auch Nudeln und zermatschtes Gemüse! Das hatten sie wohl am Anfang geworfen. Jetzt waren sie schon zum Inhalt der Latrinen übergegangen. Und die vorderen traten ihn und schlugen in sein Gesicht …« Käthe schrie auf. Alexander begann zu weinen. Käthe legte eine Hand auf die seine und weinte mit ihm. Und auch über das Gesicht des alten Volpert rann eine Träne.

»Warum?«, fragte Käthe fassungslos.

»Das weiß ich nicht!«, sagte Alexander. »Aber ich weiß, wie fuchsteufelswild ich wurde. Ich habe sie alle der Reihe nach verdroschen. Natürlich waren sie damit nicht einverstanden …« Wieder versuchte er ein schiefes Lächeln. »Inzwischen waren die von Walthers gekommen und gaben ein paar Schüsse ab. Daraufhin zerstoben die Knaben in alle vier Himmelsrichtungen. Wir zerschnitten Eckhardts Fesseln, und ich nahm ihn vor mich aufs Pferd, Johann und Alexander ritten bei den von Walthers mit.«

»Sind sie jetzt dort?«, fragte Käthe.

»Ich weiß nicht«, sagte Alexander. »Ich hatte Angst, dass das Kind tot ist. Ich hatte sogar Angst, dass ich tot bin. Ich habe geblutet wie ein abgestochenes Schwein, aber ich bin geritten wie der Teufel. Nach Hause! Nur nach Hause!«

Und ich war nicht da, dachte Käthe. Nie wieder in meinem Leben werde ich mit Fritz Zärtlichkeiten austauschen!, schwor sie vor sich und Gott. Nicht einmal ein Wort! Wenn nur Eckhardt davon geheilt werden kann. Und wo sind meine anderen Söhne?

»Wer hat sich um euch gekümmert?« Sie wagte nicht den Blick zu heben.

»Na ich!«, sagte ihr Vater. Er musterte sie mit einem abschätzigen Blick. »Du warst ja nicht da.« Sein Gesicht wurde freundlicher, als er fortfuhr: »Außerdem war nicht viel zu tun. Beide mussten ins Bett verfrachtet werden. Den Jungen hab ich ausgezogen und notdürftig gewaschen, dann hat er mich weggestoßen und wollte allein sein. Wohl auch besser so, keine leichte Kost für so'n jungen Kerl …« Käthe wurde niedergedrückt von der Last ihrer Schuld. Da lächelte ihr Vater sie aufmunternd an und sagte: »Komischer Tag! Die ganze Familie war über Sachsen verstreut. Und keiner wusste vom andern. Du hättest ihm auch nicht helfen können!«

Was keiner von ihnen wusste, aber was die von Walthers aus den verstörten Brüdern Wolkenrath in der Zwischenzeit langsam herausbekommen hatten und was die von Walthers sehr zum Nachdenken über die politische Atmosphäre im Tischlerhaus angeregt hatte, das war der Hintergrund dieser Aktion, die eine Mischung aus Indianerspiel und Lynchjustiz war.

Wie üblich hatten die Knaben ihre militärischen Exerzitien veranstaltet. Das gehörte nicht nur zum Alltag der Pfadfinder, sondern auch zum Schulalltag dazu. Ein deutscher Geist ist ein militärischer Geist!, so wuchsen die Jungen auf. Sie verherrlichten den Einsatz deutscher Soldaten in Afrika, in China, sie vergötterten General von

Waldersee, General von Lettow-Vorbeck, wollten werden wie sie. Schneidig. Mit siegesgewissem Blick. Mit schnarrender Stimme.

Eckhardt hätte diesem Ideal auch gern nachgeeifert, aber sein Sturz vom Pferd und all die übrigen Wettkämpfe, die er gegen seinen jüngeren Bruder verloren hatte, hatten dazu geführt, dass er es nicht unbedingt als seine Zukunft ansah, ein echter deutscher Mann zu werden. Und, nun, da gab es ja auch noch diese anderen Ereignisse …

Meist gab er sich Mühe, einfach mitzulaufen, irgendwo in der Mitte, wo keiner merkte, dass er weder Lust noch Kraft hatte für all diese Drangsalierungen, die die militärischen Exerzitien für ihn bedeuteten. An jenem verhängnisvollen Tag aber war etwas geschehen, dem Eckhardt wie ausgeliefert war.

Es war ein besonderer Augusttag, der wundervoll begonnen hatte. Eckhardt hatte sich nach dem Mittagessen etwas von den anderen entfernt ins Gras gelegt und in den strahlend blauen Himmel geschaut. Dort tauchte eine rosarote Wolkenformation auf. Rundum blau in blau, und direkt über ihm eine lang gestreckte Wolke, als wäre sie eigens gekommen, um eine Geschichte zu erzählen. Eckhardt liebte Wolkenformationen. Oft lag er irgendwo hingestreckt, auf dem Gras oder auch auf dem Bett, wo er aus dem Fenster schauen konnte, und folgte den Geschichten, die die Wolken erzählten. Selten erzählten sie so anschaulich wie gerade eben. Da flogen Pferde, die sich in Krokodile verwandelten, eine Henne mit ihrem Küken, die zu einem Drachen wurden, der am Rücken Feuer als Gefieder trug. Kleine zarte Wesen, von niemandem behelligt, ein Igel, ein winziges Fohlen, ein Hase hinter dem Fohlen. Es beglückte Eckhardt zutiefst, der Verwandlung dieser Wolkentiere zuzuschauen. Sie zeigten ihm, dass nichts blieb, wie es war, und dass alles ein Märchen war. Gerade verwandelte sich der Drache mit dem lodernden Feuer am Rücken in eine fliegende Fee mit Feuerrock, da schubste ihn Jürgen, der amtierende Führer seiner Jungenschar, sodass er auf die Seite rollte. Jürgens Bass dröhnte über Eckhardt hinweg und erfüllte die Waldlichtung mit Echo: »Der schwule Wolkenrath schon wieder. Welche Beschwerden hindern dich diesmal, anständig deine deutsche Pflicht zu tun?«

In diesem Augenblick wurde aus der Fee mit Feuerrock ein Engel, ja, ein leibhaftiger Engel flog über den Himmel.

»Wir stehen vor einem Krieg, Mann!«, schrie Jürgen. »Und du liegst im Gras und fummelst an dir rum! Was für eine Sau bist du eigentlich?« Er zog ihn an seinem Pfadfindertuch in die Höhe. Vielleicht war es die Sonne, vielleicht der Engel, vielleicht auch der verstörende Morgen gewesen, später verfluchte Eckhardt sich für seine völlig unnütze Tollkühnheit. Er ignorierte nämlich den Schmerz in seinem Nacken und sagte leise: »Immerhin haben die Sozialisten eine Mehrheit im Reichstag! Und die halten das Wettrüsten und Hurrageschrei für den Krieg für das größte Unheil, das über uns hereinbrechen wird, Bebel zum Beispiel …«

Was Bebel meinte, den Eckhardt im Übrigen noch weniger als die übrigen Sozialdemokraten schätzte, hatte der Junge nicht mehr ausführen können. Jürgen, der Scharführer, hatte ihn an den Ohren gezogen und vor die versammelte, Krieg spielende Jungenschaft geführt. »Ein Sozi, Männer, ein Vaterlandsverräter, und das in unseren Reihen! Habt ihr gehört, was er gesagt hat? Sein Freund ist Bebel, August Bebel, das Sozialistenschwein, und wahrscheinlich hat er eben gerade von der roten Hexe, der Luxemburg, geträumt. Pfui, schäm dich!« Er wirbelte Eckhardt an den Ohren herum und schleuderte ihn auf den Waldboden.

»An den Baum mit ihm!«, schrie einer aus der Gruppe. Eckhardt, am Boden, die Hand am schmerzenden Ohr, konnte nicht ausmachen, um wen es sich handelte. Schon hatten sie ihn ergriffen und zum Baum geschleppt. Johann hatte fassungslos zugeschaut. Niemand zu Hause kam auf die Idee, Fritz an einen Baum zu fesseln, weil der für die Sozialdemokraten war.

Vaterlandsverräter? War Fritz ein Vaterlandsverräter? Egal! Den sie da an den Baum banden, war sein Bruder. Johann war noch kleiner als Eckhardt, und wenn Johann jetzt irgendeinen von denen anspringen würde wie eine Baumratte, würde er womöglich auch an einen Baum gefesselt. Was taten sie denn da? Sie warfen altes Gemüse auf den Bruder, und sie fanden das noch lustig. Aber er, Johann, fand das alles andere als lustig. Himmelherrgott, war denn niemand hier, der noch einen Verstand besaß, und wo war denn überhaupt Alexander, Dritter, Dritter Alexander? Der war doch so beliebt, so angesehen, der konnte durchs Gelände robben, da hatten alle anderen schon schlappgemacht, wo war Dritter?

Johann schlich sich fort vom Ort der Qual seines Bruders zu einem Baum, wo der Wind seine Stimme forttrug, weit in den Wald hinein. Könnte ja sein, dass da ein Mensch war, könnte ja sein, dass da ein Jäger war, könnte ja sein, dass da ein Wilddieb war, ein Wilddieb mit Herz, jedenfalls musste er schreien, und er musste, das hatte er bei den Pfadfindern gelernt, genau in diese Richtung schreien, sodass seine Stimme weggetrieben wurde von Eckhardts Peinigern, hin zu möglicher Rettung.

Wo war Alexander, Dritter genannt?

Das wusste nur Alexander selbst. Das würde sein Leben lang nur Alexander selbst wissen. Dritter lief weg. Er lief weit fort, wo er die Geräusche nicht mehr hören musste, den Bruder nicht mehr sehen musste, die Notwendigkeit nicht mehr spüren musste, etwas zu tun. Irgendetwas.

Irgendwann kehrte er zurück. Das war genau der Moment, da der Vater Prügel kassierte. Denn er kassierte weitaus mehr Prügel, als er austeilte. Da mischte sich Dritter einfach mittenrein. An der Seite seines Vater prügelte er drauflos. Da war so viel Wut in ihm. Wut auf den dummen Scharführer, Wut auf die anderen, die am Morgen noch gemeinsam mit ihm und Eckhardt und Johann Witze über Schwule und Engländer gerissen hatten. Wut auf Eckhardt, dass er sich derart dumm verhalten hatte. Wut auf Fritz, dass er solche Sachen in dem Haus sagte, das doch das Haus seines Großvaters war. Wut auf … Wut auf sich selbst. Den größten Feigling, den Deutschland jemals hervorgebracht hatte. Das allerdings war Dritters Geheimnis, würde sein lebenslanges Geheimnis bleiben.

Nicht nur Dritter hatte ein Geheimnis, auch Eckhardt hatte eins. Seit drei Jahren schon. Eckhardts Geheimnis hieß Askan. Askan von Modersen, der Leiter seiner kleinen Untergruppe, mittlerweile zwanzig Jahre alt. Bald würde er zu alt sein, um eine einfache Gruppe zu leiten, und Eckhardt würde zu alt sein, um einfaches Gruppenmitglied zu sein. Das wussten sie, und deshalb wurden ihre Umarmungen bei Nacht in den Schlafsäcken, die sie füreinander öffneten, im Wald, wohin sie miteinander für kostbare Minuten flohen, am Morgen kurz vor dem Aufwachen, wenn beide Morgenlatten hatten, die zum Himmel reichten, so verzweifelt leidenschaftlich, dass Eckhardt meinte, er würde vor Lust sterben.

Vor drei Jahren hatte es begonnen. Da war Askan siebzehn, so alt wie Eckhardt heute, und Eckhardt war vierzehn, so alt wie Stella heute. Alter, in denen die Begierde hoch lodert, Jahre, in denen so viel Neues, Unbegriffenes, Himmlisches und Höllisches die jungen Menschen erschüttert.

Askan hatte irgendwann in der Nacht, dicht neben dem Feuer, das in der Mitte des Zeltes brannte, Eckhardts Schlafsack geöffnet und hineingegriffen. Seitdem war Eckhardt ihm verfallen.

Am Morgen jenes verhängnisvollen Augustsonntags hatte Askan kalt und schneidend gesagt: »Ich will, dass du es weißt: Wenn sie uns erwischen, sage ich, ich habe geschlafen und es nicht gemerkt. Du hast es getan, ohne mein Wissen. Ich stamme schließlich aus einer angesehenen adligen Familie. Ich werde alles leugnen. Dass du es nur weißt!« Dann hatte er Eckhardt an sich gezogen und geküsst und nach ihm gegriffen, und Eckhardt hatte es geschehen lassen. Bis er es nicht nur geschehen ließ, sondern selbst wollte, sehr wollte, so sehr wollte, dass ihm egal war, was alles Schlimmes daraus erwachsen konnte. Er wollte nur das.

Danach hatte es noch die Geschichte beim Frühstück gegeben. Da hatten nämlich plötzlich alle Witze über Schwule gemacht, am lautesten natürlich Askan von Modersen. Und Klaus, der mit der Brille und der piepsigen Stimme, hatte ernsthaft gesagt: »Homosexualität ist in normalen Zeiten strafbar. Dann kommt man ins Gefängnis. Im Krieg allerdings wird man gehängt. An den Eiern.«

Von diesem Augenblick an hatte Eckhardt gewusst, dass er den Krieg hasste.

Aber das alles war Eckhardts Geheimnis.

Die von Walthers ließen die beiden Brüder von ihrem Kutscher noch am selben Abend nach Hause bringen. Alexander hatte keine Ahnung, dass er nie wieder etwas von ihnen hören würde, und dass auch Bruno Naumann, der mit den von Walthers gut befreundet war, sich bald stillschweigend von ihm zurückziehen würde.

Als alle im Haus endlich im Bett lagen, konnte keiner Schlaf finden. Die Brüder grübelten, jeder für sich, wie sie den Eltern erklären sollten, dass sie nie wieder zu den Pfadfindern gehen wollten. Lysbeth, die den Tag auf dem Bauernhof von Angelinas Adoptiveltern verbracht hatte, sah immer wieder die Kleine vor sich, so bezaubernd, so süß. Stella hörte noch die Klänge der Schlager, die sie heute gelernt hatte. In ihren Fingern zuckten noch die Tasten des Klaviers. Auf ihrer Haut spürte sie noch die Hände von Eugen, ihrem neuen Klavierlehrer, der ihr versprochen hatte, ihr zu einer großen Karriere zu verhelfen.

Alexander war von ungewohnter Erregung erfüllt, er näherte sich seiner Frau mit eindeutiger Absicht. Alles in Käthe sträubte sich dagegen, Alexander aufzunehmen. Aber sie hatte das Gefühl, es ihm schuldig zu sein. Ihr Geschlecht war noch feucht und geschwollen von der mit Fritz geteilten Lust. So tat es wenigstens nicht weh. Anschließend weinte sie still in ihr Kissen.

Meister Volpert blickte stundenlang zum Fenster hinaus. Er unterhielt sich mit seiner Charlotte, wie er es häufig nachts tat. Er erzählte ihr alles, was an diesem eigenartigen Tag geschehen war, und fragte sie nach ihrer Meinung dazu. Wie immer nahm er das, was ihm dann in den Kopf kam, als Charlottes Kommentar: Man kann über Alexander sagen, was man will, aber sein Verhalten hat von Schneid gezeugt. Respekt!

In seiner Kammer in der Tischlerei lag Fritz wach im Bett. Er fühlte sich sehr allein.

## 21

Es war ein angenehm warmer Tag, der 28. Juni 1914, als in Sarajevo das österreichisch-ungarische Thronfolgerpaar ermordet wurde. Das verlangte Sühne, wenn nötig, von Volk zu Volk, so verstand das jeder Deutsche.

Meister Volpert und Fritz, auch Käthe, die schließlich von Kind an politische Debatten gewöhnt war, wurden unruhig. Ihnen war klar, dass Deutschland bis an die Zähne bewaffnet war und breite Kreise nur auf einen Anlass zum Krieg warteten. Alexander, seit seinem heroischen Kampf für seinen Sohn endlich von seinem Schwiegervater anerkannt, war geschäftig wie nie zuvor. Über allem lag ein seltsames Fieber.

Am Morgen des 1. August verkündeten rote Plakate die Mobilmachung. Alle Männer und Frauen, die davorstanden oder auf neue Nachrichten der Extrablätter warteten, waren sich einig, dass Deutschland gegen die Kosaken verteidigt werden musste. Meister Volpert aber schüttelte verwirrt den Kopf, und Käthe sah ihn an, als könne der Vater ihr vielleicht diesen Irrsinn erklären.

Tante Lysbeth bekam nichts davon mit. Es war wundervolles Wetter, das Korn stand hoch, die Blumen in den Wiesen blühten, und als sie Kamille pflücken ging, freute sie sich über den leichten Luftzug aus dem Wald, der ihr heißes Gesicht ein wenig kühlte. Die Erde bebte nicht. Der Himmel verfinsterte sich nicht. Keine Blitze schlugen herab. Erst am Abend kamen zwei weinende Frauen aus Laubegast zu ihr. »Jetzt haben sie es geschafft«, sagten sie. »Wo können wir bloß unsere Söhne verstecken?«

Deutschland hatte Russland und Frankreich den Krieg erklärt, mit der Begründung, es müsse sich vor einem Überfall durch Russland schützen. Und angeblich waren französische Flieger über Nürnberg gesichtet worden. Ganz Deutschland wurde von patriotischen Gefühlen geschüttelt.

Alle waren für Deutschland. Die deutsche Sache war gut! Das ganze deutsche Volk stand einmütig hinter seiner Regierung, die sich jede Mühe gegeben hatte, den Krieg zu vermeiden und die nach schnellem Siege bereit sein würde, in einen Frieden einzuwilligen, der keine Bereicherung an Land oder Geld einschloss.

Ja, dass das ein kurzer Krieg werden würde, darin waren sich alle einig. Die Entfaltung der militärischen Technik in den letzten zwanzig Jahren hatte – so wurde selbst in der Schule unterrichtet – lange Kriege in die Vergangenheit verwiesen.

Es wurden keine Gedanken daran verschwendet, dass in jedem Krieg unzählige junge Männer sterben. Deutsche Zucht und Ordnung! Da darf keine Schwächelei aufkommen! So waren die Jungen von klein auf erzogen worden.

Alle hofften auf England. Sie glaubten, England würde neutral bleiben, eine Art Schiedsrichterrolle einnehmen und im geeigneten Augenblick, wenn die Kriegführenden von sich aus nicht bereit sein sollten, sich nach militärischer Entscheidung auf rechtmäßiger Basis wieder zu vertragen, die große Macht seines Weltimperiums für einen raschen Friedensschluss einsetzen.

In ernster und hoher Stimmung ging der 1. August 1914 seinem Abend entgegen. Es war zwar Krieg, so klang die öffentliche Stimme, aber es hatte schon früher Kriege gegeben, und die Reiche waren wie durch heilende Fieberkrisen schnell durch sie hindurchgetaucht, um erneuert und durch Erhebung gekräftigt sich wieder ihren eigentlichen, ihren friedlichen Aufgaben hinzugeben.

Der Abend kam und die Nacht. Ein mächtiger Himmel voller Sterne wölbte sich über Dresden. Man hörte weder Kanonenfeuer noch das Knallen der Infanteriegewehre. Nächtliche Kühle drang durch die Fenster.

Wenige Tage später war England schon in den Krieg eingetreten, man hatte Belgien überfallen, und das herrliche Sommerwetter konnte Meister Volpert nicht von seiner schlechten Laune befreien. Im Haus des Tischlermeisters brodelten die Empfindungen, bei jedem auf einem anderen Hintergrund.

Lysbeth war es ausschließlich darum zu tun, dass der kleinen Angelina nichts passierte. Sie malte sich alle Gefahren für das Kind aus, nur dadurch einigermaßen beruhigt, dass der Bauernhof von Helga und Helmut Sodermann recht einsam lag, in einer Gegend, die für kriegerische Auseinandersetzungen uninteressant war.

Käthe hingegen wurde schier verrückt. Sie hatte einen Mann und zwei Söhne im soldatenfähigen Alter, dazu einen jüngeren Sohn, den seit der Mobilmachung nichts mehr interessierte, als ein guter Deutscher zu sein. Und dann gab es noch Fritz. Fritz, den sie mehr liebte als sie jemals irgendwen geliebt hatte, leider, schrecklich, aber wahr, mehr als die eigenen Kinder, nein, das stimmte ja gar nicht, aber mit einer Liebe, die so tief ging, ihr ganzes Sein umfasste, so sehr alles was sie war, eben nicht nur Mutter, eben nicht nur Tochter, eben nicht nur Meisterinersatz, sondern alles, Tochter, Mutter, Meisterin, und Frau, Frau, Frau! Fritz war mit seinen siebenundvierzig Jahren in einem Alter, in dem er durchaus noch eingezogen werden konnte. Nein!

Nein!

Käthe wurde schier verrückt.

Dritter hingegen sah die Chance seines Lebens. Das hing damit zusammen, dass er sich verliebt hatte. Beatrice war wie eine Mischung aus Elfe und Hure: goldblonde Haare, Sommersprossen, eine Taille, die Dritter mit zwei Händen umspannen konnte, Brüste wie halbe Äpfel, Cranachs Venus wie aus dem Gesicht geschnitten, nur in den Hüften schmaler. Beatrices Stimme klang wie eine tiefe Glocke, ihr Schritt schwebte wie der einer Tänzerin, die anmutigen Gesten ihrer Hände begleiteten ihre betörende Stimme wie Vogelschwingen.

Dritter war seit Wochen von unbekannter Sanftmut erfüllt, er schwor Beatrice immerwährende Liebe, er schwor ihren Eltern, dass er ihre Tochter auf Händen tragen würde, und auf die Frage des Vaters nach seinen Einkommensverhältnissen und Zukunftsaussichten war er sogar eine kurze Weile versucht, die Wahrheit zu sagen, dann aber siegte seine Intelligenz, und er verwies auf seinen tüchtigen, allseits bekannten und beliebten Großvater, auf das Unternehmen Wolkenrath und Söhne, auf prosperierende Geschäfte und Ausstände in beträchtlicher Höhe. Dass es sich bei den Ausständen in Wirklichkeit um von seinem Vater zu zahlende Beträge, also Schulden in beträchtlicher Höhe handelte, belastete sein Gewissen nicht. Beatrices Vater, ein braver Volksschullehrer, kam nicht auf die Idee, eine mit aufrichtigen blauen Augen gemachte Aussage anzuzweifeln, obwohl er es eigentlich hätte besser wissen müssen, denn viele seiner Schüler logen wie gedruckt.

Meister Volpert schimpfte seit der Mobilmachung ohne Unterlass. Er war außer sich. Wie konnte nur etwas so Hirnrissiges angezettelt werden! Er wusste es noch vom letzten Krieg, kein Mensch interessierte sich mehr für Tisch und Stuhl, nur Särge wurden gefordert. Und in diesem Krieg, das sagten ihm Instinkt und Verstand, würde es nicht einmal mehr Särge geben. In Säcken würde man die Toten in die Gruben werfen, fernab der Heimat. Und der Himmel möge seine Enkel beschützen, die er liebte, auch wenn er gerade Dritter, den Übermütigen, oft gern versohlt hätte, wäre Käthe nicht dagegen gewesen.

»Von einem langen Krieg kann nicht die Rede sein, Großvater!«, prahlte Alexander, der sich schon als Sieger hoch zu Ross geradewegs in Beatrices Bett reiten sah. »In sechs Wochen stehen wir vor Paris. Schlieffen'scher Plan. Moltke hat ihn noch verbessert.«

»Moltke, Moltke«, brummelte der Alte missmutig, »was weißt du schon von Plänen, du Grünschnabel. Verplanen tun sie dich, und du stehst so schnell nicht vor Paris!«

Auch Fritz drückte offen seinen Abscheu gegen alles aus, was jetzt geschehen würde. Die Macht der Militärkaste, die von nun an hoch über allen anderen Autoritäten regierte. Die Verneinung aller Friedenswerte zugunsten des militärischen Daseinsgefühls. Die naive Übereignung des Lebens, der Freiheit und der Güter aller Deutschen an das Gutdünken der militärischen Befehlsstellen. Und nicht zuletzt wurde das Leben zahlloser junger Männer verspielt, die jetzt singend in Uniform gegen die Grenzen zogen.

Vorläufig standen nur die großen Militärmächte gegeneinander, deren Zusammenprall den jungen Männern im Geschichtsunterricht als unvermeidliche Beigabe des Auf-der-Erde-Lebens gelehrt wurde. Ja, die Jungs hatten in der Schule von klein auf gelernt, dass die Feindschaft zwischen den Staaten etwas ganz Normales sei. Dritter sah den Krieg als eine Art naturhafte Entladung dieser Feindschaft an. Dritter, Eckhardt, selbst Johann hatten von klein auf in der Schule und bei den Pfadfindern gelernt, Krieg zu spielen.

Sehr wenige waren wie Meister Volpert und Fritz der Meinung, dass Deutschland einen Krieg entfachte, der vermeidbar war. In aller Munde war, dass der einzig aggressive Militarismus der russische sei. Der Krieg, so waren die meisten überzeugt, sei durch Russland provoziert worden. Dass Österreich das Recht hatte, auf Serbien loszugehen, wurde nicht infrage gestellt, denn niemand hatte Kenntnis von den wirklichen Verhältnissen in Bosnien und auf dem Balkan. Eine Strafexpedition gegen die Machthaber in Belgrad stieß dank gut geölter Propaganda auf die Billigung selbst vieler Sozialdemokraten.

Der Großvater und Fritz hingegen waren der Meinung, dass klügere und gewissenhaftere Politiker die anbrechende Katastrophe hätten vermeiden können. Denn dass eine Katastrophe bevorstand, dessen waren sie sich gewiss. Tante Lysbeth kam schon am 2. August nach Dresden, und sie reckte beim Mittagessen zornig die Faust und zitierte Bebel, der schon 1911 vor den deutschen Kriegstreibern gewarnt hatte.

Kurz nachdem der Krieg erklärt war, verlobten sich Dritter und Beatrice, in kleinem Rahmen versteht sich, angesichts der Umstände. Käthe war während dieser kleinen Feier hin- und hergerissen zwischen Freude für ihren Sohn und Verzweiflung, weil nur von der Mobilmachung die Rede war.

Stella lernte ein neues Gefühl kennen. Sie beobachtete, wie alle der schönen Braut Komplimente machten. Niemand beachtete sie. Bis endlich Alexander der Schöne, Alexander der Charmeur, Alexander der Dritte zu ihr kam und in ihr Ohr raunte: »Wenn du nicht meine Schwester wärst, würde ich dich heiraten, du bist einfach die Schönste!« Da war Stella wieder fröhlich. Sie klimperte auf dem Klavier ihre neu gelernten Lieder: *Hermann heest er, Das Herz ist nur ein Uhrwerk, Ich glaube, ich glaube, da oben fliegt 'ne Taube,* und dann tanzten die jungen Leute sogar einen Walzer.

Dritter war ein herzerweichender Charmeur geworden. Bevor er in den Krieg zog, flehte er Beatrice an, ihn ein einziges Mal so glücklich zu machen, wie es nur eine Frau kann. Aber sie blieb standfest, als trüge sie einen Keuschheitsgürtel, und so zog Dritter, nur von bezahlten Körpern getröstet, in den Krieg. Hoch zu Ross, ein Kavallerist, ritt er von dannen, stolz, blumenbehängt. Kriegsbegeistert schrie er: »Auf den Sieg! Wenn der Krieg vorbei ist, heirate ich!«

Immer mehr Staaten erklärten den Krieg. Immer mehr Männer rückten ins Feld.

Da klopfte es bei Käthe an die Haustür, und davor stand ein schneidiger junger Mann in Offiziersuniform. Er verbeugte sich zackig.

»Gestatten, Askan von Modersen, ich bin ein Freund Ihres Sohnes.«

Käthe blickte ihn fragend an. Als er nichts weiter sagte, fragte sie vorsichtig: »Welcher Sohn?«

Da erst schien ihm bewusst zu werden, dass er die beiden anderen Brüder Wolkenrath hier auch antreffen könnte. Das schien ihm hochnotpeinlich zu sein. Verlegen sagte er: »Eckhardt, ich meinte Eckhardt!« Käthe, die seine Not erahnte, ohne sie zu begreifen, sagte: »Johann ist in der Schule, und Dritter ist schon los, gen Feindesland.«

Sie rief ihren Sohn. »Eckhardt! Komm mal runter!«, und führte den Gast in die gute Stube, wo sie ihn fragte: »Kann ich Ihnen etwas anbieten, einen Kaffee vielleicht oder einen Cognac?«

Askan von Modersen, der ihrer Aufforderung, sich hinzusetzen, nicht nachgekommen war, dankte: »Ich bin nur kurz gekommen, muss gleich wieder gehen …« Verloren stand er im Raum, fühlte sich ganz offensichtlich nicht wohl in seiner Haut. Käthe rieb ihre Hände an der Schürze. Sie wusste nicht, was sie jetzt noch tun konnte, um die Situation zu entspannen. Da trat Eckhardt in den Raum.

Seit Kriegsausbruch schlich er wie ein Gespenst im Haus herum, und auch jetzt war er so leise die Treppe hinuntergestiegen, dass sein plötzliches Erscheinen Käthe und den Gast in Erstaunen versetzte. Noch mehr allerdings versetzte die seinem Erscheinen folgende Szene Käthe in Erstaunen.

Eckhardt flog geradezu in die Stube, bis er vor seinem Freund stand. »Du hier?«, fragte er glücklich.

»Ich wollte mich verabschieden«, sagte Askan von Modersen distanziert. »Heute Nachmittag geht es los.« Seine blauen Augen blitzten. Sein Kinn war energisch. Seine ganze Haltung war so erhaben aristokratisch, dass man meinen konnte, der Krieg müsse schon gewonnen sein, sobald der Gegner diesen Schmuck deutscher Jugend erblickte. Eckhardts Augen, Lippen, sein ganzes Wesen hing an dem Freund, doch der tippte zum Abschied nur lässig die Finger an die Mütze und ließ Eckhardt mitten im Raum stehen. Der blickte mit Tränen in den Augen hinter ihm her.

»Gnädige Frau!«, sagte Askan von Modersen und verbeugte sich, als er an Käthe vorbeiging, die starr auf einem Fleck stehen geblieben war.

Verstört brachte Käthe ihn zur Haustür. Hier war etwas Ungeheuerliches geschehen, das merkte sie, wenn sie es auch nicht durchschaute. So geräuschlos, wie sie konnte, begab sie sich in die Küche. Ebenso geräuschlos ging Eckhardt wieder die Treppen hoch.

Am nächsten Tag meldete er sich freiwillig. Er wurde Gefreiter eines Landsturmregiments, Fichtes *Reden an die deutsche Nation* und Goethes *Werther* im Tornister. Eckhardt, der Sohn von beeindruckender Intelligenz und bemerkenswerten Worten in anrührenden Sätzen, würde auf seinen Beinen, von denen er einmal gesagt hatte, sie seien falsch eingesetzt, in den Krieg ziehen. Fußvolk nennt man das. Fußvolk gräbt Gräben, Fußvolk rennt in Schüsse und Kanonensalven, Fußvolk verliert im Krieg den Verstand.

Alle fühlten sich gerufen vom Aufgebot der Regierung zu freiwilliger Gestellung. Auch Fritz' sozialdemokratische Freunde versuchten, ihn mit Argumenten wie »Verantwortung für das deutsche Vaterland« zu überzeugen, dass er nicht das Recht hätte, weiterhin hübsche unnütze Intarsien in Holz zu schnitzen, sondern dass er sich sofort auf seine Eignung für den Waffendienst untersuchen lassen müsse. Fritz verzichtete darauf, mit seinem fehlenden Finger zu argumentieren. Stattdessen sagte er, dass er weder gegen Frankreich noch gegen Russland Hass empfinde.

Dresden war besoffen von Kriegsbegeisterung. Studenten und einrückende Soldaten, halb in Zivil, sangen Lieder. Der Spruch des Kaisers machte die Runde: »Ich kenne keine Parteien mehr, nur Deutsche! Ich habe den Krieg nicht gewollt! Und jetzt wollen wir sie dreschen!«

»Nicht gewollt?«, murrte der Großvater, und Fritz lachte dazu. »Sie haben ihn seit Jahren vorbereitet, sie haben ihn hergestellt, sie wollten ihn. Jetzt haben sie endlich einen Anlass!«

Käthe beschwor die beiden, solche Dinge nicht mehr zu sagen. Überall ging die Hatz auf Spione los. Es wimmelte in der Stadt von Spionagegerüchten. Angeblich seien zwei Nonnen verhaftet worden, sie waren aber keine Nonnen, sondern verkleidete russische Offiziere, die den Kaiser umbringen wollten.

Jeden Augenblick gab es neue Extrablätter, neue Verordnungen. Plötzlich hieß es, Belgien wolle Deutschland verraten. Einen Tag später erfuhr man aber, dass die deutsche Armee schon lange dort angelangt war. Die Festung Lüttich wurde von General Emmich eigenhändig gestürmt. Die Zeitungen priesen Emmich in Gedichten: »Da sprach der Emmich: Gottsakrament, das nemmich!«

Fritz ließ sich nicht davon abhalten, seinen Ekel über die Kriegspolitik seiner Partei laut in die Welt zu posaunen.

Johann kam aus der Schule mit dem Spruch: »Jeder Stoß ein Franzos, jeder Schuss ein Russ', Serbien muss sterbien.« Meister Volpert verbot ihm den Mund. Fritz setzte sich mit ihm hin und versuchte, ihm zu erklären, dass solche Sprüche überhaupt nicht komisch seien.

Deutschland war kriegs- und siegestrunken. Die Zeitungen waren voll von Bildern, vom Kaiser, den Prinzen und Generälen. Alle waren überzeugt, dass dieser Feldzug ein Schnellzug, ein Spaziergang werden, die Feinde in sechs Wochen vernichtet sein würden. Zu Weihnachten wird jeder Deutsche seine fettgebratene Gans im Topf haben und ein volles Bett Lorbeeren, um sich von diesem Krieg auszuruhen, so lautete der allgemeine Slogan.

In den Zeitungen standen Phrasen wie diese: »Kriegsfreiwilligenregimenter stürmten mit prachtvollem Schwung unter Gesang von ›Deutschland, Deutschland über alles‹.« Johann kam damit von der Schule nach Hause. Sein Großvater knurrte zwischen den Zähnen: »Du kannst mir glauben, dass das eine Lüge ist. Wie sollen die wohl singen, wenn sie gegen knatternde Maschinengewehre anrennen? Gebe Gott, dass dein Bruder Eckhardt lebendig nach Hause kommt, der wird dir erzählen, dass sie aus dem letzten Loch gepfiffen haben, aber nicht gesungen. Wahrscheinlich scheißen die schon auf Deutschland!«

»Vater!«, hatte Käthe ihn erschrocken ermahnt.

Johann hatte sich hoch aufgereckt, so hoch er konnte, denn er war mit seinen vierzehn Jahren immer noch nur einen Zentimeter größer als einen Meter sechzig. Der Kleinste der Klasse zu sein, ist ein schweres Schicksal für einen Jungen. Johann hatte seit Kriegsbeginn einen Weg gefunden, es zu meistern. Er war der größte Kriegskenner, der größte Patriot, der glühendste Vertreter der deutschen Sache. Ärgerlicherweise stieß er damit zu Hause nur auf Ablehnung. Sogar sein Vater, der doch jahrelang mit den Reformern gemeinsame Sache gemacht hatte, widersprach nicht, wenn Fritz und der Großvater gegen den Krieg wetterten. Johann hätte von ihm wirklich mehr Unterstützung erwartet. Er war auch noch nicht gegangen, um sich zu melden, und das war in der Tat eine schlimme Sache. Als Johann ihn darauf angesprochen hatte, war dem Vater nur ein laues: »Für Krieg bin ich zu alt« eingefallen. Das konnte Johann nicht gelten lassen. Der Vater saß zu Pferde, das war eine schneidige Pracht! Mit solchen Reitern konnte Deutschland den Krieg gewinnen! Nun ja, Johann räumte ein, dass Deutschland sowieso den Krieg gewinnen würde, ob der Vater nun mitritt oder nicht. Aber es war eine Sache des Prinzips.

Auch er wollte sich melden. Jeden Tag bettelte er seine Mutter an, dass sie es ihm erlauben sollte, aber sie erklärte kategorisch: »Wenn du ausreißt und dich für älter ausgibst, als du bist, du kannst mir glauben: Ich hol dich! Und alle werden dich auslachen!« Ausgelacht zu werden war das Schlimmste für Johann. Also ging er weiter in die Schule und lernte fürs Vaterland. Die jungen Lehrer waren alle fort, übrig geblieben waren allein die Alten, und die hauten im Schulzimmer auf die Pauke, damit keiner denken sollte, sie hätten nicht mehr Saft und Kraft, fürs Vaterland zu kämpfen. »Immer feste druff!«, der Spruch der Soldaten war auch der ihrige, und Johann lernte nicht nur zu kuschen und zu gehorchen, er lernte auch, wie man andere zum Gehorchen brachte »mit deutscher Zucht und Ordnung«.

Hätte Johann gewusst, was es auf sich hatte mit der Legende vom Singen des deutschen Vaterlandsliedes, hätte er vielleicht nachgedacht. Vielleicht. Sehr wahrscheinlich hätte er nicht nachgedacht, und den Übermittler der Nachricht für einen Vaterlandsverräter gehalten, selbst wenn es der eigene Bruder gewesen, selbst wenn der dabei gewesen wäre.

Und er war dabei.

Eckhardt fuhr mit den anderen Kriegsfreiwilligen, gerade von der Schule gekommen wie er, mit einem Transportzug hinaus nach Flandern. Auf der letzten Station hörten sie etwas brummen, und auf dem Bahnhof lagen die Soldaten herum, als wären sie bereits verwundet. Eckhardt schaute schnell weg. Er wollte auf keinen Fall, dass die Angst ihn einholte.

Sie fuhren weiter, ein, zwei Stunden. Plötzlich hörten sie einen Krach, als explodiere ein ganzes Waffenlager in der Nähe. Auch Eckhardt rannte zu den Fenstern, er konnte sich einfach nicht zurückhalten. Neben dem Zug auf dem Feld stand eine schwarze Wolke, rund und groß. Eckhardt, der Wolken liebte, wurde von Panik erfüllt. Diese Wolke sah aus wie das Ende der Welt. Wie der Teufel. Und wieder knallte das gleiche Geräusch gegen Eckhardts Trommelfell. Die Kameraden, riefen, schrien. Er konnte nichts mehr hören. Sehen allerdings konnte er: Die nächste Teufelswolke auf dem Feld neben dem Zug. Der Zug bremste. Die Räder quietschten. Auf Eckhardts Gesicht stahl sich ein glückliches Lächeln. Er hatte das Quietschen gehört. Er war also nicht taub.

»Alle raus! Ausschwärmen!«, brüllte ein Offizier. Mechanisch wie die anderen griff auch Eckhardt nach seinem Gepäck.

Schräg vor ihm wurde einer von einer Kugel getroffen, als er aus dem Zug springen wollte. Ohne einen Laut sackte er in sich zusammen und plumpste hinaus, direkt auf den Bauch. Wieder zwang Eckhardt sich, nicht hinzuschauen. Seine Knie zitterten jetzt schon. Er hatte Angst, nicht einmal den Sprung vom Zug zu schaffen.

Da kam das Kommando: »Sturm! In dieser Richtung! Los!« Ohne zu wissen, wer vor ihnen lag, ohne zu wissen, wo sie waren, rannten sie über leere Felder. Plötzlich pfiffen Kugeln um ihre Ohren. Eckhardt warf sich genau wie seine Kameraden auf den Boden und robbte weiter. Die anderen schossen gleichzeitig, das war ihm nicht möglich. Er brauchte seine gesamte Kraft, um seine zitternden Beine hinter sich her zu schleppen und das Gewehr nicht fallen zu lassen. Es war wie bei den Pfadfindern: Angestrengt bemüht, nicht zurückzufallen, hielt er sich in der Mitte der Gruppe. Er biss die Zähne zusammen und schlotterte vor Angst, irgendjemandem könnte auffallen, was er für ein Schwächling war. Hier kam noch die Angst hinzu, auf einem leeren Feld liegen zu bleiben, während die anderen weit vorgerückt waren. Und dann käme der Feind und umzingelte ihn. Und fesselte ihn an einen Baum! Ihm wurde schlecht. Saure Flüssigkeit stieg in seinen Mund.

Doch was dann kam, war viel schlimmer, als an einen Baum gefesselt und mit Lebensmitteln und Kot beworfen zu werden.

Von hinten zischten plötzlich Granaten über sie hinweg und schlugen kurz vor der Linie ein, die Eckhardts Truppe bildete. Er hielt im Robben inne und hob erstaunt den Kopf, um zu beobachten, was da geschah. Da kamen die nächsten Schüsse von hinten, dicht hinter ihrer Linie.

»Verflucht!«, schrie einer. »Die Artillerie schießt auf uns!«

Über den Acker rannte einer zur Artillerie, die hinter ihnen lag und die Schuss auf Schuss in ihre Schützenlinie setzte. Da fuhr er getroffen auf, ließ das Gewehr fallen und sackte in sich zusammen.

»Spielmann!«, brüllte die erste Stimme wieder, überschlug sich, fing sich, schrie abermals: »Spielmann! Ist denn kein Spielmann da? Blasen! Sie müssen doch merken, dass wir es sind.«

Eckhardt legte schwer atmend den Kopf auf die Unterarme und schloss mit seinem Leben ab. Der Tod schien ihm weniger schlimm als dieses Robben auf weichem Ackerboden im Dreck. Sollten sie ihn doch totschießen! Dann war das alles wenigstens vorbei. Er dachte an seine Mutter, er dachte an Askan. Tränen netzten sein Hemd, fielen auf die Erde.

Ein paar Töne stolperten aus einem Horn.

Von vorn pfiffen die feindlichen Kugeln, von hinten dröhnte die deutsche Artillerie.

»Singt!«, brüllte die Stimme jetzt in Todesangst. »Singt! Deutschland, Deutschland über alles!« Zwei, drei Stimmen begannen dünn. Dann wurden es mehr. Sie sangen um ihr Leben. Eckhardt blieb stumm liegen und weinte um sein junges Leben.

Die Granaten schlugen um ihn herum ein. Einem Sänger nach dem anderen wurde der Leib aufgerissen, der Kopf weggeschleudert. Eckhardt vergrub seinen Kopf in den Armen und schluchzte laut. Es war ihm egal, ob irgendjemand ihn hören könnte. Es war ihm alles egal!

Der Junge neben ihm dachte wohl, Eckhardt sei verletzt. Er robbte dicht an ihn heran und legte seinen Körper schützend auf ihn. Dabei brüllte er, dass Eckhardt die Ohren schmerzten: »Deutschland, Deutschland über alles!«

So hörte Eckhardt nicht das Wimmern der Verwundeten, den letzten Schrei der Sterbenden. Auch der junge Mann über ihm sang immer hoffnungsloser, bis eine Kugel heranzischte und der Körper über Eckhardt weich und schwer wurde. Warmes Blut nässte sein Hemd. Eckhardt blieb liegen und weinte.

Die Artillerie schoss und schoss.

Einige Tage später, Eckhardts geschrumpfte Truppe schlief in einer Bauernstube, kam einer der Freiwilligen, Atze, ein kräftiger Berliner mit schwarzem Schopf, und las laut vor: »Mit prachtvollem Schwung stürmten deutsche Freiwilligenregimenter unter dem Gesang von ›Deutschland, Deutschland über alles!‹«

Einer der Soldaten, auf seinem Lager ausgestreckt, knurrte wie ein bissiger Hund: »Wenn du noch einmal so einen Scheißwitz machst, steck ich dir die Zeitung in den Arsch!« Atze, hochrot, denn das Lesen hatte ihn angestrengt, reichte dem Wütenden die Zeitung. »Lies doch selbst!«, maulte er. »Hab ich mir doch nicht ausgedacht!«

Die Zeitung machte die Runde. Danach war es in dem Raum still wie in einer Kirche. Schließlich durchbrach eine Stimme die Stille: »Nie wieder singe ich das vermaledeite Lied!«

Im Dezember 1914 erhielt Käthe einen Brief von Eckhardt: »Liebe Mutter, ich bin gesund. Es geht hier heiß zu. Ein paar Tage liegen wir vorn und ein paar Tage kommen wir nach hinten. Dann müssen andere Kameraden in den vorderen Graben.«

Welche Gräben genau er meinte, konnte sie sich nicht vorstellen, versuchte es auch lieber gar nicht erst. Auch nicht die Flammenwerfer, die verkohlten stinkenden Menschenleiber! Trommelfeuer! Wenn Käthe gewusst hätte, was Trommelfeuer bedeutete, hätte sie ihre Söhne da rausgeholt. Aber die beiden schrieben ihr Briefe, die, was sie nicht beschönigten, verschwiegen, und so konnte Käthe sich auf ihr eigenes Überleben konzentrieren, ihres und das der Männer und der Mädchen, die sie füttern sollte, obwohl das Essen allmählich knapper wurde.

Alexander wurde im Krieg nicht Dritter, da hieß er Alexander, ein Name, der Macht und Bedeutung vor sich hertrug. Alexander war Ordonnanz in der Kavallerie. Die Kavallerie gehörte dem Adel. Alexander diente einem Grafen. Der Graf war nicht besonders intelligent, aber er konnte reiten und saufen. Noch jahrzehntelang sollten in Alexanders Träumen in wilder Folge Kriegsbilder durch seinen Kopf jagen, einschlagende Granaten, aufspritzende Erdfontänen, zerknickte Bäume, in die Luft gewirbelte menschliche Gliedmaßen, stöhnende zusammenbrechende Pferde, verstreute Kadaver. Erzählen aber würde er bis ins hohe Alter nur von der Kameradschaft – und vom Saufen.

Alexander und die anderen Männer seiner Generation waren in der Schule und sonstigen Jungengruppen darauf abgerichtet worden, deutsche Soldaten zu werden. Jetzt erzog der Krieg ihn wie alle anderen Männer: Sie lernten, gefühllos und roh zu werden. Sie lernten, sich für jedes Gefühl von Schwäche, sei es Angst oder Liebe oder Sehnsucht oder Traurigkeit, zu schämen, und es so lange vor den anderen und vor sich selbst zu leugnen, bis sie es nicht mehr empfanden.

Alles was irgendwie mit offenem Herzen und weichen Empfindungen zu tun hatte, gehörte zur Heimat. Und da die Heimat männerlos war, gehörte es zu den Frauen. Die Männer legten dicke Panzer um ihre Herzen, anders hätten sie den furchtbaren Alltag des Krieges nicht überleben können.

Im Dezember war allen klar, dass der Krieg kein kurzer Krieg sein würde. Es war offensichtlich, dass es Weihnachten keine fetten Gänse geben würde. Im Reichstag wurde über die Gewährung der Kriegskredite abgestimmt. Die Sozialdemokraten stimmten dem in voller Höhe zu. Allein Karl Liebknecht machte eine Ausnahme.

Am 3. Dezember saßen Käthe, ihr Vater, Fritz und Alexander um den Küchentisch versammelt. Es gab keine Lehrlinge mehr. Es gab auch nur noch wenig zu tun. Fritz las laut aus der Zeitung die Begründung Karl Liebknechts für sein Nein zu den Kriegskrediten vor: »Dieser Krieg, den keines der beteiligten Völker selbst gewollt hat, ist nicht für die Wohlfahrt des deutschen oder eines anderen Volkes entbrannt. Es handelt sich um einen imperialistischen Krieg, einen Krieg um die kapitalistische Beherrschung des Weltmarkts, um die politische Beherrschung wichtiger Siedlungsgebiete für das Industrie- und Bankkapital. Es handelt sich vom Gesichtspunkt des Wettrüstens um einen von der deutschen und österreichischen Kriegspartei gemeinsam im Dunkel des Halbabsolutismus und der Geheimdiplomatie hervorgerufenen Präventivkrieg. Es handelt sich auch um ein bonapartistisches Unternehmen zur Demoralisation und Zertrümmerung der anschwellenden Arbeiterbewegung. Das haben die verflossenen Monate trotz einer rücksichtslosen Verwirrungsstrategie mit steigender Deutlichkeit gelehrt.

Die deutsche Parole ›Gegen den Zarismus‹ diente – ähnlich der jetzigen englischen und französischen Parole ›Gegen den Militarismus‹ – dem Zweck, die edelsten Instinkte, die revolutionären Überlieferungen und Hoffnungen des Volkes für den Völkerhass zu mobilisieren. Deutschland, der Mitschuldige des Zarismus, das Muster politischer Rückständigkeit bis zum heutigen Tag, hat keinen Beruf zum Völkerbefreier.

Die Befreiung des russischen wie des deutschen Volkes muss deren eigenes Werk sein.«

»Karl Liebknecht gehört ins Gefängnis!«, knallte da Johanns Stimme von der Tür. Unbemerkt war er hereingekommen. »Karl Liebknecht und diese Hure, die Rosa Luxemburg, sie gehören ertränkt, wie die Katzen!«

Zum Glück war seine Stimme am Schluss in ein hilfloses Quieken übergegangen. Er war im Stimmbruch und klang jämmerlich. So stahl sich auf die bleichen Gesichter der Männer ein verständnisvolles Lächeln. Die Faust des Großvaters lockerte sich, und die Blitze aus Käthes Augen verloren etwas an Wut.

Am liebsten hätte der alte Volpert den Jungen in den Krieg geschickt. Hier bedeutete er eine Gefahr für alle. Antikriegspropaganda wurde als Landesverrat bestraft. Der Alte wollte auf keinen Fall, dass Fritz aufgrund der Denunziation seines eigenen Enkels eingekerkert wurde. Aber der alte Volpert wusste, dass seine Tochter ihn in Stücke reißen würde, wenn er diesen Vorschlag machte, also musste ein anderer Weg gefunden werden.

Sein Schwiegersohn Alexander bedeutete keine Gefahr. Ganz im Gegenteil, er bediente sich zwar nach wie vor seiner Kontakte zur Reformpartei, die sich mit der Deutschsozialen zur Deutschvölkischen Partei zusammengeschlossen hatte und im allgemeinen patriotischen Chor eine besonders hohe nationalistische und antisemitische Stimme sang, aber es war augenscheinlich, dass es Alexander in keiner Hinsicht darum ging, diesen Krieg zu unterstützen. Für ihn war wichtig, nicht eingezogen zu werden und dafür zu sorgen, dass seine Familie zu essen hatte. Er verschwand weiterhin zu dubiosen Geschäften, brachte es fertig, dass die Firma Wolkenrath und Söhne als kriegswichtiger Betrieb eingestuft wurde, und er sorgte durch seine politischen Kontakte für einen gewissen Schutz für Fritz, der sich mit einigen anderen abtrünnigen Sozialdemokraten heimlich traf, um zu beratschlagen, was man gegen diesen Krieg tun könne.

»Karl Liebknecht ist gewähltes Reichstagsmitglied«, sagte Käthe da mit ruhiger Stimme und erhob sich. »Hast du Hunger?«

Ihr beschwörender Blick glitt von Fritz zu ihrem Mann. Alexander zog seinen Sohn auf den Stuhl neben sich und sagte mit schneidig knarzender Stimme: »Nun, mein Held, dann erzähl mir mal, welche Gebiete wir erobert haben, ihr habt ja sicherlich eure Fahnen umgesteckt!«

Der alte Volpert und Fritz erhoben sich, die Arbeit rufe.

Johann berichtete mit leuchtenden Augen davon, dass die deutschen Truppen auf Paris vorrückten. Käthe verkniff sich die Bemerkung, dass sie dies nun schon seit Wochen täten, allerdings wurden sie, wie man unschwer den blumigen Zeitungsartikeln entnehmen konnte, genauso häufig wieder zurückgetrieben. Käthe stellte ihrem Sohn einen Teller aufgewärmtes Bauernfrühstück hin. Zum Glück hatten sie keinen Mangel an Kartoffeln.

## 22

Käthe hatte in ihrem vierundvierzigjährigen Leben noch keinen Krieg erlebt. Der auf dem Balkan 1912 war zwar von Fritz mit großer Sorge verfolgt worden, aber es war ihr doch damals erschienen, als nähme er das Ganze etwas sehr ernst. Schließlich waren das kleine unruhige Länder mit rückständiger Bevölkerung und sehr weit von Deutschland entfernt. Die Marokkokrise, nun ja, auch sie war beunruhigt gewesen, aber Afrika, das war der Schwarze Kontinent.

Jetzt allerdings gab es Lebensmittelkarten.

Jede Hausfrau musste sich damit herumplagen. Als hätte man nicht schon genug damit zu tun, eine Familie zu ernähren. Es kostete entsetzlich viel Zeit, etwas Anständiges auf den Tisch zu zaubern. Zum Glück kam manchmal Tante Lysbeth aus Laubegast und brachte Dinge aus ihrem Garten mit. Außerdem half sie in der Küche. Ungefragt, ungebeten bereitete sie Suppen zu, die endlich mal wieder eine fröhliche Stimmung ins Haus zauberten.

Auf ihre Töchter Stella und Lysbeth konnte Käthe nicht zählen, wenn es darum ging, endlos in Warteschlangen vor Geschäften zu stehen. Aber beide brachten von Zeit zu Zeit irgendwelche Dinge mit, Stella Kaffee und Konserven mit Kondensmilch, Lysbeth Lebensmittel, als wäre sie auf einem Bauernhof gewesen, einmal sogar ein Huhn. Wenn Käthe nachfragte, woher diese Köstlichkeiten stammten, gaben ihre Töchter nichtssagende Antworten und verschwanden mit geheimnisvollem Lächeln. Aber Käthe hatte keine Zeit, sich viele Gedanken um ihre Töchter zu machen.

Sie hatte Angst.

Johann wurde fünfzehn. Sie nahmen durchaus fünfzehnjährige Knaben in die Armee, wenn die sich freiwillig meldeten. Fritz war achtundvierzig. Sie nahmen auch noch Männer in diesem Alter.

Käthe war durchaus in der Lage, zwei und zwei zusammenzuzählen, und also konnte sie in den Zeitungen unter den fetten Schlagzeilen mit den Siegesnachrichten das Kleingedruckte lesen. Verlustlisten, deren Umfang täglich zunahm. Käthe war eine kluge Frau, von ihrem Vater früh geschult, sich mit Politik zu beschäftigen. Das jetzt überstieg zwar alles, was sie jemals begriffen hatte, aber sie war in der Lage zu rechnen. Und wenn so viele Soldaten starben, mussten andere nachrücken.

Sie hatte Angst. Um ihren jüngsten Sohn. Um den Mann, den sie liebte. Nicht um Alexander. Der schlug sich in diesen verworrenen Zeiten besser durch als alle anderen. Es war ihm sogar gelungen, beide Pferde als kriegsuntauglich einstufen zu lassen.

Als Dritter in den Krieg zog, hatte er trotz seiner Begeisterung sein Pferd vor dem Schlachtfeld bewahren wollen. Alexander hatte seinem Sohn hoch und heilig in die Hand versprechen müssen, dass er alles in seiner Macht Stehende tun würde, um die beiden Pferde zu retten.

»Schwör auf dein Leben!«, hatte Dritter verlangt, und Alexander hatte, halb im Scherz, halb im Ernst, die Finger gehoben. »Ich schwöre!«

Nun weiß jeder, dass in dem Augenblick, da diese überernsten Worte fallen, Lüge im Spiel ist. Wer ernsthaft für etwas eintritt, muss nicht etwas so Kindisches tun, wie auf sein Leben zu schwören. Alexander und sein Sohn hatten dieses törichte Kinderversprechen jedoch hoch und heilig mit aufgerissenen Augen besiegelt, weil sie wussten, dass es wenig Chancen gab und dass deshalb die Hoffnung groß sein musste. Sie hatten sich auf dem Aushebungsplatz für Pferde unter die in Anzug und Binder sonntäglich gekleideten, patriotisch gesonnenen Bürger gemischt, die ihre herrlichen Pferde dem Militär zur Verfügung stellten.

Es hatte Alexander und seinem Sohn die Tränen in die Augen getrieben, wie die wundervollen Tiere sich vertrauensvoll zusammentreiben ließen. Auf sie wartete eine beschwerliche Fahrt im Pferdewaggon der Bahn. Und dann?

Nein, hatte Dritter geschworen, mein Pferd kriegen sie nicht.

Alexander hatte sein Bestes getan. Er hatte zu seinem Antrag, dass Wolkenrath & Söhne, Firma für Elektrobedarf aller Art, als kriegsdienlich einzustufen sei, hinzugefügt, dass, um für die Transporte auf kriegsbedeutsame Fahrzeuge zu verzichten, er zurückgreife auf das alte Transportmittel, das schon sein Großvater benutzt habe, nämlich auf Pferd und Wagen. Deshalb beantrage er, die beiden Pferde, eine Stute und einen Hengst, behalten zu dürfen und nicht für Kriegszwecke abtreten zu müssen.

Ein Pferd war ihm bewilligt worden. Ein Pferd, eine Kutsche. Es hatte Alexander das Herz gebrochen. Er liebte seine Stute aus tiefstem Herzen. Aber er hatte seinem Sohn sein Wort gegeben. Wenn auch mit albernen Zusätzen, die es ihm fast schon erlaubten, sein Wort zu brechen.

Aber Dritter war im Krieg, wovor sich Alexander, der Vater, drückte. Alexander fühlte sich zwar wenig verantwortlich für dieses Gebilde, das Deutschland hieß. Dafür hatte Deutschland zu wenig Gutes für ihn getan. Es hatte ihn vor keinem Unheil bewahrt, ihn vor keinem Unrecht beschützt.

Ich muss meinen eigenen Arsch retten, so lautete sein Credo. Aber er war nun einmal Familienvater, und Familienväter retten nicht nur ihren eigenen Arsch, sondern auch den ihrer Familie.

Alexander liebte seine Söhne. Er liebte auch seine Töchter, aber Söhne waren nun mal Söhne. Und Alexander liebte seine Pferde.

Ein entsetzlicher Zwiespalt. Er musste ihn lösen.

Er besprach sich mit seinem Vater. Der Alte sah aus wie ein Wurzelmännlein, klein, mager, knorrig, mit Spinnenfingern. Fast von Kriegsbeginn an brachte seine Frau kaum noch etwas auf den Tisch. Sie scherte sich immer weniger um Haushaltsangelegenheiten; denn sie hatte ein Hobby entwickelt: sie sammelte Todesanzeigen. Große, beeindruckende Sterbeanzeigen gab es immer seltener, aber es gab massenhaft Listen von Gefallenen. Obwohl Alexander seiner Mutter fast die Hände zusammengebunden hätte, um das zu verhindern, war sie täglich mit Schere und Kleber zugange, um die Anzeigen auszuschneiden und fein säuberlich auf ein Blatt Papier zu kleben, das sie dann in einem Ordner abheftete. Außerdem ging sie zu Beerdigungen. Es war ihr völlig egal, wer beerdigt wurde. Täglich fand sie sich auf dem Friedhof ein. Irgendjemand wurde immer bestattet. Dort bekam sie auch meistens etwas zu essen, immer weniger zwar, aber ihr reichte es. Ihren Mann ließ sie zu Hause hungern.

Doch das schadete der Tätigkeit von Alexander Seniors Gehirn nicht. Denn als Alexander der Zweite ihn um Rat fragte, sagte der Alte sofort: »Splitter! Treib ihnen Splitter unter die Eisen. Sag, dass sie lahmen. Keiner wird sie wollen.«

Alexander, begeistert von der Gerissenheit seines Vaters, löste mit dessen Hilfe die Hufeisen und trieb feine Dornen ins Fleisch. Der Hengst wurde fast wahnsinnig vor Schmerz, die Stute legte sich sofort ins Heu, als wolle sie sterben. Alexander legte sich zu ihr. Er streichelte sie. Er sprach mit ihr, er erklärte ihr, warum er es tat. Er sagte, dass sie im Krieg schlimmer leiden würde und dass er ihr die Dinger sofort wieder rausziehen würde, sobald die Musterung durchgestanden wäre.

Der Veterinär war misstrauisch, als Alexander sagte, er habe den Eindruck, dass es eine Erbkrankheit sei, da es Mutter wie Sohn getroffen habe. Aber der Tierarzt merkte nichts. So wurden beide Pferde als kriegsuntauglich ausgemustert.

Tante Lysbeth, eingeweiht in Alexanders Pläne, hatte sich bereit erklärt, die Pferde mit Salben und Kräutern wieder zu heilen. Es dauerte eine Woche, bis die Tiere wieder bereit waren, anständig zu laufen. Seitdem waren sie leicht geschädigt, aber das beruhigte Alexander nur.

Eines Tages, nachdem Tante Lysbeth mit Möhren, Tomaten und allen möglichen Kräutern, die einen ganz besonderen Duft in der Küche verbreiteten, zu ihnen gekommen war, um mit ihnen zu essen, blieb sie einfach da. Die Mädchen waren inzwischen wieder in das Jungenzimmer gezogen, weil es albern war, dass Johann das große Zimmer allein bewohnte und die beiden Mädchen sich das kleine Mansardenzimmerchen teilten. Also wohnte Johann jetzt dort.

Wie selbstverständlich nahm die Tante das untere Bett des Etagenbettes ein, in dem Stella oben schlief, weil, wie sie sagte, man von dort den besseren Blick in den Himmel habe. Die Tante blieb einfach bei ihnen. Keiner fragte, wie lange. Der Großvater genoss die Gesellschaft der alten Frau sichtlich. Fritz respektierte die Tante auf eine fast schon ehrfürchtige Weise und fragte sie oft um ihr Urteil. Alexander wurde fröhlich und jungenhaft, wenn sie Suppen kochte. Und die beiden Mädchen strahlten ein solches Glück aus, seit die Tante bei ihnen wohnte, dass Käthe, die Einzige, die sich fragte, wie lange das dauern würde, sich diese Frage irgendwann selbst beantwortete, indem sie sagte: So lange, bis sie stirbt. Und das ist hoffentlich in sehr weiter Ferne.

Im Frühjahr 1915 schrieb Eckhardt seiner Mutter: »Wir haben die ruhigen Stellungen verlassen und wandern gen Verdun. Das soll sehr wichtig sein. Das Paket mit der Schokolade war sehr schön. Danke!« Und an seine Schwestern schrieb er: »Liebe Lysbeth, liebste Stella, Mutter braucht nicht zu wissen, dass ich an vorderster Front stehe. Wir leben in Unterständen, Granaten schlagen ein. Erde und Steine fallen herunter. Bald wird es größere Gefechte geben. Schickt ruhig wieder Schokolade.«

Käthe entwickelte Schlafprobleme. Wie ein Stein fiel sie müde ins Bett, aber dann wachte sie gegen drei Uhr wieder auf. Die trauererstarrten Gesichter der Frauen vor Augen, deren Männer oder Söhne gefallen waren, zitterte sie jede Nacht, auch sie könne in einem dieser grauen Feldpostumschläge die Nachricht übermittelt bekommen: »Ihr Sohn ist tot. Gefallen fürs Vaterland.« Welch Hohn!

Sie zermarterte ihr Gehirn, was sie tun könnte, um ihre Söhne heimzuholen. Aber ihr fiel nichts ein. Manchmal dachte sie wütend: Alexander sollte den zuständigen Stellen vorschlagen: Ich für meine beiden Söhne.

Natürlich war die Idee lächerlich, das wusste Käthe. Keiner kam zurück, weil ein anderer ging. Außerdem würde sie sich auch um ihn entsetzlich sorgen. Er war kein schlechter Mann. Seit er sich für ihren Sohn Eckhardt hatte zerschlagen lassen, empfand sie tiefe Freundschaft für ihn. Und seit jener Nacht, in der sie ihn in ihren durch Fritz erweichten Körper aufgenommen hatte, lebten sie auch nur noch wie Freunde zusammen, als hätte Alexander begriffen, dass ihr Körper nicht ihm gehörte. Vielleicht wusste er sogar, wem sie gehörte. Seitdem war Alexander ihr wie ein Bruder, wie ein Freund. Und, nicht zu vergessen: Er war der Vater ihrer Kinder.

Im Dresdner Alltag waren Rausch und Begeisterung der ersten Monate schon lange verflogen. Das Kriegsleben war Alltag. Die Rationierung der Lebensmittel brachte unablässige Sorgen, die Käthes Gedanken beschäftigten. Darüber war sie fast froh, konnte sie sich doch so von ihrer Angst um ihre Söhne ablenken.

Käthe stand nicht allein mit ihren Sorgen, nicht mit ihrer Angst und auch nicht mit dem Wunsch, ihre Söhne mögen heimkehren, ob der vermaledeite Krieg nun siegreich endete oder nicht. Die Frauen, die wie Käthe um Kartoffeln anstanden, wurden nicht nur magerer, sie wurden auch härter und zorniger. Ende Mai 1915 passierte dann etwas Ungeheuerliches: Eintausendfünfhundert Frauen demonstrierten in Berlin vor dem Reichstagsgebäude für den Frieden und gegen die Teuerung.

Stella glühte, als die Frauen in der Küche miteinander sprachen. »Wir müssen uns zusammentun!«, sagte sie. »Die Männer sind im Krieg. Jetzt müssen wir Frauen handeln!«

Käthe schüttelte müde den Kopf. »Das ändert doch nichts.«

Tante Lysbeth sah sie strafend an, und Lysbeth sagte: »Wenn jeder gegen den Krieg tut, was er kann, kommt einiges zusammen.« Das klang knapp und kurz.

Stella hob ihren Kopf und sah ihre Schwester von oben herab an. »Und, bitte, was tust du?«

Lysbeth errötete. »Was ich kann.«

Fritz stand seit Kriegsausbruch auf der Seite der Kriegsgegner. Er war nie Mitglied der SPD geworden, aber nun war er bereit, sich vollkommen dem Kampf gegen den Krieg zu verschreiben. Es gab nicht viele, die dachten wie er. Aber die wenigen fanden sich schnell zusammen. Im Frühjahr 1915 sammelten sich die linken Sozialdemokraten und diejenigen, die als Kriegsgegner nun hinzukamen. Ihre Treffen waren gefährlich, schon für Witze über den Kaiser konnte man ins Gefängnis kommen, geschweige denn für Antikriegspropaganda.

Nachdem Karl Liebknecht sich im Dezember dem Beschluss seiner Partei für einheitliche Befürwortung der Kriegskredite verweigert hatte, wurde er am 7. Februar als Armierungssoldat eingezogen. Er erhielt zwar Urlaub in seiner Eigenschaft als Reichstagsabgeordneter, jedoch mit der Auflage, Berlin nicht zu verlassen und weder an Versammlungen teilzunehmen noch Propaganda zu treiben. Am 18. Februar kam Rosa Luxemburg ins Gefängnis.

Am 5. März fuhr Fritz nach Berlin, um an dem illegalen Treffen der linken Parteiopposition in der Wohnung von Wilhelm Pieck teilzunehmen. Sie nannten es »Erste Reichskonferenz«. Fritz wurde Vertrauensmann für Dresden, wo er die Aufgabe hatte, weitere Verbindungen zu knüpfen.

Im Herbst 1915 prophezeite Lysbeth morgens, aus dem Schlaf getaumelt, mit vor Angst fast weißen Augen: »Eckhardt wird bald nach Hause kommen, dann mag er keine Schokolade mehr.« Die Tante nahm sie mit sorgenvollem Gesicht in den Arm und tröstete sie. Käthe stand mit hängenden Armen vor ihnen, bis Lysbeth und die Tante auch sie in den Arm nahmen und trösteten.

Von da an fuhr Käthe nachts manchmal schreiend aus Albträumen hoch. Jedes Mal, wenn der Postbote kam, zitterte sie, auch ihr könnte in einem dieser grauen Feldpostumschläge die vernichtende Nachricht mitgeteilt werden. Sie zermarterte sich immer noch das Gehirn, was sie tun könnte, um ihre Söhne heimzuholen. Nach Berlin zu fahren und an Demonstrationen teilzunehmen aber schien ihr sinnlos. Auch Fritz' konspirative Tätigkeiten empfand sie als geradezu lächerlich. Es kränkte sie, dass er ständig unterwegs war und sie so gar nicht unterstützte. Keiner unterstützte sie. Sie war die Einzige, die sich die Beine in den Bauch stand, um die Lebensmittelkarten einzulösen. Käthes weiches freundliches Gesicht nahm eine ungewohnte Härte an.

Dritter war ein achtzehnjähriges Kind gewesen, als er jubelnd in den Krieg gezogen war. Im Herbst 1915, kurz nach Lysbeths schrecklichem Traum, als er auf Heimaturlaub kam, war er ein Soldat geworden. Es wäre falsch zu sagen, er wäre ein Mann geworden. Das hieße Mannsein und Fühllosigkeit gleichzusetzen. Als verantwortungsloser junger Mann, jugendlicher Abenteurer, Hansdampf in allen Gassen war er losgezogen, zurückgekehrt war er nicht weniger verantwortungslos, nicht weniger Abenteurer, nicht weniger Hansdampf, er war nicht erwachsen geworden, aber er hatte viel Schlimmes dazugelernt.

Leben im Krieg ist wie Sterben. Und dazwischen eine Sehnsucht danach, irgendwann einmal alles ungeschehen zu machen. Heimaturlaub. Eine verrückte, singende, schreiende, durch die Adern schluchzende Melodie von Leben zwischen Tod und Tod. Er will lachen, tanzen, essen, die Mutter umarmen, den Großvater um Verzeihung bitten, Pferde auf der Weide suchen, die nach Heu duften und nicht nach Angst.

Er brachte einen neuen Zug um den Mund heim. Nun lagen in seinem Gesicht nicht mehr nur Übermut und Raffinesse, Charme und Verlogenheit, nun gab es darin etwas, das Angst machte.

Als Dritter Alexander auf Heimaturlaub kam, machte er große Augen: Wie viele Frauen als Briefträger, Straßenbahnführer! Auf einmal konnten sie alles. Fast keine Männer. Hungergesichter, Schlangen vor den Läden. Für jeden gab es zwei Pfund Weißkohl, Muschelwurst, Erbsmehlersatz, Kakaoersatz, Apfelschalentee. Kein Brot, kein Fett, keine Feuerung, nichts. Hungerrationen, die Frauen und die alten Männer schufteten trotzdem für zwei. Und dann gab es die Wucherer, die Schieber, die nicht arbeiteten, aber schlemmten. Nichts interessierte ihn mehr, als herauszukriegen, wie sie das anstellten.

Am ersten Abend noch, gebadet und schön gemacht, ging er zu Beatrice. Doch auf sein Klopfen öffneten ihm fremde Leute. Beatrices Vater sei tot, sagten sie und gaben ihm die Adresse der Mutter. Seine Enttäuschung war riesig, aber die Freude auf das Wiedersehen wollte er sich davon nicht vermiesen lassen. Also machte er sich sofort auf den Weg. Diesen Teil Dresdens kannte er nicht. Mietskasernen. Dazwischen eine schmuddelige Pension, wo Tür an Tür Frauen wohnten, wie Dritter den Schildern entnahm. Beatrices Mutter öffnete bei verschlossener Kette und teilte ihm mit schmalen blassen Lippen mit, dass Beatrice geheiratet und gerade ein Kind bekommen habe, einen Knaben, Heinrich mit Namen. Als er nach der Adresse fragte, schüttelte sie den Kopf und antwortete, Beatrice habe ihr untersagt, ihm Auskunft zu geben, nur so viel könne sie verraten, Beatrice lebe nicht mehr in Dresden. Es sei also zwecklos, sie zu suchen.

Dritter Alexander, den das Bild der Verlobten während aller Kriegstage und Kriegsnächte begleitet, sich über Blut gelegt hatte, über Angst, Grauen und all das Schlimme, was er so nicht spüren musste, da er immer Beatrice spürte, Dritter ließ nun diesen kalten brutalen Zug um den Mund immer mehr von seinem Charakter ergreifen. Ich werde keine Frau mehr lieben, schwor er sich. Von nun an bin ich auf der Hut.

Er lachte und tanzte und sang während des Heimaturlaubs, seine Schwester Stella kannte die Lokale, wo die heißesten Feiern liefen. Dort spielte sie auf dem Klavier, sang dazu und wurde gefeiert wie ein Star. *Auf der Banke an der Panke* sang sie mit nicht geringerem Ausdruck als Claire Waldorff, ebenso *Hermann heeßt er*. Besonderen Applaus bekam sie bei dem Lied *Max, du hast das Schieben raus*, und das lag wohl daran, dass unter dem Publikum bestimmt zwei Drittel Schieber waren, also Männer, die sich bereicherten, indem sie an den Rationierungen vorbei Waren verschoben.

Dritter riss eine junge Frau nach der anderen auf, entjungferte manch eine und versprach jeder, dass er sie direkt nach dem Krieg heiraten würde. Er sagte ihnen nicht seinen wirklichen Namen. Der Einfachheit halber nannte er sich Eckhardt. Selbst seine Phantasie anzustrengen erschien ihm zu viel Liebesmüh.

Als er an die Front zurückkehrte, war er ein anderer, er hatte keine Angst mehr vor dem Tod.

Nach seinem Besuch entspannte Käthe sich ein wenig. Sie hatte ihren Sohn Dritter in den Armen gehalten und sich so vergewissert, dass der Krieg bereit war, einige junge Männer unbeschadet wieder auszuspucken. Warum sollte das nicht auch bei Eckhardt geschehen? Allmählich vergaß sie Lysbeths Traum.

Im April 1916 wurde die Tischlerei zu einem Treffpunkt für die oppositionellen Sozialdemokraten. Meister Volpert nahm zwar nicht an diesen Treffen teil, er zählte sich auch nicht dazu, wollte seine Geschichte als Nationalliberaler nicht verraten. Aber er und sein Freund Dr. Södersen waren erbitterte Gegner dieses Krieges und zutiefst von ihrer Partei enttäuscht, die bereits lange vor dem Kriegsausbruch Kriegspropaganda betrieben hatte. Doch sie waren zwei alte Männer, die keine Kraft mehr hatten, sich an der gefährlichen Arbeit gegen den Krieg zu beteiligen. So saßen sie abends zusammen, Meister Volpert trank sein heilendes Bier – stillschweigend sorgte Stella dafür, dass sein Biervorrat nicht ausging. Dr. Södersen leerte Flasche auf Flasche seines Weinkellers, in ruhiger Gewissheit, dass er sterben würde, bevor der Keller leer war.

Die Leute um Fritz, meist Arbeiter, waren sich einig, dass sie alles daransetzen wollten, um eine Maifeier zustande zu bringen. Völliges Schweigen, völlige Untätigkeit am internationalen Tag der Arbeit hätten sie als Schmach empfunden, als Zeichen, dass die Opposition in Wirklichkeit politisch ebenso wenig existierte und zu bedeuten hatte wie die offizielle SPD. Es hatte Kontakte zu den Sozialisten in den Ländern gegeben, mit denen Deutschland im Krieg lag, um am 1. Mai gemeinsam in Berlin auf der Straße zu zeigen, dass die sozialistische Internationale nicht tot war. Leider nur Absagen. Die Begründung lautete, die Stimmung in den Massen sei nicht international, die Oppositionellen würden sich mit der kleinen Schar der Demonstranten nur lächerlich machen.

Also bereiteten sie mit zusammengebissenen Zähnen auf eigene Faust eine Maidemonstration vor, ungeachtet der geringen Mittel, die ihnen zur Verfügung standen. Heimlich druckten sie mit handbetriebenen Vervielfältigungsmaschinen Flugblätter und Handzettel.

Am 1. Mai fuhr Fritz nach Berlin. Alles, die Vorbereitung, die Treffen, Fritz' kleine Reise, alles musste vor Johann geheim gehalten werden. Der Junge war für Fritz gefährlich geworden. In seinem Beisein durfte kein politisches Wort gesprochen werden. Nicht nur Fritz drohte Gefängnis, wenn Johann in der Schule ausplauderte, was zu Hause geredet wurde.

Als Fritz zurückkehrte, fieberten alle seinem Bericht entgegen. Doch erst, als Johann in der Schule war, trafen sie sich in der Küche, sogar Stella und Lysbeth, die vormittags normalerweise entweder schliefen oder schon fort waren, fanden sich ein. Und auch Alexander zeigte unverhohlen seine Neugier auf die Demonstration. »Erzähl!«, forderten alle, und Fritz ließ sich nicht lange bitten.

»Es war imposant. Und die Polizei hatte es wohl schon befürchtet. Sie waren enorm vorbereitet. Der Potsdamer Platz und seine Zugänge waren schon um sieben Uhr mit Schutzleuten zu Fuß und zu Pferde überfüllt. Um acht Uhr pünktlich sammelte sich am Platz eine dichte Menge demonstrierender Arbeiter, unter denen es unglaublich viele Jugendliche und Frauen gab. Bald begannen dann auch die üblichen Scharmützel mit der Polizei. Die Schutzleute wurden immer nervöser, mit dieser Masse hatten sie wohl doch nicht gerechnet. Sie schubsten und stießen uns hin und her.

In diesem Moment, an der Spitze der Masse, mitten auf dem Potsdamer Platz, erklang die laute tiefe Stimme Karl Liebknechts: ›Nieder mit dem Krieg! Nieder mit der Regierung!‹

Sofort bildete sich um ihn eine Traube von Polizisten, sie griffen von allen Seiten nach ihm und trennten ihn durch einen Kordon von der Masse. Wir riefen hinter ihm her, und unsere Rufe ergriffen die anderen, und bald war es wie ein Schrei aus einer Kehle: ›Hoch Liebknecht!‹

Sie wurden so wütend, die Bullen! Sie stürzten sich förmlich in die Menge und griffen willkürlich hierhin und dorthin und brüllten: ›Sie sind verhaftet!‹ Die Offiziere waren besonders schlimm, sie droschen auf die Frauen ein, als hätten sie keine männliche Ehre im Leib. Dann drängten sie mit Schlagstöcken und allem, was ihnen zur Verfügung stand, die Menschenmassen in die Seitenstraßen ab.

Aber wir waren mindestens so wütend wie sie. Die sollten uns nicht kleinkriegen! Also formierten wir neue Züge in den Straßen, und bald waren es drei große: In der Köthener Straße, in der Linkstraße und in der Königgrätzer Straße. Unter ständigen Zusammenstößen mit der Polizei schoben wir uns langsam vorwärts. Unglaublich, wie viel Kraft da auf der Straße zusammengeballt war! Aus vielen tausend Stimmen klang immer wieder: ›Hoch Liebknecht!‹ Und auch: ›Nieder mit dem Krieg! Es lebe der Frieden! Es lebe die Internationale!‹

Mittlerweile wussten alle von Liebknechts Verhaftung. Es sprach sich rum, dass sie ihn auf die Wache am Potsdamer Bahnhof geführt hatten. Uns war klar, dass es ihm in den Händen der Polizeischergen schlimm erging. Manche Frauen weinten laut, aber viele hoben die Faust und verfluchten die Polizei, den Krieg, die Regierung.

Bis zehn Uhr dauerte die Demonstration, wobei die Menge immer wieder durch die Seitenstraßen zu den drei Hauptzügen zusammenzuströmen versuchte, aber durch die wimmelnden, springenden und dreinhauenden Polizisten immer wieder daran gehindert wurde. Erst gegen halb elf oder noch später verlief sich die Demonstration.«

»Wie viele waren es?«, fragte Meister Volpert.

»Mindestens zehntausend«, antwortete Fritz mit Stolz in der Stimme. Die Mädchen gaben einen beeindruckten Laut von sich. Käthe musste an sich halten, Fritz nicht übers Gesicht zu streichen. In den letzten zwei Jahren hatten sich tiefe Falten in seine Stirn und Wangen gegraben. Sie liebte ihn dafür umso mehr.

»Die ganze Stadtgegend um den Potsdamer Platz war noch bis Mitternacht von berittener Polizei geflutet. Die Maidemonstration war ein Riesenerfolg!«

»Leider bezahlt mit Liebknechts Verhaftung. Er wird fehlen«, sagte Tante Lysbeth traurig.

»Und es wird nichts ändern!«, klagte Alexander.

»Wie sonst soll man etwas ändern?«, fragte Stella ihn herausfordernd. Ihre Augen blitzten zornig. Käthe erschrak. Stella war so mutig. Wenn sie wirklich mit diesem Zorn gegen den Krieg eintrat, konnte man sich gar nicht ausdenken, wozu sie fähig war. Sie sah ihre Tochter forschend an. Eine blühende junge Frau. Der Krieg, das Hungern, das Leid hatten nicht eine einzige Spur in ihrem Gesicht hinterlassen. Allerdings zeugte der sprühende Zorn in ihren Augen davon, dass sie unter dem Krieg mehr litt, als Käthe geahnt hatte.

»Diesmal waren es zehntausend«, sagte Fritz, »nächstes Mal sind es vielleicht hunderttausend.«

»Vorausgesetzt, dass es ein nächstes Mal gibt!« Der alte Volpert reckte sein Kinn angriffslustig vor. »Wenn dieser vermaledeite Krieg nicht bald ein Ende hat, bleiben keine hunderttausend deutsche Männer übrig. Dann sind alle tot!«

»Vater, hör auf mit solche Reden! Ich will so was nicht hören!«, fuhr Käthe ihn an.

»Wer nicht hören will, muss fühlen!«, sagte er leise.

Früher wäre er nach einem solchen Satz aufgestanden und in die Tischlerei gegangen. Jetzt aber blieb er sitzen und trank ein großes Glas Heilwasser. Die Tischlerei stand leer. Volperts Augen waren so schlecht geworden, dass er nicht mehr arbeiten konnte. Seine Aufgabe war schon vor dem Krieg gewesen, die Hölzer auszuwählen und Anweisungen zu erteilen. Nun war niemand mehr da, dem er Anweisungen erteilen konnte.

Im Herbst 1916 geschah etwas Entsetzliches.

Käthe hatte Fritz nur noch selten gesehen, da er ständig für seine Spartakisten unterwegs war, aber von Zeit zu Zeit fand er sich in der

Küche ein, dem Raum, der noch einigermaßen warm war und wo alle zusammenrückten, als wollten sie sich aneinander wärmen. Am Küchentisch empfanden sie in diesen scheußlichen Zeiten so etwas wie Geborgenheit. Dort teilte Fritz meist eine ganz andere Realität mit als die, die in den Zeitungen stand. Auch an diesem Tag hatten sich wieder einmal alle in der Küche versammelt.

Alexander las gerade seiner Familie aus dem *Börsenblatt* vor. Er war zwar ein kleiner Kriegsgewinnler, versuchte, am Krieg so gut zu verdienen, wie es eben ging, aber meistens gingen seine Pläne daneben. Auch ihm war klar, dass die wahren Kriegsgewinnler ganz woanders saßen.

»Hört euch die Gewinne der Stahlindustrie von 1914 bis 1916 an! Bei Phönix sind sie von 15,5 auf 23,2 Millionen Mark gestiegen.« Er funkelte seinen Schwiegervater an. »Ich hab's doch gesagt: Man muss Aktien kaufen. Die Dividende bei Phönix ist zwanzig Prozent!«

Meister Volpert, der neuerdings immer fror, selbst wenn es draußen warm war, schlang seine Wolldecke fester um sich. »Und was hast du von der Dividende?«, fragte er missmutig. »Zu essen kannst du davon auch nicht kaufen!«

Alexander schüttelte den Kopf über so viel Unbelehrsamkeit. Er las weiter vor: »Bei Mannesmann sind die Gewinne von acht auf siebzehn Millionen Mark gestiegen, eine Dividende von fünfzehn Prozent, und bei Bochumer Gussstahl gibt es sogar eine Dividende von fünfundzwanzig Prozent, das musst du dir mal vorstellen!«

»Ja«, sagte Fritz kalt, »sie wollten den Krieg, und nun haben sie ihn, mit genau den Gewinnen, die sie kassieren wollten.«

In diesem Augenblick klopfte es an der Haustür. Erschrocken hielten alle am Tisch einen Moment in der Bewegung inne. Käthe versuchte, ihre Beklommenheit abzuschütteln. »Wir sehen schon Gespenster!«, sagte sie leise lachend und ging zur Tür. Draußen stand der Bote mit einem offiziellen Brief. Der Brief war für Fritz. Der Bote gab den Umschlag ab, ließ sich den Empfang von Fritz bestätigen und machte sich sofort wieder auf den Weg.

Der Einberufungsbefehl.

Am Tisch sagte keiner einen Ton. Fritz war kreidebleich. Schließlich sagte er: »Dann habt ihr einen Esser weniger.« Sein Lächeln verrutschte.

Die alte Lysbeth ging in Käthes Speisekammer, wo sie ihre Geheimnisse verstaut hatte. Sie kam mit einer Flasche Pflaumenschnaps zurück. »Darauf trinken wir einen«, sagte sie trocken, »und dann überlegen wir, was wir dagegen tun können.«

Da flammte die Wut in Käthe auf. Wie eine alles versengende Stichflamme. Sie war selbst erstaunt über die Stärke dieses Gefühls. Es kam alles zusammen. Diese Nachrichten aus dem *Börsenblatt*! Im April war die Brotration wieder gekürzt worden. Und jetzt dies!

Sie tranken schweigend den Schnaps, und dann sagte Käthe heiser: »Es ist doch wohl jedem hier völlig klar: Fritz muss fortgeschafft werden.«

Zwei Tage und Nächte lang, immer wenn Johann abwesend war oder schlief, beratschlagten sie, welche Möglichkeiten es gab. Aber Fritz legte bei jedem Vorschlag Einspruch ein. Nein, da würde dieser zu sehr gefährdet und da jener. Dann lieber nach Frankreich an die Front.

»Ein Esser weniger«, so lautete sein Standardspruch, der Käthe irgendwann in einen Weinkrampf ausbrechen ließ. Danach schwieg er ganz und gar.

Meistens saßen Käthe und Meister Volpert, die Tante und Fritz zusammen. Sie überlegten viel, sprachen wenig. Meist schwiegen sie bedrückt. Am dritten Tag trat Lysbeth in die Küche. Sie schloss sorgfältig die Tür hinter sich, stellte sich breitbeinig hin und öffnete ihren Mund zu einer längeren Rede. Lysbeth, die Schweigsame, Lysbeth, die Freundliche, Lysbeth, über der seit der Geburt der kleinen Angelina ein Lichtschein lag.

Lysbeth, die Kluge.

»Ich habe gestern mit Freunden gesprochen, die in der Sächsischen Schweiz einen Bauernhof haben. Helga und Helmut. Sie sind bereit, Fritz als Knecht zu nehmen. Sollte wider Erwarten Polizei kommen, wollen sie ihn im Heu verstecken.« Sie richtete einen durchdringenden Blick auf die Tante. Ihre Augen sagten: »Jetzt weißt du's. Du kannst mich auffliegen lassen. Oder wir haben ein Geheimnis mehr.«

Die lächelnden Augen der Tante antworteten: »Ich weiß es doch längst.«

Seit vier Jahren fuhr Lysbeth mindestens einmal die Woche zu dem abgelegenen Bauernhof, wo die kleine Angelina ihr Zuhause gefunden hatte. Anfangs war Helga, die Ziehmutter mit dem grauen Knoten im Nacken, nicht gerade erfreut, die Schwester der kleinen Hexe bei sich zu sehen, von der das kleine Mädchen so mühevoll entwöhnt worden war, doch dann merkte sie, dass Angelina noch Tage nach dem Besuch ihrer Tante entspannter war, glücklicher, weniger kämpferisch als sonst.

Also hatte sie es für sich selbst als Preis abgebucht, den sie nun einmal zahlen musste für dieses kleine Wesen, dessen schwarze Haare sich allmählich ins Rötliche wandelten, dessen graue Augen aber weiterhin aus ihrem Gesicht strahlten.

Lysbeth hatte sofort, nachdem der Einstellungsbefehl gekommen war und die Mutter die entscheidenden Worte gesprochen hatte, an Helga und Helmut gedacht. Es war ihr auch nicht schwergefallen, den beiden ihre Bitte zu unterbreiten, denn sie wusste ganz genau, dass Angelina sie mehr liebte als jeden anderen Menschen auf der Welt. Noch nie hatte es jemanden gegeben, von dem Lysbeth dies hätte sagen können. Noch nie hatte sie die Macht erfahren, die solch große Liebe einem Menschen verleiht. Vielleicht spürte sie diese Macht deshalb nun umso deutlicher, und vielleicht fiel es ihr deshalb so leicht zu sagen: »Angelina wird es euch einst danken, dass ihr diesen Mann aufnehmt, er heißt übrigens Johannes.« Es war Lysbeth sehr klar gewesen, dass Fritz unter falschem Namen dort untertauchen musste.

All das war ihr leicht von der Hand gegangen. Helga und Helmut hatten auch erwartungsgemäß sofort zugestimmt. Sie waren so vernarrt in ihr geschenktes Töchterchen, dass sie alles für sie getan hätten. Einen Knecht aufzunehmen, der keinen Lohn wollte und den sie nur im Heu verstecken mussten, sobald Polizei kam, schien ihnen geringe Liebesmüh. Ihr Hof lag so weit abseits von allem, von der Kriegsbegeisterung der ersten Tage ebenso wie vom jetzigen Elend, dass ihnen alles herzlich egal war, was da draußen in der Welt passierte. Hauptsache, sie drei hatten zu essen und zu trinken, Feuerholz und blieben gesund. Fürs Gesundbleiben war Tante Lysbeth zuständig. Für das Glück in den Augen der kleinen Angelina sorgte von Zeit zu Zeit die junge Lysbeth. Also, warum sich sträuben gegen einen Knecht, den Helmut gut brauchen konnte?

Ihrer Familie, vor allem aber der Tante ihr Geheimnis preiszugeben fiel Lysbeth unendlich schwer. Sie passte bewusst einen Augenblick ab, in dem Stella noch schlief und ihr Vater nicht da war. Stella würde sofort Lunte riechen, so mutmaßte Lysbeth, und aus irgendeinem Grund, den sie selbst nicht erklären konnte, wollte sie nicht, dass ihr Vater dabei war.

»Wo stehen die Leute politisch?«, fragte Fritz, und Lysbeth errötete. Das wusste sie nicht. »Ich glaube, sie sind für den Krieg«, sagte sie.

»Hundertprozentig!«, bekräftigte die Tante. »Sagt mir einen auf dem Lande, der das nicht ist. Aber das sollte uns wohl nicht kümmern. Wenn Lysbeth die Leute kennt, können wir ihnen vertrauen. Alles andere zählt nicht.«

Käthe nickte mit gesenktem Kopf. Irgendetwas kam ihr eigenartig vor. Aber sie konnte es nicht deuten. Vielleicht bist du nur traurig, weil Fritz jetzt fortgeht, sagte sie sich. Und vielleicht bist du auch eifersüchtig, weil deine Tochter Leute kennt, von denen du nichts weißt.

Ja, so war es ganz eindeutig. Und nun sagte Lysbeth auch noch: »Meine Freunde wollen nicht, dass jemand weiß, wo Fritz ist. Nur ich soll ihn hinbringen.«

Die Tante nickte bedächtig. »Das ist vernünftig«, sagte sie. »Man kommt heute leichter ins Gefängnis als in eine Badewanne. Also, wir sagen Alexander, er soll sich etwas ausdenken, um Fritz gefahrlos dorthin zu bringen.«

Am selben Abend noch sagte die Tante zu Alexander, er solle seinen Gaul anspannen, um Fritz insgeheim fortzuschaffen.

»Fahnenflucht!« Alexander erbleichte. Darauf stand die Todesstrafe. Dabei wollte er nicht Mithelfer sein. Aber die Tante war unerbittlich. »Du willst deine Pferde behalten, dabei habe ich dir geholfen, wir alle wollen den Fritz behalten, dabei wirst du helfen.«

Sie sagte nicht: »Deine Frau will den Fritz behalten.« Obwohl es der Wahrheit entsprach. Allerdings war auch diese Formulierung keine Lüge. Der Fritz war ein feiner Mensch, und der alte Volpert hielt große Stücke auf ihn, und was die kleine Stella betraf, so war es sicher gut, dass es einen auf der Welt gab, der ein väterliches Auge auf sie hatte.

Alexander beschloss, dass es besser wäre, wenn die Tante mitführe.

Lysbeth und die Tante. Sollte die Polizei sie anhalten, würden sie sagen, sie müssten zu einer Geburt. Eine Geburt drängt, da ist wenig Zeit für Untersuchung der Kutsche. Und eine Geburt macht jeden Mann hilflos, selbst einen Polizisten. Also wurde Fritz unter der Bank in eine Decke gerollt, davor die große Medizintasche der Tante gestellt und noch die Frauenbeine.

Spät am Abend ging es los. Kein Polizist hielt sie an. Ohne jeden Zwischenfall erreichten sie den abgelegenen Hof, wo die kleine Angelina schon schlief. Die Tante wurde ebenso freundlich willkommen geheißen wie Lysbeth. Fritz hieß von nun an Johannes und war ein Knecht.

Käthe, daheim geblieben, empfand unglaubliche Wut. Der Mann, den sie liebte, war fort. Wann sie ihn jemals wiedersehen würde, war ungewiss. Sicher, sie hätte froh sein sollen, denn er war dem Krieg entrissen, aber sie war nicht froh. Sie war wütend. Sehr wütend sogar.

Einen Tag später, Lysbeth und die Tante waren gerade wieder zurück, kam der Bote mit dem Feldpostbrief. Käthe erbleichte. Schneidend scharf erinnerte sie sich an Lysbeths Traum. Ihre Augen fielen tief in die Höhlen, man sah ihren Schädel, als wäre sie tot. Lysbeth, die in diesem Augenblick die Küche betrat, bekam einen hysterischen Zusammenbruch. Aufheulend schrie sie den Namen des ältesten Bruders. Am ganzen Körper zitternd fiel sie zu Boden. Da kam wieder Leben in Käthe, und sie kümmerte sich um Lysbeth. Während sie ihre zitternde Tochter in den Armen wiegte, öffnete sie den Brief und las, dass Eckhardt schwer verletzt im Lazarett lag.

Im Herbst 1915, in den Tagen, als Alexander unter Eckhardts Namen fremde Frauen verführt hatte, war dieser verschüttet worden. Halb tot, aber bei Bewusstsein, ein bebendes Nervenbündel, drei Granatsplitter im Kopf, buddelten ihn die Landser nach drei Tagen aus dem verschlammten Graben. Jetzt erst, Monate später, gelangte die Nachricht zu seiner Familie, dass er zwar lebe, aber eine schwere Gehirnverletzung davongetragen habe. An einen Transport nach Hamburg sei nicht zu denken.

Nie wieder wird er anrührende Worte in schönen Sätzen von sich geben. Wenn er zurückkommt, wird er schon wieder über eine einfache Sprache verfügen, die sich in der Folgezeit noch entwickelt.

Sein Leben lang wird er von Migräneanfällen und von nächtlichen Schweißausbrüchen geplagt sein. Seiner Potenz wird er sich nie ganz sicher sein.

Nach dem ersten Entsetzen befand Käthe sich in einer ständigen zornigen Erregung. Und nicht nur ihr ging es so. Täglich beim Anstellen vor den Geschäften schimpften Frauen über den Krieg, über den Hunger und über die Profite derjenigen, die den Krieg angezettelt hatten. Immer hemmungsloser, immer unvorsichtiger vor Mithörern schimpfte Käthe mit.

In allen Teilen des Reichs brachen Streiks aus. Im Juni 1917 gab es einen Hungerstreik auf dem Kriegsschiff »Prinz Luitpold«. Im Juli wurde durch den Sturz des Reichskanzlers Bethmann-Hollweg die innere Krise offenbar. Die Annahme einer Friedensresolution im Reichstag beruhigte die Gemüter wenig. Keiner glaubte an die Ernsthaftigkeit des Friedenswunsches.

Die Marine meuterte. Die Erregung der Arbeiter steigerte sich im ganzen Land. Als am 16. August die winzige Fleischration der Leuna-Arbeiter noch gekürzt wurde, forderten ihre Vertrauensleute in einem Flugblatt höhere Löhne, bessere Lebensmittelversorgung, kürzere Arbeitszeit und sofortigen Frieden ohne Annexionen. Die zwölftausendköpfige Belegschaft trat in den Ausstand.

Meister Volpert lachte triumphierend, als Käthe ihm diese Nachrichten aus der Zeitung vorlas. In diesem Augenblick kam sein Enkel Johann in die Küche. Klein, dünn, ein altes Gesicht unter strengem Scheitel, wies Johann seinen Großvater streng zurecht: »Du darfst nicht mit Vaterlandsverrätern fraternisieren! Wie sollen unsere Helden den Krieg gewinnen, wenn ihnen in der Heimat in den Rücken geschossen wird!«

Meister Volpert brummelte, Johann habe ihn missverstanden, und Käthe fragte, ob er einen Apfelschalentee wolle.

1917, als in Russland Revolution gemacht wurde, gab es auch in Deutschland einen Streik mit Demonstrationen: »Für Frieden ohne Annexion! Genug mit dem Völkermord! Mehr Brot und Fleisch, besseres Essen! Mehr Lohn!«

Meister Volpert unterstützte die Streikenden, wo er nur konnte, tat es aber heimlich, denn sein Enkel hatte inzwischen beschlossen, dass es, wenn er denn schon nicht an die Front durfte, in der Heimat seine Aufgabe sei, Vaterlandsverräter aufzuspüren und zu denunzieren.

Der Streik dauerte zwei Tage.

Der lange Kohlrübenwinter begann. Kohlrüben im Brot, Kohlrübenmarmelade, gedörrte Kohlrüben als Gemüse auf dem Mittagstisch. Johanns Schulklasse wurde wegen Furunkulose geschlossen. Der alte Volpert saß nur noch, in eine Decke gehüllt, bei seiner Tochter in der Küche, die Wangen hohl, die Augen tränten. Käthe hatte Angst, er könnte ihr an Entkräftung, Schwindsucht oder Grippe sterben, wie viele der Alten um sie herum. Der Alltag zermürbte sie. Sie kämpfte gegen den Hunger, kämpfte um das Überleben ihrer Familie. Doch nicht der Alte wurde krank, wieder einmal war es Johann, der sich fiebernd ins Bett legte. Käthes Sorge um ihn wurde nicht im Geringsten durch ihre Angst beeinträchtigt, er könne durch eine Denunziation Unheil über die Familie bringen. Für sie war er ein kleiner schwacher Junge, der sich verlaufen hatte und der vor sich selbst geschützt werden müsste.

Im Grunde, so schien es Käthe, nahm Johann von den Daheimgebliebenen den größten Schaden am Krieg. Ihre beiden Töchter schienen geradezu aufzublühen. Lysbeth arbeitete neuerdings als freiwillige Helferin im Krankenhaus. Es schien nicht im Geringsten an ihr zu zehren, obwohl sie oft erst spät in der Nacht heimkam. Ganz im Gegenteil, es schien, als habe sie in der Arbeit mit Kranken ihre Berufung gefunden.

Auch Stella blieb nachts oft fort. Morgens fand Käthe dann Köstlichkeiten wie Kaffee oder Butter oder Schokolade auf dem Küchentisch. Stella selbst aß davon so gut wie nichts. Wenn Käthe sie fragte, woher sie diese Sachen um Himmels willen habe, lächelte Stella nur. Sie war schöner und fröhlicher denn je.

# 23

»Der Kaiser hat abgedankt!«

Fritz hob den Kopf vom *Vorwärts*, der Zeitung der SPD. Ihm zugewandt zehn aufmerksame Gesichter. Alle waren heute in der Küche versammelt, auch Johann, auf den keine Rücksicht mehr genommen wurde, seit an der deutschen Niederlage kein Zweifel mehr bestand. Es war der 9. November 1918.

Im Oktober des vergangenen Jahres war Fritz ins Tischlerhaus gestürmt, nachdem er gehört hatte, dass eine erneute Einberufungswelle bevorstand. Sogar die gerade Siebzehnjährigen sollten jetzt zur Verstärkung an die zusammenbrechende Westfront geschickt werden. Bei Nacht und Nebel hatten sie auch Johann auf den Bauernhof von Helga und Helmut kutschiert.

Johann hatte sich zwar entsetzlich geschämt, aber noch größer war seine Angst gewesen. Die in die Stadt flutenden Kriegsverstümmelten hatten immer wieder seinen Brechreiz geweckt. Seine Angst, an die Westfront geschickt zu werden, war größer als seine Vaterlandsliebe. Doch das gestand er nur sich selbst ein. Vor den anderen sträubte er sich gegen das Verstecktwerden und beschuldigte sie, ihn zur Fahnenflucht anzustiften.

Am gestrigen Tag war er von Fritz zurückgebracht worden. Käthe hatte dafür gesorgt. Sie wollte in diesen unruhigen Zeiten ihre Kinder bei sich haben. Nun saßen sie also alle in der Küche beisammen.

Der alte Volpert, die Wangen eingefallen, die Haut wellig um seinen geschrumpften Körper, war in zwei Decken gehüllt, aber seine wachen Augen ließen seinen nach wie vor scharfen Verstand durchblitzen. Tante Lysbeth, mit ihren vierundachtzig Jahren trotz der Kriegsentbehrungen wieder so flink auf den Beinen und so aufrecht in ihrer winzigen Gestalt wie eh und je, wirkte weitaus jünger als der fünfzehn Jahre jüngere Volpert. Seit sie ins Tischlerhaus gezogen war, hatte sie sich sogar merklich verjüngt.

Stella, zwanzigjährig und strahlend, war während der Kriegsjahre aufgeblüht. Sie hatte sich in Dresden einen Namen als Schlagersängerin gemacht. In den Lokalen hatte sie alles einsetzen können, was sie ausmachte: ihren frechen Charme, ihre provozierende Erotik, ihre

Lebenslust; dass sie auch noch eine recht hübsche Stimme besaß und leidlich Klavier spielen konnte, hatte ihren Vortrag nur abgerundet. Es hatte ihr nicht nur Spaß gemacht, sondern es hatte sie auch mit Stolz erfüllt, dass sie mit ihrer Arbeit ihre Familie mehr als einmal vor dem Hungern bewahren konnte.

Lysbeth, schmal, mit einem feinen zarten Gesicht, hatten die Kriegsjahre ebenfalls Glanz verliehen. Sie war während ihres aufreibenden Dienstes im Krankenhaus einerseits noch sensibler für menschliches Leid geworden, andererseits aber hatte sie endlich voll und ganz erproben können, was in ihr steckte. Die Ärzte rissen sich um sie, wollten nur Lysbeth als Assistenz bei Operationen haben, und die Patienten waren voller Dankbarkeit für all die Zuwendung und die kleinen heilenden Gesten, die sie ihnen außerhalb der Krankenhausroutine zukommen ließ. Lysbeths größter Wunsch war, Ärztin zu werden. Aber sie hatte bisher nicht einmal gewagt, ihrer Tante diesen Wunsch zu offenbaren.

Für Eckhardt hingegen hatte der Krieg nichts als Elend gebracht. Er war ein anderer geworden. Die Narbe auf dem rasierten Kopf markierte ihn als schwer verletzt. Sein bleiches Gesicht war schmal, und in seinen Augen lag ein verstörter Ausdruck, der sich nie ganz verlor, selbst wenn es Stella oder der Tante gelang, ihn zum Lachen zu bringen. Seine Hände zitterten ständig, manchmal so stark, dass er Probleme hatte, die Tasse zum Mund zu führen. Allein seine großen abstehenden Ohren strahlten jugendliche Kraft aus, ansonsten wirkte der Vierundzwanzigjährige wie ein alter Mann.

Sein Vater Alexander hatte in den vergangenen Jahren ebenso wie seine Töchter neue Frische getankt, er, der früher einen eher leidenden Gesichtsausdruck zur Schau getragen und oft geseufzt hatte, kaum dass er das Haus betrat, zeigte Spannkraft im Gang und in seinem zupackenden Blick. Alexander war während der vergangenen vier Jahre ständig unterwegs gewesen, hatte hier etwas verschoben und da ein Geschäft aufgetan oder aber auch nur die richtigen Leute zusammengeführt. Er war nicht reich geworden, aber er hatte sich wichtig und erfolgreich gefühlt. Zusätzlich natürlich zu dem Geld, das er verdient hatte und das ihm zwar nicht viel nützte, das er aber dennoch liebte, wenn es in seiner Tasche klimperte.

Käthe, nun achtundvierzig Jahre alt, hatte leider fast alles verloren, was aus ihr einmal eine anziehende junge Frau gemacht hatte: Ihre vertrauensvollen klugen Augen, die früher oft unverschämt lang auf einem Menschen geruht hatten, waren umgeben von Knitterfalten, da Käthe vor Müdigkeit oft die Augen zusammenkniff. Ihre Grübchen hatten sich in scharfen Linien verloren, und ihre rötlichen Locken waren grau und stumpf geworden. Ihr Rücken hatte sich gewölbt, und ihr Lachen war während der vergangenen vier Jahre erstorben. Aus der einst weichen und warmherzigen Käthe war eine strenge, harte und misstrauische Frau geworden, von ihrem Überlebenskampf fast zu Boden gezwungen.

Der Einzige, der das nicht zu sehen schien, der sich Käthe näherte und sie anschaute, als wäre sie immer noch die anziehendste Frau der Welt, war Fritz. Im Gegensatz zu Käthe war Fritz zwar auch gezeichnet von der Härte der vergangenen Jahre, auch in sein Gesicht hatten sich scharfe Falten gegraben, seine Haare waren ergraut, er ging ein wenig schief, aber seine grauen Augen strahlten nach wie vor, sein Mund war bereitwillig zu lächeln, der ganze Mann wirkte voller Spannkraft und Tatendrang. Was der Realität entsprach: Der Krieg war zu Ende, nun sollte ein neues Deutschland errichtet werden. Und Fritz war dabei!

Als Neunter in der Familie war noch Johann zu nennen, leicht zu übersehen, obwohl er sich ständig Mühe gab, größer, lauter, stärker zu erscheinen, als er war. Wenig größer als einen Meter sechzig, dünne Haare, schmal, alles was man über ihn sagen konnte, war: unscheinbar und kränklich. Johann hatte den Krieg geliebt, denn er hatte ihn als Teil des siegreichen Deutschlands größer gemacht. Er hatte den Krieg gehasst, denn er hatte ihm gezeigt, dass er zu jung, zu klein, zu schwach war, um an der Seite seiner siegreichen deutschen Männer mitzukämpfen. Seit Eckhardt, schlimm gezeichnet, nach Hause zurückgekehrt war, ging es Johann etwas besser. Nun war nicht mehr er der schwächste Mann der Familie, nun war es eindeutig der älteste Bruder!

Außer den Familienmitgliedern hatten sich Lieschen und Dr. Södersen eingefunden. Lieschen war während des Krieges immer seltener gekommen, weil sie ihre Eltern pflegen musste, die von Kriegsbeginn an ihren Lebensmut verloren, sich kaum mehr rührten und nur nicht zu sterben schienen, damit Lieschen weiterhin in den

Genuss ihrer Lebensmittelkarten kam. Vor drei Wochen nun hatte Lieschen die Eltern tot aufgefunden, als sie von den mühsamen Einkäufen zurückkehrte. Hand in Hand lagen die beiden im Bett, lächelnd und im Tod seltsam verjüngt. Seitdem kam Lieschen wieder häufiger ins Tischlerhaus.

Dr. Södersen war kaum noch zu erkennen. Richtig dürr war der einst dickleibige Herr geworden, in seinem Gesicht prangte eine dicke rote Säufernase. Seit seine Haushälterin im letzten Jahr plötzlich an den Folgen einer Grippe gestorben war, ernährte er sich nur noch von Rotwein, außer Tante Lysbeth flößte ihm etwas Suppe ein. Er weigerte sich rigoros, für Lebensmittel in Schlangen anzustehen. Seiner Meinung nach sorgte der Rotwein dafür, dass er nicht hungerte und stets recht gutgelaunt war.

Der Einzige, der in der Runde fehlte, war Dritter. Alle warteten auf ihn. Käthe zitterte, dass er nicht heimkehren würde, gerade in den letzten verworrenen Tagen trafen noch so viele Todesnachrichten ein.

In der Küche sah es aus wie in alten Zeiten, als Lehrlinge und Gesellen miteinander aßen. Sie drängten sich um den großen, von Meister Volpert eigenhändig hergestellten Esstisch, tranken den von Dr. Södersen gestifteten Rotwein, aßen das Brot, das Johann vom Bauernhof mitgebracht hatte und vernahmen staunend die Abdankung des Kaisers.

»Der Reichskanzler hat folgenden Erlass herausgegeben:

Seine Majestät der Kaiser und König haben sich entschlossen, dem Throne zu entsagen.

Der Reichskanzler bleibt noch so lange im Amte, bis die mit der Abdankung Seiner Majestät, dem Thronverzichte Seiner Kaiserlichen und Königlichen Hoheit des Kronprinzen des Deutschen Reichs und von Preußen und der Einsetzung der Regentschaft verbundenen Fragen geregelt sind. Er beabsichtigt, dem Regenten die Ernennung des Abgeordneten Ebert zum Reichskanzler und die Vorlage eines Gesetzentwurfs wegen der Ausschreibung allgemeiner Wahlen für eine verfassunggebende deutsche Nationalversammlung vorzuschlagen, der es obliegen würde, die künftige Staatsform des deutschen Volkes, einschließlich der Volksteile, die ihren Eintritt in die Reichsgrenzen wünschen sollten, endgültig festzustellen.

Berlin, den 9. November 1918
Der Reichskanzler, Prinz Max von Baden
Es wird nicht geschossen!
Der Reichskanzler hat angeordnet, dass seitens des Militärs von der Waffe kein Gebrauch gemacht werde.«

»Der Krieg ist verloren!«, sagte Dr. Södersen fröhlich, »darauf trinken wir!« Er hob sein Glas, und alle anderen, bis auf Johann, taten es ihm nach. »Los, mein Junge«, sagte Södersen, »trink mit uns!«

»Der Krieg ist nicht verloren!« Johann biss die Zähne aufeinander und schob das Kinn angriffslustig vor. »Nicht die kaiserliche Generalität hat sich geschlagen gegeben, der Sozialdemokrat Scheidemann und dieser schlappe Prinz Max von Baden haben Deutschland an die Feinde ausgeliefert.«

»Was für ein Quatsch!«, fuhr ihm sein Großvater über den Mund. »Du glaubst aber auch alles! Wenn Ludendorff nicht kapituliert hätte, wäre Max von Baden nie Reichskanzler geworden. Junge, wie dumm bist du eigentlich?«

Johann bekam einen roten Kopf. Er reckte das Kinn noch etwas weiter nach vorn. Er schluckte und presste dann hervor: »Schwächliche Zivilisten haben Deutschland an die Feinde geliefert, und in der Heimat die inneren Feinde, die Roten. Der Endsieg war zum Greifen nah, das Heer ist im Felde unbesiegt …«. Seine Augen füllten sich mit Tränen. Schnell kippte er den vor ihm stehenden Rotwein hinunter. Er fühlte sich verdammt allein in dieser Runde. Keiner war auf seiner Seite! Da begegnete er dem sorgenvollen Blick seiner Mutter. Aber auch sie öffnete nicht den Mund, um ihn zu unterstützen, und er wusste es ja: Seine eigene Mutter, Käthe Wolkenrath, würde ganz Deutschland verschenken, wenn nur endlich ihr Sohn Alexander nach Hause käme. Alexander, der Große, der Schöne, der Tapfere! Johann schluckte wieder. Für ihn, den Kleinen und Schwachen, brachte die Mutter es nicht einmal über sich, ihre Meinung zu überdenken und sich auf seine Seite zu stellen. Nein, es kam sogar noch schlimmer. Sie öffnete den Mund, und was sie sagte, ließ Johann daran zweifeln, ob sie überhaupt seine wirkliche Mutter war.

»Nun«, sagte Käthe sehr langsam und bedachte dabei Wort für Wort, »der Krieg ist schon lange verloren. Kaiser Wilhelm hat ihn angezettelt, jetzt dankt er ab, womöglich verschwindet er noch aus

Deutschland und begeht Fahnenflucht. Er müsste doch geradestehen für die Katastrophe. Was tut er aber? Er überträgt Ebert den Schlamassel …«

»Ebert, der die Monarchie immer hochgehalten hat«, warf ihr Vater dazwischen.

»… und jetzt legt ihm der Kaiser das bankrotte Deutschland einfach so in die Hände. Er macht sich freiwillig zum Sündenbock! Aber warum, frage ich mich. Überall ist Revolution! Die Matrosen, die Arbeiter, überall, überall! Ebert wird die Revolution verraten, das ist meine Angst!«

Fritz hatte während Käthes Worten das Gesicht in die Hände gelegt. Mit einem Gesichtsausdruck voller Qual sagte er nun: »Freunde und Genossen, wir müssen wachsam sein!«

Stella sah ihn kühl an. »Wachsam?«, sagte sie spöttisch. »Wie stellst du dir das denn vor? Sollen wir abwechselnd Kettenhund spielen?«

Ihre Mutter warf ihr einen scharfen Blick zu. Fritz lächelte resigniert. »Ich weiß es auch nicht«, gestand er. »Alles ist so jung, so frisch, so ungewohnt …«

»Und gleichzeitig so zerschlagen!«, fügte Käthe in dem strengen Ton hinzu, der ihr seit einiger Zeit zu eigen war. »Aber die Hauptsache ist, dass Dritter endlich wiederkommt, dann hat der Krieg uns wenigstens kein Leben gekostet.«

Eckhardt trank schnell einen Schluck Rotwein, wohl wissend, dass ihm Alkohol nicht bekam. Er wurde davon in null Komma nichts volltrunken.

»Entschuldige!«, sagte Käthe zu ihm. »Ich wollte nichts beschönigen. Aber du lebst, und das ist die Hauptsache!«

Eckhardt lächelte schief und trank noch einen Schluck. Seine Hand zitterte so sehr, dass er die Hälfte des Weins auf dem Tisch verschüttete.

»Ob das die Hauptsache ist?«, sagte Stella leise, von einem Blick der Mutter zum Schweigen gebracht.

Der Waffenstillstand wurde abgeschlossen. Die Fronten brachen auseinander. Das vor vier Jahren in ekstatischem Kriegsjubel bebende Deutschland lag danieder. Der Krieg hatte Millionen Opfer gekostet.

Wilson, der Präsident der Vereinigten Staaten Nordamerikas, befahl den zermürbten deutschen Heeren, sich in Windeseile zurückzuziehen. Auf den platanengesäumten Alleen Nordfrankreichs und Belgiens bewegten sich Truppen- und Transportzüge Stoßstange an Stoßstange – heimwärts. Auf Puffern, Trittbrettern und Dächern überladener Eisenbahnzüge flohen die Soldaten, müde, besiegt, aber von einem einzigen Wunsch beseelt: nach Hause!

Auf einem der Dächer: Dritter Alexander! Er hatte sich schon lange von seiner Truppe abgesetzt. Pferde hatten sie ohnehin keine mehr. Alexander war von Scheune zu Scheune gejagt. Der Krieg war für ihn schon lange verloren. Um ihn herum ein Keuchen und Fluchen! Jeder hielt sich fest, wo er nur konnte. Jetzt runterzurutschen würde bedeuten, Zeit zu verlieren. Friede! Endlich Friede! Nach Hause! Diese Worte versüßten das Frieren, Hungern und Durchgeschütteltwerden da oben auf dem Dach.

Die Sturmflut der heimkehrenden Truppen brandete über Deutschland. Tag und Nacht erschütterten eilende Militärzüge die Fahrdämme. Es wurde geheult vor Enttäuschung, wenn im letzten Augenblick der Tod des Sohnes oder des Liebsten bekannt wurde, geschrien vor Glück, wenn er ins Haus stürmte, Fremde fielen sich in die Arme, fühlten sich vertraut im Chaos zerschmetterter Illusionen, einst Liebende standen mit hängenden Armen voreinander, plötzlich sehr fremd, erkannten sie sich kaum wieder.

Überall zeigte sich die Revolution. Es war rot geflaggt. Die Bahnhöfe blühten in frischem Schmuck. Auch die Viehkessel von 1914 brodelten wieder auf den Bahnsteigen, was Dritter erstaunte, der, nachdem er ungezählte zerfetzte, zerschmetterte, grausam verendende Pferde erlebt hatte, dachte, kein Pferd wäre übrig geblieben.

Unermüdlich kippten die Rotkreuzschwestern abertausende Militärkochgeschirre voll mit breiigen Suppen, mit Steckrübengemüse oder mit mokkaschwarzem Ersatzkaffee. Die Frontsoldaten kauten und wunderten sich. Denn auch Dauerwurst, Tafelbutter, gute Zigarren und Offizierszigaretten gab es plötzlich, Offiziersküchen und die heiligen Offizierslatrinen, alles stand ihnen nun zur Verfügung. Die Soldatenräte hatten die Entlausung befohlen! Plündern und Tragen von Offiziersachselstücken war mit Lebensgefahr verbunden.

Die Nachricht, der Kaiser habe sich nach Holland abgesetzt, ging fast unter im allgemeinen Chaos. Fritz allerdings las die Zeitungen in diesen Tagen aufmerksamer denn je. Er staunte über Käthes kluge Weitsicht. Fast jeden Abend saß die ganze Familie zusammen und erörterte den Lauf der Dinge. Gleichzeitig horchten alle auf die Haustür. Keiner gestand es dem andern, sie fieberten Dritters Ankunft entgegen. Sie fürchteten, er würde nicht kommen.

Und dann kam er. Es klappte die Tür, eine laute Stimme rief: »Ich bin da, Herrschaften!« Eine fröhliche, etwas krächzende Stimme, die in nichts ein fehlendes Körperteil vermuten ließ. Die Menschen um den Tisch herum saßen einen Augenblick lang wie versteinert, dann sprang Stella auf, rannte zur Tür hinaus und flog ihrem Bruder in die Arme. Nun kam Leben in die anderen, sie schoben sich aus der Küche, als müsste jeder der Zweite sein. Nur Käthe blieb am Tisch sitzen. Sie legte den Kopf auf die Arme und weinte.

Der November ging zu Ende. Die heimgekehrten Männer fühlten sich überflüssig und fremd. Ihre Frauen waren es gewohnt, in jeder Hinsicht ohne sie zurechtzukommen. Und Arbeit gab es keine. Erwerbslose stromerten in den Straßen herum. Eisig pfiff der Wind. Da flatterten Flugblätter auf die Hungernden und Frierenden: »Deutsche! Schützt Deutschland vor dem Bolschewismus! Wahrt eure Frauen vor Schändung und eure Kinder und Greise vor der russischen Schreckensherrschaft! Steht ein für Ruhe, Ordnung und Wiederaufbau unseres Vaterlandes.«

Neuerdings gab es Rede- und Pressefreiheit. Überall standen die Männer zusammen und diskutierten: Rätesystem oder Parlament. Kommunismus oder privatkapitalistische Wirtschaftsweise. Der vermaledeite Krieg musste doch wenigstens irgendeine gute Konsequenz haben! Welche aber war gut?

Anfang Dezember 1918 klebten an allen Berliner Litfaßsäulen Plakate, auf denen zu lesen war: »Das Vaterland ist dem Untergang nahe. Rettet es! Es wird bedroht nicht von außen, sondern von innen: von der Spartakusgruppe. Schlagt ihre Führer tot! Tötet Liebknecht! Dann werdet ihr Frieden, Arbeit und Brot haben!«

Dieser Mordaufruf trug die Unterschrift »Die Frontsoldaten«.

Käthe liefen Angstschauer über den Rücken, als sie das las. Was würde noch geschehen in Deutschland? Wann fand das alles endlich ein Ende?

Dann kam Fritz mit der Neuigkeit nach Hause, dass in der Nacht vom 9. zum 10. Dezember Angehörige des 2. Garderegiments den Versuch unternommen hatten, Liebknecht zu ermorden. Sie hatten gesagt, dass je fünfzigtausend Mark Belohnung für die Tötung von Rosa Luxemburg und Karl Liebknecht ausgesetzt waren.

»Wer sollte so etwas tun?«, fragte Käthe erschrocken.

»Man munkelt, dass es Zeugen gibt, die bekunden, Scheidemann habe dieses Kopfgeld ausgelobt«, sagte Fritz dumpf.

»Scheidemann?«, schrie Käthe. »Das ist ein Sozialdemokrat!«

Weihnachten kam näher. Tannen dufteten. Schnee fiel. Der Straßenverkehr spritzte Matsch auf die Fußgänger.

Alle Hausfrauen jammerten über das magere Weihnachtsfest. Es gab weder Zucker noch Mehl, noch Eier, keine Schokolade, kein Marzipan, kein Obst, erst recht keine Butter, und als Weihnachtsbraten allenfalls ein Stück Pferdefleisch. Käthe wies die lamentierenden Frauen streng zurecht: »Das Wichtigste ist doch, dass wir seit fünf Jahren zum ersten Mal keine Angst mehr haben müssen, dass unsere Söhne nie wiederkommen!« Einige der Frauen, mit denen sie vor dem Laden in der Schlange stand, sahen sie scheel an. Man wusste, dass sie nicht einen einzigen Mann aus der Familie verloren hatte. Man wusste auch, dass bei ihnen immer etwas mehr auf dem Tisch war, denn Stellas fragwürdige Berühmtheit hatte sich herumgesprochen. Und sie hatten natürlich recht. Im Tischlerhaus gab es keinen Pferdebraten, dafür ein von Angelinas Eltern gestiftetes Huhn. Das Huhn hatte Lysbeth mit ein paar Eiern, einem Brot und einigen Möhren und Kartoffeln als Bauch unter ihrem Kleid transportiert. Schwangere Frauen wurden nicht so leicht kontrolliert. Stella hatte ein Päckchen Zigaretten der Marke Brandenburg mitgebracht, die noch »garantiert 5 % Tabakbestandteile« enthalten sollten.

Die Lichter am Tannenbaum waren mit stinkendem Fett gefüllte Patronenhülsen. Käthe hatte sich verbeten, dass irgendwelche Kriegsutensilien verschenkt würden. Dritter und Johann hatten vor dem Fest feixend erzählt, dass Freunde von Dritter zu Aschenbechern oder kleinen Bilderrahmen verarbeitete Granatsplitter verschenkten oder gar zu Blumenvasen geformte Gasmaskenbehälter. So saßen sie nur beisammen und freuten sich einen Abend lang über die vollständige Familie.

Fritz kam nach den Weihnachtstagen völlig deprimiert nach Hause. »Die sozialistischen Führer streiten sich untereinander! Sie manövrieren die Linken aus allen Führungsgremien raus!«, teilte er Käthe, ihrem Vater und ihrer Tante mit, den Menschen, die für ihn seine Familie geworden waren und für die er ganz selbstverständlich dazugehörte. Ebenso wie er reagierten sie bedrückt.

»Eberts einziges Interesse ist, die Massen wieder zahm zu kriegen«, sagte Volpert. Er sah so grau und erschöpft aus, dass Käthe einen Hilfe suchenden Blick zu ihrer Tante schickte. Tu etwas, sagte der Blick, sonst stirbt er noch! Die Tante drehte sich auf der Hacke um und hatte im Nu den Pflaumenschnaps aus ihrer Geheimreserve in der Hand.

»Meine Lieben«, sagte sie betont munter, »wir haben den Krieg überstanden, da wird uns ein Ebert doch nicht in die Knie zwingen!«

In diesem Augenblick kam Dritter in die Küche. Er hatte lange geschlafen, war am Abend zuvor mit Stella tanzen gewesen. Als er die sorgenvollen Gesichter sah, verzog er angewidert sein Gesicht. Käthe öffnete den Mund: »Ebert …«

Weiter kam sie nicht. Dritter hob Einspruch gebietend die Hände. »Kein Wort mehr!«, sagte er scharf. »Ich will nichts mehr von eurem Politikscheiß hören! Der Krieg ist zu Ende! Gebt Ruhe!«

Von nun an durfte in Dritters Gegenwart kein politisches Wort fallen, sonst wurde er kalt und verletzend. Manchmal dagegen, wenn er gut gelaunt war, erzählte er vom Krieg: Anekdoten, lustige Geschichten von Kameradschaft und der Dummheit der adligen Vorgesetzten. Davon allerdings wollte Eckhardt nichts hören, und auch Meister Volpert verwahrte sich gegen die Verniedlichung des Völkermordens.

Fritz blieb länger und länger fort. Der Spartakusbund gründete sich, und er war dabei. Käthe wunderte sich, wie wenig glücklich sie war. Tag für Tag hatte sie dem Kriegsende entgegengefiebert, nun aber kam es ihr vor, als nähmen Zwietracht und Uneinigkeit in der Familie nur zu, als würde all das, was sie über die Kriegsjahre gerettet hatte, Wärme und Beistand, zerbrechen.

Stella ging jeden Abend gemeinsam mit Dritter aus, um zu singen und zu tanzen. Und zu trinken. Neuerdings kam sie torkelnd und lallend in der Frühe nach Hause und weckte Käthe auf. Als Käthe sie dann eines Morgens zur Seite zog und sagte: »Stella, das ist gefährlich, was du treibst. Bitte achte mehr auf dich. Du bringst dich doch in Verruf!«, brach Stella in schallendes Gelächter aus: »Ich bringe mich in Verruf? Mama, wo lebst du? Jetzt ist die Zeit nach dem Krieg, da ist alles anders!« Käthe schüttelte hilflos den Kopf. Ja, sie hatte auch den Eindruck, dass alles anders war. Allerdings nicht besser. Wäre bloß Fritz hier, der müsste dem Mädchen den Kopf waschen. Und auch Alexander schien kaum mehr im gleichen Haus zu leben wie sie. Erstaunlich früh aus dem Bett, verschwand er in die Stadt und kehrte in der Nacht erst nach Hause. »Geschäfte! Geschäfte!«, antwortete er, wenn Käthe ihn fragte, wo er sich bloß immer rumtreibe. Er rieb sich dabei so zufrieden die Hände, dass Käthe gar nicht mehr wissen wollte. Es konnte nur um Schwarzmarktgeschäfte gehen, und die waren verboten.

Seit wieder alle Söhne im Haus waren, hausten die Männer wieder im Dreibettzimmer und die Mädchen wieder in der Mansarde. Tante Lysbeth hatte keine Anstalten gemacht, wieder nach Hause zu gehen. Sie hatte die Chaiselongue in der Stube zu ihrer Schlafstatt erkoren, und Käthe war froh darüber. Sie fühlte sich den neuerdings im Haus herrschenden Stimmungen sehr ausgeliefert.

Johann hatte großen Aufwind bekommen. Er war begeistert von seinem Bruder Dritter. Endlich war jemand da, der Fritz den Mund verbot. Die anderen hatten sich ja immer dessen Meinung angeschlossen. Deshalb war das schon fast ein bolschewistischer Haushalt geworden. Nun war durch Dritter endlich wieder deutsche Ordnung eingekehrt.

Wenn Johann mit seinem Bruder allein sein wollte, folgte er ihm in die Stube, wo sich die Tante nur in der Nacht aufhielt, denn der seit Jahren ungeheizte Raum war feucht und kalt. Dritter aber sagte: »Die Gemütlichkeit lass ich mir nicht nehmen!« Jeden Tag mittags nach dem Essen rauchte er in der Stube eine Zigarre vom Großvater.

Dort raunte Johann ihm verschwörerisch zu: »Ich habe einen Offizier kennengelernt, der hat gesagt, der Krieg ist noch lange nicht verloren, und in Russland muss gegen die Kommunisten gekämpft werden, die Frauen schänden und Kinder töten. Er hat gesagt, wenn ich mitkomme und kämpfe, bekomme ich im Baltikum Land. Sicher. Versprochen. Was meinst du, kommst du mit?«

Kaum hatte er ausgesprochen, knallte sein Kopf nach rechts. Dritter hatte ihn geschlagen! Johann riss erstaunt die Augen auf, da fing er die nächste Ohrfeige.

»Wenn du dich von denen einfangen lässt, schlag ich dich windelweich«, knurrte Dritter. »Der Krieg ist vorbei und soll vorbei sein, dank dem Herrn auf Knien, dass du nicht dabei sein musstest.«

Johann machte große verwirrte Augen und war dem großen Bruder böse, nicht so sehr wegen der Backpfeife, sondern weil Alexander mal hü sagte und mal hott. Mal war der Krieg eine große Gaudi gewesen, und dann wieder sollte er, Johann, dem Herrgott danken, dass er nicht dabei gewesen war. Wie sollte er daraus schlau werden?

Lysbeth hatte zwar geträumt, dass Eckhardt schwer verletzt werden und aus irgendeinem seltsamen Grunde keine Schokolade mehr mögen würde, was auch eingetroffen war, aber sie hatte auch allerlei andere schreckliche Dinge geträumt – wer tat das schließlich nicht in Kriegszeiten?! Sie hatte ihren Träumen keine besondere Beachtung mehr geschenkt, anderes, Konkreteres, war ihr viel wichtiger erschienen. Die Zeit im Krankenhaus hatte sie vollkommen mit Beschlag belegt, sie hatte mit Feuer und Eifer gelernt, was die Ärzte und die erfahreneren Krankenschwestern ihr beibrachten. Und sie hatte heimlich, still und leise ausprobiert, wie sie das bei der Tante Gelernte zusätzlich zu den im Krankenhaus üblichen Methoden anwenden konnte. Das war anstrengend gewesen, selbstverständlich, ein Zwölfstundentag und mehr war keine Seltenheit, aber es war auch aufregend und hatte nicht nur ihre Kraft gefordert, sondern ihr ganzes Wesen. Die noch übrig gebliebene Energie hatte sie der kleinen Angelina geschenkt.

Mit Politik hatte sie sich nur insoweit beschäftigt, als dass sie Fritz und dem Großvater aufmerksam zuhörte, wenn diese über die Kriegsverbrecher schimpften und diese beim Namen nannten. Der Name Spartakus sagte ihr nur deshalb etwas, weil Fritz dazugehörte, und als er Mitglied der neu gegründeten KPD wurde, empfand Lysbeth Wohlwollen dieser Partei gegenüber. Ansonsten fand sie ihre

Orientierung durch Werte wie Ehrlichkeit und Menschenliebe, Mitgefühl und Hilfsbereitschaft, Zärtlichkeit und Fürsorge für Kinder und Kranke. Interessengegensätze, Klassenkämpfe, Unterdrückung und Ausbeutung, das waren Begriffe, die sich weit von ihr entfernt ansiedelten. Es war bestimmt etwas dran, denn Fritz und der Großvater und auch die Mutter und, ja, sogar die Tante konnten nicht alle im Unrecht sein, aber Lysbeth fühlte sich davon nicht berührt.

Doch dann fuhr sie Anfang Januar nachts aus einem Traum hoch: »Fritz, geh nicht! Geh nicht! Sie werden dich töten!«, schrie sie gellend.

Stella und sie bewohnten wieder die Mansarde, von der aus eine kleine Holztreppe nach unten führte. Stella war gerade eben nach Hause gekommen und schlief noch nicht. So war sie schnell genug, um die Schwester aufzufangen, bevor diese die Treppe hinunterstürzte.

Käthe war aus dem Schlafzimmer geschossen, kaum hatte sie den Namen »Fritz« vernommen. Sie sah zerknittert und schlaftrunken aus, aber sie war sofort hellwach und fragte Lysbeth nach ihrem Traum. Diesmal wollte sie es ganz genau wissen.

»Sie töten in Berlin die Spartakisten, in Scharen, sie zerschlagen ihre Köpfe zu Brei, sie stellen sie an die Wand und erschießen sie, es ist ein Gemetzel! Fritz darf nicht mehr nach Berlin fahren, Mama! Bitte, du musst ihn davon abhalten!«

Wie in früheren Zeiten setzte sich Käthe auf die Treppe und nahm ihre Tochter auf den Schoß. Die nach Alkohol und Zigaretten riechende Stella setzte sich neben sie. Käthe wiegte ihre Tochter in ihren Armen, und Stella begann leise ein Wiegenlied zu singen. Bevor Lysbeth einschlief, nahm Stella sie an die Hand und zog sie die Treppen hinauf.

Am nächsten Morgen beratschlagte sich Käthe mit der Tante. Die machte ein bedenkliches Gesicht. »Wir werden ihn nicht abhalten können, nach Berlin zu gehen. Er gehört dazu. Wenn das eintritt, was Lysbeth geträumt hat, würde er sich wie ein Verräter fühlen, wenn er zu Hause bliebe. Aber wir müssen ihn warnen, und er muss seine Genossen warnen.«

So geschah es. Fritz lächelte allerdings nur. »Wir sind besonnen«, beruhigte er Käthe und die anderen. »Rosa Luxemburg und Karl

Liebknecht wissen sehr gut, dass wir viel zu schwach und unorganisiert sind, wir werden nichts tun, weswegen wir an die Wand gestellt werden könnten!«

Die Frauen wollten ihm gern glauben.

Nein, Fritz war wie die anderen Mitglieder der neu gegründeten KPD alles andere als ein Himmelsstürmer. Karl Liebknecht war erst im Oktober aus dem Gefängnis gekommen, Rosa Luxemburg von der Revolution am 9. November aus dem Frauengefängnis befreit worden. Sie hatten zwar sogleich eine Kampfzeitung, *Die Rote Fahne*, gegründet und in mühevoller Kleinarbeit selbst redigiert und herausgegeben. Gewiss, sie waren mit ihrem Blatt gegen Eberts konterrevolutionären Kurs zu Felde gezogen, hatten damit auch zunehmend Gehör bei der Berliner Arbeiterschaft gefunden und die rechte SPD-Führung verunsichert. Aber sie wussten sehr genau, dass sie nicht die geringste Chance hatten, die Herrschaft über Berlin anzutreten, von einer dominierenden Rolle im gesamten Deutschen Reich ganz zu schweigen. Die angeblich schon bestehende »Rätediktatur«, die als Beweis für die Echtheit der kommunistischen Gefahr herhalten musste, war ein bloßes Schreckgespenst. Denn die Arbeiter- und Soldatenräte bestanden zu mehr als zwei Dritteln aus Ebert-treuen Sozialdemokraten und Gewerkschaftern und waren überdies durchaus willens, auch ihre bloßen Kontrollfunktionen in Kürze an die zu wählenden Parlamente abzugeben. Nein, das Schicksal der deutschen Revolution wurde nicht von der zahlenmäßig kleinen Spartakus-Gruppe oder der neuen KPD bestimmt. Das wussten alle, die dazugehörten, sehr gut.

Am 5. Januar 1919 passierte dann etwas, das Fritz unruhig machte und Käthe noch viel unruhiger: Der erst seit einigen Tagen amtierende Polizeipräsident von Berlin, Emil Eichhorn, Mitglied der USPD, hatte tags zuvor vom preußischen Innenminister seine Entlassung erhalten und weigerte sich, diese anzuerkennen. Er wandte sich an seine Partei, und deren Vorstand traf sich am Abend des 4. Januar mit dem Lenkungsausschuss der Revolutionären Obleute im Polizeipräsidium. Auch zwei Vertreter der neuen KPD, Liebknecht und Pieck, nahmen an dieser Sitzung teil, auf der beschlossen wurde, für den 5. Januar, einen Sonntag, zu einer nachmittäglichen Protestdemonstration aufzurufen.

In der Nacht von Sonntag auf Montag wurde Fritz von lauten Schlägen gegen seine Zimmertür aus dem Schlaf gerissen. Er fuhr im Bett hoch, da stand ein Mann vor ihm und rief: »Fritz, steh auf, wir müssen sofort nach Berlin!«

Im Zimmer war es dunkel. Fritz kniff die Augen zusammen, um zu erkennen, wer sich da wie ein Unheilsbote vor ihm aufreckte. »Karl?«, fragte er zweifelnd. Der Mann sah zwar aus wie sein Genosse Karl, groß, breitschultrig, kräftig, aber der Karl, den Fritz kannte, war ein fast schon stoisch ruhiger Zimmermann, dieser Mann hingegen benahm sich wie ein hysterisches Frauenzimmer.

»Fritz! Steh auf! Wir müssen handeln! In Berlin ist die Hölle los!« Karls tiefe Stimme schoss in eine dringliche Höhe. Aus ihr sprach Panik.

»Nun mach mal halblang!«, sagte Fritz so beruhigend, wie es ihm möglich war, denn auch ihn hatte eine ängstliche Nervosität ergriffen. »Ich zieh mich jetzt an, dann gehen wir in die Küche, trinken einen starken Kaffee, du erzählst mir alles und dann entscheiden wir, was zu tun ist.«

»Fritz!« Karl hörte sich an, als wollte er in Tränen ausbrechen. »Wir haben keine Zeit mehr für Kaffee und Worte, wir müssen handeln!«

»Unfug!«, bestimmte Fritz, während er in seine Hosen stieg und ein Hemd überwarf. »Komm mit!«, befahl er. Auf dem Weg zur Küche knöpfte er das Hemd zu, die Schnürsenkel seiner Stiefel hingen offen herab.

Er wies Karl darauf hin, dass in der Küche kein Krach gemacht werden dürfe, da alle im Haus schliefen und auch gefälligst weiterschlafen sollten. Karl nickte folgsam. Allmählich beruhigte er sich.

Als der dampfende Kaffee vor ihnen auf dem Küchentisch stand, sagte Fritz ruhig: »So, und jetzt der Reihe nach. Was ist geschehen?«

»Heute Mittag war zu einer Kundgebung in der Siegesallee aufgerufen worden.«

»Weiß ich«, brummte Fritz. »Weiter!«

»Keiner hat geahnt, was damit in Gang gesetzt wurde.« Karl holte tief Luft, musste sich offenbar zwingen, nicht wieder in eine aufgeregte Lautstärke zu fallen. Bitter sagte er: »Vielleicht hat der

Weihnachtsfriede das Gespür unserer Führer für die Volksstimmung schon eingeschläfert gehabt.«

In Fritz stieg etwas hoch, das er in seinem bisherigen Leben noch nie empfunden hatte: Eine seltsame Sicherheit, dass ihm etwas Entsetzliches, aber Unausweichliches bevorstand. Er schluckte. Sein Brustkorb quälte sich in die Höhe, so angestrengt presste er Luft in seine Lungen. »Was ist geschehen?«, fragte er drängend.

»Schon in der Früh strömten aus allen Vororten die Arbeiter zu zehntausenden ins Stadtzentrum. Im Gegensatz zu unseren Führern zeigten die Arbeiter, dass sie nicht zerstritten sind und gemeinsam zuschlagen wollen.«

»Aber das ist doch prima!«, sagte Fritz.

»Ja, das schon. Anhänger der USPD, der Revolutionären Obleute, der neuen KPD, viele der SPD treu gebliebenen Industriearbeiter, alle strömten zusammen. Und überall konntest du es hören: Sie kamen, um die sozialistische Revolution voranzutreiben. Sie verstehen nicht, wieso die ins Stocken geraten ist.« Fritz hatte befürchtet, dass es unter den Arbeitern zu Auseinandersetzungen gekommen war, nichts schien ihm gefährlicher, als wenn die Arbeiterbewegung sich spaltete und gegeneinander kämpfte. Er schlürfte kleine Schlucke heißen Kaffees. Die Wärme rann durch seine Brust. Ganz allmählich entspannte er sich. Die seltsame Angst löste sich auf.

»Stell dir vor, Fritz: Gegen Mittag, zwei Stunden vor der anberaumten Protestdemonstration, waren es schon fast dreihunderttausend Menschen, die dicht gedrängt die breiten Straßen der Innenstadt besetzt hielten!«

Auf Fritz' Gesicht breitete sich ein Lächeln aus. Das Gefühl einer schrecklichen Bedrohung war vollkommen verflogen. In diesem Augenblick vergaß er es sogar.

»Sie füllten nicht nur die ganze Siegesallee und weite Teile des Tiergartens, sie standen auch Unter den Linden, vom Brandenburger Tor bis zum Schlossplatz und von dort, die Königsstraße entlang, bis zum Alexanderplatz. Tausende von roten Fahnen wehten über der Menge.«

»Waren sie bewaffnet?«, fragte Fritz, und das ungute Gefühl kehrte zurück.

Karl nickte. »Ja. Bewaffnet und einig. Nachdem sie sich die Reden angehört hatten, blieben sie einfach da. Ohne dass irgendwer sie dazu aufgefordert hätte, organisierten sie sich zu einzelnen schwer bewaffneten Kampfgruppen und begannen mit der Besetzung aller Verlagshäuser des Zeitungsviertels, dann auch der Reichsdruckerei, der Nachrichtenbüros und Telegrafenämter und der großen Bahnhöfe.«

Die Bedrohung war eine Tatsache! Fritz wusste, dass es zu früh war für einen Arbeiteraufstand. So etwas musste gut organisiert sein, denn die Gegner waren bereits gut organisiert. Gleichzeitig aber wusste er, dass er sich nicht fernhalten konnte.

»Was hat die Führung gemacht?«, fragte er.

Karl raufte sich die Haare. »Sie tagten!« Laut stieß er hervor: »Sie hatten, glaube ich, nicht den Schimmer einer Ahnung.«

»Wo waren sie denn die ganze Zeit? Und wer setzte sich denn an die Spitze?«

»Im Polizeipräsidium tagte ein ›Revolutionsausschuss‹. Es waren, glaube ich, fast hundert Leute.«

»Welche Spartakisten?«

»Genau weiß ich es nicht. Zehn Vorstandsmitglieder der USPD, siebzig Revolutionäre Obleute, Anführer der Volksmarinedivision, einige Soldaten der in Berlin stationierten Truppenteile, und dann unsere beiden KPD-Führer Liebknecht und Pieck.«

»Wer führte den Vorsitz?«

»Georg Ledebour.«

»Ledebour ist ein besonnener Mann«, sagte Fritz nachdenklich. »Er muss fast siebzig sein …«

»Ja, ein richtig alter Kämpfer der deutschen Arbeiterbewegung, seit 1900 SPD-Reichstagsabgeordneter …«, stimmte Karl zu. »Aber auch er war nicht auf den Straßen gewesen. Und ich glaube, all diese Leute waren irgendwie völlig überrumpelt von der Situation.«

»Was haben sie entschieden?«

»Während die sogenannten Volksbeauftragen Ebert, Scheidemann und Konsorten über Hintertreppen, Nebenausgänge, Gartenzäune und Mauern hinweg aus dem Regierungsviertel flüchteten, begnügte sich unser ›Revolutionsausschuss‹ damit, nach langem Hin und Her die Regierung für abgesetzt zu erklären und unter der Devise ›Es gilt die Revolution zu befestigen und durchzusetzen!‹ zu neuen Massendemonstrationen aufzurufen. Eine ziemlich ratlose Angelegenheit.

Aber jetzt ist es beschlossen, Fritz! Wir können uns nicht fernhalten. Jeder muss dafür sorgen, dass diesmal die Revolution siegt! Wir müssen hin, gleich jetzt!«, sagte Karl beschwörend.

Fritz nickte bedrückt. Er hatte keinerlei Hoffnung auf Sieg. Auch wusste er, in welche Nöte er Käthe stürzen würde, wenn er am Morgen fort wäre. Er schrieb ihr einen Brief. Er unterdrückte das Bedürfnis, ihr zu schreiben, dass sie das große Glück seines Lebens sei, die Erfüllung all seiner Sehnsüchte. Er wollte ihr nicht noch mehr Schwierigkeiten bereiten. Also notierte er kurz: Bin nach Berlin, komme bald zurück. Fritz. Er legte den Zettel auf den Küchentisch.

Am Montag, dem 6. Januar 1919, versammelte sich eine noch größere Menge von Arbeitern in der Berliner Innenstadt. Man hatte noch weit mehr Waffen mitgebracht als tags zuvor, aber es kam zu keinen Kämpfen. Die Truppen blieben in ihren Unterkünften. Der Sturm auf die Regierungsgebäude, vor denen einige tausend bewaffnete Ebert-Anhänger Wache hielten, blieb aus. Regierung und »Revolutionsausschuss« belauerten sich gegenseitig, jeder fürchtete den anderen, ohne genau zu wissen, wie begründet solche Furcht war. Und während dann einige rechte USPD-Führer, die die Ratlosigkeit in beiden Lagern bemerkt hatten, ihre Vermittlung anboten und von Ebert sofort die Zusage erhielten, dass er mit den Linken zu verhandeln bereit sei, begannen die revolutionären Massen auseinanderzulaufen. Hunger, Kälte und die Erkenntnis, dass ja doch nichts geschehen würde, trieben sie nach Hause, und am späten Abend war die Berliner Innenstadt wieder menschenleer.

Fritz hatte sich zu den Genossen begeben, die die Redaktion des *Vorwärts* besetzt hielten. Es waren mehrere hundert. Sie spielten Skat, unterhielten sich, diskutierten mit den Redakteuren über die nächste *Vorwärts*-Ausgabe. Ihre Waffen hatten sie an die Wand gelehnt.

Am 9. Januar 1919 befahl Ebert den Angriff gegen die Aufständischen. Es sollte geschossen werden. Die besetzt gehaltenen Gebäude wurden eines nach dem anderen zurückerobert. Am Samstag, dem 11. Januar, auch das Haus des sozialdemokratischen Zentralorgans *Vorwärts* in der Lindenstraße.

Die Männer im *Vorwärts*-Gebäude hatten keine Chance. Das Gardebataillon des Majors von Stephani griff mit modernsten Flachbahngeschützen an. Das Gebäude zitterte, die Fenster splitterten, ein Mann nach dem andern sank zu Boden, aber die Übrigen waren entschlossen, nicht aufzugeben. Sie schossen aus den zerbrochenen Fenstern, suchten nach einem Ziel, aber dann kam ein zweites, noch schwereres Bombardement.

Fritz sah, dass sie keine Chance mehr hatten. »Lasst uns eine Abordnung mit weißer Fahne zum Kommandeur der gegnerischen Truppen schicken, um über freien Abzug zu verhandeln!«, schlug er vor. Einige schrien, was er sich denke, freier Abzug, die würden alle sofort abknallen. Andere stimmten zu. Schließlich schickten sie sechs Leute mit weißer Fahne los. Zu dieser Abordnung gehörte auch Fritz.

Die sechs Parlamentäre wurden von den Gardisten mit Kolbenschlägen und Bajonetten empfangen, entsetzlich misshandelt und, bis auf Fritz, den man mit der Forderung nach bedingungsloser Kapitulation ins Gebäude zurückschickte, an die Wand gestellt und erschossen.

Kaum hatte der schwer verletzte Fritz sich zurückgeschleppt, wurde das Haus gestürmt, dreihundert der Verteidiger gefangen genommen und mit Gewehrkolben niedergeschlagen, mindestens sieben davon »exekutiert«, wie fortan die beschönigende Bezeichnung für die Ermordung Wehrloser lautete.

Fritz kam ins Gefängnis. Er wurde bewusstlos ins Auto geschleift, blutete äußerlich und innerlich. Er kam nicht wieder zu sich. Und das war wohl auch gut so.

Einen Tag später, am 12. Januar 1919, starb er.

In der Zwischenzeit wurde Käthe schier verrückt vor Angst. In ohnmächtigem Bemühen, herauszubekommen, wo Fritz steckte, raste sie durch Dresden. Doch seine Genossen wussten entweder nichts, oder sie hielten sich noch in Berlin auf. In diesem Fall befanden sich die Frauen in der gleichen ohnmächtigen Situation wie Käthe. Schließlich rief Käthe die ganze Familie zusammen. »Ich habe Angst, dass Fritz etwas zugestoßen ist!«, teilte sie mit. Ihr Ton war sachlich und trocken, aber aus ihren Augen schrie Grauen und Entsetzen, in der Starre ihrer Miene stand Entschlossenheit, die ganze Welt von unten nach oben zu kehren, um den geliebten Mann zu finden. Alexander blickte auf das Tischtuch. Lysbeth musterte ihre Mutter, und sie fand vollkommene Gewissheit über das, was sie immer schon vermutet hatte: Ihre Mutter liebte Fritz. Auch Dritter betrachtete seine Mutter mit dem Wissen in den Augen, das er über Frauen besaß. Lysbeths und sein Blick trafen sich. Sie räusperten sich gleichzeitig.

»Gut«, sagte Dritter lächelnd. »Werden wir also aktiv!«

»Und wie bitte? Sollen wir schnell Mitglied der KPD werden, um Fritz im Untergrund aufzuspüren?« Stella klang zwar bissig, aber jeder am Tisch sah, dass sie gleich anfangen würde zu weinen. Fritz und sie verband eine ganz besondere Nähe. Auf eine väterlich fürsorgliche Weise hatte er stets Aufmerksamkeit für sie gezeigt. Und er war der Einzige gewesen, der ihr Grenzen setzen konnte.

»Alle an unterschiedlichen Orten, jeder dort, wo er Beziehungen hat«, antwortete Dritter so selbstverständlich, als wolle er alle am Tisch daran erinnern, dass jeder von ihnen seinen eigenen Weg ging, wo er andere Schicksale kreuzte, von denen die anderen der Familie nichts wussten.

»Gut!«, sagte Lysbeth. »Jeder für sich, alle für Fritz!« Und für unsere Mutter, fügte sie in Gedanken hinzu. Wieder begegnete sie Dritters Blick. Sie waren sich einig.

Lysbeth fuhr allein nach Berlin, ohne jemanden davon in Kenntnis zu setzen.

Am 16. Januar, einen Tag nach der Ermordung von Karl Liebknecht und Rosa Luxemburg, trafen sie sich wieder in der Küche. In diesem Raum, an diesem Tisch hatte Käthe viele schlimme Gefühle empfunden. Sie hatte Krieg erlebt, Eckhardts Verwundung, sie hatte Stellas Schwangerschaft durchlitten und all das andere: Liebe, Enttäuschung, Schmerz, Demütigung, Rache, Hass, Krankheit, Geburten und Todesangst. Aber noch nie in ihrem Leben, nicht einmal nach dem Tod der Mutter, hatte Käthe in einer so bleischwer auf ihrem Herzen lastenden Bedrückung in dieser Küche gesessen.

Puzzleteil auf Puzzleteil setzte Lysbeth mit Dritter und Stella, die sich in Dresden umgehört hatten, zusammen. Der alte Volpert und Tante Lysbeth hatten zwar keine weiten Wege zurückgelegt, aber auch sie hatten Erkundigungen eingezogen. Allein Eckhardt und Johann hatten nichts beizutragen. Eckhardt war seit den Vorgängen in Berlin von einer seltsamen psychischen Lähmung befallen. Eine Angststarre, in der furchtbare Bilder aufleuchteten und wieder im Dunkel verschwanden. Gefesselt am Marterpfahl. Schwuler! Schwuchtel! Der Knall im Kopf. Das heraussickernde Leben. Tagelang hatte er sich im Bett vergraben. Ihm war nicht einmal klar, ob er wirklich Migräne hatte, wie er behauptete, oder ob es pure Angst war. Auch jetzt, als die anderen in der Küche saßen, brachte er es nicht über sich, sein Bett zu verlassen.

Johann hatte frech gesagt: »Gut, wenn die rote Bolschewikensau endlich tot ist! Ich rühre keinen Finger für ihn!« Käthes unendlich trauriger Blick hatte ihn nicht rühren können. Schon lange dachte er: Sie muss sich entscheiden: Der Knecht oder der Sohn!

Doch auch er saß jetzt am Tisch, und Käthe brachte es nicht über sich, ihn fortzuschicken, obwohl sie sich sehnlich wünschte, seine triumphierende Miene möge aus dieser Küche verschwinden.

Da sagte Lysbeth mit aller Autorität der älteren Schwester: »Johann, ich möchte, dass du hinausgehst. Fritz ist tot, und alle hier am Tisch sind traurig darüber. Nur du nicht. Du störst unsere Trauer. Bitte geh!«

Käthe riss die Augen auf. Bis zu diesem Augenblick hatte sie diesen Satz ausradiert, durchgestrichen, aus dem Kopf geworfen, sobald er auftauchte. »Nein!«, sagte sie tonlos. »Fritz ist nicht tot!«

Ihre Töchter hatten sich rechts und links von ihr hingesetzt, jetzt nahmen sie ihre eiskalten Hände in die ihren. Lysbeth und die Tante blickten Johann durchdringend an, bis er sich endlich umständlich erhob und mit zur Schau getragenem Widerwillen die Küche verließ. Obwohl er sehr gern seiner Freude darüber, dass es einen Kommunisten weniger gab, mehr Ausdruck verliehen hätte, sagte er kein Wort. Seine Angst vor der Tante und vor der ruhigen älteren Schwester war größer als die vor dem starken Bruder Dritter. Er wusste, dass beide mit Gift umgehen konnten. Und er wusste, wozu Hass imstande war. Hätte er mit Gift umgehen können, wäre Fritz schon lange tot.

Die Tante saß am Kopfende des Tisches, ihr gegenüber der alte Volpert. Alexander, dessen Augen von einem traurigen nebligen Blau waren, sah seine Frau nachdenklich an. »Käthe, sie müssen unglaublich gewütet haben in Berlin. Das war ein Blutbad. Es gibt keinen, der dabei war und nicht Entsetzliches zu berichten hatte.« Meister Volpert nickte.

Käthe starrte ins Leere. Sie sah Fritz' Augen vor sich. Gütige warme Augen. Mit einem Licht darin. Sie hörte seine Stimme. Heirate mich!, sagte sie zärtlich. Für mich bist du die schönste Frau der Welt!

Dritter wandte den Blick von seiner Mutter ab. Diesen Ausdruck vollständiger Verlorenheit konnte er nicht ertragen. »Willi Scherpe, ich weiß nicht, ob ich euch von ihm schon mal erzählt habe …« Stella nickte. »Willi ist Offizier. Er hat mir erzählt, dass Ebert am 4. Januar zusammen mit Noske in Zossen bei Berlin das neugebildete Landesjägerkorps des Generals Maercker besichtigt hat, das ist eines der in Aufstellung befindlichen Freikorps. Willi gehört nicht dazu, aber es hat schnell die Runde gemacht, wie begeistert Ebert sich gezeigt hat vom Anblick stramm disziplinierter Soldaten, die jeden Befehl ihrer Offiziere ausführen und sich ohne Murren ›schleifen‹ lassen. Der Ausspruch Noskes hat anschließend unter Soldaten die Runde gemacht: Der lange hagere Noske hat dem viel kleineren Ebert begütigend den Arm um die Schultern gelegt und versichert: ›Sei nur ruhig, Fritz, es wird alles wieder gut werden!‹«

»Ja«, fügte Stella mit eisigem Zorn in der Stimme hinzu, »und ein weiterer Ausspruch Noskes wurde mir von dem Leutnant berichtet, den ich einen Abend lang unter den Tisch gesoffen habe, um ihm die Würmer aus der Nase zu ziehen: Nachdem Ebert seinen tüchtigen Genossen Noske zum Oberbefehlshaber aller konterrevolutionären Truppen ernannt hatte, sagte der lässig: ›Meinetwegen, einer muss ja der Bluthund werden!‹« Stella blickte kämpferisch in die Runde. Aber niemand nahm irgendwie Anstoß an ihrem Vokabular, noch daran, dass sie einen Leutnant unter den Tisch gesoffen hatte.

»Das bestätigt meine Informationen«, sagte Meister Volpert. Man konnte ihn kaum verstehen, so leise sprach er. Er sah alt und zusammengefallen aus. Aber niemand am Tisch machte sich Sorgen um ihn, aller Gedanken waren bei Fritz. Mit brüchiger Stimme fuhr er fort: »Unsere sozialdemokratischen Führer Noske und Ebert haben alles gut eingefädelt. Es passt auch, dass Noske im vornehmen Vorort Dahlem am 6. Januar, ungestört von den Massenaufmärschen der Arbeiter, sein Hauptquartier eingerichtet hat. Und von da aus betrieb er die Aufstellung der Freikorps. Und es war Ebert selbst, der das Kommando über die Reste der regulären Truppen in und bei Berlin übernahm.«

Stella zog einen Zettel aus ihrer Handtasche, auf den sie einige

Stichworte notiert hatte. Regiment Reinhardt, stand da. Regiment Reichstag, Major von Stephani. Sie referierte, was sie herausgefunden hatte: »Es gab noch ein paar ›Maikäfer‹, stramm kaisertreue Gardefüsiliere, einige Potsdamer Gardebataillone unter dem Befehl des Majors von Stephani, die als absolut zuverlässig galten, sowie die ›Kettenhunde‹, die als Militärpolizei verwendete, allgemein gefürchtete kaiserliche Feldgendarmerie. Dazu kam das in den Weihnachtstagen aus Ebert-treuen sozialdemokratischen Soldaten gebildete ›Regiment Reichstag‹ sowie eine rechtsradikale, vom Kommandeur des 4. Garderegiments zu Fuß, Oberst Reinhardt, geschaffene Bürgerkriegstruppe, das ›Regiment Reinhardt‹. Mit diesen Einheiten wagte Ebert, noch bevor die Freikorps einsatzfähig waren, den Kampf gegen die Masse der Berliner Arbeiterschaft, wobei sich die Gardekavallerie-Schützendivision besonders hervortat.«

Dritter erhob die Stimme: »Leute, sprecht nicht schlecht über Major von Stephani! Ihm haben wir es zu verdanken, dass nicht sämtliche Gefangenen massakriert worden sind. Als er der Reichskanzlei die Einnahme des *Vorwärts*-Gebäudes gemeldet und um Instruktionen gebeten hatte, was mit den Gefangenen geschehen sollte, war ihm befohlen worden, alle erschießen zu lassen. Aber er hat dieses Ansinnen mit Entrüstung zurückgewiesen. Noch fühle er sich als Gardeoffizier, nicht als Henker, hat er angeblich gesagt.«

Käthe wandte sich Lysbeth zu. »Woher weißt du, dass Fritz tot ist?«, fragte sie.

Sofort trat Stille ein wie unter einem Leichentuch. Alle glaubten Lysbeth. Keiner konnte ihre Behauptung bestätigen. Und keiner hatte gewagt, diese Frage zu stellen.

»Ich wurde zwar nicht ins Gefängnis gelassen«, erklärte Lysbeth. Sie war bleich. Sie sprach langsam, aber alle sahen ihr an, dass sie die Wahrheit sagte. »Aber ich bin beharrlich und zäh geblieben …« Trotz der entsetzlichen Botschaft, die Lysbeth verkündete, legte sich für einen Moment ein amüsiertes Lächeln über die Runde. Ja, alle konnten sich vorstellen, wie Lysbeth sich nicht hatte abwimmeln lassen. Beharrlich und zäh, das war sie. »Ich will jetzt nicht alle aufzählen, zu denen ich geschickt wurde. Einer hat mich zum nächsten gereicht. Zu guter Letzt, nein, am schrecklichen Ende sprach ich mit einem, der mit Fritz in der Zelle gewesen war.« Lysbeth schluchzte kurz auf. Sie holte einige Male tief Luft, bemüht, sich zu fassen, und sagte dann, so neutral, wie es ihr irgend möglich war: »Fritz ist verblutet. Sie haben ihn zusammengeschlagen, nachdem er mit einer weißen Fahne aus der Redaktion des *Vorwärts* zu Eberts Soldaten gegangen war.« Verzweifelt wendete sie sich an ihre Mutter. »Niemand weiß, wohin sie ihn geschafft haben, Mama! Aber er ist tot! Wir müssen uns damit abfinden!«

Sie begann zu weinen, und Käthe fühlte trotz ihrer eigenen Verzweiflung, welche Odyssee ihre Tochter hinter sich hatte und dass es gut war, dass ihre Starre sich jetzt in Tränen auflöste. Ihre eigene Starre wurde immer fester. Wie Packeis formten sich Schichten um Schichten um ihr Herz.

Lysbeths Schluchzer hallten durch die Küche, die sich zu einem endlosen stillen Raum voller Entsetzen ausdehnte. Stella liefen Tränen über die Wangen. Auch der alte Eckhard Volpert weinte lautlos. Ins Gesicht der Tante gruben sich tiefe Trauerfalten. Sie, die immer so ein junges Gesicht gehabt hatte, wirkte plötzlich wie hundert. Alexander und Dritter sahen blass und wütend aus. Käthe blickte stumm und tränenlos von einem zum andern. So also fühlt es sich an, dachte sie erstaunt, wenn man den Mann verliert, den man liebt. Sie hatte es so häufig befürchtet, sie war in panische Angst ausgebrochen, Fritz verlieren zu können, an eine andere Frau, an die Welt, einfach so. Jetzt war es geschehen. Sie fühlte sich, als stände ein Henker mit dem Beil vor ihr und wäre im Begriff, sie entzweizuteilen. Sie neigte ihr Haupt und stimmte zu. Oder war sie schon entzweigeteilt, und nun blutete all ihr Leben aus ihr heraus?

Da erklang die Stimme der Tante: »Wir müssen beratschlagen, wie wir bewerkstelligen können, dass Fritz' Leichnam herausgegeben wird!« In Käthe kam wieder Leben. Ja, das mussten sie. Wenigstens das. Sie musste Fritz in ihren Armen halten, sie musste seinen nackten geschundenen Körper mit ihren Tränen waschen, seine Wunden mit ihren Küssen salben und in seine gebrochenen Augen ihre letzte Liebeserklärung flüstern.

»Liebe Tante!« Stellas Stimme klang bitter. »In Berlin ist der Teufel los. Da geht es nicht um Menschlichkeit, das darfst du mir glauben!«

Lysbeth nickte und fügte traurig hinzu: »Ich war da, als am 15. Januar der ganze Westen und Süden Berlins sowie die gesamte Innenstadt von den Freikorps besetzt wurde. An die Arbeiterviertel im Norden und Osten Berlins wagte man sich erst einmal noch nicht heran.«

Dritter lachte zornig auf. Aber es war Stella, die sagte: »Die konterrevolutionären Verbände unterstanden – unter dem Oberkommando Noskes – dem Befehl des ›Generalkommandos Lüttwitz‹. Den schlesischen Baron Walther von Lüttwitz, nunmehriger Kommandeur eines Landsknechtshaufens, der zum Schutz einer sozialdemokratischen Regierung angeworben worden war, ist Eckhardt und Dritter gut bekannt. Er hatte 1915 die 2. Gardedivision, Wilhelms II. Elitetruppe zur Abwehr sozialdemokratischer Umtriebe, befehligt; später war er Generalstabschef der Heeresgruppe Deutscher Kronprinz, dann Kommandierender General des III. Armeekorps gewesen.« Sie richtete ihren graden Blick auf Dritter. »Ja, dein Schwesterchen kennt fast die gleichen Leute wie du.«

Dritter klang wie ein neutraler Sprecher, als er sagte: »Dem ›Generalkommando Lüttwitz‹ unterstand, neben den diversen Freikorps, auch die neu gebildete Gardekavallerie-Schützendivision. Sie besetzte am 15. Januar Charlottenburg, Wilmersdorf und Schöneberg, richtete dort sogleich ›Bürgerwehren‹ ein, die Hilfspolizei- und Spitzeldienste zu leisten hatten, und schlug ihr Stabsquartier im eleganten Hotel Eden auf. Den überwiegend bürgerlichen Einwohnern der von ihr kontrollierten Stadtbezirke teilte die Division durch Plakatanschlag mit, dass sie den Auftrag habe, Berlin von Spartakisten zu säubern und ›nicht eher die Hauptstadt zu verlassen, als bis die Ordnung endgültig wiederhergestellt ist‹.«

»Was die Offiziere der feudalen Gardekavallerie unter Ordnung verstanden, sollte sich noch am Tage des Einzugs der Division zeigen«, fügte Stella spitz an. »Bereits am Tage ihres Einmarsches in den Berliner Westen, am Mittwoch, dem 15. Januar 1919, begann diese Division mit ihrer Henkersarbeit. Ihre ersten beiden Opfer waren Karl Liebknecht und Rosa Luxemburg.« Lysbeth sah Käthe verzweifelt an. Sie griff wieder nach der Hand der Mutter. »Mama, wir werden Fritz nie wiedersehen, du musst es mir glauben. Sie haben viel Schrecklicheres getan, als Fritz in irgendeine Grube zu werfen …«

Käthe atmete auf, als würde sie ersticken. Fritz in eine Grube werfen? Nein, kein Mensch hatte dazu das Recht! In ihre Empörung fielen die Worte ihres Sohnes Dritter: »Gestern Abend wurden Karl und Rosa von Soldaten und Bürgerwehr-Leuten in ihrem Wilmersdorfer Unterschlupf aufgespürt und – Noskes Befehl entsprechend – dem Hauptmann Pabst von der Gardekavallerie-Schützendivision ins Hotel Eden eilig zugeführt. Im Eden wurden sie mit Beschimpfungen und Kolbenschlägen empfangen, dann dem Hauptmann Pabst vorgeführt. Wenig später wurde erst Karl Liebknecht, dann Rosa Luxemburg den Mordkommandos übergeben. Pabst begann inzwischen mit der Abfassung eines Berichts für die Zeitungen: Liebknecht habe auf dem Transport ins Moabiter Untersuchungsgefängnis einen Fluchtversuch unternommen und sei dabei erschossen worden, Rosa Luxemburg dagegen sei ihrem Begleitkommando von einer wütenden Menge entrissen und verschleppt worden.«

Zu aller Erstaunen fuhr die Tante fort zu sprechen: »In Wahrheit hatte man die Straße gesperrt, niemand wartete auf die beiden Gefangenen, ausgenommen der Jäger Runge, der Befehl hatte, erst Liebknecht und dann Rosa Luxemburg mit dem Gewehrkolben zu erschlagen. Runge führte diesen Auftrag auch aus, doch seine Schläge waren nicht tödlich.«

»Woher weißt du das?«, fuhr Stella auf. »Das wissen doch nur die Offiziere und Soldaten, die daran beteiligt waren.«

»Ja, mein Kind«, sagte die Tante und senkte ihre Augen bescheiden auf ihre alten Hände, die auf der Tischplatte lagen. »Aber es gibt manch einen Soldaten, der zu seinem eigenen Entsetzen plötzlich eine Warze oder etwas, was so aussieht, unter seiner Vorhaut entdeckt. Der sucht dann Tante Lysbeth auf. Und schwört ihr Dankbarkeit bis zum Tod. So eine Dankbarkeit kostet manchmal ihren Preis. Und sei es den des ehrlichen Rapports.«

Käthe sah sie lange an. Lysbeth war die Tante ihrer Mutter. Lange, lange Jahre ihres Lebens hatte die Tante sie begleitet. Hatte sie sich eigentlich jemals Gedanken über das Leben der Tante gemacht? Nein. Die Tante war für Käthe da gewesen. Aber für wen sonst war sie da gewesen?

Mit zitternder Stimme fuhr die Tante fort: »Der Kapitänleutnant v. Pflugk-Harttung fuhr als Führer des ›Mordkommandos Liebknecht‹ seinen halb toten Gefangenen in den Tiergarten, schoss ihn dort mit der Pistole in den Hinterkopf und ließ die ›Leiche eines unbekannten Mannes‹ ins Schauhaus schaffen. Rosa Luxemburg wurde gleich nach der Abfahrt vom Eden-Hotel von ihrem Kommandoführer, einem Oberleutnant Vogel, durch einen Schuss in die Schläfe getötet und an der Lichtensteinbrücke in den Landwehrkanal geworfen.« Dritter und Stella nickten. Unabhängig voneinander hatten sie also alle drei die gleichen Informationen erhalten.

Die Stille, die sich in der Küche ausbreitete, drang bis nach oben, wo Eckhardt sich die Decke über die Ohren gezogen hatte. Er hatte nicht die Stimmen gehört, aber jetzt hörte er die Stille. Etwas Entsetzliches war geschehen. Und er war ein furchtbarer Feigling, dass er nicht einmal in der Lage war, es sich anzuhören. Er schämte sich. Aber er stand nicht auf. Als ginge es um sein Leben, hielt er sich die Decke über die Ohren.

»Für all das gab es Augenzeugen«, sagte die Tante ruhig. »Die Mörder gaben sich keine besondere Mühe, den Vorgang geheim zu halten. Die Offiziere machten sogar ihre Witze darüber, erzählten brühwarm, was ein anderer ihnen erzählt habe, wie die Luxemburg gejault habe.«

Stellas Augen wanderten unruhig durch die Küche. Man sah ihr an, dass sie am liebsten allen Männern der Welt, einschließlich denen am Tisch, die Faust ins Gesicht rammen wollte. »Ich halte es nicht mehr aus«, sagte sie, und aus ihren Augen schossen Blitze. »Diese Welt ist einfach ein Dschungel voller Bestien!«

In Käthe zerbröckelte alles, jede Hoffnung, jeder Lebensmut, sie fühlte diesen Prozess wie einen Zusammensturz ihres gesamten Wesens. Sie hielt ganz still. Jede Bewegung hätte zu viel Energie gekostet. All ihre Kraft war innen gebunden. Sie spürte nicht, dass Stella und Lysbeth ihre Hände streichelten. Sie sah nicht die besorgten Blicke ihres Mannes und ihres Sohnes. Sie hörte nicht einmal die besorgte Stimme der Tante, die sagte: »Von nun an wird in Deutschland alles anders werden. Karl Liebknecht und Rosa Luxemburg waren erst der Anfang.«

»Ehrlich gesagt«, stieß Stella wütend hervor, »sind mir die beiden ziemlich egal. Aber was die Sozialdemokraten mit Fritz gemacht haben, verzeihe ich ihnen nie! Er soll wiederkommen!«, schluchzte sie auf. »Ich kann es nicht glauben, dass er nie wiederkommt! Ich will, dass er wiederkommt!« Sie weinte hemmungslos.

Käthe tauchte ganz leicht aus ihrer Erstarrung auf. Eine Träne lief über ihre Wange. Oh ja, er sollte wiederkommen! Nichts auf der Welt wollte sie mehr als das. Sie würde alles tun, alles, wenn sie ihn nur zurückholen könnte. Stella warf sich der Mutter in den Schoß. Käthes Brust fühlte sich an, als rase dort ein alles versengender Brand. Sie streichelte ihrer Tochter über die roten Locken. Er ist dein Vater!, dachte es irgendwo in ihr, wo sich noch Gedanken formen konnten. Ja, weine nur! Dein Vater ist gestorben!

Drei Tage später, am 19. Januar, fanden die Wahlen zur Nationalversammlung statt, an der erstmalig auch Frauen teilnehmen konnten. Die Frauen der Familie Wolkenrath, einschließlich Tante Lysbeth, wählten die USPD. Sie taten es mit zusammengebissenen Zähnen. Sie hätten lieber Karl Liebknecht und Rosa Luxemburg gewählt. Aber der Wahl fernzubleiben wäre ihnen wie Verrat am Kampf um das Frauenwahlrecht vorgekommen.

Am 25. Januar wurde Karl Liebknecht begraben und mit ihm achtunddreißig andere Erschossene. An der Beerdigung Liebknechts nahmen zehntausend Menschen teil, auch die Familie Wolkenrath. Meister Volpert und Tante Lysbeth waren zu Hause geblieben, der alte Volpert war zu schwach, und die Tante wollte ihn nicht alleine lassen. Eckhardt lag mit Migräne im Bett. Johann hatte sich geweigert mitzugehen.

Käthe und ihre Kinder beerdigten mit Liebknecht auch Fritz, dessen Leiche ihnen nie übergeben worden war. Wie viele andere Frauen schluchzte Stella hemmungslos. Auch Lysbeth weinte, aber ihre Aufmerksamkeit galt vor allem ihrer Mutter. Sie sorgte sich sehr um Käthe, die zwar nach außen ruhig und gefasst wirkte, aber es schien Lysbeth, als habe sie nur eine äußere Hülle im Arm und als sei ihre Mutter mit Fritz fortgegangen.

Und so war es vielleicht auch. Tatsächlich fühlte Käthe nichts mehr. Da, wo Trauer, Schmerz oder Wut sitzen können, war in Käthe übereinandergeschichtetes Packeis.

Fritz' Tod veränderte oberflächlich gesehen wenig im Tischlerhaus. Darunter allerdings verschoben sich alle möglichen Werte und Gefühle.

Es dauerte nicht lange, und Dritter und Stella sangen und tanzten wieder jede Nacht bis zum Morgen. Am Tage streunte Dritter in der Stadt herum, der Schwarzmarkt war sein Revier. Manchmal nahm er gnädig Johann mit, dessen Suche nach Anschluss und Anerkennung ihm schmeichelte. Johann war zwar ein fast peinlich kleiner Mann, in den Schultern etwas schief. Zwischen seinen hellen Augenbrauen hatte sich eine leichte Falte eingenistet, er lachte nicht viel, das hatte er sich während des Krieges abgewöhnt, als gehöre es sich nicht für einen Daheimgebliebenen zu lachen, wo die draußen kämpften. Aber er war nun einmal sein Bruder, und wenn einer Witze machen wollte über den Zwerg, brauchte er bloß in Dritters Gesicht zu schauen, sofort verschluckte er die Pointe.

Johann lebte auf. Jetzt nach dem Krieg schlägt meine Stunde!, so lautete seine Hoffnung. Er war alt genug, als gewiefter Kaufmannssohn zu handeln. Wenn Dritter ihn nicht mitnahm, streunte er allein durch die Straßen auf der Suche nach »Gelegenheiten«.

Käthe fühlte sich hohl. Sie empfand zwar noch Verantwortung für ihre Kinder, besonders für Johann, aber kein Gefühl mehr. Sie wusste, wie schwer Johann seine winzige Statur zu schaffen machte. Gebetsmühlenhaft wiederholte sie den Satz: »Alle großen Männer sind klein.« Aber eigentlich war es ihr egal.

Johann wollte sein wie sein schöner großer Bruder Dritter. Ja, Dritter war der Schönste der Brüder. Er war es vor dem Krieg schon gewesen, aber jetzt war der Unterschied zu den beiden anderen noch stärker ausgeprägt.

Käthe allerdings sah nicht mehr seine Schönheit und seinen Charme, ihr stach etwas anderes ins Auge. Ihre großen Söhne waren ihr unheimlich geworden. Eckhardt hatte etwas so Hündisch-Braves bekommen, etwas so Geducktes, Liebedienerisches, nein, das war sie nicht gewohnt. Ihr Vater hatte nie etwas von solchen Leuten gehalten, das hatte er ihr mitgegeben. Aufrecht muss der Mensch sein, dem anderen grad in die Augen schauen muss er und einen festen Händedruck haben!, so hatte stets sein Wahlspruch gelautet.

Dritter allerdings, ihr schöner Sohn, stand und ging zwar aufrecht, so aufrecht wie ein Reiter nur sein konnte, er wich auch keinem Blick aus und hatte einen Händedruck, der sogar unterscheiden konnte zwischen einer zarten Frauenhand und einem Mann, dem Dritter Vertrauen entlocken wollte, aber Dritter war ihr noch viel unheimlicher als der verletzte Eckhardt mit den verwischten Fischaugen.

Dritters Gesicht war nicht einmal hager oder kantig geworden, er hatte seine kräftigen Wangen über Hunger und Tod und Blut und auch über den verletzten Mannesstolz bewahrt, und doch lag um seinen Mund etwas Schmales, in seinem Gesicht lag Kantiges, und in seinen Augen lag eine wütende Wildheit, eine Gier, dass es ihr vorkam, als lebe sie mit einem Tier unter einem Dach, dem sie wie alle anderen jederzeit zum Fraß dienen konnte.

Sie versuchte noch halbherzig, Eckhardt und Dritter so viel und so eng wie möglich zusammenzubringen. Sie war eine gute Köchin, und um Scharfes zu lindern, fügte man Süßes hinzu, Gegensätze glichen sich im Kochtopf aus. Doch Söhne? Ihre Absicht misslang gehörig. Eckhardt lag meistens auf dem Bett und blätterte in den Modezeitschriften seiner Schwestern. Dritter behandelte ihn nachsichtig wie einen Verrückten.

Doch dann wurde Käthe aus ihrer dumpfen Lethargie herausgerissen. Ihren Vater fiel von einem Tag zum andern eine Gürtelrose an und raffte ihn mit nächtlichem Fieberwahn fast dahin. Die Tante besann sich nach dem ersten Schrecken darauf, dass die Gürtelrose zu den besprechbaren Leiden zählte. Sie hatte Angst um den Alten, der ihr längst ein Freund geworden war, und wendete ihre Fähigkeit zitternd an – die Gürtelrose gehorchte. Aber der Alte dankte es ihr nicht. Er wollte gehen. Die verdickte Prostata verleidete ihm sogar das, was ihm bisher manchmal noch so etwas wie Lust bedeutet hatte, nämlich das Pinkeln.

Fritz' Tod hatte ihn zutiefst getroffen. Was war das für eine Welt? Der Alte hatte Fritz geliebt wie einen Sohn. Nun betrauerte er ihn ebenso. Meister Volperts Magen wurde empfindlich. Er aß kaum noch etwas. Und dann schwappte die Grippewelle nach Dresden und griff nach ihm. Käthe, die Tante und Lysbeth kämpften um sein Leben, aber er wurde täglich schwächer. Sie hatten das Sofa aus der Stube in die Küche gestellt, damit er keine Sekunde allein sein sollte. Doch trotz des Kampfes der drei Frauen um sein Leben kam der Moment, da er ein Gespräch mit Käthe unter vier Augen verlangte.

»Ich werde sterben, mein Kind«, sagte er mit einer so ruhigen und kräftigen Stimme wie seit Tagen nicht mehr. Käthe wollte widersprechen, aber er legte seine durchsichtige Hand auf die ihre. Seine Hand war eiskalt. Tagelang hatte er geglüht. Käthe dachte, dass das doch ein gutes Zeichen sein könnte. Das Fieber war gefallen. Gerade wollte sie ihm von ihrer Hoffnung erzählen, da sah er sie mit einem Ausdruck so tiefer Liebe an, dass es ihr das Herz abschnürte. Ein Kloß in ihrer Kehle hinderte sie zu sprechen.

»Meine liebe Käthe, es gibt einiges zu regeln, bevor ich sterbe, deshalb muss ich mit dir reden. Hör mir gut zu! Du wirst keinerlei Ersparnisse erben. Aber sei nicht enttäuscht!«

»Vater!«, schluchzte Käthe auf. »Wie kannst du so etwas sagen! Ich will nicht, dass du stirbst, ich will nichts erben, ich habe von dir alles bekommen, was eine Tochter sich nur wünschen kann!«

Die Augen des Alten füllten sich mit Tränen. »Schluss mit der Rührseligkeit!«, sagte er barsch. »Du sollst nicht enttäuscht sein, weil es zwar keine Ersparnisse gibt, ich traue den Banken nicht, und ich traue auch den Geldscheindruckern nicht, ob sie nun im Schlosskeller sitzen oder irgendwo im Schuppen. Also: Gemeinsam mit deiner Mutter habe ich bei deiner Geburt entschieden, dass wir alles, was wir dir vermachen wollen, in Gold aufbewahren. Gold und Schmuck, das war Charlottes Devise. Ich fand das klug. Sie war sowieso klug. Sie war so schön und so klug, Käthe, ich vermisse sie jede Stunde, seit sie tot ist.« Wieder füllten sich seine Augen mit Tränen. Käthe barg seine kraftlose kalte Hand zwischen ihren warmen Händen. Sie hatte das letzte Mal geweint, als Dritter heimkam. In den letzten Monaten waren ihre Augen trocken geworden. Nun brannten sie von der salzigen Flüssigkeit, die sich in ihnen sammelte.

»Meine Güte, ich flenne, ich bin wirklich alt«, schimpfte ihr Vater. »Alt und senil. Nun ja, ich will ja auch sterben. Also, was ich sagen wollte: Im Hochzeitskleid deiner Mutter ist ein Beutel voll Goldtaler versteckt. Die Broschen, mit denen er befestigt ist, sind sehr wertvoll. Im Nachttisch deiner Mutter liegt ein Schmuckkästchen voll hübscher kleiner Dinge. Käthe, mein Kind, verschleudere das Ganze nicht! Dein Mann kann mit Geld nicht umgehen. Deine Söhne auch nicht. So wie es aussieht, fürchte ich, dass in Deutschland alles bergab gehen wird. Und Alex und die Jungs gehen mit bergab. Eckhardt wird nicht mehr für sich sorgen können. Nimm das Gold und kaufe für dich und deine Kinder ein Haus. Irgendwo, wo es für euch alle gut ist. Ein großes, schönes Haus, ein Unterschlupf für alle. In guten wie in schlechten Tagen. Vielleicht kann Lysbeth ja studieren. Wir haben immer gedacht, Eckhardt wäre der schlaue Kopf, in Wirklichkeit ist es Lysbeth.« Er kicherte krächzend. »Das ist das Einzige, was mir Hoffnung auf die Zukunft macht. Die Frauen der Wolkenraths haben eindeutig mehr Mumm und Verstand als die Kerle.« Mit weicher Stimme fuhr er fort: »Gib das Gold nicht den Männern, Käthe! Guck eher, ob du die Mädchen unterstützen kannst. Ich hab in den letzten Wochen viel aufgeschnappt. Ich glaube, Lysbeth möchte Ärztin werden. Hilf ihr dabei. Und Stella hat, glaube ich, Talent als Sängerin. Lass die Mädchen nicht wieder in die zweite Reihe zurücktreten. Deine Jungs werden dafür sorgen wollen. Und nicht nur deine. All diese Jungs, die nach Hause kommen, die können mit den patenten Frauen nichts anfangen. Was sollten sie auch? Männer wollen sich groß und stark fühlen, mein Kind. Sogar wenn sie so klein und mickrig sind wie dein Johann …« Meister Volpert schloss die Augen. Voller Angst blickte Käthe auf seinen Brustkorb, der sich kaum noch hob. Sie drückte kräftig seine Hand und atmete selbst tiefer ein und aus, als wolle sie ihm vormachen, wie es ging. Da sagte er leise, während er seine Lider mühsam hob, sodass er sie durch einen Schlitz anschauen konnte: »Noch eins: Lass dich von Fritz' Tod nicht niederstrecken, das hätte er nicht gewollt. Und Alex ist kein schlechter Mann …« Er begann zu husten, wurde sekundenlang geschüttelt. Käthe erinnerte sich plötzlich an die Mutter und verkrampfte sich vor Angst, jetzt würde auch der Vater Blut spucken. Doch er ließ nur ermattet seinen Kopf aufs Kissen sinken und flüsterte mit Mühe: »Du warst das Glück meines Lebens! Ich liebe dich aus tiefstem Herzen!«

Da glaubte Käthe endlich, dass ihr Vater sterben würde. So etwas hatte er noch nie gesagt. »Vater!«, schluchzte sie und legte seine kalte Hand auf ihre Wange. Er grinste sie schief an, plötzlich wieder ganz der Alte und krächzte: »Noch bin ich nicht tot. Aber ich wollte auch nicht warten, bis es zu spät ist. Ruf die Alte rein und die Mädchen!«

Beklommen stand Käthe auf und tat, was er wollte. Stella war nicht da, aber die beiden Lysbeths kamen sofort. Eckhard Volpert bedankte sich bei der Tante seiner Frau für alles, was sie für ihn und für die Familie getan hatte. Sie lachte ihn aus. »Du bist jünger als ich, eine

Grippe wird dich doch wohl nicht umwerfen, Eckhard. Komm, wir trinken einen Pflaumenschnaps!«

Lysbeth setzte sich neben den Großvater und streichelte ihm die Wangen. »Ich glaube, es ist gar nicht so schlimm zu sterben«, sagte sie ruhig. »Im Krankenhaus waren die Sterbenden manchmal richtig glücklich, ich konnte es sehen. Manchmal sprachen sie sogar von einem wunderbaren Licht, auf das sie zugingen. Großvater, ich glaube, du musst keine Angst haben!«

»Wie werd ich denn«, flüsterte er lächelnd. »Ich bin sogar neugierig. Wenn es stimmt, was die Pfaffen sagen, sehe ich meine Charlotte wieder. Das wäre doch wundervoll. Wenn nicht, wird dieser verrottete Körper wenigstens den Maden zum Fraß dienen und anderen kleinen Erdtieren ...«

»Vater!«

Meister Volpert wartete noch mit dem Sterben, bis auch Stella an sein Bett getreten war und er sich von ihr verabschieden konnte. »Meine Stella, mein Sternchen«, sagte er zärtlich und fuhr mit seinen greisen Spinnenhänden durch ihre dicken Locken. »Ich wünsche dir so sehr, dass du nicht an den Falschen kommst!«

»Großvater!«, widersprach Stella lachend, »Wir Frauen sind heute anders als in deiner Jugend! Wir haben jetzt sogar Wahlrecht! Wir können studieren! Wir sind sehr selbständig. Selbst wenn wir einen Lumpen lieben, kann uns das nicht niederschmettern!«

Meister Volpert umfing ihr hübsches Gesicht mit einem wehmütigen Abschiedsblick. »Ich fürchte«, sagte er sehr leise, »dass euer eigenes Herz, wenn ihr einen Lumpen liebt, euch nach wie vor niederschmettern kann. Ich fürchte, dass die Liebe deine Achillesferse sein wird, mein Kind. Gib auf dich acht!«

Das waren seine letzten Worte. In der folgenden Nacht schlief er einfach in den Tod hinein.

Am selben Tag noch ließ Stella ihre prächtigen langen roten Locken zu einem Pagenkopf schneiden, die Locken herausziehen und die Haare schwarz färben.

# 24

Am Samstag, dem 13. März 1920, kam Gudrun Schmielke mit der kleinen Lilly aufgeregt zu Käthe: »Der Milchmann hat gesagt, in Berlin sind Truppen einmarschiert, viele mit Eichenlaub und Hakenkreuz am Stahlhelm. Die Regierung soll geflüchtet und eine neue schon eingesetzt sein.« Durch Käthe ging ein Ruck, und sie begann zu zittern. Doch dann besann sie sich darauf, dass Berlin weit war.

Dennoch verbot sie ihren Töchtern, das Haus zu verlassen, und richtete sich selbst darauf ein, eine Weile im Haus zu verbringen. Decken um sich geschlungen, tranken Käthe und die Tante in der Küche gemeinsam Kräutertee mit Honig, während Lysbeth sich auf dem Bett liegend in die Lektüre des Romans *Demian* vertiefte, der ihr von Eckhardt als sehr poetisch ans Herz gelegt worden war. Ständig kamen Nachbarn mit beunruhigenden Neuigkeiten. Alle drehten sich darum, dass eine mordlustige Truppe von versprengten Soldaten, die immer noch Krieg führten, in Berlin eingefallen war und die Regierung vertrieben hatte.

Stella zog ihren Wintermantel an und brach auf, um in der Stadt herauszukriegen, was wirklich los war. »Ich bin kein Kind mehr, und einsperren lasse ich mich schon gar nicht!«

Am selben Tag waren Dritter und Johann in einer kleinen dunklen Gasse in Dresden unterwegs. Ein Kriegskamerad Dritters hatte ihnen verraten, wo ein Lager aus alten Offiziersbeständen versteckt war. Vor einer Woche waren sie schon einmal dort gewesen und hatten ein Tauschgeschäft verhandelt: Lebensmittel und Offiziersmäntel gegen einige wertvolle Stücke aus Meister Volperts gelagerten Möbelbeständen. Nun brachten sie auf einem Karren die Möbelstücke: einen Schrank, einen Tisch und vier Stühle. Das Ganze musste hinter Käthes Rücken geschehen, denn diese verteidigte die vom Vater und Fritz zurückgelassenen Möbelstücke und den von ihrer Mutter ererbten Schmuck wie eine giftige Schlange. Von den Goldstücken hatte Käthe kein Wort verlauten lassen, dass es den Schmuck gab, hatte sie aber nicht für sich behalten können, weil sie Stella und Lysbeth direkt nach dem Tod des Vaters ein paar hübsche Stücke schenken wollte, damit diese ein Andenken hatten. Und irgendwie schien es Käthe so, als würde der Schmuck gleichzeitig an Fritz, den Vater und an die Mutter erinnern.

Dritter und Johann fröstelten. Ein kalter Westwind jagte tiefliegende Wolken vor sich her. Manchmal peitschte ein Regenschauer über die Stadt. Die wenigen Menschen, die auf den dunklen Straßen waren, eilten, niemand hielt sich unnötig auf. Dann und wann brach kurz die Sonne durch und spiegelte sich auf dem nassen Kopfsteinpflaster. Als Alexander und sein jüngerer Bruder endlich mit ihrem Handkarren das Lager erreichten, wo sie schon erwartet wurden, sagte der junge dünne Mann, Bubi, wie ihn alle nannten, aufgeregt: »Die Baltikumer sind in Berlin eingezogen! Kapp und Lüttwitz haben die Regierung gestürzt. Lüttwitz hat sich zum Minister gemacht, und Noske und Ebert sind abgehauen. Der neue Reichskanzler heißt Kapp!«

»Kapp? Wer ist das?«, fragte Dritter.

Bubi zuckte mit den Achseln. »Keine Ahnung. Die Baltikumer aus Böberitz, die Brigade Ehrhardt, die durchs Brandenburger Tor einmarschiert ist, soll eine schießwütige Monarchistenbande sein! Von Noske und seinesgleichen aufgepäppelt.

»Und Lüttwitz?«, erkundigte sich Johann.

»Ein kaiserlicher General, der nun mit der ganzen Reichswehr gegen die Republik putscht …«

Dritter schwieg nachdenklich. Lüttwitz war ihm ein Begriff, der schlesische General aus Berlin. Lüttwitz, das klang nach Blut und Tod.

Johann sah Bubi misstrauisch an. »Was sind denn das für Töne!«, sagte er vorwurfsvoll. »Klingt ja, als wärst du einer von den Roten.«

Bubi reckte das Kinn vor. »Klare Sache! Da hilft nur zurückschlagen. Macht ihr etwa nicht mit?«

Johann ballte die Fäuste. »Zurückschlagen?«

»Generalstreik. Ihr kriegt ja wohl gar nichts mit. Mein Bruder hat gesagt, die Kollegen warten nur darauf, dass es losgeht.«

Dritter, die Hände in den Taschen der schäbigen Windjacke, die Arbeitermütze auf dem Kopf, stand schweigend neben den beiden, er ließ die Augen durch den dunklen Raum schweifen. Hier lag noch einiges, das ihn interessierte und das er sich gern genauer betrachtet hätte. Ohne diese Diskussion hätte Bubi sie schnell wieder abgewimmelt, so gewann er Zeit.

»Ohne Beschluss der Gewerkschaft darf doch nicht gestreikt werden«, sagte er langsam und versuchte, dem Bruder irgendwie deutlich zu machen, dass er das Gespräch nicht versiegen lassen sollte. Doch dem Kleinen stand die Mordlust ins Gesicht geschrieben.

»Was heißt hier Gewerkschaft?«, entgegnete Bubi. »Es geht nicht um Löhne, es geht um Monarchie oder Republik.« Johann kaute auf seiner Unterlippe. Alexander lüpfte angelegentlich einen Paketdeckel. Er unterdrückte im letzten Augenblick einen Pfiff. Da lagen Waffen.

»Richtig, es geht um die Republik«, sagte er schnell und setzte den Deckel wieder auf. »Die Generale wollen ihren Wilhelm wieder einsetzen.«

In Bubis Augen glomm kurz Misstrauen auf. »Mensch, Leute, ich verquatsch mich hier. Nun aber los!« Er nahm die Möbel in Empfang, überreichte den Brüdern wie vereinbart eine Ladung Lebensmittel und Kleidung und salutierte zum Abschied kurz an seiner Schiebermütze. »Nehmt euch in Acht in den Straßen. Könnte sein, dass es Schießereien gibt!« Er bugsierte sie die Kellertreppe hoch und schloss die Tür hinter ihnen mit einem schweren Holzriegel.

Sie verabschiedeten sich mit festem Händedruck.

Bubi verschwand im Treppenhaus. Johann zog den Handwagen, Dritter ging nachdenklich neben ihm her.

»Mit Roten will ich nichts zu tun haben!«, stieß Johann hervor. Dritter grinste. »Rot oder schwarz oder golden, ist doch egal. Du willst doch Geschäftsmann werden.«

»Keine Geschäfte mit Roten!«

»Meine Güte, Kleiner, nun mach mal halblang. Was hast du gegen die Proleten, außer dass sie arme Schlucker sind?«

»Die Roten vergewaltigen Frauen und Kinder, die nehmen einem alles weg ...«

»Du hast doch gar nichts, was sie dir wegnehmen können.«

Johann lief rot an. »Ich hab ein Fahrrad. Lehrer Bäumler hat gesagt, die Roten nehmen die Fahrräder weg und machen daraus kollektives Eigentum, in Russland haben sie das so gemacht! Keine Geschäfte mit Roten! Nicht mit mir!«

Dritter schwieg. Seine Gedanken waren bei Lüttwitz und bei den Waffen.

Es ließ ihm keine Ruhe: Wenn er an die Kisten mit den Waffen käme, wäre er ein gemachter Mann. Jeder Soldat gleich welcher Ordnung hatte nach dem Krieg alle Waffen abgeben müssen, die noch in seinem Besitz waren. Waffenbesitz war strafbar, aber dadurch umso lukrativer. Er beschloss, mittels eines kleinen Sonntagsspaziergangs, der ihn zufällig die besagte Straße auf und ab führen würde, eine Möglichkeit zum nächtlichen Einsteigen in das Kellerlager ausfindig zu machen.

Die Unruhen in der Stadt begünstigten seinen Plan. Keine sonntägliche Ruhe und Verlassenheit auf den Straßen, überall Gruppen diskutierender Arbeiter, die in einer unablässigen Bewegung befindlich zu sein schienen, bald waren sie hier und dann fanden sie sich wieder an einem anderen Ort zusammen, schienen aber jetzt dreimal so viele zu sein. Dritter schlenderte an den Gruppen vorüber, er stellte sich nirgends dazu, wusste, wie schnell man hineingerissen wurde in einen Strudel der Aktivität, wo man, von plötzlicher Begeisterung erfüllt, Aufgaben übernahm, die einen schließlich nur gehetzt und kraftlos zurückließen oder vielleicht sogar tot in irgendeinem Gefängniskeller vermodern ließen. Fritz' Tod war ihm eine schaurige Lehre gewesen, tiefer eingebrannt noch als die Erfahrungen aus dem Krieg.

Als er sich dem Kellergebäude näherte, staunte er nicht schlecht. Vor dem Haus stand eine lange Schlange von Arbeitern. Wie eine Ameisenreihe rückten sie vor. Und heraus kamen sie mit einem Gewehr in der Hand.

Angelegentlich stellte er sich ans Ende der Schlange. Der Mann vor ihm war sehr jung, sehr dünn, mit weichem Bartflaum in einem Gesicht, dem Dritter sofort ansah, dass es den Krieg erlebt hatte. Misstrauische Augen musterten Dritter. »Gut, dass Bubi die Waffen rausrückt«, nuschelte dieser, eine Zigarette im Mundwinkel, und gab den musternden Blick kühl zurück.

»Ja, muss sein«, entgegnete der Junge mit dem alten Gesicht und dem Bartflaum. »Der Generalstreik ist da, obwohl die Generale Verbote erlassen.«

Ein älterer Arbeiter drehte sich um und sagte ruhig: »Was jetzt passiert, wissen wir: Die Generale werden den Belagerungszustand verhängen, sie werden Betriebe, Verkehrszentren, Bahnhöfe und strategische Gebäude besetzen lassen, Redaktionen überfallen, Zeitungen verbieten, Arbeiterfunktionäre verhaften.«

»Ja, die Militärdiktatur wird mit dem Säbel rasseln, dass es dem ganzen Arbeitervolk schaurig in den Ohren klingt.«

»Der Streik soll gewaltsam unterdrückt werden.«

»Ich schieße genau. Das habe ich viereinhalb Jahre an der Westfront geübt. Wenn sie mit Panzern kommen, ziel ich auf die Sehschlitze.«

»Denn pass mal auf, dass du schnell zur Seite springst …«

»Mach keine Angst, Jupp!«

»Wir sind organisiert und gewohnt zu kämpfen. Das haben sie uns beigebracht, jetzt können wir die Lehren aus den Schützengräben nutzen …«

So rückte Dritter näher und näher an den Kellereingang heran. Er bemerkte, wie rechts und links an den Eingängen der Straße Wachen postiert waren. So war zu erklären, wie selbstverständlich die Arbeiter sich hier mit Waffen ausrüsten ließen. Als er an der Reihe war, drückte ihm Bubi das Gewehr in die Hand. »Dacht ich mir, dass du einer von uns bist«, sagte er freundschaftlich. »Pass nur auf, dass du dich nicht erwischen lässt!«

»Das werde ich!«, gab Dritter ebenso freundschaftlich zurück.

Er verließ den Keller im Besitz einer Waffe, die ihm leicht in der Hand lag. Ich werde mich nicht erwischen lassen, dachte er. Nicht von denen und nicht von euch!

Auf dem Heimweg war er froh gestimmt. Er hatte zwar nicht alle Gewehre stehlen können, aber eines ohne jede Mühe geradezu rechtmäßig erworben. Nun musste er es nur noch ein wenig geschickt anstellen, sich von Gruppe zu Gruppe nach Hause zu schlängeln. Dabei ließ er allmählich das Gewehr in Hose und Jacke verschwinden und war binnen kurzem nicht mehr als einer der bewaffneten Arbeiter identifizierbar.

Zu Hause teilte er ein Zimmer mit Eckhardt und Johann. Dort das Gewehr unbemerkt unter der Matratze zu verstecken war noch das Schwierigste der ganzen Aktion, denn die beiden Brüder bemerkten sofort, dass irgendwas mit ihm nicht stimmte und bestürmten ihn mit Fragen nach den Unruhen in der Stadt. Hinsetzen konnte er sich nicht, weil das Gewehr ihn zum Stehen zwang. Also warf er sich lang aufs Bett, beantwortete alle Fragen und wartete, bis sie endlich einschliefen.

Am Montag, dem 15. März 1920, bevölkerten tausende streikender Arbeiter Straßen und Plätze in der Stadt. Es war, als wäre ein Dampfkessel weit über den Siedepunkt hinaus erhitzt worden. Doch nicht nur Dresden kochte, im ganzen Land standen die Arbeiter bei Gewehr.

Im Mansfelder Land hatten die Bergarbeiter und Landarbeiter schon am Sonntag die Einwohnerwehren der Landjunker entwaffnet und die Waffenlager auf den großen Gütern der Umgebung in ihren Besitz gebracht. Die Herren Kapp und Lüttwitz hatten hier eine erste Schlappe erlitten, ihre Mannschaft versagte kläglich. Die Befehle der Generale wurden nicht zur Kenntnis genommen.

Überall wurde geschossen. In Berlin, Hamburg, Harburg und Essen, in Weimar, Dresden, Leipzig, Halle, Weißenfels, Bitterfeld, Zeitz und Merseburg, in ganz Mitteldeutschland, im ganzen Ruhrgebiet.

Eine rote Armee von zehntausend Bergarbeitern, Hüttenarbeitern, Landarbeitern und Handwerksgesellen war bereit, die Republik zu verteidigen.

Lysbeth las *Demian* und tauchte in eine andere Welt ein. Sie hörte entfernt Schüsse. Plötzlich. Dann war es wieder still. Und dann wieder, plötzlich, gab es weder Strom noch Wasser, keine Zeitungen, keine Telefonverbindung mehr, und der Postbote blieb auch aus. Zehn Tage lang konnte man nicht mit der Bahn fahren.

Stella hielt es immer nur kurz im Haus. Sie musste wissen, was draußen los war. Sie ging, wenn es hell war, weil Käthe die Dunkelheit nur ertrug, wenn alle Frauen der Familie in ihrer Nähe waren. Wenn es hell war, ließ Käthe ihre jüngste Tochter gehen. Als sie an diesem Tag zurückkam, berichtete Stella Unglaubliches: Die Straßen dröhnten von schweren Schritten. Pioniere und Arbeitersoldaten besetzten die Brücken, die Post, die Bahnhöfe, den Hafen und das Rathaus. Auf den Straßen patrouillierten Streifen bewaffneter Arbeiter. Die Pioniere hatten Befehl, die Kaserne nicht zu verlassen. Dafür aber wuchs die Zahl aufgebrachter Einwohner: die Nachricht vom Eindringen der Baltikum-Soldateska erregte die Gemüter.

Im Haus des verstorbenen Tischlermeisters Volpert saßen stumme traurige Frauen um den Küchentisch. Eckhardt lag auf seinem Bett und weigerte sich, von den Ereignissen Kenntnis zu nehmen. Alexander und Dritter hatten sich gemeinsam ins Getümmel geworfen, allerdings nicht um mitzumischen, sondern um die Gelegenheit zu nutzen und vielleicht das eine oder andere Gewehr abzustauben. Dritter hatte seinem Vater gar nichts zu erzählen brauchen. Dieser war von ganz allein triumphierend mit einem Gewehr ins Haus gekommen und hatte Dritter aufgefordert, mit ihm gemeinsam auf »Jagd« zu gehen.

Johann hätte so gern an der Seite der Baltikumer mitgekämpft. Aber wieder einmal wurde er von seiner Angst niedergestreckt. So drückte er sich tagsüber in Hauseingängen herum, bespuckte in Gedanken die vorbeiziehenden Arbeiterpatrouillen, und manchmal versteckte er sich auch in der Tischlerei in dem verwaisten Zimmer des ihm verhassten Gesellen Fritz.

Irgendwann, als die vier Frauen wieder einmal gemeinsam am Küchentisch saßen, sagte Käthe in das beklommene Schweigen hinein: »Du bist seine Tochter!« Stella schaute zu Lysbeth, zur Tante, zu Käthe. Sie presste ihre Lippen aufeinander. Ihr Gesicht wurde glühend rot. Ihre Augen wie kalte blaue Steine.

»Ja, du!«, sagte Käthe wütend, ungeachtet des beruhigenden Brummtons, den die Tante von sich gab und den Käthe schon kannte, weil es genau der Ton war, den die Tante während aller schrecklichen Ereignisse machte. Käthe musste irgendjemanden verletzen. Sie konnte nicht länger den Kopf einziehen und sich von der tobsüchtigen Gewalt der Kämpfe niederwalzen lassen, sie musste irgendwie zurückschlagen. »Du bist Fritz' Tochter! Ich habe ihn geliebt! Ich will, dass du es weißt!«

Stella schüttelte ungläubig den Kopf.

Die Tante gab wieder den beruhigenden Brummton von sich.

»Sei still!«, fuhr Käthe sie an. Es war, als wäre in ihr eine junge Narbe aufgeplatzt, und nun spritzte, schoss, sprudelte alles heraus, was nur mühsam zurückgehalten worden war. Es war ihr gleichgültig, ob es stank, eklig war, abstoßend. Sie riss die Wunde noch weiter auf. »Er hat dich unendlich geliebt!«, sagte sie Stella ins Gesicht, und es klang nicht, als spräche sie von Liebe. »Nur deshalb hat er es dir nie gesagt.«

Stella schüttelte immer weiter den Kopf. Sie sah aus wie eine Puppe mit aufgerissenen blauen Augen, roten Wangen und einem Wackelkopf.

Die Tante erhob sich und ging leise zu ihrem geheimen Vorratslager in der Speisekammer. Von dort holte sie ihren Pflaumenschnaps, stellte vier Gläser auf den Tisch, schenkte sie bis oben hin voll, ungeachtet dessen, dass die wohlgehütete Flasche somit geleert war. Stehend hob sie ihr Glas und sagte feierlich: »Auf deinen Vater, Stella! Er war wundervoll, du kannst stolz auf ihn sein!«

Stella sah sie an, als wäre sie verrückt. Wie gelähmt saß sie auf ihrem Stuhl, die Hände im Schoß gefaltet, ein wenig zusammengesackt. Ihr Kopf hatte aufgehört zu wackeln, sie reckte ihn nun etwas vor wie ein in die Enge getriebenes Tier, kurz bevor es zum Angriff überging.

In Käthes Geist war eine plötzliche wundervolle Klarheit eingetreten, in der sie vieles begriff. Das was sie jetzt tat, hätte sie schon lange tun müssen. Dann würde Stella nicht in diesem lächerlichen Aufzug mit schwarzen kurzen Haaren und rot angemalten Lippen vor ihr sitzen. Dann würde sie nicht Nacht für Nacht mit Offizieren feiern, während ihr Vater in irgendeinem Gefängniskeller verrottete.

Käthe empfand keine Angst. Nicht vor Stellas Reaktion, nicht davor, was dieses Geständnis in ihrer Familie bewirken könnte. Sie hatte überhaupt keine Angst mehr, vor nichts.

Wie so oft in brenzligen Situationen, war es Lysbeth, die den Bann brach. Sie hob das Schnapsglas, sagte: »Prost!«, leerte es in einem Zug und sagte dann: »Wenn ich es recht bedenke, habe ich es gewusst.« Sie lächelte ihre kleine Schwester zärtlich an. »Und du hast es auch gewusst, gib es doch zu!« Stella wollte auffahren, aber Lysbeth sprach ungerührt weiter: »Dass Mama und Fritz sich liebten, konnte jeder sehen, der hinguckte. Wir haben alle weggeguckt, weil das für uns bequemer war. Und dass du die gleichen Wimpern hast wie Fritz, habe ich schon gesehen, als du geboren wurdest. Außerdem siehst du anders aus als wir alle. Du bist viel schöner!« Leise fügte sie hinzu: »Fritz war auch ein sehr schöner Mann!«

Stella hob ihr Glas und kippte es runter. Ihre Augen waren weit aufgerissen. »Prost Mahlzeit!«, sagte sie.

Am Dienstag, dem 16. März, trat der Generallandschaftsdirektor Kapp zurück. »Ins Deutsche übersetzt«, kommentierte Käthe kühl: »Der Putschist flieht ins Ausland, die Putschisten bleiben und morden weiter.«

»Die Geldsackrepublik steht, daran ändert niemand mehr etwas«, fügte die Tante hinzu.

Stella brachte neue Informationen nach Hause. An den Mauern klebten Aufrufe, den Generalstreik zu beenden. Die rechtmäßige Regierung wäre gerettet und jede Gefahr beseitigt. Doch die Arbeiter schienen weder von der Beseitigung der Gefahr überzeugt, noch von der Rettung ihrer rechtmäßigen Regierung restlos begeistert zu sein. So beeilten sie sich auch nicht, den Streik abzubrechen.

Johann fühlte sich als Verlierer nach dieser Geschichte, ja, geradezu als Versager. Er begriff durch die Gespräche, die sein Vater und Dritter führten, dass die Sozialdemokraten die Arbeiter zur Räson gebracht hatten, und nicht diejenigen, denen er sich zugehörig fühlte. Letztlich hatten Severing und die sozialdemokratische Regierung dafür gesorgt, blutig gesorgt, was Johann wiederum mit Genugtuung erfüllte, dass der Streik endlich, nach zehn wütenden siegreichen Tagen der Arbeiter, beendet wurde, allein mit dem Ergebnis, das auch am Dienstag, den 17. schon erreicht worden war, nämlich, dass Kapp geflohen war. Alle anderen aber, und das beruhigte Johann sehr, waren noch da. Die Armee war nach wie vor in der Hand der gleichen Leute.

Er empfand die dringende Notwendigkeit, sich einer Gruppe anzuschließen, die nach dem gescheiterten Putsch eine andere Strategie entwickeln würde. So allein, wie er war, konnte er nichts ausrichten, dann würde ihm immer weiter nur bleiben, sich in Hauseingänge zu drücken und in Gedanken zu spucken, zu treten, zu schießen. Er brauchte eine Gruppe, in der er sich stark fühlen konnte.

# 25

Eckhardt war zwar versehrt vom Krieg zurückgekehrt, aber er war nicht dumm. Er sah sehr deutlich, dass Dresden für die Wolkenraths nicht mehr lange eine Heimat sein würde. Sie hatten zwar noch Monate davon gezehrt, dass der Großvater ein Lager voller Holzmöbel hinterlassen hatte, die allmählich gegen Lebensmittel eingetauscht werden konnten. Ebenso hatte Käthe einige Stücke des mütterlichen Schmucks in Lebensmittel und Holzkohle getauscht, denn das Geschäft Wolkenrath & Söhne brachte wenig ein. Das lag nicht nur daran, dass Alexander Wolkenrath sich immer wieder verkalkulierte, in großem Stil etwas aufziehen wollte, was sich dann zerschlug. In diesen Zeiten kam der Handel einfach zum Stillstand. Die Leute tauschten Sachwerte gegen Lebensmittel oder anderes, das sie brauchten. Im Vergleich zum Vorkriegsjahr hatte das Geld enorm an Wert verloren, Elektroartikel gehörten zum Luxus. Keiner leistete sich mehr Luxus.

Hinzu kam, dass Eckhardt in der letzten Zeit manchmal so eigenartige Gerüchte zugetragen worden waren, die seinen Vater betrafen, dass es ihm kalt den Rücken hinunterlief.

Dritter beschäftigte sich mit kleinen Gaunereien, die Eckhardt ebenfalls in Angst und Schrecken versetzten, wenn er sie am Rande mitbekam, und Johann, der mit Kriegsbeginn aufgehört hatte zu wachsen und immer noch trotz seiner zwanzig Jahre aussah wie ein Knabe, lief mit irren Augen durch die Welt und erzählte täglich neue Schreckensnachrichten von den Roten, den Bolschewiken, den Mensch gewordenen Teufeln.

Die Schwestern aßen zwar nicht viel, aber sie verdienten auch kein Geld. Zu Eckhardts Bedauern waren sie nicht verheiratet; seiner Meinung nach lag es daran, dass der Krieg den Bestand an heiratsfähigen Männern sehr dezimiert hatte. Außerdem konnte er sich keinen Mann vorstellen, der wagen würde, es mit der wilden Stella aufzunehmen. Und Lysbeth war nicht nur nicht besonders hübsch, sie klammerte sich an ihre Arbeit im Krankenhaus, ungeachtet dessen, dass jetzt die Armee zurückgekehrter Männer wieder ins zivile Leben drängte. Da mussten die Frauen schon ein Einsehen haben!

Eckhardt hatte sich immer gut mit Lysbeth verstanden, ihr augenblickliches Verhalten aber befremdete ihn sehr. Sie musste ja nicht einmal putzen und kochen, das erledigten schon die Mutter und die Tante, jetzt, wo die Tischlerei aufgegeben war, ein Kinderspiel für die beiden. Lysbeth konnte doch lesen und Klavier spielen und ins Theater gehen, aber nein, sie wollte arbeiten. Und manchmal sprach sie sogar davon, Ärztin werden zu wollen. Was für Hirngespinste! Die Familie hatte kaum genug zu essen, an ein Studium und gar das eines weiblichen Mitglieds der Familie war überhaupt nicht zu denken!

Alles wurde dauernd teurer. Sie hatten nun sogar Probleme, die Miete für das Haus zu zahlen, in dem Käthe ihr Leben lang gewohnt hatte. Der Vermieter legte ihnen auf unverschämte Weise nahe, auszuziehen, da sie die Tischlerei nicht mehr brauchten.

Eckhardt sah deutlich, dass es nicht mehr lange dauern konnte, und sie würden ohne ein Dach über dem Kopf auf der Straße stehen. Sie brauchten einen Neuanfang, Geschäftspartner, die ihnen nicht schon von vornherein mit Misstrauen begegneten, einen breiteren geschäftlichen Bewegungsraum. Seine große Sehnsucht aber war ein sicheres monatliches Einkommen.

Ihm schien, als wollten sein Vater und Dritter das nahende Unheil nicht sehen, sie steckten den Kopf in den Sand und machten weiter wie bisher. Johann war nicht ernst zu nehmen. Also musste Eckhardt die Verantwortung und die Initiative übernehmen. Für alle überraschend, sogar für sich selbst, tat er dem Vater und den Brüdern eines Tages im April mit fester Stimme kund, dass er nach Hamburg fahren wolle, um sich dort nach einer Zukunft für die Wolkenraths umzusehen. Wie es seine Art war, lachte Dritter spöttisch, Alexander maulte, weil es seiner Meinung nach überall gleich war und nirgends eine Chance, und Johann platzte heraus: »In Hamburg sind die Roten an der Macht, da kommst du nicht heil wieder raus!«

»Dem Mutigen gehört die Welt!«, gab Eckhardt zur Antwort, was ihn, kaum dass er es gesagt hatte, richtiggehend ängstigte.

Am nächsten Tag war ihm dementsprechend mulmig zumute, als er in dem Bahnabteil zwischen einer dicken Frau und einem jungen Mädchen saß. Die Dicke gab ihren zwei Söhnen, die gegenüber saßen, nach Zwiebel riechende Würste zu essen, Brot mit Käse und

Schinken. Eckhardt wurde übel vor Hunger. Sie wusste das natürlich nicht, wahrscheinlich war es ihr aber auch egal, auf jeden Fall bot sie ihm nichts an. Er steigerte sich stumm in Hass auf die Bauern hinein, die in dem ganzen Hungerelend, in dem das Land versank, nicht mal an ihren Banknachbarn denken konnten. Das junge Mädchen neben ihm war in ein Buch versunken. Sie war sehr dünn, und Eckhardt wettete wütend vor sich hin, dass sie bestimmt ebensolchen Hunger hatte wie er.

Vor Hamburg kam Neugraben. Er stellte sich in den Gang des Zuges und schaute hinaus. In zehn Minuten würde er in Harburg sein. Vom Bahnhof Unterelbe konnte man bis in die zusammengestoppelte Werft spucken. Sein Mut sank auf null, vielleicht auch aufgrund seines knurrenden Magens. Hier werde ich ganz sicher auch keine Arbeit finden, dachte er. Wozu könnte man mich schon benötigen, für schwere körperliche Arbeit bin ich unbrauchbar, und für die Buchhaltung haben sie sicher schon genug.

Er stieg in Harburg aus. Grübelnd lief er durch die Stadt. Die Ölwerke brauchten keine Arbeiter, die Gummiwerke brauchten keine Arbeiter, die Galalithwerke brauchten keine Arbeiter. Harburgs Industrie war auf Rohstoffimporte eingerichtet, Ölsaaten, Kopra, Baumwollsaat, Kautschuk, Kasein. Die andauernde Blockade der Ententestaaten lag wie ein Riegel vor den Einfuhrtoren des Überseehafens. Hier rostet die deutsche Handelsflotte und verdirbt, dachte er traurig. Nachdem er sich von Harburg nach Hamburg gewagt hatte und dort durch den Hafen gestromert war, hatte sich auch die letzte seiner ohnehin spärlichen Illusionen zerschlagen. Hamburg quoll über von Arbeitslosen. Deprimiert machte er sich auf zum Christlichen Verein junger Männer, um dort zu übernachten.

Sein Weg führte an der Universität vorbei. Mit einem Mal wurde ihm flau im Magen und leicht schwindlig. Schnell ließ er sich auf eine Bank am Wegrand fallen, wobei er auch in seinem desolaten Zustand noch auf möglichst schicklichen Abstand zu der dort bereits sitzenden jungen Frau achtete. Der Schwindel ging vorüber, das flaue Gefühl blieb.

Wann hatte er zum letzten Mal gegessen? Morgens, ein von Käthe dünn geschmiertes Butterbrot zu Ersatzkaffee, danach nichts mehr.

Er beschloss, eine Weile sitzen zu bleiben bis er ganz sicher sein konnte, dass der Schwindelanfall vorüber war.

Melancholischen Gemütes betrachtete er die vorübereilenden Menschen, die er allesamt für Studenten hielt. Wie sehr hatte er sich gewünscht, an einem solchen Ort seinen einst so hungrigen Geist zu nähren! Er stellte sich vor, dass einen an diesem Hort des Wissens nichts mehr anfechten konnte, kein Hunger und kein geldgieriger Sohn eines einst gütigen Vermieters. Er übersah einfach die Blässe und die schmalen Wangen der Studenten, übersah die abgewetzten Anzüge und die löchrigen Schuhe, für ihn war jeder der an ihm vorbeistrebenden jungen Leute von unermesslichem Glück begünstigt.

Umso mehr entsetzte es ihn, als er mit einem kurzen Seitenblick auf die junge Frau neben ihm feststellte, dass diese lautlos vor sich hinweinte. Es wunderte ihn weniger, dass sie, kreidebleich, gerade aufgerichtet, mit leicht verschränkten Händen, übergeschlagenen Beinen und versteinert hochmütiger Miene dasaß, ohne dass sie irgendeine besondere Gemütsregung erkennen ließ und dennoch Tränen aus ihren Augen strömten wie aus einem übersprudelnden Gebirgsquell. Es wunderte ihn auch nicht, dass diese Frau in einer Jacke mit einem teuren Pelzkragen, verführerisch glänzenden Seidenstrümpfen und einem koketten Hütchen auf dem Pagenkopf, eine in jeder Hinsicht wertvoll gekleidete, zudem sehr schöne junge Frau, nach den Büchern zu urteilen, die sie neben sich gelegt hatte, hier Literatur studierte, es wunderte ihn allein, wie jemand, der hier lernen durfte, weinen konnte.

Er wagte nicht, sie anzusprechen. Aber er warf ihr von Zeit zu Zeit einen Seitenblick zu. Ihr Weinen beunruhigte ihn zutiefst. Er fühlte sich wie ein Hund, der, irritiert durch ein außergewöhnliches Geschehen, handeln möchte, aber nicht darf. Schließlich wendete sich das Fräulein an ihn.

»Haben Sie auch manchmal Angst?«, fragte sie mit hochmütig hochgezogenen Brauen über rotgeweinten Augen. Kaum hatte sie die Frage ausgesprochen, schloss sie den Mund auf eine Weise, wie schmollende Kinder es tun.

Eckhardt war verwirrt von einander widersprechenden Gefühlen, die durch ihn hindurchschossen, angefangen von Erschrecken über würgenden Zorn bis hin zu völlig unbekanntem Entzücken. Er konnte kein Wort sagen. Aber nachdenken musste er, und der Weg, bis vom Nachdenken die Worte in seinen Mund kamen, war seit dem Krieg beschämend lang geworden.

Hatte er auch manchmal Angst? Himmel, Mädchen, dachte er, wenn du wüsstest, was Angst bedeutet, würdest du nicht so alberne Fragen stellen! Angst heißt, im Schützengraben liegen und nicht wissen, wie lange man bei Bewusstsein bleibt, wenn man verblutet. Die Ohnmacht herbeisehnen und doch alles dafür tun, wach zu bleiben. Nicht wissen, was im Kopf zerschmettert ist. Angst heißt, den Gedanken denken: So also ist es, lebendig begraben zu verrotten. Angst heißt, im Lazarett aufwachen und rund um einen stöhnt und schreit es und riecht nach Kot und Spiritus und Tod. Angst heißt, das Wort genau zu kennen, nach dem man sucht, es im Kopf aber nicht zu finden.

Ist all das Angst?, fragte er sich. Nun, vielleicht gar nicht. Vielleicht bringe ich auch jetzt schon wieder Begriffe durcheinander. Seine Wangen wurden heiß. Er fühlte sich verwirrt. Vorsichtig wendete er den Kopf. Das Fräulein hatte einen Taschenspiegel vor sich, puderte sich die Nase, versunken in ihr Spiegelbild.

»Ja«, sagte er langsam. »Manchmal habe ich auch Angst.«

Zum Beispiel in diesem Augenblick. Er wusste nicht, wie viel Zeit er hatte verstreichen lassen bis zur Antwort. Das Fräulein wirkte, als sei eine andere Epoche angebrochen. Nun zog sie die Lippen nach und warf ihm ein Lächeln zu, das ihre weißen ebenmäßigen Zähne unter feuerroten Lippen zeigte. Sie klappte den Spiegel zu, steckte ihn in ihr Handtäschchen aus grauem Leder, das zu den grauen Schuhen passte, und streckte ihm die Hand entgegen.

»Cynthia Gaerber, guten Tag.«

Was war los? Plötzlich brach die Sonne hinter dem Gebäude der Universität hervor. Geblendet schloss er die Augen. Als er sie wieder öffnete, hielt sie ihm immer noch die Hand entgegen. Er griff danach, als wolle er sich festhalten. »Eckhardt Wolkenrath!«

Ungeschickt stand er kurz auf, während er ihre Hand hielt, dabei stieß er die neben ihr liegenden Bücher um. Zwei fielen auf den schmutzigen Boden. Am liebsten wäre er fortgelaufen. Die ganze Situation war so peinlich. Er in seinem Anzug, der vor dem Krieg neu gewesen war, mit seinen stammelnden Worten in hölzernen Sätzen, und nun konnte er auch nicht mehr gut sehen, während er sich bückte und die Bücher aufhob. Sie kicherte leise, als ihre Köpfe gegeneinanderstießen. Erschrocken hob er den Kopf und sah in große hellblaue Augen unter schwarzen Wimpern. Wieder machte sie diesen Schmollmund, der ihn schon zu Beginn der Begegnung aus der Fassung gebracht hatte.

»Entschuldigung, die Sonne hat mich geblendet …«

Dritter hätte jetzt gesagt: »Fräulein, Ihr Glanz hat mich geblendet! Oder: »Die Sonne in Ihren Augen …« Ich bin ein erbärmlicher Trottel, dachte er, zornig auf sich selbst. Ich hätte sie zum Lachen bringen müssen!

Sie warf einen prüfenden Blick zur Sonne und murmelte: »Ach so, die Sonne …«

Ihre Augen lachten ihn an. Ihr Mund schmollte.

»Wollen wir ins Café gehen?«, fragte sie plötzlich, und er fühlte sich von einer Sekunde zur andern wie erlöst. Er hatte das große Los gezogen!

Dritter wird staunen, wenn ich ihm das erzähle, dachte er triumphierend.

Sie hakte sich bei ihm unter, während sie den Weg zur Alster einschlugen. Sie war einen Kopf größer als er, aber das machte ihn nur noch stolzer.

Nachts wachte er auf, weil sein Magen drückte. Er tastete mit den Füßen auf den Boden, suchte nach Hausschuhen. Keine da. Er scharrte mit den Füßen, stieß an seine Straßenschuhe. Er horchte. Kein brüderliches Schnarchen im Raum. Da sickerte die Erinnerung in sein Bewusstsein: Er war nicht zu Hause. Seine Hände huschten über die Bettdecke, gesteiftes, gemangeltes Leinen. Seine Nase witterte: Alles roch reinlich, frisch, nach Lavendel und irgendetwas anderem, Rose vielleicht.

Ja, er lag im Gästebett der Familie Gaerber. Die Studentin der deutschen Literatur, diese große Frau mit dem schmollenden Mund eines kleinen Mädchens, hatte ihn einfach mit nach Hause genommen. Sie hatte gesagt, ihre Mutter werde begeistert sein, da sie einen Narren daran gefressen habe, Minderbemittelten zu helfen.

Als er daran dachte, errötete er. Seine Ohren – Segelohren, wie er wohl wusste, von klein an wurde er deshalb gehänselt – erfasste von unten ein Glühen, das langsam hochstieg. Was hatte er alles erzählt! Alles! Fast alles! Er hatte einfach fast alles erzählt! Wie unendlich peinlich!

Wie hatte das nur geschehen können?

Es tröstete ihn nur wenig, dass auch sie gewissermaßen ihre gesamte Lebensgeschichte vor ihm ausgebreitet hatte. Eine in diesen Verhältnissen erstaunlich verwirrende Geschichte.

Cynthia war 1900 geboren und, wie sie sagte, immer wieder als der Schmuck der Familie tituliert worden: blond, mit einer zarten Haut, einem schmalen Gesicht, einem fein geschwungenen Mund und süßen Patschhänden. »Mein Vater liebte mich zärtlich; schon als kleines Mädchen behandelte er mich aufmerksam und höflich wie eine junge Dame, ansonsten überließ er die Erziehung den Frauen«, erzählte sie und verzog ihre feuerrot angemalten Lippen mit leichtem Spott nach unten. »Meine Erziehung teilten sich weitgehend die im Laufe der Jahre wechselnden Kinderfrauen, Erzieherinnen und die Köchin Anna, aber wenn sie es irgend einrichten konnte, setzte meine Mutter sich abends neben mich ans Bett und erzählte mir von Helene Lange oder las mir aus Werken der Literatur vor.« Sie kicherte.

»Statt eine Gutenachtgeschichte zu erzählen, wie bei anderen Kindern, zitierte meine Mutter ihre verehrte Lehrerin: ›So müssen wir zwar zugeben, dass Heinrich von Kleist eine starke künstlerische Begabung ist, aber als Frauen, die um ihre Gleichberechtigung kämpfen, können wir nur sagen: Dies ist nicht unser Dichter. Käthchen von Heilbronn redet ihren geliebten Ritter nur mit ‚Mein hoher Herr' an. Sie folgt ihm wie ein Hündchen, auch wenn er sie wegstößt. Wir haben andere Ideale. Wo gibt es bei Kleist überhaupt einen Helden, für den wir uns begeistern könnten? Sein Prinz von Homburg gewinnt zwar eine Schlacht, ist aber ein Traumwandler …‹«

Eckhardt staunte. Wie eigenartig Kindheiten verlaufen konnten! Als er fünf Jahre alt war, waren die Gesprächsthemen im Haus Pferde und Holzmöbel und Kindergeschrei. Dankbar dachte er an seinen Großvater zurück, der keine Mühe gescheut hatte, damit Eckhardt lesen und schreiben lernen konnte.

Als Cynthia fünf Jahre alt war, las ihre Mutter ihr Kleists Drama *Der Prinz von Homburg* vor und beide kamen zu dem Schluss, das es »sehr poetisch« sei. »Der Prinz von Homburg ist zwar ein Traumwandler, aber dennoch ein Held. Ich finde es sehr schön, dass Kleist gezeigt hat, wie man Traumwandler und Held zugleich sein kann!«, erlaubte Lydia sich eine Prise Kritik an ihrer verehrten Lehrerin. »Wer nicht den Himmel stürmen will, der wird auch auf Erden nichts Großes ausrichten«, fügte sie hinzu.

»Als ich zum ersten Mal den Zeppelin am Himmel erblickte, dachte ich, der dort silbern durch die Lüfte glitt, könne nur der Prinz von Homburg sein«, kicherte Cynthia.

Der Zeppelin am Himmel? Eckhardt dachte an sein einsam verträumtes Beobachten der Wolkenformationen, die in ihm Geschichten wachsen ließen. Er fühlte sich dieser jungen fremden Frau seltsam verbunden. Sie hatte zwar eine völlig andere Kindheit gehabt, aber auch sie war allein gewesen.

Da sagte sie: »Der Zauber meiner Mutter wirkt tief. Ich werde bestimmt mein Leben lang romantische Gefühle entwickeln, sobald ich gemeinsam mit einem Mann für deutsche Dichtung und Philosophie schwärmen kann!«

Eckhardt bekam weiche Augen und gab in plötzlichem tiefem Vertrauen von sich: »Oh, ich schwärme sehr für deutsche Dichtung und Philosophie!«

Cynthia lachte laut auf. »Sie wollen also mein Prinz sein?«

Da erst wurde Eckhardt bewusst, wie plump und naiv seine Bemerkung gewesen war, und seine Ohren nahmen die Farbe reifer Tomaten an.

Seine Füße begannen zu frieren. Er schüttelte den Kopf, als wolle er die Erinnerung an gestern Abend abschütteln, und schlüpfte in seine Schuhe. Er musste jetzt in diesem fremden Haus das Klo finden.

Es war nicht schwer. Direkt um die Ecke, gewissermaßen ein abgeteilter Raum des Gästezimmers, lag das Badezimmer. Seine Gastgeber hatten alles gut eingerichtet. Kaum hatte er die Türklinke erblickt, erinnerte er sich wieder. Lydia, die Herrin des Hauses, Cynthias Mutter, hatte der Bediensteten aufgetragen, ihm alles zu zeigen, und diese hatte es wortkarg getan. Er hatte jedoch nicht richtig hinhören und hinsehen können, völlig überwältigt, wie er war. Jetzt aber sammelte er seinen Mut und sein Erinnerungsvermögen zusammen und drückte die Klinke herunter. Dem Himmel sei's gedankt!, schickte er ein Stoßgebet hinauf. Er hatte sich nicht geirrt.

Der Abend stieg wie ein Traum wieder in ihm auf. Cynthia und er waren in eine kleine Studentenkneipe gegangen und hatten nicht Kaffee getrunken, sondern Wein. Sie war es gewesen, die den Vorschlag gemacht hatte, und er hatte zugestimmt. Was hätte er auch sonst tun sollen?

Seit seiner Kriegsverletzung vertrug er Alkohol nicht. Er wurde sofort betrunken. Außerdem hatte er nichts gegessen. Der Wein erhitzte seine Kehle, sofort danach seinen Magen und rann im selben Augenblick wie Feuer durch seine Adern. Und dann, vielleicht nicht sofort, aber doch sehr bald, geschah, weswegen er nicht wieder einschlafen konnte: Er vertraute sich ihr an.

Ich habe mich entblößt!, dachte er, während er sich schlaflos hin und her wälzte.

Nie hatte er so etwas getan, nicht den Kameraden im Schützengraben gegenüber, selbst nicht den Schwestern im Lazarett, obwohl die zur Selbstentblößung geradezu einluden, nein, er hatte sich immer gut kontrollieren können. Dort aber, in dieser winzigen Pinte, wo nur drei Tische jeweils vier Leuten Platz boten und die übrigen Gäste am Tresen lungerten, da konnte er nach einem Glas Rotwein nicht an sich halten und musste seine Geschichte erzählen. Das ganze Elend.

Er schämte sich so sehr, dass er sich nicht einmal die Erleichterung erlaubte, die in dem Gedanken daran hätte liegen können, dass all das, was es um Askan herum in seinem Leben gegeben hatte, von ihm mit keiner Silbe erwähnt worden war. Das wäre allerdings auch so entsetzlich gewesen, dass danach die einzige Möglichkeit der Selbstmord gewesen wäre. Aber er selbst verbot sich ja sogar die Erinnerung daran, sie war sogar schon wie in einer Nebelwand verschwunden, also hätte er darüber selbst in angetrunkenem Zustand gar nicht sprechen können.

»Sie haben mich gefragt, ob ich manchmal Angst habe«, hatte er gesagt. »Passender wäre die Frage gewesen, ob ich auch manchmal keine Angst habe.« Und damit leitete er ein Gespräch ein, das sich tiefer und tiefer in ihre Seelen schraubte.

Und Cynthia stellte ihm die »passendere« Frage: »Haben Sie

manchmal angstfreie Augenblicke? Und wenn, wann?« Ihr Mund lachte, aber ihre Augen waren ernst.

Eckhardt antwortete den ernsten Augen. Das ging allerdings nicht schnell, er musste zuerst einmal lange nachdenken. Cynthia schwieg, was ihm außerordentlich guttat. Kein ungeduldiges Räuspern, Fußscharren, kein überhebliches Grinsen störte ihn in seinem schwerfälligen Kontrollgang durch sein Seelenleben. Wann empfand er keine Angst?

»Wenn ich auf dem Bett liege und Romane lese, die in vergangenen Zeiten spielten. Die Probleme, die dort beschrieben werden, sind längst vorbei. Das beruhigt mich.« Er sah sie prüfend an. Lachte sie ihn jetzt aus? Nein, sie schaute zur Decke, offenbar verglich sie Eckhardts angstfreie Momente mit ihren eigenen.

»Ja, das stimmt!« Sie nickte ernsthaft mit dem Kopf. »Wenn ganz sicher ist, dass es nicht um die Ecke herum lauert, kann ich ein Problem auch richtig goutieren …« Nun lachten sogar ihre Augen eine Sekunde lang. »Und das Bett ist sowieso ein ziemlich sicherer Ort, finden Sie nicht auch?«

Jetzt war es an Eckhardt zu nicken. Und auch in seine Augen trat ein leichtes Lächeln. »Ich liebe es auch noch, auf einer Wiese im Frühling zu liegen und die Wolken zu betrachten, wie sie über mich hinwegziehen. Es scheint mir immer wie ein tröstendes Symbol für die aufregenden Ereignisse des Lebens: Sie kommen heran, bilden sich heraus zu Ungeheuern, verflüchtigen sich wieder und ziehen vorbei.«

Cynthia spitzte ihren Mund zu einer kleinen knallroten Erdbeere. »Wie schön Sie das ausgedrückt haben!«, sagte sie andächtig. »An Ihnen ist ein Dichter verloren gegangen!«

Nun erzählte Eckhardt ihr von den Hoffnungen, die sein Großvater auf ihn gesetzt hatte. Er sollte studieren und ein Mann des Geistes werden. Doch dann kam der Krieg und mit ihm die erschreckende Erfahrung, dass ein Gehirn nicht selbstverständlich immer weiter so arbeitet, wie man es in die Wiege gelegt bekommen hat. Erstmalig in seinem Leben sprach Eckhardt darüber, wie entsetzt er war, als er in seinem Kopf vergeblich nach einem Wort suchte. »Mein ganzer Körper hat sich verkrampft«, sagte er schaudernd, »ich kannte Angst und Not und Verzweiflung und Einsamkeit, ich kannte Panik und Schmerzen, aber das überstieg alles andere. Es war … als … als hätte mich jemand in eine Ratte verwandelt und ich müsste nach mir selbst in einem stockfinsteren Raum suchen … ach, nein, noch viel schrecklicher … als wäre ich halb tot.«

Cynthia legte ihm die Hand auf seine Faust, die er unwillkürlich so geballt hatte, dass die Knöchel weiß hervortraten.

»Aber Sie sind keine Ratte«, sagte sie leise, »sondern ein sehr sympathischer junger Mann!«

Er warf ihr ein schüchternes Lächeln zu. Wie gut das tat, sich einmal so auszusprechen! Und dann sprudelte es aus ihm heraus. Seine Angst vor dem Krieg. Die Panik beim ersten Einsatz, der Geruch von Blut und Angst und Tod, der ihn bis heute fast jede Nacht auf die eine oder andere Weise heimholte, die unablässige sichere Erwartung des eigenen Todes. Ein Tod, den er allerdings manchmal geradezu herbeisehnte, damit das ganze Gemetzel, die unerträgliche tägliche Zerreißprobe, das ständige Gefühl, weglaufen zu wollen, irgendwohin, sich zu verstecken und am Ende doch wieder rauszumüssen, endlich ein Ende haben konnte.

Cynthia erblasste während seiner Schilderung des Krieges. Als er bemerkte, dass sie mit Übelkeit zu kämpfen hatte, während er von seinem Krankenhausaufenthalt berichtete, von den Schreien, dem Eiter, den abgesäbelten Armen und Beinen, bekam er einen furchtbaren Schreck. Was hatte er getan? Er hatte sich geschworen, all diese Sachen niemandem zu erzählen und schon gar nicht einer Frau. Ein richtiger Mann behielt dieses Grauen für sich! Er überwand es, indem er es selbst vergaß, und wenn es manchmal hochkam, in Träumen zum Beispiel, die man leider nicht kontrollieren konnte, dann vergaß er die Träume so bald wie möglich.

Eckhardt erhob sich, salutierte unwillkürlich und sagte in dem zackigsten Ton, den er in diesem schrecklichen Augenblick zustandebringen konnte: »Bitte herzlichst um Entschuldigung! Habe mich wirklich in der Vergangenheit verrannt. Gnädiges Fräulein, ich danke Ihnen für Ihr Ausharren an meiner Seite. Nun muss ich mich aber verabschieden. Ich weiß nicht, wann der CVJM schließt.«

Seine Hände waren eiskalt, sein Kopf fieberheiß. Ich lalle, dachte er verstört, ich darf keinen Tropfen Alkohol trinken und schon gar nicht auf leeren Magen! Was hab ich bloß getan!

Cynthia zog ihn am Ärmel wieder auf den Platz zurück, drängte ihn, noch ein weiteres Glas Rotwein zu trinken, und sagte kokett: »Jetzt haben Sie mir so viel Schreckliches erzählt, nun müssen Sie sich auch ein paar Schrecklichkeiten aus meinem Leben anhören! Ausgleichende Gerechtigkeit. Obwohl …« Sie lachte nervös, entnahm ihrer Handtasche eine Puderdose, puderte sich abermals die Nase und zog mit dem roten Lippenstift über ihre Lippen, die immer noch sehr rot waren. Sie steckte beides wieder in ihre Tasche, warf Eckhardt einen scheuen Blick zu und führte den begonnenen Satz zu Ende: »Obwohl meine Geschichten im Vergleich zu den Ihren als Berichte über Angst Ihnen lächerlich erscheinen werden.«

Danach war es Eckhardt natürlich unmöglich, einfach zu verschwinden. Er wagte auch nicht zu sagen, dass er Hunger habe. Also lauschte er Fräulein Cynthia Gaerber schweigend, nippte am Wein und glitt auf unerklärliche Weise allmählich in ein sehr wohliges Gefühl hinüber, als würde ihm eine interessante Geschichte aus früheren Zeiten berichtet.

Cynthia hatte schon in früher Jugend die Fähigkeit entwickeln müssen, Widersprüchliches zu schlucken, ohne darüber nachzudenken. In der oberen Etage ihres Elternhauses hockte der Großvater, schmuddelig gekleidet, und las Zeitungen, wobei er ständig über die verrückte Welt schimpfte. Doch wenn Besucher kamen, verneigten sie sich respektvoll vor ihm und nannten ihn »Herr Baron«. Die Großmutter huschte durchs Haus, als wäre sie unsichtbar, ging der Köchin Anna zur Hand und besserte sogar die Kleidung aus. Aber wenn Besuch kam, trug sie eine hochgeschlossene ehrwürdige Spitzenbluse und ließ sich die Hand küssen. Und dann die Besucher: honette Hamburger Bürger neben den Berliner Freundinnen ihrer Mutter, eigenartig schillernde, zumeist unverheiratete Frauen, die Ansichten vertraten, die der Vater abscheulich fand. Diese Frauen ängstigten Cynthia ein wenig, mit Ausnahme von Tante Antonia. Antonia war lustig, immer gut gelaunt und ebenso elegant gekleidet wie die Mutter. Die Übrigen aber sprachen seltsam und kleideten sich anders als die Gattinnen der Herren, mit denen ihre Eltern gesellschaftlichen Umgang pflegten, aber auch anders als die Frauen, die sonst ihr Leben ausmachten: die Großmutter, die Kinderfrau, die Köchin, die übrigen Bediensteten. Cynthia fühlte mehr, als sie es verstehen konnte, dass diese Frauen aus einer fremden beunruhigenden Welt stammten.

Als Cynthia zehn Jahre alt war, fragte sie ihre Mutter schüchtern, warum die Frauen, die manchmal aus Berlin kamen, alle keinen Mann und keine Kinder hatten. »Oh«, Lydia warf ihrer Tochter einen erstaunten Blick zu, als überrasche es sie, dass Cynthia diesen Umstand überhaupt wahrgenommen hatte, »diese Frauen kämpfen um das volle Menschenrecht für uns Frauen.« Sie versuchte ein Lachen. »Sie wirken manchmal, als gehörten sie einem geheimen Orden an, oder?« Cynthia überlegte. Geheimer Orden? Darunter konnte sie sich nichts vorstellen. »Aber warum haben sie alle keinen Mann und keine Kinder?«, wiederholte sie die Frage, auf die es ihr ankam. »Sie haben einfach keinen Mann gefunden, der mit der herkömmlichen Einstellung zum anderen Geschlecht völlig gebrochen hat und zu jener tiefen neuen Kameradschaft fähig ist, nach der sie suchen. Die einzigen Ausnahmen sind Tante Antonia und ich.« Lydia wirkte bei diesen gestelzten Worten etwas verschämt.

Wahrscheinlich schämte sie sich, weil sie am Kampf ihrer Freundinnen nicht wirklich teilnahm und auch weil Karl-Wilhelm und sie nicht eigentlich Kameraden waren. Cynthia vermutete, dass sie sich auch schämte, weil sie – abgesehen von diesen Gesprächen – ihre Tochter nicht besonders freiheitlich erzog.

Nein, freiheitlich wurde Cynthia nicht erzogen und auch nicht kämpferisch, was ihre Rolle als weibliches Wesen betraf, obwohl eine weibliche Phalanx sie mit geballter Liebe umsorgte: Anna, wechselnde Kinderfrauen, ihre Großmutter und ihre Mutter. Tatsächlich schien Cynthia die Welt genau richtig so.

Zusammentreffen mit Gleichaltrigen fand selten statt. In der Nachbarschaft gab es vor allem Knaben, und deren wilde Spiele ängstigten Cynthia. Obwohl ihre Mutter sich außerhalb ihrer Mutterrolle für Rousseaus natürliche Erziehung und manch andere moderne pädagogische Idee begeisterte, war Cynthia eher das Gegenteil eines freien, natürlichen Kindes. Alles, was nur annähernd mit wilder unbefangener Körperlichkeit zu tun hatte, machte ihr Angst.

Die einzige Anstrengung, die ihr zugemutet wurde, waren Wanderungen, die Lydia von Zeit zu Zeit mit ihr unternahm, seit Cynthia fünf Jahre alt war. In Lodenmänteln und derben Stiefeln, die Mutter mit einem leichten Rucksack auf dem Rücken, wanderten sie einen ganzen Tag lang. Cynthia liebte diese Unternehmungen. Sie sangen Volkslieder, Lydia machte sie auf den Zauber der Blumen, der Vögel und des Himmels aufmerksam, und manchmal schwiegen sie einvernehmlich. Cynthia hatte ihre Mutter einen ganzen Tag lang für sich.

Obwohl Lydia in ihrer Jugend mit Begeisterung in Berlin Vorlesungen von Helene Lange besucht hatte, ließ sie ihre Tochter nur zu Hause unterrichten. Der erste Hauslehrer kam aus Frankreich, der zweite aus England. So sprach Cynthia beide Sprachen bald recht fließend. Darüber hinaus lernte sie wenig: Klavierspielen, gutes Benehmen, Tanzen.

Durch die Köchin erfuhr Cynthia, dass es zwei scharf voneinander geschiedene Gruppen von Menschen gab. Die einen gingen gut gekleidet, lernten Fremdsprachen, beschäftigten sich mit geistiger Arbeit, sprachen Hochdeutsch – die anderen waren arm, hatten geringe Schulbildung und sprachen Plattdeutsch. Die Köchin erklärte ihr, dass ihre Eltern ihr eine feine Erziehung geben wollten und fürchteten, sie könnte in der Schule unanständige Ausdrücke hören oder Dinge erfahren, für die sie zu jung war. Cynthia, mit der die Mutter unablässig Gespräche über Themen führte, für die sie zu jung war, grübelte einen Abend lang ergebnislos darüber nach, worüber wohl andere Kinder sprachen.

So plätscherte Cynthias Leben dahin, bis sie elf Jahre alt war. Es war ein entsetzlich heißer Sommer; Cynthia durfte nur mit einem breiten Strohhut ins Freie. Die Mutter benutzte unablässig einen Fächer, der Vater wischte sich permanent den Schweiß von der Stirn. Als Antonia aus Berlin zu Besuch kam, wurde das Leben lustiger, da Antonia trotz ihres beeindruckenden schwangeren Bauches die Hitze nicht fürchtete, Picknicks anregte, mit Cynthia im Garten Fangen und Verstecken spielte und, wenn sie außer Puste war, Blumen zu einem Haarkranz wand. Doch durch Antonias Schuld, so glaubte Cynthia zumindest, passierte dieses Malheur zwischen den Eltern. Es begann mit Nietzsche. Anlässlich des Besuches von Antonia fand eines der üblichen Abendessen mit zehn ausgewählten Gästen aus Wirtschaft und Kultur statt. Das üppige sechsgängige Menu klang auf die übliche Weise mit Cognac und Zigarren aus, mit sattem Geplauder, untermalt von zierlich hohem Lachen, da fiel plötzlich der Name Nietzsche. Keiner wusste später mehr, wer ihn in den Raum geworfen hatte. Er explodierte wie eine Handgranate, was Cynthia erst später sehr erstaunlich fand, als sie erfuhr, dass Nietzsche 1911 tatsächlich schon zu den etablierten Philosophen gehörte.

Ein junger Dichter, bekannt für seinen Hunger wie für seine unverständlichen Verse, schwärmte: »Man sagt in Frankreich, endlich ein deutscher Philosoph, der fast so viel geistvolle Einfälle hat wie ein Franzose, viel dichterischen Schwung …«

»Vollkommen paradoxe Thesen und Antithesen«, warf grummelnd ein ehrbarer Hamburger Geschäftsmann ein, den die übermäßige Verfressenheit des mageren Dichters schon den ganzen Abend gewurmt hatte.

Antonia, in ihrer überbordenden schwangeren Form aufs Sofa gelümmelt, bemerkte mit der ihr eigenen katzenhaften Lässigkeit: »Erfreulicherweise ist bei Nietzsche wenig von langweiliger, deutscher Gründlichkeit zu spüren, auch hat er keine Scheu davor, sich dauernd zu widersprechen.« Dann sog sie an ihrer langen elfenbeinfarbenen Zigarettenspitze und blies Rauchkringel in die Luft.

Ein Ruck ging durch die ehrbaren Hamburger Kaufleute. Sie wussten, dass sie nicht gerade Musterexemplare an Spritzigkeit und geistvollem Geplauder waren, aber sie hielten sich viel auf ihre Gründlichkeit zugute. Auch ihre Gattinnen beklagten sich manchmal über Langeweile in ihrem behäbigen Leben, allerdings nur hinter verschlossenen Türen, und nun wagte diese freche Berlinerin – schwanger Zigaretten qualmend, hat man so was schon gesehen! – solch unverfrorene Sätze. Nervös sprang Lydia auf und bot einige Petits Fours an, Konditorkunstwerke, die ein Vermögen gekostet hatten. Baum, Lehrer an der höheren Jungenschule in Altona, brummte in überzeugtem Bass: »Nietzsche ist ein Sprachvirtuose, der mit seinen wilden, berauschenden Wortkaskaden betäubt. Dass er den kriegerischen Menschen verherrlicht, ist übrigens gar nicht so unsympathisch.« Und wieder konnte Antonia es nicht lassen. Kategorisch erklärte sie: »Er hasst offenbar Frauen, verherrlicht nicht nur den kriegerischen Menschen, sondern auch die ›blonde Bestie‹. Eine solche Glorifizierung von Macht und Brutalität finde ich als Jüdin besonders abstoßend.«

Karl-Wilhelms Augen blitzten zornig, seine Stimme schnitt durch den verqualmten Raum: »Nietzsche ist widerlich mit seiner hysterischen Rhetorik voller Superlative und Übertreibungen, aber der härtere Geist, den er dem deutschen Volk wünscht, und seine Kampfansage an zu viel Sentimentalität und Gefühlsduselei ist schon gerechtfertigt. Die Deutschen sind verweichlicht. Wohin soll das führen?«

Damit war für diesen Abend das letzte Wort zu Nietzsche gesprochen, anschließend wurde die mögliche Kriegsgefahr wegen der Marokkoquerelen und der intelligenteste deutsche Beitrag zur Kolonialpolitik erörtert. Die Damen wandten ihre frisierten Köpfchen, auf denen breite Hüte zitterten, einander zu und tuschelten über die Hochzeit zwischen Marie Köhne, der Tochter des Schauspielhausdirektors, und einem sehr hübschen Schauspieler mit Vornamen Konrad, das gesellschaftliche Ereignis des Sommers.

Plötzlich horchte Antonia auf, und ihr Kinn verlängerte sich zu geradezu atemberaubender Spitze. Lydia bekam ängstliche Augen. Die Herren lachten kollernd. Anlass war die Bemerkung des hungrigen Dichters gewesen: »Island hat übrigens den Frauen Wahlrecht gegeben und auch den Zugang zu allen Ämtern, selbst den geistlichen, was sagen Sie dazu?«

Ein junger Zigarettenfabrikant, der sich gerade in Hamburg niedergelassen hatte, grinste: »Die Insel ist ja doch sehr klein, wahrscheinlich gibt es in Island so viel Inzucht, dass die Männer schon alle schwachsinnig geworden sind.«

Die Herren hielten das Thema keines weiteren Wortes für würdig, da klang schneidend Antonias Stimme durch den Raum: »In unserem großen Deutschland mit den wunderbaren Gehirnen hat übrigens gerade eine Frau ein Flugpilotenzeugnis erworben ... vielleicht fliegt sie in diesem Augenblick über unsere hellen Köpfe.«

Stille breitete sich aus. Lydias Hände zitterten. Vorsichtig wagte sie einen Blick zu ihrem Mann, der aber den ihren mit versteinerter Miene angelegentlich mied.

»Ja, Fliegen muss wunderschön sein«, bemerkte da träumerisch ein alter Freund der Familie, Rechtsanwalt Dr. Wendt, der seit dem Tod von Karl-Wilhelms Eltern so etwas wie Vaterstelle an ihm vertrat. »Leider war es mir zeitlich nicht vergönnt, den Flugtag mitzuerleben, auch bin ich nicht mehr so gut zu Fuß, aber ich habe gehört, es soll herrlich gewesen sein.«

Sofort ergriffen Damen wie Herren das rettende Stichwort und ließen sich einmütig aufgeregt über den wunderbaren Tag aus.

Cynthia hatte, seit sie ganz klein war, einen Trick entwickelt, um an diesen Abenden teilzunehmen, an denen Damen mit auf Hüten wippenden bunten Federn und Herren mit Uhren an dicken goldenen Ketten den heimischen Salon in einen glitzernden irrlichternden Ort verwandelten, der anders roch, andere Töne aufflattern ließ, wo das Strahlen der Mutter den Raum erhellte und der Vater eine dicke satte Wärme um sich herum verbreitete: Sie verkroch sich auf dem dunkelbraunen Ohrensessel, der neben einer Ständerlampe in der Ecke stand, löschte das Licht und legte eine dunkle Decke über sich, sodass nur ihr heller Schopf über den wachen blauen Augen sichtbar war. Als kleines Mädchen schlief sie dort ein und wurde irgendwann von der Köchin Anna ins Bett getragen. Mit zehn Jahren hatte sie sich das jedoch in einem Gespräch unter vier Augen streng verbeten mit den Worten: »Ich bin groß genug, ich kann selbst die Treppen hochgehen«, worüber Anna, seit einiger Zeit von rheumatischen Schmerzen geplagt, trotz Widerspruchsgrummeln im Grunde froh war; denn Cynthia überragte sie bereits um einen Kopf. Seitdem experimentierte Cynthia immer erfolgreicher damit, sich unsichtbar zu machen. Und oft wachte sie nach so einer Feier am kommenden Morgen auf dem braunen Sessel auf.

Eben dort erlebte sie diese Minuten in ihrer ganzen Bedrohlichkeit mit. Von nun an kreisten ihre Gedanken darum, was eine Jüdin war, und der Mensch namens Nietzsche wurde in ihrer Phantasie zu einem Feuer speienden Ungeheuer, das fröhliche Frauen wie Tante Antonia verspeisen wollte, blonde Bestien jedoch verschonte. Die schwerwiegendste Frage aber lautete: Was sind blonde Bestien? Gab es etwa noch eine andere Unterteilung der Welt, als die in Arm und Reich, von der Anna gesprochen hatte? Etwa eine Einteilung in dunkelhaarig und blond?

In der Nacht, als alle Gäste fort und Antonia auf ihr Gästezimmer gegangen war, wachte Cynthia plötzlich auf ihrem Sessel auf, weil Stimmen wie giftiges Schlangenzischeln ihr Herz zum Rasen brachten.

»Ich will auf keinen Fall, dass du jemals wieder eine deiner Suffragetten hierher holst. Triff sie, wo immer du willst, aber nicht in meinem Haus. Punktum. Kein Wort mehr darüber. Die Zeiten sind schwer genug, ich kann mir nicht leisten, in der Geschäftswelt als Vaterlandsverräter dazustehen.«

»Vaterlandsverräter?« In Lydias Stimme lag ungläubiger Hohn. Minutenlang erfüllte dröhnende Stille den Salon. Cynthias Ohren schmerzten von all den ungesagten Worten. Da knallte Lydias wütende Stimme in die fürchterliche Stille, und ihre Beschimpfungen erlösten Cynthias Atembeklemmung, obwohl sie die Worte, die die Mutter dem Vater an den Kopf warf, gar nicht verstand.

Wenige Tage nach diesem Streit begann Lydia Zigaretten an einer silbernen Spitze zu rauchen und von Zeit zu Zeit kleine Reisen nach Berlin zu unternehmen, von denen sie aufgelöst und verschlossen zugleich zurückkehrte. Für Cynthia veränderte sich nicht viel. Man hatte Dienstboten, die sie seit jeher kannten und liebten. Der Vater war viel außer Haus, und die Mutter nie lange fort. Der Sommer 1911 blieb von bedrückender Hitze, die Wortlosigkeit zwischen den Eltern ebenso. So ging das bis zum Herbst. Da beschloss Karl-Wilhelm, mit Frau und Tochter nach Paris zu fahren. Paris! Cynthia löste sich vor Aufregung schier in ihren körperlichen Begrenzungen auf, ihr schien, als wachse sie plötzlich ein erschreckendes Stück weiter in die Höhe. Lydia, betont reserviert, gewann dennoch ein Leuchten in der Gegenwart ihres Mannes zurück. Nie würde Cynthia diese Woche in Paris vergessen.

Als bräuchten sie ein Bindeglied, hielten die Eltern sie permanent in ihrer Mitte. Abends, wenn in den Straßen unter Ketten von Licht heitere Menschen promenierten, strahlten sie einander über die Tochter hinweg an, deren Gesicht bereits auf gleicher Höhe mit den ihren war. »Ist es hier nicht schön?«, sagte der Vater, und die Mutter antwortete streitbar: »Ja, kein deutscher Krampf, keine steife Würde!« Und als der Vater auf das Angebot zum Streit nicht einging, fügte sie hinzu: »Man schämt sich, daran zu denken, was in Deutschland über das französische Volk gelehrt wird.« Der Vater nickte nur, und Cynthia spürte, dass auch dieser gefährliche Augenblick überstanden war. Als die Mutter jedoch über den »Unsinn« sprechen wollte, den Deutschland begangen hatte, als es ein Kriegsschiff nach Agadir schickte, und ihrer Hoffnung Ausdruck verlieh, dass diese über ihren Köpfen schwebende Kriegsgefahr endlich bald abgewendet würde, weil sie nämlich »friedlich mit Frankreich und England leben« wolle, wurde der Vater wortkarg, bis er dem Gespräch schließlich ein Ende setzte mit den Worten »über Geschäfte will ich in diesen wunderbaren Tagen nicht sprechen«.

Die Mutter machte einen schmalen Mund, Cynthia stockte wieder der Atem, aber dann war der Augenblick vorüber, und am Schluss ihrer Tage in Paris hielten sich Mutter und Vater wieder an den Händen und übersahen Cynthia, als hätten sich deren Übungen im Unsichtbarwerden verselbständigt. Trotzdem jubelte sie innerlich, denn die Kluft zwischen den Eltern hatte ihr entsetzliche Angst gemacht.

Danach kamen vereinzelt Lydias Freundinnen wieder zum Vorschein, aber nur für kurze Zeiten und nur während der Abwesenheit des Vaters. Ihre Besuche in Berlin behielt Lydia bei.

Cynthias Augen, die während ihrer Erzählung in die Ferne geglitten waren und sie manchmal wirken ließen, als hätte sie vergessen, dass Eckhardt vor ihr saß, blitzten plötzlich auf. »1912 hat sie mich mitgenommen, und als ich hörte, dass der Kaiser durch Berlin paradieren werde, setzte ich meiner Mutter so lange zu, bis die schließlich klein beigab. Haben Sie einmal den Kaiser gesehen?«

Eckhardt schüttelte verneinend den Kopf. »Eigentlich schade«, sinnierte er, »jetzt ist er in Holland, da wird man ihn auch nicht mehr zu Gesicht bekommen.«

»Na ja«, räumte Cynthia spöttisch ein, »wer will schon einen abgesetzten Kaiser sehen – außer man hat Spaß daran, sich an seiner Schmach zu ergötzen.«

»Schmach?« Eckhardt wiegte bedächtig den Kopf. »Eigentlich hat er sich gut aus dem Staub gemacht. Er hat nie die Verantwortung für den verlorenen Krieg übernommen, und ich glaube, er kriegt dort sogar noch eine Pension.«

Cynthia kicherte. »Damals war es ein Ereignis, für mich zumindest. Es war wie eine bombastische Opernaufführung. Wir warteten auf ihn am Straßenrand Unter den Linden. Auf Balkons und Dächern schauten Menschen durch Operngläser, alle fieberten dem Kaiser entgegen. Wir standen so eingekeilt, dass ich Schweiß, Staub, Parfüm roch, ich sah die Staubkörnchen im flimmernden

Licht der Sonne, jede Wahrnehmung hat sich scharf in meine Erinnerung eingebrannt. Ich dachte, ich würde nie wieder in meinem Leben eine solche Aufregung empfinden. Trompeter marschierten an der Spitze des Zuges. Regimenter wogten an uns vorüber, blaue Tuchwellen der Ulanen, weiße der Kürassiere, blitzende Helme und Kürasse, in denen sich die Sonne spiegelte. Ein Wald von Lanzenspitzen und Paradehelmbüschen der Offiziere, darunter verschnürte Waffenröcke der Husaren, hüpfende runde Epauletten mit dicken Goldquasten und künstlich verbreiterte Schultern, Ordensgeglitzer auf blauen Tuchbrüsten, rote Generalsstreifen an straffsitzenden Hosen, Bahnen, Fahnen … und immer wieder schmetternd, aufreizend, betäubend, das Tschingderassa der Militärkapellen – ich dachte wirklich, ich würde ohnmächtig werden. Die Kürassiere auf ihren Pferden waren schön wie die Helden in Märchen und Sagen. Als aber bei donnerndem ›Hurra‹ und ›Hoch‹ die Hüte von den Köpfen flogen und der Kaiser in seiner Begleitung vorbeiritt, mit hochgezwirbeltem Schnurrbart wie auf den Bildern, war ich sehr enttäuscht. Er trug keine Krone, und sein Gesicht war bei weitem nicht so schön wie das der Männer, die ich zuvor bewundert hatte. Und dann raunte es plötzlich wie eine leichte Windbrise durch die Menge: ›Unruhen!‹

Die Mutter nahm mich fest an die Hand und zog mich Richtung Brandenburger Tor. Eine dichte Menschenmasse drängte uns entgegen. Rufe ertönten: ›Wir wollen keinen Krieg! Nieder, Nieder!‹ Und plötzlich scharfe, in den Ohren schmerzende Polizeitriller. Ich entdeckte schwarze Helme zwischen den Menschen. Schutzleute trieben die Menge zurück. Wir befanden uns mitten drin. Nur mit Mühe blieben wir zusammen. Als wir schließlich bei Antonia im Salon saßen und heiße Schokolade tranken, löste sich meine Spannung in einem Weinkrampf. Meine Mutter wiegte mich erschrocken in den Armen, Antonia aber sagte mit zärtlichem Lachen: ›Tja, Schätzchen, jetzt hast du einen Vorgeschmack von draußen bekommen: königlicher Soldatenflitter, erzürnte Arbeiter und prügelnde Polizisten. Das Schlimmste ist, wenn man mitten drin ist und nicht weiß, auf welche Seite man gehört. Merk dir das!‹«

Cynthias Gesicht war unter dem Puder wieder sehr blass geworden. Sie blickte Eckhardt mit dramatisch aufgerissenen Augen an.

»Seitdem bemühe ich mich, nirgends mitten drin zu sein. Und die Welt ›draußen‹ macht mir immer ein bisschen Angst.«

Eckhardt erinnerte sich an die Zeit. 1912 stieg das politische Fieber. Die Zeitungsverkäufer überschrien einander. Man riss ihnen die Blätter aus den Händen. Arbeiter gingen auf die Straße. Auch in Paris, London, Brüssel und Wien gab es Demonstrationen gegen den Krieg.

Er wollte gerade sagen, dass ihm das »draußen« auch sehr viel Angst gemacht hatte, besonders weil Fritz und der Großvater und der Vater immer auf unterschiedlichen Seiten standen und Eckhardt Angst hatte, irgendjemanden zu enttäuschen, da zückte Cynthia ihr Portemonnaie, rief laut: »Zahlen!«, und sagte in einem Ton, der keine Widerrede duldete: »Wir gehen jetzt zu mir nach Hause. Wir brauchen beide etwas zu essen. Sie haben ja während der letzten halben Stunde nicht viel geredet, ich habe Sie ja gar nicht zu Wort kommen lassen, aber mir scheint, als hätte der Wein Ihre Zunge ebenso wie meinen Kopf etwas benebelt. Wir nehmen uns eine Droschke, und unterwegs erzähle ich Ihnen, was Sie beachten müssen, wenn Sie meinen Eltern begegnen.«

Nachlässig gab sie dem Kellner das Geld, nickte »Stimmt so!«, und wirkte entsetzlich weltgewandt auf Eckhardt.

Er hatte plötzlich große Angst, sich vor Cynthias Eltern zu blamieren. Gleichzeitig aber hatte er Hunger, und er besaß auch gar keine Kraft mehr, dieser energischen jungen Frau Widerstand zu leisten. Also ließ er sich von ihr in eine Droschke bugsieren und Cynthia nannte die Adresse: Elbchaussee.

Im Auto informierte sie ihn, dass ihre Mutter, wie er vielleicht schon ihren Schilderungen entnommen habe, zwar keine richtige »Rote«, aber doch ständig damit beschäftigt sei, die Welt verbessern zu wollen. Ihr Vater hingegen, dessen Eltern gestorben waren, als er knapp zwanzig war, lebe in ständiger Sorge, das von seinem Vater aufgebaute Geschäft, das Vermögen und das herrschaftliche Haus irgendwie zu verlieren. »Ich glaube, mein Vater war nie jung«, sagte Cynthia. Leise fügte sie hinzu: »Ich habe das geerbt, fürchte ich.«

Als sie vor dem Haus anhielten, verschlug es Eckhardt den Atem. Es war wie ein Schloss. Größer als das frühere Gutshaus der Großeltern Wolkenrath, und das wollte etwas heißen. Hohe Fenster, Erker,

Simse, Säulen vor dem Portal. Eine weißgestrichene Villa in einem parkähnlichen Garten, der sich bis zur Elbe erstreckte. Wenn Eckhardt nicht vom Wein beduselt gewesen wäre, hätte er sofort kehrtgemacht. Aber seine Beine waren einfach zu schlapp.

Cynthias Mutter eilte die Treppen herunter, kaum dass sie ins Entree gekommen waren. »Wen hast du denn mitgebracht, meine Süße?«

Sie reichte Eckhardt beide Hände und begrüßte ihn so herzlich, als wären sie alte Freunde. Das wirkte so echt, so ungekünstelt, dass Eckhardt seine Befangenheit schnell verlor.

Lydia Gaerber kam ihm vor wie eine Elfe mit Fuchsaugen. Ihre halblangen Haare waren zwar weiß, aber jugendlich dicht, und umspielten weich ihr zartes Gesicht. Sie trug ein cremefarbenes fließendes Kleid, um die Schultern einen Schal aus flauschigem Flanell in der gleichen Farbe. Sie wirkte auf Eckhardt wie ein Wesen von einem anderen Stern.

Cynthia hatte Eckhardt auf der Fahrt erklärt, dass ihre Mutter einige Jahre älter sei als ihr Vater, und dass sie den Eindruck habe, dass er seine Frau immer noch wahnsinnig aufregend finde. Und anregend, was ihm besonders viel bedeutete, da er, zu jung in die Pflicht genommen, nicht die geringste Chance gehabt hatte, sich irgendwie auszutoben. Kurz vor den Reichstagswahlen im Jahre 1903 hatte er sogar mit Lydia eine sozialdemokratische Versammlung besucht. In Erinnerung davon blieb ihm, wie er oft lachend betonte, der Geruch nach Bier, da sich das Ganze im Saal einer großen Brauerei abgespielt hatte. Das war vielleicht das größte Abenteuer seines Lebens gewesen.

Als der Hausherr erschien, konnte Eckhardt das Gesagte kaum glauben. Cynthias Vater war zwar schlank, aber er wirkte gesetzt, sein Gesicht war sorgenzerfurcht, er wirkte wie ein älterer Herr, wohingegen seine schöne Frau wie ein völlig altersloses Wesen schmetterlingsgleich um ihren Gatten herumflatterte, der sich nur mit trockenen, sachlichen Sätzen an sie wendete.

Im Nu wurden auf dem Tisch unter dem Kronleuchter im Esszimmer noch zwei Gedecke aufgelegt. Dann wurde ein Abendessen in drei Gängen serviert. Das Tischgespräch sprang zwischen Fichte,

Hesse, der imperialistischen deutschen Kriegstreiberei und den verheerenden Reparationszahlungen wie ein Hase zwischen Löwenzahn, Häsinnen und Jägerschüssen hin und her.

Eckhardt gab verteufelt acht, nicht in irgendein Fettnäpfchen zu treten. Lydia Gaerber fragte ihn nach allem, Krieg, Arbeit, Ernährung in Dresden. Sie war aber nicht nur »politisch fortschrittlich«, sie sprühte nur so vor literarischer Bildung. Und als sie herausbekam, dass Eckhardt vor dem Krieg ein Theaterbesessener gewesen war, bombardierte sie ihn geradezu mit Fragen zum Dresdner Theaterleben.

Karl-Wilhelm Gaerber, Cynthias Vater, erschien Eckhardt wie ein Mensch, auf den vor allem die Worte Müdigkeit und Geduld zutrafen. Er fragte nach dem Geschäft Wolkenrath und Söhne, und man konnte ihm ansehen, dass er sich um die Geschäfte in Deutschland ganz allgemein sorgte, obwohl dieses Haus an der Elbchaussee alles andere als krisengeschüttelt wirkte.

Irgendetwas an diesen Menschen war sehr eigenartig gewesen, grübelte Eckhardt in der Nacht. Schließlich kam er darauf: Sie hatten keinen Hunger – und sie hatten kein Misstrauen.

Ja, sie waren von einer naiven gutgläubigen Neugier auf ihn, der doch ein Fremder war, aber sie sahen ihn allein als Gast. Er überlegte, ob sein Bruder Dritter es wohl fertiggebracht hätte, dieses Vertrauen auszunutzen, oder ob selbst er vor so viel Naivität kapituliert hätte.

Dritter hätte Cynthia geküsst, selbstverständlich, und vielleicht sogar mehr. Und Eckhardt? Nun, es war wie immer. Er hatte beschämt gespürt, wie seine Ohren erröteten, wenn Cynthia einen Schmollmund machte. Er hatte sie Fräulein Gaerber genannt, und als sie ihm Gute Nacht wünschte, hatte er strammgestanden und sich verbeugt.

Niedergeschlagen wälzte er sich in dem fremden Bett. Seltsam, dass er nun das Schnarchen der Brüder vermisste, dabei weckte es in ihm manchmal Mordgelüste. Endlich dämmerte er in eine tröstende Zwischenwelt hinüber, wo sein Körper all die ängstlichen Verspannungen losließ und er sich weicher und leichter fühlte, bis er schließlich in einen Traum von weißhaarigen Elfen fiel, die, während sie bolschewistische Lieder sangen, auf einen riesigen Tisch Unmengen von Speisen zauberten.

Aus einem unerfindlichen Grund hatte Lydia Gaerber beschlossen, dem jungen Mann, der im Krieg so ein schreckliches Schicksal erfahren hatte, unter die Arme zu greifen. Also nahm sie ihm das Versprechen ab, in Bälde wieder nach Hamburg zu kommen, damit sie ihn mit einigen einflussreichen Geschäftsleuten bekannt machen könne.

Der Abschied von Cynthia erfolgte mit einem festen warmen Händedruck, als wären sie schon lange Zeit gute Freunde.

In der Nacht, als Eckhardt wieder zu Hause war und, wie so oft, aufwachte, weil er husten musste, denn Dritter, gerade heimgekommen, hatte sich mal wieder vor dem Schlafengehen eine Zigarette angezündet, und die Brüder einen kleinen Schwatz über Eckhardts Hamburgaufenthalt begannen, siegte Eckhardts Wunsch, den Bruder zu beeindrucken, und innerhalb einer Viertelstunde hatte er entgegen seiner ursprünglichen Absicht alles erzählt. Ganz gegen seine Art reagierte Dritter ohne besondere Gemütsbewegung. Er fragte nur: »Wann fährst du wieder hin?« Und als Eckhardt antwortete: »Sie wollen am nächsten Samstag einen kleinen Empfang veranstalten, da soll ich kommen …«, murmelte Alexander freundlich: »Na, prima, das ist doch gut«, legte sich ins Bett und schwieg. Dass er nicht schlief, verriet nur die im Dunkel glimmende Zigarettenspitze.

Von nun an zog wieder Hoffnung ein in das ehemalige Tischlerhaus in Dresden. Eckhardt hatte Leute kennengelernt, die nach Geld stanken, wie Dritter es nannte, die Kultur hatten, wie Eckhardt selbst sagte. Stellas Augen funkelten, wenn sie hörte, welche Pelze Cynthia trug. Immer wieder fragte sie nach diesem oder jenem Detail. Und dann erzählte Eckhardt von Cynthias Freunden, der Lehrerin Leni, die in einem Offiziershaus in der Kippingstraße wohnte, und ihrem Verlobten, dem Kapitän Maukesch, der ungemein schneidig war. Er erzählte von der Reeperbahn und davon, dass Hamburg und Dresden so unterschiedlich seien wie ein anständiges Kotelett und das längliche Gebilde voller Sehnen und Haut, das sie in den Schlachtereien als Blutwurst verkauften.

Die Hoffnung betraf allerdings vor allem die jungen Wolkenraths. Käthe verhielt sich sehr indifferent, und Alexander, der Vater, erinnerte Eckhardt geradezu an Karl-Wilhelm Gaerber, so sorgenzerfurcht lief er durch die Tage.

Und dann kam er eines Nachts erst spät nach Hause, der Anzug war zerrissen und voller Blut, und sein Gesicht sah aus, als wäre er verprügelt worden. Ein Auge war zugeschwollen. Allerdings behauptete er, ein Auto hätte ihn angefahren und er sei hingefallen und habe sich verletzt.

Lysbeth und die Tante verarzteten Alexander. Sie stellten keine Fragen. Aber die Tante nahm ihn danach beiseite und sagte: »Wenn du Probleme hast, solltest du darüber sprechen, mein Junge. Für die meisten Probleme auf der Welt gibt es eine Lösung.«

Er schaute sie nur von oben herab an und sagte, er wisse gar nicht, wovon sie rede.

Seitdem veränderte sich der Vater irgendwie Besorgnis erregend, so empfand es Eckhardt. Aber es geschahen so viele aufregende Dinge in seinem Leben, und Dritter kommentierte die Entwicklung Alexanders auch nur mit den Worten: »Er wird alt, seit seine Eltern gestorben sind.«

Lysbeth und die Tante aber warfen sich manches Mal einen Blick zu, wenn Alexander sich wieder einmal in der Küche einfand, um mit den Frauen zusammenzusitzen.

## 26

Am Silvestertag 1920 verlobten sich Eckhardt und Cynthia. Eckhardt wollte die Verlobung am letzten Tag dieses Jahres, in dem es so viel Verzweiflung und Hoffnungslosigkeit gegeben hatte. Von nun an sollte etwas Neues geschehen.

Die ganze Familie Wolkenrath fuhr mit der Bahn nach Hamburg. Allein Johann blieb zu Hause. Eckhardt schämte sich wegen seines zwergenhaften, unkultivierten Bruders, der immer noch lauthals die Dolchstoßlegende verteidigte. Er hatte Dritter seine Not geklagt, und der hatte darauf kurzerhand bestimmt, Johann müsse in Dresden bleiben, um der alten Tante Lysbeth Gesellschaft zu leisten. Johann, dem die illustre Hamburger Gesellschaft ohnehin unheimlich war, hatte sich sofort erleichtert einverstanden erklärt. Die Verlobung war grandios. Lydia hatte alles eingeladen, was der »unschuldig in Geldnöte« geratenen Familie ihres zukünftigen Schwiegersohnes irgendwie nützlich sein konnte. Und wie angenehm war diese Familie!

Käthe, diese Tochter eines Tischlermeisters, die bei aller Schlichtheit die Schönheit wahrer Herzensgröße ausstrahlte. Alexander, Eckhardts Vater, der die Geschichte seines unglücklichen Vaters erzählte, doch mit wie viel Humor tat er es, wie brachte er alle zum Lachen, als er berichtete, wie sein Vater sich erhängen wollte, und doch sah Lydia in den Augen der lachenden Gäste gleichzeitig so viel Anteilnahme für den herumgestoßenen Sohn, der sich doch aus dem Elend herausgekämpft hatte. Und man sah ihm die tragische Vergangenheit ebenso wenig an wie sein Alter oder die Zahl der hungrigen Mäuler, die er ja bis heute zu stopfen hatte, denn die Mädchen gingen keinem Beruf nach und die Söhne begannen eben erst, nach dem verheerenden Krieg, wieder auf die Beine zu kommen.

Vater Alexander bezauberte die Verlobungsgesellschaft mit seinen Geschichten und seinem Humor ebenso wie mit seiner galanten zuvorkommenden Art der Frau des Hauses gegenüber. Ihm gleich, jedoch bescheidener, vertiefte sich sein Sohn Dritter in anregende Gespräche mit den männlichen Gästen und kümmerte sich zuvorkommend um die Hausherrin, die sich von ihm in ihrer Abscheu gegen die Dummheit des Nationalismus und gegen Kriegshetzerei sehr verstanden fühlte.

Der Höhepunkt des Abends aber war, als Stella, gekleidet in eine glitzernde nixenhafte Sünde, sich ans Klavier setzte und sang. Sie hatte ein richtiges Programm vorzuweisen. Und sogar die allerneuesten Schlager kannte sie. Bezaubernd sang sie: *Die Dame mit 'n Avec, Im Hotel zur Nachtigall, Kleine Mädchen brauchen Liebe.* Doch der Höhepunkt kam, als sie beim Lied *Jonny, wenn du Geburtstag hast* ihr Klavier verließ und durch die Gäste hindurchschritt, direkt auf Kapitän Jonny Maukesch zu, dem sie sich zuneigte und ihr berückendes Dekolleté darbot.

Die älteren Gäste saßen um das Klavier herum und schmunzelten zustimmend, die jüngeren standen und bewegten sich, ja, probierten sogar einige Tanzschritte. Es wurde allenthalben als sehr süß und frivol angesehen, dass Stella zwischen Jonny Maukesch und seiner Verlobten Leni hin- und herlachte, als sie das Lied sang: *Wer wird denn weinen, wenn man auseinander geht.*

Alle klatschten. Zu guter Letzt klappte Stella nach vielen Zugaben den Klavierdeckel herunter, und Jonny Maukeschs Freund, Kapitän Maximilian von Schnell, nahm ihren Platz ein. Er spielte viele Walzer, und die Tänzer drehten sich, bis ihnen schwindelte.

Als Stella sich an den Tisch von Jonny und Leni begab, forderte Dritter die junge Lehrerin auf. Den kurzen Blick, der zwischen Schwester und Bruder gewechselt wurde, bemerkte niemand. Leni war hocherfreut über die Aufforderung, denn ihr Verlobter tanzte nicht.

»Kapitän, Sie müssen mir von Ihren Fahrten erzählen!«, bat Stella Jonny Maukesch schmeichelnd.

»Vorsicht, gnädiges Fräulein«, sagte er, und seine blauen Augen blitzten sie so an, dass es ihr durch und durch ging, »wenn ich erst mal anfange, höre ich so schnell nicht wieder auf. Ich könnte Sie langweilen.«

»Nein!«, widersprach Stella energisch. »Das können Sie keineswegs. Ich bin nämlich verrückt nach fernen Ländern. Und ich schwöre Ihnen, eines Tages werde ich in Afrika sein und einen Leoparden und einen Affen als Haustier haben!«

Er kniff leicht die Augen zusammen und bedachte sie mit einem unergründlichen Blick. »Nun gut«, sagte er nach einer kleinen Pause, in der sich ihre Blicke etwas zu lange begegnet waren. »Von welchem Land wollen Sie hören? China, Afrika, Panama?«

»China!«, entschied Stella schnell. »Das ist am weitesten weg. Oder?«

Er lächelte. »Es ist auch am weitesten weg von heute. In China bin ich geboren …«

»Oh, wie aufregend!« Sie lächelte kokett. »Was für ein Glück, dass Sie dort irgendwann weggegangen sind, sonst könnten wir heute nicht miteinander sprechen!«

»Ja, aber das war gegen meinen Willen. Ich wollte dort bleiben!« Seine Miene umwölkte sich.

Stella legte ihre silbern behandschuhte Hand auf seinen Arm. Mit ihrer schönsten weichsten Stimme sagte sie: »Erzählen Sie es mir! Erzählen Sie mir die ganze tragische Geschichte. Ich liebe Geschichten von fremden Ländern!«

Er lächelte. »Wenn Sie wirklich die ganze Geschichte hören wollen, sollten wir uns vielleicht in einen Raum setzen, wo wir ungestört sind. Hier ist es zu laut!«

Stella erhob sich im Nu. Sie griff nach seiner Hand. »Kommen Sie, ich habe vorhin ein bezauberndes kleines Zimmerchen entdeckt. Ich glaube, da wird uns niemand stören!«

Sie zog ihn hinter sich her aus dem großen Raum, normalerweise Esszimmer und Salon, nun aber mit geöffneter Flügeltür eine Zimmerflucht, in der das Grammofon die Rolle von Maximilian von Schnell übernommen hatte, der, so sah Stella noch aus den Augenwinkeln, als sie mit Jonny Maukesch an der Hand das Zimmer verließ, ihre Schwester Lysbeth durch den Raum wirbelte.

Sie lenkte ihre Schritte zu dem kleinen Damenzimmer, in dem sich vorhin die weiblichen Gäste für das Fest den endgültigen Glanz verliehen hatten. Als sie dort ihre Haare bürstete und sie sich vor dem Spiegel drehte und wendete, hatte sie schon gedacht, was für ein wundervoller Ort dies wäre für ein vertrautes Stelldichein. Es gab eine kleine Anordnung am Fenster: Ein rundes Tischchen, rechts und links zierliche Sesselchen, ganz allerliebst. Dorthin bugsierte Stella den Kapitän. Dann zauberte sie aus einer hübschen Kirschbaumvitrine zwei Gläser und entnahm einer Badewanne, die in der anderen Ecke des Zimmers stand, aber von Stella vor ein paar Stunden schon entdeckt worden war, eine Flasche Champagner.

»Ist das nicht wundervoll!«, jauchzte sie begeistert. »Alles hier, um uns festlich zu stimmen. Und nun schießen Sie los!«

Vorher allerdings schoss der Korken aus der Flasche. Jonny Maukesch ließ das prickelnde Getränk in ihre Gläser perlen. Sie stießen miteinander an, er holte tief Luft und sagte: »Also hören Sie die Geschichte des kleinen Jonny, der 1900 zehn Jahre alt war und in Peking lebte.« Dann erzählte er. Vor Stellas Augen und Ohren entfaltete sich ein ganzer Film. In diesem Film spielte ein kleiner Junge, der schon ebenso schneidig und kämpferisch war wie Kapitän Jonny Maukesch, die Hauptrolle. Tapfer kämpfte er an der Seite seines Vaters, der als

Dolmetscher in Peking tätig war, gegen die kleinen schlitzäugigen Aufrührer. Seine Mutter, die schöne Edith, brachte ihm das Tennisspiel und Reiten bei. Und er lernte sein großes Vorbild kennen, den legendären Afrikakämpfer General von Lettow-Vorbeck. Leider wurde dem kleinen Jonny die Schmach angetan, mit seiner Mutter auf ein Schiff gesetzt und nach Deutschland geschickt zu werden, weil der Vater Angst um sie beide hatte.

Jonnys Schmerz über den Vater konnte Stella nur ahnen, denn immer, wenn er von ihm sprach, mahlten seine Kieferknochen und er schwieg für Sekunden.

Während er erzählte, leerten sie fast die ganze Flasche Champagner. Als er verstummte, seufzte Stella. Er sollte nicht aufhören. Diese Geschichte war so wundervoll gewesen. Sie sah den Jungen in dem Mann. Am liebsten hätte sie ihn geküsst. Warum eigentlich nicht?

Sie beugte sich über den Tisch und legte ihre champagnerfeuchten Lippen auf seinen Mund. Er erstarrte. Sein Mund aber reagierte. Und dann griff er nach ihr und zog sie auf seinen Schoß. Sein Kuss wurde fordernd, und seine Hände wanderten von ihrem Rücken zu ihren Brüsten. Da hörte sie Geräusche.

Sie löste sich und lehnte sich schnell wieder in ihren Sessel zurück. Etwas außer Atem fragte sie: »Wie ging der Boxeraufstand aus? Ich habe keine Ahnung. Und was ist aus Ihrem Vater geworden, ist er hinter Ihnen hergekommen?«

Jonny Maukesch strich mit der Hand durch seine Haare und erläuterte in einem sehr sachlichen Ton: »Fernab von China hatte es eifrige außenpolitische Konferenzen gegeben. Auf Drängen der deutschen Regierung wurde für die Truppen der Mächte, die zur Niederwerfung des Aufstandes eingesetzt wurden, ein gemeinsames Oberkommando geschaffen. Als dessen Chef akzeptierten die Mächte den Kandidaten Wilhelms II., Generalfeldmarschall von Waldersee, da die Rivalität zwischen den beiden Hauptkonkurrenten in China, England und Russland, es ihnen nahelegte, sich auf den Vertreter einer dritten Macht zu einigen.

Noch bevor die Truppen in China eintrafen, wurde meinem Vater mitgeteilt, er habe sich bereitzuhalten, um als Dolmetscher im Stab Waldersee tätig zu werden.«

Da standen, völlig außer Atem, Dritter und Leni in der Tür.

»Hier seid ihr!«, sagte Dritter lachend. »Wir haben schon überall nach euch gesucht.«

Leni schob sich hinter den Sessel von Jonny Maukesch und schlang ihre Arme um seine Brust. Er legte seinen Kopf zurück und schaute sie von unten herauf an. »Fräulein Wolkenrath interessierte sich für China«, erklärte er, und Stella stellte fest, dass er kein bisschen schuldbewusst klang. Der kann lügen, dachte sie. Satansbraten!

»Und wie du mich kennst, konnte ich mich wieder nicht kurzfassen. Wie lange haben wir hier eigentlich gesessen?«

»Darauf kommt es nicht an!«, sagte seine Verlobte mit zärtlichem Lächeln. »Ich habe mich wundervoll amüsiert. Ihr Bruder ist wirklich ein hervorragender Tänzer!«, schwärmte sie in Stellas Richtung.

Dritter zog Stella aus dem Sessel. »Ja, und dieser hervorragende Tänzer wird jetzt seine Schwester entführen. Mein Herr! Meine Dame!« Er verbeugte sich und eilte mit Stella an der Hand davon.

»Meine Liebe«, zischte er ihr zu, »das hätte in die Hose gehen können!«

»Oh!«, kicherte sie angetrunken, »wenn mich nicht alles täuscht, ist es leicht in die Hose gegangen.«

Mit dem Zug fuhr die ganze Familie Wolkenrath zwei Tage nach der Verlobung wieder nach Dresden zurück. Sie waren satt, müde und sehr gut gelaunt. Jeder hing seinen Gedanken nach.

Die Töchter saßen auf den Mittelplätzen einander gegenüber. Stella sah vor sich die vergissmeinnichtblauen Augen von Jonny Maukesch, sie hörte seine befehlsgewohnte Stimme, die sich an ihrem Ohr in weichen Samt verwandelte, sie spürte seine kräftige Hand an ihrem Rücken. Immer wieder rief sie sich das Gefühl seines schmalen Mundes auf ihren Lippen in Erinnerung, heiße drängende Lippen. Sie lächelte vor sich hin. Es war sehr schön, sich an Jonny Maukesch zu erinnern.

Auch auf Lysbeths Gesicht lag ein leises Lächeln. Ihre Füße schmerzten immer noch ein wenig, so viel hatte sie getanzt. Maximilian von Schnell war nicht nur ein guter Tänzer, er war auch unermüdlich. Lysbeth hatte auf der Feier festgestellt, wie gerne sie tanzte. Sie bedauerte fast, dass sie all die Kriegsjahre hindurch ihre Schwester nicht ab und zu begleitet, sondern ihre Nächte im Krankenhaus verbracht hatte. Dies Bedauern allerdings verflog schnell und machte dem bekannten Ärger darüber Platz, einfach rausgeschmissen worden zu sein.

Dritter lümmelte in seinem Sitz am Gang, eine Zigarette zwischen den Lippen, die Augen geschlossen. Er war sehr zufrieden mit sich. Er hatte Gespräche mit einigen bedeutenden Hamburger Kaufleuten geführt, er hatte auf eine sehr elegante Weise den Spagat hingekriegt, bei Männern wie Maximilian von Schnell und Jonny Maukesch als stiller Verbündeter im Kampf gegen die Roten und bei Lydia Gaerber als Sucher nach dem politischen Weg zur humanen Republik aufzutreten. Lydia Gaerber war entzückt von ihm gewesen, das war Dritter nicht entgangen. Und ihm war ebenfalls nicht entgangen, dass es nicht das Entzücken an einem Mann, den sie sich als Sohn gewünscht hätte, war, sondern das an dem Seelengefährten, in dessen Gegenwart sie sich jung fühlte.

Auch Eckhardt hatte die Augen geschlossen. Er dachte nichts. Er wollte auch nichts denken. Während der vergangenen Jahre hatte er die Fähigkeit, nichts zu denken, bis zur Perfektion trainiert. Er dachte nicht an Cynthias verwunderten Blick, als er sich nach der Verlobungsfeier vor ihrem Zimmer mit einem zärtlichen Kuss auf die Wange von ihr verabschiedete. Er dachte nicht daran, wie er es kaum noch fertigbrachte, sein Nachthemd anzuziehen, bevor er nach dieser ermüdenden Feier in Schlaf fiel. Er dachte auch nicht an den Traum, aus dem er am Morgen mit einer enormen Erektion erwachte. Er wollte vor allen Dingen nicht an diesen Traum denken. Dummerweise machte er sich den ganzen Vormittag über immer mal wieder als lästige sexuelle Erregung bemerkbar, die aber allmählich verflachte und während der Bahnfahrt fast vollständig in der Schwärze des Nichtdenkens versank.

Käthe blickte aus dem Fenster, sah Felder und Bäume, Kühe und manchmal sogar ein Reh an sich vorüberziehen. Sie hatte während der Verlobung zum ersten Mal seit Fritz' Tod lachen können, ohne gleichzeitig Angst zu haben, gleich in Tränen ausbrechen zu müssen. Jetzt allerdings schlich sich in das angenehme Gefühl der letzten Tage eine Bedrückung, wie absurd verzerrte Schatten nach dem Sonnenuntergang.

Es hatte seltsame Vorkommnisse gegeben im Verlauf des letzten halben Jahres, insbesondere während der letzten zwei Monate. Alexander war ja auch sonst nicht gerade gesprächig, was seine Geschäfte betraf, außer es handelte sich um leuchtende Zukunftsvisionen, die er an die Wand malte. Während der letzten Zeit allerdings war er nahezu vollkommen verstummt. Außerdem hatte sie manchmal, in Augenblicken, da er sich unbeobachtet fühlte, einen Ausdruck in seinem Gesicht gesehen, der ihr neu war und der sie sehr erschreckte: Angst. Ja, mehr als Angst. Den gleichen Ausdruck kannte sie von ihrem Sohn Eckhardt, in seinen Augen allerdings zeigte er sich regelmäßig – und leider sogar manchmal, kurz, aber Käthe erschrak dennoch, während seiner Verlobung.

Alexander blickte ebenso wie seine Frau aus dem Fenster. Er sah aber nichts. Er sah auch nichts vor seinem inneren Auge. Er war vollkommen gefangen genommen von einem Gefühl äußerster Bedrohung, das seine Eingeweide verkrampfte.

Vom Hauptbahnhof gingen sie zu Fuß nach Hause. Es war nicht besonders weit, und Alexander verkündete energisch, ein kleiner Marsch würde ihnen nur guttun. Käthe sah ihn überrascht an. Das sah ihm gar nicht ähnlich! Die beiden Söhne setzten sich wortlos Richtung Tischlerhaus in Bewegung, Stella maulte ein wenig, Lysbeth, die sogar, als sie in der Bahn zur Toilette gegangen war, über ihre schmerzenden Füße geseufzt hatte, öffnete den Mund zum Protest. Doch nach einem Blick in das blasse sorgenzerfurchte Gesicht ihres Vaters folgte sie wortlos ihren Brüdern, rief sich die Nächte im Spital in Erinnerung, wo die Füße und auch alles andere schmerzten, aber kein Gedanke daran verschwendet, sondern getan wurde, was nötig war. Jetzt war offenbar ein Fußmarsch nötig.

Je näher sie ihrer Gasse kamen, umso langsamer wurde Alexander. Käthe warf ihm forschende Blicke zu. Er reagierte nicht, war völlig in sich versunken. Was ist bloß mit ihm los?, fragte sie sich. So hatte sie ihn noch nie erlebt.

Schon von weitem bemerkte Dritter, dass etwas nicht stimmte. Er beschleunigte seine Schritte, setzte sich in leichten Trab, schließlich rannte er auf ihr Haus zu. Eine Traube von Nachbarn stand davor.

Sie tuschelten miteinander. Dritter stürmte durch die Menge, riss die Haustür auf, blickte sich im Flur mit irren Augen um und machte dann zwei große Schritte auf die Küche zu, deren Tür offen stand. Da saßen zwei Polizisten gemeinsam mit der Tante und Johann am Tisch. Die Tante blass, Johann mit aufgeregten roten Wangen und verschreckten Augen.

Kurz nach Dritter stürmten die anderen in die Küche, als Letzter, langsam, betont lässig, Alexander.

Noch bevor Dritter fragen konnte: »Was ist hier los?«, sagte die Tante schon: »Sie haben eingebrochen.«

»Sie? Wer, sie?«, fragte Käthe. Sie hatte Wortfetzen draußen aufgeschnappt, die sie nur schwer mit einem Einbruch in Verbindung bringen konnte: Drohung, Schreierei, Hexe.

Ihre Tante warf ihr einen bedeutsamen Blick zu. »Nun, die Herren Polizisten meinten, dass es sich wohl um mehrere gehandelt haben muss, so viel Unordnung, wie sie angerichtet haben.«

Mutters Hochzeitskleid!, durchfuhr es Käthe. Ihre Knie wurden weich. Sie griff nach dem nächsten Stuhl und ließ sich langsam daraufgleiten.

»Unordnung?«, krächzte sie, räusperte sich, doch bevor sie mit anständiger Stimme umfassender fragen konnte, sagte der ältere der beiden Polizisten: »Wir haben fast den Eindruck, dass es sich um Rowdys handelte. Sie haben alles Mögliche durcheinandergebracht, die Sachen aus den Schränken gerissen, die Tapeten angeschmiert, aber Ihre Tante meinte …«

Käthe blickte sich um. Dritter und Stella rannten ins Wohnzimmer, polterten die Treppe hinauf.

»Was haben sie an die Tapeten geschmiert?«, fragte Alexander mit erstickter Stimme, während er von einem Polizisten zum nächsten schaute.

»Nun ja«, antwortete der Jüngere verlegen, »es ist so: Ihre Tante und Ihr Sohn hatten das Gröbste schon wieder weggemacht. Als wir kamen, konnten wir es uns nur schildern lassen …«

Johann legte den Kopf in den Nacken und sagte streng, indem er von oben herab auf die Polizisten schaute: »Es war Nacht. Wir haben vergeblich versucht, die Polizei zu erreichen. Es hat sich keiner gemeldet. Wir wollten nicht in einem Saustall ausharren, bis …«

Die Tante legte ihm beruhigend eine Hand auf den Arm. Jeder wusste, wie der Satz weitergehen würde: »… Sie ausgeschlafen haben.«

»Nun, das war wohl nicht gerade förderlich, um die kleinen Verbrecher zu fangen«, sagte sie gemütlich. »Am Morgen haben Johann und ich überlegt, ob wir überhaupt noch die Polizei benachrichtigen sollten, aber die Nachbarn waren so aufgeregt, dass wir uns zu diesem Schritt entschlossen haben. Denn wer weiß, was die Rabauken als Nächstes vorhaben …«

Käthe kniff die Augen zusammen und musterte die Tante. Hier war eindeutig irgendetwas faul. Und das war nicht der Einbruch, sondern die Geschichte. Alexander setzte sich an den Tisch, eine Cognacflasche in der Hand. Wie er die so schnell dahergezaubert hatte, war Käthe schleierhaft.

»Meine Herren«, sagte er feierlich, »trinken wir auf Ihre deutsche Pflichterfüllung! Was für eine Beruhigung ist es zu wissen, dass meine Tante und mein Sohn von der deutschen Polizei so gut bewacht werden, während wir zur Verlobung meines ältesten Sohnes in Hamburg weilen!«

Zackig kippten die drei den Cognac hinunter.

»Auf die Verlobung meines Sohnes!« Das war der zweite Cognac.

Käthe lauschte nach oben. Die Schritte polterten weniger laut. Nun waren sie in der Mansarde. Unvermutet wurde Käthe von einer Welle der Sehnsucht nach Fritz überrollt. Von der Mitte ihrer Brust schoss es heiß wie vom Urgrund eines Vulkans in ihren ganzen Körper.

Fritz!, schrie es in ihr. Fritz! Warum bist du nicht hier? Ich brauche dich!

Sie bekam schwer Luft, atmete tief. Besorgte Blicke trafen sie. Zum Glück musste sie nicht weinen. Es war Sehnsucht, nicht Trauer.

Wird das denn nie aufhören?, fragte sie sich, als sie wieder tief durchatmen konnte. Werde ich von nun an für den Rest meines Lebens von der Sehnsucht nach Fritz verbrannt werden?

Dritter, Stella und Eckhardt kamen in die Küche. Sie schnappten sich Cognacgläser und tranken darauf, dass wenig Schaden angerichtet worden war.

»Haben sie überhaupt irgendwas geklaut?«, fragte Stella, und man konnte ihr ansehen, dass sie das Ganze ziemlich amüsant fand.

»Soweit wir es bisher überprüft haben, nicht!«, antwortete die Tante bedächtig. »Wenn wir uns nicht völlig sicher sein könnten, dass es sich um jugendliche, wahrscheinlich betrunkene Randalierer gehandelt hat, hätte man fast meinen können, dass sie das Ganze nur veranstaltet haben, um uns Angst zu machen!« Sie warf Alexander einen sehr kurzen Blick zu, den er für den Bruchteil einer Sekunde erwiderte. Dann schlug er die Augen nieder.

Dritter füllte die Cognacgläser neu. »Auf unsere Familie!«, sagte er feierlich. »Sogar, wenn uns einer Angst machen wollte, hätte er keine Chance!«

## 27

Am nächsten Morgen, als Alexander aus dem Ehebett huschen wollte, griff Käthe nach einem Zipfel seines Nachthemdes und hielt ihn fest.

»Hiergeblieben!«, sagte sie wie zu einem ungezogenen Kind. »Du hast mir einiges zu erzählen!«

Eine Sekunde lang fuhr er auf, riss ihr das Nachthemd aus der Hand und stand auf seinen Füßen, doch dann sackte er in sich zusammen. Er setzte sich auf die Kante des Ehebetts und legte den Kopf in beide Hände.

»Ich habe seit Wochen so etwas befürchtet«, stöhnte er.

Käthe blickte auf seinen Rücken in dem weißen Nachthemd. Im Gegensatz zu ihr hatten die Jahre bei ihm nicht den geringsten Ansatz von Buckel ausgebildet. Sein Rücken wies immer noch eine perfekte Form auf, breit in den Schultern, schmal in den Hüften. Allein sein Nacken zeigte Alterserscheinungen.

Einen Moment wallte Zorn in ihr auf.

Ja, der Herrenreiter, der Herumspieler, der Sichselbstpfleger hatte sich nie gekrümmt. Anders als sie, die fünf Kinder und einen Tischlerhaushalt hatte versorgen müssen. Er hatte keine Frau verloren, so wie sie einen Mann verloren hatte, ohne ihn wenigstens begraben zu können.

Ihre Kehle wurde trocken.

Ich bin ungerecht, schalt sie sich. Er kann nichts dafür, dass Fritz tot ist. Sie legte eine Hand auf seinen Rücken, spürte, dass er zitterte.

»Komm!«, sagte sie leise. »Setz dich zu mir ins Bett und erklär mir alles!«

Folgsam zog er die Beine hoch und kroch wieder unter die Bettdecke. Käthe stopfte Kissen hinter ihrer beider Rücken, und dann taten sie etwas, was sie während ihres ganzen Ehelebens noch nie getan hatten: Sie blieben im Bett, kümmerten sich nicht um das, was vor der Schlafzimmertür im Haus geschah, und sprachen miteinander.

Alexander wusste offenbar nicht, wie er beginnen sollte. Er räusperte sich, fuhr mit den Händen über die Bettdecke, räusperte sich wieder. Öffnete den Mund, sagte: »Ja, also …«, und schwieg wieder.

Käthe spürte sein Ringen. Sie spürte auch seine Scham.

»Was ist bloß geschehen, Alex?«, fragte sie leise. »Wovor hast du Angst?«

»Angst?« Er fuhr hoch. »Angst? Wieso sollte ich Angst haben?« Dann sackte er wieder in sich zusammen und murmelte: »Stimmt, ich habe Angst.« Er schwieg lange. Käthe legte ihre Hände zusammen und wartete. Sie dachte an Fritz. Er hatte ihr so viel Halt gegeben. Mit seinen neun Fingern war er ihr immer eine große kraftvolle Stütze gewesen. Außerdem hatte er mit dem Vater schöne Möbel gebaut, und dann war er noch aktiv gewesen, um die Welt zu verändern.

Alexander hingegen? Nun, er war wie ein sechstes Kind. Sie dachte es ohne Zorn, aber auch ohne Mitleid. Sie dachte es kühl und sachlich: Er ist wie ein sechstes Kind. Früher, als mein Vater und Fritz noch da waren, fiel das nicht so ins Gewicht, da waren zwei Männer im Haus, jetzt aber gibt es keinen mehr.

Sie fühlte sich sehr erschöpft. Was immer Alexander angestellt hatte, wovor er auch immer Angst hatte, sie musste es wissen, um sich entscheiden zu können, ob sie bereit war, ihn weiter mit durchs Leben zu schleppen. Oder ob das Ganze über ihre Kraft ging.

Schließlich begann er zu sprechen, und vor Käthe entfaltete sich eine fremde Welt. Es war, als klappe Alexander Teilchen auf Teilchen einen Fächer auseinander, auf den eine ganze Landschaft gemalt ist, die man aber erst am Schluss als solche erkennt.

Alexander hatte sich vor dem Krieg, ganz knapp vor dem Krieg, von überall her Geld zusammengeliehen, um Aktien zu kaufen. Er war wie wild hinter den Aktien her gewesen, denn das schien ihm die beste und schnellste Möglichkeit, zu Reichtum zu gelangen. Während des Krieges stiegen die Aktien in Schwindel erregende Höhen, doch er schob den Verkauf immer weiter hinaus, weil er dachte, es würde immer so weitergehen und wenn der Krieg zu Ende wäre, wäre er ein gemachter Mann. Zwei der Männer, die ihm Geld geliehen hatten, waren zudem im Krieg gestorben, was die Schulden gut verringert hatte.

Käthe schluckte. Der Ton, in dem Alexander das berichtete, war ohne jedes Bedauern, ohne jedes Mitgefühl für die Gefallenen. Ein rein sachlicher Kaufmannston, ohne jedes Gefühl.

»Warum hast du mir nie davon erzählt?«, fragte sie.

Er stutzte. »Hätte ich das tun sollen?«, fragte er erstaunt. »Das waren doch meine Geschäfte, damit hattest du doch nichts zu tun. Du hattest doch genug eigene Probleme!«

Er hat gar keine Vorstellung davon, dass man in einer Ehe das Leben und die Probleme teilen kann. Für ihn wohnt man nur zusammen und hat Kinder, dachte Käthe erstaunt. Besonders überraschte sie, wie entsetzlich unglücklich sie deshalb gewesen war.

»Und wieso hat sich alles so entwickelt, dass die Leute dich jetzt zusammenschlagen und bedrohen?«

Alexander wurde noch sachlicher, noch gefühlloser in seinem Bericht. Als hätte das Ganze wenig mit ihm zu tun.

Er hatte bis nach dem Krieg gewartet. Da fielen die Aktien und alles wurde teurer. So schob er den Verkauf der Aktien Tag für Tag hinaus. Vor etwas mehr als einem Monat hatte er es nun getan.

»Klar, ich wollte den Leuten ihr Geld zurückgeben, selbstverständlich mit Zinsen, darüber waren sie aber sehr zornig.«

Käthe überlegte. »Was hattest du vereinbart?«

Erstmalig an diesem Morgen huschte ein Lächeln über Alexanders Gesicht. »Nichts!«, grinste er. »Ich habe gesagt: Kannst du mir ein bisschen Geld leihen? Ich bin grad klamm. Kriegst es so bald zurück wie möglich.«

Käthe blickte ihn erstaunt an. »Keine Verabredungen?«

»Zumindest keine schriftlichen«, bestätigte Alexander. »Nun ist Dresden aber leider ein Dorf. Ich hatte mir von einigen Leuten aus der gleichen Partei was geliehen …«

Käthe nickte. Sie konnte sich schon vorstellen, aus welcher Partei.

»Und dann haben die Frauen von den Gefallenen einen Anspruch erhoben, und ihre Söhne sind richtige Banditen geworden, na ja, wenn die Väter noch lebten, wäre das alle anders …«

Käthe reimte sich das Ganze zusammen. »Du hast also den Leuten Geld zurückgegeben in der gleichen Höhe, wie sie es dir vor dem Krieg geliehen haben. Heute ist es aber einiges weniger wert. Dann hast du ihnen läppisch wenig Zinsen gegeben, wenn überhaupt, ich vermute, du hast den Frauen nur das Geld gegeben und gesagt, so war es vereinbart. Ist es so?«

Alexander wich ihrem Blick aus. Er sagte nichts.

Sie kniff die Augen zusammen. »Du hast den Frauen nichts geben wollen?«

Trotzig warf Alexander den Kopf zurück. »Ich habe fünf Kinder zu ernähren! Die eine hat nur einen Sohn, die andere zwei. Ich …« Er räusperte sich wieder. »Ich … habe ihnen gesagt, dass ich ihren Männern das Geld schon zurückgezahlt habe …«

»Alex!« Käthe fühlte sich, als hätte man sie in einen Trog kalten Wassers getaucht. Ihre Hände wurden eiskalt. »Du hattest es ihnen aber nicht zurückgezahlt?«, fragte sie vorsichtig, in der Hoffnung, er würde widersprechen.

Doch er sah sie nur an und nickte. »Käthe, das Geld war unglaublich schnell ausgegeben, du kannst es dir nicht vorstellen …«

»Aber es gab doch immer noch Gewinn, oder?«

»Ja, natürlich!«, sagte er, und es klang sogar stolz. »Sonst hätte ich nicht verkauft.«

»Ich dachte, du musstest verkaufen, weil die Leute ihr Geld zurückhaben wollten.«

»Ich hätte es schon irgendwie zusammengekriegt.«

Er ist unbelehrbar, dachte sie.

»Also wenn ich es recht verstehe, ist das Geld jetzt fort und die Kinder der Gefallenen verlangen etwas und die anderen machen dir Schwierigkeiten, weil sie dahintergekommen sind, dass du Aktien gekauft und mit Gewinn wieder verkauft hast, sie aber nichts davon abbekommen haben.«

»Genau so ist es.« Er nickte.

»Und jetzt?« Sie schüttelte verständnislos den Kopf. Es schien ihr völlig überflüssig, sich zu erkundigen, wo Alexander das Geld gelassen hatte. Die Lebensmittel und alles andere wurden täglich teurer. Vielleicht hatte er sich sogar einen Anzug schneidern lassen. Ihr fiel ein, dass er zu Weihnachten allen sehr schöne Geschenke gemacht hatte. Alle waren bezaubert gewesen von seinem Geschmack und der Treffsicherheit seiner Gaben. Ja, Geschmack besaß er!

»Wie soll es weitergehen, Alex?«, fragte sie, als er nicht antwortete.

»Ich weiß es nicht, Käthe.« Zum ersten Mal sprach er nicht, als ginge ihn das Ganze nichts an. Qual und Angst standen ihm im Gesicht geschrieben. »Ich muss sie vertrösten. Ich habe ihnen schon gesagt, sie sollen vor Gericht gehen. Sie haben schließlich nichts in der Hand. Aber sie haben mich nur zusammengeschlagen. Sie sind wie wilde Bestien.«

Käthe überlegte. Sie besaß das Gold im Hochzeitskleid der Mutter. Sie hatte niemandem davon erzählt. Sollte sie damit die Schulden ihres Mannes begleichen?

Sie drückte ihm die Hand. »Wir müssen eine Lösung finden, Alex.«

»Aber das muss schnell gehen, Käthe, sonst geschieht noch ein Unglück.«

Er hatte große Angst. Und er war sehr froh, dass Käthe jetzt eingeweiht war.

»Vielleicht musst du eine Weile verschwinden«, überlegte sie laut. Vielleicht auf den Bauernhof von Helga, dachte sie bei sich. Der Gedanke war ihr allerdings entsetzlich.

»Ja, vielleicht«, stimmte er kläglich zu. »Aber ich fürchte, dass sie sich dann an unsere Söhne ranmachen werden …«

»Lass uns bis heute Abend darüber nachdenken«, sagte Käthe abschließend. »Wir werden eine Lösung finden.«

Am selben Abend noch führte Käthe das schwerste Gespräch ihres Lebens. Sie sagte ihren Kindern, dass sie mit Alexander allein sein wollte. Ungestört. Keine Ausnahme. Den ganzen Abend.

Er setzte sich in den Sessel, trank einen Tee und rauchte eine Zigarette. Er wirkte auf den ersten Blick entspannt. Käthe aber bemerkte das leichte Zittern seiner Hände.

Käthe war alles andere als entspannt. Sie setzte sich auf den zweiten Sessel, Alexander gegenüber, knetete ihre Hände und stieß hervor: »Alex, ich habe beschlossen, dass wir alle nach Hamburg ziehen. Aber ich will, dass wir vor einem Notar einen Vertrag schließen, dass ich auf keinen Fall in deine Geschäfte reingezogen werden kann. Ich habe mich erkundigt, das ist möglich. Wenn du damit nicht einverstanden bist, will ich mich scheiden lassen.«

Sie holte tief Luft. Es war raus. Sie lebte noch.

Lebte auch Alexander noch? Während sie sprach, hatte er den Kopf leicht vorgereckt, als wollte er besser hören können. Fassungslos starrte er sie an. Eine ganze Weile saß er so da. Dann reckte er sich, kratzte sich im Nacken, schluckte und sagte: »Na, das ist ja was!« Er kreiste einige Male die Schultern nach hinten, als müsse er sie lockern, blickte zum Boden, zur Seite, als horche er hinter ihren Worten her, kniff die Augen zusammen und fixierte Käthe erneut.

»Du hast doch gar nichts«, sagte er und Käthe schien, als klinge seine Stimme lauernd. »Warum so ein Vertrag?«

»Ob ich etwas habe oder nicht, ist egal«, sagte sie laut und entschieden. »Von Bedeutung ist einzig und allein, dass ich mit deinen finanziellen Machenschaften nichts, aber auch gar nichts zu tun haben will. Ich habe den ganzen Tag überlegt, ob ich mich endgültig von dir trennen will. Und ich bin zu dem Schluss gekommen, dass wir nun einmal zusammengehören. Wir haben vier Kinder.«

»Fünf!«, korrigierte Alexander schnell. Käthe lächelte.

»Wir haben Kinder, und wir haben uns einmal geschworen, dass wir in guten und in schlechten Tagen zusammenstehen wollen. Jetzt sind sehr schlechte Tage, und also … aber ich will eine Trennung der Finanzen!«

Alexander blieb sitzen, wie er die ganze Zeit gesessen hatte. Er bewegte sich nicht. Nur an seinen mahlenden Kiefergelenken konnte man erkennen, dass er nicht schlief.

Käthe wartete. Zuerst erleichtert, dann ängstlich, dann voll schlechten Gewissens, und dann wurde sie zornig.

»Wenn du wüsstest, wie viel ich auf dich gewartet habe!«, stieß sie wütend hervor. »So viel kann man gar nicht warten! Aber das ist vorbei. Ich gehe jetzt ins Bett. Wenn du mir etwas sagen willst, tu es jetzt oder sonst morgen.«

Er öffnete die Augen. Sie schwammen in Tränen.

»Ich kann jetzt nicht«, sagte er. »Bitte, morgen.«

Käthes Herz wurde weich. »In Ordnung«, sagte sie. »Wann du willst.«

Alexander ging mit zum Notar und unterschrieb alles, was der ihm vorlegte. Er fragte nichts, er erklärte sich mit allem einverstanden. Am dritten Abend sagte er zu den Kindern, er wolle heute mit ihrer Mutter sprechen, und sie sollten sie in der Stube allein lassen.

Käthe war in den vergangenen drei Tagen immer wieder in eine komplette Unsicherheit gefallen. Sie wusste nicht, was ihr lieber war: eine Trennung oder Zusammenbleiben. Sie wusste auf jeden Fall, dass sie nach Hamburg gehen wollte und dort ein Haus kaufen, in dem sie mit ihren Kindern unbehelligt wohnen könnte. Erstaunt bemerkte sie, dass ihr der Gedanke, ohne Alexander alt zu werden, trotz allem wehtat.

Sie setzten sich wieder genauso hin wie beim letzten Gespräch. Diesmal allerdings entkorkte Alexander eine Flasche Rotwein. Er hatte ihre besten Gläser auf den Tisch gestellt und schenkte nun sehr sorgfältig ein, als gäbe es nur diese Tätigkeit auf der Welt. Er hob sein Glas und prostete Käthe zu. Beklommen hob sie ihr Glas. Ihn anzulächeln war ihr nicht möglich.

Er trank, stellte das Glas wieder ab, zündete sich eine Zigarette an, rauchte einige Züge und sagte dann: »Ich muss dich um Verzeihung bitten, Käthe. Für alles. Nicht nur für diesen Schlamassel, in dem ich jetzt stecke. Ich habe übrigens noch eine Woche rausschlagen können, bis ich den Jungs Geld geben muss. Bis dahin müssen wir weg sein. Ich habe in den letzten drei Tagen mehr über uns nachgedacht als in all den vergangenen Jahren. In guten wie in schlechten Tagen, hast du gesagt. Ich weiß gar nicht, ob es für dich gute Tage mit mir gegeben hat. Eigentlich warst du mir nicht wichtig genug. Das Geldverdienen war immer wichtiger. Die Geschäfte …« Er zog wieder an der Zigarette und sagte mit einer Ehrlichkeit, die ihn, wie Käthe wohl bemerkte, viel kostete: »Ich glaube, mein Pferd war mir wichtiger … Es tut mir leid, Käthe! Es tut mir aufrichtig leid. Du hast gesagt, wir könnten uns trennen. Nein, ich will mich nicht scheiden lassen. Ich möchte mit dir zusammenbleiben.« Er hob den Kopf und sah Käthe voll und gerade in die Augen. »Ich glaube, von all den Menschen, die in deinem Leben wichtig sind, kenne ich dich am wenigsten. Vielleicht kann ich dich ja noch kennenlernen.« Er wurde sehr befangen, griff nach dem Rotweinglas, trank, rauchte und sagte endlich leise: »Und vielleicht kann ich ja sogar lieben lernen … dich.«

In dieser Nacht versuchten sie, einander zu lieben. Es war das erste Mal in ihrem Eheleben, dass Käthe den Eindruck hatte, Alexander würde sie wirklich spüren, ihre Haut, ihren Geruch, den Geschmack ihrer Lippen. Er fiel nicht über sie her, er begegnete ihr, langsam, Schritt für Schritt. Sie verschmolz nicht mit ihm, aber sie ließ ihn nah herankommen.

Sie nahmen sich Zeit. Als sie einschliefen, dämmerte es schon.

Im Halbschlaf hörte Käthe ein Weinen. Sie wachte auf, horchte. Sie verließ das Bett, wo Alexander schon im Schlaf röchelte.

Das Weinen kam aus der Küche.

Da saß Lysbeth und schluchzte jämmerlich.

»Was ist los, um Himmels willen, Lysbeth?« Käthe kauerte sich vor ihr in die Hocke.

»Ich habe geträumt«, schluchzte Lysbeth, »ich habe geträumt …«

»Was hast du geträumt?«, fragte Käthe sanft. Sie war sehr alarmiert. Mit Lysbeths Träumen war nicht zu spaßen.

»Ich habe geträumt, dass ich in einem schönen großen Haus wohne, in einem Zimmer mit Engeln an der Decke …«

»Aber das ist doch kein Grund zum Weinen!«, sagte Käthe beruhigend.

»Ich fühlte mich da entsetzlich verlassen«, stöhnte Lysbeth, »ich habe da allein gewohnt. Ohne Mann, ohne Kind.«

## 28

Vor Ablauf der Woche machten sie sich auf in ein neues Leben.

Von Dresden nach Hamburg, das war eine lange Reise, vor allem mit Hausrat und Tieren und einem ganzen Sack voller Gefühle. Keiner konnte ein Auto lenken. Aber mit Pferden umgehen, das konnten sie. Also nahm Alexander der Ältere die beiden Pferde, die er durch den Krieg gerettet hatte, und einen Wagen. Auf den Wagen wurde alles geladen, was Käthe lieb und teuer war. Sogar das Klavier, darauf bestand Stella. Es stammte noch von Käthes Mutter, und Käthe ängstigte sich, dass es während der Reise auf den holprigen Straßen Schaden nehmen könnte.

Dann setzten sich die beiden Alexanders abwechselnd mit Stella auf den Kutschbock, und auf ging's. Dass es bei Nacht geschah, zu einer Zeit, wo kein Schuldner mit dem Finger auf irgendetwas zeigen konnte, auf das er Anspruch erhob, spielte nur insofern eine Rolle, als es einen Eindruck vermittelte, wohin es mit Käthe gekommen war.

Doch noch ärger: Aus Käthe war eine Frau geworden, die ihr Inneres vor jedem verschlossen hielt. Keinem offenbarte sie sich mehr. Es war, als wäre der Teil von ihr, der sich hingab, verschenkte, verströmte, bei Fritz geblieben, mit ihm vermodert, wo immer es auch geschehen sein mochte.

So erzählte sie auch niemandem, was sich wirklich in der Urne befand. Und alle respektierten, dass allein Käthe die Urne berühren durfte, in der, wie sie sagte, die Asche ihres Vaters mit Erde vom Grab der Mutter bewahrt liege, und wenn einer sie anfasse, so schwöre sie bei der Seele ihrer Eltern, die nun wieder vereint wären, würde sie, Käthe, augenblicklich tot umfallen. So starke Worte waren für Käthe ungewöhnlich, aber in diesem Fall schienen sie ihr notwendig, denn wenn jemand die Urne anhob, würde er schnell feststellen, dass in dieser Urne nie und nimmer Asche aufbewahrt wurde. So schwer war Asche nicht.

Es war nur auf den ersten Blick ein Widerspruch, dass Käthe, die bereit war, für ihre Kinder ihr Leben zu geben, sie nicht vor Ruin und Schande rettete, indem sie ihnen das Gold gab.

Käthe war nie nur lieb, freundlich und vernünftig gewesen. Sie hatte immer schon eigene Gedanken, Gefühle, Lebensträume gehabt, auch vor ihrer Liebe zu Fritz. Alexander, ihr Mann, hatte nie versucht, in diese Bereiche ihrer Persönlichkeit einzudringen. Er hatte sie nie auf irgendeine Ungereimtheit angesprochen, nie versucht, herauszufinden, ob sie Geheimnisse hatte. Käthe war sich nicht sicher, ob es sich dabei um Respekt gehandelt hatte oder um Bequemlichkeit oder vielleicht sogar um eine Indifferenz ihr gegenüber, die ihn völlig unsensibel dafür machte, ob sie offen war oder ihm etwas verschwieg.

Sein Verhalten nach Fritz' Tod allerdings hatte sie aufmerken lassen. Denn Alexander war so selbstverständlich liebevoll, tröstend und aufmerksam zu ihr gewesen, gleichzeitig hatte er durch viele kleine Gesten für Käthe den Anschein erweckt, als wolle er seinen Platz als ihr Ehemann wieder als den seinen einnehmen. Und er hatte etwas Seltsames getan: Alexander trug wieder ihren Ehering! Jahrelang hatte er ihn in seinem Nachtschrank aufbewahrt, weil der Ring, wie er sagte, ihn beim Reiten behinderte, ja, sogar gefährde, nun aber trug er ihn wieder.

Käthe war gerührt, aber sie vertraute sich ihm nicht an. Sie wusste ganz genau, dass von nun an, da der Vater und auch Fritz tot waren, sie diejenige war, die der Familie Halt gab.

Vor ihrer Abreise hatte die Tante Lysbeth ihr das sogar noch auf den Kopf zugesagt: »Mein Kind, du bist jetzt der Mann in der Familie. Das ist auch nicht schlimm. Du bist jetzt einundfünfzig, mitten in der Klimax. Danach bekommen viele Frauen einen Bart. Dann beginnt ihre männliche Zeit. Das ist weise von der Natur eingerichtet, denn die Männer bekommen um die gleiche Zeit Brüste, und ihr Speer erlahmt. Weil ihre Kraft erlahmt. Wichtig ist, dass du gesund bleibst und die Aufgabe willig übernimmst!« Die Tante hatte ihr eine Tinktur mitgegeben, von der sie täglich nur wenige Tropfen in Wasser verdünnt nehmen sollte. »Die wird dir über die Klimax helfen, danach wirst du sowieso wie alle Frauen mehr Kraft denn je haben. Wäre Fritz am Leben geblieben, hättest du dich von ihm in unbekannte Gefilde der Wonnen und Lust schleudern lassen können. Jetzt nutze die Kraft für dein Überleben, mein Kind!« Käthe war nicht einmal errötet bei diesen ungewohnt offenen Worten. Sie verstand genau, was die Tante meinte. Es war ihr auch schmerzlich bewusst, dass dieser Raum der Wonne und Lust, den sie mit Fritz – viel zu selten – betreten hatte, ihr von nun an verschlossen sein würde.

Die Tante war wieder in ihr Haus nach Laubegast gegangen. Sie hatte alle Wolkenrath-Kinder für einen Tag mitgenommen, damit die das Haus strichen, Feuerholz sägten und hackten und Kräuter sammelten. Anschließend hatte sie jedem Einzelnen eine kleine Weisheit mit auf den Weg gegeben, und zu Stella und Lysbeth hatte sie das Gleiche gesagt wie zuvor schon zu Käthe: »Erstens ist Dresden nur einen Katzensprung von Hamburg entfernt. Zweitens: Wenn ihr mich richtig, richtig dringend braucht, dann ruft mich mit der Kraft eurer Gedanken. Ich werde kommen!«

Lysbeth und die Tante würden sich sowieso bald wiedersehen, weil Lysbeth die kleine Angelina regelmäßig besuchen wollte.

Stella und Lysbeth hatten bei der Tante damals viel gelernt, und auch wenn die Tante nie wieder an die damaligen Weihnachts- und Silvesterrituale erinnert hatte, so hatten die beiden jungen Frauen doch nichts davon vergessen. Die Wege, die beide eingeschlagen hatten, wären ohne den ständigen stillen Beistand der Tante nicht denkbar gewesen. Sie hatten gelernt, ihre innere Stimme zu vernehmen, auch wenn sie ihr nicht immer folgten.

Diese innere Stimme sagte beiden, dass sich mit der Urne ein Geheimnis der Mutter verband. Also hatten sie, gemeinsam, heimlich und kundig, die Urne geöffnet, hineingeschaut und sie wieder verschlossen. Davon erzählten sie ebenfalls keinem etwas. Sie vermuteten, dass Käthe einen Plan hatte. Und das entsprach der Realität.

Käthe wusste, dass das Gold binnen kurzem verschwunden sein würde, wenn sie es Mann und Söhnen ins Geschäft gäbe. Ihr Vater hatte ihr kurz vor seinem Tod, als er das Geheimnis vom Gold im Hochzeitskleid der Mutter lüftete, einen wichtigen Rat mit auf den Weg gegeben. Sie solle ein Haus kaufen, wo niemand sie und ihre Kinder vertreiben könne. Genau das wollte Käthe tun. Sie wollte an einen Ort auf der Welt, wo niemand sie kannte, wo niemand die Nase rümpfte oder mit dem Gerichtsvollzieher drohte. Hamburg war ein guter Ort. Hamburg war groß. In Hamburg kannte sie keiner. Dort wollte sie ein Haus kaufen. Und solange würde sie die Urne unter ihrem Arm tragen, als wäre sie gefüllt mit Asche.

# Leseprobe

aus dem zweiten Teil der Geschichte der Familie Wolkenrath

Die Träume der Töchter
FISCHER Taschenbuch
ISBN 978-3-596-70375-3

# 1

»Johnny, wenn du Geburtstag hast …«

Stellas Stimme besaß ein ganz eigenes, unvergleichliches Timbre. Sie klang nach Bar und Alkohol und Zigaretten, dabei sehr unschuldig, sie war klar und präzise, dennoch voll Geheimnis, sie klang, als würde Stella gleich in Gelächter ausbrechen, selbst wenn sie dramatisch die Augen schloss und ihr Publikum zu Tränen rührte.

»Neuerdings dein Lieblingslied …«, meinte Alexander, ihr Bruder, anzüglich. Sie schnaubte kurz durch die Nase und sang weiter bis zum Schluss: »… dass du doch jeden Tag Geburtstag hättst.«

Lysbeth zog ihren Bruder Johann vom Stuhl hoch. »Komm, es wird höchste Zeit, dass du tanzen lernst. Stella, spiel einen Onestep!«

»Hallo, du süße Klingelfee …«, sang Stella lachend und begleitete sich dabei selbst auf dem Klavier. Ihr Bruder Alexander wurde seit frühester Kindheit Dritter genannt. Sein Vater hieß, ebenso wie dessen Vater, auch Alexander, was für endlose Konfusion gesorgt hatte. Bis aus Alexander »dritter Alexander« und dann der einprägsame Name »Dritter« wurde. Dritter setzte sich mit einem Dreh seines hübschen kleinen Hinterns auf einen Hocker neben sie und improvisierte ein paar Takte. Stella warf ihm einen Blick aus ihren veilchenfarbenen Augen zu, der jedem anderen Mann in die Hose gefahren wäre, Dritter aber warf nur einen ebensolchen Blick zurück und fuhrwerkte wie ein Teufel auf den Tasten herum.

Johann, acht Jahre jünger und einen enormen Kopf kleiner als Lysbeth, entzog ihr mit einem Ruck seine Hand. »Ich bin doch kein Kleinkind! Hör auf, mich rumzukommandieren«, maulte er.

»Oho! Unser Kleiner wird erwachsen«, kommentierte Eckhardt den lauen Wutausbruch seines jüngsten Bruders. »Komm, Lysbeth, meine schöne Schwester. Wenn der Kleine nicht will, ich halte die Stange!«

Er fasste um ihre Taille und schob sie in zackigen Tanzschritten, den Arm bald oben, bald unten, durch den Salon der Gaerbers. Einen Moment lang war Lysbeth versucht gewesen, ihm eine Ohrfeige zu verpassen. Jeder wusste doch, dass sie keine schöne Schwester war, und die Anzüglichkeit mit der Stange verletzte sie immer wieder, auch wenn sie von frühester Kindheit an alle möglichen Ausdrücke gewöhnt war: Bohnenstange, Stangenspargel oder nur Stange mit allen möglichen Adjektiven – dürr, lang, platt, trocken, mager, um nur einige zu nennen. Aber sie liebte es nun einmal zu tanzen, auch mit ihrem Bruder Eckhardt, der zwar ebenfalls einen Kopf kleiner war als sie, aber in den Schultern beweglich und ein begeisterter Tänzer. Sie wusste ja auch, dass er es nicht böse meinte. Außerdem passierte es ihr in den letzten Wochen gar nicht so selten, dass sie Worte hörte wie: »Schöne junge Frau«, oder »Welcher Zauber liegt in Ihren Augen«, oder »Sie sind ein Engel«, wobei ausnahmsweise nicht ihr Wesen, sondern wirklich und wahrhaftig ihr Äußeres gemeint war.

»Abklatschen!« Vor Eckhardt und Lysbeth stand mit einem strahlenden Lächeln auf den blutrot geschminkten Lippen Eckhardts Verlobte Cynthia Gaerber. Ohne aus dem Takt zu kommen, griff Eckhardt nach seiner neuen Dame und schwenkte sie durch den Raum. Stella und Dritter spielten einen Onestep nach dem andern.

Schwer atmend setzte Lysbeth sich nieder. Was für ein wundervoller Abend!, dachte sie. Wie herrlich sich unser Leben verändert hat, seit wir aus Dresden abgereist sind. Geflohen, korrigierte sie sich spöttisch, denn es war keine Reise, es war eine Flucht gewesen. Ihr Vater hatte Dummheiten gemacht, arge Dummheiten. Er hatte sich hier und dort Geld geliehen, ohne es zurückzahlen zu können. Er hatte seine Gläubiger vertröstet, bis die ihn verprügelten und Schlimmeres androhten. Erst als ihm das Wasser bis zum Hals stand, hatte er sich Käthe anvertraut, die, wie es nun einmal ihre Art war, einerseits praktische Konsequenzen gezogen, andererseits Alexanders Beichte für sich behalten hatte. Alexander selbst hatte seinen Kindern kurz vor der nächtlichen Abreise sein Fehlverhalten gestanden.

Vor vier Tagen erst war die Familie Wolkenrath – die Eltern Käthe und Alexander und die Kinder Lysbeth, Alexander, Stella, Eckhardt und Johann – in Hamburg angelangt und wohnten seither bei den Gaerbers, der Familie von Eckhardts Verlobter Cynthia. Natürlich nur so lange, bis sie ein eigenes Domizil gefunden hatten. Lysbeth schien, als habe sich in diesen wenigen Tagen ihr ganzes Leben zum

Besseren gewandelt. Das lag nicht nur daran, dass das Haus der Gaerbers einfach wundervoll gelegen war – das nahe Elbufer lud zu romantischen Spaziergängen ein –, dass es hier immer ausreichend zu essen gab, zudem noch köstlich zubereitet, und dass sie im Haushalt nichts selbst tun mussten. Es lag nicht einmal an der Großzügigkeit der Räume, die so vieles ermöglichten. Man konnte tanzen, Klavier spielen, zu zehnt gemeinsam am großen Esstisch sitzen. Überhaupt schluckte das riesige Haus mühelos die ganze Familie Wolkenrath mit ihren immerhin sieben Personen. Nein, dass Lysbeth sich hier so wohl fühlte, lag vor allem an Lydia, der Hausherrin.

Lydia Gaerbers dunkle Stimme klang vom Nebenraum, dem Esszimmer, wo die beiden Elternpaare immer noch am großen Tisch saßen, herüber und übertönte sogar das Klavier.

»Es war doch Ludendorff selbst, der Prinz Max von Baden ermächtigt hat, der alte Fuchs wollte doch nur die Verantwortung von sich abwälzen, damit er hinterher behaupten konnte, die deutsche Armee wäre im Felde ungeschlagen gewesen.«

Lydia nahm kein Blatt vor den Mund, und Lysbeth fühlte sich sehr zu ihr hingezogen. Ebenso erging es ihrer Mutter, das spürte Lysbeth und es freute sie, denn Käthe hatte eine schlimme Zeit hinter sich, seit Fritz gestorben war. Fritz, der geheime Geliebte der Mutter, Fritz, der Vater von Stella. Fritz, der nach dem Krieg Kommunist geworden und beim Kampf für die Republik gestorben war. All das wussten die Schwestern erst seit kurzem. Die Brüder hatten es nicht erfahren, und wenn es nach Lysbeth ging, würde es auch dabei bleiben.

Lydia hatte die Wolkenraths eingeladen, so lange bei ihnen wohnen zu bleiben, wie es ihnen beliebte. Sie hatte ihnen die Wohnung in der ersten Etage ihres großen Hauses zur Verfügung gestellt. Dort hatten früher Lydias Eltern gelebt, die noch vor dem Krieg gestorben waren. Seitdem standen die zwei Zimmer leer, denn für Gäste gab es noch ein Extrazimmer, wo jetzt die drei Söhne der Wolkenraths, Dritter, Eckhardt und Johann wohnten. Die beiden Töchter hatten das kleinere Zimmer zugeteilt bekommen, wo sie auf Sofas schliefen, während Käthe und Alexander das Ehebett benutzten. Manchmal fragte Lysbeth sich, ob ihre Eltern überhaupt noch ein Ehebett brauchten. Für eine junge Frau von siebenundzwanzig Jahren, immerhin noch Jungfrau, dachte sie ungewöhnlich offen und selbstverständlich an Sexualität. Sie empfand keinerlei Scheu bei dem Gedanken, dass Käthe und Fritz eine leidenschaftliche Liebe verbunden hatte. Ohne Leidenschaft und Liebe hätte ihre Mutter sich niemals für ein solches Doppelleben hergegeben, aus dem sogar noch ein Kind hervorgegangen war.

Lysbeth lauschte zum Salon, wohin sich die beiden Elternpaare jeden Abend nach dem Essen begaben und über alles Mögliche redeten. Zum Glück war es in beiden Familien nicht üblich, dass nur die Männer über Geschäfte und Politik und die Frauen lediglich über Mode und Haushalt sprachen. Lydia und Käthe beteiligten sich lebhaft an der politischen Diskussion über permanente Geldentwertung und die Lüge vom Dolchstoß.

Gerade sprach Lydia davon, dass sie 1918, also während des Krieges, auf einer Tagung in einem alten Thüringer Schloss gewesen war. »Ich habe sogar Cynthia gefragt, ob sie Lust habe, mich zu begleiten, aber sie hat nur wie ein verschrecktes Kaninchen geguckt.« Lysbeth spitzte die Ohren. So etwas war während des Krieges möglich gewesen?

»Lydia hat von Beginn an keinen Hehl daraus gemacht, dass sie diesen Krieg widerlich und unvernünftig fand. Ich glaube, Cynthia war ihre Mutter unheimlich. Das gesamte Vaterland führte den Krieg zumindest im Geiste mit, nur ein einziger Mensch stellte sich gegen das nationale Anliegen: Lydia Gaerber. Gegen einen so mächtigen Strom zu schwimmen, schien Cynthia lebensgefährlich. Womit sie ja nicht unrecht hatte.« Karl-Wilhelm Gaerbers Stimme drang auffallend hell und gepresst in Lysbeths Ohren.

»Versteck dich mal nicht hinter deiner Tochter!« Lysbeth zuckte zusammen. Das klang scharf. Die folgenden Worte klangen noch schärfer. »Hätte ihr Vater eine eindeutige Haltung für oder gegen den Krieg eingenommen, wäre es Cynthia leichter gefallen, sich eindeutig gegen mich zu stellen oder aber stillschweigend mit einem von uns überein zu stimmen. So aber spürte sie neben dem irritierenden Gegensatz von allgemeiner Autorität und meiner Meinung vor allem, wie unglücklich der Vater über mich war, weil ich Dinge aussprach, gegen die er keine Argumente wusste, die ihn als Geschäftsmann jedoch noch mehr in Schwierigkeiten brachten, als er ohnehin schon war.«

Lysbeth hielt den Atem an. Stritten sich die beiden dort in aller Öffentlichkeit? Sie hatte nie einen Streit zwischen ihren Eltern miterlebt.

»Der Vater bin ich«, klang es da trocken von nebenan. Alle lachten. Wenn auch beklommen. »Wenigstens hat Cynthia den Vorschlag ihrer Mutter abgelehnt.«

»Die Mutter bin ich!« Das nun folgende Lachen klang bereits etwas gelöster. Käthe und Alexander Wolkenrath schienen sich darauf einzustellen, dass in diesem Hause nicht nur über Politik freimütig debattiert wurde, sondern auch über eheliche Zwistigkeiten.

»Ich kam mir vor wie eine Verräterin.« Lysbeth zuckte zusammen. Cynthias Atem streifte ihre Wange. Sie hatte nicht mitbekommen, dass der Tanz beendet war und Cynthia sich neben sie gestellt hatte. »Ich habe sehr schmerzhaft gespürt, wie sehr meine Mutter unter ihrer Einsamkeit litt und wie sehr sie sich eine Verbündete wünschte, aber ich habe nun mal nicht ihre Courage.«

Aus dem Nebenzimmer drang Lydias Stimme. »Ich konnte den Anblick der Versehrten nicht ertragen. Es gab täglich mehr von ihnen. Ich litt mit den Müttern der Gefallenen, als hätte ich selbst einen Sohn verloren. Mir wurde speiübel angesichts des Hungers in den Gesichtern der Menschen. Mein Glück war mir peinlich: Mein Mann war nicht eingezogen. Ich hatte keinen Sohn zu verlieren. Und meine Tochter war sooo brav. Ich musste keine Angst haben, dass sie als Soldatenliebchen aus Versehen geschwängert würde. Zu allem Überfluss hatten wir immer noch genug zu essen. Es war nicht so üppig wie früher, aber Anna, unsere Köchin, zauberte von irgendwoher täglich etwas Leckeres auf den Tisch.«

Lysbeth sah, wie ihre Mutter nickte, und sie wusste, was sie dachte. Sie hatte um zwei Söhne im Krieg gebangt, Fritz, ihren Liebsten, hatte sie zu guter Letzt bei Bauern verstecken müssen, sie hatte eine Tochter, die zum Soldatenliebchen geworden war, und eine, die sich mit dem Chirurgenbesteck so gut auszukennen lernte, dass sie ihren Mund immer mehr verschloss.

Lysbeth, die Cynthias Nähe fast vergessen hatte, schreckte wieder leicht zusammen, als mit heißem Atem in ihr Ohr geraunt wurde: »Meine Mutter hat ganz besonders unter der Indifferenz meines Vaters gelitten, unter seiner Drückebergerei, seiner Angst. Sie bekam einen seltsamen, juckenden Ausschlag an den Armen. Nachdem ich ängstlich abgesagt hatte, an der Konferenz teilzunehmen, hat sie sich die Arme fast blutig gekratzt. ›Dann fahr ich eben allein, kein Problem‹, hat sie gesagt. Aber die Blutstropfen auf ihren Armen waren voller Vorwurf.«

Lysbeth blickte kurz neben sich. »Du hast dich schuldig gefühlt?«, fragte sie leise. Allerdings war es gar nicht nötig, leise zu sprechen, denn Stella und Dritter hauten kräftig in die Tasten, spornten sich gegenseitig an, improvisierten auf dem Klavier und hatten gar keine Augen für die beiden jungen Frauen, die sich an die Tür zum Salon pressten. Johann hatte schon vor einiger Zeit den Raum verlassen, und Eckhardt war ebenfalls nicht da.

»O ja«, wisperte Cynthia. »Ich weiß nicht, ob du dies Gefühl von Schuld kennst. Es macht, dass du dich schwer und träge fühlst, auch wenn du dünn bist. In der Schule war ich zu feige, um den Hurra-Parolen der Lehrer ein einziges der Argumente meiner Mutter entgegen zu setzen. Zu Hause war ich zu feige, ihr Verrat am Vaterland oder wenigstens am Vater vorzuwerfen, und auch zu feige, ihn darauf hinzuweisen, dass seine unentschlossene Haltung alles nur noch schlimmer machte.«

»Lydia hat gepackt, sich kühl von mir und Cynthia verabschiedet, und dann fuhr sie los.« Karl-Wilhelm klang, als wirkte die Trauer in ihm nach. »Wir waren mitten im Krieg, versteht ihr, es ging nicht um eine kleine Seereise.«

Lysbeths Blick wurde von ihrem eigenen Vater angezogen. Diesen Gesichtsausdruck hatte sie bei ihm noch nie gesehen. Er sah aus, als wolle er Karl-Wilhelms Frau an dessen Stelle übers Knie legen und zur Räson bringen. Gleichzeitig wirkte er voller Respekt, ja, geradezu Ehrfurcht vor Lydia. Und es kam Lysbeth so vor, als wecke die auf ein grünes Sofa gegossene zierliche Frau starke männliche Gefühle in ihm.

Lydia wirkte unverschämt jung. Nein, alterslos, entschied Lysbeth. Mit den blonden halblangen Wellen war sie die einzige Frau im Haus, die keine kurzen Haare trug. Käthe hatte ihren langen, inzwischen ergrauten Zopf nach Fritz' Tod abgeschnitten, die jungen Frauen

Stella, Lysbeth und Cynthia trugen die modischen Pagenschnitte. Alle sahen irgendwie hart aus, allein Lydia wirkte weich und sehr weiblich. »Ich hatte zwar die schlichteste Kleidung im Koffer, die ich finden konnte, dennoch stach ich unter den Teilnehmern der Tagung heraus, als wäre ich blitzblank zwischen lauter leicht angeschmuddelten Menschen. Ich selbst bemerkte es sofort mit Entsetzen, die anderen schienen mich hingegen kaum wahrzunehmen.«

»Für meine Mutter begann ein neuer Abschnitt in ihrem Leben. Und wir wurden unwichtig.« Cynthias Hüfte lehnte sich gegen Lysbeths. Sie waren beide gleich groß, schmal, fast mager, ohne Busen. Für beide war die aktuelle Mode wie gemacht. Bohnenstangen, dachte Lysbeth spöttisch. Zwei Bohnenstangen, die sich aneinanderlehnen. Der Hüftknochen von Cynthia drückte hart gegen den ihren. Sie empfand das Bedürfnis, etwas abzurücken, aber sie wusste, dass sie Cynthia damit verletzen würde. Cynthia hatte keine Geschwister. In ihrem Näherrücken lag Schwesternsehnsucht. Wenn du wüsstest, was ich für eine famose Schwester habe!, dachte Lysbeth.

»Das Schloss war von einer überwältigenden märchenhaften Romantik. Im ersten Moment habe ich die ganze Welt drumherum vergessen, sogar den Krieg. Aber die Teilnehmer haben mich schnell in die Realität zurückgerufen.« Lydias Stimme klang plötzlich hoch und aufgeregt wie die eines jungen Mädchens. »Meine Freundin Antonia war auch da. Ihr müsst sie irgendwann kennenlernen. Sie ist Jüdin. Unglaublich! Immer schon war sie unglaublich. Sie hatte ihre Tochter mitgenommen, die war damals sechs. Ein lebhaftes Wesen. Ganz unbeschadet von Hunger und Not hüpfte die Kleine durch die Kriegstage.«

»Antonia, Antonia, immer Antonia«, flüsterte Cynthia wütend.

Lysbeth drehte ihren Kopf zu Cynthia. »Sollen wir uns dazu setzen?«, raunte sie. »Ich komme mir irgendwie schäbig vor. Der Lauscher an der Wand …« Was sie nicht sagte, war, dass sie genug von Cynthias heißem Atem hatte, von ihren spitzen Hüftknochen und überhaupt von dieser eigenartigen Vertraulichkeit.

Ohne eine Antwort abzuwarten, schlenderte sie in den Salon, der mit einigen Sofas, Sesseln und kleinen Stühlchen genug Platz bot für eine große Gruppe von Gästen.

Lysbeth setzte sich auf ein winziges gold-braun gestreiftes Biedermeiersofa, auf dem noch niemand saß. Cynthia rutschte mit einem lässigen Schwung neben sie, zog die Beine hoch und lehnte sich vertraulich gegen Lysbeth, die gar keine Chance hatte auszuweichen.

Lydias Blick streifte sie forschend. Dann beschloss sie offenbar, einfach im Gespräch fortzufahren. Sie berichtete begeistert von der Konferenz während des Krieges. Dort trafen sich Jugendvereine, Pazifisten, Theosophen, Sozialpolitiker, Anarchisten, Jünger chinesischer Weisheit, des Buddhismus, indischer Atemkunst – eine bunt zusammengewürfelte Gesellschaft mit unterschiedlichsten Auffassungen. Das einzige, was alle verband, war die Forderung nach schnellster Beendigung des Krieges, nach Frieden ohne Annexionen und nach einem Völkerbund. Ansonsten vertrat jeder leidenschaftlich und kompromisslos seine Richtung. Sie stritten untereinander, was das Zeug hielt. In der *Freideutschen Jugend* gab es einen linken Flügel unter Führung des Studenten Buntfalter, der sich als Schriftsteller vorstellte. Energisch stritt er mit Pazifisten, Vegetariern, Gottsuchern und abergläubischen Wirrköpfen. »Ich habe seine Nähe sehr gesucht«, gestand Lydia. »Ich fand ihn begabt und geistreich. Aber er war so jung, und ich habe mich noch nie so alt gefühlt wie in diesen Tagen.«

»Gnädige Frau Lydia«, erhob Alexander Wolkenrath Einspruch. »Sie sind jung und schön, wie können Sie nur so denken!« Lysbeth suchte den Blick ihrer Mutter, die ihr verschwörerisch zulächelte. Alexander zeigte sich von seiner Kavaliersseite, aber es kam ihm von Herzen, das hörte nicht nur Lysbeth. Sie liebte die Geschichte, wie die Eltern sich kennengelernt hatten, sie wusste, wie sehr die Mutter von der charmanten, zuvorkommenden Seite Alexander Wolkenraths bezaubert gewesen war. Manchmal blitzte sie wieder hervor, so wie jetzt, und dann wurden Käthes Augen immer noch weich, so wie jetzt.

Lydia sprang auf und verschwand mit einem geheimnisvollen: »Ich bin gleich zurück«, Richtung Küche. Und wirklich war sie im Nu wieder da, mit einer Flasche Champagner in der Hand. Anna, die ihr folgte, trug ein Tablett mit funkelnden Kristallkelchen.

»Alle herkommen!«, rief Lydia energisch ins Nebenzimmer, wo Stella und Dritter immer noch vierhändig auf dem Klavier experimentierten.

Lydia ließ den Korken aus der Champagnerflasche knallen und

schenkte in jeden Kelch ein wenig des sprudelnden Getränks. »Meine liebe Käthe, lieber Alexander, und alle Kinder der Familie Wolkenrath«, sagte sie feierlich, »ich möchte, dass wir uns duzen. Mir ist es sowieso immer wieder rausgerutscht. Nun lassen Sie uns darauf anstoßen, dass wir alle eine Familie geworden sind und immer mehr zusammenwachsen wollen!«

Stella griff als Erste nach einem Glas und schmetterte: »Ah, ça ira, ça ira, ça ira, lahaha familjehe, ça ira!«

»Das ist ein Revolutionslied«, gab Karl-Wilhelm mit einem leise rügenden Unterton zu bedenken.

»Ist das nicht schön!«, jubilierte seine Frau und bewegte sich anmutig im Raum, um mit jedem anzustoßen. »Aufs Du! Auf die Revolutionen, die wir zukünftig gemeinsam anzetteln wollen!«

Alle lachten, und Stella sang noch einmal ihre Abwandlung des Liedes, das die Aristokraten an den Laternen baumeln sehen wollte. Karl-Wilhelms Lachen allerdings klang beklommen.

Als alle sich wieder gesetzt hatten, nun auch Stella und Dritter, bat Käthe um eine Fortführung der Beschreibung dieser Tagung. »Wer ist denn dort aufgetreten?«, fragte sie. »Wurden Vorträge gehalten?«

Bereitwillig griff Lydia den Faden wieder auf. »Ja, zum Beispielt hat der Student Brandwetter vom *Geschichtsverein* einen Vortrag über ‚Die große Französische Revolution und die Pariser Kommune von 1871' gehalten. Die Verbindung zur Gegenwart hat er sehr geschickt eingeflochten. Zu guter Letzt hat er die deutschen Intellektuellen aufgerufen, den großen französischen Vorbildern zu folgen und für eine neue, bessere Gesellschaftsordnung einzutreten.«

»Seht ihr«, alberte Stella herum, »die französische Revolution ist allgegenwärtig. Wahrscheinlich haben sich auch die Kieler Matrosen darauf berufen, als sie ihre Offiziere einen Kopf kürzer machen wollten.«

Käthe warf ihr einen scharfen Blick zu, aber Stella jauchzte nur auf, weil Dritter sie ins Knie gekniffen hatte. Die beiden wirken wie ein Liebespaar, dachte Lysbeth, und es versetzte ihr einen Stich. Noch nie hatte ihr Bruder Dritter sie mit der Aufmerksamkeit bedacht, die er für Stella hatte.

Als hätte sie Stellas Einwurf gar nicht gehört, sagte Lydia: »Brandwetter hat einen wirklichen Brand in meinem Herzen entfacht.«

Alexander lachte amüsiert. Lydia lächelte ihm zu. »Er hat mich an meine Jugend erinnert. Das war schmerzlich und beglückend. So gern wäre ich noch einmal jung gewesen! Alles hätte ich anders gemacht! Nie wieder einen Hamburger Pfeffersack geheiratet, niemals wäre ich in diese Falle getappt, in der ich das Gefühl hatte, bei lebendigem Leib zu verfaulen.«

Alle hielten den Atem an. Sogar die beschwipste Stella, die mit ihrem Bruder herumalberte, riss erschrocken die Augen auf. Da klang ruhig Karl-Wilhelms Stimme, als hätte nicht Lydia ihn, sondern er sie gerade verletzt: »Das meint Lydia nicht so. Das dürft ihr nicht so ernst nehmen. Manchmal neigt sie zu radikalen Formulierungen. Und ihre Ideen verändern sich auch von Tag zu Tag. Zum Beispiel ist sie nach dem Krieg auf einem anderen Kongress gewesen. Von dem kehrte sie als Märchenerzählerin zurück.«

Erstaunt bemerkte Lysbeth, wie Lydia errötete. Was passierte da gerade zwischen den Eheleuten? Märchenerzählerin?

Im Raum machte sich ein peinliches Schweigen breit. Kurz nur, aber es wirkte endlos. Stella leerte hastig ihr Glas und erhob sich, leicht schwankend. »Auf, auf, Dritter, mein Schatz! Wir spielen weiter. Die Musike, die Musike ruft!« Dritter war im Nu auf den Beinen. »Kommt doch alle mit rüber«, sagte er mit einem schmelzenden Blick auf Lydia. Er legte seine Hand auf ihre Schultern, ebenso kurz, kürzer noch als zuvor die Schweigeminute gewährt hatte, aber es war, als ströme neues Leben in Lydia. »Ja«, sagte sie leise, »das ist eine gute Idee.«

In diesem Augenblick liebte Lysbeth ihren Bruder sehr. Sie wusste, wie wenig tief sein Mitgefühl ging, aber immerhin war er in der Lage, mit ein paar Worten, einem Blick, einer Berührung genau das richtige zu tun, um Lydia aus ihrer Beschämung zu reißen.

Als wäre sie es ihrer Würde schuldig, sagte Lydia, ohne ihren Mann mit einem einzigen Blick zu streifen, als spräche sie allein zu Dritter, an dessen Augen sie sich festhielt: »Du warst im Krieg. Du weißt, dass alle, die den Krieg erlebt haben, verändert zurückgekommen sind.« Er blieb stehen und hielt ihrem Blick lächelnd stand.

Lysbeth stockte der Atem. Es wirkte, als würde Lydia umfallen, wenn er seine Aufmerksamkeit jetzt von ihr abzöge.

»Ich war nicht im Krieg«, sagte Lydia trocken, »denn ich bin eine

Frau. Ich glaube, ich habe mir das verübelt. Aber dort auf dem Schloss lernte ich, dass der Krieg nicht nur geschadet hat. Nein, so ist es falsch. Aber ich habe Menschen kennengelernt, die sich der Lehre der Zerstörung nicht verweigerten. Die wahre, aufrichtige Worte sprachen.«

Es kam Lysbeth so vor, als vibriere Lydias Körper. »Ich habe dort etwas ganz Besonderes erlebt. Ich habe unmittelbar daran teilgenommen. Altes brach zusammen und Neues keimte auf. Ein junger Frontsoldat, ein Arbeiter, hat seine Gedichte vom Grauen des Krieges vorgelesen. Dafür hätte er ins Militärgefängnis kommen können. Es waren keine schönen Verse, alles andere als Kleist und Lessing, aber sie waren rau und wahr. Darin lag eine Schönheit, die mich erregt hat. Expressionistische Maler, eben von der Front zurück, haben ihre verstörenden Zeichnungen von Hand zu Hand gehen lassen.« Plötzlich brach sie in ein leichtes amüsiertes Lachen aus. »Mein Gott, was tu ich hier? Ich verderbe euch allen den Abend. Kommt, lasst uns rübergehen! Lasst uns genießen, wie gut wir es haben.«

Selbstverständlich erhob sich allgemeiner Protest, dass Lydia keinesfalls irgendjemandem den Abend verdarb. Alexander bat sogar darum, mehr von dieser Konferenz zu hören. Doch Lydia ging, eingehakt bei Dritter, ins Nebenzimmer und bat die beiden Geschwister, ein paar Abendlieder zu spielen, sodass alle sich noch einmal im gemeinsamen Gesang der schönen deutschen Volkslieder zusammenfinden könnten, bevor sie schlafen gingen.

Stella sah ihren Bruder fragend an, der zuckte mit den Schultern. Und nun geschah etwas, das Lysbeth nicht mehr für möglich gehalten hatte. Käthe setzte sich in diesem Augenblick allgemeiner Unentschlossenheit ans Klavier und stimmte »Der Mond ist aufgegangen« an. Ihr Spiel war anfangs vorsichtig, man hörte, dass sie das Instrument seit Jahren nicht mehr benutzt hatte, doch nach wenigen Tönen ging eine Verwandlung mit ihr vor, die auf die Gesichter im Raum ein andächtiges Staunen zauberte. Käthe, die harte, traurige Frau, wurde weich und jung.

Ein Abendlied nach dem andern perlte von ihren Händen auf die Tasten. Sie kannte alle Texte und sang mit klarer heller Stimme, und nach und nach fielen alle ein. Sogar Stella und Dritter erinnerten sich an die Lieder ihrer Kindheit.